中国古典文学
读本丛书典藏

# 钱谦益诗选

孙之梅 选注

人民文学出版社

图书在版编目（CIP）数据

钱谦益诗选/孙之梅选注. —北京：人民文学出版社，2021
（中国古典文学读本丛书典藏）
ISBN 978-7-02-016133-1

Ⅰ.①钱… Ⅱ.①孙… Ⅲ.①古典诗歌—诗集—中国—清代 Ⅳ.①I222.749

中国版本图书馆 CIP 数据核字（2019）第 031892 号

责任编辑　徐文凯
装帧设计　陶　雷
责任印制　王重艺

出版发行　人民文学出版社
社　　址　北京市朝内大街 166 号
邮政编码　100705
网　　址　http://www.rw-cn.com

印　　刷　三河市鑫金马印装有限公司
经　　销　全国新华书店等

字　　数　349 千字
开　　本　880 毫米×1230 毫米　1/32
印　　张　14　插页 3
印　　数　1—6000
版　　次　2009 年 1 月北京第 1 版
印　　次　2021 年 1 月第 1 次印刷

书　　号　978-7-02-016133-1
定　　价　45.00 元

如有印装质量问题,请与本社图书销售中心调换。电话:010-65233595

# 目 录

前言 1

吴门送福清公还闽中八首(选二) 1

叠前韵答何季穆四首(选一) 4

除夕再叠前韵和季穆,寄黄二子羽之作,兼示子羽
　　四首(选一) 5

丁未春,与李三长蘅下第,并马过滕县贳酒看花,
　　已十四年矣。感叹旧游,如在宿昔,作此诗以寄之 7

河间城外柳二首 9

春日过易水 10

甲子秋北上渡淮寄里中游好四首(选一) 11

天启甲子六月,河决彭城,居民漂溺者数万。余以季
　　秋过之,水尚与雉堞齐,方议改筑。悼复河
　　之无人,改邑之不易,停车感叹而作 12

王师二十四韵 16

天启乙丑五月,奉诏削籍南归,自潞河登舟,两月方
　　达京口,途中衔恩感事,杂然成咏,凡得十首(选三) 19

投老丙寅闰六月廿一日 23

和徐于悼响阁前小松之作二首(选一) 24

茅山怀古六首(选二) 25

丁卯十月书事四首(选二) 27

群狐行 29

十七日早晴过熨斗柄,登茶山,历西碛、弹山,抵铜
　　坑,还憩众香庵　30

众香庵赠自休长老　32

喜复官诰赠内,戏效乐天作　33

戊辰七月应召赴阙,车中言怀十首(选一)　34

十一月初六日召对文华殿,旋奉严旨革职待罪,感
　　恩述事,凡二十首(选四)　36

代书砚答　40

送瞿稼轩给事南还三叠前韵　42

鹊巢行　45

送于锵秀才南归　46

奉酬山海督师袁公,兼喜关内道梁君廷栋将赴关门
　　二首(选一)　49

阁讼将结,赴法司对簿口号三绝句(选一)　51

六月廿七日舟发潞河,书事感怀,寄中朝诸君子,凡
　　四首(选一)　52

鳖虱　54

闸吏效韩文公《泷吏》而作　57

后饮酒七首(选一)　60

己巳八月待放归田,感怀述事,奉寄南都诸君子
　　四首(选二)　62

读史　65

庚午二月,憨山大师全身入五乳塔院,属其徒以瓣
　　香致吊,奉述长句四首(选一)　66

八月十二夜　68

感秋二首(选一)辛未立秋日　69

送座主王文肃公之子、故户部郎中淑抃归关中,叙旧
　　述怀一百韵　70
北客　88
清河道中三首(选一)　89
一叹士龙　90
狱中杂诗三十首(选四)　92
次韵刘敬仲寒夜六首(选一)　96
送何士龙南归兼简卢紫房一百十韵　98
若活一百年　110
昔我年十七　112
书四灵诗集　113
戊寅九月初三日,奉谒少师高阳公于里第,感旧述怀,
　　即席赋诗八章(选三)　114
高邮道上,家人挐舟相迎,喜而有作　117
雪中杨伯祥馆丈廷麟过访山堂,即事赠别　118
姚叔祥过明发堂,共论近代词人,戏作绝句十六首(选八)　123
庚辰仲冬河东君至,止半野堂,有长句之赠,次韵奉答　128
上元夜泊舟虎丘西溪,小饮沈碧甫斋中　130
有美一百韵,晦日鸳鸯湖舟中作　132
三月七日发灊口,径杨干寺,逾石砪岭,出芳村,
　　抵祥符寺　151
天都瀑布歌　153
登始信峰回望石笋矼　155
十二日发桃源庵,出汤口,径芳村,抵灊口　158
汤池　159
石笋矼　162

3

合欢诗四首，六月七日茸城舟中作(选二) 165

秋夕燕誉堂话旧事有感 167

冬至后京江舟中感怀八首(选二) 168

元日杂题长句八首(选四) 171

癸未四月，吉水公总宪诣阙，诣书辇下知己及二三及门，谢绝中朝寝阁启事，慨然书怀，因成长句四首(选二) 175

绛云楼上梁，以诗代文八首(选二) 178

甲申元日 180

甲申端阳感怀十四首(选三) 182

丙戌南还，赠别故侯家妓人冬哥四绝句(选二) 185

丙戌七夕有怀 186

和东坡西台诗韵六首(选三) 187

次韵茂之，戊子秋重晤有感之作 190

再次茂之他字韵五首(选三) 192

见盛集陶次他字韵诗，重和五首(选二) 196

观棋绝句六首(选二) 198

后观棋绝句六首(选三) 199

题沈朗倩石崖秋柳小景 201

和盛集陶落叶诗二首 201

次韵答皖城盛集陶见赠二首，盛与林茂之邻居，皆有目疾，故次首戏之 203

岁晚过茂之，见架上残帙有感，再次申字韵 206

叠前韵送别研祥、梦萐三首(选二) 207

句曲逆旅，戏为相士题扇 209

早发七里滩 210

五日钓台舟中 212

五日夜泊睦州　213

留题湖舫舫名不系园二首(选一)　214

西湖杂感二十首有序(选八)　215

东归漫兴六首(选三)　223

感叹勺园再作　226

书夏五集后示河东君　227

读梅村宫詹艳诗有感,书后四首　228

京口渡江有寄　234

广陵登福缘佛阁四首(选二)　235

石涛上人自庐山致萧伯玉书,于其归也,漫书十四绝
　句送之,兼简伯玉(选四)　237

哭稼轩留守相公一百十韵　239

七十答人见寿　265

为友沂题杨龙友画册　266

武陵观棋六绝句(选二)　270

甲午十月二十,夜宿假我堂,梦谒吴相,伍君延坐前席,
　享以鱼羹　271

冬夜假我堂文宴诗(选五)　272

路易公安卿置酒包山官舍,即席有作二首(选一)　279

长干偕介丘道人守岁　281

左宁南画像歌为柳敬亭作　282

丙申春就医秦淮,寓丁家水阁浃两月,临行作绝句三
　十首留别(选五)　286

赠侯商丘若孩四首(选二)　289

云间诸君子肆筵合乐,飨余于武静之高会堂。饮罢苍
　茫,欣感交集,辄赋长句二首　292

丙申重九海上作四首(选二) 294

赠云间顾观生秀才 296

苴城惜别,思昔悼今,呈云间诸游好,兼订霞老看梅之
  约,共一千字 297

丙申至日为人题《华堂新燕图》 315

燕子矶舟中作 316

金陵寓舍赠梁溪邹流绮 316

棹歌十首为豫章刘远公题扁舟江上图(选三) 318

顾与治书房留余小像,自题四绝句 319

题画 321

再读许友诗 322

一年 323

蕉园 324

鸡人 326

金陵杂题绝句二十五首,继乙未春留题之作(选四) 327

六安黄夫人邓氏 330

次韵酬觉浪大和尚 331

题归玄恭僧衣画像四首(选二) 332

戏题付衣小师 334

桂殇四十五首(选七) 334

己亥夏五十有九日,灵岩夫山和尚偕鱼山相国、静涵
  司农,枉访村居,双白居士、确庵上座诸清众俱集,
  即事奉呈四首(选一) 338

戏咏雪月故事短歌十四首有序(选四) 340

古诗赠新城王贻上 345

苴城吊许霞城 352

秋日杂诗二十首(选四) 353

病榻消寒杂咏四十六首(选七) 357

金陵秋兴八首次草堂韵己亥七月初一日作(选二) 364

后秋兴八首之二八月初二日闻警而作(选二) 368

后秋兴之三八月初十日,小舟夜渡,惜别而作 370

后秋兴之四中秋夜,江村无月而作(选三) 378

后秋兴之五中秋十九日,暂回村庄而作(选二) 381

后秋兴之六九月初二日,泛舟吴门而作(选二) 384

后秋兴之七庚子中秋(选二) 386

后秋兴之八庚子阳月初一,拂水拜墓作(选三) 389

后秋兴之九庚子十月望日(选二) 391

后秋兴之十辛丑二月初四日,夜宴述古堂,酒罢而作(选二) 394

后秋兴之十一辛丑岁逼除作。时自红豆江村徙居半野堂绛云馀烬处(选三) 396

后秋兴之十二壬寅三月十三日以后,大临无时,啜泣而作(选三) 399

吟罢自题长句拨闷二首壬寅三月二十九日 402

后秋兴之十三自壬寅七月至癸卯五月,讹言繁兴,鼠忧泣血,感怆而作,犹冀其言之或诬也 404

癸卯中夏六日重题长句二首 412

# 前　言

在明清五百年的诗坛上,钱谦益无疑是最优秀的诗人之一。如此认定,不仅是因为他在诗歌创作上做出了突出的成就,更重要的是在明清诗歌发展史上起到了振衰起弊、继往开来的重要作用。

一

钱谦益(1582—1664),字受之,一字牧斋,后自称牧斋老人、牧翁、虞山老民,或称钱后人、聚沙居士,又自号蒙叟,偶称绛云老人、敬他老人、聋骏道人、没口居士,最后号东涧遗老,学者称虞山先生。江苏常熟人。钱谦益的家族具有悠久而辉煌的历史,其远祖可以上溯到唐末吴越武肃王钱镠、北宋文学侍从钱惟演。其祖父、叔祖都是嘉靖间进士。

钱谦益很早就表现出卓越的文学才华。十五六岁时读《吴越春秋》、《史记》,放言古今,作《伍子胥论》、《留侯论》,出人意表的构思和倜傥俊逸的文辞令长辈们吐舌激赏。海虞读书人的"拂水文社"秀出于吴中,而钱谦益又为"朗出天外,不可梯接者"。万历前期,雄霸文坛的仍是以王世贞为首的复古派,钱谦益在制艺之馀,暗地里心摹手追,把前七子领袖李梦阳的《空同集》和后七子领袖王世贞的《弇州山人四部稿》翻读背诵,欲与其驱驾上下。

然而此时钱谦益的主要精力和奋斗目标是科举,万历三十四年(1606)举于乡,万历三十八年(1610)探花及第,授翰林院编修,其仕途上看起来充满光明。然而不幸的是钱谦益生当明代末世,这是个怪诞荒谬充斥的时代,又是个创造人生悲剧的时代。不论是功业盖世、才志卓越的文臣武将,还是软猾奸佞、圆熟善媚的佞臣;不论是称孤道寡的皇帝,还是任人宰割的百姓;不论是大权独揽的权臣,还是被排挤在野的清流,最终都没有好结果,那个时代所有的人都被腐朽透顶的政体吞噬了。钱谦益以自己不凡的才华步入仕途,面临的必然是险山恶水,命运多舛,也注定他的政治生涯是悲剧结局。事实正是如此,他考进士的起步就踏入了党争的泥潭之中。开始,主考官叶向高以钱谦益文望为海内瞩目,置为第一,宫内的小珰已把这一喜讯报告了钱,贺者盈门。但第二天张榜,状元郎的桂冠却戴在了归安韩敬的头上。据《明史》说,韩敬是汤宾尹的学生,廷对时,汤为其夤缘得之。钱谦益在翰林院编修的任上也只待了数月,第二年五月,就丁父忧归里,从此置闲达十年之久。天启年间,钱谦益与东林党休戚与共,两次起用,两次被贬谪。崇祯改元,起用忤珰诸臣,钱谦益七月入阙,十月会推阁臣,被排挤出局,免职还乡。

由于朝政乖张,在明末的社会舆论中,形成了一种巨大的逆反心理,大臣越是不被当朝所容,越是负有清望。正如文震孟所言:"策蹇出都,人谓快于驰驿,破帽蒙头,人谓华于蟒玉。诸臣被道学之名以去,其贵且甚于三公九卿也。"(《初学集》卷二《客途有怀吴中故人六首》之四《文状元文起》注一)钱谦益仕途受挫,清望却日增,成为在野清流的领袖。时皇帝欲通下情,谕旨臣民上言,于是有因上言得官者。常熟奸人张景良为了立致富贵,迎合权臣温体仁欲置钱谦益于死地的心理,于崇祯九年(1636)冬化名张汉儒,罗织钱谦益、瞿式耜师徒居乡不法,控制舆论,遥持朝柄等罪状,上疏讦奏。温体仁终于抓住了机会,拟旨立逮钱、瞿下刑部狱。后得太监曹化淳之助,尽发温体仁植党设陷的阴谋,钱谦益方死里逃生。

这次党狱,验证了他清流领袖的影响。天下士人聚于请室(监狱)者五十馀人,或执经问教,或探视慰藉。他不无自豪地说:"皎皎风烈人,千古留须眉。"(《中秋钱冯尔庚使君》)但是令人遗憾的是这种风烈节义没有保持到最后。在弘光小朝廷中,他因曾主张拥戴潞王而受到了马士英、阮大铖的钳制而谄事马、阮,政治上扮演了一个没有节操、热衷躁进的角色。继之,又降清仕清,以三十馀年的仕途坎坷赢得的清望在改朝换代的严峻时刻豁然坍塌,人望顿跌。

然而,钱谦益的曲折人生还要演绎下去,仕清后,新王朝任其为礼部侍郎,《明史》副总裁,应该说满足了他的仕进之心和修史之志,但他不甘心君死国亡,不甘心降身辱志,仅五月即告病还乡,投身于反清复明的斗争之中。顺治四年(1647),资助海上起兵,案发系金陵狱四十馀日,管制经年。顺治六年(1649),以"楸枰三局"喻时局,上书固守西南的永历朝,并受永历之命,联络东南。顺治十六年(1659)郑成功、张煌言水军从长江口进入内地,钱谦益也参与其事。康熙二年(1663)郑成功在台湾暴病而卒,钱谦益终于陷入绝望的深渊,其《投笔集》悲叹道:"海角崖山一线斜,从今也不属中华。更无鱼腹捐躯地,况有龙涎泛海槎。望断关河非汉帜,吹残日月是胡笳。嫦娥老大无归处,独倚银轮哭桂花。"(《后秋兴之十三》之二)明年,他也走完了曲折的人生历程。归庄深知其师之衷曲,感慨其人生之悲剧云:"窥先生之意,亦悔中道之委蛇,思欲以晚盖。何天之待先生之酷,竟使其赍志以终。人谁不死?先生即享耄耋矣。呜呼!我独悲其遇之穷。"

## 二

钱谦益不仅是明末清初的重要诗人,他还有很高的思辨能力,在文学创作与批评实践中,形成了独特的文学思想,其理论纲领是灵心、世运、学问。

灵心是钱谦益文学思想的核心。《初学集》三一《李君实怡志堂集序》说:"文章者,天地英淑之气,与人之灵心结习而成者。"《有学集》卷四九《题杜苍略自评诗文》中又把"灵心"置于文学创作的三要素之首。"灵心"与传统诗论中的"言志"、"缘情"说有历史的渊源,也与公安派的"性灵"有正变的关系。它包含着天才、志意、性情三方面的内容。

诗歌创作是一种独特的精神活动,需要作者具备特有的禀赋。钱谦益一再说诗人是"天地间之元气","天地间之英淑之气","诗人才子,皆生自间气,天之所使以润色斯世",都是说诗人与生俱有的独特才性。《有学集》卷一七《梅村先生诗集序》陈说诗理:"诗之道,有不学而能者,有学而不能者;有可学而能者,有可学而不能者;有愈学而愈能者,有愈学而愈不能者。有天工焉,有人事焉,知其所以然,而诗可以几而学也。"他把诗人分成六种,不学而能,可学而能,愈学而愈能,无疑是具备了诗才,反之则不具备诗才。《梅杓司诗序》进一步指出诗才在创作中的重要性:"诗之为道,骈枝俪叶,取才落实,铺陈扬厉,可以学而能也;刿目钵心,推陈拨新,经营意匠,可以思而致也。若夫灵心隽气,将迎恍惚,禀乎胎性,出之天然。其为诗也,不矜局而贵,不华丹而丽,不钩棘而远,不衫不履,粗服乱头,运用吐纳,纵心调畅,虽未尝与掆摭摇擢者炫博争奇,而学而能,思而致者,往往自失焉。"学而能,思而致是诗歌的外在形态,而可意会,不可捉摸的灵心隽气,则只能依赖于天性、诗才。

"诗言志"的命题在先秦时包含着言情的内容,到了汉代《毛诗序》一分为二。志,指符合儒家思想规范的志意,强调文学的社会性;而抒发个性情绪的则表述为"情"。志与情并不矛盾,"在心为志,发言为诗。情动于中而形于言"。唐代孔颖达解释为"在己为情,情动为志,情志一也"(《左传正义·昭公二五年》)。但志与情又不免冲突,"发乎情,民之性也;止乎礼义,先王之泽也"。情服从归一于志。从此后,志与情的关系在各个历史时期由于社会思潮的差异各有轻重。公安派的"性灵"说以"童心"说为哲学基础,所抒的情指"喜怒哀乐,嗜好情

4

欲",情的一方完全战胜了志。钱谦益"灵心"里的志意,来源于先秦典籍中的"诗言志"说。《初学集》卷三二《徐元叹诗序》云:

> 《书》不云乎:"诗言志,歌永言。"诗不本乎言志,非诗也;歌不足以永言,非歌也。宣己喻物,言志之方也;文从字顺,永言之则也。

卷三三《增城集序》云:

> 《书》有之:"诗言志,歌永言。"……世之称诗者,较量比兴,拟议声病,丹青而已尔,粉墨而已尔。其属情藉事,不可考据也。其或不然,剽窃掌故,附会时事,不欢而笑,不疾而呻,元裕之所谓不诚无物者也,志于何有?

所谓言志,是"宣己喻物","属情藉事"。他又说:"先儒有言,诗人所陈者,皆乱状淫形,时政之疾病也;所言者,皆忠规切谏,救世之针药也。""古人之诗文,必有为而作。或托古以讽喻,或指事而申写,精神志气,抑塞磊落,皆森森然发作于行墨之间。"(《初学集》卷八六《题吴太雍初集》)显然,钱谦益的"诗言志"之志非汉儒所在意的"先王之泽",而是继承了先秦"美刺"、"观风"的传统,在"志"中赋予了揭露现实、批判政治、抒发不平之气的时代内容和历史责任感。这一内容的加入,对公安派的"性灵说"进行了深刻的修正。

"性情"是钱谦益"灵心"里的核心内涵。而"性情"里又包含性情和情感两种因素。对此,他做过充分的论述。云:"诗之为物,陶冶性情,标举兴会,锵然如朱弦玉磬,凄然如焦桐孤竹,惟其所出,而诗出焉;"(《初学集》卷八六《题顾与治偶存稿》)"作为歌诗,往往原本性情;"(《初学集》卷三三《严印持废翁诗稿序》)"古之作者,本性情,导志意,谰言长语,春愁秋怨,无往而非诗也。"(《初学集》卷三二《王元昭集序》)诗"杼轴性情,钩贯风雅,爬梳于物情世变;"(《有学集》卷一七

5

《叶九莱锄经堂诗序》)"诗之为道,感荡天地,陶冶性情,牢笼庶物,穷极神迨","情深而文明,包涵雅故,荡涤尘俗。"(《有学集》卷一九《叶圣野诗序》)"古人之诗,所谓缘情绮靡,惊心动魄,长言永歌,至于感金石而动鬼神。"(《有学集佚文》)他这样长言短语,横说竖论,意在阐明诗歌的本质在性情和情感,诗人之性情和情感是诗万劫不灭的生命。为了不使他的言情说与公安派的"喜怒哀乐嗜好情欲"混为一谈,总是情志并重。说:"古之为诗者,学溯九流,书破万卷,要归于言志咏物,有物有则,宣导情性。""夫诗者,言其志之所之也。志之所之,盈于情,奋于气,而击发于境。"(《有学集》卷一五《爱琴馆评选诗慰序》)钱谦益的性情论既包含天分、个性、情趣、修养,也不无感情的因素。其《有学集文钞补遗》专文论述性与情与诗的关系,认为物与性的冲突而生情,从情的产生看,性情是一致的。这一意思在《有学集》卷一九《陆敕先诗稿序》表述的更加明确,直截了当地说:"五性,亦情也,性动而情生,情感而为诗。"如此看来,钱谦益的"性"字与情相当。其实又不然,他接着说:"古之君子笃于诗教者,其深情感荡比著见于君臣朋友之间,少陵之结梦于夜郎也,元、白之计程于梁州也,由今思之,能使人色飞骨惊,当飨而叹,闻歌而泣,皆情之为也。"那种"著见于君臣朋友"之间的深情乃为性情。社会责任、传统道德,朋友友谊本来是向外求之的东西,对诗人而言,则是出于自然深厚的本性。如此的性情偏于社会性,其性与理学家所阐释的性不无联系。同时钱谦益也极其重视诗人的个性。《初学集·冯定远诗序》说诗人之性情:"古之为诗者,必有独至之性,旁出之情,偏诣之学,轮囷逼塞,偃蹇排奡,人不能解而己不自喻者,然后其人始能为诗,而为之必工。是故软美圆熟,周详谨愿,荣华富厚,世俗之所叹羡也,而诗人以为笑;凌厉荒忽,敖辟清狂,悲忧穷蹇,世俗之所诟姗也,而诗人以为美。人之所趋,诗人之所畏;人之所憎,诗人之所爱。人誉而诗人以为忧,人怒而诗人以为喜。"这里强调的是不同世俗的独特个性和价值取向，"与山水近，与市朝远；与异石古木、哀吟清泪近，与尘埃远；与钟鼎彝器、书法名画近，与时俗玩好远。"（《李君实怡致堂序》）因此钱谦益反复陈说的"性情"和宋儒所说的明心见性之性情有联系，但肯定不是一回事。

钱谦益的"灵心"与公安派的"性灵"有质的区别，但他接过了公安派求真的观念，对其"真情"、"真诗"作了新的解释。《有学集》卷一七《季沧苇诗序》总结《诗经》以来的文学传统，表达的不外是"好色"之情和"怨诽"之情，它们共同的品质是真，而天下真诗都来源于真好色，真怨诽，即"好色不比于淫，怨诽不比于乱"。《有学集》卷四七《题燕市酒人篇》论述真诗的生成过程："诗言志，志足而情生焉，情萌而气动焉，如土膏之发，候虫之鸣，欢欣噍杀，迂缓促数，穷于时，迫于境，旁薄曲折而不知其使然者，古今真诗也。"真诗是根于志，萌于情，动于气，激于境，通于作者的时代际遇，情、志、气的自然之声。如果是真诗，其诗"诗其人"，"人之性情诗也，形状诗也，衣冠笑语，无一而非诗也"。否则就是"人其诗"，"寻行数墨，俪花而斗叶，其与诗犹无与也"（《初学集》卷三二《邵幼青诗序》）。

钱谦益的"灵心"以《尚书》、《礼记》、《乐记》为理论源头，吸收了南北朝以来性灵强调天分禀赋的因素，同时也关注个性、修养、情趣，融言志、缘情、尚气为一体的诗论范畴，应该说是对言志抒情理论的一次总结。

文学创作中，天才、志意、情感固然重要，然而作家的境遇，即"穷于时，迫于境"的"时"和"境"则是灵心赖以萌生激发不可或缺的外部条件。钱谦益在入清前侧重于论述诗人的境遇，《初学集》卷三二《虞山诗约序》云：

> 古之为诗者，必有深情蓄积于内，奇遇薄射于外，轮囷结辖，朦胧萌折，如所谓惊澜奔湍，郁闭而不得流；长鲸苍虬，偃蹇而不得

伸；浑金璞玉，泥沙掩匿而不得用；明星皓月，云阴蔽蒙而不得出。于是乎不能不发之为诗，而其诗亦不得不工。

"奇遇"并非鲜有之遇,新奇之遇,而是指社会对个体的压抑沈埋,其中的感受如钱谦益博喻排比中描述的那样,郁勃不平之气,压抑愤激之思,生不逢时,怀才不遇,世风浇漓,人心不古,政暗主昏,是非颠倒的感喟悲鸣都是人被社会扭曲压抑的无奈乐章。诗的本质就是表现人性对现实的感受与反抗。诗的这种使命不是钱谦益首先发现的,但他从古代文学作品中感知到了境会相感,情伪相逼,郁陶駘荡,而后文生的规律;古人诗"搜奇抉怪,刻肾擢腑,铿锵足以发金石,幽渺足以感鬼神"的巨大感染力,来自"发抒其中之所有,而邂会其境之所不能无"(《初学集》卷三三《瑞芝山房初集序》),道出了情生于境,又与境相互生发激荡的辩证关系。

如果说明末钱谦益的"奇遇"说是对韩、欧不平则鸣、穷而后工说的进一步阐述的话,易代之后,山河板荡,沧海横流,士大夫的个人际遇、愁苦穷途与王朝、民族的沦亡紧密地联系在一起,他论述诗人的境遇时,则常常把"命"、"时"、"境"与"世"联系在一起。《有学集》卷一五《爱琴馆评选诗慰序》云：

> 夫诗者,言其志之所之也。志之所之,盈于情,奋于气,而击发于境,风识浪奔,昏交凑之时世("昏"后脱一字)。

卷一七《周元亮赖古堂合刻序》云：

> 古之为诗者,有本焉,《国风》之好色,《小雅》之怨诽,《离骚》之疾痛叫呼,结轖于君臣夫妇朋友之间,而发作于身世逼侧、时命连蹇之会。

卷一八《胡致果诗序》云：

> 其(诗)征兆在性情,在学问,而其根柢则在天地运世、阴阳剥复之几。

卷四七《书瞿有仲诗卷后》云:

> 凡天地之内恢诡谲怪,身世之间交互纬缅,千容万状,皆用以资为诗。

把个人的命运境遇和天地世运连在一起,要求诗人不仅要发抒自己的愁苦之音,还要作时代的代言人,用诗歌记录下山河易主的历史脉搏。因此,钱谦益对乱世文学极为重视。他总结历史上的乱世文学,战国有屈原之楚辞;三国有诸葛武侯之《出师表》;天宝之祸,杜甫诗出;淮蔡之乱,韩愈诗出。从乱世文学中,不仅可以看到忠臣义士之心,还可以看到"阳九百六,沦亡颠覆之时,宇宙偏沴之运,与人心之愤盈之气"。乱世文学既是诗人命运乖舛的疾痛叫呼,也是时代综合直观的反映。

基于此,乱世文学应该具有史的功能。明末钱谦益就对宋元遗民文学表现出特别的关注,《初学集·跋汪水云诗》称汪远量的《湖州歌》、《越州歌》、《醉歌》"记国亡北徙之事,周详恻怆,可谓诗史",元末王逢的《梧溪诗集》载元、明之际逸民旧事,多国史所不载,具有可以补史的价值。入清后,他对这一认识作了理论上的阐述,《有学集》卷一八《胡致果诗序》首先从诗史同源立论,说明诗之义本于史,为诗史说作了历史的阐释;其次,总结从魏晋到杜甫的诗歌史,优秀的作家无不言史,杜甫诗中之史大备,又对诗义本乎史作了文学的阐释;其三,宋亡时其诗称盛,是因为宋亡之诗与"金匮石室之书"并悬日月,可以补正史之不足,续史家之不载,堪称诗义本于史的又一盛局。

灵心、世运固然是文学创作的根本,而创作前的学养同样不可忽视。整个明代,文坛纷纷攘攘,意见各异,但忽视学养是共同的。前后七子的学问是两汉以后文不读,大历以后诗不看;竟陵派则是驱策古人,以己作古的点逗烂碎之学。钱谦益主张诗歌创作要从六经学起,即返经;贯通史学,达到经经纬史。把经史作为文学创作的准备,前人早已论及。刘勰说:"积学以储宝,酌理以富才,研阅以穷照,驯致以绎辞。"(《文心雕龙·神思篇》)"积学"指的就是经史之学。陆机说:"伫中区以玄览,颐情志于典坟。"(《文赋》)"典坟"也是指六经。这一观点在唐宋古文家手里得到了深入的论述。但明代人热衷于树坛立帜,标新立异,急功近利,求于速成,明末读书人直把通经汲古看成迂。钱谦益系统地论述了经史在创作中的意义。首先,学习经史可以尚志养气。《有学集》卷二十《娄江十子诗序》把古今人学诗作一比较,古人学诗,始于学诗,终于学诗,诗为没身之学,却坚之以志意,继之以岁月,学《书》学《礼》,考源流,辨体制,不以诗为学。而今人学诗沽名钓誉,"望车尘,乞冷炙","竞锥刀,饰竿牍"(《初学集》卷三二《华闻修诗草序》),徒以雕绘声律,剽窃字句者为诗(《娄江十子诗序》),"剪刻花叶,俪斗虫鱼"为能事(《有学集》卷一九《周孝逸文稿序》)。古人学诗,获得的是才、心、见、胆。才,就是积学储宝的才;心,是感发兴会的灵心;见,是取舍古今的见识;胆,是文章千古的勇气。这一观点被清中叶的叶燮在《原诗》里作了进一步发挥,概括为才、胆、识、力,曰胸襟。

钱谦益一再说诗人是天地间之气,这种气一来自于天分,一靠后天滋养。孟子的养气,主要指道德的自我完善,而韩愈的养气说则融合了孟子的道德之气与曹丕的文章之气,指出了具体的养气法门。钱谦益的养气说对前人的这一理论作了总结,《有学集》卷一九《周孝逸文稿序》云:

> 曹子桓云:"文章以气为主。"李文饶举以为论文之要。而余取韩、李之言参之,退之曰:"气,水也;言,浮物也,水大而物之浮者大小毕浮;气盛则言之短长与声之高下者皆宜。"此气之溢于言者也。习之曰:"义深则意远,意远则理辨,理辨则气直,气直则词

盛,词盛则文工。"此气之根于志者也。根于志,溢于言,经之以经史,纬之以规矩,而文章之能事备矣。

曹丕之气,强调个性;韩愈之气,形之于语言;而李翱之气,根于志义。钱谦益认为尚志与养气互为作用。他说:"学殖以深其根,养气以充其志。"(《胡致果诗序》)"余窃谓诗文之道,势变多端,不越乎释典所谓熏习而已。有世间之熏习……有出世间之熏习。"(《有学集》卷一九《高念祖怀寓堂诗序》)学习经史的过程,就是充志养气的过程,也就是韩愈所说的"养其根而俟其实,加其膏而希其光者"。此外,钱谦益还认为经经纬史可以填充腹笥,丰富典实,达到融通变化。例如宋之苏轼,"根本六经,又贯穿两汉诸史,演迤弘奥,故能凌猎千古"(《有学集》卷三九《复遵王书》)。公安派从苏轼做起,因与六经三史相通,故"手眼明快,能一洗近代窠臼"(《列朝诗集小传·袁稽勋宏道》)。黄孝翼"六经三史诸子别集之书,填塞腹笥,久之而得焉。作为诗文,文从字顺,弘肆贯穿,如雨之膏也,如风之光也,如川之壅而决也"(《初学集》卷三二《袁棐集序》)。程克勤"生平学问,根柢经史,贯穿掌故,搜讨旁魄,汪洋透迤,故其作为文词,有伦有要,或原或委"(《有学集文钞补遗·程太史诗集序》)。这些话又是强调经史之学对文学创作语言产生的作用。总之,钱谦益综合曹、韩、李三说,形成他自己以经经纬史为根底,尚志、重气、言溢的养气说。

对经史之学的重视,其结果必然是对学人之诗的肯定。《有学集》卷一九《顾麟士诗序》认为顾氏"于有宋诸儒之学,沈研钻极,已深知六经之指归,而毛、郑之《诗》,专门名家,故其得者为尤粹。其为诗,搜罗柢轴,耽思旁讯,宣义考辞,各有来自,虽其托寄多端,激昂俯仰,而被服雍雅,终不诡于经术,目之曰儒者之诗,殆无愧焉。"陈田《明诗纪事》称顾诗为"学人之诗"。钱谦益对"儒者之诗"的重视是清代学人之诗的理论滥觞。

学问的第二个内容是学习前人的文学传统。前后七子也主张学古，但不溯源流，不通变化。因为不溯源流，把一部文学史斩为三段，舍头去尾，取秦汉文盛唐诗一段；因不通变化，划定偶像，标举数体，倡模拟之说。针对前者，钱谦益特别强调探源析流中求其变化。说："《易》曰：拟义以成其变化。而至于变化，则谓之不思议熏，不思议变，而疑于神矣。"（《有学集》卷三六《高念祖怀寓堂诗序》）"文章者，天地变化之所为也。天地变化与人心之精华交相击发，而文章之变，不可胜穷。"（《有学集》卷三八《复李叔则书》）"诗人之妙，心灵意匠，生生不停，新新相续。"（《有学集》卷三八《答徐巨源书》）他列举古代名家，"各出杼轴，互相陶冶，譬诸春秋日月，异道并行"（《初学集》卷三二《虞山诗约序》）。针对后者，重提杜甫"转益多师"，"别裁伪体"。说："古今论诗者，莫精于少陵别裁伪体之一言。"（《初学集》卷三二《徐元叹诗序》）"别裁伪体亲风雅，转益多师是汝师。得之者妙无二门，失之者邈若千里。"（《初学集》卷四十《冯己苍诗序》）

综上所述，灵心、世运、学问三个互相联系的方面，构成了钱谦益文学思想体系的框架，其中既包含了作者的主观情、志、性、学养，也包含了客观境遇，时代世运的感荡激发，内容丰富，逻辑严密，体系完备。为了使这一思想表述得更加明确，钱谦益重申"修辞立其辞"，言之有物的旧说，物指的是精气之所结辖，学殖之所酝酿，经世出世，调御万物。《周元亮赖古堂合刻序》、《佟怀冬诗选序》、《陈确庵集序》又提出了"诗有本"，所谓有本，即本于志意，本于情感，本于际遇世事，本于学问根底。还提出了"香观""望气"说。《有学集》卷四九《题杜苍略自评诗文》总结三者的关系：

  诗文之道，萌折于灵心，蛰启于世运，而茁长于学问，三者相值，如灯之有炷、有油、有火而焰发焉。今欲剔其炷，拨其油，吹其火，而推寻其何者为光，岂理也哉？方其标举兴会，经营将迎，故吾新吾剥换于行间,心识神识涌现于句里,如蜕斯易,如蛾斯术,心了矣而口或茫然,手了矣而心尤介尔,于此时而欲镂尘画影,寻行数墨,非愚则诬也。

灵心、世运、学问如灯之有炷、有油、有火,三者相值而发光,尽管在创作中的作用不同,但终是缺一不可。

## 三

钱谦益在明朝的诗主要保存在《初学集》中,入清后的诗保存在《有学集》、《投笔集》、《苦海集》等诗文集中。

《初学集》卷三二《邵幼青诗草序》论说诗人和诗作的关系云:"古云诗人,不人其诗而诗其人者,何也?人其诗,则其人与其诗二也,寻行而数墨,俪花而斗叶,其于诗犹无与也。诗其人,则其人之性情诗也,形状诗也,衣冠笑语,无一而非诗也。""人其诗",其诗徒具声律词藻,而不见作者真性情、真形状、真举止;而"诗其人",则诗如其人,由诗可见其人,其人之音容笑貌、性情举止跃然诗中。"诗其人"既符合钱谦益求真尚本的文学思想,也是他本人诗歌最突出的特点。我们读钱诗,一个鲜活丰满的钱谦益站立在你的面前,活跃在你的心中。诗是他的生命史,数十年间人生历程的风风雨雨都化成了诗中的彩虹;诗也是他的心灵史,才情、抱负、个性、甚至某一段落、某一事件中的心理波澜都在其诗中一一可数。

钱谦益在明代的诗歌创作高潮在崇祯年间。崇祯登基,以迅雷不及掩耳之势摧毁了阉党,朝野欢腾。钱谦益《丁卯十月书事四首》之一云:"道途好语沸儿童,扶杖欢呼我亦同。斗柄已闻归圣主,冰山何事倚群公?"崇祯元年(1628)正月,作者兴高采烈地游苏州西山,访梅探胜,朋辈宴集,风流俊爽、才情烂漫的本性自然而现。三月,内人官诰恢复,作者戏谑夫人:"我褫绯衣缘底罪,君还紫诰有何功?"(《喜复官诰,赠内戏效乐天作》)"昔褫带鞶真为我,今迟官诰岂缘君?"(《闻新命未下再赠》)崇祯的这一举措,给人们带来太多的政治幻想,以为真的圣明君主出现,千疮百孔的明朝局势有了希望。崇祯元年(1628)七月钱谦益应诏第四次北上入阙,悲喜交加,感激涕零,庆幸自己生逢"圣代",踌躇满怀地想在圣君之朝干一番事业。然而,谁知朝廷再一次给作者布下了更大的陷阱。十月会推阁臣,钱谦益成了敌党重点打击的对象。名利场上的势利之争,气正言直之君子永远斗不过机心四伏的小人;年轻自负的崇祯不是"以柔佞进取"的温体仁的对手;凭借着冲天正气的东林党更不是阉党后劲的对手。文华殿对质,钱谦益和东林党大败,崇祯朝翻云覆雨的政局由此拉开了帷幕。巨大的希望带来了巨大的失望,钱谦益《十一月初六日召对文华殿,旋奉严旨革职待罪,感恩述事凡二十首》,遂成为此前规模最大的七律组诗,其中反复抒发后悔赴阙之情。如:"久知不去又将钳,无奈时情似蜜甜。""事到抽身悔已迟,每于败局算残棋。""明日孔融应便去,当年王式悔轻来。""两月春明席未温,眼看深谷又高原。金多争羡洛阳路,祸至方思上蔡门。""可是负书来上国,还如读《易》向东窗。"此次仕途挫折,严重损害了他的身体,左耳发病,导致耳聋,遂成终生疾患。钱谦益决计归去来兮,远离朝市。树欲静而风不止,崇祯九年(1636)冬被告讦下刑部狱,第二年五月出狱,七月才得到谕旨放归,其间成诗四卷,七律组诗《狱中杂诗三十首》、前后《次刘敬仲韵》二十三首和五言长篇排律《送何士龙南归兼简卢紫房一百十韵》、《崇祯十一年九月十五日谒孔林,越翼日谒先圣庙,恭述一百韵》,都是这个阶段特色鲜明的作品,七律组诗和五言长篇排律两种诗体在钱谦益的诗作中凸现出来。

钱谦益官场失意情场得意,从崇祯十三年(1640)冬十一月柳如是造访半野堂到崇祯十七年(1644)间所写诗编为《东山诗集》三卷,其中钱谦益自己的诗共194首诗,代表作是《有美一百韵》和游黄山组诗。《有美一百韵》堪称我国古代情爱文学之精品,亦是钱谦益《初学集》中的压卷之作。游黄山组诗24首,以游踪为线,构成了黄山景色的山水长卷;其间又重点描写汤池、天都峰、莲花峰、石笋矼、炼丹台、慈光寺等名胜,造化之奇诡、自然之神密、山之雄峻、水之壮观无不神形毕肖,似乎是山水长卷中的特写。晚清人称为"绝佳"(袁昶《汪鋆黄山图》诗自注),钱仲联说:"黄山游屐,晚明为盛,记游之诗,以牧斋为最工。"(《梦苕庵诗话》)

钱谦益的诗还是明末官场、社会的一面镜子。他本人深陷明末党争的漩涡,对此感慨最多。如"甘陵南北久分歧,鹓鹭雍容彼一时。""恩牛怨李谁家事,白马清流异代悲。"(《吴门送福清公还闽》)"黄门北寺狱频仍,录牒刊章取次征。"(《丁卯十月书事》)"敢谓虫飞能蔽日,亦知蚁斗应占星。""明主定无钩党禁,文华休拟作同文。""平生自分为人役,流俗相尊作党魁。"(《召对文华殿奉严旨革职》)此外他的诗还写到明末的自然灾害、农民起义、边患等。天启四年(1624)应诏北上,途经徐州,这一年黄河水泛滥,民生惨不忍睹,其诗《天启甲子六月,河决彭城,居民漂溺者数万。余以季秋过之,水尚与雉堞齐,方议改筑。悼复河之无人,忧改邑之不易,停车感叹而作》做了真实的描写。天启四年六月,朝廷在山东征剿农民起义军,大获全胜,钱谦益为此写下了《王师二十四韵》。诗中全无歌颂庆贺之辞,反而客观描写官军杀戮农民军及无辜百姓的残暴场面,控诉统治者诛求刺骨,导致百姓"相将持梧梃,只似把锄犁"。如此一些乌合之众,朝廷何至于如此用兵,如此诛杀无辜!这首诗写得触目惊心,血肉淋漓,一种悲愤之情、仁人之心、儒者之怀溢于楮墨之间。

钱谦益在明代的宦海浮沉与诗的创作成正比,似乎诗人的千磨万折都是为了诗。一如程孟阳所云:"其所遭罹祸患愈迫切,而其文章光焰愈昌大宏肆,奇怪险绝,变幻愈不可测。"(《初学集序》)他的不群之才,四方之志,权变之略,以及喜标榜、善自诩、倜傥风流、蔑视世俗之性情跃然于诗中,"诗其人"是其突出的特点。

钱谦益一生的创作高潮是在清初,《有学集》诗十三卷,存诗819首;《投笔集》上下二卷,存诗108首;此外《苦海集》、《牧斋外集》、《牧斋集再补》共存诗56首,其中可考为入清的诗不及半数(据钱仲联标校《钱牧斋全集》),其总数与前明大致相当。入清后诗歌内容不像前明那么驳杂,大致说来,以反清复明为线索,贯穿降清之辱、故国之思、兴亡之感的抒发。那么入清后的诗,是否也可用"诗其人"评价?从清初以来就有一种说法,认为钱谦益以诗文自刻饰。所谓"刻饰",即雕刻修饰,或者谓刻意伪饰,以掩盖短处。于此,笔者难以苟同。我们说其伪饰,不是以他降清仕清的结论为依据,而是看他的诗文所写的事是否真实?所抒发的感情是否发自内心?

顺治四年(1647)到顺治七年(1650)春三年时间,是钱谦益由降清仕清的贰臣到反清复明人士的过渡时期。顺治四年春夏之交钱谦益因资助抗清武装被牵连到黄毓祺案中,其《和东坡西台诗韵六首》描写狱中生涯。顺治五年钱谦益"以洗眼药方寄旧辅新建姜公,姜公正起兵江西,江西全省俱复"(金鹤冲《年谱》),顺治六年寄信留守桂林的瞿式耜,出谋划策,通报内地消息。顺治七年夏五月受永历帝之指派,与黄宗羲相与策划,前往金华说清将马进宝,往返一月,写成七言律诗37首,名《庚寅夏五集》,被陈寅恪称为反清复明的专集。其中的《西湖杂感二十首》、《东归漫兴六首》均是入清后的佳作。如《西湖杂感》第一首云:

> 板荡凄凉忍再闻,烟峦如赭水如焚。白沙堤下唐时草,鄂国坟边宋代云。树上黄鹂今作友,枝头杜宇昔为君。昆明劫后钟声在,依恋湖山报夕曛。

西湖曾为南宋都城,前明的繁华绮丽之地,柳如是寄身养病之所,如今作者故地重游,西湖的山山水水无不在倾诉着易代经历的凌辱,展现着异族留下的疮痍。如赭之烟峦、如焚之湖水暗示这里曾是血染的疆场。白沙堤、鄂国坟象征着西湖曾有的历史和人文,"唐时草"、"宋代云"抒发了作者无尽的山河依旧、物是人非的悲怆。就连西湖的晨钟暮鼓,似乎因依恋湖山而作响。面对湖山胜景惨遭凌辱,作者难以抑制的亡国之痛、降清之辱喷薄而出。其景痛心,其情可悯。顺治十六年(1659)郑成功、张煌言水军入江,钱谦益奔走于烽火连天之际。水军撤退后,仍坚守长江岸边,等待策应水军卷土重来,直至南明永历被杀。其诗《投笔集》108首诗构成了诗歌史上规模最大的七律组诗,被称为反清复明的诗史(陈寅恪语)。

钱谦益入清后比较单纯的抒情诗是否存在矫情的倾向?清初人说其"以文辞欺人"(顾炎武语)也是不能成立的。与林古度、盛集陶的唱和之作是钱谦益入清后较早袒露内心的作品,其情感深微屈折,真实动人。如《次韵茂之戊子秋重晤有感之作》:

> 残生犹在讶经过,执手只应唤奈何。近日理头梳齿少,频年洗面泪痕多。神争六博其如我?天醉投壶且任他。叹息题诗垂白后,重将老眼向关河。

老友乍然重逢,然而两人都经历了改朝换代之历史巨变和自己身份之转换,"讶经过"三字准确地写出了个人在这种历史变迁中被历史播弄,如同梦寐一般的感觉。"执手只应唤奈何"一句极形象、极深微。作者的羞愧、悔恨尽在执手、长叹中。"唤奈何",既是对沧桑变迁的无奈,又是对自己身世之辱的无奈。"唤奈何"的诗语诗韵犹如一个顺畅的渠道,作者可以很好地宣泄自己降清仕清后想说而又无法启齿的尴尬。后又写了《再次茂之他字韵五首》、《见盛集陶次他字韵诗重和五首》。这两题诗,前一题吞吐着沉痛、悔恨之情,如:"覆杯池畔忍重过,欲哭其如泪尽何?故鬼视今真恨少,馀生较死不争多。""残书缥罢劫灰过,汗简崔鸿奈史何?""风轮火劫暮年过,未死将如朽骨何?""李贺漫歌辞汉泪,不知铅水已成河。""辽鹤定知同伴少,楚囚刚道一身多。"反复抒发故国之思,亡国之痛,以及自己的降清之悔恨。后一题则多言激烈之壮怀、不屈之志向。"枪口刀尖取次过,银铛其奈白头何?壮心不分残年少,悲气从来秋士多。""端居每作中流想,坐看冲风起九河。""天心象纬依躔少,地角龙蛇起陆多。""却笑玉衡无定准,天街仍自限星河。""八翼摧残六鹢过,呼鹰跃马意如何?天回鹑火三精在,地长龙沙一柱多。"上题"奈何"即无奈之意,此题则为能怎样的反诘性意思,击楫中流,龙蛇起陆,钟仪奏楚,庄舄越吟,无不表达自己不忘故国和复国进取的志向。

纵观《有学集》、《投笔集》,应该说基本真实地反映了作者入清后大节隳颓的尴尬和反清的志行,反复抒发的故国之思、亡国之痛。山河依旧,人事已非,是经历了鼎革之变后全社会最真实悲凉的感情,不能因为钱谦益曾经降清,就把抒发此类情感说成是刻饰和表演。至于钱氏有时夸大自己在历史转折关头的作为,喜欢用历史上覆邦定国人物自拟,不无夸诩地把自己阑入史局之中,这些应是其个性使然。《初学集》中钱谦益就表现出自命不凡、标榜自诩的个性,入清后家国个人的命运都发生了大变迁,而作者个性中想入非非的特点仍然故我。

## 四

钱谦益的诗被人称为"昌大宏肆,奇怪险绝,变幻不可测者,洵煌煌乎一代大著作手"(凌凤翔《牧斋有学集笺注序》)。所以称其为"大",首先,是格局大。钱谦益的诗囊括古今,兼宗唐宋。明代诗坛,复古派是主流,其间虽不乏别样的声音,但始终难掩复古派的势头。万历后期公安派崛起,以"变"与"真"为理论核心,倡言"独抒性灵,不拘格套",复古派之"云雾一扫,天下之文人才士始知疏瀹心灵,搜剔慧性,以荡涤摹拟涂泽之病"(钱谦益《列朝诗集小传》丁集中《袁稽勋宏道》),其功甚伟。因袁宗道宗法白居易、苏轼,中唐、宋诗在明代诗歌史上首次被作为旗帜来对抗汉魏盛唐诗。但是公安派的诗歌创作成就有限,很难与复古派形成势均力敌的对垒局面,因此中唐以下的诗歌传统仍然有待于进一步的发掘与展示。钱谦益是最早全面开掘这一诗学传统的人。他早年追随李梦阳、王世贞,万历三十四年(1606)结识李流芳,私淑归有光,与嘉定学人游,文学观念发生了根本的转变。晚年总结一生的从学经历云:"仆少壮失学,熟烂空同、弇山之书。中年奉教孟阳诸老,始知改辕易向。孟阳论诗,自初、盛唐及钱、刘、元、白诸家,无不析骨刻髓,尚未能及六朝以上,晚始放而之剑川、遗山。余之津涉,实与之相上下。久之,思溯流而上,穷《风》、《雅》声律之由致,而世事身事,迫胁凌夺,惋晚侵寻,有志未逮,此自考之公案也。"钱谦益的诗歌创作也清楚地显示了他的从学路径。由追随李梦阳、王世贞而精研杜甫,一生诗歌宗法杜甫,《投笔集》次杜甫《秋兴》之韵,并在风格、构思、诗境等方面步其后尘;《送于锵》、《鳖虱》、《闸吏》、游黄山组诗用韩愈体,《和徐于悼响阁前小松之作》、《书梅村艳诗后四首》等诗学李商隐,《虫诗十二首》学元稹,《效欧阳詹玩月诗》明言其体,《有美一百韵》则是徐陵《玉台新咏》、杜甫《秋日夔府咏怀一百韵》、李商隐诸咏柳诗及柳宗元、柳浑、李群玉等与柳有关的诗人和诗的一次熔冶。此外、孟郊、杜牧、皮日休、陆龟蒙的诗句诗典络绎点缀于钱诗之中。可以这样说,钱谦益全面开掘了中晚唐诗歌传统并在创作中展示其魅力。钱谦益对宋元诗的接受主要集中于苏轼、陆游、元好问三家。钱诗中效三家诗体诗韵、用三家诗材的作品很多。大致言,钱谦益的诗杜、韩之骨,苏、陆之貌就是在上下古今、唐宋兼宗的背景下形成的。邹式金《牧斋先生有学集序》概括钱谦益诗歌格局:"撷江左之秀儿不袭其言,并草堂之雄而不师其貌,间出入于中晚宋元之间,而浑融流丽,别具炉锤。"

其次,钱谦益才大学博,具备了一代文坛盟主的天赋和学养,并形成了文学想象与学养互为表里的思维特质。钱谦益不是那种不学而能"脱口秀"式的作家,但他把可学而能、愈学而愈能的诗人资质发挥到极高的水平。他的天资很高,又为一代读书种子,正如沈德潜所言:"天资过人,学殖宏博。"(《清诗别裁集》)其文学想象与学殖珠联璧合,相得益彰,这种才能随着年龄增长、学问积累愈到晚年愈出人意料活跃丰盈。例如《咏雪三十韵》,诗的前半部分描写大雪飘扬的实景,"菊花何太苦?柳絮恐非时"喻指性的两句作一转折,便展开想象性空间描写,由狱中所见雪景腾跃到原野,描写冬雪迷茫的景色,又联想到唐代裴度蔡州雪夜大捷。再如《有美一百韵》开篇一段写柳如是的出身家世。我们知道柳如是家世不明,流落于平康北里。但作者不愿如此实写,而是切合柳如是名字中"柳"姓展开联想,把与柳相关的典故洒洒道来,真是美妙无比。《戏咏雪月故事短歌十四首》写了十四个与雪月有关的场面,情韵、寓意、境界加上故事的人物、情节如同一幅幅美丽无比的画卷,读来令人心旷神怡,浮想联翩。

为了表达思接千载、视通万里的想象空间,钱诗常常要借助典故来表达。他长于用典,善于用典,在这方面明代人无出其右。王应奎《柳南随笔·汪钝翁与严白云论诗》云:"王钝翁与某宗伯多异议。一日与吾邑严白云论诗,谓白云曰:'公在虞山门下久,亦知何语为谛论?'白云举其言曰:'诗文一道,故事中须再加故事,意思中须再加意思。'钝翁不觉爽然自失。""故事"、"意思"就是指用典。钱谦益大量批评文字,谈理论多谈技巧少,技巧是死法,理论是活法。但严白云作为钱谦益门下多年弟子,揭示出乃师作诗的不二法门。此法门说起来容易,做起来却大有讲究。首先作者要有故事、有意思,这既需要丰富的想象力,又需要富赡的腹笥,此大不易;其次,如果说学富五车,腹笥充盈就可以成为诗人,又大错特错。有了故事、意思,还需要用诗人的眼光去选择、整合故事,使之与自己表达的情感水乳交融,此又大不易。钱谦益的用典超越了这两个难关,几至于得心应手、出神入化的地步。如《初学集》中的压卷之作《有美一百韵》描写柳如是的才华:

> 诗哦应口答,书读等身便。缃帙攻《文选》,绨囊贯史编。摘词徵绮合,记事见珠联。八代观升降,三唐辨溯沿。尽窥羽陵蠹,旁及《诺皋》儇。花草矜芟撷,虫鱼喜注笺。部居分甲乙,雠正杂丹铅。余曲回风后,新妆落月前。兰膏灯烛继,翠羽笔床悬。博士惭厨簏,儿童愧刻镌。瑶光朝孕碧,玉气夜生玄。陇水应连类,唐山可及肩。织缣诗自好,捣素赋尤贤。锦上文回复,盘中字蜿蜒。清词常满箧,新制每连篇。芍药翻风艳,芙蓉出水鲜。颂椒良不忝,咏树亦何愆?文赋传乡国,词章述祖先。采苹新藻丽,种柳旧风烟。字脚元和样,文心乐曲骈。千番云母纸,小幅浣花笺。吟咏朱楼遍,封题赤牍端。

首二句总写柳如是读书多、善吟咏的才学。三四句说其深研史籍和《文选》。后面到"儿童愧刻镌",写柳如是读书广博,善于笺注校勘。其中"博士惭厨簏,儿童愧刻镌"两句,前用《南齐书·陆澄传》。说陆澄博学强记,王俭自以博闻多识,读书过澄,集合学士"盛自商略"。陆澄等王俭语毕,谈所遗漏数百条,皆王俭所未睹。王俭叹服,戏称陆澄曰:"陆公书橱也。"后者出自扬雄《法言·吾子篇》:"或问吾子少而好赋?曰:然。童子雕虫篆刻。俄而曰:壮夫不为也。"两个典故无疑使柳如是的读书多善记诵因有了参照而具体生动起来。后面接着写柳如是为古今少有的才女,"陇水"句出《玉台新咏》秦嘉《赠妇诗》。"唐山",汉高祖唐山夫人多才华,作《房中祠乐》。"织縑"句出自《古诗》"上山采蘼芜",言其善诗。"捣素"句用班婕妤作《捣素赋》事。"锦上"句用晋窦滔妻苏若兰善属文,作织锦回文事。"盘中"句用《玉台新咏》苏伯玉妻《盘中诗》从盘中央到四周盘旋回转,屈曲成文故事。"颂椒"句用《晋书·列女传》中刘臻妻陈氏正月初一献《椒花颂》故事。"咏树"句用薛涛八九岁知声律,赋"枝迎南北鸟,叶送往来风"故事。一系列才女典故,如烘云托月,把柳如是放在女性才学史的时空中,凸现其蕙质兰心,冰雪聪明。

此外《哭稼轩留守相公一百十韵》《莒城惜别一千字》都是这方面非常成功的作品。钱仲联称前者"动荡开合",既有构思布局的因素,典故的运用同样造成诗意的腾挪变化,动荡飞扬。通过大量的引经据典,诗的内涵、容量、厚度、情韵都发生了变化,特别创造了深邃而广阔的诗意空间,令人耳目张皇,心胸开阔。明代人学杜,最肖者当属李梦阳、李攀龙,但二人都是从字句上学杜甫,以至于"万里"、"长风"络绎重复,给人留下笑柄。钱谦益也是从杜甫入手,但他的高明之处是走出大字眼的圈子,力图从内在诗意的拓展和气格的充溢上营造出壮阔雄浑的意境。但是如此的壮阔雄浑、博大昌肆背后,我们看到的是经史子集、笔记小说、佛典道藏巨大的学力支援。陆机《文赋》描写创作思维和语言之间的微妙:"倾群言之沥液,漱六艺之芳润。""于是沉辞怫悦,若游鱼衔钩而出重渊之深;浮藻联翩,若翰鸟缨缴而坠层云之峻。收百世之阙文,采千载之遗韵,谢朝华于已披,启夕秀于未振,观古今于须臾,抚四海于一瞬。"此言固然不错,但没有涵泳经史、烹割子集、熔冶佛道、驱驾笔记的工夫焉能梦到!

其三,钱诗意象呈现连续性、序列性,回环往复的特点。这一特点最突出地表现在《投笔集》中。《投笔集》中以诗人自我、复明水军、永历皇帝为三个支撑性意象系列。写自我的意象,反复刻画一个老翁的形象和内心世界。此老翁是一个经历了盛衰变迁的前朝遗民。如"醉倒开元鹤发翁","荷锄父老双含泪"等诗句。此老翁也是复明的谋臣。如"少阳原是钓鱼翁","天津桥畔倚栏翁",以姜子牙、裴度自拟。此老翁还是绕树寻枝的"乌"和孤独无依的"嫦娥"。如"三匝惊乌未出林,危柯荒楚郁萧森";"乌瞻华屋谋重止,燕语雕梁悔别飞";"遐方巡狩无消息,林乌密叶拣南枝";"惆怅杜鹃非越鸟,南枝无复旧君思";"嫦娥老大无归处,独倚银轮哭桂花"。从不同方面反映了诗人入清后的心迹和踪迹。写郑成功复明水军多用"龙虎军"、"船"、"槎"等意象来表现,写永历皇帝则用"龙"、"日"、"桂树"、"梧枝"等形容。通过回环往复的意象刻画,不仅加强了大型联章组诗的内在凝聚力,而且使其具备叙事文学的功能和要素,诗性和史性就这样结合为一体。《投笔集》之外,也是如此。有的意象在《有学集》中呈时段的序列性,有的在他一生诗歌中都前呼后应,互为映证。前者如弈棋的意象,主要出现在《有学集》《投笔集》一系列以棋为主题或押棋韵的诗作中;后者如陌上花的意象,首次出现在《初学集·东山诗集》一《陌上花乐府,东坡记吴越王妃事也。临安道中感而和之,和其词而反其意,以有寄焉》,此诗是崇祯十四年(1641)钱谦益送柳如是返回松江的送别、寄意、表态之作,柳如是复有《奉和陌上花三首》,二人诗中反复吟唱"缓缓归"的句子。顺治七年(1650)人日柳如是奉和钱谦益《人日示内二首》之二又云:"不唱卿家缓缓吟。"顺治十三年(1656)钱谦益到松江游说马进宝,有《茸城惜别》百韵排律,叙述其与柳如是的姻缘:"陌上催归曲,云间赠妇篇。"我们阅读钱诗如不能通解其前因后果,孤立地就一词一意解释,难以见其文心之妙与叙事有致。钱谦益诗的这种序列性特点、回环往复的特点再一次表现了他的淹通博雅。

其四,钱谦益在诗歌体裁上的开拓。钱谦益一生创作诗二千馀首,五七言古诗、律绝都有佳作，但最擅长的是七言律诗和五言古诗、五言排律。七言律诗成熟于初唐，当时也只用于应制酬答，并无突出之处。杜甫以他集大成的才力学问对这一诗体进行开疆拓宇，使之可以容纳广泛题材，尤长于抒发政治内容的诗体。宋代人以他们横放杰出的才能、议论风生的特点把社会生活的各个方面渗透到七律之中，如赵翼所言：七律成为"高下通行之具，如日月饮食之不可离"（《瓯北诗话》）。明代后期，七律几成"烂熟可厌"之体，三家村夫子的诗必七律，必七律次韵诗，必七律连章。钱谦益的诗歌创作与这种背景既有联系又有区别。他的诗多七律，多七律连章，其《投笔集》又是次韵连章的结合体。但是他以博古通今的学问，淹唐浸宋的气度，资质超人的天分，化腐朽为神奇，创作了《病榻消寒杂咏》46首和《投笔集》108首这样的大型组诗，把明清易代之际个人命运的荣辱升沉，山河易主、沧桑之变的历史内容注入七律诗体中，用七律连章体纪传纪史，为这一诗体开辟了新的表现领域。后人对其七律评价甚高，朱庭珍《筱园诗话》云："钱牧斋诗，以七律为最胜，沈雄博丽，佳句最多，梅村较之，不逮远矣。"钱仲联也认为"牧斋七律，为清代第一。"（《梦苕庵诗话》）

五言古诗盛于汉魏，晋宋以后渐有俳句，初唐律体始成，仍然古、律混淆。直至盛唐，如李白、王维这样的大家不过十韵。杜甫既是五言古诗之大宗，也是五言律诗的开辟手，"大篇巨什，雄伟神奇……阖辟驰骤，如飞龙行云，鳞鬣爪甲，自中矩度；又如淮阴用兵百万，掌握变化无方。"（胡应麟《诗薮》内编卷四）《自京赴奉先县咏怀五百字》、《北征》、《寄岳州贾司马六丈、巴州严八使君两阁老五十韵》、《秋日夔府咏怀一百韵》等长篇叙事抒怀的五古及排律，"铺陈始终，排比声韵，大或千言，次犹数百，词气豪迈，而风调清深，属对律切，而脱弃凡近"（元稹《唐故工部员外郎杜君墓系铭并序》）。杜甫以后，这种对才、学要求极高的诗体后继者代不数人，人不数篇。钱谦益以自己的才学觑定这种诗体，一生创作百韵长篇排律六首(《送座主王文肃公子淑抃归秦一百韵》、《送何士龙南归一百韵》、《恭谒孔林先圣庙一百韵》、《有美诗一百韵》、《哭稼轩留守相公一百十韵》、《茸城惜别，思今悼惜，呈云间诸游好，兼定霞老看梅之约，共一千字》)，此外，还有《徐武静生日置酒高会堂赋赠八百字》、《读云林园事略追叙昔游凡一千字》、《赠归玄恭八十二韵，戏效玄恭体》、《古诗赠王贻上》、《咏雪三十韵》、《秋日曝书得鹤江生诗卷，题赠四十四韵》等长篇五言古律诗。这些诗有的叙事，有的纪传，有的论诗文，有的寄意抒怀，结构上"动荡开阖"，在写法上铺叙排比，竭尽其才力学力，惨淡经营，创造了诗歌史上继杜甫之后的又一奇观。

钱谦益存诗2192首(据上海古籍社《钱牧斋全集》统计)，此处选诗268首。其中明代的作品不足一半，入清后的作品180馀首。钱谦益才大学博，熟读经史子集、佛典道藏、笔记小说，诗中用典既繁且巧。特别是入清之后，有时为了遮蔽其真实的意思，不惜用僻典深典；还有一些百韵长篇，典故回环往复。因此注释的过程中屡屡大呼不易，又因苦心冥想，检索群籍，注通一处，快意数日。有的诗篇得陈寅恪先生《柳如是别传》索解之力，不禁感慨古今文人灵犀相通，才华映照，构成禅续绵延的人文之河，这条人文之河犹如甘露、犹如春雨浸润着被无孔不入的商品交易、权钱势力荒漠化了的人心。笔者尽管竭心尽力，错误与不确之处自是难免，但祈方家指正。

## 吴门送福清公还闽中八首(选二)[1]

上帝高居俨肃雍[2],中书退食敢从容[3]。举朝水火和羹苦,于野玄黄战血重[4]。四海忧来频缓带[5],只身朝罢每扶筇[6]。可知报主心如醉[7],久矣愁听长乐钟[8]。

[1] 此组诗作于万历四十二年(1614),是钱谦益现存诗较早的一组。钱谦益《初学集》存诗起始于明光宗泰昌元年(1620)九月,此前诗文"付之一炬"(瞿式耜《初学集目录后序》),只存《初学集》卷八《过临清追昔游有作》后附录的万历三十七年(1609)一首《长干行》,此外就是卷一《还朝诗集上》附录的5题24首。吴门,指苏州。福清公,指叶向高(1559—1627)。向高字进卿,福建福清人。万历十一年(1583)进士,二十六年(1598)召为左庶子,充皇长子侍班官。三十五年(1607)擢礼部尚书兼东阁大学士,独相多年。万历中后期朝廷围绕着立储(确立太子)、正位(太子正位)、之国(藩王去其封地)展开了激烈的争论,护持东宫之士与皇帝的辅臣形成了党争。叶向高调停于中,最终太子正位,福王之藩,他也于万历四十二年力辞回籍。途经苏州时,钱谦益从常熟赶来,为其座师洗尘饯行,并写下这一组诗,这里选的是第二、第五首。诗写朝廷党争水火不容,对叶向高调停期间的艰难深表同情和敬佩。作者洞明历史,历史的教训让他对现实状况深感忧虑。

[2] "上帝"句:说皇帝高高在上,俨然是王者之象。这是作者对万历皇帝长期静摄,不理朝政的含蓄表述。肃雍,即肃雝,描写车行整齐和谐。《诗经·召南·何彼秾矣》:"曷不肃雝,王姬之车。"

[3] 中书:官名。汉设中书令,始以宦者为之,后多任用有名望之

1

士。隋唐中书令为宰相,后代称宰相。诗中指叶向高。退食:一说是减膳以示节约。《诗经·召南·羔羊》:"退食自公,委蛇委蛇。"笺:"退食,减膳也。"一说为退朝而进食。这一句说朝官们不敢懈怠,诚惶诚恐地办理朝政。

〔4〕"举朝"二句:描写朝廷党争激烈,水火不相容,叶向高在其间调和甚不容易。和羹,语出《尚书·说命》下:"若作和羹,尔惟盐梅。"孔传:"盐,咸;梅,醋。羹须盐醋以和之。"也用以比喻大臣辅助君主综理国政。《左传·昭公二十年》:晏子侍齐侯,子犹驰而造焉。齐侯曰:"唯据与我和夫!"晏子对曰:"据亦同也,焉得为和?"齐侯曰:"和与同,异乎?"晏子对曰:"和,如羹焉,水火醯醢盐梅,以烹鱼肉,燀之以薪。宰夫和之,齐之以味,济其不及,以洩其过。君子食之,以平其心。君臣亦然。"玄黄,黑色与黄色。《易·坤》:"夫玄黄者,天地之杂也,天玄而地黄。"后指天地的颜色。《易·坤》:"上九,龙战于野,其血玄黄。"

〔5〕"四海"句:意思是说叶向高为朝廷的内忧外患而损容轻体。缓带,《古诗》:"衣带日以缓。"

〔6〕"只身"句:说叶向高在朝中势孤力单,每次朝罢都是独自扶杖而去。筇(qióng 琼),竹名,可作杖。

〔7〕"可知"句:说叶向高辛勤朝政,竭力报效朝廷。心如醉,《后汉书·刘宽传》云:灵帝令刘宽讲经,宽常醉酒睡伏。帝问:"太尉醉耶?"宽仰对曰:"臣不敢醉,但任大责重,忧心如醉。"

〔8〕长乐:汉宫名,帝母所居。徐陵《玉台新咏序》:"厌长乐之疏钟。"写汉武帝宠幸卫子夫,陈皇后遭到冷落,寂寞痛苦,对长乐宫的钟声极其厌倦。这里指万历皇帝对太子母亲的冷落。

甘陵南北久分歧[1],鹓鹭雍容彼一时[2]。抗疏有人盈琐闼,顾名无阙省罘罳[3]。恩牛怨李谁家事[4]?白马清流异代悲〔5〕。八载调羹心赤苦〔6〕,临行谆复外庭知〔7〕。

〔1〕甘陵:地名,故址在今河北清河县。秦为厝县,东汉安帝以孝德皇后葬于此,陵名甘陵,县亦改为甘陵。《后汉书·党锢传》:桓帝为蠡吾侯时,受学于甘陵周福。及即帝位,擢周福为尚书。当时有同郡河南房植,有名当朝。乡人为之谣曰:"天下规矩房伯武,因师获印周仲进。"两家宾客,互相讥诋,各树朋党。由是甘陵有南北部,东汉朋党从此始。诗中指朝廷党争。

〔2〕"鹓鹭"句:形容百官朝见皇帝时班行有序,温文尔雅。鹓,传说中凤一类的鸟。鹭,水鸟。鹓鹭连用,指二鸟群飞有序,喻朝官班行。

〔3〕"抗疏"二句:称赞叶向高妥善处理了围绕立储、之国发生的一系列事件,制止了朝臣千人伏阙要求福藩赴封地的过激事件。抗疏,上疏直言。琐闼,宫门上镂刻的连琐图,故称宫门为琐闼。罘罳(fú yǐ 福以),门外之屏。刘熙《释名》:"罘罳,在门外。罘,复也。罳,思也。臣将入,请事于此,付重思之也。"

〔4〕恩牛怨李:指唐宪宗时期以牛僧孺、李宗闵为首的牛党和以李吉甫、李德裕父子为首的李党的斗争,史称"牛李党争"。

〔5〕"白马"句:说当今品行高洁之士重蹈了唐末的悲剧。白马,古驿名。清流,喻德行高洁负有声望的人。《新唐书·裴枢传》、《旧五代史·梁书·李振传》载:天佑二年(908),朱温遣人诛杀裴枢、陆扆等七人于滑州白马驿,投之于河。朱温佐吏李振累应进士举不第,尤愤愤,对朱温说:"此辈自谓清流,宜投于黄河,永为浊流。"朱竟笑而从之。

〔6〕八载:叶向高万历三十五年(1607)出任东阁大学士,至万历四十二年(1614),为八年。

〔7〕外庭:国君听政的地方,相对于内庭禁中而言。

## 叠前韵答何季穆四首(选一)[1]

年来灾沴逼扬、徐[2],硕鼠曾占《草木》书[3]。湖海忧危惟汝独,菰芦豪杰更谁如[4]?灯窗俯首心堪折,书案筹边泪有馀[5]。春暖洞庭虾菜好,可能削迹共佃渔[6]。

〔1〕此诗依前一首《夜泊浒墅关却寄董太仆崇相》之韵而作,因此题目为"叠前韵"。诗作于万历四十六年(1618)。何季穆(1584—1625),名允泓,常熟人。钱谦益好友,致力于经世之文和三吴水利。忧生叹世,抑郁不自聊,盛年病卒。钱谦益一生自负有经国大才,每有机会就跃跃欲试,这首诗很能反映他的性格和心理,也表现了晚明读书人关心国事的普遍风气。

〔2〕灾沴(lì 立):自然灾害。扬、徐:扬州和徐州。

〔3〕"硕鼠"句:群鼠渡江,预示灾害频仍,事见叶奇《草木子》。此句后附小注:"有群鼠渡江之异,占在《草木子》。"叶奇《草木子》云:万历二十三年(1595),江淮间群鼠拥集如山,尾尾相衔渡江,过江东来。湖东群鼠数十万渡洞庭湖,望四川而去,夜行昼伏,路皆成蹊,不依人行正道,皆遵道侧。其羸弱者,走不及,多道毙。

〔4〕"湖海"二句:这两句既是赞何季穆,也是自负语。钱谦益一生喜欢谈兵说剑,自诩有经世韬略。这两句意思说何与己是湖海之士、豪杰奇才。湖海,借指天下。《三国志·魏志·陈登传》:"陈元龙湖海之士,豪气不除。"菰芦,水生的菰和芦苇。借指民间。《建康实录》载:殷礼与张温使蜀,诸葛亮称赞殷礼:"江东菰芦中,生此奇才!"

〔5〕"灯窗"二句:称赞何季穆的学问和筹边之计。折,佩服。《初

4

学集》卷五五《何季穆墓志铭》述何学问："盖自唐、宋以来经世大典，如杜、郑、马、丘四氏之书，儒者多不能举其凡例，而季穆攫撼解剥，穷极指要。久之涵肆贯通，俨然如专门名家。凡古今地理官制河槽钱谷，与夫立国之强弱，用兵之利害，上下千馀年，年经月纬，如数一二。间有所举正辩驳，矫尾厉角，若质古人与窗户之间而与抗论也。"

〔6〕"可能"句：与何季穆相约一起隐居。削迹，消踪匿迹，谓隐居。《庄子·山木》："削迹捐势，不为功名。"佃渔，猎兽和捕鱼。佃，通"畋"。畋(tián田)，打猎。《易·系辞下》："作结绳而为网罟，以佃以渔。"

# 除夕再叠前韵和季穆，寄黄二子羽之作，兼示子羽四首(选一)〔1〕

黄帘绿幕漏徐徐，短檠频挑夜勘书〔2〕。艺苑丛残稂莠在〔3〕，文人凋谢槿花如〔4〕。金华绝学吴、黄后〔5〕，金华谓宋文宪公，吴渊颖、黄文献，文宪之师也。太仆遗编欧、柳馀〔6〕。谓昆山归熙甫。寄语吾徒须努力，张罗休效一囊渔〔7〕。

〔1〕这首诗仍依《夜泊浒墅关却寄董太仆崇相》韵，故曰"再叠"。黄二子羽，名圣翼(1595—1659)，常熟涂松里人。崇祯时贡生，官四川新都知县，升安吉州知州。入清不仕，号莲蕊居士，有《黄摄六诗选》二卷。这组诗作于万历四十六年(1618)，所选为第三首。钱谦益从万历三十八年(1610)开始学术与创作发生转变，至万历四十五年(1617)，已完成了这一过程。这首诗就是表达作者的文学及学术思想：冲决复古派设置的"文必秦汉，诗必盛唐"的藩篱，由归有光上溯到宋濂，由宋濂上溯

到吴、黄,及至唐宋古文传统。钱谦益寄语何季穆和黄圣翼,为改变学风文风而努力。

〔2〕"黄帝"二句:韩愈《短灯檠歌》:"长檠八尺空自长,短檠二尺便且光。黄帝绿幕朱户闭,风露气入秋堂凉。"漏,古代计时器。《说文》:"以铜受水,刻节,昼夜百刻。"檠,灯架。勘书,校勘书籍。

〔3〕稂(láng 郎)莠:两种为害禾苗的杂草。喻质量差的东西、事情和人。

〔4〕槿花:木槿花。槿花朝开夕谢。

〔5〕"金华"句:表述自己的学术渊源。金华绝学,指宋濂的学问。宋濂(1310—1381),字景濂,号潜溪,浙江金华人。为明初开国文臣之首,明代散文大家。其古文接续唐宋古文传统。著有《宋学士文集》。谥号文宪。吴渊颖,指吴莱(1297—1340),字立夫,浦阳人。元末著名学者,著有《渊颖集》。死后门人谥文颖。黄文献,指黄溍(1277—1357),字晋卿,婺州义乌人。元末著名学者,著有《日损斋稿》。吴莱、黄溍均授学于宋濂。

〔6〕"太仆"句:称赞归有光接续唐宋古文传统。归有光(1506—1571),字熙甫,江苏昆山人。嘉靖间进士,官至南京太仆寺丞。明代著名散文家。其文得《史记》之神理,有唐宋文一唱三叹的馀韵,对清代桐城派产生了巨大的影响,著有《震川先生集》。欧、柳,宋代的欧阳修和唐代的柳宗元,唐宋古文八大家中的两家。

〔7〕"张罗"句:说张开罗网却收获甚少。一囊渔,形容打得鱼很少。

## 丁未春,与李三长蘅下第,并马过滕县贳酒看花,已十四年矣。感叹旧游,如在宿昔,作此诗以寄之[1]

滕县春来花万树,花白花红夹烟雾。交加嫩蕊欺艳阳,灼烁繁英照日暮。今我来时秋已老,柳秃槐黄郎霜露。风雨依稀下第身,莺花指点停车路。与君过此十四春,日月如梭事错互[2]。青春作伴更几回[3]?紫陌看花是前度[4]。花开花落下成蹊,征人合沓从此去[5]。花前掉臂去复来[6],纵见花开有何趣?羡君真作淡荡人,闲即牵舟湖上住[7]。山僧扣门分盘餐,榜人刺舟乞娟素[8]。西湖烟水收渌波[9],灵隐霜林放红雨。征途茫茫君倘忆,清梦悠悠我难赴。推寻旧迹如见君,花白如银咏君句。长蘅寄余诗云:"穀城山好青如黛,滕县花开白似银。"沉吟感叹日欲西,为君酹酒田文墓[10]。

〔1〕丁未,万历三十五年(1607)。李三长蘅,名流芳(1575—1629),字长蘅,又字茂华,号香海、泡庵、慎娱等,排行三,嘉定(今属上海)人。明代著名书画家、小品文作家,与程嘉燧、唐时升、娄坚合称"嘉定四先生"。著有《檀园集》。万历三十五年(1607),李长蘅与钱谦益同去北京参加会试,落第而还。在此之前,钱谦益醉心于前后七子的文学复古;李长蘅对复古派的尖锐批评,对钱谦益触动很大,从此开始了他对学术之渊源、为文之阡陌的重新探讨。由李长蘅的介绍,钱谦益又结交

了四先生中的其他三人,由"嘉定四先生"进一步上溯到归有光,终于在万历四十五年左右形成了独具特色的学术思想和文学观念。十四年,指从万历三十五年到泰昌元年(1607—1620)之间。宿昔,早晚,表示时间很短。诗写景怀人,各得其致。

〔2〕错互:意交错。

〔3〕"青春"句:化用杜甫《闻官军收河南河北》诗中"青春作伴好回乡"的句子。

〔4〕"紫陌"句:用刘禹锡《戏赠看花诸君子》诗中"紫陌红尘拂面来",和《再游玄都观》诗中"种桃道士归何处?前度刘郎今又来"的句子。紫陌,京城郊野的道路。

〔5〕"花开"二句:前一句活用《史记·李将军列传》赞语中"桃李不言,下自成蹊"之意。后一句说,来往这里的人都从花下蹊径而去。合沓,重叠。

〔6〕掉臂:摇动手臂,指看花的人来来去去。

〔7〕"羡君"二句:称赞李长蘅。淡荡,恬淡坦荡。李白《古风》:"吾亦淡荡人,拂衣可同调。"牵舟,划船。湖上,杭州西湖。此句用《南史·张融传》张融故事:"武帝问融住在何处?答曰:'陆居无屋,舟居无水。'后融从兄绪言:'融未有居止,权牵小舡于岸上住。'帝大笑。"李长蘅长期居于西湖,观察临摹,画西湖长卷。

〔8〕榜人:船工。司马相如《子虚赋》:"榜人歌,流声喝。"刺舟:指划船。

〔9〕渌波:清澈的湖水。

〔10〕"为君"句:说代李祭奠。酹酒,以酒洒地而祭。田文,孟尝君齐田文。其墓在滕县南五十里。

## 河间城外柳二首[1]

日炙尘霾辙迹深[2],马嘶羊触有谁禁[3]?剧怜春雨江潭后,一曲清波半亩阴[4]。

〔1〕河间,地名,今属河北省,明代置河间府。泰昌元年(1620)钱谦益应召赴京,途经河间,咏物抒怀。钱谦益闲置十年,这次新皇帝登基,应召北上,本应欢欣鼓舞,意气奋发,但他又对出任充满了畏惧。这两首咏物诗表达的就是这种心理。河间的柳树姿态婀娜,长条鬖鬖,但所处位置不佳,受尽了摧挫。不过只要给它一点春雨,便会"一曲清波半亩阴",其美丽令人心动。此次赴朝会是怎样的情景,作者有点迷茫,不禁触动乡关之思。诗写景宛然在目,抒怀不露痕迹,是非常好的咏物诗。
〔2〕日炙尘霾(mái 埋):太阳烤,风沙吹。炙,烤、晒。霾,大风卷起的风尘。
〔3〕"马嘶"句:意谓来往的马在树下嘶鸣,羊用角触撞树干,从无人禁止。
〔4〕"剧怜"句:意谓一场春雨后,最为可爱。剧,极,甚。怜,喜爱。

长条垂似发鬖鬖[1],拂马眠衣总不堪[2]。昨夜月明摇漾处,曾牵归梦到江南。

〔1〕鬖(sān 三)鬖:细长的毛发下垂的样子。形容垂柳。
〔2〕"拂马"二句:意谓河间的柳树虽然可爱,但毕竟不能当尘拂拂

去马身上的尘土,也不能当作睡觉的行李和遮寒的棉衣。

## 春日过易水[1]

驱车信宿驿程间[2],双鬓萧骚春又还[3]。易水到来偏易感[4],酒人别去更相关[5]。暮云宫阙愁心绕,落日衣冠古道闲。老大不堪论剑术[6],要离坟畔有青山[7]。

〔1〕春日,立春日。易水,发源于河北易县。易水有三,自定兴西南入拒马河为中易;在定兴西沙河流入合于中易者为北易,即诗中说的易水;此外还有南易。天启元年(1621),钱谦益主持浙江乡试,当年曾与他争夺状元的韩敬在这一次乡试中设下圈套,即所谓的"浙闱关节"案,使钱谦益处境十分被动,后虽调查清楚并作了了结,但他还是因疏于查举而受到处分,于天启二年年末辞职回乡。这首诗就是途经易县时所写,感慨宦海险恶。诗中用荆轲失败的典故,写自己"剑术"不精,还不如回乡向精于"剑术"的要离学习。用典切合时地,意蕴深婉。

〔2〕信宿:连宿两晚。

〔3〕萧骚:本为象声词,形容竹、树的风动声,这里指凌乱。

〔4〕"易水"句:说易水这个地方最容易引起人们的感兴。战国时卫国人荆轲,为燕太子丹客,受命入秦刺秦王,太子送至易水上,高渐离击筑,荆轲和歌曰:"风萧萧兮易水寒,壮士一去兮不复还。"为变徵之音,士皆涕泣。荆轲刺秦失败,被杀。

〔5〕"酒人"句:此句写高渐离。荆轲刺秦失败后,高渐离变姓名为人佣保。秦王物色得之,矐其目仍使击筑。渐离乃以铅置筑内,乘隙扑击秦王,不中,被杀。

〔6〕论剑术:《史记·刺客列传》:"鲁勾践已闻荆轲之刺秦王,私曰:'嗟乎惜哉!其不讲于刺剑之术也。'"

〔7〕要离:春秋时刺客。吴公子光既杀王僚,又谋杀王子庆忌。要离献谋,先使吴断其右手,杀其妻,然后诈以负罪出奔,见庆忌于卫。至吴地,渡江,要离于中流刺中庆忌。要离亦伏剑自尽,其墓在苏州阊门南城内。

# 甲子秋北上渡淮寄里中游好四首(选一)〔1〕

世事闲来细忖量〔2〕,不如高卧味差长〔3〕。楯矛互陷多奇疾〔4〕,食宿相兼乏好方〔5〕。细雨秋蝇寻旧册,微风春燕试新妆。故人别后应怜我,头白关山一夜霜。

〔1〕甲子,天启四年(1624)。这一年钱谦益以太子谕德兼翰林院编修、充经筵日讲官、詹事府少詹事纂修《神宗实录》还朝。在赴京的路上写下这组诗,所选为第三首。第一首第一句云:"登车蹙蹙骋何方?"表示了对这次入朝的矛盾,这首诗集中写这种心情。诗中用矛盾互陷、食宿难兼的故事形容自己的心理状态,惟妙惟肖。

〔2〕忖(cǔn 寸上声)量:思量,考虑。

〔3〕高卧:高枕而卧,谓安闲无事。喻隐居不仕。《世说新语·排调篇》:"谢公(安)在东山,朝命屡降而不动。……(高灵)戏曰:'卿屡违朝旨,高卧东山,诸生每相与言,安石不肯出,将如苍生何?'"差:略微,比较。

〔4〕"楯矛"句:事物各有长短,互有抵触。楯矛,即盾矛。楯,同"盾"。语本《韩非子·难一》:"楚人有鬻楯与矛者,誉之者曰:'吾楯之

坚,物莫能陷也。'又誉其矛曰:'吾矛之利,于物无不陷也。'或曰:'以子之矛,陷子之楯,何如?'其人弗能应也。"

〔5〕"食宿"句:喻事情总是难以两全。《艺文类聚》卷十四引《风俗通·两袒》:"俗说齐人有女,二人求之。东家子丑而富,西家子好而贫,父母疑不能决,问其女所欲适,女便两袒,怪问其故,云欲东家食西家宿。"

天启甲子六月,河决彭城,居民漂溺者数万。余以季秋过之,水尚与雉堞齐,方议改筑。悼复河之无人,改邑之不易,停车感叹而作[1]

乱山绕淮泗[2],合沓围彭门[3]。徐城居其中,洼如处覆盆。黄河天上来,蹴踏凌昆仑[4]。睥睨不敢前,纡回避城垣[5]。惟帝怀明德,圭璧有司存[6]。岳渎守常职,冯夷听要言[7]。不然寻丈间,区区筑篱藩[8]。下楗复积薪[9],胡能障河源?今年六月初,乙夜河声喧[10]。上天无纤云,大地忽倒翻。舂撞坚堞隳[11],溯洄后土掀[12]。鱼腹恣吞噬,鲸鲵争翩反[13]。老弱实眢井,褴褛塞茭根[14]。至今城头上,波浪犹沄沄[15]。丽谯栖鱼鳖[16],楼橹刻水痕[17]。潮汐迷昏旦,日月磨精魂。卜云宜改建,墨食惟高原[18]。已闻测圭景,未能具锸畚[19]。古人重迁国,询谋及子孙[20]。徐城古如铁[21],南北通舟辕。面河距形胜,扼险置戍屯。谁与平足定迁[22],无乃巷议繁。去岁地大震,今者河横奔。

天潢溢砥柱[23],地轴摇厚坤[24]。东师犹在野[25],西寇时决踣[26]。狐狸满四野,虎豹守九阍[27]。烂羊费官爵[28],宠鹤多乘轩[29]。谆复布谴告[30],天意良有存。改邑与改井,琐屑安足论。我闻宋熙宁,河决澶渊村[31]。老守夜行呼,河伯回并吞[32]。巍峨黄楼下,十丈建旗幡[33]。吾君神且圣,侧目忧元元[34]。百神咸受职,河神其敢喧。小臣司纪载,欲叙笔已髡[35]。愿诵《河复》诗,浩歌达至尊。

〔1〕天启四年(1624)秋钱谦益应诏北上,途经徐州。这一年六月徐州遭受了特大水灾,死难居民达数万人。钱谦益到徐州时,徐州仍然一片泽国。而朝廷及地方政府不积极治水复河,而是在讨论迁邑。即使迁邑,也毫无实绩。作者不禁抨击朝政混乱,魏党遍布,招致天怒人怨,危机四伏。诗的前半部分描写徐州灾情,触目惊心;后半部分议论感慨,一针见血。其诗本于杜甫、韩愈五古风格,直面现实,冷峻沉郁。雉堞,城上短墙,泛指城墙。

〔2〕淮泗:淮河、泗水。

〔3〕彭门:徐州城门。徐州古称彭城。

〔4〕"黄河"句:说黄河越过昆仑,浩浩汤汤来到徐州。蹴踏,践踏。昆仑,山名。古人认为昆仑上是黄河的发源地。

〔5〕睥睨(pì nì 辟逆):斜着眼看,表示看不起。垣:墙。

〔6〕"惟帝"二句:说上帝贤明,其属下品德高尚,各司其职。圭璧,古代诸侯朝会、祭祀时用作符信的玉器。也用来比喻人品美好。有司,具体负责部门。此处指负责河流的部门。

〔7〕"岳渎"二句:说山川各守其本分。岳渎,山岳河流。冯夷,传说中的河伯。要言,规定,条款。

〔8〕"不然"二句:说黄河水和徐州城虽然只有很近的距离,但相安无事。寻丈,古代指八尺至一丈左右的长度。篱藩,指城墙。

〔9〕"下楗(jiàn键)"句:在水中植树,然后下竹及土石堵截水流。积薪,堆积柴草。楗,河工以埽料所筑之柱桩。《史记·河渠书》:"(汉武帝)令群臣从官自将军已下皆负薪置决河。是时东流郡烧草,以故薪柴少,而下淇园之竹以为楗。"裴骃集解引如淳曰:"树竹塞水决之口,稍之布插接树之,水稍弱,补令密,谓之楗。"

〔10〕乙夜:二更时分,约为夜间十时。

〔11〕"搈(chǒng 宠)撞"句:形容洪水毁坏了城墙。搈撞,冲撞意。堞(dié 碟),城墙上如齿状的矮墙。隳(huī 恢),毁坏。

〔12〕后土:大地。

〔13〕鲸鬣(liè 列):鲸鱼的长须。

〔14〕"老弱"二句:说老弱都填了枯井,婴儿挂在芦苇上。眢(yuān 渊)井,枯井。搴(qiān 千),挂,扯。荄根,竹苇根。

〔15〕沄(yún 云)沄:波浪荡漾貌。

〔16〕丽譙:壮美的高楼。

〔17〕楼橹:古代军中用以瞭望敌军的无顶盖高台。徐州是军事重镇,故云楼橹。

〔18〕墨食:即占卜的吉兆。《尚书·洛诰》:"乃卜涧水东,瀍水西,惟洛食。"《孔氏》曰:"卜必先墨画龟,然后灼之,兆顺食墨。"食,吉兆。

〔19〕"已闻"二句:说已测量了形势,但还未动土。以土圭测度土地、日影、四时。土圭,古代测量工具。锸畚,挖土运土工具。

〔20〕询谋:考虑。

〔21〕"徐城"句:说徐州城自古很坚固。苏轼《答吕梁仲屯田》诗:"高城如铁洪口快。"

〔22〕"谁与"句:说迁邑是很大的事,不能轻率决定。《左传·昭公

十八年》:"子产曰:吾不足以定迁矣。"杜预曰:"子产知天灾不可逃,非迁所免,故托以智不足。"

〔23〕"天潢"句:说河水淹没了砥柱山。天潢,星名。《史记·天官书》:"王良……旁有八星,绝汉,曰天潢。天潢旁江星,江星动,人涉水。"说黄河泛滥的天象。砥柱,山名,即三门山,今在河南三门峡市东北黄河中。河水至此分流,包山而过。其山若水中柱,故曰砥柱山。

〔24〕"地轴"句:说大地摇动。古代传说大地有轴。张华《博物志》说地有三千六百轴。厚坤,指大地。《易》认为天为乾,地为坤。

〔25〕东师:指平定东北地区反叛朝廷的后金的军队。

〔26〕西寇:西北、西南正在兴起的农民军。蹯(fán 凡):兽足掌。

〔27〕"狐狸"二句:指魏忠贤的党徒遍布朝廷各个部门。九阍,九天之门,常用来比喻帝王的宫门。

〔28〕"烂羊"句:说魏忠贤的党徒多为贾竖小人。《后汉书·刘盆子传》:"更始时,所授官爵,皆群小贾竖,或有膳夫庖人。长安为之语曰:烂羊胃,骑都尉。烂羊头,关内侯。"

〔29〕"宠鹤"句:说魏忠贤党徒占据高位,获得富贵。宠鹤乘轩,《左传·闵公二年》:"卫懿公好鹤,鹤有乘轩者。将战,国人受甲者皆曰:'使鹤!鹤实有禄位,余焉能战?'"后用"鹤轩"喻滥厕禄位者。轩,车轿。

〔30〕"谆复"句:说黄河淹没徐州是上帝警告朝廷。谆复,反复恳切地告诫。

〔31〕"我闻"二句:苏轼《河复》诗序:"宋熙宁十年秋,河决澶渊,注钜野,入淮、泗。自澶、魏以北皆绝流,而齐、楚大被其害。彭门城下水二丈八尺,七十馀日不退,吏民疲于守御。十月十三日,澶州大风终日,既止,而河流一枝已复故道。乃作《河复》诗歌之。"

〔32〕"老守"二句:说宋熙宁十年的河患,守城的人通宵呼喊,洪水

15

后退。老守,守夜人。河伯,代指洪水。

〔33〕"巍峨"二句:宋熙宁年间在黄楼设坛祭祀河神。苏轼《谢太虚以黄楼赋见寄》诗:"黄楼高十丈,下建五丈旗。"

〔34〕"侧目"句:关心天下子民。侧目,不敢正视之貌。此处指忧虑貌。元元,平民百姓。

〔35〕"小臣"二句:说自己的职责是记录史事,可是朝廷无功业可记载。"笔已髡"暗讽朝政昏聩。髡(kūn 昆),光秃貌。

# 王师二十四韵〔1〕

六月王师捷,东方息鼓鼙〔2〕。潢池皆赤子〔3〕,京观即黔黎〔4〕。割剥缘肌尽,诛求到骨齐〔5〕。相将持棓梃〔6〕,只似把锄犁。大将兵符集〔7〕,中原战马嘶。可怜禽狗鼠,还与僇鲸鲵〔8〕。兔已无馀窟〔9〕,羊偏畏触羝〔10〕。侦犹烦地穴〔11〕,攻亦舞冲梯〔12〕。贼缚加钩索,师还布蒺藜〔13〕。堑沟填老弱,竿槊贯婴儿。血并流为谷,尸分踏作蹊〔14〕。残膏腥灶井〔15〕,枯胾挂棠梨〔16〕。处处悬人腊〔17〕,家家占鬼妻〔18〕。虎饥伥亦泣〔19〕,人立豕能嗁〔20〕。穴颈同蒿艾〔21〕,刳肠见草稊〔22〕。旋风来凛凛,哭鬼去凄凄。虚市稀烟突〔23〕,乡邻断犬鸡。暗行磷自照〔24〕,春作骼成泥〔25〕。兵候天犹惨,荒郊日易低。停车心悄悄,不寐夜栖栖〔26〕。寇灭欣弹指〔27〕,奴强恐噬脐〔28〕。天心留儆戒〔29〕,人事识端倪。庙算纡筹策〔30〕,王功费品题〔31〕。丰碑并崇庙〔32〕,

蠢蠢夕阳西。

〔1〕天启四年(1624)钱谦益北上,要经过乱军横肆的山东,一路上忐忑不安。可是一进山东地界,就得知山东乱军被平,于是作《闻山东贼平,喜而书驿壁代作,示顾伯钦小仪》诗。后过清流关、磨盘岭,一路行来,对朝廷军队平乱的具体情况有所了解,于是写下了这首反映所谓"王师"残暴屠戮无辜百姓罪行的五言排律。这首诗与所选上一首诗在写法上有相似之处,客观描写,冷静陈述,血腥场面令人发指,抒发情感顿挫沉郁。

〔2〕鼓鼙(pí 皮):概指大小战鼓。军队打仗时激励士气用。此处指战事。

〔3〕"潢池"句:说所谓的盗贼,都是因无以为生而被迫铤而走险的平民百姓。潢池,池塘。《汉书·龚遂传》:"其民困于饥寒而吏不恤,故使陛下赤子盗弄陛下之兵于潢池中耳。"

〔4〕"京观"句:说堆积如山的尸体都是无辜百姓的生命。京观,古代战争胜者为了炫耀武功,收集敌人尸体,堆积起来,封土成高冢,称为京观。《左传·宣公十二年》:"君盍筑武军,而收晋尸以为京观。"黔黎,即黎民百姓。

〔5〕"割剥"二句:说政府对百姓的盘剥到了骨髓。缘肌尽、到骨齐,形容诛求殆尽。

〔6〕棓梃(bàng tǐng 棒挺):木棒。

〔7〕兵符:国家调遣军队的符节凭证。

〔8〕"可怜"二句:说朝廷以重兵镇压乱民是小题大做。禽,通擒。狗鼠,比喻乱民。僇,同戮。鲸鲵,《左传·宣公十二年》:"楚子曰:'古者明王伐不敬,取其鲸鲵而封,以为大戮。'"杜预曰:"鲸鲵,大鱼名,以喻不义之人。"

〔9〕"兔已"二句:说乱民是为生存所迫。语本"狡兔三窟"故事。

〔10〕"羊偏"句:说老百姓也不愿意为乱,起义乃迫不得已之事。羊触羝,典出《易·大壮》:"九三,羝羊触藩,羸其角。"言公羊以角触篱,卡在其中,进退两难。

〔11〕"侦犹"句:描写王师侦察乱军时深入到地下三尺。烦,频繁搅动。地穴,地洞。

〔12〕"攻亦"句:描写王师攻打时登高屠杀。舞冲梯,梯子搬来搬去。《后汉书·公孙瓒传》:"冲梯舞吾楼上,鼓角鸣于地中。"以上两句互文。

〔13〕蒺藜:一种带刺的植物。这里指铁蒺藜,系金属制成的蒺藜状障碍物,打仗时用以阻止敌军前进。

〔14〕"尸分"句:说尸体遍野,分开尸体,才会腾出小路。

〔15〕"残膏"句:说战事过去已数月,灶台井水仍有死人膏血的腥味。

〔16〕枯馘(guó 国):干枯的耳朵。古代战争中以割获敌军左耳多少记功。

〔17〕人腊:干枯的尸体。

〔18〕鬼妻:即死者的妻子。说男人们都被杀害,只剩下了女人。张华《博物志》:"越之东,有骇沐之国,父死则负其母而弃之,言鬼妻不可与同居。"

〔19〕"虎饥"句:说老百姓被残杀殆尽,老虎都无处食人。伥(chāng 昌),《广异记》云,被老虎吃了的人变成伥鬼,引虎食人。

〔20〕"人立"句:形容战后村舍荒凉,人烟凋敝的情景。《左传·庄公八年》:"齐侯田于贝丘,见大豕,从者曰:'公子彭生也。'公怒曰:'彭生敢见。'射之,豕人立而涕。"豕,猪。

〔21〕"穴颈"句:说官军杀人就像割蒿艾一样。即草营人命。穴

颈,洞穿人的脖颈。

〔22〕"刳(kuī亏)肠"句:割开乱民的肠子,里边装的是草籽之类的食物。稊(tí题),草名。结实如米。

〔23〕虚市:指城镇。虚,通"墟"。烟突:烟囱。

〔24〕磷:磷火。

〔25〕作:耕作。胔(zì自):腐肉。

〔26〕栖栖:恐怖孤寂。

〔27〕"寇灭"句:说朝廷欢庆用很短的时间就取得了扫荡乱军的战绩。弹指,一弹指,佛家语,喻时间短暂。

〔28〕"奴强"句:说官军与建州军队争战恐怕不那么容易。奴,指建州军队。噬脐,自噬腹脐,比喻不可及。《左传·庄公六年》:"亡邓者必此人也。若不早图,后君噬脐,其及图之乎?"

〔29〕儆戒:警告,戒备。

〔30〕"庙算"句:说朝廷上制定筹谋定策。纡,回旋曲折,此引申为费周折。

〔31〕品题:评论,品味。

〔32〕崇庙:为表彰战功建立的祠庙。


# 天启乙丑五月,奉诏削籍南归,自潞河登舟,两月方达京口,途中衔恩感事,杂然成咏,凡得十首(选三)〔1〕

破帽青衫出禁城〔2〕,主恩容易许归耕。趁朝龙尾还如梦〔3〕,稳卧牛衣得此生〔4〕。门外天涯迁客路,桥边风雪蹇驴情〔5〕。汉家中叶方全盛,《五噫》何劳叹不平〔6〕。

19

〔1〕天启乙丑,即天启五年(1625)。削籍,官吏被革职,在官籍中除名。潞河,即今潮白河,为北运河上游,南经潞县为潞河。潞县故城在北京通州区东。京口,今江苏镇江市。天启五年三月阉党傅櫆诬奏汪文言,魏忠贤借此大兴党狱,左光斗、魏大中、杨涟、袁化中、周朝瑞、顾大章等被逮,赵南星等削职。钱谦益也在被削职者之列。钱谦益与东林党有很深的渊源,朝中与东林党人杨涟、黄尊素及天启六年被逮捕的缪长期、高攀龙、周宗建、李应升等交往甚密,被株连排挤势不可免,幸运的是钱谦益没有如杨涟等人身陷厂狱,被拷掠至死,只得了一个削籍的处分,这就是诗中说的"主恩容易许归耕"。钱谦益有很好的心理调节机制,每遇到挫折,很快就会找到排解的渠道,并给自己安排好退路——著书立说,耦耕田园。

〔2〕破帽:本意指破旧的帽子。诗中特指平民帽子。天启二年(1622)十月十八日,文震孟针对"党议兴,正人逐"的情况上疏曰:"顷尚书王纪,削籍归农。策蹇出都,人谓快于驰驿,破帽蒙头,人谓华于蟒玉。诸臣被道学之名以去,其贵且甚于三公九卿也。"(《初学集》卷二《客途有怀吴中故人六首·文状元文起》注〔1〕)青衫:本指学子所穿服色,诗中指削官后身份微贱者所穿的衣服。禁城:宫城,指京城。

〔3〕趁朝:上朝。龙尾:即龙尾道。唐代含元殿侧曲折而上的甬道,由丹凤门北望,宛如龙尾下垂于地。白居易《戊申岁暮咏怀》诗:"龙尾趁朝无气力。"

〔4〕牛衣:为牛御寒之物,如蓑衣之类。后代指贫贱者的衣服。《汉书·王章传》载:王章贫贱时无被,卧牛衣中。后仕宦到京兆,仍不足,其妻止之曰:"人当知足,独不念牛衣中涕泣时耶?"

〔5〕蹇(jiǎn 减)驴:驽劣的驴。

〔6〕五噫:歌名。诗五句,每句末都有一"噫"字,故名。其诗云:

"陟彼北芒兮,噫!顾览帝京兮,噫!宫室崔嵬兮,噫!人之劬劳兮,噫!辽辽未央兮,噫!"《后汉书·梁鸿传》云,梁鸿东出关过京师,作《五噫》之歌。后来多用"五噫"作为告退的典故。

已分班联隔鹭鸿[1],只应伴侣托鱼虫[2]。故书堆可当长枕,今雨轩如在短蓬[3]。数卷丹铅还老子[4],两朝朱墨付群公。余摊书舟中,草《开国群雄事略》。时方捃击三案,议改正光庙实录[5]。汗青头白君休笑,漫拟千年号史通[6]。新莽时封司马迁为史通子。

〔1〕班联:朝班的行列。鹭鸿:由鹭鸶变化而来,喻整肃有序的朝官。

〔2〕鱼虫:汉代古文经学家注释儒家经典,注重典章制度及名物的训释、考订,后遂以"虫鱼"泛指名物和典章制度,也指训诂考据之学。

〔3〕今雨轩:杜甫《秋述》:"秋,杜子卧病长安旅次,多雨生鱼,青苔及榻,常时车马之客,旧,雨来,今,雨不来。"说宾客旧日遇雨来,而今遇雨则不来。后用旧雨比喻老朋友,新雨比喻新交的朋友。这里作者说自己在简陋的居所里与朋友们聚会。短篷:小船。贫贱者用的船。

〔4〕丹铅:丹砂和铅粉,古人用来校勘文字,所以称考订工作为丹铅。韩愈《秋怀诗》:"不如觑文字,丹铅事点勘。"老子:老夫之意,自称。

〔5〕"两朝"句:说自己将全力撰写关于元末明初史事之书。朱墨,朱红色和黑色。指用朱笔和墨笔分别批注或编辑书籍。群公,即元明之际争霸群雄。三案,指与光宗朱常洛有关的"梃击案"、"红丸案"、"移宫案"。东林党在三案中支持朱常洛,发挥了很大的作用。天启时期,朝内与东林党对立的浙、齐、楚三党都投靠了魏忠贤,狐假虎威,迫害正人。并议改《光宗实录》,主要目的是翻"三案"。

21

〔6〕"汗青"二句:说自己将用馀生修史,像司马迁一样被人称作"史通子"。汗青,古代在竹简上写字,先用火烤竹简令其出汗,干则易写,又不受虫蚀,故称为汗简。后引申为书册。汗青头白,语本刘子玄《上萧至忠书》:"首白可期,而汗青无日。"

《齐物》粗知蒙邑书[1],讵应戴笠羡乘车[2]。敝冠何意弹新沐[3],脱发谁能恋晓梳[4]。身隐不须言放逐,时清未可废樵渔。耦耕旧有高人约,带月相看并荷锄[5]。谓程孟阳也。

〔1〕《齐物》:《庄子》中的篇名,内容以齐是非、齐彼此、齐物我、齐天寿为主。蒙邑:地名,因庄子为宋之蒙人,故此以蒙邑指代庄子。这句意谓由《齐物》篇可以大致知道《庄子》的思想。

〔2〕"讵应"句:怎么戴笠的就应该羡慕乘车的?讵,何,岂。戴笠,喻贫贱;乘车,喻富贵。也用来指故旧之交,富贵不忘相揖之意。徐坚《初学记》卷十八《风土记》:"越俗性率朴,初与人交有礼,封土坛,祭以犬鸡,祝曰:'卿虽乘车我戴笠,后日相逢下车揖;我步行,卿乘马,后日相逢卿当下。'"

〔3〕"敝冠"句:屈原《渔父》:"吾闻之,新沐者,必弹冠,新浴者,必振衣。"《汉书·王吉传》:"吉与贡禹为友,世称'王阳(王吉字子阳)在位,贡公弹冠'。言其取舍同也。"这句把两个典故糅合在一起,说自己辞禄而返耕,未尝不是一件令人庆幸的事情。

〔4〕"脱发"句:说没有头发不会惦记梳子。

〔5〕"耦耕"二句:说自己要和程孟阳践约而耦耕。耦耕,二人并耕,泛指耕种。程孟阳,名嘉燧(1565—1643),号偈庵、松圆,安徽休宁人,侨居嘉定(今属上海)。善画山水,与李长蘅齐名。有诗名。其诗学观点对钱谦益影响很大。据《初学集》卷四五《耦耕堂记》云:万历四十

五年(1617),他们有栖隐之约。并说"天启中,予遭钩党之祸,除名南还,途中为诗曰:'耦耕旧有高人约,带月相看并荷锄。'盖追思畴昔之约,而悔其践之不早也。"

## 投老丙寅闰六月廿一日[1]

投老经年掩荜门[2],清斋佛火自晨昏[3]。衣裳旋觉蜉蝣改[4],篱落频看木槿繁[5]。时至雄风生左角,梦回斜日照西垣[6]。水边林下君知否?定有高人一笑论[7]。

[1] 此诗以第一句首二字为题。投老,到老,临老。丙寅,天启六年(1626)。诗写削籍回乡后潜心于佛教,然而内心深处不时会冒出一试身手的豪情。诗写得声情顿挫,沉郁中不乏昂奋恣纵。

[2] 经年:时间很长。这里指一年。荜(bì 毕)门:用荆竹编成的门,为贫者所居。荜,同筚。这一句写作者回乡后,由于党狱正兴,不得不禁锢一室,尽量不引起阉党注意。

[3] 清斋:清心素食。世俗以素食为斋,诗中指礼佛。

[4] "衣裳"句:形容时间过得很快。蜉蝣(fú yóu 浮游),一种虫子,体细狭,四翅。寿命短者数小时,长者六七日。《诗经·曹风·蜉蝣》:"蜉蝣之羽,衣裳楚楚。"蜉蝣刚成虫时,羽翅楚楚。

[5] 篱落:篱笆。木槿繁:木槿树生长得很茂盛。

[6] "时至"二句:意谓自己虽然清斋礼佛,但内心深处仍不忘国事。左角,指星宿的位置。《史记·封禅书》:"其令郡国县立灵星祠。"裴骃集解引三国张晏语:"龙星左角曰天田,则农祥也,晨见而祭。"天田,古时西北边塞用作侦查敌人出入踪迹的沙田。诗中由左角之意引申

到天田,由天田指向边情。西垣,也称西掖,中央政府的中枢机构中书省的别称。

〔7〕"水边"二句:如果有人知道我身在水边林下,而心里想的却是魏阙,一定会讥笑我。胡仔《苕溪渔隐丛话》引《遁斋闲览》云:"诗人类以弃官归隐为高,然鲜有能践其言者。故灵彻《答韦丹书》云:'相逢尽道休官去,林下何曾见一人。'盖讥之也。赵嘏云:'早晚粗酬身了事,水边归去一闲人。'若身事了则仕进之心愈炽,愈无期矣。"作者意思是说一个胸怀大志的人完全隐居起来,不问世事,是不容易做到的。

# 和徐于悼响阁前小松之作二首(选一)〔1〕

提壶自挂石栏前〔2〕,每于庭柯一怅然〔3〕。可是孤根难蛰地〔4〕,也应造物忌参天〔5〕。未成鳞甲先供伐,稍出蓬蒿已被镌〔6〕。回挽沧江更谁是?直须云壑卧千年〔7〕。

〔1〕徐于,字于王,常熟人。出生富豪之家,不问生产,食贫如寒素。酷爱晚唐宋元诗,采辑所多。钱谦益天启五年(1625)回乡,徐于曾馈赠人参以示慰问。钱谦益写了《次韵答徐大于王谢饷参之作》。天启七年(1627)正月十六,钱谦益又有《十六日雨中邀徐于诸人看灯口占代简》,接着又有《次韵徐大于王别后有忆之作》、《再和徐于前韵》、《柳絮词为徐于作六首》、《次韵徐于伤故妓词二首》等诗。后徐于送鹤,并附《赠竹深堂鹤》诗,钱谦益作《代鹤答》诗。本诗就作于《代鹤答》之后。可见钱谦益回乡后,徐于是交往最密的友人之一。响阁,楼阁名。这首诗学习李商隐《悼小松》,得其神髓,而更苍老顿挫。

〔2〕提壶:鸟名。刘禹锡《和苏郎中寻丰安里旧居寄主客张郎中》

诗:"池看科斗成文字,鸟听提壶忆献酬。"挂:落。

〔3〕庭柯:庭院中的树木。诗中指响阁前的小松。陶渊明《停云》诗:"翩翩飞鸟,息我庭柯。"

〔4〕蛰(zhé折):昆虫伏藏地下。《易·系辞下》:"龙蛇之蛰,以存身也。"此处指小松孤根扎入地下。

〔5〕造物:创造万物的上天。参天:高耸入天。

〔6〕镵:铲除,削去。

〔7〕"回挽"二句:只有在山谷中生长千年的老松才可回挽沧江。云壑,高峻的山谷。这两句用黄庭坚《秋思寄子由》诗:"老松阅世卧云壑,挽著沧江无万牛。"

# 茅山怀古六首(选二)〔1〕

磐石崇天坛〔2〕,勾金隐地肺〔3〕。叔申既来游,二弟亦至止〔4〕。山中轻宰相,人间重长史〔5〕。君看神武门,挂冠复谁子〔6〕?

〔1〕茅山,山名。在江苏句容县东南,原名句曲山。传说汉茅盈与弟茅衷、茅固得道于此,世号三茅君,山亦为茅山,也称三茅山。天启七年六月,钱谦益丧子。钱谦益父子两代单传,他本人三举子不育,而且这个儿子在天启三年的钩党之狱中,与他风雨晦明,有特殊的感情。钱谦益不胜悲痛,六月二十三日去茅山为亡子设醮,写下了《登茅山三首》、《茅山怀古六首》诗。后一题诗写的很大胆,第二首讽刺逆阉遣使去茅山祈福,第五首指斥逆阉从子魏良卿进爵宁国事。天启皇帝朱由校这一年八月死,显然钱谦益去茅山时,尚不知皇位更替的事。所选为第一、二

首。钱谦益学博才富,每写一个题材,总是把历史、地理的故事顺手拈来,读者的想象空间得到了极大的拓展。

〔2〕磐石:本指扁而厚的大石头,诗中说的是传说中的神石。《真诰·稽神枢》:"天市坛石正当洞天之中央,玄窗之上。此石是安息国天市山石,所以名之为山市磐石。玄帝时,召四海神使运此磐石于洞天之上耳。"天坛:即天市坛石。

〔3〕勾金:《真诰·稽神枢》:"句曲山,秦时名为句金之坛,以洞天内有金坛百丈,因以致名也。"地肺:《真诰·稽神枢》:"金陵者,洞府之膏腴,句曲之地肺也。注曰:'水至则浮,故曰地肺。'"

〔4〕"叔申"二句:说茅山三君来此山得道的事。葛洪《神仙传》:"茅君名盈,字申叔,西阳人也。十八岁入恒山学道,积二十年,道成而归。君之弟名固,字季伟;次弟名衷,字思和。君之江南,冶于句曲山。后二弟过江寻兄,君使服四扇散,于山下洞中修炼,四十馀年,亦得成真。"

〔5〕"山中"二句:茅山里的价值观念和人世间大不相同,人世间一人之下万人之上的宰相在山中也不被看重,而即使一个长史这样的小官在人世间也看得很重。长史,辅佐王府管理事务的官。

〔6〕"君看"二句:用南朝时陶弘景辞官到茅山修道事。《南史·陶弘景传》:"永明十年,脱朝服挂神武门,上表辞禄,诏许之。"

新莽窃汉篆,遍走媚百神〔1〕。刻镂金玉钟,赍赠三茅君〔2〕。斗柄难久据〔3〕,蛙声徒秽闻〔4〕。三君笑不顾,骑鹤凌白云〔5〕。逆奄遣使祈福方内名山,首及三茅。

〔1〕"新莽"二句:王莽篡夺汉室天下后,到处祀神祈福。新莽,王莽废汉自立,建号新,故称新莽。篆,帝王自称上天赐给他的符命之书。

〔2〕"刻镂"二句:《真诰·稽神枢》:"王莽地皇三年,遣使者章邕赍黄金百镒、铜钟五枚,赠之于句曲三仙君。"

〔3〕"斗柄"句:意谓王莽窃取的皇权难于长久。《汉书·王莽传》:"莽亲之南郊,铸作威斗,以五石铜为之,若北斗,长二尺五寸,欲以厌胜众兵。""既成,命司命负之。莽出在前,入在御旁。"

〔4〕"蛙声"句:说王莽不得正王之位。《汉书·王莽传赞》:"紫色蛙声,馀分闰位。"应劭曰:"紫,间色;蛙,邪音也。"服虔曰:"言莽不得正王之位,如岁月之馀分为闰也。"师古曰:"蛙声,乐之淫声。"

〔5〕"三君"二句:葛洪《神仙传》:"每三月十八日,十二月二日,三君各乘一白鹤,集于峰顶。"

# 丁卯十月书事四首(选二)〔1〕

秋窗晴日影迟迟,午梦初醒黍罢炊。独对空枰尝敛手〔2〕,每临残局更谈棋。霜清狡兔争营窟〔3〕,月白惊乌尽拣枝〔4〕。一著虽低差较稳,且依旁角守茅茨〔5〕。

〔1〕天启七年(1627)八月,明熹宗朱由校死,遗诏皇五弟朱由检继位,明年为崇祯元年。这个消息对千疮百孔的明王朝,对被阉党残酷迫害的东林党人,无疑带来整顿朝政,振兴王朝的希望。九月二十六日崇祯登基的消息及颁布的诏命传来,诏命撤销了对钱谦益等人的处分。为此钱谦益有《九月二十六日恭闻登极恩诏有述》诗,云:"三载先朝版籍民,恩诏重许从儒绅。""旋取朝衣来典库,还如舞袖去登场。"十数日后,钱谦益悲喜交加之馀,开始冷静地总结这次党祸,写下了这组诗。诗中怀念死难的朋友并分析目前朝廷的形势,思考了自己入朝的前景。这里

选的是第三、四首。

〔2〕枰(píng评):棋盘,博局。

〔3〕狡兔营窟:《战国策·齐四》:"冯谖曰:'狡兔有三窟,仅得免其死耳。君今有一窟,未得高枕而卧也,请为君复凿二窟。'"以之喻为藏身谋进找门路。

〔4〕"月白"句:语本曹操《短歌行》:"月明星稀,乌鹊南飞,绕树三匝,何枝可依。"比喻天子交替之际,朝臣们都在看风使舵,拣枝择木。

〔5〕旁角:弈棋语,即边角路。茅茨:由茅屋引申为平民的住所。诗中指隐居为民。

黄门北寺狱频仍〔1〕,录牒刊章取次征〔2〕。死后故应来大鸟,生时岂合点青蝇〔3〕。苍茫野哭忧邦国,寂寞家居念友朋。痛定不堪重拭泪〔4〕,清斋勤礼佛前灯。

〔1〕"黄门"句:朝廷的党狱连续不断。黄门,官署名。北寺,东汉的监狱名,属黄门署,主管监禁、审讯将相大臣。因在宫省的北面,故称北寺狱。《后汉书·党锢传》:"帝愈怒,下膺等于黄门北寺狱。"钱谦益诗中常用东汉党锢指明末对东林党的迫害。频仍,频繁,连续不断。

〔2〕"录牒"句:叙述阉党迫害东林党人。录牒,名册。刊章,删削去告发人姓名的捕人文书。取次,任意,随便。

〔3〕"死后"二句:用东汉杨震故事。《后汉书·杨震传》:"震改葬华阴潼亭,先葬十馀日,有大鸟高丈馀,集震丧前,俯仰悲鸣,泪下沾地。葬毕,乃飞去。帝感震之枉,下诏策曰:'故太尉震,正直是与,俾匡时政,而青蝇点素,同兹在藩。'"青蝇,苍蝇的一种。《诗经·小雅·青蝇》:"营营青蝇,止于樊。岂弟君子,无信谗言。"常用青蝇比喻进谗言的佞人。这两句说东林党人具有杨震那样感动天地的人格,怎会如阉党诬陷

的那样接受贿赂呢?

〔4〕"痛定"句:痛定思痛,尚且不能忍受其悲愤,何况当时。韩愈《与李翱书》:"今而思之,如痛定之人,思当痛之时,不知何能自处也。"

## 群狐行[1]

一狐缢死镇琅珰,一狐缢死悬屋梁[2]。群狐作孽两狐当,公然揶揄立道旁[3]。昔日群狐假狐势,一狐为宰一狐帝[4]。一朝狐败群狐跳,杀狐烹狐即尔曹[5]。两狐就缢皆号咷[6],狐不生狐乃生枭[7]。狐已死,枭尚肆,捕枭作羹亦容易。群狐群狐莫嬉戏,夜半晱忽雷火至[8]。

〔1〕崇祯皇帝八月登基,十一月安置魏忠贤于凤阳,寻命逮治。时魏阉行至河间府的阜城,知罪不免,与另一党羽李朝钦自缢于途中,诏命磔其尸,悬首河间。熹宗乳母客氏被处死,魏忠贤的从子魏良卿、客氏子侯国兴、客氏弟客先被弃市。崇祯以迅雷不及掩耳之势摧毁了阉党的核心,激发了朝野对新皇帝的极大信心。这首诗以比兴的手法,把阉党集团比作群狐,群狐依仗的是熹宗这一棵大树,一旦大树倒下,群狐的末日也就到了。此时尚未"定逆案",但作者满怀信心,相信阉党集团不久就会彻底瓦解。通俗的语言,歌行体的节奏,加之比拟的构思,诗写得痛快而不失直白。

〔2〕"一狐"二句:阉党首领魏忠贤、崔呈秀二阉上吊自缢而死。魏忠贤赴凤阳途中带锁链自缢,崔呈秀在家中自缢(见《明史·宦官传》、《阉党传》)。镇(suǒ锁),同锁。琅珰,铁锁链。

29

〔3〕揶揄：嘲笑，戏弄。

〔4〕"昔日"二句：形容阉党狐假虎威，作威作福。魏、崔二人俨然是君相。《明史·宦官传》："当此之时，内外大权一归忠贤。内竖自王体乾等外，又有李朝钦……等三十馀人，为左右拥护。外廷文臣则崔呈秀……主谋议，号'五虎'。武臣则田尔耕……主杀戮，号'五彪'。又吏部尚书周应秋……等，号'十狗'。又有'十孩儿'、'四十孙'之号。而为呈秀辈门下者，又不可计数。"《阉党传》："忠贤冀假事端倾陷诸害己者，得呈秀，恨相见晚，遂用为腹心，日与计谋。"天启时，崔呈秀官至臣极，出入煊赫，势倾朝野。

〔5〕"一朝"二句：说阉党瓦解后，党羽们谋求出路，反戈一击。尔曹，汝辈，你们。

〔6〕号咷：嚎啕。

〔7〕枭（xiāo 消）：恶鸟，也作鸮，俗名猫头鹰。枭鸟食母，喻恶人。崇祯登基，阉党杨所修、杨维垣先攻崔呈秀来试探皇帝。这里以枭比喻阉党的人品。

〔8〕睒（shǎn 闪）忽：电光闪烁。

# 十七日早晴过熨斗柄，登茶山，历西碛、弹山，抵铜坑，还憩众香庵〔1〕

吴山环西南，其山秀而崒〔2〕。郁盘起玄墓〔3〕，迤逦属西碛。梅花生其中，居然好宫斋。譬彼冰雪姿，绰约处姑射〔4〕。回环具区水，粘天浸寒碧〔5〕。空濛滋霜根，浩渺荡月魄。湖山畜气韵，烟云发芳泽。所以西山梅，迥出凡梅格。我来早春时,发兴蜡双屐[6]。探奇忘晴雨,寻花越阡陌[7]。茫茫梅花海,上有花雾积[8]。不知何处香,但见四山白。篮舆度花梢,登顿旋已易[9]。恍忽如梦境,愕眙眩游迹[10]。纵览乘朝暾[11],留连坐日夕。残阳挂烟树,横斜似初月。清游难省记,胜情易追惜[12]。还恐梅花神,茫茫笑逋客[13]。

〔1〕《初学集》卷七四《亡儿寿耇圹志》云:"余既罢归,犹惴惴惧不免","奄钩党益亟,逻者错迹里门,余锏门扃户,块处一室,若颂系然。""丙寅(天启六年)之三月,缇骑四出,警报日数至,家人环守号泣。"钱谦益从天启五年五月被削籍回乡,一直到天启七年,其间虽然没有如东林诸君子那样身被大难,但日子过得也不轻松。随着明熹宗的死,这样的日子结束了。崇祯元年(1628)正月初一,钱谦益就在计划出游。其诗《崇祯元年元日立春》云:"钓船游屐须排日,先踏西山万梅树。"正月十四日,作者怀着极大的兴致畅游苏州西山的名胜,由横塘出发,到光福,夜步虎山桥;正月十五阻雨,泊舟光福,十六日冒雨游玄墓,十七日早晴,游历了熨斗柄、茶山、西碛、弹山、铜坑等地,休息在众香庵。这首诗描写西山、西山梅以及自己沉浸于西山梅花海中的忘情。诗写得轻松快意,挥洒自如。

〔2〕秀而崒:秀美而且绵延不绝。崒,山相连接貌。《尔雅·释山》:"属者崒。"疏:"言山形相连属,骆驿然不绝者名崒。"

〔3〕郁盘:曲折幽深貌。玄墓:山名。在苏州吴县西南七十里。一名袁墓山,也叫万峰山。相传汉代邓尉隐居于此,故又叫邓尉山。

〔4〕"绰约"句:《庄子·逍遥游》:"藐姑射之山,有神人居焉,肌肤若冰雪,绰约若处子。"后世诗文或作姑射,或称藐姑,不再称山,而是指神仙或美人。诗中既写山也写梅花。

〔5〕"回环"二句:描写太湖水粘天浸地。具区,即今太湖。《尔

雅·释地》:"吴越之间有具区。"《汉书·地理志》上:"东南曰扬州,其山曰会稽,薮曰具区。"粘天,湖水与天连接。韩愈《祭河南张员外文》:"洞庭漫汗,粘天无壁。"寒碧,指清冷澄澈的湖水。

〔6〕蜡双屐:给屐上蜡。木屐,底有二齿,以行泥地。为了使木屐不沾泥,屐要涂蜡。

〔7〕阡陌:田间小路。

〔8〕"茫茫"二句:描写西山梅花的景象。西山梅花一望无际,如海如潮,天空中弥漫着梅花的花雾。苏轼《安福寺寻春》诗:"玉仙洪福花如海。"

〔9〕"篮舆"二句:描写游山观梅的情景。篮舆,竹轿。登顿,攀山。这两句说竹轿几乎是在梅树树梢上行走,攀登间景色已变。

〔10〕愕眙(è yí 饿仪):惊视。眩:迷乱。

〔11〕朝暾(tūn 吞):早晨的阳光。《隋书·音乐志》下《朝日奏诚夏辞》:"扶木上朝暾,嵫山沉暮景。"

〔12〕清游:高雅爽意的游览。胜情:高雅美好的情味。

〔13〕逋(bū 晡)客:逃人。孔稚珪《北山移文》:"请回俗士驾,为君谢逋客。"晋时周颙曾隐于北山,后应诏出为海盐县令。后以逋客指隐士或无官失意的人。


# 众香庵赠自休长老〔1〕

略彴缘溪一径分〔2〕,千林香雪照斜曛〔3〕。道人不作寻花梦,只道漫山是白云〔4〕。

〔1〕众香庵,苏州西山的一所庙。长老,对年长和尚的尊称。这首

诗写西山梅花,得神略貌,形象宛然,韵味悠远。

〔2〕略彴(zhuó 卓):小木桥。此句说梅花满山遍野,只有沿着溪水才有小桥路径。

〔3〕香雪:形容梅花一望如雪,香风不绝。斜曛(xūn 熏):夕阳的馀光。

〔4〕"道人"二句:众香庵的和尚们生活在梅林之中,因此不作"寻花梦",反说花"是白云"。

# 喜复官诰赠内,戏效乐天作[1]

三年偶失楚人弓[2],忧喜回旋似塞翁[3]。我褫绯衣缘底罪[4],君还紫诰有何功[5]?佩环再试从风响,宝髻仍看耀日红[6]。重作安人莫侈太[7],馌耕还忆旧家风[8]。白诗云:"我转官阶尝自愧,君加邑号有何功?"

〔1〕崇祯元年(1628)三月初,朝廷恢复了给钱谦益夫人的诰封,作者写了这首和内人诗。诗中充溢着否极泰来的欢快,显得轻松风趣。

〔2〕楚人弓:传说春秋楚共王出猎,遗失宝弓,左右的人要寻找。共王曰:"止。楚人遗弓,楚人得之,又何求焉?"后形容有所失而利不外溢为楚弓楚得。

〔3〕塞翁:即塞翁失马,焉知非福意。《淮南子·人间》:"近塞上之人,有善术者,马无故亡而入胡,人皆吊之。其父曰:'此何遽不为福乎?'居数月,其马将胡骏马而归,人皆贺之。其父曰:'此何遽不能为祸乎?'家富良马,其子好骑,堕而折其髀,人皆吊之。其父曰:'此何遽不为福乎?'居一年,胡人大入塞,丁壮者引弦而战,近塞之人,死者十九,此

33

独以跛之故,父子相保。故福之为祸,祸之为福,化不可极,深不可测也。"

〔4〕"我褫(chǐ齿)"句:我被剥夺了官阶到底是什么罪? 褫,剥夺,解除。绯衣,红色的衣服。唐制,文武官员三品以上服紫,四品服深红,五品服浅红。这里指朝服。

〔5〕紫诰:古人书函用泥封,诏书以锦囊盛,紫泥封口,加印章。后称皇帝诏令为紫诰。诗中指钱谦益夫人的封赠。

〔6〕"佩环"二句:描写其夫人反复穿戴诰命夫人的服饰。宝髻,古代妇女的一种发式。

〔7〕安人:朝廷给妇人封赠的称号。明制,六品官之妻封安人。侈太:过分奢侈。

〔8〕"馌(yè业)耕"句:说夫人还要保持我们耕读之家的家风。馌,给耕作者送食。《诗经·豳风·七月》:"同我妇子,馌彼南亩。"诗中指田家生活。

# 戊辰七月应召赴阙,车中言怀十首(选一)〔1〕

三年严谴望修门〔2〕,随例趋朝又北辕〔3〕。圣代故应无弃物〔4〕,孤臣犹有未招魂〔5〕。夕阳亭下人还过〔6〕,端礼门前石尚蹲〔7〕。重向西风挥老泪,馀生何以答殊恩。

〔1〕戊辰,崇祯元年(1628)。应召赴阙,受皇帝的诏命入朝陛见皇上。崇祯登基后,摧毁了以魏忠贤为首的阉党政治集团,定逆案,毁《三朝要典》,优恤忠烈,起用天启年间被阉党迫害的官员。这年七月钱谦益接到诏命,即刻启程赴阙。这是他探花及第后第四次入朝为官。近二十

年的阅历,前面三次官场挫折,应该对朝廷党争的错综复杂和倾轧斗争有足够的思想准备,但是钱谦益毕竟是文人,从我们前面所选诗就可看出,他对十七岁的崇祯皇帝抱有不切实际的幻想,因此兴致勃勃地踏上了赴阙的路程。他在北上的车中写成了《言怀》十首,这里选的是第一首。这首诗表现了封建社会臣子对皇帝的感激之情,有相当的典型性。这种感情是真诚的,钱谦益把它表达得如此恰切,令人感动。

〔2〕严谴:严厉谴责。诗中指削籍的处分。修门:语本宋玉《招魂》:"魂兮归来,入修门些。"王逸注:"修门,郢城门也。"后泛指都城门。

〔3〕随例:按照惯例。指崇祯下达的起复天启朝因党狱而被废官员的诏命。北辕:车辕北向,指北行。

〔4〕"圣代"句:反用孟浩然《归故园作》"不才明主弃"的句子。

〔5〕孤臣:失势无援之臣。招魂:古人认为将死者的衣服升屋,北面三呼,即可招回死者的灵魂。诗中说自己远谪乡里,还没有被皇帝招回朝廷。

〔6〕夕阳亭:古代送行饯别的地方。故址在今河南洛阳市西。《后汉书·杨震传》:东汉延平三年"震遣归,行至城西夕阳亭,乃慷慨谓其诸子门人曰:'死者士之常,吾蒙恩居上司,疾奸臣狡猾而不能诛,恶嬖女倾乱而不能禁,何面目复见日月?'因饮鸩而卒。"

〔7〕"端礼门"句:立于端礼门前的元祐党籍碑还在。北宋徽宗崇宁元年,蔡京为相,借施行新政迫害反对新法的司马光等人,将其一百二十人等其罪状,立石碑于端礼门(见《宋史纪事本末·蔡京擅国》)。端礼门,宋朝宫门。诗中代指朝廷。天启朝,阉党崔呈秀撰《东林党人同志录》,王绍徽作《东林点将录》,天启六年御史卢承钦请立"东林党碑"。诗中希望朝廷能彻底销毁这种钩党的录碟。

## 十一月初六日召对文华殿,旋奉严旨革职待罪,感恩述事,凡二十首(选四)[1]

久知不去又将钳[2],无奈时情似蜜甜[3]。薄命东华糜月俸[4],虚名南斗动星占[5]。出山我自惭安石[6],作相人终忌子瞻[7]。伏阙引刀男子事[8],懒将书尺效江淹[9]。

[1] 明洪武时废除丞相制,内阁成了朝廷的中枢机构,大学士也成了除皇帝之外朝廷的最高职位。因此大学士的选拔,事关重大。明代后期选拔大学士,由吏部侍郎领衔,会合群臣推举,将名单放入金瓶,由皇帝抽出来确定阁臣人选,称为枚卜。崇祯元年(1628)十一月初三,会推阁员,名单上列成基命、钱谦益等十一人,而没有礼部尚书温体仁和礼部右侍郎周延儒。温体仁讦奏钱谦益浙闱关节一事,不宜滥入枚卜。初六日皇帝于文华殿召对群臣,命温体仁与钱谦益质对。天启元年的浙闱科场关节本是陷阱,当时已勘查明白结案。温体仁故意旧事重提,无非是为了败坏钱谦益的名节,混淆皇帝视听,阻挠其入阁。廷辩时,温体仁有备而来,言如泉涌,当时受到皇帝眷顾的周延儒从旁极力助温,于是党同之说,让崇祯深信不疑,虽群臣交章攻温,崇祯一概置若罔闻,让钱谦益"回籍勘听"。屡受挫折和对新皇帝怀着极大信心的钱谦益遭此打击,其怨愤、失望之情如江河决堤,滔滔汩汩,流淌而出,成诗二十首。这里选的是第三、四、六、十首。

[2] "久知"句:说早知朝廷多陷阱,待下去必然遭陷害。钳,古代的刑具,以铁制成,用以束颈。《汉书·楚元王交传》:"元王敬礼申公等,穆生不嗜酒,常为设醴。及王戊即位后,忘设焉。穆生退曰:'可以逝

矣。醴酒不设,王之意怠。不去,楚人将钳我于市.'"

〔3〕"无奈"句:说朝臣们表面上都很融洽,对自己也很好。《开元天宝遗事》:"李林甫常以甘言诱人之过,潜于上前。时人皆言林甫甘言如蜜。"

〔4〕"薄命"句:说自己命薄没有任职翰林院的福分。东华,翰林院。沈括《笔谈》:"今学士初拜,自东华门入,至左承天门下马,待诏院吏自左承天门双引至阁门北,亦用唐故事也。"钱谦益入仕后一直在翰林院任职。糜,开销,花费。

〔5〕"虚名"句:说自己徒有虚名。《戊辰七月应召赴阙,车中言怀十首》第二首云:"南箕北斗愧虚名。"南斗,南斗六星,即斗宿。星中二十八宿,和南北东西相连为名的,只有箕、斗、井、壁四星。当箕斗都在南方时箕南而斗北,所以叫南箕北斗。《诗经·小雅·大东》:"维南有斗,不可以簸扬;维北有斗,不可以挹酒浆。"后就用南箕北斗作徒有虚名而无实用的比喻词。另韩愈《三星行》:"我生之辰,月宿南斗。"方世举注引《星经》:"南斗六星,宰相爵禄之位。"说自己徒有星命。

〔6〕"出山"句:说自己这次应召赴阙和晋朝谢安相比很惭愧。安石,谢安(320—385),字安石。有重名,累辟皆不起。后一心辅晋,威怀远著。太元八年指挥其侄大破苻坚于淝水。

〔7〕"作相"句:说自己如同苏轼一样,屡为权臣所忌。《钱氏私志》:"东坡在惠州,佛印致书云:'子瞻中大科,登金门,上玉堂,远放寂寞之滨,权臣忌子瞻为相耳。'"

〔8〕"伏阙"句:《汉书·盖宽饶传》:"谏大夫郑昌愍伤宽饶忠直忧国,为文吏所抵挫,上书颂宽饶。上不听,遂下宽饶吏。宽饶引佩刀自刭北阙下。众莫不怜之。"

〔9〕"懒将"句:说自己懒得去进一步向皇帝上书,为自己辩白。《南史·江淹传》:"淹随建平王景素在南兖州,广陵令郭彦得罪,辞连

37

淹,言受人金。淹被系狱,自狱中上书,景素即日出之。"

棋局方阑睡正浓,白身仍作旧吴伲[1]。狂奴本自轻侯霸[2],残客何烦对敬容[3]。京洛淄尘看素发[4],御沟流水见孤踪。频年放逐缘何事?纵欲干时兴已慵[5]。

〔1〕"棋局"二句:说在崇祯初元的权力斗争中,温体仁们早已布置妥当,自己还懵然无知,结果再一次败下阵来,仍然作自己的平民。阑,晚,尽。白身,即白衣,平民。吴伲,吴人。吴地称己或称人皆曰伲。

〔2〕狂奴:狂放不羁的人。

〔3〕"残客"句:说自己不耐烦与那些趋附权臣的人委蛇。《梁书·张缅传》:"张缵与参掌何敬容意趣不协。敬容居权轴,宾客辐辏。有过诣缵者,辄拒不前,曰:'吾不能对何敬容残客。'"

〔4〕京洛:东周、东汉建京城于洛阳。后以京洛指京城。淄尘:尘土。淄,黑色。

〔5〕干时:干预国事。慵:懒惰,懒散。

孤生半世饱艰辛,敢恨虞翻骨相屯[1]。吾道非与何至此?臣今老矣不如人。养成枳棘难为桔[2],刈尽椒兰不作薪[3]。每颂韩公晚香句[4],整襟时一慰沉沦。

〔1〕骨相屯(zhūn 谆):骨骼没有贵相。古人以为从人的骨骼、形体、相貌可以推知其命运。《吴志·虞翻传》注引《翻别传》曰:"翻放弃南方,云:'自恨疏节,骨体不媚,犯上获罪,当长没海隅,生无可奖语,死以青蝇为吊客。'"韩愈《韶州留别张使君》诗:"久钦江总文才妙,自叹虞

翻骨相屯。"屯,困难。

〔2〕"养成"句:说明代后期形成的党争局面不会因为皇帝的改换而有所变化。枳棘,枳木和棘木,二木皆多刺,因而常用以比喻艰难险恶的环境。这句还反用桔化为枳的典故。《周礼·考工记》总序:"桔逾淮而北为枳……此地气然也。"后来用来比喻环境不同而引起变化。

〔3〕"刈尽"句:朝廷只有把谄佞之徒清除干净了,他们才不会兴风作浪。刈,割取,铲除。椒兰,屈原《离骚》:"余以兰为可恃兮,羌无实而容长。……椒专佞以慢慆兮,樧又欲充夫佩帏。"注:"兰,楚怀王少弟司马子兰也。……椒,楚大夫子椒也。"后因以椒兰指佞人。韩愈《陪杜侍御游湘西两寺》诗:"椒兰争妒忌,绛、灌共谗谄。"薪,柴。《诗经·齐风·南山》:"析薪如之何?匪斧不克。"

〔4〕"每颂"句:表示自己很注重晚节。《韩忠敏遗事》载宋韩琦故事云:"公在北门,重阳燕诸曹于后园,有诗云:'不羞老圃秋容淡,且看黄花晚节香。'公居官,尝谓保初节易,保晚节难。事事尤著力,所立特完。"

破帽青衫又一回[1],当筵舞袖任他猜。平生自分为人役[2],流俗相尊作党魁[3]。明日孔融应便去[4],当年王式悔轻来[5]。宵来吉梦还知否?万树西山早放梅[6]。

〔1〕"破帽"句:天启五年(1625)作者被削籍,作《天启乙丑五月削籍南归十首》,第一首云:"破帽青衫出禁城。"因此此处说"又一回"。

〔2〕"平生"句:《后汉书·逢萌传》:"萌家贫,给事县为亭长。时尉行过亭,萌候迎拜谒,既而掷楯叹曰:'大丈夫安能为人役哉?'遂去。"此句说自己不过为人作役。

〔3〕"流俗"句:一般人都把我当作东林党的领袖人物。党魁,党中

重要人物、首领。语本《后汉书·党锢传》:"张俭乡人朱并承望侯览意旨,上书告俭与同乡二十四人,别相署号,刻石丘墠,共为部党,而俭为之魁。"钱谦益父与东林书院的发起人顾宪成是好友,他青少年时就与东林党有亲密的交往,后又在仕途上得到东林党的青睐和提携。由于与东林党的这种渊源,万历三十八年(1610)以探花及第后,丁忧放归,置闲达十年之久;天启朝又两次受到党争的牵连。天启朝东林党被阉党残酷迫害,有影响的东林人物几至于死窜殆尽。崇祯初元时,钱谦益就成了东林党中的领袖人物。

〔4〕"明日"句:说朝廷中如孔融这样有血气的人就会因朝廷冤抑正人,拂袖而去。孔融(153—208),字文举,东汉末山东曲阜人。出身高门世族,对曹操多所非议,后被曹操杀害。《后汉书·杨震传》:"操托彪与术婚姻,诬欲图废置。奏收下狱,劾以大逆。孔融闻之,不及朝服,往见操曰:'横杀无辜,海内观听,谁不解体?孔融鲁国男子,明日便当拂衣而去,不复朝矣。'操不得已,遂出彪。"

〔5〕"当年"句:说自己后悔来朝奉职。王式,字翁思,西汉东平新桃人,授《鲁诗》。诏除为博士,既至,会诸大夫博士,共持酒肉劳式,皆对王式十分尊重,另一博士江公世代研治《鲁诗》,嫉妒王式,谓歌吹诸生曰:"歌《骊驹》(客人歌吹的歌)。"王式耻之。客罢,对诸生曰:"我本不欲来,诸生强我,竟为竖子所辱。"遂谢病归。见《汉书·儒林传》。

〔6〕"宵来"二句:宽慰自己回家看梅。吉梦,好梦。西山,苏州西山。参看《十七日早晴过熨斗柄,登茶山,历西碛、弹山,抵铜坑,还憩众香庵》注〔1〕。

# 代书砚答[1]

桂櫝缥囊托后车,相将依旧返蓬庐[2]。但看包裹端溪砚[3],不见增添秘阁书[4]。退笔冢中悲力尽[5],短檠墙角叹交疏[6]。与君莫负残年约,共理雕虫伴蠹鱼[7]。

〔1〕阁讼之后,钱谦益留在京城等待到刑部对簿,一直待到第二年的五月才离京南下,这段日子过得比较寂寞,好在钱谦益是一读书种子,读书写作聊可打发时光。因日夜与书砚相伴,作者在崇祯二年(1629)写了《赠书》、《赠砚》两首诗,又以拟人手法作此诗,后又作《答书砚》。这个行为本身可以看出作者留居京城的落寞,但并不消沉。这组与书砚对话的诗看似游戏之作,而作者的情思心绪在和书砚的交谈中表现得恳挚缠绵。

〔2〕"桂椟"二句:说自己回乡。桂椟,装饰很华贵的木匣。《韩非子·外储·说左上篇》:"楚人有卖珠于郑者,为木兰之柜,藏桂椒之椟。缀以珠玉,饰以玫瑰,缉以翡翠。郑人买椟而还珠。"诗中形容装砚的盒子非常精美。缥囊,以淡青色丝帛制成的书套。托后车,放在车的后面。蓬庐,草屋。泛指平民的住所。

〔3〕端溪砚:即端砚。端溪,今广东德庆县,县东有端溪水,端溪有西中东三洞,洞中产砚石,东洞所产尤好。自唐代以来,端溪砚即为人所重。

〔4〕秘阁书:古代禁中藏书。翰林院修书多依据秘阁藏书。钱谦益撰写《开国群雄事略》就多所借助。作者此次赴阙,根本没有读书禁中的机会,所以不会增加秘阁书。

〔5〕"退笔冢"句:悲叹自己成了朝中废臣。僧适之《金壶记》:"智永学书,旧笔头盈数石,埋之,自为铭志,目为退笔冢。"李肇国《国史补》:"长沙僧怀素,好草书,自言得草书三昧。弃笔堆积,埋于山下,号曰笔冢。"

〔6〕"短檠"句:感叹世态炎凉。短檠(qíng 晴),短灯柱。韩愈《短

檠歌》:"此时提挈当案前,看书到晓那得眠。一朝富贵还自恣,长檠焰高照珠翠。吁嗟世事无不然,墙角君看短檠弃。"交疏,交往疏远。

〔7〕"共理"句:说回乡读书治学。雕虫,谓文人雕辞琢句。扬雄《法言·吾子》:"或问:'吾子少而好赋?'曰:'然,童子雕虫篆刻。'俄而曰:'壮夫不为也。'"西汉学童习书八体,虫书、刻符为其中两体,纤巧难工,扬雄用来指辞赋。后泛指文人写作。蠹鱼,蛀蚀衣服和书籍的虫子。诗中指书籍。

# 送瞿稼轩给事南还三叠前韵〔1〕

门外天涯未易谈,江南路在潞河南〔2〕。同时放逐君先去,异地羁留我不堪。圣世辨奸难曲笔〔3〕,清时养晦忍抽簪〔4〕。车回峻阪何须九〔5〕,肱折良医不惮三〔6〕。戎马生郊还国耻〔7〕,班行失士岂吾惭〔8〕。琴心静向弦中理,棋势全于局外谙〔9〕。秋卷蝇头温谏牍,春灯龙尾梦朝参〔10〕。排风猎猎旋飞鹢〔11〕,蓄火温温养浴蚕〔12〕。木落破山寻古寺〔13〕,花深拂水看晴岚〔14〕。橛头船里新茶灶〔15〕,折脚铛边旧佛龛〔16〕。酒熟泉香无别事,书淫传癖有同耽〔17〕。师丹老去身多忘〔18〕,孙叔年来寝正酣〔19〕。何日二童还一马〔20〕,相期斗酒共双柑〔21〕。客中送客正惆怅,破涕裁诗又作憨。

〔1〕瞿稼轩,名式耜(1590—1650),稼轩为其字,常熟人,钱谦益弟子。万历四十四年(1616)进士,崇祯初擢户科给事中。在枚卜大选中,瞿式耜等人因为钱谦益辩护而被革职。瞿式耜先一步离京,钱谦益写此

诗送行。

〔2〕潞河：当时离京南下必经之地，在北京通州东。参看《天启乙丑五月，奉诏削籍南归，自潞河登舟，两月方达京口，途中衔恩感事，杂然成咏，凡得十首》注〔1〕。

〔3〕曲笔：史官和史家编史、纪事有所顾忌或循情避讳，而不直书其事谓之曲笔。《后汉书·臧洪传》答陈琳书："昔晏婴不降志于白刃，南史不曲笔以求存，故身传图象，名垂后世。"另苏易简《文房四谱》："后魏世宗尝敕廷尉游肇，有所降恕。肇不从，曰：'陛下自能恕之，岂能令臣曲笔。'"此处曲折地批评崇祯。

〔4〕"清时"句：说在太平之世退养于心不甘。养晦，隐居待时。语本《诗经·周颂·酌》："于铄王师，遵养时晦。"朱熹《集传》："此亦颂武王之诗。言初有于铄之师而不用，退自循养，与时皆晦。"抽簪，意谓弃官引退。簪，冠笄，连冠于发者，仕宦所用。

〔5〕"车回"句：说仕途险恶。峻阪(bǎn 版)，高峻的坡路。四川荥经县西邛崃山有九折阪，山路险阻曲折，须九折乃得上，故名。相传汉朝王阳为益州刺史，路过此地，怕出意外，托病辞官。后王尊为刺史，过此，问人知是王阳停留的地方，策马加鞭前行，后人在此建叱驭桥。见《汉书·王尊传》。

〔6〕"肱(gōng 功)折"句：说多经历挫折使人经验丰富。肱，手臂从肘到腕的部位。《左传·定公十三年》："三折肱，知为良医。"意即多次折断手臂，就能懂得医治折臂的方法。后常用以比喻对某事阅历多，富有经验，自能造诣精深。

〔7〕"戎马"句：批评朝廷失政，国家面临着边患，京郊地区常有烽烟。《老子·俭欲篇》："天下无道，戎马生于郊。"

〔8〕"班行"句：说朝廷失去国士。班行，朝班。张端义《贵耳三集》："庐陵刘过，字改之，《送王简卿》诗：'班行失士国轻重，道路不言心

43

是非。'"

〔9〕谙:熟悉。

〔10〕"秋卷"二句:说与瞿式耜回乡后仍会关注朝廷政事。蝇头,指细小的字。谏牍,给皇帝的疏牍。龙尾,参看《天启乙丑五月,奉诏削籍南归,自潞河登舟,两月方达京口,途中衔恩感事,杂然成咏,凡得十首(选三)》第一首注〔3〕。

〔11〕"排风"句:驶船出行。排风,迎风,顶风。飞鹢,快船。古代画鹢于船头。故称船为鹢首或鹢。

〔12〕"蓄火"句:蓄火养蚕。《汉书·张汤传》注:"师古曰:'凡春蚕者,欲其温而早成,故为密室,蓄火以置之。'"

〔13〕破山:常熟虞山的别名。卢熊《苏州志》:"破山亦虞山之别山,因白龙斗,冲山而去,故云破山。"

〔14〕拂水:虞山西行,山脊有拂水岩,下临山阿,崖壁峭立,水落两石间,微风激之,溅洒霏霏,故名。

〔15〕"橛(jué绝)头"句:写水乡休闲生活。橛头船,小木船。张志和《渔父歌》:"钓车子,橛头船。乐在风波不用仙。"茶灶,煮茶用的小炉。

〔16〕折脚铛:断足之锅。《景德传灯录》卷二十八《汾州大达无业国师》:"看他古德道人,得意之后,茆茨石室,向折脚铛子里煮饭,吃过三二十年,名利不干怀,财宝不为念,大忘人世,隐迹岩丛。"此句言归后将礼佛。

〔17〕"书淫"句:说他们都耽于研治《左传》。书淫,嗜好读书藏书。《晋书·皇甫谧传》:"谧耽玩典籍,忘寝与食,时人谓之书淫。"传癖,《左传》癖。《晋书·杜预传》:"预尝称王济有马癖,和峤有钱癖。武帝问预:'卿有何癖?'对曰:'臣有《左传》癖。'"

〔18〕"师丹"句:说自己年老健忘。《晋书·师丹传》:"有上书言改

币,上问师丹,丹言可改。下有司议,皆以为行钱以来久,难卒变易。丹老人忘其前语,后从公卿议。"

〔19〕"孙叔"句:说自己近年很逍遥。《庄子·徐无鬼篇》:"孙叔敖甘寝秉羽,而郢人投兵。"孙叔敖是楚国的令尹,高枕逍遥,楚国人当然就无须动武。

〔20〕二童一马:苏轼《司马温公神道碑》:"其相维何,太师温公。公来自西,一马二童。"陆游《游近山》诗:"一马二童溪路秋。"

〔21〕"相期"句:相约回乡后一起喝酒游春。双柑斗酒,唐冯贽《云仙杂记》二《俗耳针砭诗肠鼓吹》:"戴颙春携双柑、斗酒,人问何之,曰:'往听鹂声,此俗耳针砭,诗肠鼓吹,汝知之乎?'"本指春游所备酒食,后借指游春。

# 鹊巢行[1]

树上老鸦群作恶,夺我鹊巢反啄鹊。鹊群苦少鸦苦多,冬架春成枉作窠。拼将我巢为汝室,哑哑聒耳听不得[2]。苍然一鹘号鸷鸟[3],左翎撩风右掠草[4]。眼看鹊弱与鸦强,何忍盘回坐树旁。君不见鹘兮鹘兮善择木,浮图有穴崖有屋[5]。鸦群自笑鹊自哭,注目寒空且攫肉。

〔1〕前有《群狐行》,此有《鹊巢行》。此诗作者以比拟象征的手法,写朝廷中虽然新皇帝登基,但东林党人总斗不过奸臣。诗中以群鸦比温体仁辈,以鹊比东林党人,而以鹘比周延儒。
〔2〕聒(guō 郭):声音嘈杂,使人厌烦。
〔3〕鸷(zhì 至)鸟:凶猛的鸟。
〔4〕"左翎"句:描写鸷鸟之气势。段成式《酉阳杂俎》:"鹘子两翅,

各有复翎。左名撩风,右名掠草。"

〔5〕浮图:佛塔。

# 送于锵秀才南归[1]

木星入斗霾且雾,疾雷震电当严冬[2]。孤臣束身待谴逐,攒头缩颈如寒虫[3]。瓴甋累门断人迹[4],谯诃匝户势浩汹[5]。于子褰被就我宿,掉臂径突重围中[6]。朔风寒帘霜著壁,油灯无焰光瞳曚[7]。布衾泼水寒不寐,骸背依倚弯角弓[8]。训狐号屋鼠啮器[9],梦魇惊觉杵撞胸[10]。更阑漏尽坐相慰,软语唧唧疑吟蛩[11]。有时激昂抚枕席,蹴我起听谯楼钟[12]。誓将排云叫阊阖,寄笺苦恨飞廉慵[13]。嗟子长身秀眉目,轮囷肝胆谁与同[14]?我歌汝和良足乐,冰天雪窖春融融[15]。春来几何忽已老,杨花如雪飞城东。爱而思子苦不见,三日新妇关房栊[16]。一朝扣门声剥啄,策蹇揖我归匆匆[17]。我身正坐不得去[18],别子目断南飞鸿。子归解装正初夏,楝花风过榴花红。故人见子应叹息,讯我颜状悲途穷。我生有命可自断,世事岂异马耳风[19]。黄阁知为何老子,白首仍是旧阿侬[20]。梵川绿净不可唾,金坛酒碧照盏空[21]。《五噫》未遂吴市隐[22],《十赍》行割华阳封[23]。因风寄语勿惆怅,料理家酿迟醉翁[24]。

〔1〕于锵,金坛人。金坛于氏酿造的五加皮酒为南酒之冠。天启七

年(1627),钱谦益有《谢于润甫送酒》诗,于润甫和其兄于中甫在天启朝先后以党人罢免。阁讼之后钱谦益滞留京城,北方寒冷的气候、悲凉沮丧的心情,很需要慰藉、温暖。但是新皇帝主持朝政,前途未卜,天启朝冤狱馀悸未消,官场有谁去愿意和他往来呢?这时于锵主动和他住宿在一起,给他带来了人间的温情。于锵南归之日,作者以这首诗送行。诗中写到于锵的到来使沉闷黯淡的日子充满了激情和快乐。诗写得奔放恣纵,硬语盘空,深得韩愈古体风采。

〔2〕"木星"二句:形容崇祯元年冬天气很冷,作者从天人感应的理论讲,是因为皇帝错误地处分了大臣。木星,古称岁星。绕日公转周期约十二年。斗,北斗,或南斗。霾,大风卷着尘土。《汉书·天文志》:"绥和元年正月辛未,有流星从东南入北斗,长数丈。占曰:'大臣有系者。'"疾雷震电,既指自然的雷电,也指朝廷的震动。古人认为,木星入斗,雷震于冬,皆反常的天象。

〔3〕"孤臣"二句:形容等待处分的日子里小心谨慎的样子。孤臣,失势孤立无援的臣子。束身,投案等待审理。攒(cuán 窜阳平)头缩颈,把头颈缩回去,形容小心畏惧。寒虫,寒天的昆虫,多指蟋蟀。

〔4〕瓴甋(líng dí 灵敌):砖。

〔5〕譙诃(qiáo hē 桥呵):申斥。匝户:满屋子。

〔6〕"于子"二句:写于锵带着行李,甩着臂膀径直走到作者的住所。襥(pú 葡)被,包袱裹束着衣被。掉臂,摆动手臂。形容坦荡磊落的样子。

〔7〕"朔风"二句:说住所里北风掀动着帘子,墙壁结着一层白霜,灯火在寒风中摇曳,光线昏暗。褰(qiān 牵)帘,撩动、掀动门帘和窗帘。瞳曚(tóng méng 童蒙),日初出将明未明貌。

〔8〕"布衾"二句:形容住所晚上非常寒冷,被子犹如泼了水一样,蜷着身子难以入眠。骹(qiāo 敲),小腿。

47

〔9〕训狐:恶鸟名。又名鸱鸺(shī尸)、鸺鹠(xiū liú 休刘)。韩愈《射训狐诗》:"有鸟夜飞名训狐,矜凶挟狡夸自呼。"啮(niè 聂),咬。

〔10〕"梦魇(yǎn 掩)"句:说噩梦惊醒,就像棒槌撞胸一样。杵(chǔ 储),棒槌。

〔11〕"更阑"二句:说于锵安慰他,他们俩很晚睡觉。更阑,很晚。漏尽,漏刻已尽。漏,是古时的计时器。《说文》:"漏,以铜受水,刻节,昼夜百刻。"吟蛩,吟叫的蟋蟀。蛩,蟋蟀。

〔12〕蹴:踢。谯楼:城门上的望楼,俗称鼓楼,用来守望报时。这句说于锵踢他,激励他振作起来。《晋书·祖逖传》:"中夜闻荒鸡鸣,蹴(刘)琨曰:'此非恶声也。'"

〔13〕"誓将"二句:这两句说在于锵的激励之下,自己有时意气昂扬,发誓要排除种种障碍,给皇帝上书,让皇帝知道事实的真相。但是飞廉懒惰,难达天听。排云,推开云层。阊阖(chāng hé 昌河),天门。屈原《离骚》:"吾令帝阍开关兮,倚阊阖而望予。"注:"阊阖,天门也。"后引申为皇宫的正门。笺,奏记类文体。飞廉,风神。《离骚》:"前望舒使先驱兮,后飞廉使奔属。"注:"飞廉,风伯也。"飞廉慵,典出韩愈《效玉川子月蚀歌》:"薄命正值飞廉慵。"

〔14〕轮囷(qūn 逡):屈曲貌。形容胸中郁结盘桉。

〔15〕冰天雪窖:形容北京天气寒冷。

〔16〕"爱而"二句:说于锵春天离开作者住所,作者非常怀念,感到生活无什么趣味。三日新妇,《南史·曹敬宗传》:曹敬宗到扬州作贵人,行为举止受到很大束缚。感到就像过门三日的新娘子,动转不能自由。对亲人说:"念此邑邑,使人气绝。"

〔17〕"一朝"二句:说于锵和作者告别。剥啄,象声词,即叩门声。策蹇,赶着驴子。揖我,和我行礼。

〔18〕坐:获罪。《史记·商君列传》:"商君之法,舍人无验者

坐之。"

〔19〕马耳风:即马耳东风,喻没有关系。陆游《衰病》诗:"仕宦蚁窠梦,功名马耳风。"

〔20〕"黄阁"二句:作者发牢骚,说自己历仕万历、泰昌、天启、崇祯四代君主,至今仍然是一介布衣。黄阁,汉代丞相听事阁,汉以后三公官署厅门涂黄色,故称黄阁。何老子,反用冯道的典故。冯道(882—954),字可道。历仕后唐、后晋、后汉、后周四朝,事十君,对亡国丧君不以为意,自号长乐老。《五代史·冯道传》:"德光诮之曰:'尔是何等老子?'"侬,吴人称人称己都叫侬。

〔21〕"梵川"二句:说金坛于氏的梵川、云林不可以轻易放弃,于氏酒清澈如空。梵川,金坛于中甫与弟润甫以党人罢免,经营园林梵川、云林,优游结隐,极水木池台之胜。于氏五加皮酒也极佳。

〔22〕《五噫》:东汉梁鸿作,表示告退的意思。详见《天启乙丑五月奉诏学籍南归》注〔6〕。

〔23〕《十赉》:南朝梁陶弘景撰《授陆敬游十赉文》,讲说道家十种赐锡的事物。华阳封:唐代著名诗人顾况晚年退居茅山,自号华阳真逸。

〔24〕家酿:于氏五加皮酒。迟:等。


# 奉酬山海督师袁公,兼喜关内道梁君廷栋将赴关门二首(选一)[1]

临渝今是国储胥[2],山海古临渝地,俗称榆关。误也。锁钥东门万革车[3]。匡坐油幢临虏使[4],横磨墨盾草邮书[5]。莺啼大纛连营静[6],月出雄关列灶虚[7]。蚤晚师中得梁懂[8],度辽长策为君摅[9]。

[1]山海督师袁公,即山海关督师蓟辽的袁崇焕。袁崇焕(1584—1630),字元素,广东东莞人。万历四十七年(1619)进士。天启二年,擢兵部主事,宁远之围,誓众坚守,终于解围,擢右佥都御史,巡抚辽东,但受到魏忠贤的扼制,乞归。崇祯元年(1628)七月,起用为兵部尚书,以大司马经略辽事。崇祯二年清兵越长城陷遵化而西,崇焕引兵护京师,被人诬为通敌,下狱,第二年被杀。梁廷栋,鄢陵(今河南)人。万历四十七年(1619)进士,天启年间官至永平兵备副使,因不参与建魏忠贤祠而被迫辞官,崇祯元年复官,二年加右参政。十一月,清军攻克遵化,巡抚自杀,梁廷栋以右佥都御史代之。诗中的"赴关"即指此。又,鄢陵属唐代关内道(行政区划十道之一)。此诗作于崇祯二年春作者待罪北京期间,所选是第一首。在此之前,作者还有一首《送郭中书赴督师袁公幕》,中云:"屈指五年期,今又一岁初。……因风问袁公,匡复定如何?"崇祯元年七月,朱由检召对袁崇焕,逼问荡灭之期,袁崇焕当时诡称五年。作者在向袁崇焕示好时,也不无担心。告诫崇焕临榆为国储胥,东门锁钥,专任非小。委曲隐讽,望其有成。

[2]临榆:山海关。储胥:木栅藩篱之类,作为守卫拒障之用。扬雄《长杨赋》:"木雍抢累,以为储胥。"严师古曰:"胥,须也。言有储蓄以待所须也。"

[3]锁钥东门:国家东大门的锁和钥匙,意即山海关在东北防御中至关重要。革车:古代兵车的一种。《左传·闵公二年》:"元年革车三十乘,季年乃三百乘。"杜预注:"革车,兵车。"

[4]匡坐:正坐。油幢(chuáng床):油布帐幕,多指将帅的军帐。临房使:出使建州使节。

[5]横磨墨盾:在盾上纵横磨墨作文。《北史·文苑传》:"荀济谓

人曰:'会盾上磨墨作檄文。'"邮书:邮寄的书信。

〔6〕大纛(dào 道):军旗。

〔7〕雄关:山海关。列灶虚:排列着虚灶。古代士兵埋锅造饭,留下灶坑。虚灶用来做疑兵之计。

〔8〕蚤:同早。梁憕:东汉北地人,曾讨龟兹,击诸羌,大破南单于及乌桓,拜度辽将军。此处指梁廷栋。

〔9〕度辽:征服辽地。摅(shū 书):同"抒",展布的意思。


# 阁讼将结,赴法司对簿口号三绝句(选一)〔1〕

毁冠策蹇路人怜〔2〕,拂面青蝇互扑缘〔3〕。犹胜诸公埋诏狱〔4〕,一生不得到西天。伤杨、缪诸君子也。狱中以法司为西天〔5〕。

〔1〕因被举荐参加大学士的选举,作者又一次卷入党争之中,成为以温体仁为首的阉党徐孽打击的主要对象。案子就要了结了,需要当事人到刑部对簿。口号,古体诗的题名,表示随口吟成,与口占相似。这里选的是第二首。作者庆幸自己没有像东林诸君子惨死于诏狱,曲折地表达了对崇祯的失望。诗写得语简意丰,抑扬合度。

〔2〕毁冠:即被革除了官帽。策蹇:赶着毛驴,指没有官轿乘坐。怜:同情。意即大街上的人都知道他是冤枉的。

〔3〕青蝇:苍蝇的一种。详注见《丁卯十月书事》第四首注〔3〕。扑缘:附着。《庄子·人间世》:"爱马者以筐盛矢,以蜄盛溺。适有蚊虻扑缘,而拊之不时,则缺衔毁首碎胸。"

〔4〕诸公:天启五年到天启六年死难的东林诸君子,其中杨涟、缪

昌期、李应升、魏大中、高攀龙、黄尊素等人与作者交往甚密。埋:惨死。诏狱:关押犯人的牢狱。此处指镇抚司狱。

〔5〕西天:当时狱中把法司叫作西天。法司:掌管司法刑狱的官署。魏忠贤执政期间,主管司法刑狱的是阉党许显纯,此人极其残暴,东林诸君子大都被酷刑拷打致死。

# 六月廿七日舟发潞河,书事感怀,寄中朝诸君子,凡四首(选一)〔1〕

回首觚棱又梦中〔2〕,凤城只在五云东〔3〕。情怀黯黮归鸦日〔4〕,踪迹差池去燕风〔5〕。天下安危两司马〔6〕,谓临邑、吉水二公。人间出处一飞鸿〔7〕。素衣待放还三宿,未忍驱车泣路穷〔8〕。

〔1〕潞河,详见《天启乙丑五月奉诏削籍南归》注〔1〕。崇祯二年(1629)六月廿七日,作者失意南还,临行之际,作诗四首,寄怀朝中的同道们。此处选的是第一首。诗表达了作者的失意、眷恋以及对朝政的担心等复杂心理,亦不乏希望再次出山的潜台词。

〔2〕觚棱(gū léng 孤棱):与觚棱同义。殿堂屋角的瓦脊成方角棱瓣的形状,所以称觚棱。此处指宫殿。

〔3〕凤城:相传秦穆公女儿弄玉吹箫引凤,凤凰降于京城,故曰丹凤城。后称京都为凤城。五云:青、白、赤、黑、黄五色之云,古人称之为瑞云。指皇帝所在。

〔4〕"情怀"句:离开京城的这一天心情特别黯淡。黯黮(àn dǎn 暗

胆),不明貌。黯、黩的本意都是黑色。

〔5〕"踪迹"句:化用《诗经·邶风·燕燕》"燕燕于飞,差池其羽"的句子。差池,不齐。

〔6〕两司马:即王洽和李邦华。王洽,字仲和,临邑(今属山东)人,万历三十二年(1604)进士。天启初,诸贤汇进,洽有力焉。天启五年(1625),夺职闲居。崇祯改元,召拜工部右侍郎,后擢为兵部尚书。崇祯二年(1629)清兵入大安口,都城戒严,崇祯听信周延儒谗言,将王洽下狱,竟瘐死。李邦华,字孟阇,吉水(今属江西)人,万历三十二年(1604)进士。授泾县知县,有异政,拟授御史,因支持顾宪成而被指为东林,拖延二年后方得拜命。万历四十四年(1616)引疾归。天启元年(1621)起故官,擢升右佥都御史,巡抚天津,极力振饬,津门军为诸镇之冠。天启五年阉党削劾其职。崇祯元年起工部右侍郎,寻改兵部,协理戎政。崇祯二年加兵部尚书,任上革除弊政颇多,后不逞之徒交章论劾,罢职闲居。直至崇祯十二年(1639)才又被起用为南京兵部尚书,十五年(1642)进入中枢。崇祯十七年(1644)二月,李自成陷山西,李邦华密疏请太子监国南都。李自成陷京城,投环而绝。司马,官名。周时为六卿之一,称夏官大司马,掌军旅之事。后用作兵部尚书的别称,兵部侍郎称少司马。王洽时任兵部尚书,李邦华任兵部侍郎,故称。

〔7〕飞鸿:鸿雁。苏轼《和子由渑池怀旧》:"人生到处知何似?应似飞鸿踏雪泥。泥上偶然留指爪,鸿飞那复计东西。"此处自指。

〔8〕"未忍"句:用阮籍驱车穷路的典故,抒写对京城的眷恋。素衣,即布衣。三宿,留宿三夜。引申为恋恋不舍意。苏轼《别黄州》:"桑下岂无三宿恋,尊前聊与一身归。"路穷,《晋书·阮籍传》载,魏晋之交的阮籍,心中充满了苦闷与迷茫,常一人驾车,不以路行,直到前方无处可走才大哭而返。

## 鳖虱[1]

僦舍都门外,湫隘类鼠穴[2]。土炕搘前楹,瓴甋累后闼[3]。炎歊气弥蒸,沟浍恶不渫[4]。凡百虫与豸,因依作巢窟[5]。有虫蚍虱类,蹶然肖惟鳖[6]。形圆脊微穹,帬介俨环列[7]。多足巧于缘[8],利嘴锐如铁。伏匿床笫间,梦呓伺恍忽[9]。劙肌陷针芒,噉血恣剞劂[10]。攒噆方如锥,坟起已成凸[11]。不禁肤爬搔,猛欲手捽灭[12]。倏若捷疾鬼,惊走在一瞥[13]。都无翼扑缘,不闻声偲屑[14]。近或匿枕衾,远或走枏梲[15]。明或潜帷幔,隐或据衣袺[16]。绕床何处搜,拂簟谁能撇[17]?儿童偶批掘,经时臭不歇[18]。未足快俘获,徒然滋呕哕[19]。我坐环堵室,屏居谢朝谒[20]。方当病幽忧,又复遭蛰啮[21]。睡少不耐嚌,皮枯岂堪蜇[22]。逝将谒上帝,精诚诉饕餮[23]。绿章方夜奏,天门还昼闭[24]。巫阳顾我笑:子亦太薄劣[25]。胡然扣阊阖,除此小虫蠚[26]?归来焚奏章,束装遂南发。从容理席荐,潇洒振巾袜[27]。挥手谢鳖虱,且与尔曹别。如何韩退之,得官喜见蝎[28]。

〔1〕鳖虱,即臭虫。崇祯二年(1629)六月,作者离开京城南下,到沧州住在客栈里,遭遇了臭虫的袭扰,便写下了这首铺叙鳖虱的寓言诗。《初学集》中卷七卷八,作者学韩愈诗络绎而出。南归途中,除了此诗外,还有《七月廿三舟过仲家浅闸,戏作长句,书李文正公诗卷后》、《闸

吏》等。《闸吏》就直接说"效韩文公《泷吏》而作"。其他诗虽然没有如此直接标明,但诗中多处化用韩愈诗句、韩诗典故,而且其描写对象、铺叙手法、句式结构等均能看出韩诗影响。

〔2〕僦(jiù就):租赁。湫隘:低下狭小。

〔3〕搘(zhī之)前楹(yíng迎):支撑着厅堂的前柱。北方在土炕上支一根柱子,支撑着房子的前半部分。瓴甋:见《送于锵秀才南归》注〔4〕。后闼:后门。

〔4〕"炎歊(xiāo消)"二句:描写污秽不堪的环境。歊,热气。沟浍(huì会),排水的渠道。渫(xiè谢),通畅。

〔5〕"凡百"句:说各种虫子就把这里当作自己的巢穴。豸(zhì至),古时称无脚的虫子为豸。后概指虫子。

〔6〕"有虫"二句:说有一类似虮、虱,而与鳖特别相似的虫子。虮,虱卵。虱乃一种寄生在人和动物身上的虫子。厥然,无实义。

〔7〕"形圆"二句:描写臭虫的形状。穹,隆起成拱形。帬(qún裙)介,鳖背骨周围的软边,似裙边,故称。帬,裙的本字。黄庭坚《食笋十韵》诗:"烹鹅杂股掌,炮鳖乱帬介。"

〔8〕缘:顺着爬行。

〔9〕"伏匿"二句:写臭虫随时袭击人。伏匿,潜伏。梦呓,指人入睡之时。呓,说梦话。恍忽(hū忽),即恍惚。指人入睡后没有知觉的状态。

〔10〕"襞肌"二句:形容臭虫吸血时的肆无忌惮。襞肌,皮肤皱褶之处。襞,本指衣服上的褶皱。噉(dàn但),同"啖",嚼食。剞劂(jī jué机决),刻刀。

〔11〕攒嘬(cuán zuō窜阳平佐阴平):形容臭虫吸血时集中力量。攒,收集。嘬,撮嘴吸、咬。坟起,皮肤上突出的包。

〔12〕"不禁"二句:描写被臭虫叮咬后瘙痒难忍,恨不得用手把咬

55

过的地方抠掉。捽(zuó昨),揪拔意。此处指抠挠。

〔13〕"倏(shū书)若"二句:写臭虫动作特别敏捷,一瞥间就没有了。倏,迅疾。捷疾鬼,佛道二教都有捷疾鬼之说。多用来讥讽善于奔走钻营的人。

〔14〕"都无"二句:说臭虫没有翅,人也听不到其行动的声音。扑缘,详见《阁讼将结》注〔3〕。偞(xiè谢)屑:象声词。

〔15〕枏㮮(ér jié儿结):房子柱顶上承托栋梁的方木,即栌,又称斗拱。

〔16〕"明或"二句:说臭虫到处隐藏。帷幔,帐幕。衣袺(jié结),衣袖。

〔17〕拂簀(zé责):清理床铺意。簀,本指竹席,泛指床笫。撇:击打。

〔18〕"儿童"二句:如果打死臭虫,更让人不堪。批捆(guó国),拍打。经时,过一段时间。

〔19〕"未足"二句:说捕捉到臭虫带来的呕哕让人不能感到快意。滋,生出。

〔20〕屏居:隐居。朝谒:参见尊敬的人。

〔21〕"方当"二句:说自己正值心情黯然时,又遭到臭虫袭击。幽忧,深重的忧劳。《庄子·让王》:"我适有幽忧之病,方且治之,未暇治天下也。"疏:"幽,深夜;忧,劳也。"螫(shì是)啮,毒虫咬人刺人。

〔22〕噆(zǎn暂上声):咬。蜇(zhē遮):刺痛。

〔23〕逝:通"誓"。饕餮(tāo tiè涛帖):本指传说中的一种恶兽。《左传·文公十八年》:"缙云氏不才子,贪于饮食,冒于货财贿,侵欲崇侈……天下之民以比三凶,谓之饕餮。"

〔24〕绿章:旧时道士祈天时用朱笔在青藤纸上所写的奏文,也叫青词。陆游《花时遍游诸家园》:"绿章夜奏通明殿,乞借春阴护海棠。"

〔25〕"巫阳"二句:说巫阳笑话我告臭虫的状。巫阳,古代传说中的巫师。屈原《招魂》:"帝告巫阳曰:'有人在下,我欲辅之。魂魄离散,汝筮予之。'"薄劣,刻薄顽劣意。

〔26〕"胡然"二句:转述巫阳的话。胡然,为什么。阊阖(chāng hé 昌河),天门。蠥(niè 孽),妖孽。禽兽虫蝗之怪为蠥。

〔27〕"从容"二句:描写自己告别臭虫。席荐,本指席子和草荐,泛指铺垫物。巾袜,头巾和袜子。

〔28〕"得官"句:韩愈《送文畅北游诗》:"昨来得京官,照壁喜见蝎。"

## 闸吏[1] 效韩文公《泷吏》而作

南行逾三旬[2],间关渡济水[3]。河干闸如织,闸吏数呵止。我舟似倦鸟,塌翼次闸傍[4]。闸吏殊嵬峨[5],称娓列前行[6]。傍、行皆去声读。问我何官职?今去将何之?恭承闸吏讯,捧手前致辞:登朝多颅颔[7],五载两放弃[8]。春明席未温[9],秋衾梦长悸。单车出国门,行行归东吴。岂知遭梗塞[10],扁舟委泥途[11]。闸吏莞尔笑[12]:官言无乃颇[13]?官行多良梗[14],梗不在闸河。闸河官虽卑,启关实所司[15]。上水及下滩,一一各有宜。官船排雁齿,粮艘缀鱼贯[16]。要津岂容据,横流讵能乱[17]。疾如离弦箭,迟如上阪车[18]。天时与人力,参错如槎牙[19]。亦有一苇舟[20],冲风便远逝。有力负而趋,贤愚岂同滞[21]。人言仕宦海,险绝比瞿塘[22]。小闸闸关河,大闸闸朝堂。关河尚自可,朝堂愁杀我。风波难揭厉[23],关楗惯连琐[24]。官今此水边,刺刺苦陟陮[25]。何似朝堂上,一步度一闸?官其少须臾[26],安坐须闸开。捩柂会有时[27],无为苦喧豗[28]。叩头谢闸吏:天遣吏教侬。譬如伸只手,推我魇梦中[29]。身如黄杨木,节节厄闰年[30]。我命有节度[31],不独世迍邅[32]。团团推磨牛,总在陈迹内。过闸且勿忻[33],遇闸且勿愦[34]。游鱼脱钓钩,不复口嗋唅[35]。高眠到晓漏,篷底月艳艳[36]。

〔1〕崇祯二年(1629)作者南还,过了沧州,到达济水,需要过闸,颇多感慨,写下此诗。诗效韩愈《泷吏》。元和十四年(819)初,韩愈因上《论佛骨表》获罪,由刑部侍郎贬潮州刺史。赴潮州途中,经过昌乐泷(水名,在今广东曲江县),写下《泷吏》诗。诗中借向昌乐泷小吏探问:"潮州尚几里?行当何时到?土风复何似?"及小吏对潮州的描述、对朝堂的议论,抒发自己被贬后的委屈怨愤。钱谦益此诗效韩诗,以对话构成诗的主体,由闸吏的视角抒写对官场的认识,既普通而又真实,既朴实而又深刻。

〔2〕三旬:三十天。一旬为十天。

〔3〕济水:水名。古与江、淮、河并称四渎。济水源出于河南济源县王屋山,其故道本过黄河而南,东流至山东,与黄河并行入海。后下游为黄河所夺,惟河北处尚存。

〔4〕"塌翼"句:说自己垂头丧气来到河闸旁。塌翼,垂翼。比喻失意不振。陈琳《豫州檄》:"方畿之内,简练之臣,皆垂头塌翼,莫所凭恃。"次,停下。

〔5〕 嵬峨:高大貌。此处形容闸吏很威风。

〔6〕 "称娖(chuò辍)"句:形容过闸的人小心谨慎地排在等待渡闸的队伍的前头。称娖,横列整齐貌。《汉书·中山简王传》:"今五国各官骑百人,称娖前行。"

〔7〕 颗颔(kǎn hàn 坎汉):因饥饿而面色枯槁貌。此处指挫折,坎坷。韩愈《送无本师归范阳》诗:"欲以金帛酬,举室常颗颔。"

〔8〕 五载:指天启五年(1625)到崇祯二年(1629)之间。天启五年受阉党排挤,削籍罢归。崇祯二年又被温体仁、周延儒排挤出朝。

〔9〕 春明:唐都长安,东面有三门,中名春明。因以"春明"为都城的通称。

〔10〕 梗塞:阻塞。

〔11〕 "扁舟"句:说行船被阻滞在济河闸。委,抛弃,丢弃。

〔12〕 莞尔:微笑貌。

〔13〕 无乃颇:岂不是有偏颇。

〔14〕 良:确实。

〔15〕 司:主持,掌管。

〔16〕 "官船"二句:说闸门前排队的官船、粮艘。雁齿,如雁行有序。白居易《守苏答客问杭州》诗:"大屋檐多装雁齿,小航船亦画龙头。"鱼贯,指连续不断,如鱼群相接。

〔17〕 "要津"二句:说任何船只不能占据渡口,也不允许在河道上乱行。要津,重要渡口,也指要道。讵,岂。

〔18〕 上阪:上坡。

〔19〕 参错:参差不齐,交叉错落。槎牙:错杂不齐貌。

〔20〕 苇舟:小舟,远看似一苇叶。

〔21〕 "有力"二句:说有力量的船出闸就冲风破浪远去,怎会使贤愚同被阻滞呢?

〔22〕瞿塘:瞿塘峡,在四川奉节县东,为长江三峡之首。两崖峻峭对峙,中贯一江,滟滪堆正当其口,于江心突兀而出,非常险峻。

〔23〕揭厉:涉渡。

〔24〕关楗:同"关键"。惯:同"贯",连贯意。

〔25〕陗陿(qiào xiá 峭峡):陡直狭窄。

〔26〕"官其"句:说上官少等片刻。其,无实意。

〔27〕捩柂(liè duò 列舵):扭转船舵。捩,扭转。柂,船舵。

〔28〕喧豗(huī 辉):喧闹,哄闹。

〔29〕魇梦:梦寐。

〔30〕黄杨木:常绿小灌木,质坚致,生长极缓,非二三十年不能成材。厄闰年:相传黄杨木闰年不长,长为节。

〔31〕节度:节序度数。此处指坎坷。

〔32〕迍邅(zhūn zhān 谆粘):难行貌。

〔33〕忻:高兴。

〔34〕愦(kuì 溃):糊涂,沮丧。

〔35〕喁唵(yóng yǎn 颙眼):鱼在水面张口呼吸的样子。左思《吴都赋》:"唵喁浮沉。"李善注引《淮南子》:"水浊则鱼唵喁。"

〔36〕"篷底"句:描写过闸后的轻松,也指离开官场后的轻松自由。篷底,船篷下。月艳艳,韩愈《喜侯喜至》诗:"屋角月艳艳。"

# 后饮酒七首(选一)[1]

摊书昼日卧,流观范晔史[2]。可怜齐武王[3],大业困虫蚁。颓汗拥牧儿[4],刮席奉更始[5]。终令田舍翁,应符作天子[6]。达哉蜀妇言,朝闻可夕死[7]。载寻《党锢传》[8],谈虎欲击齿[9]。杵臼贮心胸[10],撞舂自触抵。呼儿浮大白,为我浇块垒[11]。饮酣发酒悲,泣下露泥泥[12]。上为刘伯升,下为李元礼[13]。

〔1〕阁讼结束,作者待罪京城,曾仿陶渊明《饮酒诗》作《饮酒七首》,其五云:"世多爱官者,不复知酒旨。亦有爱酒者,不暇计官美。爱酒令人狂,爱官令人鄙。……我本爱官人,侍郎不为卑。我亦爱酒人,致酒每盈几。今年命大缪,官罢酒亦耻。"后离京南下,行至淮阴,作《后饮酒七首》,与上组诗成呼应之势。此处选第二首。此诗以史论今,抨击时政,抑郁牢骚转换为尖锐深邃之语。

〔2〕流观:翻阅,浏览。范晔史:指《后汉书》,其作者为范晔。

〔3〕齐武王:《后汉书·齐武王传》:汉光武兄刘縯,字伯升。王莽篡汉,常怀复社稷之心。倾心破产,交结天下雄俊。圣公即位,拜为大司徒。刘稷闻更始立,怒曰:"本起兵图大事者,伯升兄弟也。今更始何为者耶?"更始与诸将陈兵数千人,先收稷,将诛之。伯升固争。李轶、朱鲔因劝更始执伯升并害之。建武十五年,追谥为齐武王。

〔4〕"赪(chēng 称)汗"句:《后汉书·刘盆子传》:刘盆子,太山式人,城阳景王之后。赤眉过式,掠盆子在军中,属右校卒史刘侠卿,主刍牧牛,号曰牛吏。樊崇欲立帝,求景王后,唯盆子与刘茂、刘孝最为近属,乃书札为符,曰上将军。又以两空札置笥中,三人以年次探札。盆子最幼,后探得符。诸将乃称臣拜。盆子时年十五,被发徒跣,敝衣赪汗,见众拜,恐畏欲啼,复还依侠卿而犹从牧儿遨。赪,红色。形容刘盆子因牧牛面目晒得赤红。

〔5〕"刮席"句:《后汉书·刘玄传》:刘玄,字圣公,光武族兄。王莽地皇四年立为天子,号更始。王莽败,更始居长乐宫,升前殿,郎吏以次列庭中。更始羞怍,俯首刮席不敢视。

61

〔6〕"终令"二句:此两句说刘秀这个田舍翁最终作了皇帝。《后汉书·光武纪》:光武性勤于稼穑,而兄伯升好侠养士,常非笑光武事田业,比之高祖兄。应符,《后汉书·光武帝纪》上:光武在长安时同舍生彊华奉《赤伏符》,曰:"刘秀发兵捕不道,四夷云集龙斗野,四七之际火为主。"群臣复奏,光武于是设坛即皇帝位。

〔7〕"达哉"二句:《后汉书·公孙述传》:述梦有人语之,曰:"公子系十二为期。"觉谓其妻曰:"虽贵而祚短,若何!"妻对曰:"朝闻道,夕死尚可,况十二乎?"

〔8〕《党锢传》:《后汉书·党锢传》。

〔9〕"谈虎"句:说党锢之祸令人惧怕犹如惧虎。明初苏伯衡《志杀虎》:"夫虎于毛虫中最暴戾,人闻谈虎,且犹胆掉畏之,而况敢杀之乎?"击齿,牙齿打颤,形容非常害怕。

〔10〕杵臼:舂米用的棒槌和石臼。

〔11〕浮大白:斟满大酒樽。大白,大酒樽。刘向《说苑·善说》:"魏文侯与大夫饮酒,使公乘不仁为觞政,曰:'饮不釂,浮以大白。'"块垒,心中郁结不平。

〔12〕露泥(nǐ 你)泥:眼泪濡湿貌。《诗经·小雅·蓼萧》:"蓼彼萧斯,零露泥泥。"

〔13〕李元礼:为东汉党锢的代表人物。姓李名膺,字元礼。

# 己巳八月待放归田,感怀述事,奉寄南都诸君子四首(选二)〔1〕

旧京清议仗群公[2],驿骑横飞谏纸风[3]。拜表日行黄道里[4],焚香心在绿章中[5]。唐麻感激排狐鼠[6],汉党分明辨乩鸿[7]。主圣时清还努力,孝陵佳气正葱葱[8]。

〔1〕己巳,崇祯二年(1629)。南都,南京。朱元璋建都南京,永乐夺权,移都北京,而南京仍然保留国家中央行政机构,明朝人称南京为南都或陪京。由于独特的体制,南都聚集着一批望重资深的朝野重臣和名流,他们或待时而北上,或直接参与政事,是不可忽视的政治力量。钱谦益在离京前曾作《寄中朝诸君子四首》,表达了对朝政的关心和对朝廷的眷恋,为日后的复出作了准备。回到常熟后,他又作此四首诗,与南都的同志进行沟通,希望继续弹劾阉党馀孽温体仁。从诗意看,作者总结受挫的原因,主要归结于周延儒、温体仁对他的排挤,而对崇祯皇帝仍怀着幻想。

〔2〕旧京:即南京。清议:对时政的议论,即社会舆论。此处指崇祯二年二月十五日,南兵科钱允鲸等草《敬陈清议疏》,飞章弹劾温体仁事。

〔3〕"驿骑"句:形容南都诸君子飞章谏诤,弹劾奸佞。风,形容谏章之多之快。

〔4〕拜表:上奏章。黄道:天子所经行的道路。

〔5〕"焚香"句:说崇祯喜欢读大臣的谏疏。《资治通鉴》:"唐宣宗乐闻规谏,凡谏官论事,门下封驳,苟合于理,多屈意从之。得大臣章疏,必焚香盥手而读之。"绿章,见《鳌虱》注〔24〕。此处指奏章。

〔6〕"唐麻"句:唐宋时诏书用黄、白纸书写。故用为诏书的代称。李肇《翰林志》:"凡赐与、征召、宣索、处分曰诏,并用白藤纸,凡慰军旅,用黄麻纸。"排狐鼠,因崇祯皇帝再次为"浙闱关节"一案定谳,使周延儒、温体仁诋毁钱谦益的阴谋没有得逞。

〔7〕"汉党"句:作者常用东汉党锢比明季的党祸。乩(yì议),燕子。鸿,大雁。《南齐书·顾欢传》:"昔有鸿飞天首,积远难亮,越人以

为凫,楚人以为乙。人自楚、越,鸿常一耳。"

〔8〕孝陵:明太祖朱元璋陵墓。位于南京中华门外钟山脚下。葱葱:草木茂盛貌。此处指明王朝新主登基,正生机勃发。

三老衣冠在白门[1],清朝麟凤尚郊原[2]。积薪国有优贤意[3],硕果天遗旧德存。安石流风传赌墅[4],半山陈迹说争墩[5]。金陵历历前朝事,退食还应一笑论[6]。三老谓司农郑公三俊、大宪陈公于廷、大理徐公良彦也[7]。

〔1〕三老:指郑三俊、陈于廷、徐良彦。郑三俊,字用章,池州(铜陵)人。万历二十六年(1598)进士。天启时任光禄少卿,四年为左副都御史,因与阉党斗争,被褫职。崇祯元年(1628)起为南京户部尚书兼掌吏部事。是时南都诸僚多魏忠贤遗党,郑三俊利用京察澄汰一空。后官至吏部尚书。陈于廷,字孟谔,宜兴人。万历二十三年(1595)进士。天启时与杨涟、左光斗诸人被同斥为民。崇祯初起为南京右都御史,与郑三俊典京察,尽去诸不肖者。后官终右御史,福王时赠少保。徐良彦,万历时参与党争,天启时任宣府巡抚,因不附逆阉被遣戍,崇祯初由瞿式耜疏起。白门:本指南朝宋都城建康城西门。西方金,金气白,故称白门。后指金陵白门。

〔2〕"清朝"句:形容南都的清明太平。清朝,清明的朝廷。麟凤,即麟子凤雏,喻世家子弟。此处说三老都出身名门。郊原,郊外的原野。这句说南都政治尚清明,朝臣们可以享受郊原的轻松快意。

〔3〕"积薪"句:使用人才不拘资历,优先贤能。《国语·周》:"虞人入材,甸人积薪。"积薪,本指收集堆垒薪柴。《史记·汲黯传》:"陛下用群臣如积薪耳,后来者居上。"

〔4〕"安石"句:《晋书·谢安传》:谢安遣兄子玄讨苻坚,玄入问计。安曰:"已别有旨。"既而寂然。玄令张玄重请。安命驾出山墅,亲朋毕集,与玄围棋赌别墅。后以"赌墅"表示临危不惧的大将风度。

〔5〕"半山"句:张邦基《墨庄漫录》:王安石退居金陵,建宅于半山,盖自城至钟山北宝公塔路之半,因以得名。宅后有谢公墩,乃谢安(字安石)居东山之所也。王安石诗云:"我名公字偶相同,我屋公墩在眼中。公去我来墩属我,不应墩姓尚随公。"其后舍宅为报宁寺。时至明末,寺废而墩存。

〔6〕退食:本指减膳以示节俭,此处说的是退衙。

〔7〕司农、大宪、大理:官名。司农,掌管钱谷之事。郑三俊时任南京户部尚书,故称。大宪,负责官吏考核的按察使,为三大宪之一。陈于廷崇祯时负责京察,故称。大理,掌刑法的官。徐良彦时任职南京刑部。

# 读史[1]

班史才繙又短长[2],闲钻故纸费商量[3]。死人岂必无生术,今病何曾乏古方。种漆樊侯知备豫[4],解弦董子会更张[5]。空斋白日聊成梦,一笑依然看屋梁。

〔1〕作者阁讼失败,回到常熟,过着读书著述,优游林下的生活。而此时,国家内忧外患,烽烟遍地,军书旁午。如何施政?如何应对边患内乱?如何消弭朝中政治的不利因素?这些都是当时士大夫普遍思考的问题。钱谦益重读《汉书》《后汉书》,希望在以往的历史中寻求解决之道,写下了此诗。

〔2〕班史:指《汉书》,作者班固。繙:翻覆。《庄子·天道》:"往见

65

老聃,而老聃不许,于是繙十二经以说。"成玄英疏:"委曲敷演,故繙覆说之。"

〔3〕故纸:旧纸,指古旧书籍和文牍。钻故纸,《传灯录》:"古灵禅师一日在窗下看经,蜂子投窗纸求出。师曰:'世界如许广阔,不肯出,钻他故纸。'"

〔4〕"种漆"句:说朝廷应该未雨绸缪。《后汉书·樊宏传》:"宏父重尝欲作器物,先种梓漆,时人嗤之。然积以岁月,皆得其用,向之笑者,咸求假焉。建武十八年,追爵谥为寿张敬侯。"备豫,预备意。此句说为政应有所预备。

〔5〕"解弦"句:说为政不能奏效,应改弦易辙。《汉书·董仲舒传》:"譬之琴瑟不调,甚者必而更张之,乃可鼓也。为政而不行,甚者必变而更化之,乃可理也。"


# 庚午二月,憨山大师全身入五乳塔院,属其徒以瓣香致吊,奉述长句四首(选一)〔1〕

犹忆拏舟夜别师,胥江水落月斜时〔2〕。草堂未践青山约〔3〕,莲社空馀白首期〔4〕。坐断风雷成小劫〔5〕,梦回甲子看残棋〔6〕。伤心谁继萧夫子〔7〕,谓宗伯宣化公也。为斫曹溪第一碑〔8〕?

〔1〕庚午,崇祯三年(1630)。憨山(1546—1623),字澄印,别号憨山。俗姓蔡,安徽全椒人。十九岁出家,二十六岁开始行脚。万历二十

三年(1595)罹难,被发配到雷州。居粤五年,恢复曹溪法场。天启三年(1623)圆寂。崇祯十六年(1643)钱谦益应憨山弟子福善所请,作《憨山大师庐山五乳峰塔铭》。入清后又亲自整理《憨山大师梦游全集》。明代后期,禅悦之风甚炽,钱谦益自幼与佛教亲近,七岁时曾获侍憨山的师兄雪浪洪恩。万历四十五年(1617),憨山游莅虞山三峰寺,钱谦益与三峰寺住持汉月陪侍,并受其记莂(入弟子名录),从此终身师事憨山。《初学集》、《有学集》中关于憨山的文字很多。五乳,庐山五乳峰。塔院,即僧人的塔林。憨山的灵骨入五乳峰法云寺塔院。瓣香,古人以拈香一瓣,表示对他人的敬仰。后来师承某人也叫瓣香某人。长句,唐人以七言为长句。钱谦益四首诗中,历述憨山的功德以及对狂禅的抵制。此处选的是第四首,诗中回顾憨山与自己的交谊,并示意憨山的出家弟子,自己有意书写憨山碑铭。

〔2〕"犹忆"二句:回忆与憨山的分别。拏(ná 拿)舟,撑船。胥江,传说伍子胥逃楚仕吴,吴王赐剑自杀,浮其尸于浙江,成为涛神。后人称浙江潮为胥涛,浙江为胥江。

〔3〕"草堂"句:说自己未实践追随憨山行脚的约定。草堂,旧时文人隐居避世,常名其所居为草堂。青山约,跟随憨山行脚。

〔4〕莲社:晋、宋间,僧惠远于庐山建东林寺,高人逸士,辐辏于东林寺,雷次宗、宗炳、张诠、刘遗民、周续之等共结白莲社,亦谓之莲社。白首期,潘岳《金谷集序》:"春容谁不慕?岁寒良独希。投分寄石友,白首同所归。"石友,即石崇。后石崇与潘岳同为孙秀所杀,临刑,潘岳说:"可谓白首同归。"见《世说新语·仇隙篇》。

〔5〕"坐断"句:以惠远建东林寺比憨山恢复曹溪道场。坐断,占据控制。风雷,释氏《稽古录》:"惠远于庐山建东林寺,经营之际,山神降灵,愿加资助,信宿风雷夜作,晦暝大雨。明发就观,良木殊材,骈罗其处。桓伊初临北牧,惊其神异,奉立寺焉。"小劫,佛教语。劫是一时间单

位,谓人从十岁增至八万岁,又从八万岁减至十岁,经二十往返为一小劫。

〔6〕"梦回"句:说自己在仕途这盘棋局着着失利。梦回,梦醒。甲子,甲为天干首位,子为地支首位,用干支依次相配,可得六十数,统称为六十甲子。也用甲子代称岁月、年岁。残棋,指自己在党争中败下阵来。

〔7〕萧夫子:萧云举,字允升,广西宣化人。万历十四年(1586)进士,官至礼部尚书。后曾为憨山作碑铭文。萧云举万历三十八年(1610)曾任会试主考,故钱谦益诗中称之为"夫子"。宗伯,官名。周代六卿之一,掌宗庙祭祀等事,后世因称掌管同类事务的礼部的尚书为宗伯。

〔8〕斫:凿,削。曹溪:水名。在广东曲江县东南双峰山下。唐代仪凤中,邑人曹叔良舍宅建宝林寺,故名曹溪。慧能在曹溪创禅宗,曹溪遂成禅宗发源地。第一碑:即憨山的碑文。后钱谦益写了《憨山大师庐山五乳峰塔铭》、《憨山大师曹溪肉身塔院碑》。

# 八月十二夜[1]

凭栏风露浩难收,旋觉清光在上头[2]。横揽烟峦成小筑,平临云物见高秋[3]。时秋水阁初成,与孟阳缘梯登眺。月出窈窕山皆漏[4],湖逗空明夜欲流。尊酒相看多远思,芦花如雪记沧洲[5]。余去年过沧州,有怀孟阳诗。

〔1〕此诗作于崇祯三年(1630)。据《初学集·耦耕堂记》,万历四十五年(1617),钱谦益与程孟阳就有"栖隐之约",崇祯二年钱谦益官场

再次受挫南归,即建造耦耕堂,决意归隐林下。崇祯三年,耦耕堂落成,招程孟阳践读书栖隐之约。两人同登耦耕堂的秋水阁,有慨于中,写下了此诗。作者努力把心态平静下来,使自己融入山光水色之中。诗写得空灵邈远,其"月出窈窕山皆漏,湖逗空明夜欲流"直是一幅动静声色皆具的山水画卷。

〔2〕清光:指月亮的光辉。上头:杜甫《凤凰台》诗:"安得百丈梯,为君上上头。"

〔3〕"横揽"二句:描写秋水阁之高。小筑,环境幽静的小建筑物。此处指秋水阁。这两句说站在秋水阁上,可以横揽烟峦,平视云物。

〔4〕窈窕(yǎo tiǎo 咬挑上声):美好貌。《诗经·陈风·月出》"月出皎兮,佼人僚兮,舒窈纠兮",窈窕,同窈纠。漏:显露。

〔5〕"芦花"句:钱谦益崇祯二年南归,途经沧州,作《沧州歌怀稼轩给事兼呈孟阳》诗,云:"沧州芦花如雪披,沧水东流无尽期。沧州好酒泻酤白,照见行人鬓上丝。"沧州,地名,今属河北。

# 感秋二首(选一)辛未立秋日[1]

扁舟约略潞河东,去国孤身似断蓬[2]。已是三年成昨梦,漫馀双鬓待秋风。灯前波浪中宵雨,帘外荣枯半树桐。自分无才方宋玉,不将摇落怨天公[3]。

〔1〕此诗作于崇祯四年(1631)的立秋日。古代士人有悲秋的心理传统。每逢秋风乍起,人们会禁不住产生时光已逝、功名无成的伤感。钱谦益被放逐三年后,依然旧梦难忘,每每触景伤怀。

〔2〕"扁舟"二句:形容自己被逐出朝廷后的感觉。约略,大概,好

像。潞河,水名。即今潮白河,为北运河上游,因经过潞县而得名,故址在今北京通州东。崇祯二年六月,钱谦益在潞河码头告别朝中诸公南归。断蓬,蓬草断了根茎后随风飘泊。

〔3〕"自分"二句:说自己的才能不敢和宋玉相比,也不会如宋玉那样悲秋。宋玉,战国时文学家,楚国大夫。其《九辩》有句云:"悲哉秋之为气也,萧瑟兮草木摇落而变衰。"杜甫《咏怀古迹》:"摇落深知宋玉悲。"此处是正话反说,写自己的悲秋情怀较之宋玉有过之而无不及。

# 送座主王文肃公之子、故户部郎中淑抃归关中,叙旧述怀一百韵[1]

盗贼南山里[2],干戈左辅边[3]。黔黎成狗鼠,沃野变烽烟[4]。长吏婴城免,将军弃甲遄[5]。流离逾四塞,侵略过三川[6]。力拒君何勇,潜攻寇颇狷。儿能张两翼,身即领中坚。据险乘墙屋,飞机襮瓴砖。苍头咸用命,赤手或当先[7]。浴血扪创面,椿喉数断咽[8]。长安舒羽檄,馀贼返戈铤[9]。户部捍御流贼,身自搏战。贼退,携家口入吴。此后并述其事。国有孤臣哭,家亡坐客毡[10]。所欣文未坠,敢叹室如悬[11]。秦市难增减,金陵好絜镌[12]。提携书数十,跋涉路三千。汴水秋风急[13],淮河落日玄。尩隁荒店马,眩运下江船[14]。握手翻疑梦,沉吟却问年。酒巡街鼓缓,语热烛花圆。撩眼风尘色,经心香火缘[15]。可堪今契阔,还记昔骈阗[16]。此后并言文肃长翰典试及余登第及门之事。万历丁中叶,三秦甲大贤。举朝推柱地,寰海望回天[17]。子又登高第,师将秉化权[18]。槐堂纡紫绶,杏苑簇红笺[19]。座主龙门峻,诸生雁塔联[20]。愚蒙惭造士,流俗艳登仙[21]。衣钵援垂手,宫墙企及肩[22]。断金容冶铸,攻玉荷陶甄[23]。拟议纶扉笔,追陪浴殿员[24]。风从征禽习,雨散遘迍邅[25]。此后并言文肃领袖清流,党人披猖,避位去国之事[26]。世豫私门孽,朝清国论偏[27]。部魁南北署,党禁绍熙沿[28]。杓直星依指,芒寒宿避躔[29]。清流常皎皎,丑类正骞骞[30]。伏莽兴戎壮,高墉射隼便[31]。钟原因物扣,镜不为人妍[32]。肯待三年报,都将一网裹[33]。构兵弥浙楚,馀烬合昆宣[34]。柱状波反覆,飞章矢属连。门兰嗟并芟,釜豆泣相煎[35]。保定公为公元兄,党人借名龂齿[36],郎中为宝坻县令,亦罢归。自解蓬池直,归耕漆水田[37]。人知马融草[38],孰赠绕朝鞭[39]。门人为台谏,起草劾公,故有马融飞章之喻。敛手临空局,抠衣任老拳[40]。城南瞻气象,渭北钓清泉。雒下居仍介,关西望益专[41]。窗棂题障塞,草野画征廛[42]。虎观敷陈邈,龙楼羽翼捐[43]。储宫商老虑,国步杞人怜[44]。纷浊登楼外,忧危揽镜前[45]。龙胡衔主恤,狼尾望公还[46]。天启初,以先帝旧学,起公田间,旋罢。山斗看崔嵓,沧桑又改迁[47]。此已下并言奄寺钩党,考系削籍之事。少阳蒙出震,雌霓比连卷[48]。簸扇金壬巧,冯依妇寺癫[49]。决藩笞万燝[50],钩党考杨涟[51]。削籍空三事,刊章沸八埏[52]。拖肠难仰药,折骨羡沉渊[53]。媪子繁螟蛚,阉儿长蚁蜒[54]。

咸宁王绍徽新乳虎,猗氏乔应甲老饥鸢[55]。日日惊追捕,家家庀橐馈[56]。槛车拌并载,牢户俟平填[57]。以下叙公忧愤没身之事。祈死身如赘,忧生骨亦疳[58]。鬼神犹助虐,夫子遂长眠。拉折灵胡掌,崩陨玉女莲[59]。关河悲黯淡,魑魅喜蹁跹[60]。高冢侯芭土,修门宋玉篇[61]。百身吁可赎,七尺愧犹全[62]。崇祯元年,予自废籍召入京,旋构阁讼,再遭谤烁。暂许茅连茹,俄看草蔓延[63]。孤踪何朴遫,群刺总翾翩[64]。封印藤麻格,堆盘火齐鲜[65]。覆金供鼠赫,点玉聚蝇羶[66]。共叹詹来鲁,空招隗至燕[67]。食宁留硕果,饮遽散初筵。霾曀箕风暗,飞流斗域殷[68]。觚棱朝恋阙,襆被夜乘舩[69]。此以下自叙归田屏居之事。藿食还初服,衡门省宿愆[70]。折铛煨粥饭,秃笔弄丹铅[71]。幸得悬车轴,知谁任屋椽[72]?《解嘲》真懒作,骂鬼托残编[73]。小筑西湖畔,巾车拂水巅[74]。山窗云淰淰,涧户竹娟娟[75]。石罅泉奔射,林皋月漏穿[76]。拈花迎夏蝶,选树阴秋蝉。割肉归神社[77],挑灯送佛钱。经行寻北涧,谭宴度南阡[78]。蟹舍长腰米,渔庄缩项鳊[79]。不材羞拥肿,为用惮牺牷[80]。已下叙与郎中赠处之意。旧雨来人少,寒风送客旋[81]。含言心悄悄,分手泪潺潺。弟子吾衰甚,恩门或忘焉。逢迎谁倒屣?宴会罕加籩[82]。陆氏庄荒矣,廉公市寂然[83]。世途同鸟鼠,薄俗异夔蚿[84]。底事防人面,何妨坐马鞯[85]。文肃门生满吴下,郎中远来,不为具宾主之礼。驰张求省括,燥湿学安弦[86]。物论将昭雪,郎君定洗湔[87]。还期温比玉,莫倚直如弦[88]。离别中年恶,凉温昔梦牵。骊歌声惨怆,鸡酒恨缠绵[89]。下马陵终拜,《金銮》集早传[90]。赋诗当赠处,餐饭勉加飡[91]。

〔1〕座主,唐代进士称主考官为座主。王文肃,即王图,字则之,陕西耀州牛村里人。万历十一年(1582)进士,选翰林院庶吉士,授检讨。官至吏部右侍郎掌翰林院。天启四年(1624)被阉党削籍。天启七年卒。崇祯初,谥文肃。王图曾主持万历三十八年(1610)年会试,作者此年及第。王淑抃,王图子,万历三十五年(1607)进士,曾任宝坻县知县,后官户部山西清吏司郎中,党争之中被牵连罢官。王图去世后,王家遭受了农民军的扰掠,淑抃携家口由秦之吴,请求钱谦益为父书写行状。崇祯五年淑抃回秦,作者写此诗送行。长篇叙传诗非才学兼具者难以操笔,钱谦益虽然才大学博,集中也只有数篇,此诗是《初学集》中出现最早的百韵长诗。诗以王图在明万历、天启朝,和自己在崇祯朝的宦海沉浮为叙写对象,勾勒了万历后期党争发生的前因后果。诗既具史性,又是叙旧抒怀之作。百韵二千言,开篇即写秦中盗贼猖獗,触目惊心,隐含朝政昏庸造成严重恶果的微义。篇中叙旧述怀,纡徐感喟,俯仰今昔,深有馀痛。

〔2〕"盗贼"句:《汉书·王尊传》:"往者南山盗贼,阻山横行。"此处指陕西李自成农民军。

〔3〕左辅:即左冯翊。汉代郡名。本为秦内史地,汉高祖二年置河上郡,武帝太初元年更名为左冯翊,为拱卫首都长安的三辅之一。辖二十四县,约当今陕西渭河以北、泾河以东、洛河中下游地区。

〔4〕"黔黎"二句:描写陕西一带人民四起为乱,烽烟遍地。黔黎,黔首、黎民的合称,即庶民、黎民。狗鼠,喻品行不端的人。此指乱民。

〔5〕"长吏"二句:官大的固守城池,得以免死,将军们则弃甲奔逃。

长吏,官秩之尊者,泛指上级官长。婴城,环城固守。遄(chuán传),疾速。

〔6〕"流离"二句:说流离失所的百姓逃难到各处,农民军则进入三川地区。四塞,布满意。三川,地名。在今陕西洛川县南,因华池水、黑源水、洛水三水同汇得名。

〔7〕"力拒"八句:描写王淑抃率领家人保卫家园,力拒农民军掳掠的场面。农民军潜伏一隅,攻打非常疾速。淑抃自处中坚,其子两翼协助。依据险要和屋墙,把房顶上的砖瓦抛掷出去,还击敌人。佣人们也奋勇出击,赤手空拳与来犯者拼搏。狷(juàn倦),敏急貌。飞机,能抛射砖块的机械。襮(bó博),暴露。甋(lú卢)砖,狭长的砖。苍头,奴仆。汉代仆隶以深青色巾包头,故称。

〔8〕"浴血"二句:写王淑抃和家人的保卫战打得十分惨烈。浴血,全身浸于血中。唐代段成式《酉阳杂俎》十二《语资》载:徐绩常猎,命孙敬业入林追赶猎物,后边趁风纵火,想烧死孙。孙无所避,就剖开马腹,伏其中。火过,浴血而立,徐绩大奇。后多用来形容战斗激烈,死伤很多,血染全身。扪,抹。椿(chōng春),撞击。

〔9〕"长安"二句:京城下达了增援的命令,农民军撤退。舒,伸展意,此处指下达、发布。羽檄,即羽书。以鸟羽插檄书,以示紧急。戈鋋(chán禅),兵器。戈,古代一种类似于刀的兵器。鋋,铁把短矛。此处概指兵锋。

〔10〕毡:用兽毛碾合成的铺垫物。此句言乱后家财丧失殆尽。

〔11〕"所欣"二句:说令人欣慰的是王图家得以保全。文未坠,《后汉书·杜林传》:杜林得漆书古文一卷,常宝爱之,出以示卫宏等人,说:"林流离兵乱,常恐斯经将绝,何意东海卫子、济南徐生复能传之,是道竟不坠于地也。"此处指王图的诗文集。室如悬,全家命悬一线。

〔12〕"秦市"二句:说在秦地已经难以居住,只好携书到金陵来刊

刻。契(qì器)镌,刊刻书籍。契,意同锲。

〔13〕汳(biàn遍)水:即汴河。也叫汴水、汳水、汴渠。由河南流经安徽的宿县、灵璧、泗县入淮河。

〔14〕"虺隤(huī tuí 恢颓)"二句:描写王淑抃一家由秦到吴的辛苦。虺隤,疲病。《诗经·南·卷耳》:"陟彼崔嵬,我马虺隤。"眩运,即眩晕。

〔15〕香火缘:即香火因缘。古人盟誓多设香火告神,佛家因称彼此契合为香火因缘,言似前生已结盟好。

〔16〕"可堪"二句:说今日的离合令人情伤,昔日的聚集如在昨天。可堪,犹言那堪。如李商隐《春日寄怀》:"纵使有花兼有月,可堪无酒又无人。"契阔,离合,离散。《诗经·邶风·击鼓》:"生死契阔,与子成说。"骈阗(tián填),连属,聚集。

〔17〕"万历"四句:万历十四年,王图中进士,选翰林院庶吉士,授检讨。在史馆,方严正直;当时,王图兄王国为保定巡抚,不附权贵。一时间,西北正人,推王图、王国兄弟为巨擘。朝廷上下都视图、国兄弟为国家栋梁,希望他们能刷新朝政。三秦,秦亡后,项羽三分关中。三秦也指秦州、东秦州、南秦州。概指陕西。

〔18〕"子又"二句:万历三十五年(1607),王淑抃中进士,王图即将执掌阁臣之权。秉,操持,把握。化权,中枢权力。

〔19〕"槐堂"二句:描写王家的显贵。槐堂,王图的室名。纡紫绶,即纡朱拖紫,或纡青拖紫,比喻地位显贵。青、紫、朱都是高官所佩印绶的颜色。杏苑,即杏园,园名。故址在今陕西西安市大雁塔南。唐时与慈恩寺南北相直,在曲江池西南,为新进士游宴之地。红笺,红色纸笺,多用于题写诗词或作名片等。

〔20〕"座主"二句:说王图的声望很高,门下士很多。龙门,山名。在陕西韩城与山西河津间。此外,河南洛阳市南、河北赤城县云州堡东

北、四川广元县东北都有龙门。一般用龙门比喻声望高的人。《后汉书·李膺传》："膺独持风裁,以声名自高,士有被容接者,名为登龙门。"注："以鱼喻也。龙门,河水所下之口,在今绛州龙门县。辛氏《三秦记》：'河津一名龙门,水险不通,鱼鳖之属莫能上,江海大鱼薄集龙门下数千,不得上,上则为龙也。'"雁塔,西安市大雁塔、小雁塔。大雁塔在慈恩寺,是唐进士题名处。

〔21〕"愚蒙"二句：说自己也忝列王图弟子行列,人们都很羡慕。愚蒙,谦词,自称。惭,惭愧。造士,学而有成之士。流俗,世俗的人。艳,羡慕。

〔22〕"衣钵"二句：说自己受到王图的教诲。衣钵,佛教僧尼的袈裟和食器。禅宗初祖至五祖师徒间传授道法,常付衣钵为信。衣钵相传也泛指师徒间的传授。王定保《摭言》：放榜后,状元已下,到主司宅,下马缀行而立,敛名纸通呈,与主司对拜,主事曰："状元谢名第,第几人谢状元。"注曰："衣钵,谓得主司名第。其或与主司先人同名第,即谢大衣钵。如践世科,即感泣而谢。"垂手,形容恭敬。宫墙,指房屋的围墙。《论语·子张》："子贡曰：'譬诸宫墙,赐之墙也及肩,窥见室家之好；夫子之墙数仞,不得其门而入,不见宗庙之美,百官之富。'"赐,子贡名,孔子弟子。后因以"宫墙"称师门。

〔23〕"断金"二句：说自己成为王图的弟子后,受其影响,有所成就。断金,《易·系辞》上："二人同心,其利断金。"后以指同心协力,坚固不移。也指友谊深厚。此处指作者和王图的友谊深厚。冶铸,冶炼铜铁,铸造器物。攻玉,把玉石琢磨成器。《诗经·小雅·鹤鸣》："它山之石,可以攻玉。"谓加工玉璞要借用它山之石。后用以喻人之长治己之短。陶甑(zèng 赠),一种陶制的蒸炊器,底部有孔。

〔24〕"拟议"二句：说自己在翰林院追随王图。拟议,《易·系辞》上："拟之而后言,议之而后动,拟议以成其变化。"本指事前的揣度议

论,后称设计、筹划为拟议。纶扉,犹内阁。明代称宰辅所在之处为"纶扉"。浴殿,皇宫内的浴室称为浴殿,唐代皇帝常在这里召见文人学士。

〔25〕"风从"二句:说朝廷政治顺畅时,追随王图翕然成风,朝廷政治昏暗时,则遭受困境而离散。风从,顺风而从。《魏书·世宗纪》二年诏:"今始览政务,义协惟新,思使四方风从率善。"翕习,盛貌。王延寿《鲁灵光殿赋》:"祥风翕习以飒洒,激芳香而常芬。"雨散,比喻离散。温庭筠《送崔郎中赴幕诗》:"心游目送三千里,雨散云飞二十年。"遘(gòu够),遭遇。迍邅(zhūn zhān 谆沾),难行貌。也指处境困难。

〔26〕党人披猖:意谓朝廷党争激烈。所谓的齐、楚、浙党与东林党阵线愈益分明,决裂行事。披猖,猖獗。避位去国,辞去职务,离开朝廷。

〔27〕"世豫"二句:说当时社会安定,国家无事,权臣们的门户之私势力很大,有关国事的议论不免偏颇。豫,安乐。孽,为害。国论,有关国事的议论。

〔28〕"部魁"二句:朝廷的六部首领形成阵线分明的党争,禁锢迫害清流党的事情又一次重演。部魁,朝廷六部长官。南北署,《后汉书·党锢传》:桓帝为蠡吾侯时,受学于甘陵周福。及即帝位,擢周福为尚书。当时有同郡河南房植,有名当朝。乡人为之谣曰:"天下规矩房伯武,因师获印周仲进。"两家宾客,互相讥诋,各树朋党。由是甘陵有南北部,东汉朋党从此始。诗中指朝廷党争。党禁,禁止党人出仕和交通往来。绍、熙,宋哲宗和宋神宗年号绍圣、熙宁的省称。宋神宗、哲宗期间的新旧党争此起彼伏,宋哲宗时新党再起,定党人碑,对旧党施行流放贬谪,并禁止党人入仕和交通往来。

〔29〕"杓(biāo 标)直"二句:此二句以星宿运行说正人直行,其正气令小人不得不有所退避。杓,北斗七星柄部的三颗星,又称斗柄。此喻朝中清流。芒寒,杓星发出的光芒。宿(xiù 秀),星宿。此喻众小人。躔(chán 缠),日月星辰在黄道上运行的轨迹。

77

〔30〕"清流"二句：说朝中清流光明皎洁，而对立的党派也步步逼近。皎皎，明亮高洁貌。嵇康《杂诗》："皎皎亮月，丽于高隅。"骞骞，放肆貌。柳宗元《乞巧文》："沓沓骞骞，咨口所言。"

〔31〕"伏莽"二句：形容万历后期党争激烈，敌对党伺机攻击清流。伏莽，《易·同人》："九三，伏戎于莽。"莽，丛木。指军队埋伏于草莽之中。诗中指齐、楚、浙及宣、昆党对以王图为代表的秦人和东林党的攻击。高墉（yōng 庸），高高的城墙。墉，城墙。隼（sǔn 笋），一种凶猛的鸟。诗中指清流党。作者《文肃王公行状》："当庚戌、辛亥（万历三十八、三十九年）之交，阴阳交争，龙蛇起陆。援公者欲登之九天，挤公者欲坠之九地，高墉深垒，隐若敌国。"

〔32〕"钟原"二句：说事情的发生，都有其原因。钟如果没有外力叩击不会发声，镜子也不会因照镜子的人不同而给人增加美丽。妍，美丽。

〔33〕"肯待"二句：说因万历三十九年（1611）的京察，裁撤了部分有过错的官员，至万历四十五年（1617）的京察，秦人和东林党被一网打尽。明代每六年即逢巳、亥年进行一次对在京官吏的考绩。万历三十八年（1610），王图主持会试，其间因汤宾尹越房搜其门生韩敬的卷子，与该房吴道南发生争执，汤宾尹的门生王绍徽离间王图与吴的关系，王图正色拒之，得罪了汤宾尹。万历三十九年（1611）为辛亥年，是年京察。时王图任吏部右侍郎，执掌翰林院主持京察。为了阻挠京察，金时明率先弹劾王图父子。但察典未下，金就以失职罢免。于是秦聚奎等人上疏，言大臣结党，天下皆趋附秦人。四月，察典下，汤宾尹等七人降调有差。附汤宾尹者、忌秦人者以及看不上东林者，集中起来攻击王图。王图抗章辩白，极论汤、王之所以被京察的原因，同时坚词求退身去。万历四十二年（1614），叶向高去职，方从哲秉政，庸庸无为。大臣奏疏皇帝均不理睬，被言路纠弹者，常常不及诏旨即擅自离职，于是内阁势逾重。

当时有齐、楚、浙三党鼎足,盘牙交通,而宣城的汤宾尹实际为三党之主脑。于是又有宣党、昆党(以昆山人顾天峻为首)之分。万历四十五年(1617)为丁巳年,是年京察,汤宾尹操纵其权,处置东林殆遍,以求胜于辛亥年的京察。三年,非确数。褰,提起。此处指收网报复东林。

〔34〕"构兵"二句:说在攻击王图及东林党的共同行动中,齐、楚、浙三党弥合了各自之间的不同,都合并到宣党与昆党之中。

〔35〕"枉状"四句:叙写汤宾尹等人攻击王图的伎俩。万历三十九年(1611)京察前,金时明弹劾时任宝坻知县的王淑抃,并以王淑抃之名弹劾王国,挑拨王国与其弟、侄的关系。飞章,急速上报的奏章。此指反对党攻击王图的奏章。矢,言其密集如箭。属(zhǔ 主)连,接连。门兰,门下弟子。《蜀志·周群传》:"先主将诛张裕,诸葛亮请罪,先主曰:'芳兰生门,不得不锄。'"釜豆泣相煎,汤宾尹等人的离间之计使王图兄弟骨肉相疑。汉魏之际,曹丕欲加害于曹植,令其七步成诗,曹植应声作:"煮豆燃豆萁,豆在釜中泣。本是同根生,相煎何太急!"

〔36〕保定公:即王国,王图兄,万历五年(1577)进士,官至兵部右侍郎,巡抚保定。齮齕(yǐ hé 以合):侧齿咬,引申为毁伤。

〔37〕"自解"二句:说王图辩白之后,辞去朝中官职,归耕田园。蓬池,蓬莱池,唐代长安池塘名。李德裕《述梦诗》:"荷静蓬池脍。"注曰:"每学士初上,赐食,皆是蓬莱池鱼脍。"诗中指朝廷中枢机构。直,当值,值勤。漆水,水名。源出陕西旧同官县,西南流至耀州,合沮水为石州河,东南入渭。此处指王图回到故乡耀州。

〔38〕"人知"句:说王图的门生弹劾其师。《后汉书·吴祐传》:"梁冀诬奏李固,马融为冀章。吴祐曰:'李公之罪,成于卿手。李公即诛,卿何面目见天下之人乎?'"

〔39〕绕朝鞭:春秋晋国士会奔秦,为秦所用。晋国派魏寿馀伪装叛晋入秦,劝士会回晋。士会临行之际,秦大夫绕朝赠之以马鞭,说:"子无

79

谓秦无人,吾谋适不用也。"后来诗文中以绕朝鞭比喻朋友临别赠言。

〔40〕"敛手"二句:叙写王图归耕后无所作为,不免受乡里欺凌。敛手,缩手。表示不敢恣意妄为。抠衣,提衣而行,以示谨慎。《礼·曲礼》:"抠衣趋隅,必慎唯诺。"老拳,结实的拳头。《晋书·石勒载记》下:"初,勒与李阳邻居,岁常争麻池,迭相殴击……(及为赵王)乃使召阳。既至,勒与酣谑,引阳臂笑曰:'孤往日厌卿老拳,卿亦饱孤毒手。'"

〔41〕"雒(luò洛)下"二句:说王图遭受小人谗害之后,居乡孤独而耿介,声望日隆。雒下,指王图的家乡耀州。雒河源出于雒南县。

〔42〕"窗棂"二句:说王图居乡,乡里百姓多所依赖。窗棂题障塞,叶奇《草木子》:"一富室不解文字,误裂《张巡传》黏窗,为识者所鄙,因题诗壁间云:'独守睢阳当豹关,江淮赖此得全安。只今青史俱零落,犹障窗风一面寒。'"画,筹划。征廛,《周礼·地官·司关》:"司货贿之出入者,掌其治禁,与其征廛。"疏:"征谓税,廛谓邸舍,二事双言也。"此处指市肆。

〔43〕"虎观"二句:说王图离开朝廷,太子失去了一个得力的辅佐大臣。王图离职前曾任东宫讲官,后以詹事充日讲官。《行状》云:"神宗深居大内,撰进讲章,寒暑不辍。肃容法服,俨如对御。"虎观,白虎观的简称。为汉宫中讲论经学之所。后泛指宫廷中的讲学处。敷陈,铺叙。《淮南子·要略》:"分别百事之微,敷陈存亡之机。"龙楼,汉太子宫门名,后泛指太子之宫。捐,舍弃。

〔44〕"储宫"二句:王图去国后,朝中黑白混淆,"三案"反覆,太子地位危殆。储宫,太子之位。商老,本指汉初商山东园公、绮里季、夏黄公、甪里四先生,因其须眉皆白,称四皓。高祖召,不应。后高祖欲废太子,吕后用张良计,迎四皓,使辅太子。一日四皓侍太子见高祖。高祖曰:"羽翼成矣。"遂辍废太子议。国步,国家的命运。南朝宋谢庄《孝武帝哀策文》:"王室多故,国步方蹇。"杞人怜,即杞人忧天的故事。

〔45〕"纷浊"二句：写王图回乡后对时事的感叹。纷浊，紊乱混浊。登楼，王粲《登楼赋》："遭纷浊而迁逝兮，漫逾纪以迄今。"忧危揽镜，《新唐书·杨慎矜传》："慎矜兄弟，仪干皆秀。慎名尝视鉴叹曰：'兄弟皆六尺馀，此貌此才，欲见容当世，难矣！胡不使我兄弟少体弱耶？'世哀其言。"

〔46〕"龙胡"二句：说朝野都盼望王图还朝。龙胡，草名，即龙须，茎可织席。衔恤，含忧。《诗经·小雅·蓼莪》："无父何怙，无母何恃。出则衔恤，入则靡至。"后谓早年父母之丧为衔恤。狼尾，草名。《尔雅·释草》："孟，狼尾。"注："似茅，今人亦以覆屋。"《本草纲目》二三《谷》二《狼尾草》："狼尾，茎叶穗粒并如粟，而穗色紫黄有毛，荒年亦可采食。"

〔47〕"山斗"二句：说天启改元，王图为众望所归。山斗，泰山、北斗的省称。犹言泰斗。《新唐书·韩愈传》："自愈没，其言大行，学者仰之如泰山、北斗云。"后因以比喻德高望重或卓有成就而为众所敬仰的人。崔岿，即崔巍。形容山势高峻耸立貌。

〔48〕"少阳"二句：说熹宗登基事。少阳，本指东方，后用来指太子所居之东宫。出震，八卦中的"震"卦位应东方。出震，即出于东方。《易·说卦》："帝出乎震。"谓帝出万物于震。后以"出震"指帝王登基。雌霓，虹有两种，内环色彩鲜盛为雄，名虹；外环色彩暗淡为雌，名霓，今称副虹。南朝沈约《郊居赋》："驾雌霓之连卷，泛天江之悠永。"此处指熹宗的乳母客氏和魏忠贤。

〔49〕"簸扇"二句：描写阉党把持朝政。簸扇，簸扬扇动。金壬，谄媚卑鄙的小人。冯（píng凭）依，即凭依。妇寺，《诗经·大雅·瞻卬》："匪教匪诲，时维妇寺。"传："寺，近也。"朱熹《诗集传》训寺为奄人。此处即指以客氏、魏忠贤为首的阉党。

〔50〕"决藩"句：天启四年（1624）魏阉杖死工部郎中万燝。决藩，

81

即藩决。《易·大壮》："羝羊触藩，羸其角……藩决不羸，壮于大舆之輹。"藩，藩篱。羸，缠绕。壮，借为"戕"，损伤。輹，车箱下面钩住车轴的部件。意谓羊以角触篱，需亟以绳系其角。如不亟系羊角，藩破，则必入内危及车辕。后人以"藩决"喻边防警告。此处指魏忠贤以杖杀万燝警告朝廷大臣。万燝，字元白，江西新建人。万历十四年（1586）进士。天启四年（1624）六月七日，上疏请大内废铜铸钱协助庆陵工费，并极诋逆阉僭横，比之王振、刘瑾。魏阉矫旨于午门外杖一百，阴喻执杖者，必欲置之死。杖毕，复令诸阉辗转拖曳，椎刺拳殴，血肉喷薄。此魏阉立威纵杀第一人。

〔51〕"钩党"句：说逆阉大兴党狱，从拷掠杨涟开始。钩党，相牵引为党。《后汉书·灵帝纪》建宁二年："制诏州郡大举钩党。于是天下豪杰及儒学行义者，一切结为党人。"考，即拷掠。杨涟（1571—1625），字文孺，号大洪，应山人。万历三十五年（1607）进士，天启四年（1624）官至左副都御史。四年六月初四日，上疏弹劾魏忠贤二十四大罪。魏忠贤大惧。明年六月，群小扇祸，逮捕杨涟等六人，诬以得故经略熊廷弼赃贿。七月二十四日，杨涟被魏党许显纯拷死狱中。左光斗、魏大中同日遇害。杨涟死后，魏党大举钩党，死徙废禁，转相连染。至崇祯朝始得昭雪，谥忠烈。

〔52〕"削籍"二句：说朝廷的很多重要官员尽被革职，到处都是逮捕人的文书。削籍，革职。空，使之一空。三事，指三公。《诗经·小雅·雨无正》："三事大夫，莫肯夙夜。"孔颖达疏："三事大夫为三公耳。"此处指朝廷中的重臣。刊章，删去告发人姓名的捕人文书。八埏（yán严），八方的边际。埏，大地的边际。

〔53〕"拖肠"二句：写阉党对东林诸君子施行酷刑，冤狱中不堪毒刑的人甚至羡慕高攀龙的赴渊自沉。拖肠，一种鼠，腹边有馀物如肠。据刘敬叔《异苑》卷三："昔仙人唐昉拔宅升天，鸡犬皆去，唯鼠坠下不

死,而肠出数寸,三年易之。"后以喻不能变易之人。仰药,服毒药自杀。折骨,断骨。形容阉党的酷刑。沉渊,指高攀龙赴渊自沉。高攀龙(1562—1626),字存之,又字景逸、云从。万历十七年(1589)进士。授行人。以忤当局,谪揭阳典史,去官家居近三十年。其间与顾宪成讲学于东林书院,世称高顾。天启时官至都御史,发魏忠贤党崔呈秀罪,削籍归。崔呈秀欲捕杀之,高攀龙闻有使收捕,手写遗表,封付其子,处分家人,从容燕语,若将就逮者。独卧一室,夜半整衣冠,向阙叩头,沉渊而死。其遗表曰:"臣虽削夺,旧系大臣。大臣受辱则辱国,故北向叩头,从屈平之遗则。"崇祯时谥忠宪。

〔54〕"媪子"二句:说一时间魏忠贤和客氏的干儿义子层出不穷,群扇作乱。媪,老年妇人。此处指客氏。螟蟘(míng tè 茗特),害虫。《尔雅·释虫》:"食苗心,螟;食叶,蟘。"诗中指趋奉客氏的小人。阉儿,魏忠贤的干儿义子。蚁螈(yuán 原),蚂蚁和蝗虫。螈,未生翅的蝗子。此处形容魏忠贤的干儿义子很多。

〔55〕"咸宁"二句:王绍徽和乔应甲是魏党的干将。王绍徽,咸宁人,万历进士,汤宾尹的门生,天启朝投靠阉党,为魏忠贤"五虎"之一。猗氏,《孔丛子·陈士义》:"猗顿,鲁之穷士也。耕则常饥,桑则常寒。闻陶朱公富,往而问术焉。朱公告之曰:'子欲速富,当蓄五牸。'于是乃适西河,大蓄牛羊于猗氏之南,十年之间其滋息不可计,赀拟王公,驰名天下。"古称黄河南北流向的部分为西河。由此引申指河南浚县、滑县及其迤南、迤北一带。乔应甲应为西河人,此以猗氏代指乔。

〔56〕庀(pì 辟)橐饘(tuó zhān 驼沾):准备外出的衣食。庀,治理。橐饘,指衣食。橐,衣囊。饘,饭食。此处说魏忠贤作乱其间,厂狱横行,罗织成风,搞得人人自危。

〔57〕"槛车"二句:说押送犯人的车竟然同时装载多人,监狱里人满为患。槛车,古代押送犯人的车。拚(pān 潘),摧残。佮,全,都。

〔58〕痟(yuān渊):酸痛。

〔59〕"拉折"二句:形容王图逝后天地为之黯然。拉折,折断。灵胡,张平子《西京赋》:"缀以二华,巨灵赑屃,高掌远跖,以流河曲,厥迹犹存。"李善曰:"《遁甲开山图》曰:'有巨灵胡者,偏得坤元之道,能造山川,出江河。'"玉女莲,《山海经·西山经》:"太华之山,削成而四方。其高五千仞,其广十里。"郭璞曰:"上有明星玉女持玉浆,得上服之,即成仙道。"灵胡、玉女莲均指山川。

〔60〕"关河"二句:写王图逝后,山河悲伤,而小人则很高兴。蹁跹,旋转的舞姿。

〔61〕"高冢"二句:说自己作为王图的弟子,祭奠哀悼其师。侯芭土,《汉书·扬雄传》:扬雄死后,其弟子侯芭为其起坟,守丧三年。宋玉篇,指宋玉的《招魂》,据说乃其师屈原死后,宋玉为招其魂而作。

〔62〕"百身"二句:说如果王图可以不死,以百身去赎都是值得的,令人惭愧的是自己仍然还活着。百身可赎,《诗经·秦风·黄鸟》:"如可赎兮,人百其身。"七尺,人身长约古尺七尺,故以"七尺"代称身躯。

〔63〕"暂许"二句:说朝廷只要给阉党一点空间,其势力很快就会在朝廷蔓延开来。茅连茹,茹即茅根。谓同类互相牵引。《易·泰》:"拔茅茹,以其汇,征吉。"注:"茅之为物,拔其根而相牵引者也。茹,相牵引之貌也。"

〔64〕"孤踪"二句:说自己总是成为党争中的众矢之的。孤踪,指势力孤单。朴遬(sù诉),即朴樕(sù诉),小木,比喻才能浅陋平庸。群刺,指温体仁、周延儒等奸臣。翾翾(xuān宣),小飞貌。张华《鹪鹩赋》:"育翾翾之陋体,无玄黄以自贵。"

〔65〕"封印"二句:说熹宗时奸邪小人和阉儿宦竖常常得到皇帝的诏赐封赏。封印,指诏书上的印行。藤麻格,指诏书。古时用藤皮造纸,凡诏与、征召、宣索、处分用白藤纸;凡太清宫道观荐告词文,用青藤纸;

慰问军旅用黄麻纸。堆盘火齐鲜,韩愈《永贞行》:"夜作诏书朝拜官,超资越序曾无难。公然白日受贿赂,火齐磊落堆金盘。"火齐,即玫瑰珠石。左思《两都赋》:"火齐之宝,骇鸡之珍。"刘渊林注:"《异物志》曰:火齐如云母,重沓而可开,色黄赤,似金,出日南。"此处指贿赂的珍宝。

〔66〕"覆金"二句:说金玉供养的是鼠蝇一类的小人。覆金、点玉,均指花费钱财。赫,显赫。

〔67〕"共叹"二句:说朝廷佞人猖獗,贤臣无用武之地。詹来鲁,《穀梁传·庄公十七年》,郑詹自齐逃来。《公羊传》:"郑詹自齐逃来。何以书?书其佞也,曰佞人来矣。"隗至燕,即郭隗故事。《史记·燕召公世家》:"燕昭王于破燕之后即位,卑身厚币以召贤者。谓郭隗曰:'齐因孤之国乱而袭破燕,孤极知燕小力少,不足以报。然诚得贤士以共国,以雪先王之耻,孤之愿也。先生视可者,得身事之。'郭隗曰:'王必欲致士,先从隗始。况贤于隗者,岂远千里哉?'于是昭王为隗改筑宫而师事之。乐毅自魏往,邹衍自齐往,剧辛自赵往,士争趋燕。"

〔68〕"霾曀(yì易)"二句:说朝政乖张。霾曀,阴晦不明,天色阴沉而多风。箕风,即箕风毕雨。月经于箕星之度则多风,离于毕星之度则多雨,比喻百姓的好恶随时不同,王者施政,必须顺乎民情所向。飞流斗域,《汉书·天文志》:"绥和元年正月辛未,有流星从东南入北斗,长数十丈。二刻所息。占曰:大臣有系者。"天象表明,朝中大臣受到奸佞迫害。

〔69〕"觚稜"二句:写自己在崇祯初被逐出朝,仍然眷恋朝廷。觚稜,殿堂屋角的瓦脊成方角棱瓣之形。诗中指宫阙。樸被,即行李包袱。舳(biàn变),大船。

〔70〕"藿食"二句:说自己归乡后,又过起了平民的生活,在草野反省自己的失误。藿食,粗食,代指乡居生活。初服,指辞去官职,重新穿上入仕前的衣服。屈原《离骚》:"退将复修吾初服。"衡门,横木为门,喻

85

简陋的房屋。《诗经·陈风·衡门》:"衡门之下,可以栖迟。"后指隐者所居。宿愆,往日的过失。

〔71〕"折铛"二句:说自己离开朝廷,过着读书礼佛的日子。折铛,《五灯会元》:"惟俨禅师谓云岩曰:'与我唤沙弥来,我有个折脚铛子,要他提上挈下。'"煨,慢煮。丹铅,丹砂和铅粉,古人多用来校勘文字,所以称考订工作为丹铅。

〔72〕"幸得"二句:庆幸自己年老家居,但不知谁是国家的栋梁。悬车,挂车,即停车。古人年七十辞官家居,废车不用,故曰悬车。崇祯元年钱谦益只有四十七岁,写此诗时只五十一岁。此处叹老嗟卑。屋椽,支撑屋宇的椽梁。《战国策》:"子叔声伯曰:'不厚其栋,不能任重。重莫如国,栋莫如德。'"

〔73〕"《解嘲》"二句:说自己以读书著述为寄托,像扬雄《解嘲》这样的文字懒得去作。解嘲,因被人嘲笑而自作解释。《汉书·扬雄传》:"哀帝时,丁、傅、董贤用事,诸附离之者或起家至二千石。时雄方草《太玄》,有以自守,泊如也。或嘲雄以玄尚白,而雄解之,号曰《解嘲》。"骂鬼,事本汉王延寿《梦赋》:"臣弱冠尝夜寝,见鬼物与臣战,遂得东方朔与臣作骂鬼之书,臣遂作赋一篇。"

〔74〕"小筑"二句:说自己建造耦耕堂,移居拂水山庄。小筑,小的建筑物,此处指耦耕堂。西湖,指常熟的尚湖。巾车,有车衣遮蔽的车。

〔75〕"山窗"二句:描写拂水山庄面山邻涧的景色。渗(shěn 审)渗,合散不定之状。杜甫《放船》诗:"江市戎戎暗,山云渗渗寒。"娟娟,明媚美好的样子。

〔76〕"石罅"二句:描写拂水山庄的景色。石罅,山石的空隙。林皋,语出《庄子·知北游》:"山林与!皋壤与!使我欣欣然而乐与!"后因以"林皋"指山林皋壤或树林水岸。

〔77〕"割肉"句:说买肉供奉神灵。割肉,即买肉。

〔78〕"经行"二句：说自己居乡过着寻山问水、清谈雅宴的生活。经行，佛教徒因养生散除郁闷，旋回往返于一定之地叫经行。谭，即谈。

〔79〕"蟹舍"二句：写自己在渔庄蟹舍的自在生活。蟹舍，宋代傅肱《蟹谱》："（五代）钱氏间，置鱼蟹户，专掌捕鱼蟹。"作者为五代钱氏传人。长腰，米名，形狭长，亦名箭子。缩项鯿，鱼名，以肥美著名。

〔80〕"不材"二句：说自己害怕长胖，忌食猪牛肉。不材，谦词，自称。拥肿，即臃肿。惮，畏惧。牺，供祭祀用的家畜。牷，色泽纯正的牛。

〔81〕"旧雨"二句：说自己过去的朋友来往的很少。旧雨，喻老朋友。杜甫《秋述》："秋，杜子卧病长安旅次，多雨生鱼，青苔及榻。常时车马之客，旧，雨来；今，雨不来。"说旧时宾客遇雨亦来，而今遇雨不来。旋，归。

〔82〕"逢迎"二句：说自己被黜谪后受到世人的冷落。倒屣（jī鸡），即倒屐。客人来了，主人急于出迎，穿倒了鞋子。《三国志·王粲传》："（蔡邕）闻粲在门，倒屣迎之。"后用倒屣形容热情迎客。笾（biān边），古代祭祀或宴会用以盛果脯的竹编食器。

〔83〕"陆氏"二句：诉说世情冷暖。陆氏庄荒，《唐语林》："陆相贽知举，取崔氏群，群知举而陆氏子简礼被黜。群妻李夫人谓群曰：'子弟成长，盍置庄园乎？'群曰：'今年已置三十所矣。'夫人曰：'陆氏门生知礼部，陆氏子无一得事者，陆氏一庄园荒矣。'群无以对。"廉公市寂然，《史记·廉颇传》："廉颇失势之时，故客尽去。及复为将，又复至。颇曰：'客退矣。'客曰：'君何见之晚也！夫天子以市道交，君有势则从，君无势则去。固其理也，有何怨乎？'"此处都是指作者离朝后家门冷落。

〔84〕"世途"二句：还是在形容世态炎凉。鸟鼠，《山海经》："鸟鼠同穴之山。"郭璞曰："今在陇西首阳县西南。山鸟名曰鵌，鼠名曰鼵。如人家鼠而短尾，似燕而黄色，穿地入数尺。鼠在内，鸟在外而共处。"夒蚿（xián弦），《庄子·秋水》："夒怜蚿，蚿怜蛇。"夒是传说中的怪兽。

蚿,一种虫,形如蚯蚓,但有足。

〔85〕"底事"二句:说居乡无需防备别人,接待人也很随便。马鞯,垫在马鞍子下面的东西。宋代叶廷珪《海录碎事·衣冠服用》:"苏秦先贵,张仪来谒,坐于马鞯而食之。"

〔86〕"弛张"二句:这两句互文,说日常生活和处理事情但求直而简。弛张,比喻处事的松紧、进退、宽严。省(xǐng醒)括,谓将箭瞄准目标。括,箭杆末端。燥湿,本意是干燥和潮湿,引申为日常生活起居。安弦,弓箭上的弦,喻直。

〔87〕"物论"二句:说小人挑拨王图兄弟的谣言舆论自有公议,王淑抃也会用行动洗刷清楚。物论,舆论。洗湔(jiān 尖),洗涤。引申为洗雪。

〔88〕"还期"二句:嘱咐王淑抃为人处事要温和婉转,切忌过分刚直。

〔89〕"骊歌"二句:描写作者与王淑抃离别时的情景。骊歌,《骊驹》之歌的省称,即告别之歌。鸡酒,鸡和酒。指田家简单的酒菜。

〔90〕"下马陵"二句:临别希望之语。下马陵,李肇国《国史补》:"旧说董仲舒墓门,人过皆下马,故谓之下马陵,后人语讹为虾蟆陵。"此处指王图的墓。《金銮》,疑是王图的文集。

〔91〕旃:"之焉"的合音,语助词。

# 北客[1]

每逢北客怕趋陪,况复平津阁里来[2]。正好一凉苏病骨,莫将残热恼寒灰[3]。诏麻旧纸糊棋局[4],京雒新函拭酒杯[5]。秋草萧萧锄不得,无媒径路任君猜[6]。

〔1〕此诗写于崇祯八年(1635),以怕见从京城而来的客人,抒写自己的失意落寞以及对朝廷的眷恋等复杂感情。

〔2〕平津阁:汉公孙弘为丞相,封平津侯,起客馆,开东阁,以招待士人。后常用为高级官僚延纳宾客的典故。此处指朝廷台阁。

〔3〕"正好"二句:说自己的心情已渐趋平静,不要再用朝廷招惹自己的烦恼。苏病骨,受伤后得到复原。此处指作者的心绪渐趋平静。寒灰,死灰。韦应物《秋夜》诗之二:"岁晏仰空宇,心事若寒灰。"

〔4〕诏麻旧纸:唐宋时诏书用黄、白麻纸书写。故用为诏书的代称。参看《己巳八月待放归田,感怀述事,奉寄南都诸君子四首》注〔6〕。此处说用过去皇帝给的诏书糊棋局,以示再也不想出仕。

〔5〕"京雒"句:说用京城里新来的书信擦拭酒杯,以示对朝廷新事不想关心。

〔6〕"秋草"二句:化用杜牧《送隐者绝句》"无媒径路草萧萧,自古云林远市朝"句意。以自己的隐居之所草木茂盛,无路可通,说明其归隐后不大与人往来。


## 清河道中三首(选一)〔1〕

银铛驱我太匆匆〔2〕,襆被囊衣客子同〔3〕。心似行枚衔舌底,身如释米簸车中〔4〕。东还刺促看南斗〔5〕,西笑懵腾向北风〔6〕。扪腹自嗟还自问,不知若个是途穷〔7〕?

〔1〕崇祯二年(1629)会推阁臣之后,温体仁充分施展他"务为柔佞"的奸臣本领,掌控中枢,排挤贤能,成为崇祯朝皇帝赏识倚重时间最

长的一人。与此同时,钱谦益虽然优游山林,但其文坛盟主、居士领袖以及山中宰相的清流地位都使温体仁视其为潜在的对手。崇祯九年(1636),皇帝鉴于国势日衰,不得不号召草茅上言,以听下情。于是一时间上书人时有"不次拜除者"。常熟人张景良也想投机钻营,用顾大绍(顾大章孪生弟)《江南六大害》疏草,弹劾同县的陈必谦。入京后,与常熟人陈履谦相商,陈履谦说:当国者所忌恨的是钱谦益和瞿式耜。陈履谦遂召集了几个书生,搜集钱、瞿事周纳之。因陈履谦离乡已久,所以多不实之词。张景良更名为张汉儒而上其疏。温体仁持疏,果然拟旨逮捕钱、瞿。崇祯十年(1637)二月,钱、瞿赴逮。此诗就是北上途经清河时有感而作。诗抒写忐忑不安的心情及旅途颠簸。

〔2〕银铛:即铁锁链。

〔3〕襥(fú福)被囊衣:包裹着衣服被子。

〔4〕"心似"二句:描写北上旅途中的身心状况。行枚,古代行军时,为防止士卒喧哗人人需口衔一枚,形如筷子。《诗经·豳风·东山》:"制彼裳衣,勿士行枚。"释米,淘米。《诗经·大雅·生民》:"或舂或揄,或簸或蹂,释之叟叟,烝之浮浮。"传:"释,渐米耶。"

〔5〕刺促:忙迫,劳碌不休。南斗:参看《十一月初六日召对文华殿》注〔5〕。

〔6〕懵腾:朦胧迷糊。

〔7〕"扪腹"二句:说自己也不知怎样才叫穷途末路。扪腹,抚摸肚子。途穷,境遇困窘。

# 一叹士龙[1]

一叹依然竟陨霜[2],乌头马角事茫茫[3]。及门弟子同关索[4],薄海僧徒共炷香[5]。百口累人藏复壁[6],千金为客掩壶浆[7]。昭陵许哭无多泪[8],唐制,有冤者许哭昭陵。要倩冯班恸一场[9]。里中小冯生善哭。

〔1〕士龙,姓何名云,常熟人,钱谦益弟子。钱谦益被逮北上,何云一路陪同,照顾其起居。

〔2〕陨霜:降霜。相传战国时邹衍事燕惠王,被人陷害下狱。邹衍在狱中仰天而哭,时正炎夏却天降霜雪。见《初学记》。

〔3〕乌头马角:乌鸦变白,马生角,说不可能实现的事情。《博物志》:"燕太子丹质于秦,秦王遇之无礼,思欲归,请于秦王。王曰:'令乌头白,马生角,乃可。'丹仰而叹,乌即头白。俯而嗟,马生角。秦王不得已而遣之。"

〔4〕及门:入门受业。《论语·先进》:"子曰:从我于陈、蔡者,皆不及门也。"本指不及列于自己的门墙。后反用之。关索:谓披枷戴锁。

〔5〕薄海:海内外广大地区。炷香:烧香祈祷。

〔6〕"百口"句:说自己被无端逮治,引起了人们的同情和声援。复壁,夹壁。《汉书·赵岐传》:"岐逃难四方,安丘孙嵩见岐,停车呼与同载。下帷密问曰:'我北海孙宾石,阖门百口,势能相济。'岐以实告之,遂以俱归,藏岐复壁中数年,因赦乃出。"

〔7〕"千金"句:句意同上。用伍子胥奔吴故事。《吴越春秋》:"伍子胥晚至江,渔父渡之,持麦饭鲍鱼羹盎浆。二人饮食毕,子胥既去,诫渔父曰:'掩子之盎浆,无令其露。'渔父诺。子胥行数步,顾视渔者,已覆舟自沉矣。子胥至吴,乞食溧阳,适会女子击绵于濑水之上,筥中有饭,谓曰:'可得一餐乎?'女子诺之。子胥已餐而去,又谓女子曰:'掩夫人壶浆,无令其露。'子胥行,反顾,女子已自投于濑水矣。"

〔8〕"昭陵"句:说自己很冤枉。昭陵,唐陵。

〔9〕"要倩"句：请冯班哭一场。倩，请。冯班，常熟人，钱谦益弟子，明末清初文学家，虞山诗派重要成员。

# 狱中杂诗三十首(选四)〔1〕

支撑剑舌与枪唇，坐卧风轮又火轮〔2〕。不作中山长醉客〔3〕，除非绛市再苏人〔4〕。赭衣苴履非吾病〔5〕，厚地高天剩此身。老去头衔更何有〔6〕？从今只合号罢民〔7〕。

　　〔1〕崇祯十年(1637)春钱谦益由弟子何云陪同到达京城，农历四月二十五日下刑部狱。在狱中一方面要应对"莫须有"的罪词，一方面是牢狱生活的暗无天日。钱谦益此次冤狱，暴露了朝廷政治的黑暗和无序，激发了朝野极大的义愤。尚书、侍郎、台谏、郎署相见请室者五十馀人，执经问学，讨论国事。京城舆情极大地鼓舞了作者，他在应对狱事的同时，仍然关心国家的内忧外患，仍然读书不辍，精研《史记》、《汉书》、《后汉书》。初入刑部狱，钱谦益悲愤交集，写成《狱中杂诗》三十首。第三十首自注："九月二十六日，诸公醵酒为寿。"此处选第一、二、八、十一首。作者从四月到九月的牢狱生活可见一斑。
　　〔2〕"坐卧"句：形容处境艰危，局势翻覆。《首楞严经》："九情一想，下洞火轮，身入风火交过地。"长水疏曰："二交过地者，风火二轮交际之处。"
　　〔3〕"不作"句：晋张华《博物志》卷五："刘元石于中山酒家酤酒，酒家与千日酒饮之，忘言其节度。归至家大醉，不醒数日，而家人不知，以为死也，具棺殓葬之。酒家计千日满，乃忆元石前来酤酒，醉当醒矣。前往视之，云：'元石亡来三年，已葬。'于是开棺，醉始醒。"

〔4〕"除非"句：《左传·宣公八年》："晋人获秦谍，杀诸绛市，六日而苏。"以上二句均说自己死里逃生。

〔5〕"赭(zhě者)衣"句：说自己莫名其妙成为罪人，并非自己的过错。赭衣，赤褐色衣。古代囚徒穿红衣，因此称罪人为赭衣。苴履，麻鞋。

〔6〕"老去"句：说自己一生已无头衔可称。头衔，《封氏见闻记》："官衔之名，盖兴近代。选曹补受，先具旧官名于前，次书拟官于后，使新旧相衔不断，故曰官衔，亦曰头衔。"

〔7〕罢民：《周礼·秋官·司圜》："掌收教罢民。"注："罢民，谓恶人不从化，为百姓所患苦，而未入五刑者也。"此处发泄作者对朝廷由绝望而产生的决绝。


夜柝惊呼梦亦便〔1〕，昼应如夜夜如年。都将永日销长系，只倚孤魂伴独眠。画狱脚跟还有地〔2〕，覆盆头上不多天〔3〕。此中未悟《逍遥》理〔4〕，枉读《南华》第一篇〔5〕。


〔1〕"夜柝"句：说狱中夜里木柝声、呼叫声此起彼伏，梦也常被惊断。夜柝，巡夜时所敲的木柝。便，简单。

〔2〕画狱：即画地为牢。相传上古时于地上画圈，令犯罪者立圈中，以示惩罚，如后代的牢狱。

〔3〕"覆盆"句：抒发冤狱沉沉，暗无天日的愤慨。覆盆，覆置的盆。王充《论衡·说日》："视天如覆盆之状，故视日上下然似若出入地中矣。"葛洪《抱朴子·辨问》："日月有所不照，圣人有所不知……是责三光不照覆之内也。"也用来喻黑暗笼罩，沉冤莫白。

〔4〕《逍遥》理：即庄子《逍遥游》所揭示的道理。庄子《逍遥游》大意说，天地之间，贵任性自然。此处表示对朝廷的绝望，准备听天由命。

〔5〕《南华》第一篇:即《庄子·逍遥游》。庄子著作魏晋时叫《庄子》,唐天宝元年称庄子为南华真人,始称《庄子》为《南华真经》,其开卷第一篇为《逍遥游》。

圣世孤生忍自裁[1],夏台颂系比春台[2]。深惭黄霸传经至[3],傅给事右君、胡行人雪田,皆来执经。敢趣朱游和药来[4]。加剑空馀槃水照[5],持刀偏畏鼓声催[6]。书生何用怜文季,投甑于今厌草莱[7]。

〔1〕"圣世"句:说自己虽孤立无援,但生当圣世,怎忍自裁? 自裁,自杀。

〔2〕"夏台"句:说权且把牢狱当作礼部。夏台,夏代的监狱名。颂系,有罪入狱而不加刑具。春台,古代称礼部为春台。钱谦益崇祯元年七月应召赴阙,擢詹事转礼部右侍郎。

〔3〕"深惭"句:说自己在狱中传授经学。《汉书·夏侯胜传》:"丞相义、御史大夫广明劾胜及黄霸,俱下狱。霸欲从胜受经,胜辞以罪死。霸曰:'朝闻道,夕死可矣。'胜贤其言,遂授之。"金鹤冲《钱牧斋先生年谱》"丙子五十五岁"条:"入狱后,尚书、侍郎暨台谏、郎署相见者五十馀人。临川傅朝佑、华州郭宗昌、商城段增辉等凡十馀辈从先生于请室而受经焉。"

〔4〕"敢趣"句:说自己不会学汉代萧望之自裁。《汉书·萧望之传》:"使者召望之,门下生朱云劝其自裁。望之仰天叹,谓云曰:'游(朱云字)趣和药来。'饮鸩自杀。"

〔5〕"加剑"句:感慨大臣身陷大狱,饱受凌辱,孔子所说的"槃水加剑"成了古风。《孔子家语》:"孔子曰:'大夫之罪,其在五刑之域者,闻而谴发,则白冠氂缨,槃水加剑,造乎阙而自罪。君不使有司执缚牵掣而

加之也。'"槃水加剑,即以法治罪,令其自刎。槃通"盘"。盘水性平,即以平法治罪。加剑,自刎。

〔6〕"持刀"句:形容自己在狱中难以安宁。《汉书·田延年传》:"延年诈增僦直车,盗三千万。事当穷竟。即闭阁独居斋舍,偏袒持刀,东西步。数日,使者召延年诣廷尉,闻鼓声,自刭死。"

〔7〕"书生"二句:批评君主不能虚怀若谷,接受各种谏议。文季,东汉朱晖字。章帝时,言事得罪章帝,自系狱中,章帝诏敕出之,说:"国家乐闻驳议。"匦(guǐ 鬼),箱子或匣子。《新唐书·百官志》:"武后垂拱二年,鱼保宗上书,请置匦受四方之书。乃铸铜匦四,涂以方色,列于朝堂。青匦曰延恩,在东;丹匦曰招谏,在南;白匦曰申冤,在西;黑匦曰通玄,在北。"草莱,犹草野,引申为布衣、平民。

三韩残破似辽西,并海缘边尽鼓鼙〔1〕。东国已非箕子国〔2〕,高骊今作下句骊〔3〕。中华未必忧寒齿,群虏何当悔噬脐〔4〕?莫倚居庸三路险〔5〕,请封函谷一丸泥〔6〕。逆虏吞并高丽,夺我属国,中朝置之不问。

〔1〕"三韩"二句:说明朝的属国朝鲜被清兵侵占,沿海边地都成了战场。三韩,汉时,朝鲜南部分为马韩(西)、辰韩(东)、弁辰(南)三国。晋时,亦称弁辰为弁韩,合称三韩。后即用为朝鲜的代称。崇祯年间,朝鲜被满洲占领。辽西,郡名。汉代辖境相当今河北迁西县、乐亭县以东、长城以南、大凌河以西地区。鼓鼙,大鼓和小鼓。进军时敲击鼓乐激励斗志。此处指战争。

〔2〕"东国"句:朝鲜已不是明朝的国土。箕子,商纣诸父,封国于箕,故称箕子。《东国事略》:"周武王克商,箕子率东国五千人入朝鲜,武王因封之,都平壤。"

95

〔3〕"高骊"句：说朝鲜已被清兵所占。高骊，古国名，也叫高句丽。《汉书·王莽传》："莽发高句丽兵，当伐胡，不欲行，皆亡，出塞为寇。辽西大尹田谭追击之，为所杀。莽诏尤诱高句丽侯，至而斩焉，更名高句丽为下句丽。"崇祯十年沈志祥举皮岛降清，并为伐朝鲜向导，致使朝鲜属国丢失，而朝中填耳不闻。

〔4〕"中华"二句：说明朝尚且不忧虑唇亡齿寒，而清兵怎么会后悔呢？寒齿，即唇亡齿寒。噬脐，自啮腹脐，不可及。喻后悔不及。

〔5〕"莫倚"句：说用居庸关之险抵御清朝军队不足凭恃。居庸，居庸关。在北京昌平西北。关门南北相距四十里，两山夹峙，居涧湍流，为古代九塞之一，是拱卫北京的大门。三路险，指居庸关、辽右古北、中原函谷关。

〔6〕"请封"句：说在函谷关设军抵御李自成的农民起义军。函谷，即函谷关。在今河南灵宝南，东起崤山，西至潼关，深险如函，故名函谷关，是秦的东关。一丸泥，比喻地势险要，用一丸泥封堵，即可阻挡敌人。意即一夫当关，万夫莫开。《后汉书·隗嚣传》："嚣将王元说嚣曰：'请以一丸泥，为大王东封函谷关。'"

# 次韵刘敬仲寒夜六首(选一)〔1〕

寂寂寒庐吊影孤，咄嗟何计复雕枯〔2〕。心如抱杵频春碓〔3〕，身似投骁未入壶〔4〕。憔悴移时《枯树赋》〔5〕，凄凉绕屋《北风图》〔6〕。长吟小饮犹堪乐，愁坐书空定不须〔7〕。

〔1〕刘敬仲，名荣嗣，号半舫，曲周人。万历四十四年(1616)进士。以工部尚书总河。因骆马湖运道溃淤，听门客游士语，创挽黄之议，起宿

迁至徐州,别凿新河,分黄水注其中以通漕。因黄河故道皆沙,每成河道经宿沙落,河道复平,耗没金钱无算,为此被逮下狱,崇祯十一年(1638)狱事未解而卒。钱谦益入狱后,与刘敬仲比屋而居,两人互相唱和,刘敬仲将他们的唱和之作编为《钱刘唱和集》。其中钱谦益先后作《雪夜次刘敬仲韵》、《次韵刘敬仲寒夜六首》、《再次敬仲韵十二首》、《续次敬仲韵四首》。钱、刘唱和,都志在取胜,有了竞赛的意味,无疑为牢狱生活平添了许多快意。此诗既写牢狱之苦,也写因有刘敬仲这样的诗酒伴侣亦不啻为苦中之乐。

〔2〕"咄嗟"句:没有办法萌发生机。左思《咏史诗》:"俯仰生荣华,咄嗟复雕枯。"咄嗟,呼吸之间。此处指嗟叹。雕枯,凋零枯萎。雕,通"凋"。

〔3〕"心如"句:形容心情忐忑不安。杵(chǔ 楚),舂米用的木棒。碓(duì 对),舂米时装粮食的器具。

〔4〕"身似"句:形容由于狱事缠身,坐卧不宁。投骁未入壶,葛洪《西京杂记》:"武帝时,郭舍人善投壶,以竹为矢,不用棘也。古之投壶,取中而不求还,故入小豆,恶其矢跃而出也。郭舍人则激矢令还,一矢百馀返,谓之骁,言如博之揽棋于掌中焉。"意谓投矢入壶,复从壶中激出,反复之,谓投骁。

〔5〕"憔悴"句:说自己身心憔悴,似无生意。《枯树赋》,南北朝庾信作。中云:"殷仲文风流儒雅,海内知名。代异时移,出为东阳太守,常忽忽不乐,顾庭槐而叹曰:'此树婆娑,生意尽矣。'"

〔6〕"凄凉"句:说狱中寒气逼人。《博物志》:"后汉刘褒,桓帝时人,曾画《云汉图》,人见之觉热。又画《北风图》,人见之觉凉。"

〔7〕书空:用手指在空中虚画字形。《世说新语·黜免篇》:"殷中军(浩)被废,在信安终日恒书空作字。扬州吏民寻义逐之,窃视唯作'咄咄怪事'四字而已。"此处说自己与刘敬仲饮酒唱和,不必书空排遣。

## 送何士龙南归兼简卢紫房一百十韵[1]

崇祯圣天子,帝德迈陶唐[2]。畴咨若余采[3],共哽乱纪纲[4]。钩党穷部牒[5],告讦登岩廊[6]。群小竞趣走,翕若中风狂[7]。峨峨格天阁,沉沉偃月堂[8]。聚族谋旦晚,锁门算昏黄。手缮女奴迹[9],足摩胥史床[10]。讽指变鹿马[11],董语沸蜩螗[12]。牢修既告变[13],朱并复上章[14]。讷言敢封驳,投甄任披猖[15]。伊余退废士[16],杜门事耕桑。十年守环堵,一朝锁银铛。天威赫震电,门户破苍黄[17]。诏纸疾若飞,官吏仆欲僵[18]。有母殡四载,西风吹画荒[19]。有儿生九龄,读书未盈箱。宾客鸟兽散,亲族忧以痒[20]。或有彊近者,惧累遗祸殃。目笑复手笑,坚坐看戏场。或有狰狞者,黠鼠而贪狼[21]。毁室谋取子,坏垣隳我宊[22]。揶揄反皮面,谣啄腾诽谤。唯有负佣流,弛担语䀄伤[23]。唯有庞眉叟,戟手呼彼苍[24]。市人为罢市,僧院各炷香。我心鄙儿女,刺刺问束装[25]。暮持襆被出[26],诘朝抵金闾[27]。门生与朋旧,蜂涌来四方。执手语切切,流襟泪浪浪。惜我俛从弱[28],念我道路长。或云权倖门[29],刺客如飞蝗。穴颈不见血,探头入奚囊[30]。或云盘飧内,鸩堇置稻粱[31]。匕箸一不慎,坟裂屠肺肠。谁与警昏夜?谁与卫露霜?谁与扶跋疐[32]?谁与分劻勷[33]?何生奋袖起,云也行所当。阖门置新妇,问寝辞高堂。典衣买书剑,首路何慨慷！是时冯使君元扬,送我临京江[34]。逝将解符印[35],从我俱存亡。敬子执高节,再拜举壶觞。江流怒飞立,三山摆雷硠[36]。白日忽西匿,青天为低昂。行行度淮水,登顿相扶将[37]。吊古漂母祠[38],祈灵岱宗阳。杜亭贤主人卢德水家有杜亭,寄馆仍异粻。不惮开车载,不难复壁藏[39]。窥户无停屦,追踪多饮章[40]。归死赴司败,垂头就桁杨[41]。汹汹同文狱[42],剥肌生痏疡[43]。共、庄籍口语[44],曾、史主盗臧[45]。百死无一免,引义自激昂。嘱累皮与肉,坚忍枝爇榜[46]。多谢老头颅,且暮虎穴葬。何生夜草疏,奋欲排帝阊。黯淡蚊扑纸,倾攲蚓成行[47]。残灯焰明灭,房心吐寒芒[48]。祖宗牖惚恍,天心鉴明朗[49]。眉山摘牙牌[50],分宜放铃冈[51]。执彼三尸虫[52],打杀铜驼傍[53]。孤臣获更生,朝市喜相庆。吁嗟祸福交,谁能保故常？兴曾附萧傅,畏终叛吕防[54]。何以见鲁、卫,徒然痛陈、臧[55]。叹子一逢掖[56],眇小少不扬[57]。秉锸乞收李[58],举幡请留阳[59]。拟子于何蕃,谱牒诚有光。孟冬家书来,念母心不遑[60]。有忧食三叹,矧乃惰与翔[61]。星言卷衣被[62],别我归故乡。我欲絷子驹,顾视心怅怅。子行急师难,子归慰母望。丹青或可渝,此义永不爽[63]。我欲送子去,铁门限堵墙。圜土无尺水[64],何以当河梁？我欲与子诀,有如瞽失相[65]。驱蛩一相背,啮负徒仿佯[66]。旋思狱急日,痛欲抚巨创。炙手势转热,弥天网高张。叫阍远万里,引刀耻自戕。和药趣朱游[67],呼囚到王章[68]。黑暗牢狱苦,炎蒸三伏炀[69]。矮栅栖鹅鸭,粪壤转蛣蜣[70]。卧熏腐齿臭[71],渴饮伏尸浆。夜夜入针孔,朝朝坐剑铓。此日吾与尔,志壹气益强。高论穷结绳,和歌出宫商。人生如嗜味,患难宜饱尝。厄陈良亦乐,在莒安可忘[72]。道远兵甲阻,岁暮雨雪雱[73]。单行寡命侣,蹇驴艰服箱。冰坚扫狐踪,雪深埋鹿迒[74]。禽兽犹蹢躅[75],子行慎蚨蚄[76]。我行亦不远,归心急鸱鸧[77]。介恃圣明主[78],数日离火汤。纵使荷戈殳,终然反菰蒋[79]。买舟具笭箵[80],结庵依桄榔[81]。矫志厉桑榆,与子共缥缃[82]。学《诗》辨四始[83],识字探《三仓》[84]。频年苦病患,学殖日以荒。我欲师宁越,秉烛代日光[85]。勿复慕富贵,时世难颉颃[86]。引镜看头目,岂是鼠与獐[87]。勿复忧贫贱,顺逆随牛羊。譬如死牢户,谁以躯命偿?拂水有丙舍[88],青山抱长廊。老桂长新枝,江梅发古香。君归持此诗,洒扫揭东厢。解鞍憩杜亭,先以告紫房。

〔1〕钱谦益在何云陪同下入刑部狱后,一方面给皇帝上疏,使皇帝洞见事情的原委,另一方面托人求到太监曹化淳,曹化淳是王安的弟子,而钱谦益曾给王安撰写过碑文。陈履谦复谋王藩出首,说钱谦益赍四万金款曹而击温。曹化淳自请穷究其事,遂使张汉儒等奸状及温体仁阴谋大白,崇祯始悟温体仁在朝野结党营私,排除异己。是年六月,温体仁以疾试探皇帝,得旨放归。钱谦益的狱事渐渐松动。岁暮,何云南还,钱谦益以此诗送行。卢紫房,即德州卢德水。崇祯六年(1633)卢德水刻其著述《杜诗胥钞》,请钱谦益作序。从此他们保持着很好的友谊。崇祯

十年(1637)钱谦益途经德州,受到了卢德水的真诚款待,因此钱谦益嘱咐何云南还途经德州与卢德水通报情况。简,书信。

〔2〕"帝德"句:称颂崇祯皇帝。迈,超过。陶唐,古帝名,即唐尧。帝喾之子,姓伊祁,名放勋。初封于陶,后徙于唐。《孔子家语·五德》:"宰我曰:'请问帝尧。'孔子曰:'高辛氏之子,曰陶唐,其仁如天,其智如神,就之如日,望之如云。'"

〔3〕"畴咨"句:描写崇祯皇帝访求贤能,明察真相。畴咨,也作畴谘,访求调查的意思。余采,万物舒展的风采。余,农历四月的别称。《尔雅·释天》:"四月为余。"郝懿行义疏:"四月万物皆生枝叶,故曰余。余,舒也。"

〔4〕共吺(dōu 兜):即共兜。共工与驩兜的合称。古史传说中的人物,为尧臣,和驩兜、三苗、鲧并称为四凶,被流放于幽州。韩愈《江陵途中寄三翰林》诗:"首罪诛共吺。"此处指朝中奸臣温体仁。

〔5〕"钩党"句:说温体仁制造党狱遍及六部。钩党,牵引为同党。部牒,有关部门的谱籍。

〔6〕"告讦"句:告发别人的人能得到官位。讦,揭发别人。岩廊,借指朝廷。当时崇祯欲通下情,有因上言而得官者。

〔7〕"群小"二句:说很多小人竞相以告发别人希图获得官职。趣走,趋走,奔走意。翕,一致。

〔8〕"峨峨"二句:说温体仁宏丽高峻的宅邸是策划陷害人的窟穴。格天,感通上天。此处说温体仁干的坏事上天知道。偃月堂,《开天传信记》:"平康坊南街废蛮院,即李林甫旧第也。林甫于正寝之后,别创一堂,制度弯曲,有却月之形,名曰月堂。每欲破灭人家,即入月堂,精思极虑,喜悦而出,其家不存矣。"此处的格天阁、偃月堂均指温体仁的住处。《明季稗史·烈皇小识》云:"(温体仁)每兴大狱,必称病以聚谋,谋定而后出。"

〔9〕"手缮"句：王偁《东都事略·富弼传》："石介作《庆历圣德诗》，以弼、仲淹比夔、契，而诋夏竦。竦怨之。会介奏记于弼，说以行伊、周之事。竦因倾弼等，乃改伊、周曰伊、霍，使女奴阴习介书，为废立诏草。飞语上闻。"此处指温体仁为陷害别人，使用各种手段。

〔10〕"足摩"句：句意同上。《史记·酷吏传》：张汤喜欢的属员有病住老乡的家里，张汤视病为之摩足。

〔11〕"讽指"句：说温体仁指鹿为马，蜩语害人。讽指，用委婉的语言暗示。变鹿马，即指鹿为马意。《史记·秦始皇本纪》："赵高欲为乱，恐群臣不听，乃先设验，持鹿献于二世，曰：'马也。'二世笑曰：'丞相误耶？谓鹿为马。'问左右，或默，或言马以阿顺赵高。或言鹿，高因阴中诸言鹿者以法。后群臣皆畏高。"比喻有意颠倒黑白者。

〔12〕"蜩语"句：说温体仁用流言蜩语害人。蜩螗(tiáo táng 调堂)，蝉。此指蝉声。

〔13〕"牢修"句：《后汉书·党锢传》："河内张成善说风角，推占当赦，遂教子杀人。李膺为河南尹，督促收捕，竟案杀之。成弟子牢修因上书诬告膺等养太学游士，交结诸郡生徒，共为部党。于是天子震怒，逮捕党人，遂收执膺等。"此处指温体仁的门下揣摩意旨，制造党狱。

〔14〕"朱并"句：《后汉书·党锢传》："张俭乡人朱并，承望中常侍侯览意旨，上书告张俭等二十四人共为部党。"此处以朱并指张汉儒。

〔15〕"讷言"二句：说温体仁事前预备缜密，一旦发难，便很难驳正。讷言，语言迟钝。封驳，封还并对诏敕不当者加以驳正。此制汉时已有，但无专职掌管。明罢门下省长官，诏敕有不便者，由六科给事中驳正。温体仁"机深刺骨"，朝廷里任其猖獗。投甌，见《狱中杂诗三十首(选四)》第三首注〔7〕。此处指朝廷的御史们都不敢批评温体仁，即使投甌这种制度也形同虚设。披猖，猖獗，猖狂。

〔16〕伊余：自指。伊，发语词。退废士：退出朝廷的废官。

〔17〕苍黄:匆促慌张。

〔18〕仆欲僵:跌倒,翻倒。形容官吏们紧张不迭。

〔19〕画荒:有画饰的棺罩。《礼记·丧大记》:"大夫画帷,二池,不振容,画荒,火三列,黼三列。"郑玄注:"荒,蒙也。在旁曰帷,在上曰荒,皆所以衣柳也。"

〔20〕忧以痒:指忧思过度而成病。《诗经·小雅·正月》:"哀我小心,癙忧以痒。"毛传:"癙、痒皆病也。"

〔21〕"或有"六句:描写两种人对这一事件的反应。彊近,即强近。谓较为亲近。目笑,目视而窃笑。手笑,拍手而笑。

〔22〕㮰(máng 芒):屋宇大梁。

〔23〕"唯有"二句:说只有那些普通百姓才为作者的冤狱表示真正的同情。负佣,佣工。疦(xì 系)伤,伤痛。

〔24〕"唯有"二句:说只有老人们指着苍天为作者喊冤。庞眉叟,眉毛黑白杂色的老者。戟手,伸出食指和中指,似戟,故云。用以形容愤怒或勇武之状。

〔25〕"我心"二句:写自己临行时的情态。儿女,指儿女间表现的依恋、忸怩情状。刺刺,犹絮絮。

〔26〕襥被:即行李。

〔27〕"诘朝"句:第二天早上到达苏州。诘朝,第二天早上。《左传·僖公二十八年》:"戒尔车乘,敬尔君事,诘朝将见。"杜预注:"诘朝,平旦。"金阊,苏州有金门、阊门两城门,故以金阊代指苏州。

〔28〕傔(qiàn 歉):侍从。

〔29〕权倖:指得到帝王宠信而又有权势的奸佞之人。

〔30〕奚囊:唐李商隐《李长吉小传》:"每旦日出,与诸公游,恒从小奚奴,骑驴驴,背一古破锦囊,遇有所得,即书投囊中。"后因称诗囊为"奚囊"。此处指盛装人头的口袋。

〔31〕"或云"二句:说权奸指使人在被迫害者的饭食中下毒。盘飧(sūn孙),用盘子装盛的晚餐。飧,晚餐。此泛指饭食。鸩堇(jǐn谨),有毒的堇草。

〔32〕跋疐(zhì至):挫折,进退两难。《诗经·豳风·狼跋》:"狼跋其胡,载疐其尾。"后以跋胡疐尾,喻进退两难。扶跋疐,即在两难之际给予帮助。

〔33〕分:分担。勖勷(kuāng ráng 框瓤):惶遽不安貌。

〔34〕冯使君:即冯元扬,字尔赓。崇祯元年进士。温体仁当政时,其乡人盗太湖,以温体仁和其同乡都御史唐世济两家为奥主。冯元扬时任苏松兵备参议,捕得其魁,置法。被迁往福建提学副使。后巡抚张国维奏留之。使君,即指出使福建。京江:指长江流经镇江市北的一段。因镇江古名京口而得名。

〔35〕符印:符节印信等凭证物的统称。此处指冯元扬做官的符印。

〔36〕"三山"句:形容温体仁制造冤狱引动了天怒。三山,泛指山。雷硠(láng狼),山崩声。

〔37〕登顿:上下,行止。

〔38〕漂母祠:为纪念曾救助过韩信的漂母而建的祠庙,位于现睢宁西北。

〔39〕"杜亭"四句:写德州卢世㴶不畏权奸,对作者的支持。卢德水,名世㴶,号紫房,山东德州人。天启四年(1624)进士,官户部主事,告归。起礼部,改监察御史。异粻(zhāng张),优异的米粮。粻,米粮。后两句见《一叹士龙》注〔6〕。

〔40〕"窥户"二句:说温体仁的爪牙紧密监视。屦(jù具),古代的一种鞋。此处指跟踪的人。飞章,不具名的传单。

〔41〕"归死"二句:说自己去京城被惩治。司败,官名,即司寇,借以泛指执法机构。桁(háng杭)杨,架在脚上或颈上的刑具,泛指刑具。

〔42〕同文狱:钩党之狱。《九朝长编纪事本末》:"章惇、蔡卞恐元祐旧臣一旦复起,日夜与邢恕谋所以排陷之计。既再追贬吕公著、司马光,又责吕大防、刘挚、梁焘、范祖禹、刘安世等过岭,仍用黄履疏、高士英状,追贬王珪。最后起同文狱,将悉诛元祐大臣,内结宦者郝随为助。"同文,指所用语言文字相同,因此用来指国人。

〔43〕"剜肌"句:形容狱中拷刑残酷。剜肌,割肉,挖肉。痏疡(wěi yáng尾羊),疮。

〔44〕"共庄"句:说诏狱以蜚语为据给人治罪。共,即共工,汉王莽改少府为共工,并有诏狱。庄,庄狱,春秋齐国都城临淄的街里名。《孟子·滕文公下》:"引而置之庄狱之间数年,虽日挞而求其楚亦不可得矣。"口语,毁谤。《汉书·杨恽传》:"遭遇变故,横遭口语。"

〔45〕"曾史"句:说诬陷曾参和史鰌这样的仁义之人为盗为赃。曾史,曾参与史鰌的合称。古代把他们认作分别表现仁和义的典型人物。《庄子·在宥》:"下有盗跖,上有曾、史。"臧,通"赃"。

〔46〕爇(ruò若)榜:《汉书·张耳传》:"贯高对狱,吏榜笞数千,刺爇身无完者。"师古曰:"榜谓捶击之也。"爇,应劭曰:"以铁刺之,又烧灼之。"此处指狱中的酷刑。

〔47〕"倾欹(qī期)"句:描写何云草疏迤逦而下。倾欹,倾斜。

〔48〕房心:二十八宿中房宿和心宿的并称。旧时以房心象征明堂。明堂即古代宣明政教的地方。凡朝会、祭祀、庆赏、选士、养老、教学等大典,都在此举行。《孟子·梁惠王下》:"夫明堂者,王者之堂也。"

〔49〕"祖宗"二句:承蒙祖宗和上天明鉴。牖,引导。惚恍,隐约不清,游移不定。

〔50〕"眉山"句:用万安故事说温体仁终于被放逐。牙牌,本指象牙制的牌子。用来作为进出宫门的凭证。明制,朝参官皆佩牙牌,无牌者不得入。眉山,指明中期的万安。万安,字循吉,眉州眉山人。正统十

105

三年（1448）进士。景泰三年（1452），以易储升左春坊。成化十三年（1477）进首相。二十三年（1487），庶吉士邹智斥安贪位固宠，老无廉耻。御史汤鼐上疏，乞治安等欺君误国之罪。孝宗在东宫，稔闻其恶。至是于宫中检获安所进疏一小箧，皆房中术，命太监怀恩示之曰："是岂大臣所为乎？"安惭汗不能出一语。已而科道官列其疏，怀恩持至内阁，令人读之。安跪而起，起而复跪，哀涕乞怜，全无去意。怀恩摘其牙牌曰："请公决去。"安乃惶遽索马归第。及放还，在道犹看三台星，冀复用。

〔51〕"分宜"句：用严嵩故事。严嵩，字惟中，分宜人。弘治十八年（1505）进士，选庶吉士。谒告归里，居钤山之东堂。后登相位，得宠专政。骄子世蕃用事，诛夷忠良，溃败纲纪，贪横日甚。御史邹应龙具疏参劾。嘉靖皇帝心厌之，遂削籍放归。人谓明代后期权奸之首，万眉山以后，严嵩为最。

〔52〕三尸虫：道家称人体内作祟的神有三，叫三尸。此处指温体仁。柳宗元《骂尸虫文》："有道士言：'人皆有尸虫三，处腹中，伺人隐微失误，辄籍记。日庚申，幸其人之昏睡，出谗于帝以求飨。以是人多谪过、疾疠、夭死。'"

〔53〕铜驼：铜铸的骆驼。《晋书·索靖传》："靖有先识远量，知天下将乱，指洛阳宫门铜驼，叹曰：'会见汝在荆棘中耳！'"此处指在朝廷重地温体仁被打倒。

〔54〕"畏终"句：感慨世态炎凉。王偁《东都事略·杨畏传》："吕大防、刘挚为相，俱与畏善。畏助大防攻挚。罢大防为山陵使，畏首背大防，称述熙宁、元丰政事与王安石学术，哲宗信之，大防罢。"

〔55〕鲁卫：语本《论语·子路》："鲁、卫，兄弟也。"后以之代指兄弟。陈、臧：《后汉书·臧洪传》："洪为袁绍所杀。陈容在坐，谓绍曰：'举大事而先诛忠义，岂天意？'绍惭，使人牵出。容顾曰：'今日宁与臧

洪同日死,不与将军同日生也。'"

〔56〕逢掖:本指宽袖之衣,古代儒者所穿。后来为士人的代称。《后汉书·王符传》:"时人为之语曰:'徒见二千石,不如一逢掖。'言书生道义之交为贵也。"

〔57〕"眇小"句:形容何云的外貌。眇小,身材矮小。少不扬,相貌不显扬。

〔58〕"秉锧"句:以东汉的郭亮誉何云。《后汉书·李固传》:"固诛,(梁)冀露尸于四衢。固弟子汝南郭亮,年始成童,游学洛阳,乃左提章钺,右秉鈇锧,诣阙上书,乞收固尸。"鈇、锧都是古代行刑之具。锧为腰斩时用的砧板。

〔59〕"举幡"句:说何云号召士人为钱谦益颂冤。举幡,《汉书·鲍宣传》:"宣下廷尉狱,博士弟子济南王咸举幡太学下,曰:'欲救鲍司吏者,会此下。'"留阳,留下阳城。《新唐书·阳城传》:"城出为道州刺史,太学诸生何蕃、季偿、王鲁卿、李谠等二百人,顿首阙下,请留城。"

〔60〕遑:闲暇。

〔61〕"有忧"二句:形容何云为母病担忧。有忧,指因母病而忧。食三叹,饮食之间多次感叹。《左传·昭公二十八年》:"吾子置食之间三叹,何也?"矧乃,况且。惰与翔,《礼记·曲礼》:"父母有疾,冠者不栉,行不翔,言不惰。"翔,闲游。

〔62〕"星言"四句:说何云离开作者,星夜兼程,回乡探母。《诗经·鄘风·定之方中》:"命彼倌人,星言夙驾。"絷(zhí执),拴,拘。

〔63〕"丹青"二句:表达自己对何云之义的感激。丹青,本指丹砂和青䕶,两种可制成颜料的矿石。泛指绘画的颜料和绘画。因丹青不易褪色,也用来比喻光明显著。渝,改变。爽,差错。

〔64〕圜(yuán园)土:监狱。《竹书纪年》上:"弟芬坐圜土。"《释名·释宫室》:"狱,确也。……又谓圜土。"

107

〔65〕瞽：盲人。相：给盲人领路的人。

〔66〕"驱蛩(jù qióng 俱穷)"二句：说自己如果去送何云，势必是送来送去，徘徊不离。驱蛩，比肩兽驱驉与蛩蛩。韩愈《醉留东野诗》："低头拜东野，愿得始终如驱蛩。"注引《孔丛子》："北方有兽名曰蟨，爱蛩蛩、驱驉，食得甘草，必啮以遗；蛩蛩、驱驉，见人将来，必负蟨以走。蟨非爱驱驉也，为其假足；二兽亦非心爱蟨也，为其得甘草而遗之也。"仿佯，游荡，徘徊。

〔67〕"和药"句：说自己当时的处境。《汉书·萧望之传》："使者召望之，门下生朱云劝其自裁。望之仰天叹，谓云曰：'游（朱云字）趣和药来。'饮鸩自杀。"

〔68〕"呼囚"句：《汉书·王章传》：王章被外戚王凤所陷，下廷尉狱。章孝女十二岁，夜起哭曰："平生狱上呼囚数至九，今八而止。我君素刚，先死者必君。"明日问之，章果死。

〔69〕炀(yáng 阳)：火旺。形容天气很热。

〔70〕"矮栅"二句：描写牢狱低矮狭窄，肮脏不堪。蛣蜣(jié qiāng 结枪)，虫名，即蜣螂。

〔71〕"卧熏"句：说狱中的恶劣气味。腐胔(zì 自)，腐烂的肉。

〔72〕"厄陈"二句：说受挫折也是一件不可少并不可忘记的乐事。厄陈，孔子周游列国，在陈绝粮。后用厄陈、在陈比喻处于饥饿、困难的境遇。在莒，刘向《新序·杂言》："（齐）桓公谓鲍叔：'姑为寡人祝乎？'鲍叔奉酒而起曰：'祝吾君无忘其出而在莒也，使管仲无忘其束缚而从鲁也，使宁子无忘其饭牛于车下也。'"后用在莒指离开故土，流亡在外。

〔73〕雰(pāng 乓)：雨雪很大的样子。《诗经·风·邶风》："北风其凉，雨雪其雰。"

〔74〕鹿远(háng 杭)：指兽迹。刘熙《释名》："鹿兔之道曰亢。行不由正，亢陌山谷草野而过也。"

〔75〕踯躅(zhí zhú 直竹):徘徊不进貌。犹言踟蹰。

〔76〕蛈蜴(tiě tāng 铁汤):即土蜘蛛。《尔雅·释虫》:"王蛈蜴。疏曰:此蜘蛛之一种也,穴居布网,穴口有盖,河北人呼蟫蜴者是也。"

〔77〕鸹鸧(guā cāng 瓜仓):鸟名。俗称灰鹤。《急就篇》四:"鹰鹞鸹鸧鹭雕尾。"注:"鸹者鸧也,关西谓之鸹鹿,山东谓之鸹捋,皆象其鸣声也。"

〔78〕介恃:倚恃。

〔79〕"纵使"二句:说即使烽烟遍地,终将回到故乡。戈、殳,均是古代的兵器,此处代指战争。菰蒋,植物名,俗称茭白。生于河边陂泽,可作蔬菜。其实如米,称雕胡米,可作饭。古以菰米为六谷之一。此处代指常熟水乡。

〔80〕笭箵(líng xǐng 灵醒):装鱼的竹笼。也用来总称渔具。

〔81〕桄榔:木名。常绿树。

〔82〕"矫志"二句:说自己晚年与何云一起读书治学。矫志,钱谦益过去立志官场,经过此番挫折,矫正其志。桑榆,喻日暮。《淮南子》:"日西垂景在树端,谓之桑榆。"注:"言其光在桑榆上。"代指晚年。缥缃,缥,淡青色;缃,浅黄色。古代书衣或书囊常用淡青、浅黄色的丝帛,后因以代指书卷。

〔83〕四始:《诗经》的四始。《诗·序》谓《诗》有四始。《诗》疏据郑玄说,以风、小雅、大雅、颂四者为王道兴衰之所由始,故称四始。另:《史记·孔子世家》:"《关雎》之乱,以为《风》始;《鹿鸣》为《小雅》始;《文王》为《大雅》始;《清庙》为《颂》始。"另《诗·关雎·序疏》引《诗纬泛历枢》:"《大明》在亥,水始也;《四牡》在寅,木始也;《嘉鱼》在巳,火始也;《鸿雁》在申,金始也。"

〔84〕《三仓》:汉初,有人将当时流传的字书《仓吉篇》、《爰历篇》、《博学篇》合为一书,统称《仓吉篇》,又称《三仓》。魏晋时,又以《仓吉

篇》与扬雄《训纂篇》、贾访《滂喜篇》三篇字书分为上、中、下三卷,合为一部,也称《三仓》。

〔85〕"我欲"二句:说自己将珍惜时间治学。《吕氏春秋》:"宁越者,中牟鄙人也。苦耕稼之劳,谓其友曰:'何为可以免此苦也?'其友曰:'莫如学也。学三十岁则可达矣。'宁越曰:'请以十五岁。人将休,吾不敢休;人将卧,吾不敢卧。'学十五年而为周威公之师也。"

〔86〕颉颃(xié háng 协杭):本是形容鸟飞上下貌。《诗经·邶风·燕燕》:"燕燕于飞,颉之颃之。"传:"飞而上曰颉,飞而下者曰颃。"引申为不相上下,相抗衡。

〔87〕鼠与獐:即獐头鼠目。《南部新书》:"李揆秉政,苗侍中荐元载,揆不纳,谓晋卿曰:'龙章凤姿之士不可见,獐头鼠目之子乃求官耳!'"

〔88〕丙舍:后汉宫中正室两旁的房屋,以次于甲乙,所以叫丙舍。三国魏锺繇有《墓田丙舍帖》,指墓地的房屋。钱谦益崇祯六年(1633)正月母丧,筑墓田丙舍。

# 若活一百年[1]

三春赴追捕[2],皇皇丧家犬。入夏禁牢狱,兀兀困械杻[3]。仰屋栖鸡埘[4],负墙坐土偶。欲行蹩其足[5],欲言喑其口[6]。朝飧棘喉饭[7],夕饮攒眉酒[8]。忧来频擗胸,悸甚辄捧首[9]。领尝难管腰,卯或不保酉[10]。如此一岁生,可抵一日否?阴狱强过活,鬼趣预消受[11]。岁月良亦多,此岁何必有?六十甲子中,譬如阙丁丑[12]。若活一百年,只算九十九。

〔1〕钱谦益送走何云,狱事也渐渐松动。狱情紧张时,钱谦益大概也顾不了狱中苦难,狱事松动后,不禁回思被逮捕以来的情景,特别是关押刑部狱三个月暗无天日的非人生活。诗先叙写,后议论,"若活一百年,只算九十九",表达对这一年天降横祸的极度窝囊和厌恶。

〔2〕三春:春天三月,故曰三春。钱谦益与瞿式耜于三月赴逮。

〔3〕"入夏"二句:钱、瞿是闰四月二十五日入刑部狱。兀兀,昏沉貌。械杻(niǔ 钮),束缚犯人的刑具。

〔4〕"仰屋"句:写狱中居住情况。栖鸡埘(shí 时),即鸡栖止之处。埘,古代在墙上挖洞让鸡栖息。此处形容监室矮小。

〔5〕躄(bì 必):腿瘸,不能行走。

〔6〕喑(yīn 因):哑,不能说话。

〔7〕"朝飧(sūn 孙)"句:形容每天的饭食很粗陋。飧,本指晚餐,此处指吃饭。棘喉,刺喉,扎喉。饭食粗陋,很难下咽。

〔8〕攒眉酒:皱着眉才能喝下的酒。形容酒很差。

〔9〕"忧来"二句:描写狱中忧虑状。擗(pǐ 痞)胸,抓胸,撕胸。悸甚辄捧首,惊惧时常常捧首而立。《庄子·达生篇》:"泽有委蛇,恶闻雷车之声,则捧其首而立。"

〔10〕"领尝"二句:说狱中身体消瘦,身不胜衣。生命也是卯时管不了酉时。

〔11〕"阴狱"二句:说在狱中犹如在地狱。强过活,勉强活着,提前领教做鬼的感觉。鬼趣,《法苑珠林·鬼神部》:"谓五趣中,从他有情,希望多者,勿过此故,由此因缘,故名鬼趣。"

〔12〕阙:缺。丁丑:崇祯十年。这一年钱谦益在狱中度过。

## 昔我年十七[1]

昔我年十七,鼓箧游博士[2]。文章吐陆离[3],矜带垂旖旎[4]。朝英启夕秀[5],粲若嫩花蕊。壮盛迫婚宦,忧患自兹始。荏苒四十载,只身攒誉毁[6]。罗网高于天,性命薄于纸。皇天可怜我,如禾秋薿薿[7]。健如犙上树,壮若驹未齿[8]。今年五十六,从头自经纪。馀年为再生,故我如已死。判将四十年,捐付东流水。天道周而复,明年十七耳。

〔1〕连年的挫折坎坷,作者不禁感慨岁月蹉跎,一事无成,甚而厌恶曾经拥有的岁月。此诗回顾四十年间,十七岁和四十载后对比,早年才华艳发,风流倜傥,四十年后毁誉攒身,命薄于纸;早岁健壮如犙,活力充溢,如今死里逃生,从头经营。人生如天道周而复始,明年自己将重新经营人生,假设又是十七岁。诗模仿杜甫《百忧集行》,但杜诗是七言,此诗为五言;杜甫今昔对比,纯是客观叙述,此诗如同《若活一百年》一样,幻想岁月的人为安排,用以表达极端的愤慨,学习杜诗,而又脱略于杜貌。

〔2〕"鼓箧"句:描写自己十七岁考中秀才时的快意。金鹤冲《钱牧斋先生年谱》:"戊戌十七岁,补苏州府学生员。耀州王文肃公图得先生行卷,遍告南中诸公,以谓半千复出。"鼓箧,敲打着书箱。箧,书箱。博士,六国有博士,秦汉相承。汉武帝建元五年置五经博士。晋置国子博士。唐代各类博士均为教授官。明清有国子博士,太常博士。此处指王图。

〔3〕陆离:形容光彩斑斓绚丽。《淮南子·本经》:"乔枝菱阿,芙蓉芰荷,五彩争胜,流漫陆离。"

〔4〕"矜带"句:说衣带飘飘,俊爽风流。旖旎,轻盈柔顺貌。

〔5〕"朝英"句:形容自己才华艳发。陆机《文赋》:"收百世之阙文,采千载之遗韵,谢朝华于夕披,启夕秀于未振。"

〔6〕攒(cuán 撺阳平):聚集。

〔7〕薿(yǐ 以,也读作 nǐ 你)薿:茂盛貌。《诗经·小雅·甫田》:"今适南亩,或耘或耔,黍稷薿薿。"

〔8〕"健如"二句:描写自己身体很好。犊,小牛犊。杜甫《百忧集行》:"忆年十五心尚孩,健如黄犊走复来。庭前八月梨枣熟,一日上树能千回。"驹未齿,没有长齐牙齿的小马驹。

# 书四灵诗集[1]

语近意不远,骨癯髓亦枯[2]。谁云贾岛佛[3]?终是郄家奴[4]。

〔1〕四灵,南宋诗人徐照号灵晖,有《芳兰轩集》;徐玑号灵渊,有《二薇亭集》;翁卷号灵舒,有《西岩集》;赵师秀号灵秀,有《清苑斋集》。四人合称"四灵"。此诗作于崇祯十一年(1638)春,是时狱事已解,作者只是在狱中等待皇帝的谕旨。《四灵集》当是作者事定心宁后所读之书。此诗表明作者不喜欢"四灵"及贾岛诗寒瘦枯脊的风格。

〔2〕癯(qú 瞿):瘦。

〔3〕贾岛佛:贾岛(779—843),字阆仙,一作浪仙。晚唐苦吟诗人,有《长江集》。王定保《摭言》、孙光宪《北梦琐言》、周密《齐东野语》均

言唐李洞慕贾岛诗,铸铜像而顶戴之,尝念贾岛佛不绝口。

〔4〕郗家奴:《世说新语·品藻篇》:"郗司空家有伧奴,知及文章事。王右军向刘尹称之,刘问何如方回?王曰:'此正小人有意向耳,何得便比方回。'刘曰:'若不如方回,故是常奴耳。'"此处说拜贾岛为佛,终究也只能是诗中之奴。

# 戊寅九月初三日,奉谒少师高阳公于里第,感旧述怀,即席赋诗八章(选三)〔1〕

忽漫抠衣拜此堂〔2〕,心期如梦泪千行。更阑尚说三条烛〔3〕,坐久真惭数仞墙〔4〕。孔思周情新著作〔5〕,禹粮尧韭旧耕桑〔6〕。明灯促席亲函丈〔7〕,秋柝沉沉夜未央〔8〕。

〔1〕崇祯十一年(1638)五月二十四日钱谦益出狱,暂居于城西,八月得谕旨,赎徒三年,钱谦益上《剖明关节疏》,遂出都,绕道高阳拜见其座师孙承宗。孙承宗(1563—1638),字稚绳,号维城,河北高阳人。万历三十二年(1604)以第二中进士,除翰林院编修。天启二年,辽东烽烟一夕数警,孙承宗以兵部尚书兼东阁大学士经营蓟辽。在关四年,恢复五城七十二堡,辟地四百馀里,敌退广宁,退守河东。然阉党乱政,惧其社稷之功和兵权,谣言四起,孙承宗不得不抗章求去。崇祯二年(1629)十月,清兵攻陷遵化,将近京城。孙承宗被起用,再次经略蓟辽,护卫京城。京师解严,次第收复遵、永四城。然而却再次因功高受到朝臣的排挤,奉身以退。家居七年,崇祯十一年十一月,清兵袭扰京畿,数万环攻高阳,城中炮石竭,城陷,不屈而死。少师,官名。周置少师、少傅、少保以辅佐天子。孙承宗死后特进光禄大夫、左柱国、少师兼太子太师、兵部尚书、

中极殿大学士。孙承宗是钱谦益现实生活中最崇敬的人,《初学集》以三万六千言的篇幅为其叙写行状,不仅重点叙述孙承宗两次经营蓟辽的功绩,而且还对其为政、为学、为文、为人都作了精彩的描述。崇祯十年的冤狱大难不死,曾得到孙承宗子的斡旋。此次拜谒,是作者崇敬、感激、期待、交流的宣泄,其诗写得极其真诚感人。所选为第一、三、八首。

〔2〕"忽漫"句:说自己忽而拜访恩师。忽漫,忽而,偶然。抠衣,提裳而行,表示敬重。《礼·曲礼》上:"抠衣趋隅,必慎唯诺。"又:"两手抠衣,去齐尺;衣毋拨,足毋蹶。"

〔3〕"更阑"句:说他们交谈到很晚。更阑,更深夜静。三条烛,唐代考进士科,应考的人可于夜间继续应考,但只限用三条烛。此处用来指当年作者的进士考试。

〔4〕数仞墙:形容门墙之高。墙,指老师的门墙。仞,古代以八尺为一仞。唐代秦韬玉《谢新人呼同年书》:"三条烛下,虽阻门阑;数仞墙边,幸同恩地。"

〔5〕"孔思"句:形容孙承宗著作内容上的特色。孔思周情,即孔子、周公的思想感情。语出李汉《昌黎集序》:"日光玉洁,周情孔思,千态万貌,卒泽于道德仁义,炳如也。"

〔6〕"禹粮"句:说孙承宗闲居乡野。语本唐代诗人李群玉《登蒲涧寺后二岩诗》:"涧有尧时韭,山馀禹日粮。"另任昉《述异记》:"今药中有禹馀粮者,世传昔禹治水,弃其所馀粮于山中,生为药也。"

〔7〕函丈:《礼·曲礼》上:"席间函丈。"注:"函犹容也,讲间宜相对容丈,足以指画也。"又《文王世子》:"凡侍坐于大司成者,远近间三席,可以问。"注:"席之制,广三尺三寸三分,则是所谓函丈也。"因用以称呼尊敬的人。后又专用为弟子对老师的尊称。

〔8〕"秋柝"句:夜深人静,柝声特别响亮。柝,巡夜时敲打的木梆。未央,未尽。《诗经·小雅·庭燎》:"夜如何其?夜未央。"

仓皇出镇便门东,单骑横穿万虏中。拊手关河归旧服,侧身天地荷成功[1]。朝家议论三遗矢[2],社稷安危一亩宫[3]。闻道边廷饶魏绛,早悬金石赏和戎[4]。时武陵及边抚方议讲款奴,公酒间拍案叹息。

[1]"仓皇"四句:崇祯二年(1629)十月,清兵入大安口,陷遵化,将薄都城。崇祯以原官起用孙承宗。十五日,召对平台,称旨。帝欲委以中书重任,当国者杨嗣昌等忌其能,排挤出之。夜半,内阁传旨,命其星驰通州料理。孙承宗领二十七骑出东便门,仓皇遣发。惟茅元仪誓死从行。所经之地,庐屋煨烬,尸骨相连,鸣镝之声聒耳。抵通州,调兵入卫。时祖大寿以袁崇焕被逮,率兵噪而东溃,孙承宗遣马世龙推心告语,百计慰安。东兵涣而复萃,马世龙援兵发通州,清兵撤退至遵化,京师解严。崇祯命孙承宗移镇山海关,人心始定。崇祯三年(1630)五月四日,誓师复遵化、永平。孙承宗亲至抚宁督战。十三日,克永平,十六日克遵化。拊手,拍手。旧服,往常的服饰。指沦陷地再度恢复,人民又可以穿戴中原的服饰。侧身,置身。杜甫《将赴成都草堂途中有作寄严郑公》:"侧身天地更怀古。"荷,承受。

[2]"朝家"句:说朝臣们嫉妒孙承宗的功德,传言其已年老体衰,不能胜任朝廷重任。三遗矢,《史记·廉颇列传》:"(郭开收买的赵国使者报告赵王说)廉将军虽老,尚善饭,然与臣坐,顷之三遗矢。"《索隐》:"谓数起便也。矢,一作屎。"

[3]"社稷"句:说朝廷安危寄希望于孙承宗。一亩宫,指家园。此处指孙承宗的府宅。

[4]"闻道"二句:说朝廷边将有人主张以重金和戎。魏绛,春秋时晋国大夫,即魏庄子。晋悼公时,山戎无终子请和,绛因言和戎五利,晋

侯乃使绛与诸戎盟。见《左传·襄公》四年、十一年。此处指主张款和的大臣杨嗣昌与抚辽边将。

高河水急朔风鸣[1],再拜无言别泪盈。海内公今双白鬓,田间我亦一苍生。词林粥饭荒冰署[2],沙路延登乱火城[3]。卅载师门何所效?谨传衣钵事归耕。

〔1〕高河:指高阳的河。
〔2〕"词林"句:说翰林院的清廉生涯很久远了。词林,翰林之通称。明洪武初于皇城内建翰院,扁曰"词林"。粥饭,即粥饭僧。指能吃饭而无一用之僧。引申为饱食终日无所用心的人。此处指翰林院的清廉生涯。冰署,指翰林院。《国老谈苑》:"陈彭年在翰林,所兼十馀职,皆文翰清秘之目。时人谓其署衔尾一条冰。"
〔3〕"沙路"句:铺叙宰辅的排场。沙路,唐代宰相出门,载沙填路,称为沙道或沙堤。火城,朝会时的火炬仪仗。李肇《国史补》下:"每元日,冬至立仗,大官皆备珂伞,列烛有至五六百炬者,谓之火城。宰相火城将至,则众少皆扑灭以避之。"

## 高邮道上,家人挈舟相迎,喜而有作[1]

甓社湖头暮桨催[2],长风却送布驷开[3]。如依拂水垂杨坐,似载西湖明月来。绿水茶烟偏荡漾,红阑烛影故低回。榜人欲奏同舟曲[4],邻笛斜阳莫漫哀。

〔1〕钱谦益出狱后,八月下旬离京,九月三日到达高阳。盘桓数日,随即南下。九月九日到达德州,和谢陛小聚,其《德州城西赠别谢太宰》诗,对谢寄予厚望,诗云:"时危道远应相望,记取临歧两鬓霜。"经汶上,九月十五日前到达曲阜,拜谒孔林和孔庙,并作百韵长诗《崇祯十一年九月十五日谒孔林,越翼日谒先圣庙,恭述一百韵》。然后在高邮与迎接的家人相遇。此时虽未到家,然家人似乎提前把家的温情和家乡的风味带给了他,经历了一年有馀牢狱风波的作者乍见家人,真是感慨万千。诗准确地表达了此时微妙的感情。

〔2〕甓(pì 辟)社湖:位于江苏高邮西北三十里。

〔3〕飘(fān 帆):同"帆"。

〔4〕"榜人"句:说家人与自己同舟共济。榜人,船工。同舟,即同舟共济意。

## 雪中杨伯祥馆丈廷麟过访山堂,即事赠别[1]

去年燕山雪如掌,巢车雪暗胡尘上[2]。紫髯参军匹马嘶[3],黑头总理鞞刀响[4]。今年江南春雪飞,雪花满头来款扉[5]。菡萏灯前谈战垒[6],梅花树下看征衣。自从瞽史持汉节[7],瞽人周元忠以琵琶出入奴营,边廷倚以讲款。金缯辇载边庭血[8]。房骑争夸曳落河[9],庙堂自倚中行说[10]。翰林飞书叫帝阍[11],至尊感激模御床[12]。但令中使催房琯[13],指卢督师。肯为金人缚李纲[14]。指伯祥。贾庄战血高楼橹[15],元戎堂堂狗旗鼓[16]。周处讵死齐万年[17],指督师。韩愈宁作孔巢父[18]？指伯祥。匝天锋刃一头颅,鬼护神拧九死馀[19]。秦庭自效《无衣》哭[20],汉党终惭举纲疏[21]。明发堂中酌君酒[22],笑问于思无恙否[23]？神州幸免犬羊族,太史何妨牛马走[24]。酒阑耳热夜欲分,错莫同云是阵云[25]。红袖白衣犹未返,彤弓旂矢竟何云[26]？江天漫漫失山树,云柱冰车塞行路。江南老翁鬓如雪,拥鼻吟诗送君去[27]。

〔1〕杨伯祥,名廷麟,别字机部,清江人。崇祯四年(1631)进士,改庶吉士,授编修。勤学嗜古,有声馆阁间。崇祯十年(1637)冬,京师戒严,杨廷麟上疏弹劾杨嗣昌,杨嗣昌诡称廷麟知兵,任其兵部职方主事,赞画卢象升。贾庄之战,卢象升号称督天下兵,实际只有疲卒不足两万,还受到朝廷的多重钳制,最后卢象升英勇战死,杨廷麟因去真定转饷而脱。回朝后杨廷麟又冒死报军中曲折,最后被贬官外调。崇祯十三年(1640)正二月间,杨廷麟到宜兴访寻卢象升子孙,后到太仓,与张溥、吴伟业等会饮十馀日;至常熟拜访钱谦益,程嘉燧画《髯参军图》,钱谦益作此诗,吴伟业则有著名的《临江参军行》诗。馆丈,翰林前辈对后辈的称呼。

〔2〕巢车:春秋时的攻城战车。车上有用辘轳升降的活动瞭望台,人在台中,如鸟在巢,故名。

〔3〕紫髯参军:即杨廷麟。紫髯,胡须很多很黑。参军,官名,参谋军事。杨廷麟任兵部主事,故称。

〔4〕"黑头"句:写卢象升。黑头,指年轻。卢象升死难时只三十九岁。总理,即总指挥。鞾(xuē靴)刀,即插在靴子里的短刀。鞾,同靴。

〔5〕款扉:扣门。指杨廷麟来拜访。

〔6〕菡萏灯:荷花样的灯。菡萏,荷花别称。

〔7〕"自从"句:说朝廷阴使瞽人周元忠联络讲款求和。瞽史,盲艺人。汉节,汉朝使臣持有凭证类的符节。

〔8〕"金缯"句:说金钱货物运往边关,但换来的仍然是将士血染疆场。金缯,黄金和丝织品。此处泛指内地的货物。

〔9〕"虏骑"句:说清兵自豪地夸耀他们是善战的勇士。《新唐书·回鹘列传》:"同罗在薛延陀北,多览葛之东,距京师七千里而赢,胜兵三万。……安禄山反,劫其兵用之,号曳落河者也。曳落河,犹言健儿也。"

〔10〕"庙堂"句:说朝廷掌权者对讲款心存幻想。《汉书·匈奴传》:"老上稽粥单于初立,文帝复遣宗人女翁主为单于阏氏,使宦者燕人中行说傅翁主。说不欲行,汉强使之,说曰:'必我也,为汉患者。'"

〔11〕"翰林"句:说杨廷麟上书弹劾杨嗣昌讲款阴谋。帝阍,宫门。

〔12〕"至尊"句:说杨廷麟上书弹劾杨嗣昌,杨嗣昌欲借清兵杀廷麟,荐廷麟知兵,崇祯任命杨廷麟为兵部职方主事,赞画卢象升军。御床,皇帝用的坐卧之具。《三国志·魏志·曹真传》:"先帝诏陛下、秦王及臣,升御床,把臣臂,深以后事为念。"此处说崇祯皇帝对杨廷麟深寄厚望。

〔13〕"但令"句:说朝廷派宦官高起潜督卢象升军。中使,宦官。房琯,唐肃宗时,参与决断朝中机密事务。至德元年自请领兵讨安禄山,战于陈涛斜,全军覆没。东坡《仇池笔记》:"子美《悲陈陶》云:'四万义兵同日死。'此房琯之败也。琯既败,犹欲郑重有所伺,而郑廷恩促战,遂大败。"钜鹿贾庄之战,卢象升受杨嗣昌、高起潜牵制而全军战殁。

〔14〕"肯为"句:说贾庄之战前卢象升为了保护杨廷麟,派他到真定孙传庭军中。李纲(1083—1140),靖康元年,金兵围汴京,李纲以尚书右丞相任亲征行营使,坚主抗战,反对迁都,为主和派所排斥,罢官。诗

中以李纲指杨廷麟。

〔15〕"贾庄"句:贾庄战役非常惨烈,激战中的鲜血溅得很高。瞽人周元忠狡而有口,弹琵琶琥珀,出入关内外,以讲款说服辽抚方一藻。崇祯十年(1637)八月,辽抚密疏上闻,杨嗣昌力主其说。十一年二月遣周元忠渡海联络。四月还报款议可讲。崇祯下诏,款议不敢决。九月二十二日,清兵从墙子岭入。当时蓟辽总督吴阿衡及诸文武大吏俱为东西二协太监郑希诏祝寿,使对方乘虚而入。十月初三,卢象升受任出剿之事,杨廷麟任职方主事。卢象升与杨嗣昌主张不合,杨令中官高起潜催战。十二月十二日,卢军至鸡泽县之贾庄遇敌,高起潜不仅不援助,反而率军撤退。卢象升英勇战死。楼橹,古时军中用以瞭望敌军的无顶盖的高台。

〔16〕"元戎"句:卢象升身为统帅而战死殉难。元戎,主帅。狥,通"殉"。

〔17〕"周处"句:说卢象升难道不是死于杨嗣昌、高起潜之手?潘安仁《关中》诗:"周殉师令,身膏氐斧。"李善引《周处列传》:"氐贼齐万年为乱,处仰天叹曰:'我为大臣,以身殉国,不亦可乎?'遂战死。"周处,阳羡人,少横行乡里,乡人把他与南山虎、长桥蛟合称三害。后周处改邪归正,除二害,入吴拜陆机、陆云为师,官至御史中丞。与氐族齐万年战,梁王司马肜与处有仇,迫处进兵,又绝其后援,战死。

〔18〕"韩愈"句:《旧唐书·韩愈传》:"镇州杀田弘正,立王庭凑,令愈往宣谕。愈至,集军民,谕以顺逆,辞情切至。庭凑畏重之。"《旧唐书·孔巢父传》:"兴元元年,李怀光拥兵河中。七月,以巢父兼御史大夫,充宣慰使,就传诏。怀光颇骄悖,闻罢兵权时,怀光素服待命。巢父不止之,众感愤哗噪,怀光亦不禁止,巢父遇害。"说杨廷麟是韩愈式的人物。

〔19〕"匝天"二句:说杨廷麟九死而生。匝天,环绕一周为匝,匝天,指很多。杨嗣昌本以为杨廷麟会死在战场,知廷麟战场没死,不悦数

日。后杨嗣昌企图把杨廷麟迫害致死,然终未得逞。鬼护神扬(huī辉),鬼神护佑。扬,指挥。

〔20〕"秦庭"句:说卢象升曾向高起潜乞师,高不仅没有援助,反而撤兵。秦庭哭,春秋时吴师陷楚都,楚大夫申包胥赴秦乞师,倚立秦庭,日夜号哭,七日之内不进饮食,终于感动了秦哀公,出师救楚。见《左传·定公四年》。后谓向他处乞师求救为秦庭之哭。《无衣》,《诗经·秦风》中的一篇,表现共同赴战场的主题。

〔21〕"汉党"句:说朝廷政治主张倾向于东林党的官员每逢党争,总是处于劣势。汉党,钱谦益诗文中常以东汉党锢比喻明季的东林党。举纲,提起网的总绳,网眼就张开了。比喻办事抓关键。钱谦益在"秦庭"、"汉党"两句里对卢象升、杨廷麟与杨嗣昌的斗争策略似有微词。

〔22〕"明发堂"句:说在明发堂设宴招待杨廷麟。明发堂,钱谦益拂水山庄堂室。酌,斟酒,饮酒。

〔23〕"笑问"句:问候语。说你弃甲归来还好吗?于思,鬓须盛貌。《左传·宣公二年》:"于思于思,弃甲复来。"《释文》:"思,如字;又西才反,多须貌。"诗的第三句说杨廷麟多胡须。

〔24〕"神州"二句:说中原幸免沦落于异族,我们作臣子的何妨仍然为朝廷奔走。犬羊族,对北方少数民族的蔑称。太史,指杨廷麟。杨曾为翰林院编修,故称太史。牛马走,谓在皇帝之前奔走如牛马的人。常用作自谦之词。

〔25〕"错莫"句:形容酒酣耳热之际可能出现的错觉。同云,云成一色,天将下雪。《诗经·小雅·信南山》:"上天同云,雨雪雰雰。"阵云,战云。

〔26〕"红袖"二句:说杨廷麟这样的功臣贬官闲居,朝廷的战事令人担忧。红袖,指美人。白衣,指布衣。此处说杨廷麟以布衣闲居,尚未返回朝廷。彤弓玈(lú卢)矢,朱红色的弓黑色的箭矢。古代君主把红

色弓赐给有功勋的诸侯。

〔27〕拥鼻吟:《世说新语·雅量》"方作洛生咏讽"注引宋明帝《文章志》:"(谢)安能作洛下书生咏,而少有鼻疾,语音浊,后名流多效其咏弗能及。手掩鼻而吟焉。"后指用雅音曼声吟咏。

# 姚叔祥过明发堂,共论近代词人,戏作绝句十六首(选八)〔1〕

姚叟论文更不疑〔2〕,孟阳诗律是吾师〔3〕。溪南诗老今程老,莫怪低头元裕之〔4〕。元裕之谓辛敬之论诗如法吏断狱,如老僧得正法眼。吾于孟阳亦云。

〔1〕姚叔祥,名士粦,海盐人,读书穷老,与钱谦益交好。《列朝诗集小传》云:"晚岁数过余,年将九十矣。剧谈至夜分,不寐。兵兴后,穷饿以死。"明发堂,钱谦益拂水山庄堂室。钱谦益在明末清初文坛的领袖地位,不仅取决于突出的创作成就,文学批评当然也是其中的重要因素。这十六首论诗绝句和其论诗文的序跋文观点一致,互相发挥。此处选了能表现其文学思想主干的几首,可窥其一斑。

〔2〕姚叟:即姚叔祥。

〔3〕孟阳:程嘉燧(1565—1643),字孟阳,号偈庵、松圆,安徽休宁人,侨居嘉定五十年之久。《列朝诗集小传》丁集下《松圆诗老程嘉燧》云:"少学制科不成,去学击剑,又不成,乃折节读书,刻意为歌诗,三十而诗大就。"善画山水,与李长蘅齐名。钱程万历四十五年(1617)开始了日渐密切的来往,程氏的诗学思想对钱谦益产生了重要的影响。因此,钱谦益称之为"诗老"。

〔4〕"莫怪"句：说元好问非常佩服辛敬之。元裕之，元好问（1190—1257），号遗山，太原秀容（今山西忻州）人。金代最杰出的诗人，有《遗山集》，编《中州集》。其题《中州集》后云："爱杀溪南辛老子，相从何止十年迟。"辛愿，字敬之，号如野人，溪南诗老。福昌（今河南宜阳）人。南宋诗人。钱谦益《列朝诗集小传·松圆诗老程嘉燧》云："敬之业专而心通，敢以是非黑白自任。每读诸人之诗，必为之探源委，发凡例，解脉络，审音节，辨清浊，权轻重，片善不掩，微类必指，如老吏断狱，文峻网密，丝毫不相贷；如衲僧得正法，征诘开示，几于截断众流。朋辈中有公鉴而无姑息者，必以敬之为称首。"

一代词章孰建镳[1]？近从万历数今朝[2]。挽回大雅还谁事？嗤点前贤岂我曹[3]。

〔1〕镳（biāo 标）：马嚼子。此处指行进的方向。
〔2〕"近从"句：万历（1573—1620）以来，诗歌流派有后七子、公安派、竟陵派。钱谦益对这些文学流派都进行了不同程度的批评。
〔3〕"挽回"二句：以挽回文学正声自许。大雅，本指《诗经》中的大雅。《雅》谓周王畿内乐调。旧训雅为正，与夷俗邪音相对的正声。嗤点，讥笑指责。我曹，我辈。

峥嵘汤义出临川[1]，小赋新词许并传[2]。何事后生饶笔舌，偏将诗律议前贤？

〔1〕"峥嵘"句：评价汤显祖。峥嵘，才华高卓。汤义，汤显祖（1550—1616），字义仍，号若士。江西临川人。万历三十四、五年间

(1606—1607),汤显祖从临川寄语钱谦益,切磋文艺,云:"本朝文自空同已降,皆文之舆台也。古文自有真,且从宋金华(宋濂)着眼。"

〔2〕"小赋"句:充分肯定汤显祖的诗文戏曲创作。汤显祖的诗文创作从六朝入手,其抒情小赋颇多佳作。新词,指汤显祖的戏曲创作。

高杨文沈久沉埋[1],溢缥盈缃粪土堆[2]。今体尚馀王百穀[3],百年香艳未成灰。

〔1〕高杨文沈:高启,字季迪。杨基,字孟载。都是明初著名诗人。沈周,字启南。文徵明,初名璧,后以字行。文、沈都是明中叶的诗文书画名家。四人均是苏州人。

〔2〕溢缥盈缃:形容作品很多。缥缃,缥,淡青色;缃,浅黄色。古代书衣或书囊常用淡青、浅黄色的丝帛,后因以代指书卷。

〔3〕王百穀:王穉登(1535—1612),字百穀,苏州人。少负异才。《列朝诗集小传》称其"十岁为诗,长而俊发,雕香刻翠,名满吴会间。""吴门自文待诏(文徵明)殁后,风雅之道,未有所归,伯穀振华启秀,嘘枯吹生,擅词翰之席三十馀年。"钱曾注云:"李西涯曰:'国初诗人,推高、杨、张、徐,高才力声调,过三人远甚。'百馀年来,亦未见卓然有过之者。……吴中自北郭十子之后,风流文翰,声尘迢然。至成、弘时,启南、征仲辈流,闲居乐志,区明风雅。与唐解元寅、祝京兆允明,以诗文相映发,间出其闲情逸致,点缀图绘。百年以来,中吴人物之盛,未有甚于此时者也。……迨及王穉登百穀,咀华披秀,流传香艳,复擅词翰之席者三十馀年。盖文、沈之遗韵,至百穀而如有所归结焉。"

楚国三袁季绝尘[1],公安袁中道。白眉谁与仲良伦[2]?新野马之骏。过都历块皆神骏[3],秋驾何当与细论[4]。

〔1〕"楚国"句:说公安三袁中的袁中道超尘绝俗。三袁,袁宗道(1560—1600)、袁宏道(1568—1610)、袁中道(1570—1623)兄弟三人,湖北公安人,是万历中期公安派的主力。万历三十八年(1610)钱谦益北上会试,与袁中道相识,交往甚好。万历四十五年(1617),袁中道邀钱共同排击竟陵派。季,少子。

〔2〕"白眉"句:高度评价马之骏。白眉,三国蜀汉马良,字季常,兄弟五人皆用"常"为字,并有才名。良眉有白毛,才学尤为出众。乡里谚曰:"马氏五常,白眉最良。"见《三国志·马良传》。后世称兄弟行中才俊特出者曰白眉。仲良,马之骏(1587—1625)字。河南新野人。万历三十八年(1610)进士,官至户部主事。其传见《列朝诗集小传》丁集下《马主事之骏》。

〔3〕"过都"句:说三袁、马之骏都是文坛上有成就的人。《汉书·王褒传》:"《圣主得贤臣颂》:'纵骋驰骛,息如影靡,过都越国,蹶如历块。'"言过都越国,疾如越过一小块土地。后遂以"历块"比喻疾速。神骏,指马的神情俊逸。

〔4〕秋驾:驾马的技术。《吕氏春秋·博志》:"尹儒学御三年而不得焉,苦痛之,夜梦受秋驾于其师。……今日将教子以秋驾。"注:"秋驾,御法也。"此处指诗法。


画笔南翔妙入神[1],李长蘅。晚年篇翰更清新。和陶近爱归昌世,也是风流澹荡人[2]。

〔1〕"画笔"句:形容李长蘅的画艺。李长蘅,参见《丁未春,与李三长蘅下第,并马过滕县贳酒看花,已十四年矣。感叹旧游,如在宿昔,作

此诗以寄之》注〔1〕。

〔2〕"和陶"二句:归昌世晚年喜欢陶诗,其和陶诸作得陶渊明神韵。归昌世,字文休,归有光孙,曾与钱谦益一起搜集整理归有光的文集。有《假庵诗草》传世。澹荡,放达,不拘束于礼法。《列朝诗集小传》丁集下《归待诏子慕》评价归昌世:"风神散朗,有林下风气,善画墨竹,能草书,与李长蘅交好。晚年作和陶诗,为程孟阳所称。"

## 关陇英才未易量〔1〕,刮磨何李竞丹黄〔2〕。吴中往往饶才笔,也炷娄江一瓣香〔3〕。

〔1〕"关陇"句:评论前七子。关陇指函谷关以西、陇山以东一带地区,即陕西、甘肃地区。明代前七子领袖李梦阳甘肃庆阳人。《列朝诗集小传·李副使梦阳》评论李梦阳曰:"献吉生休明之代,负雄鸷之才。"

〔2〕"刮磨"句:说学诗者竞相学习李梦阳、何景明。刮磨,磨琢物器,使其有光。何,何景明(1483—1521),字仲默,号大复山人,河南信阳人。与李梦阳齐名,称为"李何"。丹黄,旧时点校书籍,用朱笔书写,如遇误字,则用雌黄涂抹。此处指学诗者竞相研磨李、何的诗文集,从而形成了诗文复古的思潮。

〔3〕"吴中"二句:说吴中文人多追随后七子领袖王世贞。吴中,指苏州地区。才笔,才华出众,文采斐然的人。娄江,本是水名,又名下江、刘河、浏河。在江苏吴县东。源出太湖,东北流经苏州、昆山、太仓等市县,又东入长江。也用娄江代称太仓。此处指太仓人王世贞。王世贞(1526—1590),字元美,号凤洲,又号弇州山人。其诗文步前七子后尘,与李攀龙齐名,为后七子领袖。炷,烧。一瓣香,犹言烧一炷香,即焚香敬礼的意思。佛教禅宗长老开堂讲道,烧至第三炷香时,长老就说这一瓣香敬献给某某法师。后来师承某人叫瓣香某人。

草衣家住断桥东,王微自称草衣道人。好句清如湖上风[1]。近日西陵夸柳隐,桃花得气美人中[2]。《西湖》诗云:"垂杨小苑绣帘东,莺阁残枝蝶趁风。最是西陵寒食路,桃花得气美人中。"

〔1〕"草衣"二句:称赞王微的诗。王微,字修微,自号草衣道人,广陵(今扬州)人。七岁丧父,流落风尘。工诗善草书,明末清初著名女诗人。断桥,在杭州孤山边。本名宝店桥,又名段家桥。以孤山之路,至此而断,故汉唐以来皆称断桥。

〔2〕"近日"二句:评论柳如是的诗。西陵,指西湖。杭州有西陵桥,也叫西林桥、西泠。用西陵代指杭州。柳隐(1617—1664),本姓杨,名云娟,影怜,号美人;后改姓柳,名隐,又易名是,字如是,号河东君。嘉兴人。少小孤苦,流落风尘,工诗文,善书画,明末清初著名女诗人。二十四岁时嫁钱谦益为妾,与钱谦益一起经历了明清易代的险风恶雨,其生平事迹详见陈寅恪《柳如是别传》。

# 庚辰仲冬河东君至,止半野堂,有长句之赠,次韵奉答[1]

文君放诞想流风,脸际眉间讶许同[2]。枉自梦刀思燕婉[3],还将抟土问鸿蒙[4]。太白乐府诗云:"女娲戏黄土,团作愚下人。散在六合间,蒙蒙若沙尘。"露花丈室何曾染[5]?折柳章台也自雄[6]。但似王昌消息好[7],履箱擎了便相从[8]。《河中之水歌》云:"平头奴子擎履箱。"

〔1〕庚辰仲冬,崇祯十三年(1640)农历十一月,柳如是以男装拜访钱谦益于常熟城内之居所半野堂,并有《半野堂初赠诗》之作,因是七律,故称长句。其诗云:"声名真似汉扶风,妙理玄规更不同。一室茶香开澹黯,千行墨妙破冥蒙。竺西瓶拂因缘在,江左风流物论雄。今日沾沾诚御李,东山葱岭莫辞从。"诗中以汉代大儒马融、东晋江左风流宰相谢安、东汉党人领袖李膺形容钱谦益,语语道出钱谦益心坎中之自许。丽质天人,灵心慧性,以及放诞风流,使年近花甲的钱谦益疑若仙女垂顾,衣裳颠倒。才情学问受到爱情的激荡,以柳如是诗中"东山"名集,竟成《初学集》中《东山诗集》三卷,其中钱、柳唱酬之作是主体。此诗为钱谦益对柳如是初访之作的酬答。

〔2〕"文君"二句:用卓文君形容柳如是。文君,西汉富商卓王孙之女卓文君,寡居在家,司马相如过饮,以琴挑之,卓文君与之私奔。《史记》、《汉书》均有记载,后世戏曲小说多演绎其情事。放诞,放纵不羁。《西京杂记》二:"文君姣好,眉色如望远山,脸际常若芙蓉,肌肤柔滑如脂。十七而寡,为人放诞风流,故悦长卿(司马相如)之才而越礼焉。"许同,相同。另范锴《华笑庼杂笔》一顾苓《河东君传》白牛道者跋:"是身材不逾中人,而色甚艳。冬日御单袷衣,双颊作朝霞色。"

〔3〕"枉自"句:说自己仕途坎坷,转而企望闺中之欢。梦刀,传说西晋王濬梦中看见卧室屋梁上挂着三把刀,一会又加了一把。醒后,部下奉承他说:三把刀是"州"字。又加一把,是"益"的意思,大概你要被派到益州当官。见《晋书》本传。后成为地方官吏升迁的典故。燕婉,指夫妇之情。燕,通"嬿"。

〔4〕"还将"句:《太平御览》七八《风俗通》:"俗说天地开辟,未有人民,女娲抟黄土作人,剧务力不暇供,乃引绳于泥中,举以为人,故富贵者,黄土人也,贫贱凡庸者,绋人也。"鸿蒙,宇宙形成前的混沌状态。此

129

句询问天地自己究竟是上智之人还是愚下之人。

〔5〕"霜花"句:说自己的室内何曾有仙女降临。语出《维摩诘经》:"时维摩诘室有一天女,见诸大人,闻所说法,便现其身,即以天花,散诸菩萨。"僧肇《维摩诘经注》:"维摩诘,华言净名也。"丈室,佛教语。相传维摩诘卧疾之室一丈见方。故称。

〔6〕"折柳"句:唐代韩翃有姬柳氏,安史之乱,两人奔散,柳出家为尼。韩为平卢节度使侯希逸书记,使人寄柳诗曰:"章台柳,章台柳,昔日青青今在否?纵使长条似旧垂,亦应攀折他人手。"后柳为蕃将沙吒利所劫,侯希逸部将许俊以计夺还,重得团圆。见《太平广记》四八五《柳氏传》。

〔7〕王昌:李商隐《代应》:"本来银汉是红墙,隔得卢家白玉堂。谁与王昌报消息,尽知三十六鸳鸯。"王昌其人事不详。

〔8〕"履箱"句:回应柳如是"东山葱岭莫辞从"的示意。萧衍《河中之水歌》:"河中之水向东流,洛阳女儿名莫愁。……珊瑚挂镜烂生光,平头奴子擎履箱。人生富贵何所望,恨不早嫁东家王。"履箱,装鞋的箱子。

# 上元夜泊舟虎丘西溪,小饮沈碧甫斋中〔1〕

西丘小筑省喧阗〔2〕,微雪疏帘炉火前。玉女共依方丈室〔3〕,金床仍见雨花天〔4〕。寒轻人面如春浅,曲转箫声并月圆。明日吴城传好事,千门谁不避芳妍〔5〕?

〔1〕柳如是于崇祯十三年(1640)十一月过访半野堂后,钱谦益以十数日之工,于十二月二日筑成我闻室,以贮国色天香。大约冬至之前,

两人有过短暂的分离,立春前一天,即迎春日又相偕泛舟东郊。崇祯十三年春节,钱、柳在我闻室守岁,均有诗作唱酬。崇祯十四年初一,订春游探梅之约。第二天即新年正月初二,钱谦益便偕柳如是出行,首先去的是拂水山庄。《初学集》卷一二《山庄八景诗》之七序云:"秋水阁之后,老梅数十株,古干虬缪,香雪浮动。"于前一天钱谦益已探得山庄梅花"东风昨夜崭新开",一天之隔,"梅花半开,春条乍放",如同为钱、柳的情爱锦上添花,钱谦益喜而作《新正二日,偕河东君过拂水山庄,梅花半开,春条乍放,喜而有作》。钱、柳二人在拂水山庄小住十馀日,元夕载酒携灯至苏州西山访梅。此诗即到达吴县,在西山沈氏庄上燕集时所赋。沈璧甫,名璜,吴人。喜谈兵,曾游幕辽左。卜居于虎丘之西。诗抒写与红颜才女相厮守的快意。

〔2〕"西丘"句:形容沈璧甫斋非常幽静。西丘,即苏州西山。小筑,不大的建筑。喧阗,喧哗。

〔3〕"玉女"句:说自己与神女在一起。玉女,神女。贾谊《惜誓》:"建日月以为盖兮,载玉女于车后。"也指"霰花丈室何曾染"中的"天女"。方丈室,本指一丈见方的屋宇,形容屋子不大。此处方丈与前一首"霰花丈室何曾染"呼应。也暗指传说中的仙地。《史记·秦始皇本纪》载徐市上书说,海上有三神山,名蓬莱、方丈、瀛洲,仙人居之。表达作者亦真亦幻的幸福感觉。

〔4〕"金床"句:此句糅合两个典故,表达自己如在仙境的感觉。金床,《涅槃经》:"如来阇维讫,收舍利罂置金床上,天人散花奏乐,绕城步步燃灯十二里。"雨花,《艺文类聚》引《西城记》:"摩竭陀国正月十五日,僧俗云集,观佛舍利放光雨花。"

〔5〕"明日"二句:说他们的风流趣事明天就会成为吴县城里的头号新闻。吴城,即吴县。相传吴县为春秋时吴王阖闾所建。避芳妍,明末苏州风俗,正月十五衣冠士女、市井细民出游。靓女佳人走出闺门,得

知柳如是到来,都不禁自惭形秽。

# 有美一百韵,晦日鸳鸯湖舟中作[1]

有美生南国[2],清芬翰墨传[3]。河东论氏族[4],天上问星躔[5]。汉殿三眠贵[6],吴宫万缕连[7]。星榆长历落[8],月桂并蹁跹[9]。郁郁昆山畔,青青谷水壖[10]。托根来净域,移植自芳年[11]。生小为娇女,容华及丽娟[12]。诗哦应口答,书读等身便[13]。缃帙攻《文选》,绨囊贯史编[14]。摘词征绮合[15],记事见珠联[16]。八代观升降,三唐辨溯沿[17]。尽窥羽陵蠹[18],旁及《诺皋》儇[19]。花草矜芟撷,虫鱼喜注笺[20]。部居分甲乙,雠正杂丹铅[21]。馀曲回风后[22],新妆落月前。兰膏灯烛继,翠羽笔床悬[23]。博士惭厨箓[24],儿童愧刻镌[25]。瑶光朝孕碧[26],玉气夜生玄[27]。陇水应连类[28],唐山可及肩[29]。织缣诗自好,捣素赋尤贤[30]。锦上文回复[31],盘中字蜿蜒[32]。清词常满箧,新制每连篇。芍药翻风艳,芙蓉出水鲜。颂椒良不忝[33],咏树亦何愆[34]?文赋传乡国,词章述祖先[35]。采苹新藻丽[36],种柳旧风烟[37]。字脚元和样[38],文心乐曲骈[39]。千番云母纸[40],小幅浣花笺[41]。吟咏朱楼遍,封题赤牍遄[42]。流风殊放诞,被教异婵娟[43]。度曲穷分刌[44],当歌妙折旋。吹箫嬴女得[45],协律李家专[46]。画夺丹青妙[47],琴知断续弦[48]。细腰宜蹴鞠,弱骨称秋千[49]。天为投壶笑[50],人从争博癫[51]。修眉纤远翠,薄鬓妥鸣蝉[52]。向月衣方空,当风带旋穿[53]。行尘尝寂寂,屐齿自姗姗[54]。舞袖嫌缨拂[55],弓鞋笑足缠[56]。盈盈还妒影,的的会移妍[57]。妙丽倾城国,尘埃落市廛[58]。真堪陈甲帐[59],还儗画甘泉[60]。杨柳嗟扳折[61],蘼芜惜弃捐[62]。西家殊婉娈,北里正喧阗[63]。豪贵争除道[64],儿郎学坠鞭[65]。迎车千锦帐,输面一金钱[66]。勾践献西施于吴王,夫差幸之。每入市,人愿见者,先输金钱一文。见孙奭《孟子疏》。百两门阑咽[67],三刀梦寐膻[68]。苏堤浑倒踏,黟水欲平填[69]。皎洁火中玉[70],芬芳泥里莲。闭门如入道,沉醉欲逃禅。未许千金买,何当一笑嫣[71]?钉心从作恶[72],唾面可除痫[73]。蜂蝶行随绕[74],金珠却载还。勒名雕琬琰[75],换骨饮珉瑊[76]。枉自求蒲苇[77],徒劳卜筳筌[78]。轩车闻至止,杂佩意茫然[79]。错莫翻如许,追陪果有焉[80]。初疑渡河驾,复似泛湖船。榜枻歌心说,中流笑语娭。江渊风飒杳,雒浦水潺湲[81]。《疏影》新词丽[82],忘忧别馆偏[83]。华筵开玳瑁,绮席艳神仙[84]。银烛光三五,金尊价十千[85]。蜡花催兔育,鼍鼓促乌迁[86]。法曲烦声奏,哀筝促柱宣[87]。步摇窥宋玉,条脱赠羊权[88]。点笔馀香粉,缮书杂翠钿[89]。绿窗和月掩,红烛带花搴[90]。菡苕欢初合[91],皋苏瘵已蠲[92]。凝明嗔亦好,溶漾坐堪怜[93]。薄病如中酒,轻寒未折绵[94]。清愁长约略,微笑与迁延[95]。茗火闲房活,炉香小院全[96]。日高慵未起,月出皎难眠。授色偏含睇[97]，藏阄互握拳[98]。扉围灯焰直，坐促笑声圆。朔气除帘箔，流光度毚毡[99]。相将行乐地，共趁讨春天[100]。未索梅花笑，徒闻火树燃[101]。半塘春漠漠，西寺草芊芊[102]。南浦魂何黯[103]？东山约已坚[104]。自应随李白[105]，敢拟伴伶玄[106]。密意容挑卓[107]，微词托感甄[108]。杨枝今婉娈[109]，桃叶昔因缘[110]。灞岸偏萦别[111]，章台易惹颠[112]。娉婷临广陌，婀娜点晴川[113]。眉怃谁堪画？腰纤孰与攦[114]？藏鸦休庵蔼，拂马莫缠绵[115]。絮怕沾泥重，花忧放雪鲜[116]。芳尘和药减，春病共愁煎[117]。目逆归巢燕，心伤叫树鹃[118]。惜衣莺觊睆[119]，护粉蝶翩翩[120]。携手期弦望[121]，沉吟念陌阡[122]。暂游非契阔[123]，小别正流连。即席留诗苦，当杯出涕泫。茸城车枥辘[124]，鸳浦棹夤缘[125]。去水回香篆[126]，归帆激矢弦。寄忧分悄悄，赠泪裹涟涟。迎汝双安浆[127]，愁予独扣舷。从今吴榜梦[128]，昔昔在君边。

〔1〕钱谦益与柳如是在苏州盘桓数日，到达嘉兴。于嘉兴鸳鸯湖中缠绵分别，柳如是作《鸳湖舟中送牧翁之新安》，而钱谦益竭意经营此诗，表达自己的爱慕之情与迎娶之态度，构思之深邃，情思之曲婉，文采之宏赡，用语之庄雅，"排比铺张，波澜壮阔，而又能体物写情，曲尽其妙"（陈寅恪《柳如是别传》第四章），堪称古代爱情文学中之上品。由此可知，钱、柳姻缘非封建社会文人风流韵事所能比拟，亦非古今俗士所度量之钱柳老夫少妇之艳福，实乃如陈寅恪先生《柳如是别传》所云，为"女侠名姝，文宗国士"志意才学、高文华采的相互敬慕、赏知。诗中典

故多用杜甫《秋日夔府咏怀一百韵》、徐陵《玉台新咏》及李商隐诸咏柳诗。晦日,农历每月的最后一日。钱、柳在正月末分别。

〔2〕"有美"句:《诗经·郑风·野有蔓草》:"野有蔓草,零露漙兮。有美一人,清扬婉兮。邂逅相遇,适我愿兮。野有蔓草,零露瀼瀼。有美一人,婉如清扬。邂逅相遇,与子偕臧。"此是古典,另柳如是曾号美人。南国,曹植《杂诗六首》之六:"南国有佳人,容华若桃李。"另韦庄《忆昔》:"南国佳人号莫愁。"

〔3〕"清芬"句:说柳如是诗书画名播艺苑。在此之前,钱谦益已鉴赏柳如是书法,有《观美人手迹戏题绝句七首》,盛赞柳如是《西湖绝句》,其《姚叔祥过明发堂共论近代词人,戏作绝句十六首》之十二:"近日西陵夸柳隐,桃花得气美人中。"此外,柳如是山水画幅和尺牍小品也颇受东南艺苑称赞。

〔4〕"河东"句:柳姓世居河东。柳宗元《叔父殿中侍御史墓表》:"柳氏之先……其著者,无骇以字为展氏禽,以食采为柳姓,厥后昌大,世居河东。"河东,黄河流经山西省境,自北而南,故称山西省境内黄河以东的地区为河东。此处因柳如是出身低贱,钱谦益故作狡狯,竟直说其真姓柳,并在下文排比铺张。不显其本来籍贯嘉兴。

〔5〕"天上"句:说柳姓与天上的星宿有关。星躔(chán 缠),星宿的位置、次序。此处指柳宿。柳宿,也称鹑火。南方朱鸟的第三宿,有星八颗。

〔6〕"汉殿"句:铺排"柳"字。汉殿三眠,指汉代宫苑中的柽柳(也叫人柳或三眠柳)。清张澍辑《三辅旧事》:"汉苑中有柳如人状,号曰人柳,一日三眠三起。"三眠,指柽柳的柔弱枝条在风中时起时伏。

〔7〕"吴宫"句:句意同上。吴宫万缕,后唐牛峤乐府诗《杨柳枝》词:"吴王宫里色偏深,一束纤条万缕金。不愤钱塘苏小小,引郎花下结同心。"

〔8〕"星榆"句:《玉台新咏》一《陇西行》:"天上何所有？历历种白榆。"以榆树林立形容天星密布。历落,参差貌。

〔9〕月桂:月中桂树,此处指月亮。

〔10〕"郁郁"二句:昆山、谷水,均是江苏省地名。谷水是松江的别名。说柳如是生长在昆山、谷水之乡。堧(ruán 阮阳平),城下或水边地。《柳如是尺牍》署名"云间柳如是"。显然柳如是自命松江人。此外也有可能借陈子龙之力,得冒托松江籍。

〔11〕"托根"二句:说柳如是从小来自清净之地。《洛阳伽蓝记》:"佛本清净,嚼杨枝,植地即生,今成大树。"

〔12〕"生小"二句:形容柳如是少女时的可爱美貌。娇女,左思《娇女诗》描写两个女儿痴憨美丽。丽娟,《洞冥记》:"帝所幸宫人,名丽娟,年十四,玉肤柔软,吹气胜兰,不欲衣缨拂之,恐体痕也。帝常以衣带系丽娟之袂,闭于重幕之中,恐随风而去。"

〔13〕"诗哦"二句:说柳如是才思敏捷,读书很多。哦,吟诵。书读等身,《宋史·贾黄中传》:"黄中幼聪悟,方五岁,(父)玭每旦令正立,展书卷比之,谓之等身书,课其诵读。"

〔14〕"缃帙"二句:说柳如是熟读《文选》,贯通史编。缃帙,包在书卷外的浅黄色封套。也作书的代称。《文选》,书名。南朝梁昭明太子萧统编,故又名《昭明文选》。选录先秦至梁的各体诗文,分三十七类,三十卷,是我国现存最早的文学总集。𫄧(tí 提)囊,也是指包书的外套。代指书卷。

〔15〕"摛(chī 痴)词"句:说柳如是诗文文采斐然。摛词,铺陈词藻。绮,华丽,美盛。陆机《文赋》:"或藻思绮合,清丽芊眠。"

〔16〕"记事"句:说柳如是善于记忆。《开元天宝遗事》:"有人惠张说一珠,绀色有光,名记事珠。或有阙忘之事,持弄此珠,便觉心神开悟,事无巨细,焕然明晓无所忘。"

〔17〕"八代"二句：说柳如是对八代三唐文学的源流升降了然于心。八代,指汉、魏、晋、宋、齐、梁、陈、隋。三唐,指唐代。宋严羽《沧浪诗话》以初唐、盛唐、晚唐为三唐。元杨士宏《唐音》以盛唐、中唐、晚唐为三唐。明高棅《唐诗品汇》则初、盛、中、晚称为四唐。此后还有其他分法。溯沿,源和流。

〔18〕羽陵蠹：《穆天子传》："天子东游,次于雀梁,暴蠹书于羽陵。"羽陵,地名。《艺文类聚》五五引江总《皇太子太学讲碑》："紫台密典,绿帙奇文,羽陵蠹迹,嵩山落简,外史所掌,广内所司。"此处说柳如是博览群书,学问深邃。

〔19〕《诺皋》儇（xuān宣）：段成式《酉阳杂俎》中有《诺皋记》一篇,专记鬼神怪异之事。诺皋,呼召鬼神之词。《抱朴子·登涉》："往山林中……禹步而行,三咒曰:'诺皋,太阴将军。'"旧传人死招魂,登屋而呼曰诺皋,下有人代魂应声曰诺,故称"诺皋"。儇,轻捷灵便貌。这里说柳如是阅读之广。

〔20〕"花草"二句：称赞柳如是是精于词曲与笺注典籍。花草,盖连缀《花间集》与《草堂诗馀》两书之名。芟擷,芟除与采撷。虫鱼,《尔雅》有《释虫》、《释鱼》等篇,用来注释名物。故而用"虫鱼"代称笺注。

〔21〕"部居"二句：说柳如是读书分门别类,校正错讹。部居,以类相聚。雠正,校对勘误。丹铅,古人用丹砂和铅粉校勘文字。

〔22〕"馀曲"句：旧题汉郭宪《洞冥记》四："帝所幸宫人丽娟……每歌,李延年和之于芝生殿,唱《回风》之曲,庭中花皆翻落。"此句形容柳如是歌曲之美妙。

〔23〕"兰膏"二句：说柳如是秉烛读书创作。兰膏,泽兰炼成的油,可点灯。宋玉《招魂》："兰膏明烛,华容备些。"翠羽,翠色的鸟羽,喻美人的眉。《玉台新咏》二傅玄《艳歌行》："蛾眉分翠羽,明目发清扬。"此处指毛笔。笔床,放毛笔的文具。明屠隆《文具杂编·笔床》："笔床之

制,行世甚少。有古鎏金者,长六七寸,高寸二分,阔二寸馀,如一架然,可卧笔四矢。"徐陵《玉台新咏序》:"琉璃砚匣,终日随身;翡翠笔床,无时离手。"

〔24〕"博士"句:称赞柳如是博学。《南齐书·陆澄传》云:陆澄起家太学博士,后为秘书监,领国子监博士。永明元年转度支尚书,寻领国子博士。王俭自以博闻多识,读书过澄。集学士数人与澄商略,澄待俭语毕,然后谈所遗漏数百千条,皆俭所未睹。俭乃叹服。王俭戏称澄"陆公,书橱也。"厨,通"橱"。簏(lù 路),竹箱。

〔25〕"儿童"句:扬雄《法言·吾子篇》:"或问吾子少而好赋?曰:然。童子雕虫篆刻。俄而曰:壮夫不为也。"刻镂,本指用刀刻字,引申为描摹修饰。

〔26〕"瑶光"句:描写时空。瑶光,北斗七星的第七星。孕碧,生发包孕着美好的气息。

〔27〕玄:黑色。

〔28〕"陇水"句:形容柳如是的才华。《玉台新咏》秦嘉《赠妇诗序》:"嘉,陇西人,为上郡掾。妻徐淑不获别,赠诗云尔。"连类,联系相类的事物。

〔29〕唐山:指汉高祖唐山夫人,曾作有《房中祠乐》。

〔30〕"织缣"二句:这二句互文。缣素,供作书画用的白绢。织、捣,均指写诗作赋。

〔31〕"锦上"句:指织锦回文,用五色线织成的回文诗。晋窦滔妻苏蕙,字若兰,善属文。滔仕前秦苻坚为秦州刺史,被徙流沙。苏氏在家织锦为回文旋图诗,用以赠滔。诗长八百四十字,可以宛转循环以读,词甚凄婉。

〔32〕"盘中"句:用《玉台新咏·苏伯玉妻·盘中诗》典,据云此诗写于盘中,从盘中央到四周盘旋回转,屈曲成文。吴兢《乐府解题》:

"《盘中诗》,盘曲读之。"

〔33〕"颂椒"句:《晋书·列女传》载,刘臻妻陈氏尝在正月初一献《椒花颂》。后用为新年祝词之典。不忝,不愧。

〔34〕"咏树"句:《郡阁雅谈》:"薛涛,字洪度,本长安良家子。八九岁知声律,其父坐亭中,指井桐示之曰:'庭除一古桐,耸干入云中。'令涛续之,应声曰:'枝迎南北鸟,叶送往来风。'其父愀然。父卒,入乐籍。"愆,超过。说薛涛的文才也未必能超过柳如是。

〔35〕述祖先:《汉书·外戚传》:"班婕妤退处深宫,作赋曰:'承祖考之遗德兮,何性灵之淑美。'"此处说柳如是继承了河东柳宗元的文采。

〔36〕"采苹"句:唐代柳恽《江南曲》:"汀洲采白苹,日落江南春。"另柳宗元《酬曹侍御过象县见寄》:"春风无限潇湘意,欲采苹花不自由。"

〔37〕"种柳"句:柳宗元《种柳戏题》:"柳州柳刺史,种柳柳江边。"以上两句说柳如是的家学渊源。

〔38〕"字脚"句:柳宗元《酬家鸡之赠》:"柳家新样元和脚。"韩醇曰:"指柳公权也。公权在元和间书有名。"据程嘉燧《再赠河东君》:"抉石锥沙书更雄。"注:"柳楷法瘦劲。"

〔39〕"文心"句:柳永词集名《乐章集》。骈,两马驾一车。嵇康《琴赋》:"双美并进,骈驰翼驱。"说柳如是词章乐曲双美。

〔40〕千番:形容很多。云母纸:形容纸张之美好。云母,一种矿石。古人以为此石为云之根,故名。可析为片,薄者透光。

〔41〕浣花笺:唐代薛涛家居成都浣花溪边,以溪水造十色笺,名薛涛笺,又名浣花笺。

〔42〕"封题"句:称赞柳如是的尺牍。封题,指在书札的封口上签押。遄(chuán 船),疾速。《柳如是尺牍》第三十一通,希望主持刊刻的

139

汪然明能"飞桨见贻"数本。

〔43〕"流风"二句:说柳如是的行为风度与士大夫家闺秀颇异。放诞,见《庚辰仲冬河东君至,止半野堂,有长句之赠,次韵奉答》注〔2〕。婵娟,形态美好。

〔44〕"度曲"句:称赞柳如是善乐曲。《汉书·元帝纪赞》:"自度曲,被歌声,分刌节度,穷极幼眇。"苏林注:"刌,度也,知曲之终始节度也。"

〔45〕嬴女:秦穆公女儿弄玉。《列仙传》载,秦穆公以弄玉妻善吹箫的萧史,并作凤台以居。一夕吹箫引凤,共升天去。此处说柳如是吹箫得弄玉夫妇之真传。

〔46〕"协律"句:说柳如是的音乐得李家之真传。李家,指汉武帝时的李延年和唐代的李龟年。《汉书·李延年传》:"延年善歌,为新变声。是时上(武帝)方兴天地诸祠,欲造乐,令司马相如等作诗颂。延年辄承意弦歌所造诗,为之新声曲。"李龟年,乐师。通音律,能自撰曲,善歌唱,专长羯鼓。

〔47〕"画夺"句:称赞柳如是的画艺。王子年《拾遗记》:"吴主赵夫人善画,巧妙无双。孙权思图山川地势军阵之像,夫人曰:'丹青之色,甚易歇灭,不可久宝。妾能刺绣作列国方帛之上,写以五岳河海城邑行阵之行。'既成,进于吴主,时人谓之针绝。"丹青,本指可以制成颜料的两种矿石,后泛指绘画的颜料。

〔48〕"琴知"句:称赞柳如是的琴艺。《白氏六帖》:蔡邕夜弹琴弦断,其女蔡琰(字文姬)六岁,说第一根弦断。蔡邕故意又断一弦,复问,说第四弦。蔡邕说:"偶中耳。"蔡文姬说:"昔季札观风,知四国兴衰;师旷吹律,知南风不竞。由是言之,何得不知也。"

〔49〕"细腰"二句:称赞柳如是的身材很好,踢球、荡秋韆都十分优美。蹴鞠(cù jū 促居),踢球。称,相称,和谐。

〔50〕"天为"句:东方朔《神异经》云:"东荒有大石室,东王公居焉。恒与一玉女投壶,每投千二百矫。矫出而脱误不接者,天为之笑。"这一句把柳如是比作玉女。

〔51〕"人从"句:说人们都喜欢与柳如是游戏。《晋书·后妃传》:"胡贵嫔最蒙爱幸,帝与之樗蒲(chū pú 出菩),争矢,遂伤上指。帝怒曰:'此固将种也。'对曰:'北伐公孙,西距诸葛,非将种而何?'帝甚有愧色。"樗蒲,古代一种博戏。癫,精神错乱。此处指痴迷。

〔52〕"修眉"二句:形容柳如是容貌美丽。参看《庚辰仲冬河东君至,止半野堂,有长句之赠,次韵奉答》注〔2〕。鸣蝉,崔豹《古今注》:"魏文帝宫人莫琼树制蝉鬓,缥缈如蝉翼。"

〔53〕"向月"二句:形容柳如是衣带之美丽。《后汉书·章帝纪》建初二年四月癸巳"诏齐相省冰纨,方空縠,吹纶絮"条,章怀注:"释名曰:纱縠也。方空者,纱薄如空也。或曰,空,孔也。即今之方目纱。"旋穿,形容衣裙褶绉如旋风。

〔54〕"行尘"二句:描写柳如是走路轻盈,姿态好看。行尘,即走路。屐齿,木屐有齿,走路发出较响的声音。此处形容柳如是的脚步声。姗姗,缓步的样子。

〔55〕"舞袖"句:《拾遗记》:"燕昭王登崇霞之台,召旋娟、提嫫二人,徘徊翔舞,王以缨缕拂之。"

〔56〕"弓鞋"句:说柳如是脚很小。张邦基《墨庄漫录》考察妇人缠足的起源,大概始于五代,北宋前尚少,后则人人相效,不以为者为耻。

〔57〕"盈盈"二句:总结柳如是的美丽。盈盈,美好貌,多指人的风姿、仪态。的的,明白昭著。此处形容仪态声音美妙。沈约《六忆诗》:"忆来时,的的上阶墀。"移妍与妒影对举,移、妒,羡慕意。

〔58〕"妙丽"二句:综述柳如是以绝代佳人之才貌遭遇被遗弃及流落风尘的命运。倾城国,《汉书·李延年传》载李延年歌:"北方有佳人,

绝世而独立;一顾倾人城,再顾倾人国。宁不知倾城与倾国,佳人难再得。"后用来形容绝色女子。市廛,本指在市场上供给储存货物的屋舍、场地。后用以称商肆集中之地。此处指妓业。

〔59〕甲帐:帐以甲乙编次,故有甲帐乙帐之称。《汉武故事》:"上以琉璃珠玉、明月夜光杂错天下珍宝为甲帐,次为乙帐。甲以居神,乙以自居。"这句说柳如是如神女。

〔60〕"还儗(nǐ拟)"句:以上两句说柳如是应该得到的富贵。《汉书·外戚传》:"李夫人卒,上怜悯,图画其形于甘泉宫。"儗,比拟。

〔61〕"杨柳"句:说柳如是沦落风尘,经历了很多痛苦。杨柳,汉时有横吹曲《杨柳枝》,也叫《折杨柳》。柳如是本姓杨,易姓柳。扳折,即攀折。参《庚辰仲冬河东君至,止半野堂,有长句之赠,次韵奉答》注〔6〕。

〔62〕蘼芜:香草名。《古诗》之一:"上山采蘼芜,下山逢故夫。"后用来指弃妇。柳如是曾为吴江周道登媵妾,得周宠爱,被群姬妾所妒,蜚语中伤,被逐出。后与陈子龙相恋同居,因陈子龙家庭不能容纳,被迫分手。陈寅恪《柳如是别传》认为钱谦益为"爱者"讳,只从柳如是移居松江说起,并不追溯到吴江时期。

〔63〕"西家"二句:说柳如是在妓院声名甚大。西家,实指"东家"。宋玉《登徒子好色赋》描写东家之子:"增之一分则太长,减之一分则太短;著粉则太白,施朱则太赤;眉如翠羽,肌如白雪,腰如束素,齿若含贝;嫣然一笑,惑阳城、迷下蔡。"北里,唐代长安平康里在城北,被称为北里。其地为妓院所在,后称妓院为北里。喧阗,喧闹。

〔64〕除道:修治道路。意谓寻求门路。

〔65〕坠鞭:《异闻集·李娃传》:"李娃,长安之倡女也。荥阳公子至鸣珂里,见娃凭一双鬟青衣而立,妖姿绝代,不觉停骖久之,乃诈坠鞭于地,候其从者取之。屡盼于娃,娃回眸凝睇,情甚相慕。"

〔66〕"迎车"二句:渲染人们对柳如是的爱慕和柳如是的身价。赵璘《因话录》:"睦州刺史柳齐物,尝因调集至京师。有名倡娇陈者,色艺俱美,睦州诣之,悦焉。娇陈曰:'第中设锦帐三十重,即奉事终身。'盖将以斯言戏之耳。翼日,如数载锦帐以行。娇陈大惊,且赏其奇特,竟如约。"输面,见面。

〔67〕"百两"句:《诗经·召南·雀巢》:"之子于归,百两御之。"朱熹注:"两,一车也。一车两轮,故谓之两。"此诗言拜见柳如是之礼甚盛。门阑,门框。咽,充塞。

〔68〕"三刀"句:说很多名流豪俊都想结交柳如是。唐代范摅《云溪友议》下"艳阳词"条:"安仁元相国(稹)闻西蜀乐籍有薛涛者,能篇咏,饶词辩。以诗寄曰:'锦江滑腻蛾眉秀,化出文君及薛涛。言语巧偷鹦鹉舌,文章分得凤凰毛。纷纷词客皆停笔,个个君侯欲梦刀。别后相思隔烟水,菖蒲花发五云高。'另《晋书·王濬传》:"濬夜梦三刀于屋梁上,须臾又益一刀。濬惊觉,意甚恶之。主簿李毅再拜贺曰:三刀为州字。又益一者,明府其临益州乎?及贼张弘杀益州刺史皇甫晏,果迁濬为益州刺史。"

〔69〕"苏堤"二句:说柳如是与陈子龙分手后曾暂居于西湖汪然明别墅,引动了很多豪贵奔往西湖。汪然明为了保护柳如是,用了很多心力。苏堤,元祐年间,苏轼知杭州时筑于西湖,用以开湖蓄水。其堤横截湖面,中为六桥九亭,夹道植柳。此处代指西湖。倒踏,形容很多豪贵争奔西湖,苏堤几被踏倒。黟水,明代徽州府内河水。汪然明徽州府新安人。此处以黟水代指汪,并不实指某河。平填,平息、摆平纷争。

〔70〕火中玉:《淮南子·俶真训篇》:"钟山之玉,灼以炉碳,三日三夜,色泽不变,得天地之精也。"

〔71〕"未许"二句:渲染柳如是倾国倾城的身价。鲍照《白纻歌》之六:"千金顾笑买芳年。"另李白《白纻辞》之二:"美人一笑千黄金。"柳如

是夙有美人之号,古典今典同时并用。钱谦益八十二岁所作《追忆庚辰冬半野堂文燕旧事》诗:"买回世上千金笑,送尽平生百岁忧。"

〔72〕"钉心"句:《晋书·顾长康传》:"(顾)尝悦一邻女,挑之弗从,乃图其形于壁,以棘针钉其心,女遂患心痛。恺之因致其情,女从之,遂密去针而愈。"

〔73〕"唾面"句:《水经注》引《三秦记》:"骊山西北有温水,祭则得入,不祭则烂人肉。俗云始皇与神女戏,唾之生疮,始皇谢之,神女为出温水。后人因以浇洗疮。"另《幽明录》:"汉武帝在甘泉宫,玉女降,帝常与围棋相娱。女风姿端正,帝密悦,乃欲通之。女因唾面,遂成疮。帝避席跪谢,神女为出温水洗之。"痬,疮。

〔74〕"蜂蝶"句:《开元天宝遗事》:"都中名姬楚莲香者,国色无双。时贵游子弟,争相诣之。莲香每出处之间,则蜂蝶相随,盖慕其香也。"

〔75〕"勒名"句:以琬、琰比柳如是。《竹书纪年》注:"沈约曰:'癸命扁伐山民,山民女于桀二人,曰琬曰琰。后爱二人,斫其名于苕华之玉,苕是琬,华是琰。'"

〔76〕"换骨"句:渲染柳如是的美丽。《五色线》:"王可交棹渔舟入江,遇一彩舫,有道士七人,面前各有青玉盘酒器,呼可交上舫,命与饮酒。侍者泻酒于樽,酒再三不出,道士曰:'酒灵物,若得入口,当换其骨,泻之不出,亦命也。'一人曰:'取二栗与之。'其栗青赤,光如枣,长二尺许,肉脆而甘。可交食栗之后,绝谷,运动若有神功。"另《拾遗记》:"燕昭王二年,广延国献善舞者二人,一名旋娟,一名提谟。昭王处以单绡华幄,饮以瑞珉之膏,饵以丹泉之粟。"瑞珉(ruǎn mín 软阳平民),似玉的美石。

〔77〕"柱自"句:与下句皆言求婚者众多,而都不如愿。《玉台新咏·焦仲卿妻》诗:"君当作磐石,妾当作蒲苇。蒲苇纫如丝,磐石无转移。"《五色线》:"婚礼有合欢、阿胶、嘉禾、九子蒲、竹苇、双石、绵絮、长

命缕、干漆九事。胶、漆取其固;绵絮取其调柔;蒲、苇为心,可屈可伸;嘉禾,分福也;双石,义在两固也。"

〔78〕"徒劳"句:《离骚》:"索琼茅以筳篿兮,命灵氛为余占之。"王逸注:"琼茅,灵草也。筳,小折竹也。楚人名结草折竹以卜曰篿。"筳篿(tíng zhuān 亭专),古楚越间用灵草编结在断竹枝上以占卜的法术。

〔79〕"轩车"二句:说柳如是初访半野堂。轩车,本指大夫的车。此处指柳如是到来。柳如是乘舟造访半野堂,此处如前文故作狡狯,高置尊位。《诗经·郑风·女曰鸡鸣》:"知子之来之,杂佩以赠之。"柳如是《次韵牧翁冬日泛舟诗》:"汉珮敢问神女赠。"茫然,形容自己受宠若惊,不知所措。

〔80〕"错莫"二句:写自己喜出望外慌忙出迎的情景。翻,翻来覆去。如许,这样。错莫,杂乱。果有,果真意。

〔81〕"初疑"六句:写柳如是来访作者的心理变化,初则疑惑,继则相携泛舟,快心得意。榜枻,船桨。说,通"悦"。婘(quán 泉),美好。雒浦,本指洛水之滨。此处用张衡《思玄赋》中语。云:"载太华之玉女兮,召洛浦之宓妃。"潺湲(chán yuán 蝉援),水慢慢流动貌。

〔82〕"疏影"句:称赞何云的《疏影》词。何云,见《送何士龙南归兼简卢紫房一百十韵》注〔1〕。柳如是《寒柳词》调寄《金明池》,其中有"忆从前,一点东风,几隔着重帘,眉儿愁苦。待约个梅魂,黄昏月淡,与伊深怜低语。"何云《疏影·咏梅·上牧翁》词:"香魂谁比?总有他清澈,没他风味。无限玲珑,天然葱茜,谁知仍是憔悴?便霜华几日连宵雨,又别有一般佳丽。除那人殊妙,将影儿现,把气儿吹。 须忆半溪胧月,渐恨入重帘,香清玉臂。冥蒙空翠,如语,烟雾里,更有何人起?惜他止是人无寐。算今夕共谁相对?有调羹居士风流,道书数卷而已。"钱谦益的弟子陆敕先云:"此词实为河东君而作,诗当指此也。"

〔83〕"忘忧"句:葛洪《西京杂记》:"梁孝王游于忘忧之馆,集诸游

士,各使为赋,枚乘为《柳赋》。"此处作者以我闻室为忘忧馆,而柳如是之姓与枚乘《柳赋》相同。

〔84〕"华筵"二句:描写我闻室落成,迎接柳如是入住的文酒之筵。玳瑁,动物名。似龟,背面呈褐色和淡黄色相间的花纹,四足俱鳍足状。甲片可作装饰品,也可入药。杜甫《秋日夔府咏怀一百韵》:"哀筝伤老大,华屋艳神仙。"华筵、绮席,形容文酒之宴的盛大、热闹。

〔85〕"金樽"句:《史记·梁孝王世家》:"孝王有罍樽,直千金。任王后闻而欲得,平王襄直使人开府取罍樽,赐任王后。"此处形容酒具的华贵。或用李白《行路难》"金樽清酒斗十千",形容美酒之价。

〔86〕"蜡花"二句:描写文酒之筵通宵达旦。蜡花,蜡烛燃烧时,烛心结成的花状物。兔育,指月亮升起。传说月中有玉兔。鼍(tuó 驼)鼓,用鼍皮蒙的鼓,其声亦如鼍鸣。乌,古代神话传说太阳中有三足乌,因以乌为太阳的代称。

〔87〕"法曲"二句:杜甫《秋日夔府咏怀一百韵》:"哀筝伤老大……法歌声转变,满座涕潺湲。"法曲,《新唐书·礼乐志》:"隋有法曲,其音清而近雅。玄宗酷爱法曲,选坐部伎子弟三百,教于梨园。声有误者,帝必觉而正之。"烦声,急促的声音。促柱,急弦。支弦的柱移近则弦紧,故称。

〔88〕"步摇"二句:说柳如是钟情于自己。步摇和条脱都是古代女性的饰物。步摇是妇女附在簪钗上的一种首饰。《释名·释首饰》:"步摇,上有垂珠,步则摇动也。"条脱是臂饰,呈螺旋形,上下两头可以活动,以便紧松,一副两个。前一句用宋玉《登徒子好色赋》故事,说东家之女登墙窥己三年,至今未许。后一句用陶弘景《真诰·运象·绿萼华诗》:"赠(羊权)诗一篇并致火浣布手巾一枚、金玉条脱各一枚。条脱似指环而大,异常精好。"

〔89〕"缥书"句:翻看的书籍夹杂着妇女头上的饰物。《初学集》卷

二十《东山集》三附柳如是《依韵和牧斋〈中秋日出游〉》诗之二:"风床书乱觅搔头。"知此句乃写实。

〔90〕"绿窗"二句:描写花烛之夜。此诗前九首《寒夕文燕,再叠前韵,是日我闻室落成》诗:"灯烛恍如花月夜,绿窗还似木兰舟。"搴,拔起。

〔91〕"菡萏"句:描写他们结合。《寒夕文燕,再叠前韵,是日我闻室落成》诗:"诗里芙蓉亦并头。"自注:"河东新赋《并头莲》诗。"

〔92〕"皋苏"句:说柳如是病体稍好。徐陵《玉台新咏·序》:"庶得代彼皋苏,蠲此愁疾。"皋苏,木名。相传木汁味甜,食之不饥,可以释劳。蠲(juān捐),清洁意。瘠(mèi妹),病,忧伤。《诗经·卫风·伯兮》:"愿言思伯,使我心瘠。"疏:"思此伯也,使我心病。"

〔93〕"凝明"二句:形容柳如是坐时姿态。沈约《忆坐时》诗:"嗔时更可怜。"柳如是拟沈约《六忆诗》之二《忆坐》:"忆坐时,溶漾自然生。"凝明,即凝神,凝目。溶漾,波光浮动貌。形容柳如是静坐时眼波动荡,如水之溶漾。柳如是乘舟访半野堂,钱谦益与柳如是先在舟中幽会,湖光使其更加楚楚动人。

〔94〕"薄病"二句:即此诗前一首《次韵示河东君》:"薄病轻寒禁酒天。"说柳如是当时正在薄病期间。中酒,饮酒半酣时。折绵,形容天气寒冷,棉也难以抵御。指柳如是耐寒,"结束俏俐"。

〔95〕"清愁"二句:描写柳如是多愁少乐的情态。约略,仿佛,大概。迁延,推却貌。傅武仲《舞赋》:"迁延微笑。"柳如是《春日我闻室作,呈牧翁》诗:"此去柳花如梦里,向来烟月是愁端。"钱谦益继作《河东君春日诗有"梦里""愁端"之句,怜其作憔悴之语,聊广其志》诗宽慰。

〔96〕"茗火"二句:写他们围炉守岁。前句语出苏轼《汲江煎茶》:"活水还须活火烹。"后句即钱谦益《庚辰除夜守岁》诗:"深深帘幕残年火,小小房栊满院香。"及柳如是《除夕次韵》:"小院围炉如白昼,两人隐

几自焚香。"

〔97〕"授色"句:司马相如《上林赋》:"色授神予。"睇,斜视,流盼。屈原《山鬼》:"既含睇兮又宜笑,子慕予兮善窈窕。"

〔98〕"藏阄"句:叙述他们在一起的游戏。语出李商隐《拟意》诗:"汉后共藏阄。"

〔99〕"扉围"四句:仍是写庚辰除夕守岁情景。帘箔,用竹子或芦苇编成的方帘。毳毡,毛毡。

〔100〕"共趁"句:指崇祯十四年(1641)元日订游春探梅之约。钱谦益有《辛巳元日雪后与河东君订春游之约》诗。

〔101〕火树:《西京杂记》:"积草池中,有珊瑚树一丈二尺,一本三柯,上有四百六十二条,是南越王赵佗所献,号为烽火树,至夜光景常欲燃。"另苏味道《正月十五夜》:"火树银花合。"参《上元夜泊舟虎丘西溪,小饮沈璧甫斋中》注〔1〕。

〔102〕"半塘"二句:写钱、柳二人在苏州的行踪。半塘,苏州桥名。西寺,苏州的佛寺。

〔103〕"南浦"句:写他们的离别之情。南浦,泛指面南的水边。屈原《九歌·河伯》:"子交手兮东行,送美人兮南浦。"后来多泛指为送别的地方。江淹《别赋》:"送君南浦,伤如之何?"

〔104〕"东山"句:说柳如是与钱订一起隐居之约。东山,山名,在浙江上虞县西南。晋谢安早年隐居于此。又临安、金陵均有东山,也是谢安的游憩之地。后以东山指隐居。柳如是《半野堂初赠诗》:"江左风流物论雄。"以谢安比钱。

〔105〕"自应"句:形容自己与柳如是的情谊。李白《赠汪伦》:"桃花潭水深千尺,不及汪伦送我情。"

〔106〕"敢拟"句:说自己不敢和伶玄相比。伶玄,东汉人,曾作《赵飞燕外传》,自序:"玄字子于,潞水人,学无不通,知音善属文,简率尚直

朴。……子于老休,买妾樊通德……有才色,知书,慕司马迁《史记》,颇能言赵飞燕姊弟故事。"苏轼《朝云诗》:"不似杨枝别乐天,恰如通德伴伶玄。"

〔107〕"密意"句:用司马相如卓文君故事,写他们的情投意合。密意,亲密的情意。徐陵《洛阳道》:"相看不得语,密意眼中来。"

〔108〕"微词"句:抒写自己对柳如是的爱意。相传曹植感曹丕甄后,作《感甄赋》,至曹叡讳其事,改为《洛神赋》。

〔109〕"杨枝"句:赞扬柳如是的美貌。杨枝,白居易妾樊素,因善唱《杨柳枝》得名。婉娈,美貌。《诗经·甫田》:"婉兮娈兮,总角卯兮。"郑玄笺:"婉娈,少好貌。"

〔110〕"桃叶"句:说他们的姻缘是夙缘。《乐府诗集·清商曲辞·吴声曲辞·桃叶歌》引《古今乐录》:"《桃叶歌》者,晋王子敬之所作也。桃叶,子敬妾名,缘于笃爱,所以歌之。"子敬,王献之字。其歌曰:"桃叶复桃叶,渡江不用楫,但渡无所苦,我自迎接汝。"

〔111〕灞岸:灞河为渭河支流,关中八景之一。汉唐人常在灞水边送别。李商隐《柳》:"灞岸已攀行客手。"

〔112〕章台:即章台柳。见《庚辰仲冬河东君至,止半野堂,有长句之赠,次韵奉答》注〔6〕。另李商隐《柳》:"章台从马走。"

〔113〕"娉婷"二句:李商隐《垂柳诗》:"娉婷小苑中,婀娜曲池东。"娉婷、婀娜,均是形容女性的美丽。广陌、晴川,写告别时的广阔背景。

〔114〕"眉怃"二句:表达对柳如是的怜惜。李商隐《谑柳》:"眉细从他敛,腰轻莫自斜。"《离亭赋得折杨柳》二首之一:"莫损愁眉与细腰。"怃(wǔ忤),情绪黯然。撋(ruán软阳平),抚摸,挼扶。

〔115〕"藏鸦"二句:嘱咐语。要柳如是不要过于伤别。李商隐《谑柳》:"长时须拂马,密处小藏鸦。"藏鸦,比喻枝叶茂盛。萧纲《金乐歌

诗》:"槐花欲覆井,杨柳正藏鸦。"庵霭,茂密貌。左思《蜀都赋》:"水陆所凑,兼六合而交会焉;丰蔚所盛,茂八区而庵霭焉。"

〔116〕"絮怕"二句:嘱咐语。蔫(niān 拈),萎缩。李商隐《赠柳》:"忍放花如雪。"《柳》:"絮飞藏皓蝶,带弱露黄鹂。"

〔117〕"芳尘"二句:体贴柳如是的愁病。《东山诗集》卷一《河东君〈春日〉诗有"梦里愁端"之句,怜其作憔悴之语,聊广其志》诗言柳如是愁病之态。芳尘,美人的踪迹。

〔118〕"目逆"二句:说自己与柳如是别后对柳的思念、盼望。归巢燕、叫树鹃,都是表达希望柳如是归来之意。鹃,杜鹃,亦名子归。

〔119〕睍睆(xiàn huǎn 现缓):美好貌。《诗经·邶风·凯风》:"睍睆黄鸟,载好其音。"

〔120〕翾翾(xuān 宣):小飞貌。

〔121〕弦望:弦,半月。望,满月。

〔122〕陌阡,本指田间小路,泛指路途。

〔123〕契阔:离合,聚散,偏指离散。《诗经·邶风·击鼓》:"死生契阔,与子成说。"也指生死相约。《玉台新咏·定情诗》:"何以致契阔,绕腕双跳脱。"

〔124〕"茸城"句:表达别后自己将思念期盼对方。茸城,松江的别名。轳辘(lì lù 利禄),车声。苏轼《次韵舒教授寄李公择诗》:"松下纵横徐屐齿,门前轳辘想君车。"

〔125〕"鸳浦"句:表示自己对对方的追求。韩愈《古意》:"我欲求之不惮远,青壁无路难夤缘。"鸳浦,即鸳鸯湖。也叫南湖,在嘉兴西南。

〔126〕香篆:香炷点燃时烟上升缭绕如篆文,故称。此处指船只划动时的水纹。

〔127〕双安桨:两边划动的船。

〔128〕吴榜:语出屈原《涉江》"齐吴榜以击汰"。王逸注:"自伤去

朝堂之上,而入湖泽之中也。"

## 三月七日发灢口,径杨干寺,逾石砱岭,出芳村,抵祥符寺[1]

黟山崚嶒比华尊[2],连冈属岭为重门。我从灢口旋登顿,裴徊芗石过芳村[3]。山隋谷袭水见底[4],滩声半出烟岚里。千丛竹筱衣石壁[5],一径落花被流水。茅屋人家类古初,横枕溪流架树居。白足女郎齐碓蕨[6],平头儿子半叉鱼。路出犾中山始放[7],黄山轩豁见容状。一簇莲花拥阊阖,千仞天都展屏障[8]。旋观溪谷相回萦,浮溪如却容溪迎[9]。溪流环山山绕谷,周遭匼匝如列城[10]。兹山延袤蕴灵异,千里坤舆尽扶侍[11]。倒写万壑流秽恶,离立千山护空翠[12]。天心地肺杳难推,明日悬崖杖策时。一重一掩吾肺腑,到此方知杜老诗[13]。

[1] 崇祯十三年(1640)年末钱谦益与程嘉燧、柳如是有来年杭州西溪探梅并游黄山之约。十四年二月,柳如是要返还松江,钱谦益送柳如是到松江,柳如是复送钱谦益到嘉兴的鸳湖,二十九日钱柳于鸳湖分别。柳如是复返松江,钱谦益到了杭州西溪以待程,而程孟阳逾月未到,大为扫兴。于是经友人盛情相邀,遂有黄山之游。此次黄山之行,始于三月初七,三月廿四到达富春江,写成记游诗二十八首,记游文九篇。钱仲联《梦苕庵诗话》指出:"黄山游屐,晚明为盛,记游之什,以牧斋为最工。"整组诗以游踪为线,撷取重点景观描绘吟咏,构成了黄山的风景长

卷。此诗为第一首,描写的也是第一天的行程。灊(qián 前)口,黄山山脚地名。径,即经。

〔2〕"黟山"句:说黄山的高峻崔嵬可比华山。黟(yī 一)山,《黄山图经》:"黄山,旧名黟山,当宣、歙二郡界,在歙之西北,高一千一百七十丈,即轩辕黄帝栖真之地。唐天宝六年六月十七日,敕改为黄山。"崚嶒(líng céng 陵层),高峻重叠貌。

〔3〕裴徊:往返回旋,同徘徊。

〔4〕山嶞(duò 堕)谷袭:形容山势蔓延,山谷重重。嶞,山形狭长貌。袭,重复、重叠。

〔5〕"千丛"句:说覆盖黄山的植被是竹子。筱(xiǎo 小),小竹,可为箭。晋戴凯之《竹谱》:"海中之山曰岛山,有此筱。大者如筋,内实外坚,拔之不曲。"衣,覆盖。

〔6〕"白足"句:描写黄山的民俗。白足,光脚。碓蕨,即捣蕨。蕨,菜名。叶可食,茎多淀粉,用碓舂捣碎沉淀淀粉。

〔7〕谾(hóng 宏):大山谷。

〔8〕"一簇"二句:形容黄山的整体风貌。莲花,指莲花峰。阊阖,本意指传说中的天门,此处指入山的大路。天都,黄山天都峰脉。《海内南经》:"三天子鄣山。郭璞曰:今在新安歙县东,今谓之三王山。黄帝曾游此,即三天子山也。"

〔9〕"浮溪"句:《黄山图经》:"第十三浮丘峰,下有浮丘溪,今俗呼为浮溪。第十四容成峰,容成子常游息于此,故有容成溪,今呼为容溪。"

〔10〕匼匝(ǎn zā 俺咂):重叠,周绕。

〔11〕坤舆:大地。地载万物,像车子运载东西。《易·说卦》:"坤……为大舆。"

〔12〕离立:意谓并立。

〔13〕"一重"二句:杜甫《岳麓山道林二寺行》:"一重一掩吾肺腑,

山鸟山花吾友于。"

## 天都瀑布歌[1]

天都诸峰遥相从,连绵崒属无罅缝[2]。山腰白云出衣带,云生叠叠山重重。峰内有峰类皴染[3],须臾翕合仍混同[4]。层云聚族雨决溜[5],溪山天水齐溟蒙。是时水势犹未雄,江河欲决翻坌壅[6]。良久雨足水积厚,瀑布倒写天都峰。初疑渴龙甫喷薄,抉石投奇声硠磕[7]。复疑水激龙拗怒[8],捽尾下拔百丈洪[9]。更疑群龙互转斗,移山排谷轰圆穹[10]。人言水借风力横,那知水急翻生风。激雷狂电何处起? 发作亦在风水中。波浪喧豗草木亚[11],搜搅轩簸心忡忡[12]。潭中老龙又惊寤,绿浪渍涌轩窗东[13]。山根飒拉地轴震[14],旋恐黄海浮虚空。亭午雨止云戎戎[15],千条白练回冲融[16]。凭阑心坎舒撞舂[17],坐听涛濑看奔冲[18]。愕眙莫讶诗思穷[19],老夫三日犹耳聋[20]。

〔1〕三月初八浴汤池,宿桃花庵,雨中观天都瀑布作此诗。黄山风雨瀑布形成的奇观,通过作者的比喻刻画,得到穷形尽相的展现。

〔2〕"连绵"句:描写天都诸峰山势连绵。崒(yì亦)属,山山相连。《尔雅·释山》:"属者峄。"郭璞曰:"言络绎相连属。"罅(xià下),裂缝。

〔3〕皴染:国画的一种画法。先钩成山石树木轮廓,用侧笔蘸水墨染擦,以显脉络纹理凹凸相背。

〔4〕蓊(wěng 塕)合:聚集貌。形容山峰在烟云中混同如一的情景。

〔5〕决溜:形容小股水急速流下。

〔6〕坌(bèn 笨)壅:聚集堵塞。

〔7〕"抉石"句:形容瀑布声音巨大。抉石,挖掘石头。投奅(pào 泡),把石头投入山岩中的空穴里。奅,指山岩间的空穴。硔礲(hóng lóng 宏隆),山崩声。韩愈《征蜀联句》:"投奅闹硔礲。"

〔8〕拗(yù 郁)怒:制怒。《集韵·屋韵》:"拗,抑也。"班固《西都赋》:"蹂躏十二三,乃拗怒而少息。"李善注:"拗,犹抑也。"

〔9〕"摔尾"句:形容龙尾拨动激水的情形。百丈洪:疑是百步洪。在徐州东南二里。悬流湍急,乱石激涛,非常壮观。苏轼曾有《百步洪》诗,描写其景。

〔10〕圆穹:即天空。古人认为天圆地方。

〔11〕喧豗(huī 灰):哄闹声。李白《蜀道难》:"飞湍瀑流争喧豗,砯崖转石万壑雷。"

〔12〕搜搅轩簸:形容风水相激,搅动簸扬。

〔13〕渍(pēn 喷)涌:即喷涌。

〔14〕飒拉:象声词。形容迅速擦过去的声音。

〔15〕"亭午"句:描写中午雨停后瀑布的景象。亭午,中午。戎戎,茂盛貌,杜甫《放船诗》:"江市戎戎暗,山云淰淰寒。"此处描写黄山云雨迷蒙。

〔16〕冲融:冲和恬适。

〔17〕撞舂:春杵相撞击以舂米。此处形容惊心动魄。

〔18〕涛濑:水波激溅。苏轼《韩子华石淙庄诗》:"泉流如人意,曲折作涛濑。"

〔19〕愕眙(è yí 恶仪):惊视。

〔20〕三日聋:《五灯会元》:"怀海禅师谓众曰:'佛法不是小事,老

僧昔被马大师一喝,直得三日耳聋。'"

## 登始信峰回望石笋矼[1]

三十六峰拔地涌,此峰跂之才及踵[2]。临深为高地使然,附娄翻能瞰高冢[3]。松枝悬度势猎猎[4],略彴孤骞风伈伈[5]。石径曾无飞鸟度,茅庵尚有残雪拥。上视近天心气肃,下临无地魂魄悚[6]。平铺万状尽云练[7],幻出千岚似丘垄[8]。迤逦回望石笋矼[9],万峰矗矗攒穹苍[10]。故知造化善戏剧,遂使鬼物齐开张[11]。破碎虚空作苑囿[12],抟捖厚土成珪璋[13]。孤掌扶陷互相诡[14],妥伏蹩躠不可详[15]。益州二笋何微眇[16],天平万笏空回翔[17]。起视大壑限寻丈,却立万仞凭堵墙[18]。高陵巨谷堆众皱[19],都邑岭陆分毫芒。篆云一点出九子[20],空烟片缕回池阳[21]。心骇神移耳目息,积苏累块今安在[22]?中天惝恍游化人,步地苍茫穷竖亥[23]。锥凿将无死浑沌,刻画何当罪真宰[24]?经营团辞记灵异[25],忽漫执笔成晦昧[26]。眼看夕阳信奇绝,安知夜半不迁改?笑杀区区刻剑人[27],但认一沤作黄海[28]。

〔1〕始信峰,黄山三十六峰外之一峰。石笋矼(gāng刚),位于黄山仙人峰顶,二巨石宛如人形。相传为黄帝与浮丘公经行对坐处。他们上升后,化为双石笋,耸立云山间。此诗写从始信峰回望之景,写山峰,写

云岚,变幻无穷,作者以衬托、类比描摹其形,又引入神话虚构,刻画其神。

〔2〕"三十"二句:说和三十六峰相比,始信峰是小峰。跂(qí 奇),踮起脚尖。踵(zhǒng 冢),脚后跟。

〔3〕"附娄"句:说始信峰虽小,却可眺望高峰。附娄,小山。高冢,山顶。

〔4〕猎猎:随风飘拂。

〔5〕略彴(zhuó 卓):独木桥。孤骞:孤零零地架在那里。骞,飞起。伀(sǒng 耸)伀,疾行貌。

〔6〕悚(sǒng 耸):害怕。

〔7〕"平铺"句:描写山云,如同白练。练,白色丝绸。

〔8〕岚:山林中的雾气。丘垄:连绵的山陵。

〔9〕逦(lǐ 里)迤:曲折貌。

〔10〕矗矗:高峻耸立貌。攒(cuán 窜阳平):簇拥。穹苍:天空。

〔11〕"遂使"句:形容山峰在云岚中变化莫测。鬼物,鬼怪。《列子·黄帝》:"有一人从石壁中出,随烟烬上下,众谓鬼物。"

〔12〕"破碎"句:形容山峰的高峻壮丽。山峰冲破空间,百态千姿形成了空中苑囿。

〔13〕"抟挽(tuán wán 团完)"句:说造化用土石做成了朝会时所执的珪璋。形容二石笋。抟挽,抟土打磨。珪璋,两种玉器,指朝会时手执的笏。

〔14〕孤撑扶陷:孤立支撑,扶住以免陷落。诡,奇异。

〔15〕妥伏蹵斗:互相交错,稳妥而又盘扭争斗。妥伏,妥帖稳当。蹵,争斗。

〔16〕"益州"句:把石笋矼和益州二石笋比较。益州,在四川。杜甫《石笋诗》:"君不见益州城西门,陌上石笋双高蹲。"杜光庭《石笋记》:

"成都子城西曰兴义门金容坊,有通衢百五十步,有石笋二株,挺然耸峭,高丈馀,围八九尺。"

〔17〕"天平"句:把石笋矼和苏州万笏林比较。王鏊《姑苏志》:"天平山西有笔架峰,其后群石林立,名万笏林。"

〔18〕"起视"二句:形容石笋矼凭临深渊、高峻陡峭的形势。寻丈、仞,古代的长度单位。

〔19〕众皱:很多折皱。韩愈《南山诗》:"前低划开阔,烂漫堆众皱。"

〔20〕"篆云"句:描写云雾中的山峰。篆云,用盘香的烟缕形容黄山云。九子,九华山。《九华山录》:"此山奇秀,高出云表。峰峦异状,其数有九,故号九子山焉。李白因游江、汉,睹其山秀异,遂更号曰九华。"

〔21〕池阳:即池州,属今安徽贵池县。

〔22〕积苏累块:聚集柴草,堆积土块。《列子·周穆王》:"王俯而视之,其宫榭若累块积苏焉。"后用来指人世间的亭台楼阁。

〔23〕"中天"二句:描写黄山云给人带来的奇异感觉。惝恍,仿佛。化人,会幻术的人。《列子·周穆王》:"西极之国,有化人来。入水火,贯金石……千变万化,不可穷极。"竖亥,《山海经·海外东经》中传说的善行走的神人。

〔24〕"锥凿"二句:说如果一定要追究黄山云的形状,将会一无所获。锥凿,探求,追寻。浑沌,寓言里的中央之帝,天然无耳目。待南海之帝儵与北海之帝忽甚善,儵与忽谋报回之,说:"人皆有七窍以视听食息,此独无有,尝试凿之。"于是日凿一窍,至第七日而浑沌死。典出《庄子·应帝王》。真宰,万物主宰,即上天。

〔25〕团辞:猜度估量之辞。韩愈《南山诗》:"团辞试提携,挂一念漏万。"

〔26〕晦昧:不明,晦暗。

〔27〕刻剑:即刻舟求剑。

〔28〕沤(ōu欧):水泡。

# 十二日发桃源庵,出汤口,径芳村,抵潀口[1]

老夫入山雨洗尘,山容水色相鲜新。老夫下山雨祖道[2],雨气溟蒙山更好。春山皎洁如秋清,先庚后申雨却迎[3]。已放飞流悬瀑布,更铺云海媚新晴。人言此行天所予,宜晴即晴雨即雨。海市何当用祷祈?石廪还应荐酒酤[4]。三十六峰憎我回,屯云罨雾昼不开[5]。桃花溪水尤惜别,鸣车溅辙争浟洄[6]。山中桃花红未了,人间春去知多少。试听同声山乐禽,何如交响频迦鸟[7]?汪泽民记云:宿汤寺,闻啼鸟声甚异,若歌若答,节奏疾徐,名山乐鸟,下山咸无有。余于汤口道中闻之,信然。

〔1〕五日从潀口出发,游览了天都瀑布,登老人峰,憩文殊院,过喝石庵,到一线天,攀始信峰,上炼丹台,十二日又回到潀口。此诗总结数日来的游山,犹如老天做美,无不心想事成。真是一顺百顺,前有柳如是之过访,半野堂度岁,继有黄山之游,"宜晴即晴雨即雨"。多年来,作者何曾如此快意!

〔2〕祖道:古人出行前祭祀路神称祖道。后因称饯行为祖道。

〔3〕先庚后申:应为先庚后甲。《易·蛊》:"先甲三日,后甲三日。"关于先甲后甲有多种说法。《易·巽》:"先庚三日,后庚三日。"王弼注

谓申命令谓之庚。先庚后庚,意即先后申令各三日,使众人都知道。此处说他的黄山之行好像上天预先已得知,派雨神来迎接。

〔4〕"石廪"句:说去浮丘公仙坛喝酒。石廪,山峰名,衡山五峰之一。韩愈《谒衡岳庙遂宿岳寺题门楼》诗:"紫盖连延接天柱,石廪腾掷堆祝融。"石廪峰远看如仓廪。《太平御览·歙县图经》:"昔有人到浮丘公仙坛,忽见楼台焕然,楼前有莲花池,左右有盐积米积。遂归引从人上取,了不知其处所。"酒酤(gū 估),即酤酒,买酒。

〔5〕罨(yǎn 演):同掩。

〔6〕洑洄(fú huí 伏回):水流回旋。

〔7〕频迦鸟:梵语迦陵频迦鸟的省称,意即妙音鸟,在极乐净土。《大智度论》二八:"又如迦罗频迦鸟,在壳中未出,发声微妙,胜于馀鸟。"

# 汤池[1]

《图经》云[2]:汤池在黟山东紫石峰下[3]。香泉溪中有汤泉,黄帝服还丹,肌肤皲折,浸汤泉七日,故皮肤随水而去。斯须[4],白龙见池中,笙歌绕空。云雾消散,见珠函玉壶,持归石室。浮丘公题记于南须石壁。

峨峨紫石峰,迸泉泻天半。下有汤泉口,渍沸然炉炭[5]。阴阳交剂和[6],凉温互输灌。喧暖便袯濯[7],清泠宜饙饡[8]。立象征明夷[9],流恶类奔窜。蒸池匪槛涌[10],瀵魁徒澶漫[11]。天为汤沐赐,神用阴火暵[12]。不数硫黄粗,肯比礜石渟[13]。天下汤泉多作硫黄气,惟骊山是礜石泉,黄山乃朱砂泉[14]。惟昔轩辕帝[15],在宥天下乱[16]。神丹内服食,灵泉外烹煅[17]。一浴肌理皴,七日毛髓换。龙来云翕集,凤吹雾消散。浆露玉壶凝,冠履珠函贯。至今石壁题,隐隐南山矸[18]。我来值春晚,桃花汤涣澜。桃花峰下有桃花溪,水名桃花汤,流入汤泉。香风解烦酲[19],蒸汽渳微汗[20]。嗽嗽绿肠净[21],拂拭紫络粲[22]。原宪肿可差[23],皇甫痹应涣[24]。陆浑火焚灼[25],焦原势糜烂[26]。未能除人痾[27],安用涤身瘝[28]。谁把浮丘袖,永怀玉女姅[29]。执热竟何云?晞发起长叹[30]。

〔1〕此诗描写汤池,用汉赋字法、韩愈写山水之句法,反复皴染汤池之神奇,既描摹其貌,又勾勒其神,汤池之现实状貌及汤池所蕴含的人文内涵,尽现其中。

〔2〕《图经》:指《黄山图经》。

〔3〕黟(yī伊)山:即黄山。因黄山位于安徽黟县境内,故称。

〔4〕斯须:一会儿,须臾。

〔5〕"渍(pēn喷)沸"句:描写蒸汽缭绕、波涛翻滚的汤池。渍沸,即喷沸。然,即燃。

〔6〕"阴阳"句:形容汤池水的沸腾犹如阴阳在此融合。剂和,调和。

〔7〕袚(fú服)濯:洗濯。

〔8〕禬(huì会)盥:洗脸和洗手。

〔9〕"立象"句:说汤池就如同造化立象以象征现世一样。立象,取法万物形象。《易·系辞》:"圣人立象以尽意,设卦以尽情伪。"明夷,

《易》卦名。"明夷,利艰贞。"《周易集解·注》引郑玄:"夷,伤也,日出地上,其明乃光,至其明则伤矣,故谓之明夷。"后因以喻主暗于上,贤人退避的乱世。

〔10〕"蒸池"句:以蒸水形容汤池。蒸池,《元和郡国志》:"临蒸县,俯临蒸水,其气如蒸,故曰临蒸。""衡阳城东旁湘江,北背蒸水。"槛涌,《诗经·小雅·采菽》:"觱沸槛泉。"毛苌传:"槛泉,正出也。"《尔雅·释水》:"正出,涌出也。"

〔11〕"濆(fèn 愤)魁"句:以濆水形容汤池。濆魁,即濆泉。《水经注·河水》四:"河水又南,濆水入焉,水出汾阴县南四十里,西去河三里,平地开源,喷泉上涌,大凡如轮,深则不测,俗呼之为濆魁,古人壅其流以为陂水种稻。"澶(dàn 但)漫,平坦宽广。

〔12〕暵(hàn 汉):烤,暴晒。

〔13〕"不数"二句:说汤池属于朱砂泉。粗,不精致。礜(yù 玉)石,矿物名。有毒,苍白二色者可入药。礜石生于山,则草木不生,霜雪不积;生于水,则水不结冰。唐代骊山温泉,古人以为地下有礜石所致。李贺《堂堂》诗:"华清源中礜石汤,徘徊百凤随君王。"滩(tān 滩),水中沙堆。

〔14〕朱砂:矿物名,色红。可炼汞、作颜料,亦可入药。

〔15〕轩辕帝:即黄帝。古史传说黄帝姓公孙,居于轩辕丘。故名。

〔16〕在宥:《庄子·在宥》将实行无为而治,任事物自然发展谓之"在宥"。云:"闻在宥天下,不闻治天下也。"

〔17〕烹煆(xiā 虾):意犹煮烧。煆,火,热。

〔18〕南山矸(gàn 干去声):《史记·邹阳传》:"宁戚饭牛车下。"裴骃《集解》引宁戚歌:"南山矸,白石烂。"矸,白净貌。

〔19〕烦酲(chéng 程):忧心烦乱。酲,病酒。《诗经·小雅·节南山》:"忧心如酲,谁秉国成?"

〔20〕浽(tiǎn舔):浽然。汗出的样子。

〔21〕"嚥(yàn艳)嗽"句:说吞吸汤池的气息使人洗肠涤肺。嚥嗽,吞咽,吸。绿肠,道家认为人的肠子是绿色的。徐坚《初学记》:"绿肠朱髓,苍肾青肝。"《道君列纪经》:"若三元宫,有琳扎绿肠朱髓。"

〔22〕"拂拭"句:说拂拭汤池水,可以使人的五脏六腑干净。紫络,内脏血脉。《真诰·运象篇》:"赵成子死五六年,人晚山行,见死尸在石室中,肉朽骨在。又见腹中五脏,自生如故,液血缠裹于内,紫包结络于外。"

〔23〕"原宪"句:说原宪的肿病也可痊愈。原宪,字子思,春秋鲁人,孔子弟子。传说其蓬户褐衣蔬食,不减其乐。差(chài虿),病除。

〔24〕"皇甫"句:说皇甫谧的痹也可得到涤除。《晋书·皇甫谧传》:"谧以著作为务,自号玄晏先生。后得风痹疾,犹手不辍卷。"痺,通痹。

〔25〕"陆浑"句:说汤池温度很高。陆浑,古地名,在今甘肃敦煌一带。韩愈有《和皇甫湜陆浑山火》诗。

〔26〕焦原:久旱的土地。

〔27〕痾(ē阿):病。

〔28〕痯(guǎn管):病。

〔29〕玉女:神女。姅(bàn半):女性月经、生育、小产等。

〔30〕晞发:披发使干。屈原《九歌·少司命》:"与女沐兮咸池,晞女发兮阳之阿。"


# 石笋矼[1]

黄帝上升后,灵山忽涌溃。化成千尺峰,乃是双石笋。诡异穷堪舆[2],象滋靡域畛[3]。幻化石有灵,包解笋无尽[4]。危矼如防盛[5],列石类栏楯[6];锐如浮图矗[7],尖如剑戟展;阔如波涛散,蹙如篆籀紧[8]。或属而骆驿,连迤复徐引[9];或宫而障围,撑拄匪囚偝[10];或如经天星,未及尺而陨;或如灵胡掌,襞裂地为圳[11]。象物总杂糅,攫挐互驳踏[12]。大地刻玲珑,神匠碎齑粉[13]。琢镂鬼尽惊,奇谲天亦哂[14]。我来陟此冈,凭高数嵽嶙[15]。指顾眩景光,心目困摅攓[16]。西北山中折,势与削成准[17]。沉砀仙都出[18],青缥翠微近[19]。庐江画衣带[20],池阳堆庾囷[21]。虚烟长霭霭,人语或殷殷。侧足临大荒,倾耳扣虚牝[22]。片石投下空,硁礚似雷霣[23]。中天腐骨轻,下界夕阳隐[24]。生年厄枯筇[25],世事丛苞稹[26]。安知石能言,不以我为箇[27]?高诱曰:箇,竹笋也。

〔1〕《黄山图经》与《仙记注》载,黄山第十六峰仙人峰,峰顶有二石人,宛如刻成,相对而坐。相传此二石人乃浮丘公与黄帝游经此处,飞升后留下的标记。二石笋高约十丈。俗谓南向者为黄帝,背倚一石屏,迥如玉宸。北向为浮丘公,其下石壁高五百馀仞,猿猴亦不能到。游玩者上紫石峰望,如二仙人对坐。此诗是钱谦益山水诗学韩愈的典型篇章,其中多用"或"字句和"如"字句,均是《南山诗》作派。矼(gāng 刚),石岗。

〔2〕堪舆:天地的总名。

〔3〕"象滋"句:说这样的奇观天下独有。象滋,如此景观。靡(mǐ米),无。域畛,范围,界限。此指普天之下。

〔4〕"幻化"二句:说如果石头真有灵性,不知能变化出多少石笋。包解,囊括所有的奥窍。

〔5〕如防盛:形容石笋高峻陡峭。《尔雅·释山》:"如防者盛。郭璞曰:盛,堤也。"

〔6〕栏楯:即栏杆。纵为栏,横为楯。

〔7〕浮图:即佛塔。

〔8〕篆籀(zhòu 皱):两种书体名。篆书,相传秦李斯将籀文简化为秦篆,也称小篆。籀文称大篆,以著录于《史籀篇》,故称籀文。通行于战国、秦,与篆文近似。

〔9〕"或属"二句:描写仙人峰连属貌。属,连绵。骆驿,往来不绝。迮(zé 则),逼窄,狭窄。

〔10〕"或宫"二句:说山峰或者如同房屋的墙围。宫,房屋。匪,通"非"。囚傿(jiǒng 迥),紧围,窘迫。傿,同窘。

〔11〕"或如"二句:形容山势陡峭,绝崖断壁。灵胡掌,《水经注·河水注》:"华岳本一山,当河,河水过而曲行,河巨灵手荡脚踏,开而为两,今掌足之迹仍存。"《华岩开山图》:"有巨灵胡者,偏得神元之道,能造山川出河,所谓巨灵赑屃,首冠灵山者也。常有好事之人,故升华岳,而观厥迹焉。"襞(bì 币)裂,衣服撕裂。圾,高地。

〔12〕"象物"二句:说仙人峰像各种事物捋糅在一起,像此又像彼,又什么都不很像。驳蹲(chǔn 蠢),杂乱。

〔13〕"大地"二句:感叹自然的造化之力。玲珑,空明貌。齑(jī 击)粉,细粉。

〔14〕哂(shěn 审):微笑。

〔15〕嶾(yǐn 隐)嶙:山势高峻貌。

〔16〕摭攈(zhí jùn 直峻):摘取,收集。

〔17〕准:标准。此言山势完全像削成的一样。

〔18〕沆砀(hàng dàng 杭去声荡):天上的云气。

〔19〕"青缥"句:描写山岚缭绕的山景。青缥,淡青色,所谓月白。翠微,青葱的山色。

〔20〕庐江:水名。在今安徽省。

〔21〕"池阳"句:描写从山上俯视山下,烟岚环绕的城池犹同成群的谷仓。池阳,本是陕西一地名。此处疑指池州府。庾囷(qūn 逡),谷仓。

〔22〕虚牝(pìn 聘):殷仲文《南山桓公九井诗》:"哀壑扣虚牝。"李善注:"《大戴礼》曰:'丘陵为牡,溪谷为牝。'"

〔23〕"硠礚(hóng lóng 宏隆)"句:描写声音之响。硠礚,见《天都峰瀑布歌》注〔7〕。雷霣(yǔn 允),雷雨。

〔24〕"中天"二句:形容山上山下对时间感觉的差异。山上如同仙境,红日高照,让人觉得身轻如仙;山下已是夕阳西下。

〔25〕"生年"句:晋戴凯之《竹谱》:"筹(zhòu 纣)必六十,复亦六年。竹六十年一易根,易根辄结实而枯死,其实落土复生。六年遂成町竹。谓死为筹。筹音纣。"

〔26〕苞稹:纷繁复杂。《尔雅·释言》:"苞,稹也。郭璞曰:今人呼物丛致者为稹。"

〔27〕箘(jùn 峻):竹的一种。作者引高诱语,谓竹笋。


# 合欢诗四首,六月七日茸城舟中作(选二)[1]

鸳湖画舸思悠悠[2],谷水香车浣别愁[3]。旧事碑应衔阙口[4],新欢镜欲上刀头[5]。此时七夕移弦望,他日双星笑女牛[6]。榜枻歌阑仍秉烛[7],始知今夜是同舟[8]。

〔1〕崇祯十四年(1641)六月七日,钱谦益以匹嫡之礼往松江迎娶柳如是,有违社会风习和礼教制度,引起了松江仕绅哗然。《蘼芜纪闻》引沈虬《河东君传》云:"辛巳六月,虞山于茸城舟中与如是结缡。学士冠带皤发,合卺花烛,仪礼备具。赋《催妆》诗,前后八首。云间缙绅,哗然攻讨,以为亵朝廷名器,伤士大夫之体统,几不免老拳,满船载瓦砾而归,虞山怡然自得也。称为继室,号河东君。"虞阳说苑本《牧斋遗事》描写其迎娶时的仪式:"箫鼓遏云,兰麝袭岸。齐牢合卺,九十其仪。"《合欢诗》即迎娶舟中所作。

〔2〕鸳湖:即鸳鸯湖,也叫南湖。在浙江嘉兴西南。湖中多鸳鸯,故名。画舸(gě葛):画船。即钱谦益迎娶的画舫。

〔3〕谷水:松江的别名。浣:洗。

〔4〕"旧事"句:用《乐府诗集·读曲歌》"石阙生口中,衔悲不得语"中语。意为别后乍逢,悲喜不能语。石阙,石筑的阙。

〔5〕"新欢"句:说柳如是终于随自己还家团圆。新镜,即镜圆之意。刀头,刀头有环,与"还"谐音。《玉台新咏·古绝句》之一:"藁砧今何在?山上复有山,何当大刀头,破镜飞上天。"吴兢《乐府古题要解》:"'何当大刀头'。刀头有环,问夫何时当还也。'破镜飞上天',言月半当还也。"

〔6〕"此时"二句:说他们二人从此不再分离。李商隐《马嵬》:"当时七夕笑牵牛。"女牛,织女牵牛星。

〔7〕榜枻(yì亦):船桨。此处指船工。

〔8〕"始知"句:与柳如是初访半野堂时钱氏所作之《冬日泛舟有赠》中"五湖已许办扁舟"和《次日叠前韵再赠》"可怜今日与同舟"句呼应。

五茸媒雉即鸳鸯[1]，桦烛金炉一水香[2]。自有青天如碧海[3]，更教银汉作红墙[4]。当风弱柳临妆镜，罨水新荷照画堂[5]。从此双栖惟海燕[6]，再无消息报王昌[7]。

〔1〕"五茸"句：说松江就是他们婚姻的媒介。五茸，松江别名。陆龟蒙《和袭美吴中言事》诗："五茸春草雉媒娇。"注曰："五茸，吴王猎所，茸各有名。"
〔2〕桦烛：桦皮卷蜡为烛。白居易《行简初授拾遗同早朝入阁因示十二韵》诗："宿雨沙堤润，秋风桦烛香。"
〔3〕青天碧海：用李商隐《嫦娥》"碧海青天夜夜心"句意。写自己离开柳如是的孤独和思念。
〔4〕"更教"句：参看《庚辰仲冬河东君至，止半野堂，有长句之赠，次韵奉答》注〔7〕。另柳如是《次韵答牧翁冬日泛舟》诗："莫为卢家怨银汉。"
〔5〕罨(yǎn 眼)水：覆盖很广的水。
〔6〕"从此"句：作者有《永遇乐》词，其中有"单栖海燕"的句子。
〔7〕"再无"句：参看本诗注〔4〕。

## 秋夕燕誉堂话旧事有感[1]

东厍游魂三十年[2]，老夫双鬓更皤然[3]。追思贳酒论兵日，恰是凉风细雨前[4]。埋没英雄芳草地，耗磨岁序夕阳天。洞房清夜秋灯里，共检庄周《说剑篇》[5]。

〔1〕崇祯十四年(1641)六月七日钱柳结缡,钱谦益赋《合欢诗四首》、《催妆词四首》,往来唱和者二十八人。不久又作了《燕誉堂秋夕》和此诗。燕誉堂,钱谦益常熟城中宅第之堂室。话旧,所话之旧即天启元年钱谦益任浙江乡试正考官期间,所作《浙江乡试录序》、《策文第五通·谈兵》等文。明末士夫文人喜欢谈兵说剑,柳如是濡染了这一风气,谈吐无儿女态。此诗反映的就是他们闺房中谈兵说剑的话题。

〔2〕"东虏"句:说后金在东北叛乱已三十年。东虏,指后金。三十年,陈寅恪认为指万历十六年(1588)努尔哈赤叛走建州到天启元年(1621)。笔者认为应从崇祯十四年上溯三十年,为万历四十年(1612)左右。三十年为约数。

〔3〕皤(pó婆)然:白色貌。

〔4〕"追思"二句:回忆天启元年谈兵论剑之事。天启元年钱谦益出任浙江乡试正考官,其《浙江乡试录序》及《策文第五通·谈兵》均显示了此次乡试内容的特色。另据《初学集·谢象三五十寿序》、《有学集·吴金吾小传》及《题费勉中山中咏古诗》,钱谦益在天启元年、二年期间,以善谈兵闻名于京师。好谈兵者往往聚集于邸中,抵掌白山黑水之间。贳(shì是)酒,赊酒。凉风细雨,指秋季。天启元年任考官正值秋令,与柳如是燕誉堂话旧时也值初秋。

〔5〕"共检"句:说柳如是不同于一般闺房女儿,与夫一起谈兵说剑。《说剑篇》,《庄子》里的篇名。写赵文王好剑,庄子往说之,云:"有天子剑,有诸侯剑,有庶人剑。"劝文王好天子之剑。后用其典指代谈论边防形势及用兵运筹之事。

# 冬至后京江舟中感怀八首(选二)[1]

项城师溃哭《无衣》[2],闻道松山尚被围[3]。原野萧条邮骑少,庙堂镇静羽书稀[4]。拥兵大将朱提在[5],免胄文臣白骨归[6]。却喜京江波浪偃,蒜山北畔看斜晖[7]。

〔1〕崇祯十四年(1641)冬至后钱谦益和柳如是同游京江。长江下游称扬子江,也称京江。京江流经镇江,镇江古称京口。当时明朝的局面,清醒的朝野人士大都不敢乐观,然而不乏南北分治的幻想。钱、柳游古战场,重温南宋韩世忠、梁红玉大败金兀术的壮举,以韩、梁自期,渴望在即将来临的乱世建功立业。韩世忠(1089—1151),南宋名将。建炎四年率八千人破金将兀术于黄天荡。绍兴四年,又大破金军。后受秦桧钳制,上疏弹劾秦桧误国,被罢官,隐居西湖。孝宗时追封蕲王,谥忠武。梁红玉,韩世忠妻。本京口倡女,识世忠于微时,结为夫妻。世忠显贵,封安国夫人,世称梁夫人。黄天荡之战,梁亲擂战鼓助战,金兵终不得渡。后世忠屯兵楚州,与士卒同劳役,以鼓励士气,梁亦亲自"织薄为屋"。诗共八首,这里选的是第六、第七首。

〔2〕"项城"句:指崇祯十四年明朝与李自成的一场战役。项城,县名。属河南省。崇祯十四年五月傅宗龙拜兵部侍郎,为秦督,专讨李自成。傅率李国奇、贺人龙军出关,杨文岳率虎大威前往会剿。九月初四,至新蔡,合兵向项城进发。遭到了李自成伏军袭击,鏖战至军尽粮绝,秦督傅宗龙被执而杀。十一月巡抚汪乔年誓师出关,与李自成决战,终战败,自刎不死,被执见杀。《无衣》,《诗经·秦风》中的一篇。其诗表现同仇敌忾、休戚相关的爱国之情。此处指汪乔年。

〔3〕"闻道"句:《明史·庄烈帝纪》:"崇祯十四年七月壬寅洪承畴援锦州,驻师松山。十五年二月戊午大清兵克松山。"钱、柳游京口时松山正被围。

〔4〕羽书:军事文书,插羽毛以示紧急。

〔5〕朱提:山名。在云南昭通县境内。此处代指拥重兵的将领在东

北西北吃紧时却坐镇西南。

〔6〕"免胄"句:对朝廷驱赶文臣赴战场不以为然。免胄,指决死。《左传·僖公三十三年》:"免胄入狄师,死焉。"胄,古时战士作战时所戴头盔。

〔7〕蒜山:乐史《寰宇记》:"蒜山,在丹徒县西北三里。晋安帝时,海贼孙恩战士十万至蒜山,宋武帝众无一旅,横击大破之,即此处也。山生泽蒜,因以为名。"

**舵楼樽酒指吴关**〔1〕**,画角声飘江北还**〔2〕**。月下旌旗看铁瓮**〔3〕**,风前桴鼓忆金山**〔4〕**。馀香坠粉英雄气,剩水残云俯仰间。他日灵岩访碑版**〔5〕**,麒麟高冢共跻扳**〔6〕**。**

〔1〕"舵楼"句:想象韩世忠、梁红玉当年指挥战争的情形。舵楼,船上操舵之处高如楼,故称。此处指在船的高处。吴关,即镇江。镇江为长江下游的军事重镇,故称吴关,即出入吴地的关口。

〔2〕"画角"句:说号角声飘向空阔的江面,一直飘到江北。画角,古代军中用以警昏晓、振士气的横吹乐器名。其声哀厉高亢。

〔3〕铁瓮:即铁瓮城,在镇江子城口。相传为孙权所建,内外皆甃(zhòu 皱)甓,以其坚固如金城,故号铁瓮城。一说镇江子城深狭,其状如瓮,因名铁瓮城。

〔4〕桴(fú 福)鼓:擂响战鼓。桴,鼓槌。金山:在镇江西北。旧在江中,后沙涨成陆,与南岸相连。《宋史·韩世忠传》:"及金兵至,世忠军已先屯焦山寺,约日大战。梁夫人亲执桴鼓,金人终不得渡。"

〔5〕灵岩:山名,在苏州吴县西。韩世忠墓在灵岩山西麓,有宋孝宗题"中兴佐命定国元勋之碑"。碑版:指刻于石碑上有关死者生平功业的文字。

〔6〕麒麟:传说中的仁兽名,借喻杰出人物。跻扳:登攀。

## 元日杂题长句八首(选四)〔1〕

淮海诸侯拥传车〔2〕,长沙子弟近何如〔3〕?空传陶侃登坛约〔4〕,谁奉田畴间道书〔5〕?淮抚史公唱议勤王,驰书相约。投笔儒生腾羽檄〔6〕,无锡顾杲秀才传号忠檄。辍耕野老奋耰锄〔7〕。可怜骄虏非勍敌〔8〕,狼藉游魂待扫除。

〔1〕崇祯十五、十六年(1642、1643)间,国家内忧外患,岌岌可危。朝野再一次把目光转移到钱谦益身上。崇祯十六年史可法倡议勤王,驰书相约。沈廷扬上疏,请求让钱氏为登莱巡抚。这年的春节已然没有了升平心情。崇祯在如走马灯般地使用废弃了近五十个内阁大臣后,似乎又想起了被他登基之始就轻率地打发回乡的钱谦益。而借助钱谦益之力再相的周延儒再次成了钱谦益的政敌,阻碍钱谦益入朝。崇祯向其询问钱,周延儒说:"虞山正堪领袖山林耳。"这组诗题目为"杂题",其实只是表达对周延儒的不满和对局势的担忧。这里所选的是第三、第四、第六、第七首。

〔2〕"淮海"句:说史可法被起用,身负重任。据《明史·史可法传》:崇祯十二年(1639)史可法丁外艰去。服阕,起户部右侍郎兼右佥都御史,总督漕运,巡抚凤阳、淮安、扬州。(七月)拜南京兵部尚书。传车,驿车。传,驿站。

〔3〕"长沙"句:谓人们急于知道东南勤王之师的状况。吕温《题阳人城诗》:"忠躯义感即风雷,谁道南方乏武才?天下起兵诛董卓,长沙

子弟最先来。"

〔4〕"空传"句:说史可法登高号召勤王,而没有结果。陶侃(259—334),东晋名将。苏峻叛晋,建康失守,温峤推侃为盟主,击杀苏峻,封长沙郡公都督八州军事。

〔5〕"谁奉"句:询问谁会奉史可法书,响应勤王。田畴间道书,《三国志·魏志·田畴传》:"初平元年,义兵起。幽州牧刘虞需派使节到长安,请田畴为从事。将行,田畴曰:'今寇虏纵横,称官奉使,为众所指名,愿以私行,期于达而已。'自选其家客与年少之勇壮慕从者二十骑俱往。既取道,乃更上西关出塞,傍北山,直趋朔方,循间径去,遂至长安致命。"

〔6〕"投笔"句:说顾杲以一介书生传檄东南,激励忠义。顾杲,顾宪成孙,工书法,多为诗古文。崇祯十一年(1638)《留都防乱揭帖》,顾杲为首倡。

〔7〕耰(yōu 幽)锄:平田松土的农具。此指耕作。

〔8〕勍(qíng 晴)敌:强大的敌人。

东略舟师岛屿纡,中朝可许握兵符[1]。楼船捣穴真奇事,击楫中流亦壮夫。弓渡绿江驱秽貊[2],鞭投黑水驾天吴[3]。剧怜韦相无才思,省壁愁看崖海图[4]。沈中翰上疏,请余开府登莱,以肄水师。疏甫入,而奴至,事亦中格。

〔1〕"东略"二句:说朝中对东北水师钳制太多,使其不能因地制宜,相机调遣。略,巡视。纡,指海岸曲折,地形复杂。兵符,调遣军队的符节凭证。

〔2〕"弓渡"句:说从水路捣剿清兵。弓渡,《后汉书·东夷传》:"北夷索离国王出行,其侍儿于后孕身,曰:'前见天上有气大如鸡子,来降我,因以有身。'王囚之,后生男,名曰东明。长而善射,王忌其猛,欲杀

之。东明奔走,南至掩㴲水以弓击水,鱼鳖皆聚浮水上,东明乘之得渡,因至夫余而王之焉。"绿江,鸭绿江。秽貊(mò 末),古称东北地区的少数民族为貊。秽貊,污辱性的称谓。

〔3〕黑水:即黑龙江。洪皓《松漠纪闻》:"黑水发源于长白山,旧云粟末河。契丹德光破晋,改为混同江。"天吴:水神。《山海经·海外东经》:"朝阳之谷,神曰天吴,是为水伯……其为兽也,八首人面,八足八尾,皆青黄。"又《大荒东经》:"有神人八首,人面虎身,十尾,名曰天吴。"

〔4〕"剧怜"二句:说周延儒不知地理形势,没有砥柱中流的能力。剧怜,非常可怜。韦相,韩愈《顺宗实录》:"韦执谊讳言岭南州县名,为郎官时,尝与同舍朗诣职方观图,每至岭南图,执谊皆命去之,闭目不观。至拜相,还所坐堂,北壁有图,不就省。七八日,试就观之,乃崖州图也,以为不祥,甚恶之,惮不能出口。至贬,果得崖州焉。"此处指周延儒。

廊庙题目片言中〔1〕,准拟山林著此翁。阳羡公语所知曰〔2〕:"虞山正堪领袖山林耳。"客至敢论床上下〔3〕,老来只辨路西东〔4〕。延登尽说沙堤好,刺促宁怜阁道穷〔5〕。千树梅花书万卷,君看松下有清风。

〔1〕"廊庙"句:说周延儒在朝廷片言只语断送了自己的仕途。廊庙,廊指宫殿四周的廊;庙,太庙。都是古代帝王和大臣议论政事的地方。后因称朝廷为廊庙。题目,品题。《世说新语·政事篇》:"山司徒前后选,殆周遍百官,举无失才,凡所题目,皆如其言。"片言,即周延儒应对崇祯的询问,说"虞山正堪领袖山林耳。"

〔2〕阳羡公:指周延儒,宜兴人。宜兴古称阳羡。周延儒崇祯六年(1633)被温体仁排挤出朝,崇祯十二年,经张溥、钱谦益等人活动再相,行前往虞山访问钱谦益,钱谦益陪同其游览虞山山水和自己的拂水山

庄,并作《阳羡相公枉驾山居即事赋呈四首》。崇祯十六年(1643),崇祯真的想用钱谦益时,周延儒却不仅没有履行起复钱谦益的诺言,反而成为钱谦益出山的障碍。

〔3〕床上下:汉末许泛见陈登,登自卧大床,使泛卧下床。泛告刘备,备说:"君求田问舍,言无可采。……如小人欲卧百尺楼上,卧君于地,何但上下床之间邪?"见《三国志·魏志·陈登传》。后来称人或事高下悬殊为有上下床之别。

〔4〕"老来"句:说自己老了,已不能为国效力。《后汉书·逢萌传》:"萌养志修道,诏书征萌,托以老耄,迷路东西,连征不起。"

〔5〕"延登"二句:说入朝固然好,但其劳碌不休有谁知道? 延登,登朝。沙堤,唐天宝三年京兆萧炅请于要路筑甬道以通车骑,覆沙道上,称为沙堤。凡拜相,府县令民载沙铺路,从宰相私邸铺到子城东街,成为故事。刺促,劳碌不休。阁道,楼阁之间的通道。指内阁大臣经常行走的通道。

此生赢得老痴顽[1],眼底孙刘亦等闲[2]。潘岳已从槐柳列[3],石生宁在马蹄间[4]。中宵不作乘车梦[5],清晓长舒对镜颜。邓尉梅花侵夜发[6],香车明日向西山。

〔1〕老痴顽:《新五代史·冯道传》:"德光诮之曰:'尔是何等老子?'对曰:'无才无德,痴顽老子。'"

〔2〕"眼底"句:说自己不肯降节巴结周延儒。《三国志·魏·辛毗传》:"时中书监刘放、令孙资见信于主,大臣莫不交好,而毗不与往来。毗子敞谏曰:'今刘、孙用事,众皆影附,大人宜小降意,和光同尘,不然必有谤言。'毗正色曰:'吾之立身,自有本末,就与孙、刘不平,不过令吾不作三公而已,何危害之有? 焉有大丈夫欲为公而毁其高节者邪?'"

〔3〕"潘岳"句:说自己不肯谄事周延儒。潘岳(247—300),晋荥阳中牟人,字安仁。累官至黄门侍郎,工诗赋。潘岳性轻躁,趋势利,谄事贾谧,每候贾谧出,望尘而拜,居谧"二十四友"之首。槐柳列,资质、品行较差的名士。《北齐书·卢文伟传》:"(卢询祖)好臧否人物,尝语人曰:'我昨东方未明,过和氏门外,见二陆两源,森然与槐柳齐列。'盖谓彦师、仁惠与文宗、那延也。"

〔4〕"石生"句:说自己不愿依附周延儒。《晋书·山涛传》:"(涛)与石鉴共宿,涛夜起蹴鉴曰:'今何等时而眠邪?知太傅卧何意?'鉴曰:'宰相三不朝,与尺一令归第,卿何虑也?'涛曰:'咄!石生无事马蹄间邪?'"马蹄指司马懿父子。

〔5〕乘车梦:入朝为官的梦。

〔6〕邓尉:在江苏吴县西南七十里。汉邓尉曾隐居于此,故名。一名袁墓山,亦名玄墓山,又名万峰山。前瞰太湖,多梅,花时如雪,香闻数十里。

# 癸未四月,吉水公总宪诣阙,诣书莘下知己及二三及门,谢绝中朝寝阁启事,慨然书怀,因成长句四首(选二)〔1〕

四朝天放一遗民〔2〕,梧下松间岸葛巾〔3〕。仕路揶揄诚有鬼〔4〕,相门洒扫岂无人〔5〕?云皴北岭山如黛,月侵西湖水似银。东阁故人金谷友〔6〕,肯将心迹信沉沦?

〔1〕癸未:崇祯十六年(1643)。吉水公总宪:指李邦华。李邦华字孟暗,号懋明。江西吉水人。崇祯朝,起工部右侍郎,改兵部,协理京营

戎政,进本部尚书。崇祯十二年复起南京兵部尚书。故称其总宪。是年李邦华等人聚于扬州,商讨借郑芝龙兵攘内安外,并及东南有事的应对方略。钱谦益《有学集》卷三十四《明都察院左都御史、赠特进光禄大夫、柱国太保、吏部尚书、谥忠文李公神道碑》云:"癸未北上,要语广陵僧舍,艰危执手,潸然流涕。嘱曰:左宁南名将也。东南有警,兄当与共事,我有成言于彼矣。箧中出宁南牍授余曰:所以识也。入都,复邮书曰:天下事不可为矣。东南根本地,兄当努力。宁南必不负我,勿失此人也。"扬州会晤后,钱谦益托李邦华带本诗及《复阳羡相公书》、《寄长安诸公书》北上。辇下,京城。及门,即钱谦益天启元年主持浙江乡试录取的弟子。中朝寝阁,朝廷中枢的内阁,此处指周延儒。周延儒表面上竭力要延引钱谦益入朝,实则暗中进行排挤。此时钱谦益已对周延儒不抱幻想,诗中故作恬退之语,实则表达怨怼之意。

〔2〕四朝:指万历、泰昌、天启、崇祯四朝。遗民:指隐士或百姓。

〔3〕"梧下"句:说自己优游山林,傲视仕途。岸,高傲。葛巾,以葛布制成的头巾。尊卑共服。

〔4〕"仕路"句:说自己仕途不顺,如有鬼拦阻。《世说新语·任诞篇》:"罗友家贫乞禄,温许而不用。后府人有得郡者,温为送别,友至晚,问之。友曰:'中路逢一鬼,大见揶揄,云我只见汝送人作郡,何以不见人送汝作郡?民始怖终惭,回还以解,不觉成淹缓之罪。'温虽笑其滑稽,而心颇愧焉。"揶揄,耍弄,嘲笑。

〔5〕"相门"句:说周延儒门下逢迎巴结者自不少。《史记·齐悼惠王世家》:"魏勃欲见齐相曹参,家贫,无以自通,乃常独早夜扫齐相舍人门外,相舍人怪之,勃曰:'愿见相公,无因,故为子扫,欲以求见。'于是舍人见勃。"

〔6〕"东阁"句:陈寅恪认为此句指周延儒幕客顾玉书及谋主吴来之辈。东阁故人,葛洪《西京杂记》:"公孙弘为丞相,故人高贺从之,弘

食以脱粟饭,覆以布被。贺怨告人。弘叹曰:'宁逢恶宾,不逢故人。'"金谷友,石崇与潘岳。《晋书·潘岳传》:"岳性轻躁,趋势利,与石崇等诌事贾谧。每候其出,与崇望尘而拜。(孙)秀诬岳及石崇、欧阳建谋奉淮南王允,齐王冏为乱,诛之。初被收,俱不相知。石崇已送在市,岳后至,崇谓之曰:'安仁,卿亦复尔耶?'岳曰:'可谓白首同所归。'岳《金谷》诗云:'投分寄石友,白首同所归。'乃成其谶。"石崇有别馆在河阳之金谷。

虚堂长日对空枰,择帅流闻及外兵。上命精择大帅,冢宰建德公以衰晚姓名列上[1]。玉帐更番饶节钺[2],金瓯断送几书生[3]。骊山旧匣埋荒草[4],谯国新书废短檠[5]。多谢群公慎推举,莫令人笑李元平[6]。

[1]"冢宰"句:说郑三俊向崇祯推荐钱谦益为大帅。冢宰,周代官名。为六卿之首,一称大宰。《尚书·周官》:"冢宰掌邦治,统百官,均四海。"后来称吏部尚书。建德公,郑三俊,字用章,池州建德人。崇祯十五年八月擢吏部尚书。崇祯十五年十一月,清兵分道入塞,京师戒严,命勋臣分守九门,诏举堪督师大将者。郑三俊遂举荐钱谦益。

[2]"玉帐"句:说大帅屡屡换人。玉帐,征战时主将所居的军帐。节钺,符节与斧钺。《孔丛子·问军礼》:"天子当阶南面,命授之节钺,大将受,天子乃东面西向而揖之,示弗御也。"

[3]金瓯:本指黄金之瓯,喻疆土完固。书生:指周延儒。吴均《续齐谐记》曾记阳羡鹅笼书生故事,而周延儒为阳羡人,钱谦益每及周,都以鹅笼书生称之。崇祯十六年四月清兵略山东,还至京畿。周延儒不得已自请视师,崇祯大喜,奖赐甚丰。周延儒至通州,不敢战,日饮酒欢娱,而日腾章奏捷,侦清兵去,言敌退。皇帝奖以殊勋。

〔4〕"骊山"句:说朝廷不懂兵略。骊山旧匣,《长安志》:"咽瓠泉在蓝田山,李荃于此遇骊山老母说《阴符经》。传教毕,令荃取水。荃携瓢就泉已,失老母,因名咽瓠泉。"《阴符经》有以为是兵书。

〔5〕"谯国"句:说朝廷无知兵之人,而且不听取在野的意见。谯国,东汉末分沛国置谯郡,其辖地在今皖、豫间,置所谯县。曹操,沛国谯人。此处指代曹操。新书,《三国志·魏志·武帝纪》注:"《魏书》曰:'太祖自作兵书十万馀言,诸将征伐,皆以新书从事。'"短檠,贫寒人用的短灯柱。

〔6〕李元平:指名不符实的人。《新唐书·关播传》:"李元平,本宗室疏裔,好论兵。……李希烈叛,帝以汝州据贼冲,刺史疲软不胜任。播盛称元平。帝召见,拜任补阙。不数日,检校吏部郎中,兼汝州别驾,知州事。元平始至,募工筑郛浚隍。希烈阴使亡命应募,凡纳数百人,元平不悟。贼遣将李克诚以精骑薄城,募者内应,缚元平驰见希烈,因谩骂曰:'盲宰相使汝当我,何待我浅耶?'伪署御史中丞。播闻诧曰:'元平事济矣。'谓必覆贼而建功业。左右笑之。"


# 绛云楼上梁,以诗代文八首(选二)〔1〕

负戴相将结隐初,高榆深柳惬吾庐。道人旧醒邯郸梦〔2〕,居士新营履道居〔3〕。百尺楼中偕卧起〔4〕,三重阁上理琴书〔5〕。与君无复论荣观,燕处超然意有馀〔6〕。

〔1〕崇祯十六年(1643)冬,钱谦益继我闻室之后又在常熟城内宅邸建绛云楼,供藏书读书以及与柳如是起居之用。楼在半野堂之后,虽止五楹,而制度弘丽。三代秦汉之尊彝环璧,晋、唐、宋、元之书画,官哥、

定州、宣城之瓷,端溪、灵璧、大理之石,宣德之铜,宋别果园厂之漆器,且以金石文字、宋刻书籍数万卷充盈其中。大江以南藏书之富,推绛云楼为第一。(顾苓《河东君传》)钱谦益对明末的官场似乎真的绝望了,权且把绛云楼作为自己一生宏大抱负的寄托之地。此处选的是第一、第五首。

〔2〕"道人"句:说自己对官场已绝望看透。邯郸梦,沈既济《枕中记》写卢生在邯郸旅店中遇道者吕翁,翁以枕授生,使入梦,历数十年富贵荣华。及醒,主人炊黄粱尚未熟。

〔3〕"居士"句:说自己重新营造退老之地。居士,居家的佛教信徒。履道,履道里。白居易《池上篇序》:"都城风土水木之胜在东偏,东南之胜在履道里。里之胜在西北隅,西闬北垣第一第,即白氏叟乐天退老之地。"

〔4〕百尺楼:谓高楼。

〔5〕三重阁:《南史·陶弘景传》:"更筑三层楼,弘景处其上,弟子居其中,宾客至其下。与物遂绝,唯一家童得至其所。"

〔6〕"与君"二句:说以后不再追慕世俗的荣华富贵。《老子·重德篇》:"虽有荣观,燕处超然。"荣观,荣耀或壮观的景象。

绛云楼阁榜齐牢[1],知有真妃降玉宵[2]。鲍爵因缘看墨会,紫清真妃示杨君,有鲍爵分味,墨会定名之语[3]。苕华名字记灵箫[4]。真妃名郁嫔,字灵箫。并见《真诰》。珠林有鸟皆同命[5],璧树无花不后凋[6]。携手双台揽人世,携手双台,亦真妃语。巫阳云气自昏朝[7]。

〔1〕"绛云"句:说绛云楼及楼匾均已齐备。榜,即匾。此匾可能出

自柳如是之手。齐牢,旧式婚礼中新郎新娘同牢而食的仪式。牢,肉类制成的肴食。

〔2〕真妃:道家女仙名号。陶弘景《真灵位业图》:"紫清上宫九华真妃。"注:"姓安,晋朝降于茅山。"此处指柳如是。玉宵,上天。

〔3〕"匏(páo刨)爵"句:说他和柳如是的缘分是仙人之合。匏爵,匏瓜制的酒器。古人于祭天时用,后世相承用为郊祀的礼器。墨会,即显默异会的简称。《真诰·运象篇》:紫清真妃对杨羲说:"自因宿命相与,乃有墨会定名,素契玉乡,齐理二庆,携雁而行,匏爵分味,醮奁结裳,顾俦中馈,内藏真方也。"

〔4〕苕华:即苕之花。《诗经·小雅·苕之华》:"苕之华,芸其黄矣。"

〔5〕"珠林"句:《杂宝藏经》:"雪山有鸟,名曰共命。一身二头,识神各异。同共报命,故曰共命。"此处说他和柳如是如同共命鸟。

〔6〕"璧树"句:《汉武故事》:"上起神屋,前庭植玉树,珊瑚为枝,碧玉为叶。"另班固《西都赋》:"珊瑚璧树,周阿而生。"李善引《淮南子》:"昆仑山有璧树在其北。"引高诱曰:"璧,青石也。"

〔7〕"巫阳"句:语出宋玉《高唐赋》。说楚襄王游云梦台馆,望高唐宫观,言先王(怀王)梦与巫山神女相会。神女辞别时说:"妾在巫山之阳,高丘之阻。旦为朝云,暮为行雨。朝朝暮暮,阳台之下。"后人附会,为之塑像立庙,号为朝云。后多用其中语指男女幽会。此处指他们的爱情。朝云即柳如是曾用名。


# 甲申元日[1]

又记崇祯十七年,千官万国共朝天。偷儿假息潢池里[2],倖子魂销槃水前[3]。天策纷纷忧帝醉[4],贼入长安。台阶两两见星联[5]。衰残敢负苍生望,自理东山旧管弦[6]。

〔1〕这是《初学集》二十卷诗的最后一首。崇祯十七年(1644)正月初一,传言李自成的军队已经进入京城。钱谦益一面为朝廷的作为痛心疾首;一面还在做江南风流宰相的梦。官场上的宿敌周延儒被命自尽,终于让作者吐了一口恶气。

〔2〕"偷儿"句:说李自成的农民军被迫起兵,终于要取明朝而代之了。偷儿,指农民军。假息,借助他人呼吸。《后汉书·方术传》:"游魂假息,非刑所加。"潢池,池塘。《汉书·龚遂传》:"其民困于饥寒而吏不恤,故使陛下赤子盗弄陛下之兵于潢池中耳。"意谓海滨人民被迫为盗,犹如小孩儿盗窃兵器,戏弄于池塘之畔,并非有意为乱。

〔3〕"倖子"句:说周延儒、吴昌时被逮至京师,昌时弃市,延儒被赐死。倖子,指受到帝王亲信宠爱的佞人。此处指周、吴。槃(pán 盘)水,即槃水加剑,处死或自尽意。《孔子家语》:"孔子曰:'大夫之罪,其在五刑之域者,闻而谴发,则白冠氂缨,槃水加剑,造乎阙而自罪。君不使有司执缚牵掣而加之也。'"

〔4〕"天策"句:说社会上纷纷传言李自成军进入京城。天策,星名。《左传·僖公五年》:"鹑之贲贲,天策焞焞,火中成军,虢公其奔。"注:"天策,傅说星。"帝醉,语出张衡《西京赋》:"昔者大帝说秦缪公而觐之,飨以钧天广乐。帝有醉焉,乃为金策,锡用此土,而剪诸鹑首。"意谓天帝醉后,致使天下失序。

〔5〕"台阶"句:说三台星两两成对,预示朝廷宰辅有为。台阶,即三台星。位于北斗星下,六颗,分三组,两两相对。《后汉书·郎颉传》:"三公上应台阶,下同元首。"后因以台阶指三公之位。

〔6〕"衰残"二句:故作低调。时事至此,作者仍希望起复,认为政

敌周延儒已死,起复不存在障碍。东山,用谢安故事,作者向以东晋谢安自比。另《有学记》中的十八、十九、二十三卷命名为《东山诗集》(崇祯十五年春刊刻《东山酬和集》四卷,此后的诗及本诗皆后来补录),其名来自柳如是初访半野堂赠诗中"东山葱茏莫辞从"之句。此句就全部《东山诗集》作一收束。

## 甲申端阳感怀十四首(选三)[1]

三百年来历未过[2],如何阙下起风波[3]?无端拍案心俱碎,有恨填胸剑欲磨。云暗燕山迷玉鼎[4],雨淋宗社咽铜驼[5]。普天蒙耻终须雪,望望英雄早荷戈[6]。

[1] 钱谦益《初学集》最后一首诗为前选之《甲申元日》,《有学集》诗始于顺治二年(1645)秋,中间缺崇祯十七年(1644)一年和顺治二年前半年的诗。多亏其《苦海集》幸存于世,其中有这组诗。诗作于崇祯十七年端午,恰值两明兴亡之际,作者心态可略见一斑。此选其第二、第十二、第十四首。

[2] "三百"句:说有明一朝从未经历过。三百年,明朝始于明太祖朱元璋洪武元年(1368),至崇祯十七年(1644),历时二百七十七年。三百年为约数。

[3] 阙下:京城。阙,皇帝的居所。

[4] "云暗"句:说京城沦陷,明朝灭亡。燕山,山名。自河北蓟县东南蜿蜒而东,经玉田、丰润,直至海滨,延袤数百里。此处指京城。迷,迷失,丢失。玉鼎,传国重器。

[5] "雨淋"句:说朝廷败亡。宗社,宗庙和社稷,代称国家。铜驼,

皇宫门前矗立的铜铸骆驼。《晋书·索靖传》:"靖有先识远量,知天下将乱,指洛阳宫门铜驼,叹曰:'会见汝在荆棘中耳。'"后以铜驼荆棘指变乱后的残破景象。咽铜驼,即铜驼哭泣,极言亡国之悲。李贺《金铜仙人辞汉歌》序:"魏明帝青龙元年八月,诏宫官牵车取汉武帝捧露盘仙人,欲立置前殿。宫官既拆盘,仙人临载,乃潸然泪下。"其歌曰:"空将汉月出宫门,忆君清泪如铅水。"

〔6〕望望:迫切希望。荷戈:拿起武器。此指保卫明王朝。

**满朝肉食曳华裾,殉节区区二十馀**〔1〕。**名谊居平多慷慨**〔2〕,**身家仓卒自踌躇。当年靖难屠忠义**〔3〕,**今日捐躯愧革除**〔4〕。**方、景、铁、黄生气在**〔5〕,**一回瞻拜一唏嘘**〔6〕。

〔1〕"满朝"二句:抨击朝廷那些归顺李自成大顺政权的人。肉食,指享用国家俸禄的官员。语出《左传·庄公二十年》"曹刿论战",有"肉食者谋之"、"肉食者鄙,未能远谋"语。华裾,有文采的官服。区区,极言其少。

〔2〕名谊:声望气谊。此指朝中大员。居平:平时。

〔3〕"当年"句:回忆朱棣篡权后屠戮忠义之士。靖难,建文帝用齐泰、黄子澄之谋,削夺诸藩。燕王朱棣反,指齐、黄为奸臣,起兵清君侧,号曰靖难。建文四年(1402)六月,靖难兵入京师,建文不知所终。燕王称帝后,大肆屠戮忠于建文的大臣。

〔4〕革除:明成祖既夺建文帝位,诏去建文年号,复称洪武,臣下乃称建文年间为革除之年。

〔5〕方、景、铁、黄:指因忠于建文而后被朱棣杀戮的四位大臣。方孝孺(1357—1402),字希直,浙江宁海人。明初著名学者。建文时任侍讲学士。燕王入京,命其草即位诏,不从被杀,株连九族。景清,本姓耿,

讹为景。建文时为御史大夫。朱棣即位,景清伪降,伺机报仇。怀利刃刺成祖,事败被磔,灭九族。铁铉(1366—1402),河南邓州人。建文时为山东参政。朱棣反,铉与盛庸守济南,屡破燕军,升兵部尚书。朱棣即位后被执,不屈死。黄子澄(1350—1402),江西分宜人。洪武十八年状元,伴读东宫。建文时建议削藩。朱棣入京师,不屈被杀,牵连亲族。

〔6〕唏嘘:感慨叹息。

喜见陪京宫阙开[1],双悬日月照蓬莱[2]。汉家光武天潢近[3],江左夷吾命世才[4]。地自龙兴留胜概[5],人乘虎变勒云台[6]。王师指日枭凶逆[7],露布高标慰九垓[8]。

〔1〕"喜见"句:说南明弘光朝建立。陪京,即明朝陪都南京。朱棣篡夺帝位后,迁都北京,南京为陪都。宫阙开,指弘光皇帝朱由崧住进了旧宫之中。

〔2〕双悬日月:指明太祖朱元璋和弘光帝朱由崧。蓬莱:唐代宫殿名。在长安县东,原名大明宫。龙朔二年唐高宗改为蓬莱宫。此处指南京的宫殿。

〔3〕"汉家"句:用汉光武帝刘秀比朱由崧。光武帝刘秀为汉高祖九世孙。王莽地皇三年起兵,恢复汉室。天潢,皇族、宗室称天潢。此处指福王朱由崧。

〔4〕"江左"句:称颂南明的朝臣。夷吾,春秋时齐国政治家管仲名。齐桓公任用管仲推行改革,富国强兵。复以"尊王攘夷"号召天下,成为春秋时第一霸主。江左夷吾,《晋书·王导传》载,人称王导为"江左夷吾"。命世才,著名于当世的杰出人才。《三国志·魏武帝纪》:"天下将乱,非命世之才,不能济也。"

〔5〕"地自"句:说南京本是明朝的发祥地。龙兴,王朝的兴起。朱

元璋建都南京。胜概,佳境。

〔6〕"人乘"句:说时势造英雄,现在正是建功立业之时。虎变,谓虎皮的花纹斑斓多彩。比喻因时制宜,革新创制,斐然可观。勒云台,汉明帝曾图画三十二功臣于云台。云台,汉宫中的高台。

〔7〕"王师"句:说南明的王师很快就会惩罚凶逆。枭,杀头枭示。

〔8〕"露布"句:说胜利的喜讯会传遍九州大地。露布,本指不缄封之文书。后多指捷报、檄文等。九垓,指九州,全国。

# 丙戌南还,赠别故侯家妓人冬哥四绝句(选二)〔1〕

绣岭灰飞金谷残〔2〕,内人红袖泪阑干〔3〕。临觞莫恨青娥老,两见仙人泣露盘〔4〕。

〔1〕顺治二年(1645)南明覆亡,钱谦益降清,随例北上。三年,清廷授其礼部右侍郎管秘书院事,充明史副总裁。本年五月朱由崧被害,潞王亦被杀。六月,钱谦益即引疾归。此诗为南归之前赠别歌伎冬哥之作。丙戌,即顺治三年(1646)。故侯,本指曾封侯的人,后泛指曾任官长的人。此指刘泽清。刘泽清,字鹤洲,山东曹县人。弘光时为四镇之一,封东平伯,驻淮安。清兵南下,降清,后又谋反,被杀。冬哥,名冬儿,刘泽清家伎。《北游录》云:"良乡伎冬儿,善南歌,入外戚田都督宏遇家。宏遇卒,都督刘泽清购得之,为教诸妓四十馀人,冬儿尤殊丽。甲申国变,则清欲侦二王(崇祯三子定王慈炯、四子永王慈炤)存否,冬儿请身往,易戎饰而北。至田氏,知二王不幸,还报泽清。"钱谦益作此诗时,冬儿尚在北京。

〔2〕"绣岭"句:说明代宫殿和豪门都经历了易代之劫。绣岭,唐代宫名。唐高宗显庆三年(658)建,故址在今河南陕县。金谷,全称金谷涧,在洛阳市西北。有水流经此地,谓之金谷水。晋太康中石崇筑金谷园于此。

〔3〕内人:妓女。崔令钦《教坊记》:"伎女入宜春园,谓之内人,亦曰前头人,常在上前头也。其家犹在教坊,谓之内人家。"阑干:泪连续不断貌。

〔4〕"临觞"二句:说冬儿经历两次国亡。青娥,年轻女子。两见,即先后见证明、南明的灭亡。仙人泣露盘,李贺《金铜仙人辞汉歌序》:"魏明帝青龙元年八月,诏宫官牵车西取汉武帝捧露盘仙人,欲立置前殿。宫官既拆盘,仙人临载,乃潸然泪下。"

天乐荒凉禁苑倾[1],教坊凄断旧歌声[2]。临歧只合懵腾去[3],不忍听他唱渭城[4]。

〔1〕"天乐"句:说明朝灭亡。天乐,即钧天广乐,天上的音乐。禁苑,帝王苑囿。
〔2〕教坊:唐代掌管女乐的官署。明置教坊司,清废。
〔3〕临歧:临别。歧,岔道。懵腾:糊涂,迷茫。
〔4〕渭城:乐曲名。王维《送人使安西》:"渭城朝雨浥轻尘。"后入乐府,因以名曲,为送别之曲。

## 丙戌七夕有怀[1]

阁道垣墙总罢休[2],天街无路限旄头[3]。生憎银漏偏如旧[4],横放天河隔女牛[5]。

[1] 顺治三年六月(1646)钱谦益以疾辞归。此诗之前,有《丙戌南还,赠别故侯家妓人冬歌》,后有《燕市别惠、房二老》,知作此诗时尚在北京。

[2] "阁道"句:感慨明朝灭亡。阁道,复道。此指明朝宫殿。《史记·秦始皇本纪》:"先作前殿阿房,东西五百步,南北五十丈,上可以坐万人,下可以建五丈旗。周驰为阁道,自殿下直抵南山。"垣墙,即长垣星。《三氏星经》:"长垣四星,在少微西。南北列,主界城域邑墙,防胡夷入之,即今长城是也。"

[3] "天街"句:说建州入关,不再有胡汉之别。天街,星名。《汉书·天文志》:"昴、毕间,天街也。街北,胡也,街南,中国也。"旄头,星名。《史记·天官书》:"昴曰旄头,胡星也。"

[4] 银漏:古代的计时器,即漏壶。语出王勃《乾元殿颂》"银漏与三辰合运"句。

[5] "横放"句:说山河间关,阻隔了他与柳如是的相聚。天河,也叫星河、天汉、云汉、银汉、银河等。女牛,织女星与牵牛星。此指作者与柳如是。

# 和东坡西台诗韵六首(选三)[1]

朔气阴森夏亦凄[2],穹庐四盖破天低[3]。青春望断催归鸟[4],黑狱声沉报晓鸡。恸哭临江无壮子,徒行赴难有贤妻[5]。重围不禁还乡梦,却过淮东又浙西[6]。

〔1〕顺治四年(1647)三月,钱谦益因参与黄毓祺筹资反清案而被捕,关押在金陵。柳如是冒死从行,并周旋于钱谦益故人戚党之间,最终,首告者逃不赴质,黄毓祺狱中自尽,钱谦益被关押四十日后,以无罪释放。释放后,正值柳如是三十岁生日,作者和苏轼《御史台寄弟诗》韵六首,表达对柳如是救死回生的感激。此处选的是第一、第三、第四首。

〔2〕"朔气"句:说清廷统治的残酷。朔气,因清朝发祥地在北方,故云。朔,北方。

〔3〕穹庐:毡帐。《史记·匈奴传》:"匈奴父子乃同穹庐而卧。"

〔4〕"青春"句:抒写思家之情。青春,春天。催归鸟,即杜鹃、子规。相传蜀王杜宇亡而化为子规,其声曰:"不如归去。"韩愈《赠同游》:"唤起窗全暑,催归日未西。无心花里鸟,更无尽情啼。"

〔5〕"恸哭"二句:苏轼《到昌化军谢表》:"子孙恸哭于江边,已为死别。"《小戴记·曲礼》:"三十曰壮。"时钱谦益子钱孙爱年方十九,故曰"无壮子"。贤妻,指柳如是。此诗前序云:"丁亥三月晦日,晨兴礼佛,忽被急征。银铛拖曳,命在漏刻。河东夫人沉疴卧蓐,蹶然而起,冒死从行,誓上书代死,否则从死。慷慨首途,无刺刺可怜之语。余亦赖以自壮。"

〔6〕"却过"句:说自己梦魂萦绕的仍然是故国故君。淮东,淮水之南。指凤阳祖陵。浙西,袭用苏轼诗中之"浙江西",暗指当时尚为明朝据守的浙东。

纣绝阴天鬼亦凄[1],波吒声沸柝铃低[2]。不闻西市曾牵犬[3],浪说东城再斗鸡[4]。并命何当同石友[5],呼囚谁与报章妻[6]。可怜长夜归俄顷[7],坐待悠悠白日西。

〔1〕纣绝阴天:阴间地府。说监狱无异于地狱。《真诰·阐幽微》:

"罗酆山有六宫,第一宫为纣绝阴天宫,人初死,皆先诣纣绝阴天宫中受事。"

〔2〕"波吒(zhā 扎)"句:形容监狱阴森凄惨的情形。波吒,《首楞严经》:"二习相陵,故有吒吒波波罗罗青赤白莲寒冰等事。"长水疏曰:"吒波罗等,忍寒声也。即入寒地狱。"柝铃,巡夜的木梆声。

〔3〕"不闻"句:用李斯故事。《史记·李斯传》:"斯论斩,顾谓中子曰:'吾欲与若复牵黄犬,俱出上蔡门逐兔,岂可得乎?'"西市,徐松《唐两京城坊考·独柳》:"刑人之所。按西市刑人,唐初即然。贞观二十年斩张亮程公颖于西市。"

〔4〕"浪说"句:用唐传奇《东城父老传》讲述安史之乱前后社会兴替变迁的故事,抒发兴亡之感。浪说,空说,徒说。

〔5〕"并命"句:《晋书·潘岳传》:"岳被收,石崇已先在市,岳后至,曰:'可谓白首同所归。'岳《金谷诗》:'投分寄石友,白首同所归。'乃成其谶。"钱谦益在《绛云楼上梁》诗说他和柳如是是共命鸟。此句说,自己如死,柳如是也必死。

〔6〕"呼囚"句:说自己在狱中的情况无法达知柳如是。刘向《列女传》:"王章为凤所陷,收系下狱。章有小女,夜号哭曰:'平日坐狱上,闻呼囚数常至九,今八而止。我君素刚,先死者必我君也。'明日问之,果死。妻子皆徙合浦。"

〔7〕俄顷:一会儿,顷刻。

三人贯索语酸凄[1],主犯灾星仆运低[2]。溲溺关通真并命[3],影形绊絷似连鸡[4]。梦回虎穴频呼母[5],话到牛衣并念妻[6]。尚说故山花信好[7],红阑桥在画楼西。余与二仆,共桎梏者四十日[8]。

〔1〕贯索:本是星宿名。属天市垣,共九星。《星经》:"贯索九星,在七公前。"《隋书·天文志》:"贯索九星,贱人之牢也。"

〔2〕"主犯"句:说主人之罪连累了仆人。灾星,恶运,灾祸。

〔3〕"溲溺(sōu niào 搜尿)"句:说牢狱中小便也得一起行动。因为人被缚在一起。溲溺,撒尿。《国语》:"少溲于豕牢。"关通,连在一起。

〔4〕"影形"句:说他们主仆三人被绳索捆绑在一起。绊絷(zhí直),捆绑。连鸡,缚在一起的鸡。喻互相牵制,行动不能一致。《战国策·秦》:"诸侯不可一,犹连鸡之不能俱止于栖。"

〔5〕"梦回"句:形容狱中的恐怖及他们的痛苦。虎穴,《汉书·尹赏传》:"赏治长安狱,穿地方深各数丈,以大石覆其口,名为虎穴。"呼母,《史记·屈原传》:"疾痛惨怛,未尝不呼父母。"

〔6〕牛衣:供牛御寒用的披盖物。《汉书·王章传》:"章为诸生,学长安,独与妻居。章疾病,无被,卧牛衣中,与妻诀,涕泣。妻曰:'疾痛困厄,不自激昂,乃反涕泣,何鄙也!'"

〔7〕故山花信:指钱谦益拂水山庄。拂水山庄有"酒楼花信"等景观,并有梅林。

〔8〕梏拲(gù gǒng 顾拱):古代铐双手的木制刑具。《周礼·秋官·掌囚》:"凡囚者,上罪梏拲而桎,中罪桎梏,下罪梏。"郑弦注:"郑司农云:'拲者两手共一木也,桎梏者两手各一木也。'玄谓在手曰梏,在足曰桎。"


# 次韵茂之,戊子秋重晤有感之作[1]

残生犹在讶经过,执手只应唤奈何[2]。近日理头梳齿少,频年洗面泪痕多。神争六博其如我[3]?天醉投壶且任他[4]。

叹息题诗垂白后,重将老眼向关河〔5〕。

〔1〕钱谦益在金陵狱中被关押四十日,释放后仍被管制,直至顺治六年(1649)春才狱解自由。其间,林茂之和钱谦益过往甚多。林茂之,名古度,号那子,福清人。早年有大志,尝献书阙下,不报。归而卜居金陵华林园侧,具亭榭池馆之美。有诗名。甲申后,徙居珍珠桥南,陋巷横门,蓬蒿蒙翳,弹琴赋诗弗辍。年九十而卒。《牧斋外集·题为黄子羽书诗册》云:"戊子之秋,囚系白门,身为俘虏。闽人林叟茂之偻行相劳苦,执手慰存,继以涕泣。感叹之馀,互有赠答。林叟为收拾残叶,楷书成册,题之曰《秋槐小稿》。盖取王右丞'落叶空宫'之句也。"此诗真切地写出了改朝换代后故人相逢,人生无奈的深层心理。

〔2〕"残生"二句:形容乱后相逢的感慨。讶,惊讶。执手,握手,拉手。唤奈何,《世说新语·任诞篇》:"桓子野每闻清歌,辄唤奈何。"

〔3〕"神争"句:说自己走错了人生之棋。六博,古代一种博戏,六黑六白,两人相博,每人六棋,故名。也叫六著。姚宽《西溪丛话》:"古乐府陆瑜《仙人览六著篇》:'九仙欢会赏,六著且娱神。戏石闻余地,铭山忆旧秦。避敌情思巧,论兵势重新。问取南皮夕,还笑拂棋人。'初不晓何戏。《西京杂记》云:'许博昌,安陵人。善六博。窦晏好之,尝与居处。法用六著,或谓之究,以竹为之,长六分。'"王逸解《楚辞》:"投六著,行六棋,故为六博,以箘簬作著,象牙为棋,丽而且好也。说云六著,十二棋也。"

〔4〕"天醉"句:说上天昏聩,满清入关;自己降清,受到舆论的谴责。天醉,天帝沉醉。比喻世局混乱,仁暴颠倒。张衡《西京赋》:"昔者大帝说秦穆公而觐之,飨以钧天广乐。帝有醉焉,乃为金策,用此土而剪诸鹑首。"注:"自井至柳,谓之鹑首之次,秦之分也。尽取鹑首之分为秦之境地也。"投壶,一种游戏。《神异经·东荒经》:"(东王公)恒与一玉

女投壶,每投千二百矫,设有人不出者,天为嚇嘘。矫而脱误不接者,天为之笑。"

〔5〕"叹息"二句:说自己年迈垂白,再次开始搜集遗编,编辑《列朝诗集》。题诗,即评论明朝诗人。垂白,白发下垂,形容暮年。关河,指山河。钱谦益编《列朝诗集》,借诗存人,以人存史,表现自己的故国之怀。

## 再次茂之他字韵五首(选三)〔1〕

覆杯池畔忍重过〔2〕,欲哭其如泪尽何〔3〕!故鬼视今真恨晚〔4〕,馀生较死不争多。陶轮世界宁关我〔5〕,针孔光阴莫羡他〔6〕。迟暮将离无别语,好将发白喻观河〔7〕。

〔1〕明末的东林党魁,自信是"皎皎风烈人"的钱谦益,在改朝换代的历史巨变中,先是谄事马、阮,继之清兵南下,奉表迎降,前明震动朝野的清望竟然在一年的时间里颓然隳塌。然而,钱谦益绝不是一个被势利完全扭曲了的坏人,也不是善于夤缘的小人。明末三十馀年坎坷的仕途,入清后毅然决然地辞官南还,以及置生死于度外的反清活动都说明了这一点。正是他骨子里的道德感、羞耻心、荣誉意识,使他在乱后每遇故人,不免就有难以言说的尴尬。与林茂之的交往,似乎使他找到了倾诉的契机,悔恨、羞惭、屈辱、家国之痛带着血泪和盘托出,而精湛的诗艺又令这种诉说动人心魄。这里所选的是前三首。

〔2〕覆杯池:南京地名。《六朝事迹》:"覆杯池今城北三里,西池是也。晋元帝中兴,颇以酒废政。丞相王导奏谏,帝因覆杯于池中以为诫。"

〔3〕"欲哭"句:写自己的亡国之痛。庾信《哀江南赋》:"蔡威公之

泪尽,加之以血。"

〔4〕"故鬼"句:说自己和国亡时殉难的那些不屈之士相比,死得真是太晚了。《左传·文公二年》:"吾见新鬼小,故鬼大。"

〔5〕"陶轮"句:说自己将逃避现实。陶轮,犹陶钧,制陶器的转轮。《汉书·邹阳传》:"是以圣王制世御俗,独化于陶钧之上。"注:"陶家名转者为钧,盖取周回调钧。言圣王制驭天下,亦犹陶人转钧。"此处指清朝统治下的世界。

〔6〕"针孔"句:宋玉《小言赋》:"景差曰:'载氛埃兮乘飘尘,体轻蚊翼,形微蚤鳞,聿遑浮蛹,凌云纵身。经由针孔,出入罗巾,飘妙翩绵,乍见乍泯。'"此处与陶轮世界同意。

〔7〕"好将"句:慰勉林茂之并自慰,要以佛教的眼光看待眼前的变迁。有生即有灭,灭也就是生。《首楞严经》:"波斯匿王言:我生三岁,慈母携我谒耆婆天,经过此流,尔时即知是恒沙河水。佛言:汝今日自伤,发白面皱,则汝今时观此河,与昔童时观河之见,有童耄不?王言:不也。佛言:皱者为变,不皱者非变。变者受灭,彼不变者,原无生灭。"

残书缥罢劫灰过<sup>〔1〕</sup>,汗简崔鸿奈史何<sup>〔2〕</sup>!贡矢未闻虞服少<sup>〔3〕</sup>,专车长诵禹功多<sup>〔4〕</sup>。荒唐浪说程生马<sup>〔5〕</sup>,伪谬真成字作它<sup>〔6〕</sup>。东海扬尘今几度<sup>〔7〕</sup>?错将精卫笑填河<sup>〔8〕</sup>。

〔1〕劫灰:劫火的馀灰。慧皎《高僧传·竺法兰》:"又昔汉武穿昆明池底,得黑灰,以问东方朔。朔云:'不委,可问西域人。'后法兰既至,众人追问之,兰云:'世界终尽,劫火洞烧,此灰是也。'"此处指明亡。

〔2〕"汗简"句:以崔鸿说自己有志修史。汗简,即汗青。古代写字在竹简上,先用火炙竹简令汗,干则易写,又不受虫蛀。称为汗青。引申为书册,或著述。崔鸿,《北史·崔鸿传》:"鸿弱冠便有著述志,撰为《十

六国春秋》,勒成百卷,因其旧记,时有增损褒贬焉。"此处作者深感修史之难。

〔3〕"贡矢"句:说历来女真都纳贡于中朝。《说苑·辨物篇》:"有隼集于陈侯之庭而死,楛矢石砮贯之,矢长尺有咫。陈侯使问孔子。孔子曰:隼之来也远矣,此肃慎氏之矢也。昔武王克商,肃慎氏贡楛矢石砮,长尺有咫。先王欲昭令德所致,故铭其括曰:肃慎氏贡楛矢。以劳大姬,配胡虞公而封诸陈。分同姓以玺,展亲也。分别姓以远方职贡,使无忘服也。故分陈以肃慎氏之矢。试求之故府,果得焉。"肃慎,女真的远祖。虞服,服事虞夏。虞,有虞氏之世和夏代。此处代指明朝。

〔4〕"专车"句:《孔子家语》:"吴伐越,隳会稽,获巨骨一节,专车焉。使问孔子:骨何为大?孔子曰:昔禹致群臣于会稽山,防风后至,禹杀而戮之,其骨专车。"以上二句回顾明代兴盛之时,各少数民族俯首称臣。

〔5〕"荒唐"句:作者认为满清入主中原荒诞不经。《列子·天瑞篇》:"久竹生青宁,青宁生程(虫名),程生马,马生人。"

〔6〕"伪谬"句:说现实太荒谬了。罗愿《尔雅翼》:"蛇字古但作它,上古草居患它,故相问无它乎。"

〔7〕"东海"句:说时势变易很快,暗示清不会长久。东海扬尘,葛洪《神仙传》:传说仙人麻姑谓王方平曰:"已见东海三为桑田,蓬莱水亦浅于往时。"方平笑曰:"圣人皆言海中行复扬尘也。"因以喻时势变易之速。

〔8〕"错将"句:作者对海上反清持乐观的态度。左思《吴都赋》:"精卫衔石而过缴。"李善注:"《北山经》:'发鸠之山,有鸟,状如乌,而文首白喙赤足,名精卫。其鸣自呼。赤帝之女,姓姜,游于东海,溺而死,常取西山之木石以填东海。"

风轮火劫暮年过[1],未死将如朽骨何？逐鹿南公车乘少[2],操蛇北叟子孙多[3]。地更区脱徒为尔[4],天改撑犁可耐他[5]？李贺漫歌辞汉泪,不知铅水已成河[6]。

〔1〕风轮火劫:《首楞严经》:"九情一想,下洞火轮,身入风火二交过地。"长水疏曰:"二交过地者,风火二轮交际之处。"此处指自己在易代之际经历的劫难。

〔2〕"逐鹿"句:说自己欲反清苦于实力过弱。逐鹿,《史记·淮阴侯传》:"(蒯通)对曰:'秦失其鹿,天下共逐之,于是高才疾足者先得焉。'"后称国家分裂之时,竞争天下为逐鹿。南公,《史记·项羽纪》:"南公,楚人也,善言阴阳。"车乘,指征战用的戎马。《左传·宣公十二年》:"栾武子曰:'其君之戎马为二广。'杜预曰:'十五乘为一广。'"

〔3〕"操蛇":表示反清的决心。《列子·汤问篇》:"北山愚公年九十,面山而居。惩山北之塞,出入之迂也,率子孙荷担扣石垦壤,箕畚运于渤海之尾。河曲智叟笑而止之。愚公曰:'我死有子,子又生孙,孙又生子,子又有子,子又有孙,子子孙孙,无穷匮也,而山不加增,何若而不平。'智叟无以应。操蛇之神闻之,告于帝。感其诚,命夸娥氏二子负二山,一厝朔东,一厝雍南。自此冀之南汉之阴无陇断焉。"

〔4〕"地更"句:说东南已变成清军的驻地。区(ōu 欧)脱,匈奴语。指在边塞建立的古堡哨所。也称边界之地。

〔5〕"天改"句:说改朝换代。天改,即朝廷更替。撑犁,《汉书·匈奴传》:"单于挛鞮,其国称之曰撑犁孤涂单于。"匈奴谓天为撑犁,子为孤涂,单于者,广大之貌。

〔6〕"李贺"二句:李贺《金铜仙人辞汉歌》:"空将汉月出宫门,忆君清泪如铅水。"

195

# 见盛集陶次他字韵诗,重和五首(选二)[1]

枪口刀尖取次过,银铛其奈白头何[2]!壮心不分残年少,悲气从来秋士多[3]。帝欲屠龙愁及我[4],人思画虎笑由他[5]。端居每作中流想[6],坐看冲风起九河[7]。

[1] 盛集陶,名斯唐,桐城人,寓居南京,与林古度相邻,并皆有目疾。两人蓬蒿满径,相互唱和。钱谦益颂系期间与林、盛二人唱和颇多。前与林古度唱和,"他"字韵似乎让钱谦益找到了倾诉的渠道,再用其韵,言其心声。此选其第一、二首。

[2] 银铛:刑具,铁索链。指自己因黄毓祺案被逮捕入狱。

[3] 秋士:指士不遇者。《淮南子·缪称训》:"春女思,秋士悲。"

[4] "帝欲"句:说自己满腹韬略从无所用。屠龙,《庄子·列御寇》:"朱泙漫学屠龙于支离益,殚千金之家,三年技成,而无所用其巧。"

[5] "人思"句:说任凭别人如何评论自己。画虎,即画虎类狗,语出《后汉书·马援传》:"效伯高不得,犹为谨敕之士,所谓刻鹄不成尚类鹜也。效季良不得,陷为天下轻薄子,所谓画虎不成反类狗者也。"当时龙伯高以敦厚周慎、杜季良以豪侠好义著称。后以画虎类狗比喻好高骛远而无所成,反贻笑柄。

[6] 中流:《晋书·祖逖传》:"逖为豫州刺史,渡江,中流击楫而誓曰:'不能清中原而复济者,有如大江。'"此处表达自己的复明志向。

[7] "坐看"句:说反清运动正在展开。九河,古代黄河自孟津而北,分为九道,故名。此处指中原大地。屈原《九歌》:"与汝游兮九河,冲风起兮水扬波。"

败壁疏帷朔气过,梦长休问夜如何。天心象纬依躔少[1],地角龙蛇起陆多[2]。楚奏钟仪能忘旧[3],越吟庄舄忍思他[4]。西邻象戏秋灯外[5],抵几喧呶竞渡河[6]。

〔1〕"天心"句:说上天很少按人们的心愿安排社会秩序。天心,上天之心意。《尚书·咸有一德》:"克享天心,受天明命。"象纬,谓日月五星。躔(chán 缠),日月运行的轨迹。《方言》十二:"日运为躔,月运为逡。"星辰运行也称躔。

〔2〕"地角"句:说远僻之地反清运动正在进行。地角,地的尽头,比喻极僻远的地方。此处指《再次茂之他字韵》之二所云"东海"和西南。龙蛇起陆,英雄乘时而起。龙蛇,喻杰出人物。起陆,腾跃而上,形容大展鸿才。《阴符经》:"天发杀机,龙蛇起陆。人发杀机,天地反覆。"

〔3〕"楚奏"句:说自己不忘故国。楚奏钟仪,楚人钟仪因禁在晋国,弹奏的仍是楚国音乐。王粲《登楼赋》:"钟仪幽楚奏兮,庄舄显而越吟。"李善注:"引《左传》:晋侯观于军府,见钟仪,问曰:'南冠而絷者谁也?'有司对曰:'郑人所献楚囚也。'使脱之。问其族,对曰:'伶人也。'使与之琴,操南音。公曰:'乐操土风,不忘旧也。'"

〔4〕"越吟"句:意同上句。庄舄(xì 戏)为战国时越人,仕楚执珪。虽富贵,不忘旧国,病中思越而吟越声。事见《史记·陈轸传》。

〔5〕象戏:古代一种博戏,也称象棋。相传周武王所造。但非今之象棋。庾信《进象经赋表》:"臣伏读圣制《象经》,并观象戏,私心踊跃,不胜抃舞。"

〔6〕喧呶(náo 挠):指西邻弹象戏的喧闹声。渡河:象戏中的渡河。

# 观棋绝句六首(选二)[1]

黑白相持守壁门[2],龙拏虎攫赌侵分[3]。重瞳尚有乌江败,莫笑湘东一目人[4]。

〔1〕钱谦益认为,"楸枰小技,可以喻大",他入清后诗中有一瞩目的题材,就是有关弈棋的诗。自古有关弈棋的作品,不外喻兵家、喻世局、喻人事、喻人生,钱谦益诸多的弈棋诗兼而有之,因此喻棋诗是我们了解他很好的窗口。此选其三、四两首。

〔2〕壁门:营门。《史记·灌夫传》:"于是灌夫被甲持戟,募军中壮士所善愿从者数十人。及出壁门,莫敢前,独二人及从奴十数骑驰入吴军。"

〔3〕"龙拏"句:元好问《楚汉战处》诗:"虎攫龙拏不两存,昔年曾此赌乾坤。一时豪杰皆行阵,万古山河自壁门。"赌侵分,用谢安指挥淝水之战,临战围棋赌别墅的故事,形容胸有成竹、临危不惧的大将风度。侵分,夺取。

〔4〕"重瞳"二句:说项羽尚有乌江之败,独目萧绎能为南梁国主。重瞳,《史记·项羽纪》赞说项羽重瞳。乌江败,楚汉之争中,项羽兵败乌江,自刎。湘东一目人,指梁元帝萧绎,登基之前封湘东王,一目眇。《南史》云,王伟为侯景谋主,作檄文:"项羽重瞳,尚有乌江之败。湘东一目,宁为赤县所归?"

渭津老子解论兵[1],半局偏能让后生。弈到将残休恋杀,花阴漏日转楸枰[2]。

〔1〕渭津老子：康骈《剧谈录》："裴晋公度，微时羁寓洛中，尝乘蹇驴上天津桥。有老人傍桥而立，语云：'蔡州用兵日久，未知何日可得平定。'忽睹裴公，惊愕而退。有仆者后行，闻是人云：'适忧蔡州未平，须持此人为将。'后公平淮西，入朝居廊庙。洎留守洛师，每话天津桥老人之事。"老子，老人。

〔2〕"花阴"句：说"渭津老子"最终取得胜利。转楸枰，棋局发生了转变。蔡鹗《杜阳杂编》："大中中，日本王子来朝，善围棋。上敕顾师言为对手。王子出如楸玉棋局，冷暖玉棋子，云本国东三万里，有集真岛，岛上有凝霞台，台上有手谈池，池中生玉棋子，不由制度，自然黑白分明，冬暖夏冷，故谓冷暖玉。更产如楸玉，类楸木，琢之为局，光洁可鉴。师言与之敌手，至三十三下，王子瞪目缩臂，以伏不胜。"

# 后观棋绝句六首（选三）[1]

寂寞枯枰响泬寥[2]，秦淮秋老咽寒潮。白头灯影凉宵里，一局残棋见六朝。

〔1〕此组诗接续前题，借棋局抒发自己的兴亡之痛和对局势的预料。所选为第三、四、五首。

〔2〕泬寥（xuè liáo 穴去声辽）：空旷寂静貌。寥，通寥。

飞角侵边劫正阑[1]，当场黑白尚漫漫。老夫袖手支颐看[2],残局分明一着难。

〔1〕飞角侵边:弈棋术语,即从边角上偷袭对手。阑:阻隔。
〔2〕支颐:以手托着下巴。

**阅江楼下草迷离**[1]**,江水遥连淝水湄**[2]**。传语八公闲草木**[3]**,谢公无事但围棋**[4]**。**

〔1〕阅江楼:南京名胜。朱元璋《阅江楼记》:"宫城去大城西北将二十里,抵江干曰龙湾,有山蜿蜒如龙,连络如接翅飞鸿,号曰卢龙,趋江而饮水,末伏于平沙,一峰突兀,凌烟霞而侵汉表。远观近视,实似狻猊之状,故赐名曰狮子山。洪武七年甲寅春,命工因山为台,构楼以覆山首,名曰阅江楼。"

〔2〕淝水湄:淝水边。淝水,源出安徽合肥西北,北流二十里,分为二支:一支名施水,东南流入巢湖;一支西北流至寿县,又西北经八公山南入淮河。后发源处中断,遂成二水。晋太元八年(383)八月,前秦苻坚大举入侵,据寿阳。晋相谢安命谢玄迎敌,先于洛涧破秦军前哨,进逼淝水。后渡河直前,秦兵退不可止,诸军尽溃,苻坚返回长安。

〔3〕八公:山名,即八公山。在安徽凤台县西北,淝水之北,淮水之南。相传汉淮南王刘安曾同八公(八个门客)登此山,因以为名。淝水之战中,苻坚兵败撤退,望八公山草木,皆以为是晋兵。

〔4〕"谢公"句:说谢安指挥淝水之战,镇定安闲。《世说新语·雅量篇》:"谢公与人围棋,俄而谢玄淮上信至,看书竟,默然无言,徐向局。"

## 题沈朗倩石崖秋柳小景[1]

刻露巉岩山骨愁[2],两株风柳曳残秋[3]。分明一段荒寒景,今日钟山古石头[4]。

〔1〕沈朗倩,名颢,明末画家。"石崖秋柳小景"是其作品。钱谦益借题画反思南明覆亡的历史。田同之《西圃诗说》认为此诗"寓意弘光南渡事,次句直是画出马、阮,妙不容说"。
〔2〕"刻露"句:描写山寒石瘦的景象。巉岩,山石陡峭。
〔3〕两株风柳:喻马士英和阮大铖。
〔4〕钟山:在南京东。又名紫金山,金陵山。石头:城名,在南京清凉山。《三国志·吴志·孙权传》:"建安十六年,权治秣陵。明年,城石头,改秣陵为建业。"

## 和盛集陶落叶诗二首[1]

寒林万树怨萧骚[2],只为中庭一叶凋。波下洞庭齐飐沓[3],风高榆塞总漂摇[4]。平原纵猎埋狐窟[5],空谷虚弦应鸟巢[6]。最是风流殷太守[7],不堪惆怅自攀条[8]。

〔1〕盛集陶,见《见盛集陶次他字韵诗,重和五首(选二)》第一首注〔1〕。诗中把悲秋、失志、亡国等情感借秋风落叶抒发,象简而意丰。

〔2〕萧骚:象声词。风动竹声。

〔3〕"波下"句:形容秋风中树叶飘落。波下洞庭,屈原《湘夫人》:"嫋嫋兮秋风,洞庭波兮木叶下。"飒沓,形容树叶飘飞貌。

〔4〕榆塞:即榆林塞。《水经注》:"榆林塞,又谓之榆林山,即《汉书》所谓榆溪旧塞也。自溪西去,悉榆柳之薮。王恢云树榆为塞,谓此矣。"

〔5〕"平原"句:说平原君刺探到敌人的动向,故能从容运筹。平原,平原君赵胜,三任赵相。《史记·信陵君列传》:"公子与魏王博,而北境传举烽,言赵寇至,且入界。魏王释博,欲召大臣谋。公子止王曰:'赵王田猎耳,非为寇也。'"

〔6〕"空谷"句:用惊弓之鸟的典故喻自己的处境。虚弦,拉动未上矢的弓弦。《战国策·楚四》:"更羸与魏王处京台之下……雁从东方来,更羸以虚发下之,曰:'此疮未息而惊心未去也。'"

〔7〕风流殷太守:即东晋殷仲文。庾信《枯树赋》:"殷仲文风流儒雅,出为东阳太守,常忽忽不乐,顾庭槐而叹曰:'此树婆娑,生意尽矣!'"

〔8〕攀条:《世说新语·言语篇》:"桓公北征,经金城,见前为琅邪时种柳,皆已十围,慨然曰:'木犹如此,人何以堪!'攀枝执条,泫然流泪。"

秋老钟山万木稀,凋伤总属劫尘飞。不知玉露凉风急〔1〕,只道金陵王气非。倚月素娥徒有树〔2〕,履霜青女正无衣〔3〕。华林惨淡如沙漠〔4〕,万里寒空一雁归。

〔1〕玉露:秋天的霜露。杜甫《秋兴八首》之一:"玉露凋伤枫树林。"

〔2〕"倚月"句：说嫦娥无归止之所。素娥，即月中女神嫦娥。月色白，故又称素娥。南朝宋谢希逸《月赋》："引玄兔于帝台，集素娥于后庭。"树，传说中月中的桂树。

〔3〕"履霜"句：说青女奋起抗击。《淮南子·天文训》："至秋三月，青女乃出，以降霜雪。"高诱注："青女，青霄玉女，主霜雪也。"无衣，当指《诗经·秦风·无衣》。《无衣》为秦国共同抗击外敌的爱国诗歌。

〔4〕华林：南北朝时期，江左诸朝京都建康建有华林园。此处指凋零的钟山万木。

# 次韵答皖城盛集陶见赠二首，盛与林茂之邻居，皆有目疾，故次首戏之〔1〕

枯树婆娑陨涕攀〔2〕，只余萧瑟傍江关〔3〕。文章已入沧桑录〔4〕，诗卷宁留天地间？汗史血书雠故简〔5〕，烟骚魂哭怨空山〔6〕。终愁《商颂》归玄鸟〔7〕，《麦秀》残歌讵忍删〔8〕。

〔1〕钱谦益编撰《列朝诗集》，据其自序云，动议于程嘉燧读元好问《中州集》，创始于天启初年。顺治三年（1649）六月，钱谦益以降臣引疾南归，重新掇拾旧业，采诗庀史。顺治四年被关押四十日，颂系期间，从人借书，遍访明代诗集未见者。林、盛的诗作均入其集。此诗就此抒写感慨，并陈说其体例。

〔2〕"枯树"句：说自己由于降清而失去了本根。庾信入北周表达乡关之思，而作《枯树赋》，说茂盛的树木一旦与故土分离，便本末俱伤，膏流火入，瘿瘤满身，山精木魅绕树盘根。感慨"树犹如此，人何以堪"！婆娑，凋零疏落貌。

〔3〕"只余"句:说自己和庾信一样,降清后寂寞凄凉,思念故国。杜甫《咏怀古迹五首》之一:"庾信平生最萧瑟,暮年诗赋动江关。"

〔4〕"文章"句:说林、盛二老的诗卷已入"以诗存人,以人存史"的《列朝诗集》。文章,指盛、林诗卷。沧桑录,元代吴莱《桑海遗录序》:"龚开,字圣予,所作文宋瑞、陆秀夫二传,类司马迁、班固所为,陈寿以下不及也。予故私列二传,以发其端,题曰《桑海遗录》,以待太史氏采择。"此处指《列朝诗集》。

〔5〕"汗史"句:说自己著述历史、校雠故籍,以待明兴。汗史,即著史。汗,汗简,参看《再次茂之他字韵五首》第二首注〔2〕。庾信《园庭诗》:"穷愁方汗简,无遇始观交。"此处说自己入清后只有著述可作寄托,感激林、盛二老与之倾心往来。血书,《公羊春秋》注引何休语:鲁哀公时,得麟之后,血书从天而降,落于鲁端门。子夏明日往视之,血书飞为赤鸟,化为白书。"孔子仰推天命,俯察时变,却观未来,郁解无形,知汉当继大乱之后,故作拨乱之法以授之。"此处说希望在历史的反思中寻求兴明之策。雠,校勘、整理。故简,指故籍。

〔6〕"烟骚"句:抒写自己的亡国之痛。烟骚,指屈原的《招魂》。《宋遗民录·谢翱传》:"(谢翱)晚登子陵西台,以竹如意击石,歌《招魂》之词。歌阕,竹石俱碎,失声哭,何其情之悲也。"谢翱(1249—1295),南宋末人。宋元之交,入文天祥幕,宋亡不仕。其《西台恸哭记》、《晞发集》多抒发亡国之悲的作品。

〔7〕"终愁"句:此句颇为隐晦,隐约间表达了对时局的担忧——清朝立足中原,拥有天下。《商颂》,《诗经》中三颂(《周颂》、《鲁颂》、《商颂》)之一,共五篇。玄鸟,即《商颂》中《玄鸟》篇。其诗云:"天命玄鸟,降而生商。"玄鸟,黑色的燕子。传说商的祖先契是有娀氏之女简狄吞燕卵怀孕生,契建立商。有关吞鸟卵生子的传说流传于东北地区。《清太祖武皇帝实录》:"长白山……有神鹊衔以朱果置佛古伦衣上……其果

入腹,既感而成孕。"《玄鸟》诗是祭祀殷高宗武丁的颂歌。在商族历史上,武丁为中兴之主,继盘庚迁殷,建立中原部族联盟,控驭诸夏。至高宗,"四海来假,来假祁祁"。

〔8〕"《麦秀》"句:说《列朝诗集》不收录明朝遗民作品,是不忍心明朝就此结束。《史记·宋微子世家》:"箕子朝周,过殷故墟,感宫室毁坏生禾黍,欲哭则不可,欲泣为其近妇人,乃作《麦秀》之诗以歌咏之。其诗曰:'麦秀渐渐兮,禾黍油油兮。彼狡童兮,不与我好兮。'"此处指亡国悲歌。讵(jù 句),岂。说亡国悲歌不忍删。事实上《列朝诗集》的体例不收死义之士和遗民的诗,表示此书为未竟之书,待其后起者。

有瞽邻墙步屧亲[1],摩挲揽镜笑看人。青盲恰比瞳昽日[2],象罔聊为示现身[3]。并戴小冠希子夏[4],长悬内传配《师春》[5]。徐州好士今无有,书尺何当代尔申[6]。

〔1〕步屧(xiè 泻):脚步声。屧,鞋子。
〔2〕"青盲"句:说盛与林都有目疾。青盲,眼病,青光眼。瞳昽(tóng lóng 童隆),暗而渐明貌。瞳昽日,日光渐渐明亮。
〔3〕象罔:目疾。看东西在仿佛之间。
〔4〕"并戴"句:说盛与林犹如汉代杜钦和杜邺。《汉书·杜钦传》:"钦,字子夏,家富而目偏盲。茂陵杜邺与钦同姓字,故衣冠谓钦为盲子夏以相别。钦恶以疾见诋,乃为小冠,高广才二寸,由是京师更谓钦为小冠杜子夏,邺为大冠杜子夏。"
〔5〕"长悬"句:说盛与林皆好《左传》。内传,古代经学家称专主解释经义的书为内传。《师春》,从《左传》里辑录出来关于卜筮的书。《左传集解后序》:"又别有一卷,纯集疏《左氏传》卜筮事,上下次第,及其文义,皆与《左传》同,名曰《师春》。"

205

〔6〕"徐州"二句:说自己代盛、林二老抒写心声。徐州好士,《梁书·江淹传》:"淹起家南徐州从事,转奉朝请。宋建平王景素好士,淹随景素在南兖州。广陵令郭彦文得罪,辞连淹,系州狱,淹狱中上书……景素览书,即日出之。"

# 岁晚过茂之,见架上残帙有感,再次申字韵〔1〕

地阔天高失所亲〔2〕,凄然问影尚为人。呼囚狱底奇馀物〔3〕,点鬼场中雇赁身〔4〕。先祖岂知王氏腊〔5〕,胡儿不解汉家春〔6〕。可怜野史亭前叟〔7〕,掇拾残丛话甲申〔8〕。

〔1〕此诗当作于顺治五年(1648),时明鲁王朱以海监国绍兴,桂王朱由榔即帝位于桂林。其历仍是明历,与清历不同,故诗中有"先祖岂知王氏腊,胡儿不解汉家春"之言。

〔2〕"地阔"句:说自己降清后受到谴责和歧视,非常孤独。

〔3〕"呼囚"句:说自己在清人监狱死里逃生。呼囚,刘向《列女传》:"王章为凤所陷,收系下狱。章有小女,年十二,夜号哭曰:'平日坐狱上,闻呼囚数常至九,今八而止。我君素刚,先死者必我君也。'明日问之,果死。"奇馀,多馀。

〔4〕"点鬼"句:说自己本应早死成鬼。点鬼,张鹜《朝野佥载》:"世传王、杨、卢、骆。杨之为文,好以古人姓名连用,号为点鬼。"雇赁身,说自己只是苟活于人世,似乎从鬼那里雇赁在人世游走,为不祥之物。

〔5〕"先祖"句:语出《后汉书·陈宠传》:"宠曾祖父咸,成、哀间为尚书。及莽篡位,闭门不出入,犹用汉家祖腊。人问其故,曰:'我先祖岂

知王氏腊乎?'"腊,祭祀名。王莽篡汉,改汉历十二月腊祭为十月。

〔6〕"胡儿"句:说清人不知道汉民族腊祭习俗。胡,对北方少数民族的统称。汉家春,蔡琰《胡笳十八拍》:"东风应律兮暖气多,汉家天子兮布阳和。"

〔7〕野史亭:《金史·元好问传》说元好问金亡后"构亭于家,著述其上,因名曰野史"。钱谦益编撰《列朝诗集》仿元好问《中州集》体例,故云。

〔8〕"掇拾"句:说自己搜集采摘有明一代残缺零碎资料,以备一代之史。钱谦益《历朝诗集自序》说明何以言集而不言选云:"备典故,采风谣,汰冗长,访幽仄,铺陈皇明,发挥才调,愚窃有志焉。"甲申,崇祯十七年(1644),此年明亡。

## 叠前韵送别研祥、梦蜚三首(选二)〔1〕

青春聚首不多旬〔2〕,作伴还乡恨少人。不分行时俱涕泪〔3〕,正怜别后各风尘。关心憔悴无过死,执手叮咛要此身。传语故人应叹息,对床风雨亦佳晨〔4〕。

〔1〕此题诗之前是《冯研祥、金梦蜚不远千里,自武林唁我白门,喜而有作》。钱谦益金陵颂系期间,已与前明崇祯年间被张汉儒告讦入狱大不相同。那时探视于请室者五十馀人,而降清后人望大跌,颂系期间,往来的人屈指可数。冯、金二人由杭州专程探视,无疑是极大的慰藉。冯研祥,万历间闻人冯梦祯孙冯范。冯氏一门三代与钱谦益交。冯梦祯有子三人,钱谦益与仲子鹓雏交好,长子骥子之子文昌(即研祥)为牧斋弟子。金梦蜚,待考。其送别之作,低回哀婉,将难言之情沉痛而妥帖地

道出,乱世的悲欢离合,荣辱浮沉,犹如烟云,令人难以把握。

〔2〕"青春"句:说年轻时在一起的时间不多。旬,十日。

〔3〕不分行:不分别。

〔4〕对床风雨:风雨之夜,两人对床共语,形容兄弟或朋友聚会的快乐。白居易《雨中招张司业宿》诗:"能来同宿否?听雨对床眠。"苏轼《东府雨中别子由》:"对床定悠悠,夜雨空萧瑟。"《送刘寺丞赴馀姚》:"中和堂后石楠树,与君对床听夜雨。"

少别千年近隔旬[1],劳劳亭畔尽劳人[2]。谁家窟室能逃世[3]?何处巢车可望尘[4]?自顾但馀惊破胆[5],相看莫是意生身[6]。童初近有登真约[7],为我从容扣侍晨[8]。

〔1〕"少别"句:说此别也许会是永诀,少说也会是数年。少别千年,语出江淹《别赋》:"暂游万里,少别千年。"意思为修炼的道士瞬息之间游历万里,小别也是千年。

〔2〕"劳劳"句:李白《劳劳亭》诗:"天下伤心处,劳劳送客亭。"劳人,忧伤之人。《诗经·苍伯》:"骄人好好,劳人草草。"

〔3〕窟室:掘地为室。《左传·襄公三十年》:"郑伯有耆酒,为窟室,而夜饮酒,击钟焉,朝至未已。"

〔4〕巢车:于兵车之上为楼,用来望敌。尘:本指战事,这里指反清的军队。

〔5〕"自顾"句:说自己被牵扯到反清案中,吓破了胆。破胆,《南史·王融传》:"太学生会稽魏准以才学为融所赏。既欲奉子良,而准鼓成其事。及融诛,召准入舍人省诘问,遂惧而死,举体皆青,时人以准胆破。"

〔6〕意生身:佛教语。谓菩萨为普度众生,变化无碍,出生入死,随

意化生。《翻译名义集》:"《楞伽经》明三种意生身。山家《法华玄》、净明疏、辅行记伸明此意,具名互出。不揆庸浅,辄开二门,初释通号,次辨别名。通号意生身者,意谓作意,此显同居之修因。生谓受生,此彰方便之感果。故曰安乐作空意,三昧作假意,自性作中意。又意者如意,故魏译入《楞伽经》云:'随意速去,如念即至,无有障碍,名如意身。'"

〔7〕"童初"句:说近日有一聚合。《真诰·稽神枢》:"又有童初、消闲堂二名,以处男子之学也。"登真,犹言登仙。南朝陶弘景有《登真隐诀》,言神仙之事。

〔8〕侍晨:道家说是天帝的侍从,仙人。陶弘景《真诰·运象篇》有侍帝晨王子乔、郭世干等。陆龟蒙《上元日道室焚修》诗:"执盖冒花香寂历,侍晨交珮响阑珊。"注:"执盖、侍晨,皆仙之贵侣。"

## 句曲逆旅,戏为相士题扇[1]

赤日红尘道路穷,解鞍一笑柳庄翁[2]。谁知夭矫犹龙貌[3],但指摧颓丧狗容[4]。运去英雄成画虎[5],时来老耄应非熊[6]。人间天眼应难值[7],看取吾家石镜中[8]。

〔1〕《有学集》卷十七《赖古堂文选序》云:"己丑之春,余释南囚归里。"己丑为顺治六年(1649),是年三月十八日黄毓祺死于南京狱中,狱案终结,钱谦益遂得被释还家。此诗盖为还家途中所作。诗中对自己个性的解剖讥讽可谓入木三分,而辉煌的家世及作者的自命不凡,又使其对自己作出不切实际的期望。逆旅,客舍。相士,看相算命的人。

〔2〕柳庄翁:明初袁珙,字廷玉,鄞县人。得相法于别古崖。洪武间,识朱棣于潜邸。登极后,召拜太常寺丞,人称为柳庄先生。

〔3〕夭矫:屈伸自如、腾虚跃空貌。

〔4〕"但指"句:说自己受到摧残,獿颓如丧家之狗,无所归止。摧颓,因挫折而颓丧憔悴。丧狗,即丧家狗。比喻无所归依。《史记·孔子世家》:"孔子适郑,与弟子相失,孔子独立郭东门。郑人或谓子贡曰:'东门有人……累累若丧家之狗。'"杜甫《将适吴楚留别章使君》:"昔如纵壑鱼,今如丧家狗。"

〔5〕"运去"句:说时运已去,英雄无所作为。画虎,即画虎类狗。比喻好高骛远而无所成,反贻笑柄。

〔6〕"时来"句:说如果时事逆转,自己将会有所作为。老耄(mào貌),年老。《礼·曲礼》上:"八十九十曰耄。"也泛指老年。非熊,指吕尚。《六韬》:"文王将田(畋),史编布卜曰:'田(畋)于渭阳,将大得焉。非龙非彲,非熊非羆。兆得公侯,天遗汝师。以之昨昌,施及三王。'"此外《宋书·符瑞志》、《史记·齐太公世家》也有类似的记载。

〔7〕"人间"句:说人间很难遇到有深透宏远眼光的人。天眼,佛教所说的五眼之一。《翻译名义集》:"眼有五种,一肉眼,二天眼,三慧眼,四法眼,五佛眼。"天眼即天趣之眼,能识透六道、远近、上下、前后、内外及未来等。见《智度论》。

〔8〕"看取"句:回顾祖先,以激励自己。石镜,山名,在浙江临安县南。其东峰有圆石如镜,故名。晚唐吴越武肃王钱镠为钱谦益先祖。见《牧斋家乘文》。钱镠,临安人,既贵,唐昭宗名其所居营为衣锦营,又升为衣锦城,石镜山改名为衣锦山。《图经》:"武肃王(钱镠)幼时游此,顾其形,服冕旒如王者状。唐昭宗没,赐今名。"

# 早发七里滩[1]

瞳瞳初旭丽江干[2],淰淰浮烟暑濑滩[3]。此地无风才七里,谚曰:无风七里,有风七十里。吾庐有日正三竿。钓坛不为沉灰改[4],丁水犹馀折戟寒[5]。欲哭西台还未忍[6],唳空朱嘼响云端[7]。谢皋羽《西台恸哭记》,即钓台也。其招魂之词曰:"化为朱鸟兮,有嘼焉食?"

〔1〕顺治六年(1649),钱谦益给永历朝大学士瞿式耜"楸枰三局"的信中,说到"江浙提镇张天禄、田雄、马进宝、卜从善辈,皆平昔关通密约,各怀观望。此真为楚则楚胜,为汉则汉胜"(见《瞿式耜集·报中兴机会疏》)。永历授命郑成功水军提师北上,由长江入海口进入南都,同时亦布置联络东南。顺治七年(1650)三月,黄宗羲访绛云楼,相与策划,促成钱谦益的金华之行。此行往返一月,成诗三十七首,名其《庚寅夏五集》。庚寅夏五,即顺治七年夏五月。陈寅恪《柳如是别传》称该集为"第一次游说马进宝反清复明之专集"。马进宝顺治三年从博洛南征,克金华,即令镇守。六年加都督佥事,授金华总兵,管辖金、衢、严、处四府。此诗为《庚寅夏五集》第一首。七里滩,一名七里濑、七里泷、富春渚。在今浙江桐江县严陵山西,长七里。

〔2〕曈(tóng 童)曈:日初出渐明貌。

〔3〕"渗(shěn 沈)渗"句:形容清晨江上浮云。渗渗,合散不定之状。杜甫《放船》:"江市戎戎暗,山云渗渗寒。"羃(mì 秘),覆盖,笼罩。

〔4〕钓坛:即严光垂钓处。严光,字子陵,余姚人。少曾与汉光武帝刘秀同游学,有高名。秀称帝,光变姓名隐遁。秀派人觅访,征召到京,授谏议大夫,不受,退隐于富春山。后人称他所居游之地为严陵山、严陵濑、严陵钓坛。其坛位于今浙江桐庐县富春山。有东西二台,高数丈。乐史《寰宇记》:"严子陵钓坛,在桐江县南大江侧。坛下连七里濑、富春县、赤亭里,即严陵钓于此,有台基存。"沉灰:指沉埋于昆明池底的黑灰。附会为佛教所说的"劫灰"。语出南朝梁慧皎《高僧传·译经上·竺法

211

兰》:"昔汉武穿昆明池底,得黑灰……兰云:'世界终尽,劫必洞烧。此灰是也。'"

〔5〕"丁水"句:说七里滩犹弥漫着战乱的气息。丁水,水流为丁字形。杜牧《睦州》诗:"叠嶂巧分丁字水。"折戟寒,杜牧《赤壁》诗:"折戟沉沙铁未销,自将磨洗认前朝。"

〔6〕"欲哭"句:说自己不忍像谢翱那样哭西台。谢翱(1249—1295),字皋羽,自号晞发子,曾为文天祥咨事参军。宋亡,文天祥不屈死,谢翱悲痛不已,行至浙水东,设文天祥神主于子陵台以祭,并作楚歌以招之,并有《西台恸哭记》。谢翱恸哭因宋亡,而作者不忍视明室为亡。

〔7〕"唳(lì历)空"句:化用谢翱《招魂》中"化为朱鸟兮,有啄焉食"的句子。唳空,空中鸣叫。朱啄(zhòu 骤):燕子嘴。因燕颔下赤色,故名朱鸟。

# 五日钓台舟中〔1〕

纬𬘭江山气未开〔2〕,扁舟天地独沿洄〔3〕。空哀故鬼投湘水〔4〕,谁伴新魂哭钓台?五日缠丝仍汉缕〔5〕,三年灼艾有秦灰〔6〕。吴昌此际痴儿女〔7〕,竞渡欢呶尽室回〔8〕。

〔1〕五月初五,钱谦益行到钓台。钓台如前诗注〔4〕、〔6〕所云,本身已蕴含着悠久丰富的人文内容,又值端午这个特殊的节日,真让人愁肠百结。作者的故国之情借助典故表达得一唱三叹,荡气回肠。

〔2〕"纬𬘭"句:描写山水之间的乖戾之气,也就是兵气。纬𬘭,《离骚》:"纷总总其离合兮,忽纬𬘭其难迁。"王逸曰:"纬𬘭,乖戾也。"

〔3〕"扁舟"句:描写自己的小船划行在钓台一段江面。沿洄,沿,顺流而下;洄,逆流而上。

〔4〕"空哀"句:哀悼国变之际死难的烈士。故鬼,见《再次茂之他字韵五首(选三)》第一首》注〔4〕。湘水,《史记·屈原传》:"贾生(贾谊)为长沙王太傅,过湘水,投书以吊屈原。"

〔5〕"五日"句:端午节吃粽子的风俗仍是汉代遗存。缠丝,缠粽子的彩丝。吴均《续齐谐记》:"汉建武中,长沙区曲白日忽见三闾大夫谓曰:'闻君当见祭,但常年所遗,恒为蛟龙所窃。今君有惠,当以楝叶塞其上,以彩丝缠之,此二物蛟龙所惮也。'曲依其言,今世人五月五日作粽,并带楝叶及五花丝,皆汨罗水之遗风也。"汉缕,汉代的丝线。

〔6〕"三年"句:说复明要早做准备。三年灼艾,即三年艾。《孟子·离娄上》:"今之欲王者,犹七年之病,求三年之艾也。苟不为蓄,终身不得。"针灸用艾炙,以收藏多年的艾为好。比喻做事要早准备。宋张侃《池边》诗:"劳神空觅三年艾,妄想休乘八月槎。"秦灰,即秦始皇焚书之灰烬。指改朝换代的劫难。

〔7〕吴昌:即吴阊,苏州。

〔8〕"竞渡"句:描写端午节的欢乐场景。欢呶(náo挠),欢喜的喧闹。尽室,一家子,或一屋子。


# 五日夜泊睦州[1]

客子那禁节物催[2],孤蓬欲发转徘徊。晨装警罢谁驱去?暮角飘残自悔来[3]。千里江山殊故国,一坏天地在西台[4]。遥怜弱女香闺里,解泼蒲觞祝我回[5]。

〔1〕随着行程离金华越来越近,钱谦益不免有些犹豫徘徊。此诗就是表现这样的心理。睦州,辖境相当于今浙江桐庐、建德、淳安三县地。

〔2〕节物:即端阳节。

〔3〕"晨装"二句:说自己一天的行程。警,告诫,提醒。角,号角声。此时的作者虽有些后悔前来。但因出发时已有人反复告诫过,他是自己充满激情踏上了险途。此处表现自己的心理活动。

〔4〕"一坏(póu抔)"句:说能寄托故国之思的只有西台一隅之地。一坏,一握。言其少。坏,通"抔"。

〔5〕"遥怜"二句:思念远方的柳如是和小女,想象她们为自己担心。蒲觞,蒲酒。觞,酒杯。

## 留题湖舫舫名不系园二首(选一)[1]

湖上堤边舣棹时[2],菱花镜里去迟迟[3]。分将小艇迎桃叶[4],遍采新歌谱《竹枝》[5]。杨柳风流烟草在[6],杜鹃春恨夕阳知[7]。凭栏莫漫多回首,水色山光自古悲。

〔1〕钱谦益到达金华,拜访了马进宝,返舟到达西湖。首先引发作者感慨的是西湖的游舫不系园。据不系园主汪汝谦(字然明)《不系园记》云,其舟长六丈二尺,广五丈一,陈继儒题匾。也叫随喜庵。明季骚人韵士、高僧名姝,啸咏骈集。乱后每为差役,不能自主。此诗睹物思人,感慨物是人非,寄寓崇祯十一、十二、十三年间柳如是游寓西湖的往事。

〔2〕舣(yǐ以)棹:停泊船只。《汉书·项籍传》:"乌江亭长舣船待

羽。"如淳曰:"南方人谓整船向岸曰舣。"

〔3〕菱花镜:古铜镜。六角形的或镜背后刻有菱花的叫菱花镜。此处指西湖水面。白居易《湖上招客》:"慢牵好向湖心去,恰似菱花镜上行。"

〔4〕桃叶:晋王献之妾名。乐府诗《桃叶歌》:"桃叶复桃叶,渡江不用楫。"

〔5〕竹枝:乐府诗《竹枝词》。《竹枝》本出于巴渝,唐贞元中,刘禹锡在沅、湘,依骚人《九歌》,作《竹枝》新词九章,教里中儿歌之。由是盛于贞元、元和之间。

〔6〕"杨柳"句:说柳如是风流放诞的逸事仍流传于西湖。杨柳,指柳如是。柳如是本姓杨,复改称柳。

〔7〕"杜鹃"句:化用李商隐《锦瑟》诗"望帝春心托杜鹃"和秦观《踏莎行·郴州旅舍》词"杜鹃声里斜阳暮"的意境,表达沧桑之感,禾黍之悲。

## 西湖杂感二十首有序(选八)〔1〕

浪迹山东〔2〕,系舟湖上。漏天半雨〔3〕,夏月如秋。登登版筑〔4〕,地断吴根;攘攘烟尘,天分越角〔5〕。岳、于双表〔6〕,绿字犹存;南北两峰〔7〕,青霞如削。想湖山之佳丽,数都会之繁华。旧梦依然,新吾安往〔8〕?况复彼都人士,痛绝黍禾〔9〕;今此下民〔10〕,甘忘桑梓〔11〕。侮食相矜〔12〕,左言若性〔13〕。何以谓之?嘻其甚矣!昔日南渡行都,愁遗南市〔14〕;西湖隐迹,追抗西山〔15〕。嗟地是而人非,忍凭今而吊古。丛残长句,凄绝短章。酒阑灯炧[16],隔江唱越女之歌[17];风急雨淋,度峡下巴人之泪[18]。敬告同人,勿遗下体[19]。敢附采风,聊资剪烛云尔。庚寅夏五,憩湖舫凡六日,得诗二十首。是月晦日[20],记于塘栖道中[21]。

板荡凄凉忍再闻[22],烟峦如赭水如焚[23]。白沙堤下唐时草[24],鄂国坟边宋代云[25]。树上黄鹂今作友,枝头杜宇昔为君[26]。昆明劫后钟声在[27],依恋湖山报夕曛[28]。

〔1〕钱谦益由金华返还,途经西湖,故地重游,看到被清军践踏的湖山胜地疮痍累累。历史名胜、湖光山色无不在倾诉着亡国之悲以及被蹂躏被征服的屈辱。往事种种奔涌于作者笔端,一气呵成写了二十首的同题组诗。此处选八首。这组诗是钱谦益在入清之后再度以文坛领袖的身份出现在公众面前,由于身体力行参与反清大业,其心态与南京颂系期间的无奈、尴尬大不相同,他开始公开地批评自己及降清者。此选其一、其二、其四、其八、其九、其十一、其十六、其二十。

〔2〕山东:太湖洞庭山东。

〔3〕漏天:指雨多。乐史《寰宇记》:"邛都县漏天,秋夏常雨。僰道有大漏天、小漏天。"

〔4〕版筑:筑墙时用两板相夹,把泥土填充其中,然后夯实。

〔5〕吴根、越角:原指吴越故地之边陲,后多泛指江浙一带。

〔6〕岳、于双表:岳飞和于谦墓。表,为表彰、显扬他们的功节建立的碑刻。

〔7〕两峰:北高峰,在灵隐山后;南高峰,在南山石坞烟霞洞后。

〔8〕新吾:新我。《庄子·田子方》:"虽忘乎故吾,吾有不忘者存。"

注:"故吾去而新吾又来……则时时有不忘者存焉。"

〔9〕黍禾:《诗经·王风·黍离》序:"周大夫行役,至于宗周,过宗庙宫室,尽为禾黍,闵周室之颠覆。"《史记·宋微子世家》:"其后箕子朝周,过故殷虚,感宫室毁弃,生禾黍。"后以禾黍比喻怀念故国的情思。

〔10〕下民:指世间的人民。

〔11〕桑椹:《诗经·鲁颂·泮水》:"翩彼飞鸮,集于泮林。食我桑椹,怀我好音。"喻故乡。

〔12〕侑食:王融《三月三日曲水诗序》:"侑食来王,左言入侍。"李善注:《汉书·匈奴传》:"壮者食肥美,老者食其馀,贵壮健,贱老弱也。古本作晦食。《周书》曰:'东越侑食。'"指北方少数民族的习俗。

〔13〕左言:指外国语言。谓与中国语言相左。

〔14〕"南渡"二句:说南宋行都的遗迹仍在。愸(yìn印)遗,遗留。

〔15〕"西湖"二句:说西湖的清高和西山相媲美。西湖隐迹,指宋代林逋隐居于西湖。欧阳修《归田录》:"处士林逋,居于杭州西湖孤山。逋卒,湖山寂寥,未有继者。"西山,山西永济县的首阳山。相传伯夷叔齐隐居于此。

〔16〕灯炻(xiè谢):灯烛烧灭。炻,灯烬。

〔17〕越女之歌:《吴越春秋》:"越之妇人,伤越王用心,乃作若何之歌曰:'尝胆不苦味若饴,令我采葛以作丝。'"此处说西湖人的反清决心。

〔18〕巴人之泪:郦道元《水经注·三峡》:"巴东三峡巫峡长,猿鸣三声泪沾裳。"

〔19〕下体:卑躬屈节。刘向《九叹·惜贤》:"欲卑身而下体兮,心隐恻而不置。"此处自指。

〔20〕晦日:农历每月的最后一天。

〔21〕塘栖:即塘栖县,在杭县东五十里。

217

〔22〕"板荡"句:说西湖在历史上经历宋元、明清两次易代摧残。板荡,《诗经·大雅》有《板》和《荡》两篇,讥刺周厉王无道,败坏国家。后因以板荡指政局变乱或社会动荡不安。再,第二次。

〔23〕"烟峦"句:描写西湖山水遭到破坏。《史记·始皇纪》:"伐湘山树,赭其山。"赭(zhě者),赤色。

〔24〕白沙堤:又称白堤。自西湖断桥向西,过锦带桥,连接孤山,直到西泠桥。相传为白居易任杭州刺史时所筑。其《钱塘湖春行》诗:"最爱湖东行不足,绿杨荫里白沙堤。"

〔25〕"鄂国"句:说岳飞墓让人怀想宋王朝。鄂国坟,即岳飞墓,附其子岳云。宋嘉定四年追封岳飞鄂王。其墓在杭州栖霞岭下。

〔26〕杜宇:杜鹃。古蜀帝名,化为杜鹃。后人因称杜鹃为杜宇。扬雄《蜀王纪》:"杜宇……乃自立为蜀王,号曰望帝。"又阚骃《十三州志》:"当七国称王,独杜宇称帝于蜀……望帝使鳖泠凿巫山治水有功,望帝自以德薄,乃委国禅鳖泠,号曰开明,遂自亡去,化为子规。"子规,即杜鹃,一称杜主。李商隐《井洛》诗:"堪叹故君成杜宇,可能先主是真龙。"

〔27〕昆明劫:慧皎《高僧传》:"又昔汉武穿昆明池底,得黑灰,以问东方朔。朔云:'不委,可问西域人。'后法兰既至,众人追以问之,兰云:'世界终尽,劫火洞烧,此灰是也。'"此处指易代之乱。

〔28〕夕曛(xūn熏):黄昏时。

潋滟西湖水一方[1],吴根越角两茫茫。孤山鹤去花如雪[2],葛岭鹃啼月似霜[3]。油壁轻车来北里[4],梨园小部奏西厢[5]。而今纵会空王法[6],知是前尘也断肠[7]。

〔1〕"潋滟"句:描写西湖原来的美景。苏轼《饮湖上初晴后雨》:"水光潋滟晴方好,山色空蒙雨亦奇。"

〔2〕"孤山"句:说西湖的清高脱俗气质。孤山鹤,宋代诗人林逋隐居于西湖孤山,梅妻鹤子。

〔3〕"葛岭"句:描写葛岭的夜景。葛岭,在灵隐山。《图经》:"在武林山(亦名灵隐山),吴葛孝先偕葛洪居此。"

〔4〕"油壁"句:回忆西湖过去的和平繁华。油壁车,妇女所乘之车。因车壁以油涂饰而名。北里,唐长安平康里,因在城北,也称北里。其地为妓院所在,后称妓女住的地方为北里。乐府《苏小小歌》:"我乘油壁车,郎乘青骢马。何处结同心?西陵松柏下。"

〔5〕"梨园"句:说戏班演出的是《西厢记》。梨园小部,《杨太真外传》:"小部者,梨园法部所置,凡三十人,皆十五以下。在长生殿奏新曲,未有名。会南海进荔枝,因以名曲《荔枝香》。"梨园,戏班。唐玄宗曾选乐工三百人,宫女数百人,教授乐曲于梨园。后称戏班为梨园。

〔6〕空王法:佛教语。佛之尊称。佛说世界一切皆空,故称空王。《观佛三昧经》:"过去久远,有佛出世,号曰空王。"

〔7〕前尘:佛教称色、香、声、味、触、法为六尘,当前境界为六尘所成,非常真实,故称前尘。


先王祠庙枕湖濆[1],堕泪争看忠孝文。垂乳尚传天目谶[2],射潮空望水犀军[3]。千年胚蚃燃阴火[4],尽日灵旗卷暮云[5]。双泪何辞湿阶墄[6],罗平怪鸟正纷纭[7]。

〔1〕"先王"句:描写南宋祠庙。湖濆(fén 坟),湖边。

〔2〕"垂乳"句:说至今传说天目山的谶语。郭璞《临安地志》:"天目山前两乳长,龙飞凤舞到钱塘。海门山起横为案,五百年生异姓王。"

〔3〕"射潮"句:说见不到射潮的水犀军。钱俨《吴越备史》:"始筑捍海塘,王因江潮冲击,命强弩以射江头,遂定其基。后建候潮、通江等

219

城门。"苏轼《观潮》诗:"安得夫差水犀手,三千强弩射潮低。"

〔4〕肸蚃(xī xiǎng 西响):散布,弥漫。指声响或气体的传播。

〔5〕灵旗:招魂的旗子。《汉书·郊祀志》:"以牡荆画幡,日月北斗。登龙以象太一,三星为太乙缝旗,命曰灵旗。"

〔6〕阶墄(cè 册):台阶。

〔7〕罗平怪鸟:《吴越备史》:"董昌议立国号。倪德儒曰:'中和辰、巳间,越尝有圣经云:有罗平鸟,主越人祸福,敬则福,慢则祸。于是民间悉图其形以祷之。今观大王署名,与当时鸟状相类。'乃图示昌。昌欣然,还以为号。僭立之际,年月日皆用卯,从妖言也。"此处说当时杭州城里传说、谣言很多。

西泠云树六桥东〔1〕,月姊曾闻下碧空〔2〕。杨柳长条人绰约,桃花得气句玲珑。"桃花得气美人中",西泠佳句,为孟阳所吟赏。笔床研匣芳华里,翠袖香车丽日中。今日一灯方丈室,散花长侍净名翁〔3〕。

〔1〕"西泠"句:描写西湖名胜。西泠,西湖孤山有西泠桥,又名西村。六桥,《大明一统志》:"六桥在西湖苏堤,曰映波、锁澜、望山、压堤、东浦、跨虹,凡六。"

〔2〕"月姊"句:传说嫦娥曾经走出月宫,到达碧空。月姊,嫦娥。李商隐《楚宫》:"月姊曾逢下彩蟾,倾城消息隔重帘。"此处指柳如是。

〔3〕"散花"句:说柳如是皈依佛门。《维摩诘经》:"时维摩诘室有一天女,见诸大人,闻所说法,便现其身,即以天花,散诸菩萨。"净名,即维摩诘。

堤走沙崩小劫移[1],桃花劙面柳攒眉[2]。青山无复呼猿洞[3],绿水都为饮马池[4]。鹦鹉改言从靺鞨[5],猕猴换舞学高丽[6]。只应鹫岭峰头石,却悔飞来竺国时[7]。

〔1〕小劫:佛教语。劫是一个时间单位,谓人寿从十岁增至八万岁,又从八万岁减至十岁,经二十往返为一小劫。此处指易代之变。

〔2〕劙(lí梨)面:用刀割面。我国古代匈奴回鹘等民族的风俗,凡遇大忧大丧,就用刀划脸,表示悲愁。杜甫《哀王孙》:"花门劙面请雪耻,慎勿出口他人狙。"

〔3〕呼猿洞:王象之《舆地纪胜》:"呼猿洞,在武林山,有僧长啸,呼猿即至。"

〔4〕饮马池:《吴志·甘宁传》注:"江表传曰:曹公出濡须口,号步骑四十万,临江饮马。"此处指清军饮马西湖。

〔5〕靺鞨(mò hè莫和):指满族。洪皓《松漠纪闻》:"女真,即古肃慎氏国也。东汉谓之挹娄,元魏谓之勿吉,隋唐谓之靺鞨。"

〔6〕"猕猴"句:形容清军进入西湖后民风的变化。《新唐书·杨再思传》:"易之兄司礼少卿同休请公卿宴,酒酣戏曰:公面似高丽。再思欣然。剪縠缀巾上,反披紫袍为高丽舞。举动合节,满座鄙笑。"

〔7〕"只应"二句:说灵隐山的青岩都后悔来到西湖。极言对清的反感。鹫岭,阚骃《十三州记》:"灵隐山青岩,晋咸初中有僧登之,叹曰:'此是中天竺国灵鹫山之小岭,不知何年飞来?'"天竺,印度的古称。

匼匝湖山锦绣窠[1],腥风杀气入偏多。梦儿亭里屯蛇豕[2],教妓楼前掣骆驼[3]。粉蝶作灰犹似舞,黄莺避弹不成歌[4]。嘶风朔马中流饮,顾影相蹄怕绿波[5]。

〔1〕匼(kē柯)匝:周绕。

〔2〕"梦儿亭"句:描写被清军蹂躏的西湖名胜。梦儿亭,王象之《舆地纪胜》:"梦儿亭在钱塘县。按:谢灵运晋时会稽人,世不宜子息,乃于钱塘杜明师舍寄养。时师夜梦东南有贤人相访,及晓,灵运至,故有梦谢亭,亦曰寄儿亭。"蛇豕,即长蛇封豕。比喻贪残害人者。《左传·定公四年》:"吴为封豕长蛇,以荐食上国。"杜颜注:"言吴贪害如蛇豕。"此处指清军。

〔3〕"教妓"句:说教妓楼前拴的是清军的骆驼。教妓楼,杭州名胜。白居易《余杭形胜》诗:"梦儿亭古传名谢,教妓楼新道姓苏。"

〔4〕"粉蝶"二句:描写清军占领了西湖,对西湖的摧残。作灰,形容西湖尘土飞扬,连蝶也蒙上了一层灰。避弹,由于清兵射弹打黄莺,黄莺避弹不能歌唱。

〔5〕"嘶风"二句:描写西湖成为清军饮马之场。相蹄,指马怒用后脚互相踢。蹄,通踢。《庄子·马蹄篇》:"怒则分背相蹄。"

建业余杭古帝丘[1],六朝南渡尽风流。白公妓可知安石[2],苏小湖应并莫愁[3]。戎马南来皆故国,江山北望总神州[4]。行都宫阙荒烟里,禾黍丛残似石头[5]。有人问建业,云吴宫晋殿亦是宋行都矣。感此而赋。

〔1〕"建业"句:感慨南京和杭州两个古都。建业,东晋及南朝宋齐梁陈等帝王建都之地。故址在南京。余杭,即杭州。唐为余杭郡,宋为临安府。南宋临安为都。帝丘,地名。在今河南濮阳县。《左传·僖公三十一年》:"卫迁于帝丘。"注:"帝丘……故帝颛顼之虚,故曰帝丘。"此处指帝王之所。

〔2〕"白公"句:把西湖和南京的名人联系在一起。白公妓,即白居

易的妓妾。安石,东晋风流宰相谢安。

〔3〕苏小:南宋杭州名妓。莫愁:莫愁湖。在南京水西门外。相传六朝时有女子居此,故名。

〔4〕"江山"句:反思南明覆亡。《世说新语·轻诋篇》:"桓公登平乘楼,眺瞩中原,慨然曰:'遂使神州陆沉,百年丘墟,王夷甫诸人不得不任其责。'"

〔5〕"行都"二句:描写杭州和南京的宫阙一片荒芜。行都,都城之外另设的行在。杭州为宋行都。禾黍,见《次韵答皖城盛集陶见赠》二首,盛与林茂之邻居,皆有目疾,故次首戏之》第一首注〔8〕。石头,南京旧称石头城。

罨画西湖面目非〔1〕,峰峦侧堕水争飞。云庄历乱荷花尽,月地倾颓桂子稀〔2〕。莺断音短曲裳思旧树,鹤髡丹顶悔初衣〔3〕。今愁古恨谁消得?只合腾腾放棹归。

〔1〕罨(yǎn 演)画:杂色的彩画,美丽如画。

〔2〕"云庄"二句:描写西湖荒凉景象。云庄,云雾遮护的村庄。苏轼《玉津园》诗:"斜阳寂历锁云庄。"月地,白居易《桂华曲》:"月中若有闲田地,何不中央种两株。"

〔3〕"莺断"二句:说自己的故国之思和降清的悔恨之情。莺断曲裳、鹤髡,均指剃发。初衣,本指做官之前所穿的衣服。此处指明时衣冠。

# 东归漫兴六首(选三)〔1〕

警枕残灯对小舟〔2〕,暗将心曲语江流。昔游历历归青史,老

223

眼明明贳白头[3]。鸠聚鹊喧凭博局[4],龙拏虎掷倚神谋[5]。长年似与更筹约,啼绝荒鸡发棹讴[6]。

〔1〕 此组诗是钱谦益东归后对游说马进宝之行作一总述。黄宗羲说钱谦益"意欲有所为,故往访伏波,及观其所为,而废然返棹。"漫兴,任凭兴致所至,实则六首诗按时间顺序叙述。此处选的是第二、第三、第六首。

〔2〕 "警枕"句:描写自己孤舟前往,非常警觉。警枕,程大昌《续演繁露》:"吴越王在军中,夜未尝寝,倦极则就圆木小枕,或枕大铃,寐熟则欹而寤,名曰警枕。"

〔3〕 贳(shì 是)白头:谓此行豁着老命。贳,借或赊欠。

〔4〕 "鸠聚"句:说游说马进宝近似于掷赌。鸠聚鹊喧,形容孤舟走近马进宝行辕处听到的鼓噪声。罗隐《题润州妙善寺前石羊》诗:"还市前沽酒客,雀喧鸠聚话蹄涔。"博局,赌场、赌局。

〔5〕 龙拏虎掷:犹言龙虎争斗。

〔6〕 "长年"二句:说以祖逖、刘琨激励自己,志在恢复。长年,杜甫《夔州歌》:"长年三老长歌里,白昼摊钱高浪中。"陆游《入蜀记》:"长读如长幼之长,长年三老,梢公是也。"作者入清后多次自称为"刺船翁"。更筹,古代夜间报更的牌。此处指中夜。荒鸡,《晋书·祖逖传》:"逖与刘琨寝,中夜闻荒鸡鸣,蹴琨觉曰:'此非恶声也。'同起舞。"棹讴,鼓棹而歌以自励。

棨戟森严礼数宽,辕门风静鼓声寒[1]。据鞍老将三遗矢[2],分阃元戎一弹丸[3]。戏海鱼龙呈变怪,灯山烟火报平安[4]。腐儒箧有英雄传[5],细雨孤舟永夜看。

〔1〕"棨(qǐ 起)戟"二句:描写到了马进宝军帐的情形。棨戟,有缯衣或油漆的木戟,用为官吏出行时前导的仪仗。《后汉书·杜诗传》:"世祖召见,赐以棨戟。"《汉杂事》:"汉制,假棨戟以代斧钺。"崔豹《古今注》:"棨戟,前车之器也,以木为之。后代刻伪,无复典型,以赤韬,谓之油戟,亦曰棨戟,王公以下,通用之以前驱也。"辕门,古代帝王巡狩田猎,止宿处周以车,作屏障。出入处仰两车使车辕相向,以示门,称辕门。后指军营门。

〔2〕"据鞍"句:说马进宝不被清廷重用。《史记·廉颇传》:"赵王使使者视廉颇尚可用否。郭开多与使者金,令毁之。使者既见廉颇,颇为之一饭斗米,肉十斤,被甲上马,以示可用。赵使还报王曰:'廉将军虽老,尚善饭。然与臣坐,顷之三遗矢矣。'王以为老,遂不召。"

〔3〕"分阃(kǔn 捆)"句:与上句意同。阃,门槛。引申为统兵在外的将领。弹丸,本指供弹弓射击用的丸。比喻守地狭小。

〔4〕"戏海"二句:马进宝以各种娱乐形式款待作者。《东京梦华录》:"元宵绞缚山棚,奇巧异能,鳞鳞相切。更有猴呈百戏,鱼跳刀门,面北悉以彩结山,沓上皆画神仙故事,横列三门左右。门上各以草把缚成戏龙之状,用青幕遮笼草上,密置灯烛数万盏,望之蜿蜒如双龙飞走。"《资治通鉴·隋纪》:"初齐温公之世,有鱼龙、山车等戏,谓之散乐。"

〔5〕英雄传:王建《早秋过龙武李将军书斋》诗:"就中爱读英雄传,欲立功勋恐不如。"

不因落薄滞江干〔1〕,那得归来尽室欢。巷口家人呼解带,墙头邻姥问加餐。候门栗里天将晚〔2〕,秉烛羌村夜向阑〔3〕。檐鹊噪干灯穗结,笑凭儿女话团圞〔4〕。

〔1〕落薄:落魄。

〔2〕"候门"句:说家人等候自己安然归来直到天晚。候门栗里,用陶渊明故事。陶渊明《归去来辞》:"童仆欢迎,稚子候门。"栗里,陶渊明曾居于此。其地在江西九江市南陶村西。

〔3〕"秉烛"句:用杜甫《羌村》诗意境。诗云:"邻人满墙头,感叹亦唏嘘。夜阑更秉烛,相对如梦寐。"

〔4〕团圞(luán 栾):团圆。圞,圆。


# 感叹勺园再作[1]

曲池高馆望中赊[2],灯火迎门笑语哗。今旧人情都论雨[3],暮朝天意总如霞[4]。园荒金谷花无主[5],巷改乌衣燕少家[6]。惆怅夷门老宾客[7],停舟应不是天涯。

〔1〕勺园,是明末吴昌时在嘉兴南湖的园林。吴昌时,字来之,嘉兴人。崇祯进士。贪黩纳贿,极一时园林之胜。再作,《东归漫兴》第四首即为"过南湖,望勺园,悼延陵君而作。"并说吴昌时子贫薄,流离不能自振,勺园因之荒废。由勺园作者生发盛衰之感慨,兼寓朝政之得失。还有一层,即柳如是崇祯十三年(1640)由杭至嘉兴养病,其地正是勺园。是年冬钱谦益至嘉兴,后柳如是访半野堂,即预定于此地。因此,勺园亦是钱柳姻缘之枢纽。

〔2〕赊(shē 奢):遥远。

〔3〕"今旧"句:用杜甫《秋述》中的句子:"杜子卧病长安,常时车马之客,旧,雨来;今,雨不来。"旧雨,指老友。新雨,指新友。

〔4〕"暮朝"句:范成大《占雨》诗:"朝霞不出门,暮霞行千里。"

〔5〕金谷:即西晋石崇的园林金谷园。位于河南洛阳西北的金谷

润。此处指勺园。

〔6〕"巷改"句:说明清易代,人事浮沉。乌衣,地名,在今南京东。三国吴于此置乌衣营,以兵士服乌衣而名。东晋时,王谢诸望族居此。刘禹锡《乌衣巷》:"昔日王谢堂前燕,飞入寻常百姓家。"就是言盛衰的变迁。

〔7〕夷门宾客:战国时魏国隐士侯嬴,年七十,为大梁夷门守门小吏,后为信陵君迎为上宾。《史记·魏公子传》:"公子从车骑虚左,自迎夷门侯生,坐上座,遍赞宾客,宾客皆惊。"此处自指。

## 书夏五集后示河东君[1]

帽檐欹侧漉囊新[2],乞食吹箫笑此身[3]。南国今年仍甲子[4],西台昔日亦庚寅[5]。皋羽西台恸哭,亦庚寅岁也。闻鸡伴侣知谁是[6]? 画虎英雄恐未真[7]。诗卷丛残芒角在[8],绿窗剪烛与君论[9]。

〔1〕此诗是《有学集》卷三《庚寅夏五集》最后一首,对庚寅夏五月之行踪及诗卷作一总结。钱谦益的金华之行,本就是在黄宗羲、柳如是的策划鼓励之下冒险前往的,最后将结果示柳如是,足见二人不仅是"并蒂莲",亦是"共命鸟"。

〔2〕"帽檐"句:描写自己前往马进宝处时的形象。欹侧,倾斜。漉(lù 路)囊,也叫漉水囊。佛教比丘日常用具之一,用以滤去水中微虫。

〔3〕"乞食"句:用伍子胥故事。伍子胥由楚而至吴,夜行昼伏,无以糊口,鼓腹吹箫,乞食于吴市。

〔4〕甲子:用甲子记载岁时日历。意谓南明王朝仍然存在,自己仍然奉南明为正朔。

〔5〕"西台"句:谢翱作《西台恸哭记》于元至元二十七年(1290),庚寅年。作者作《夏五集》是顺治七年(1650),也是庚寅年。

〔6〕闻鸡伴侣:用祖逖刘琨故事,见《东归漫兴六首(选三)》第一首注〔6〕。

〔7〕"画虎"句:说马进宝反正不可靠。《庚寅夏五集·序》以东汉伏波将军马援比拟马进宝。此处仍用马援故事。《后汉书·马援传》载马援诫兄子云:"效伯高不得,犹为谨饬之士,所谓刻鹄不成尚类鹜者也。效季良不得,陷为天下轻薄子,所谓画虎不成反类狗者也。"时龙伯高以敦厚周慎、杜季良以豪侠好义著称。

〔8〕芒角:棱角。指人的锋芒、气概。

〔9〕"绿窗"句:与柳如是讲述往返金华之行。李商隐《夜雨寄北》:"何当共剪西窗烛,却话巴山夜雨时。"

# 读梅村宫詹艳诗有感,书后四首[1]

上林珠树集啼乌[2],阿阁斜阳下碧梧[3]。博局不成输白帝[4],聘钱无藉贳黄姑[5]。投壶玉女和天笑[6],窃药姮娥为月孤[7]。凄断禁垣芳草地,滴残清泪到蘼芜[8]。

〔1〕梅村宫詹,指清初著名诗人吴伟业(1609—1670)。吴伟业,字骏公,太仓人。崇祯四年(1631)进士,官左庶子,弘光朝任少詹事。少詹事属东宫詹事府,故称宫詹。顺治十年(1653)仕清,官国子监祭酒。吴伟业工诗词,其七言长篇叙事诗被称为"梅村体"。艳诗,即其为其故人、秦淮名妓卞玉京所作的《琴河感旧》四首。钱谦益此诗作于顺治七

年(1650)冬十月。诗前小序言其与梅村诗的契合之处:"余观杨孟载论李义山《无题》诗,以为音调清婉,虽极秾丽,皆托于臣不忘君之意,因以深悟风人之旨。若韩致尧遭唐末造,流离闽、越,纵浪香奁,亦起兴比物,申写托寄,非犹夫小夫浪子沉湎流连之云也。顷读梅村宫詹艳体诗,见其声律妍秀,风怀恻怆,于歌禾赋麦之时,为题柳看花之句。彷徨吟赏,窃有义山、致尧之遗感焉。雨窗无俚,援笔属和。秋蛩寒蝉,吟噪啁哳。岂堪与间关上下之音,希风说响乎?"杨孟载,即明初的杨基。李义山,晚唐的李商隐。韩致尧,唐末的韩偓。李商隐以语词秾丽、旨意隐晦的无题诗著称,韩偓以香奁体著称。钱谦益认为吴伟业的艳体诗同样别有寄托,自己属和之作,其词极秾艳,其旨极深永,亦为"上下间关之音",抒发"同病相怜"之情。

〔2〕"上林"句:说南明永历朝聚集了许多复明人士。上林,古林苑名。秦置,汉武帝扩建,周围至三百里,有离宫七十所,苑中养禽兽,供皇帝春秋打猎。其地在今陕西长安、盩厔、鄠县界。珠树,神话传说中结珠的树。《淮南子·地形》:"掘昆仑墟以下地,中有增城九重……上有木禾,其修五寻,珠树玉树璇树在其西,沙棠琅玕在其东,绛树在其南,碧树瑶树在其北。"李商隐《碧瓦》诗:"碧瓦衔珠树,红轮结绮寮。"啼乌,寻找栖身之所的乌鸟。喻复明人士。曹操《短歌行》:"月明星稀,乌鹊南飞。绕树三匝,何枝可依。"

〔3〕"阿阁"句:诗意与上句同。阿阁,四面有檐的楼阁。晋皇甫谧《帝王世纪》:"(黄帝时有大鸟)或上帝之东园,或巢阿阁。"《竹书纪年》:"沈约曰:'黄帝坐玄扈、洛水之上,有凤凰集,或止帝之东园,或巢于阿阁。'"碧梧,绿色的梧桐。传说梧桐为凤凰栖身之所。杜甫《秋兴》之四:"碧梧秋老凤凰枝。"永历朝驻跸于广西梧州。

〔4〕"博局"句:说投身反清几乎是一赌局。博局,棋局,赌场。白帝,传说中的五帝之一。《韩非子·外储说·左上》:"秦昭王令工施钩

梯而上华山,以松柏之心为箭,长八尺,棋长八寸,而勒之曰:昭王常与天神博于此矣。"《洞天记》:"华山名太极总仙之天,即少昊,为白帝,治西岳。"

〔5〕"聘钱"句:大概说自己因资助黄毓祺而被捕事。《荆楚岁时记》:"牵牛娶织女,借天帝二万钱下礼,久不还,被驱在营室中。牵牛谓之河鼓,河鼓声转而为黄姑。"《玉台新咏·歌辞》:"黄姑织女时相见。"织女、河鼓(黄姑),星名。也有织女星即河鼓星之说。无藉,本意无草垫,引申为无凭借。即无钱可还。贳(shì 市),通赦,赦免。

〔6〕"投壶"句:东方朔《神异经》:"(东王公)恒与一玉女投壶,每投千二百矫。……矫出而脱误不接者,天为之笑。"投壶,古代一种游戏,设特制之壶,游戏者以次投矢其中,中者为胜。李商隐《祭全义县伏波神文》:"何烦玉女之投壶,方闻天笑。"

〔7〕"窃药"句:《淮南子·览冥训》:"羿请不死之药于西王母,姮娥窃以奔月。"高诱注:"姮娥,羿妻,奔入月中为月精也。"姮(héng 恒)娥,嫦娥。月孤,说嫦娥在月宫中很孤独。联系钱氏其他诗,此句应说自己偷食了禁药,即降清做了贰臣,变成了无所归属的人。

〔8〕蘼芜:香草名。《古诗·上山采蘼芜》描写弃妇遇故夫的片段。此处作者自指。


灵璅森沉宫扇回[1],属车轹辘殷轻雷[2]。山长水阔欺鱼素[3],地老天荒信鸩媒[4]。袖上唾看成绀碧[5],梦中泣忍作琼瑰[6]。可怜银烛风前泪[7],留取胡僧认劫灰[8]。

〔1〕灵璅(suǒ 锁):神人所居的宫门阁。璅,同琐,门上雕镂的图案花纹。屈原《离骚》:"欲少留此灵璅兮,日忽忽其将暮。"王逸曰:"灵,以喻君。璅,门镂也,文如连璅,楚王之省阁也。"此处指作者想象中的永历

宫室。

〔2〕"属车"句:描写皇帝随从车驾声。属车,帝王随从车。轹辘(lù 历路),车轮声。殷,雷声。司马相如《长门赋》:"雷殷殷而响起兮,象君王之车音。"

〔3〕鱼素:书信。《古诗》:"呼儿烹鲤鱼,中有尺素书。"此处指与永历朝的书信往来。

〔4〕"地老"句:说永历朝传来了不好的消息。地老天荒,比喻时间久远。鸩,有毒之鸟。雄曰运日,雌曰阴谐。传说羽有剧毒,用其羽泡制的毒酒饮之立死。鸩媒,屈原《离骚》:"吾令鸩为媒兮,鸩告余以不好。"

〔5〕"袖上"句:《赵飞燕外传》:"后与婕妤坐,后误唾婕妤袖。婕妤曰:'姊唾染人绀碧,正如石上华。'因号石华广袖。"绀碧,天青色。

〔6〕"梦中"句:说梦中都盼望永历朝能收复失地。《左传·成公十七年》:"声伯梦涉洹,或与己琼瑰食之,泣而瘖,琼瑰盈其怀。从而歌之曰:'济洹之水,赠我以琼瑰。归乎归乎!琼瑰盈我怀乎!'"琼瑰,美石,珠玉。

〔7〕"可怜"句:用李商隐《无题》诗:"春蚕到死丝方尽,蜡炬成灰泪始干。"

〔8〕"留取"句:说让蜡灰证明明清易代的劫难。劫灰,见《西湖杂感二十首有序(选八)》第一首注〔27〕。

挝鼓吹箫罢后庭[1],书帏别殿冷流萤[2]。宫衣蛱蝶晨风举[3],画帐梅花夜月停。蝶衣梅帐,皆寓天宝近事。衔壁金缸怜旖旎[4],翻阶红药笑娉婷[5]。水天闲话天家事[6],传与人间总泪零。

〔1〕"挝(zhuā 抓)鼓"句:写汉元帝之多才。《汉书·史丹传》:"元

帝好音乐,或置鼙鼓殿下,天子自临轩槛上,隤铜丸以掷鼓,声中严鼓之节。后宫及左右习知音者莫能为。"其赞曰:"元帝多材艺,善史书,鼓琴瑟,吹洞箫。"罢(pí 皮),极。

〔2〕"书帏"句:写汉文帝事。书帏,《汉书·东方朔传》:"孝文帝之时,集上书囊以为殿帷。"见文帝读书之多。别殿,便殿,别于正殿。流萤,飞行无定的萤火虫。杜牧《秋夕》诗:"银烛秋光冷画屏,轻罗小扇扑流萤。"

〔3〕"宫衣"句:《开元天宝遗事》:"开元末,明皇每至春时,旦暮宴于宫中,使妃嫔辈争插艳花,帝亲捉粉蝶放之,随蝶所止幸之。后因杨妃专宠,遂不复此戏。"

〔4〕"衔璧"句:夸饰盛世宫殿墙壁装潢的富丽。班固《三都赋》:"金釭衔璧,是为列钱。"李善注:"《汉书》:赵昭仪居昭阳舍,其壁带往往为黄金釭,函蓝天璧,明珠翠羽饰之。"金釭,古代宫殿壁间横木上的饰物。旖旎,轻盈柔顺貌。指宫中美女。

〔5〕"翻阶"句:描写宫中趣事。翻阶,倾倒于台阶。红药,即芍药。娉婷,女子姿态美好。谢朓《直中书省》:"红药当阶翻,苍苔依砌上。"

〔6〕"水天"句:说盛世流传许多宫中故事。李商隐有《水天闲话》诗。天家事,帝王家事。《杨太真外传》:"玉妃曰:'天宝十载,侍宴避暑骊山宫。秋七月,牵牛织女相见之夕,上凭肩而望,因仰天感牛女事,愿世世为夫妇。言毕,执手各呜咽。此独君王知之耳。'"

银汉依然戒玉清[1],竹宫香烬露盘倾[2]。石碑衔口谁能语[3]?棋局中心自不平[4]。禊日更衣成故事[5],秋风纨扇又前生[6]。寒窗拥髻悲啼夜[7],暮雨残灯识此情。

〔1〕"银汉"句:说上天依然在惩治玉清。银汉,指上天。《独异

志》:"秦并六国时,太白星窃织女侍儿梁玉清逃入小仙洞,十六日不出。天帝怒,命五丁搜捕太白归位。玉清有子名子休,配于河北行雨,每至小仙洞,耻母淫奔之所辄回,故其地少雨。"

〔2〕"竹宫"句:说明朝灭亡。竹宫,以竹为宫。《汉书·礼乐志》:"正月上辛,用事甘泉圜丘,天子自竹宫而望拜。"露盘,即金人捧露盘。《三辅故事》:"建章宫承露盘,高二十丈,大七围,以铜为之,上有仙人承露,和玉屑饮之。"倾,倾覆。

〔3〕"石碑"句:《乐府诗集·读曲歌》:"石阙生口中,衔碑不得语。"石阙,刘向《说苑·反质》:"秦始皇既兼并天下,大侈靡……立石阙东海上朐山界中,以为秦东门。"此句说迫于忌讳,不能表达亡国之情。

〔4〕"棋局"句:说对明清易代感到不平。陆游《笔记》:"吕进伯《考古图》云:'古弹棋局,状如香炉,盖谓其中隆起也。'李义山诗:'玉作弹棋局,中心自不平。'今人多不能解。以进伯之说,则粗可见,然恨其艺之不传。"

〔5〕"禊(xì细)日"句:汉武故事。《汉书·外戚传》:"帝祓霸上还,过平阳主,既饮,讴者进,帝独悦子夫。帝起更衣,子夫侍尚衣轩中。得幸,还坐欢甚,赐平阳主金千斤。主因奏子夫送入宫。"禊日,古代于三月上旬巳日于水滨洗濯,清去宿垢,祓除不祥,称为禊。自三国后,但用三月三日,不用上巳。

〔6〕"秋风"句:班婕妤故事。《乐府解题》:"班婕妤……美而能文。初为帝所宠爱,后幸赵飞燕姊弟,婕妤见薄,退居东宫,作赋及《纨扇》诗,以自伤悼。"

〔7〕拥髻:伶玄《赵飞燕外传》自序:"通德占袖,顾视烛影,以手拥髻,凄然泣下,不胜其悲。"通德,伶玄妾樊通德。

## 京口渡江有寄[1]

春阴和雨黯孤舟[2],历历津亭抵梦游[3]。芳草未知为客意,暮云偏领渡江愁。惊沙望里《芜城赋》[4],画角飘来万岁楼[5]。寄语平山堂上客[6],壶觞还似旧风流[7]。

〔1〕顺治八年(1651)春,钱谦益有扬州之行。所经之处,物是人非,引发了作者无尽的梦幻感慨。"惊沙望里《芜城赋》"一句,把读者置于经历了"扬州十日"屠戮后的残破之中。京口,镇江。

〔2〕黯(àn 暗):昏暗的样子。也指心情黯淡。

〔3〕津亭:渡口亭台。

〔4〕"惊沙"句:说扬州经过战乱,经过"扬州十日",疮痍遍地。惊沙,形容荒凉。鲍照《芜城赋》:"孤蓬自振,惊沙坐飞。"

〔5〕"画角"句:描写清初镇江的战争气氛。画角,古乐器名。形如竹筒,本细末大,以竹木或皮为之,亦有用铜者。外加彩绘,故称画角。发音哀厉高亢,多用于军中警昏晓,振士气。万岁楼,楼名。乐史《寰宇记》引《京口记》:"晋王恭为刺史,改创西南楼为万岁楼。"

〔6〕平山堂:祝穆《方舆胜览》:"平山堂,在扬州城西北大明寺侧。庆历八年二月,欧阳公来牧是邦,为堂于大明寺庭之坤隅。江南诸山,拱立檐下,若可攀取,因目之曰平山堂。"客:指与钱谦益会聚的人。

〔7〕壶觞:喝酒用的器物。这里指代喝酒。

# 广陵登福缘佛阁四首(选二)〔1〕

危楼切太空〔2〕,尘埃俯冥蒙〔3〕。度世香灯里〔4〕,降魔应器中〔5〕。上方三界在〔6〕,八表一云同〔7〕。铃铎人天语〔8〕,如闻替戾风〔9〕。

〔1〕广陵,扬州古称广陵,隋改扬州,又以隋炀帝讳改江都郡。唐天宝元年复名广陵郡。明清均为扬州府。钱谦益到扬州后,留下的只此一组诗。所选为第一、第四首。

〔2〕危楼:高楼。切:贴近。

〔3〕"尘埃"句:说登楼俯视,冥蒙如尘。

〔4〕"度世"句:说佛灯岁久不灭,见证易代给扬州带来的灾难。刘禹锡《嘉话录》:"江宁县寺有晋长明灯,岁久火色变青而不热。隋文帝平陈,已讶其古。至今犹在。"

〔5〕"降魔"句:说佛教徒用的钵可以降魔。应器,《翻译名义集》:"钵多罗,此云应器。《发轸》云:'应法之器也。'《放钵经》:'文殊持钵乞食,为魔所逐。文殊以钵安地,令魔举之,不能离地。魔云:我举大山,游于空中,因何此钵而不能动,是菩萨力也。伏膺而退。'"

〔6〕三界:佛教语。即欲界、色界、无色界。见《翻译名义集》。

〔7〕"八表"句:说乾坤都在一云之中。八表,八方之外,指极远的地方。陶渊明《停云诗》:"八表同昏,平路伊阻。"

〔8〕"铃铎"句:形容佛寺的铃铎声。人天,人间与上天。

〔9〕替戾风:《晋书·佛图澄传》云:石勒将攻刘曜,群下咸谏,以为不可。勒问佛图澄,澄曰:"相轮铃音云:'秀支替戾冈,仆谷劬秃当。'此

羯语也。秀支,军也。替戾冈,出也。仆谷,刘曜胡位也。劬秃当,捉也。此言军出捉得曜也。"后石勒果生擒刘曜。

冥晦乾坤户[1],迷方何去从[2]？禅枝迎怖鸽[3],钵水候眠龙[4]。铁浴兵前雨[5],铜崩劫后钟[6]。灵山殊未散[7],清夜礼金容[8]。

〔1〕"冥晦"句:说天地之间就像一个晦暗的屋子。冥晦,昏暗。

〔2〕"迷方"句:用鲍照《拟古诗》:"南国有儒生,迷方独沦误。"说自己沉沦迷茫。

〔3〕"禅枝"句:说自己犹如受惊的鸽鸟栖息在佛门。怖鸽,《涅槃经》二八、《大智度论》十一,说有一鸽为鹰追逐,佛以自己的身影遮蔽鸽身,消除了鸽子的恐怖。诗文中常用怖鸽作为穷无所归的典故。

〔4〕"钵水"句:说自己隐身佛门,等待风云际会。赞宁《宋高僧传》:"帝遣高力士召无畏祈雨,乃盛一钵水,以小刀搅之,梵言数百。须臾有物如龙,其大如指,赤色,矫首水面,复潜钵底。畏且搅且咒,有白气自钵而兴,风雨骤至。"

〔5〕铁浴:即浴铁。指披铁甲的骑士和战马。《资治通鉴·梁纪》:"(侯)景浴铁数千,翼卫左右。"注:"浴铁者,言铁甲坚滑,若以水浴之也。"

〔6〕"铜崩"句:说改朝换代带给人们的深远影响。《世说新语·文学篇》:殷荆州解释《易》"以感为应"云:"铜山西崩,灵钟东应。"徐震堮笺引《东方朔传》:"孝武皇帝时,未央宫前殿钟无故自鸣,三日三夜不止。诏问太史侍郎王朔,朔言:'恐有兵气。'更问东方朔,朔曰:'臣闻铜者,山之子;山者,铜之母。以阴阳气类言之,子母相感,山恐有崩弛者,故钟先鸣。'"此处比拟明朝灭亡。

〔7〕"灵山"句：大慧《普说》："天台智者大师因读《法华经》，至药王菩萨焚身处，云是真精进，是名真法供养如来。于此豁然，前后际断，便证法华三昧。于三昧中，见灵山会上，释迦老子与百万大众，俨然未散。"苏轼《游静居院》诗："灵山会未散，八部犹光辉。"

〔8〕金容：形容佛面。太宗《三藏圣教序》："金容掩色，不镜三千之光；丽象开图，空端四八之相。"

# 石涛上人自庐山致萧伯玉书，于其归也，漫书十四绝句送之，兼简伯玉(选四)〔1〕

兵尘不上七条衣〔2〕，刀剑轮边锡杖飞〔3〕。五老栖贤应有喜〔4〕，昆明劫外一僧归〔5〕。

〔1〕石涛（1642？—1707？），原姓朱，名若极，明宗室，广西全州人。年幼出家，法名道济，字石涛，又号苦瓜和尚、大涤子、清湘老人等。清代杰出画家，凡山水、人物、花卉，无不精妙，且能熔铸千古，独出手眼，对后世影响极深。萧伯玉，名士玮，江西泰和人。万历四十四年（1616）进士。天启二年（1622）廷试，除行人司。崇祯元年（1628）册封秦府。崇祯五年（1632）改南大理评事，转南礼部祠祭司主事。入清不仕。通晓佛法，精研性相。此次石涛往吴，萧伯玉遗书，劝钱谦益潜心内典，刊落绮语。石涛回赣，钱谦益作此组诗送之兼简萧伯玉。此选其第二、第七、第九、第十二首。

〔2〕七条衣：即出家人穿的衣服。《翻译名义集》："《南山》云：'七条名巾价衣。'《戒坛经》：'五条下衣，断贪身也。七条中衣，断嗔口也。

大衣上衣,断痴心也。'"

〔3〕"刀剑"句:说石涛虽为佛徒,仍参与反清大业。赞宁《宋高僧传》:"邓隐峰游五台山,路出淮西,属吴元济阻兵,违拒王命,官军与贼交锋。峰曰:'我去解其杀戮。'乃掷锡空中,飞身界两军阵过。战士各观,不觉抽戈匣刃焉。"

〔4〕"五老"句:说石涛此来,必有喜讯。五老栖贤,庐山五老峰栖贤寺。苏轼《白石山房》诗:"五老苍头一笑开。"施宿曰:"栖贤寺东北有五老峰,庐山之胜此为最。"

〔5〕昆明劫:见《西湖杂感二十首有序(选八)》第一首注〔27〕。

国土依然兵燹丛[1],清斋冥对落花风。陶轮世界频来往[2],只在维摩手掌中[3]。

〔1〕兵燹(xiǎn 显):因战争所遭受的焚烧破坏。
〔2〕陶轮:即陶钧。制陶器的转轮。比喻对事物的控制、调节。《汉书·邹阳传》:"是以圣王制世御俗,独化于陶钧上。"注:"陶家名转者为钧,盖取周回调钧耳。言圣王制驭天下,亦犹陶人转轮。"
〔3〕维摩:佛名,即维摩诘。释迦同时人,也作毗摩罗诘。义译无垢称,或净名。曾向佛弟子舍利佛、弥勒、文殊师利等讲说大乘佛教。

纪历何须问义熙[1],桃源春尽落英知[2]。北窗大有羲皇地[3],闲和陶翁甲子诗[4]。

〔1〕"纪历"句:说石涛奉南明朔。纪历,纪时的历法。陶渊明《桃花源诗》:"虽无纪历志,四时自成岁。"义熙,晋司马德宗年号(405—418)。意思说陶渊明不奉刘宋朔。此处说石涛。

〔2〕"桃园"句：以陶渊明比石涛。《桃花源记》："忽逢桃花林，夹岸数百步，中无杂树，芳草鲜美，落英缤纷。"

〔3〕"北窗"句：陶渊明《与子俨等书》："常言五六月中，北窗下卧，遇凉风暂至，自谓是羲皇上人。"羲皇，伏羲氏。羲皇上人，太古之人。

〔4〕甲子诗：说陶渊明诗以甲子纪年。甲为天干首位，子为地支首位。用干支依次相配，可得六十数，统为六十甲子。因以甲子纪岁月，也用来代称岁月年代。

沧海于今果横流[1]，谁平快阁览神州[2]？三间老屋东西住[3]，尽着元龙在上头[4]。

〔1〕沧海横流：大海之水四处泛流，比喻时世动乱。《晋书·王尼传》："尼常叹曰：'沧海横流，处处不安。'"

〔2〕快阁：阁名。在江西泰和县东，赣江之上，以江山广远、景物清华得名。黄庭坚曾有《登快阁》诗，其中佳句："落木千山天远大，澄江一道月分明。"

〔3〕"三间"句：《世说新语·赏誉篇》："蔡司徒在洛，见陆机兄弟，住参佐廨中，三间老屋，士龙住东头，士衡住西头。"

〔4〕元龙：三国时谋略之士陈登字。上头，《三国志·魏志·陈登传》："许汜与刘备在刘表坐。汜曰：'陈元龙豪气未除，昔过下邳，见元龙无客主之意，久不相与语，自上大床卧，使客床下卧。'备曰：'如小人欲卧百尺楼上，卧君于地，何但上下之分耶？'"此处以陈元龙比喻石涛。

# 哭稼轩留守相公一百十韵[1]

师弟恩三纪[2]，君臣谊百年。哀音腾粤地[3]，老泪洒吴天。

杀气南条急[4],妖氛北户缠[5]。行宫逾越峤[6],留守限灵川[7]。已下叙失守殉难事。仓卒闻风溃[8],逡巡厝火燃[9]。操戈乘内间[10],解甲起中权[11]。卷土心仍壮[12],凭城誓益坚[13]。喧呼齐辫发,奋击祇张拳[14]。刀锯徒为尔,冠裳正俨然。归元髯上磔[15],嚼齿爪中穿[16]。苟偃含犹视[17],张巡起欲旋[18]。扬扬神不乱,琅琅语争传。徒报衔须痛[19]。谁能咭血怜[20]?已下叙讣闻为位之事。伤心寝门外,为位佛灯前[21]。一恸营魂远[22],三号涕泗涟。修门归漠漠[23],故国望姗姗。《虞殡》歌休矣[24],巫阳筮与焉[25]。吴羹凄象设[26],楚些怆蝉联[27]。魂复新遗矢[28],神栖旧坐毡[29]。灵衣风肃肃,幽啸雨溅溅。清夜前除酒[30],明灯近局筵[31]。逢迎伤剪纸[32],送别忍烧船[33]。黄鸟身其百,青龙岁半千[34]。四游馀渺莽[35],八翼罢腾骞[36]。飞铁兵轮重[37],为铜物冶全[38]。庚寅征览揆[39],辛卯应灾躔[40]。君生于庚寅甲子,一周而终,故引庚寅以降之词。其闻讣,辛卯夏也,故引朔日辛卯之诗,皆假借使之也。剑去梧宫冷[41],刀投桂水煎[42]。驯狐宵叫啸[43],婴蜆昼连蜷[44]。斗涧龙伤血[45],崩崖蜃吐涎[46]。是夏虞山有出蜃之异。已下叙其戊辰后归田燕游之事。拊心看进裂[47],弹指省轰阗[48]。攀附龙门迥[49],追陪鹤盖连[50]。园林归绿水,屋宇带红泉。一饭常留客,千金不问田。以忙消块垒,及暇领芳妍[51]。日落邀宾客,舟移沸管弦。丹青搜白石[52],杖履撰松圆[53]。君好藏白石翁画,于程丈孟阳有师资之敬。已下叙其少壮授经之事。齿马成吾老[54],童乌忆汝贤[55]。《兔园》温句读[56],蛾子学丹铅[57]。枕膝应传喜[58],登楼独许玄[59]。已下叙其登朝贬谪及牵连下狱之事。青春凭骒褒,白首托夔蚿[60]。桃李西江宰,梧桐左掖员[61]。裂麻心胆赤[62],恤纬鬓毛宣[63]。北寺偕书狱[64],西曹互橐饘[65]。朱游和药切[66],黄霸授经专[67]。已下叙甲申丧乱之事。铜马神州沸[68],金鸡密网蠲[69]。甘陵录牒寝[70],元祐党碑镌[71]。北阙惊传火[72],东郊狃控弦[73]。帝车俄运转[74],天步久迍邅[75]。余与君以甲申三月初十日同日赐还,邸报遂失传[76]。鳌足倾三极[77],龙湖断八埏[78]。关山留北顾[79],宗祐寄南迁[80]。已下叙乙酉岁开府广西遇乱拥立之事。江左朝廷小[81],交南节钺偏[82]。风云天路偪[83],翼戴本支绵[84]。宗泽回銮表[85],刘琨劝进笺[86]。岭边求日月,规外别乾坤[87]。翼轸开营壁[88],湘漓抵涧瀍[89]。只身支浩劫,赤手捧虞渊[90]。插羽钩庸蜀[91],分茅饵益滇[92]。黄农罗种落[93],邕桂簇戈铤[94]。青犊乌仍合,红巾蚁并缘[95]。反王收魏豹[96],别将置梅鋗[97]。白象扶丹毂[98],乌蛮曳彩旃[99]。庐儿宿卫直[100],厮养彻侯骈[101]。书诏行营里,除官御览先[102]。两宫汤药使,中禁洗儿钱[103]。已下重叙庚寅冬失守殉难之事。一旅基将肇,三分业未竣[104]。连鸡昏蚌蛤[105],哇虎玩蝇蜒[106]。画地翔河鸟[107],婴城坠纸鸢[108]。执冰嘻狒狒[109],投绠引蠕蠕[110]。履善穷江表[111],庭芝殉海

241

瞑[112]。誓言审决绝,望拜告精虔[113]。目裂光如炬,脊藏血化殷[114]。花缦挈面哭,藤帽枕尸还[115]。青草迎飞旐,黄茅拥过辁[116]。虚祠包箬饭[117],峒祭卜筳篿[118]。故垅虞山似,桂林亦有虞山。新愁桂岭牵。用张平子《四愁》桂林之语[119]。丹心石路折,皓魄火云鲜。尽说南朝李,何惭东海田[120]。铸金身故在[121],刻木首非陨[122]。烈烈羞祈死,淹淹笑祝延[123]。已下重言杂序,仿《天问》、《大招》之意。葭灰阳解驳[124],火井焰浮烟[125]。错莫嘶泥马[126],分明叫杜鹃[127]。朔方唐故事[128],纶邑夏前编[129]。率土诚延仁,敷天忍弃捐[130]。云旗翻毕口[131],星矢直狼肩[132]。壁垒分行阵,雷风合弭鞭[133]。白山崖倒侧,黑水浪平填[134]。鹢尾南回越,旄头北扫燕[135]。誓师三后所[136],饮御五车边[137]。改葬新班剑[138],舆尸故马鞯[139]。羽林分綵绶[140],麟阁列貂蝉[141]。画壁雕戈动,祠堂兕甲县[142]。传芭歌沓沓[143],荐荔鼓鼘鼘[144]。宿列还箕尾[145],其先人学宪公名字,皆取象傅说星也。星祠配女嬬[146]。其夫人先殁于桂。五陵齐剪棘[147],双庙并加笾[148]。督师侍郎张公同敞,故太师江陵文忠之孙,以门荫起家,抗骂不屈,同日被害。已下结叙哀挽伤悼之词。后死身馀几?先生腹尚便[149]。不成升屋哭[150],弥想对床眠[151]。单子留形影,凄凉度陌阡。鸡窗言仿佛[152],蛛匣字蜿蜒[153]。西第花犹发,东皋草欲芊[154]。经过光景眩,识路梦魂颠。太息看梁栋,沉吟仰屋椽。移山谁负畚?蹈海可乘艑[155]。

242

守器纡奔问[156],余皇肆溯沿[157]。祝余双泪涸[158],将伯寸心瘠[159]。长夜歌将阕[160],穷尘恨始湔[161]。荡阴三士咏[162],蜀国八公篇[163]。乡梦凭温序[164],哀词属马汧[165]。降神天意远,养士国恩绵。汗竹新书史[166],浇花近扫阡[167]。明明老眼在,拭目向空玄[168]。

〔1〕顺治七年(1650)十一月,南明永历朝留守桂林的瞿式耜被执不屈死。瞿式耜(1590—1650),字起田,号稼轩,常熟人。十六岁受业于钱谦益。万历四十四年(1616)进士。崇祯元年(1628)擢户科给事中,旋因阁颂一案与其师一同罢官归里。崇祯十年(1637)又和钱谦益同被张汉儒告讦,下刑部狱。南明弘光朝起应天府丞,升广西巡抚。弘光朝覆灭,拥立桂王朱由榔为帝,建立永历王朝,官吏部右侍郎兼大学士。顺治四年(1647)永历往全州,诏瞿式耜以兵部尚书文渊阁大学士留守桂林,因守城之功,封临桂伯。殉难后,永历赐谥号"文忠"。钱谦益是在得到瞿式耜死难的消息后作此诗,陈寅恪《柳如是别传》称此诗为"《庚寅夏五集》后一年所赋之诗,最佳最长者"。不仅为此一年之佳作,就《初学集》、《有学集》言,亦堪称作者极力经营之作。钱瞿二人不仅具师弟之谊,亦是宦途之中同党,入清后,钱谦益又是通过瞿式耜建立起列身永历朝的桥梁。留守,古代皇帝巡幸、出征时,以亲王或重臣镇守京师,得便宜行事,称京城留守。其他行部、陪都也有常设或间设留守者,多以地方长官兼任。瞿式耜属于前者。相公,指丞相。瞿式耜在永历朝,其地位相当于丞相。

〔2〕师弟:老师和弟子。金王若虚《论语辨惑·总论》:"子贡问当时从政者,夫子比之斗筲而不数,盖师弟之间,商评之语,何害于德。"纪:古代纪年的单位。十二年为一纪。三纪,极言其久远。

〔3〕粤地:广东广西古为百粤之地,故称两粤。此处指广西。

〔4〕南条:《尚书·禹贡》:"导岍及岐",《正义》引《地理志》:"禹贡北条荆山,在冯翊、淮德县南;南条荆山,在南郡、临沮县东北。"其地大致是湖北的江陵、当阳一带。

〔5〕"妖氛"句:说偏僻的西南正弥漫着战乱和灾难。妖氛,不祥之气,多指凶灾、祸乱。北户,上古国名。《尔雅·释地》:"觚竹、北户、西王母、日下,谓之四荒。"郭璞注:"觚竹在北,北户在南。"此处指西南地区。

〔6〕"行宫"句:说永历的行宫到了南越边陲。越峤(qiáo桥),南越的山岭。南越即"南粤",广东广西一带。苏轼《送叶朝奉》诗:"梦里吴山连越峤。"施宿曰:"沈怀远《南越志》:'南越五峤为限。东曰大庾,次骑田,次都龙,次营萌渚,次越峤。'"

〔7〕"留守"句:说瞿式耜的大限就在灵川。限,即生命的极限,指死期。灵川,《大明一统志》:"灵川县,在桂林西北五十二里。"

〔8〕"仓卒"句:说永历朝的军队闻风溃退。

〔9〕"逡巡"句:说永历朝兵败如山倒。逡巡,顷刻,时间很短。厝(cuò错)火,《汉书·贾谊传》:"夫抱火厝之于积薪下而寝其上,火未及燃,因谓之安。"以上二句写十一月事。此月,清军入严关,驻扎在溶江的杨国栋、马养麟未见敌而奔。瞿式耜命赵印选守御,但其已先期逃去。疲民溃卒,鼠窜兽散。

〔10〕"操戈"句:说永历朝臣各行其是,互不团结,清军乘虚而入。内间,即君主不信任大臣。《史记·陈平世家》:"平曰:'大王诚能出捐数万金,行反间,间其君臣,以疑其心。项王为人,意忌信谗,必内相诛。汉因举兵而攻之,破楚必矣。'"

〔11〕"解甲"句:说使军队失去战斗力的是朝廷的中枢。解甲,脱去盔甲,指无战斗力。中权,指朝廷的中枢。

〔12〕"卷土"句：用杜牧《乌江》诗："江东子弟多才俊，卷土重来未可知。"此处说瞿式耜仍希望收复失地。

〔13〕"凭城"句：说瞿式耜决心与桂林城同生死。

〔14〕"喧呼"二句：此二句说清军呼喊着要瞿式耜投降，瞿式耜空拳守战。辫发，即编发。《汉书·终军传》："殆将有解编发，削左衽，袭冠带，要衣裳而蒙化者焉。"师古曰："编读曰辫。"张拳，司马迁《报任安书》："更张空拳，冒白刃。"李善曰："此言兵已尽，但张空拳以击耳。"李奇曰："拳，弩弓也。"

〔15〕"归元"句：描写瞿式耜死后的情形。归元，送回头颅。元，首，头。《左传·僖公三十三年》："(先轸)免胄入狄师，死焉。狄人归其元，面如生。"髯上磔(zhé 哲)，胡须竖立。磔，张开。

〔16〕"嚼齿"句：如上句描写瞿式耜死后的表情。嚼齿，咬碎牙齿。《新唐书·张巡传》："子奇谓巡曰：'闻公督战大呼，辄裂眦血面，嚼齿皆碎，何至是？'答曰：'吾欲气吞逆贼，顾力屈耳。'"爪中穿，握拳手指甲穿透手背。《晋书·卞壸传》："其后盗发壸墓，尸僵，鬓发苍白，两手悉拳，爪甲穿达手背。"

〔17〕"荀偃"句：说瞿式耜死不瞑目。荀偃，春秋晋国人，字伯游，晋悼公立，从悼公伐齐，病卒。死后双目仍睁，不能含玉，直到栾怀子发誓伐齐，才瞑目受含(古代人死后把玉等放入口中)。

〔18〕"张巡"句：形容瞿式耜面对死亡从容不迫的样子。张巡，唐代邓州南阳人，开元进士。安史之乱中，与许远同守睢阳，坚守数月，城陷，不屈死。韩愈曾写过著名的《张中丞传后序》。文中云："城陷，贼缚巡等数十人，坐，且将戮，巡起旋(小便)。其众见巡起，或起或泣。巡曰：'汝勿怖，死，命也。'巡就戮时，颜色不乱，扬扬如平昔。"

〔19〕衔须痛：指被敌人所杀。《后汉书·温序传》："序为隗嚣别将苟宇所拘执，大怒，叱宇等。宇曰：'此义士死节，可赐以剑。'序受剑，衔

245

须于口,曰:'为贼所迫杀,无令须污血。'遂伏剑而死。"

〔20〕咶(shì是)血:舐血。《大唐传载》:"李希烈跋扈蔡州时,卢杞为相,奏颜鲁公往宣谕,而谓颜曰:'十三丈此行,出自圣意。'颜曰:'公之先忠烈公面上血,是某所舐,忍以垂死之年,饵于虎口。'杞闻之恨焉。卢杞是御史中丞奕之子。"

〔21〕"伤心"二句:寝门,指内室门。《仪礼·士丧礼》:"君使人吊,彻帷;主人迎于寝门外,见宾不哭。"《礼·檀弓》:"朋友吾哭诸寝门之外。"为位,设立牌位、神主。

〔22〕营魂:灵魂,魂魄。

〔23〕修门:战国时楚国都城郢城南关三门之一。宋玉《招魂》:"魂兮归来,入修门些。"此处言为瞿式耜招魂。

〔24〕《虞殡》:挽歌名。《左传·哀公十一年》:"公会吴子伐齐,将战,公孙夏命其徒歌《虞殡》。"杜预曰:"《虞殡》,送葬歌曲。"

〔25〕巫阳:古代巫师名。《招魂》:"帝告巫阳曰:'有人在下,吾欲辅之。魂魄离散,汝筮予之。'"此处说巫师来为瞿式耜招魂。

〔26〕"吴羹"句:说在瞿式耜的灵位前摆设吴羹。吴羹,吴地之羹。《招魂》:"和酸若苦,陈吴羹些。"象设,即像设。依式构造。《招魂》:"像设君室,静闲安些。"注:"言为君造设第室,法像旧庐所在之处。"

〔27〕"楚些(suò锁去声)"句:描写祭奠瞿式耜的祭歌。楚些,楚辞中个别作品句尾加一语助词"些"。屈原的《招魂》隔句均有语尾词"些"。沈括《梦溪笔谈·辨证》:"今夔、陕、湖、湘及南北僚人,凡禁咒句尾皆称'些',此乃楚人旧俗。"后用"楚些"指招魂歌。蝉联,亲族连绵不绝。刘向《九叹》:"余肇祖于高阳兮,惟楚怀之蝉联。"王逸曰:"蝉联,亲族也。"

〔28〕"魂复"句:说用弓矢为瞿式耜招魂。遗矢,死者遗箭。《礼记·檀弓》载,鲁僖公二十二年秋,邾娄战于升陉。虽胜,死伤也相当惨

重,无衣为死者招魂,故用矢招之。以示志在胜敌。

〔29〕"神栖"句:说瞿式耜的神龛坐落于旧物之上。坐毡,《晋书·王羲之传附王献之传》:"夜卧斋中,而有偷人入其室,盗物都尽。献之徐曰:'偷儿,青毡我家旧物,可特置之。'"后以青毡作为士人故家旧物的代词。

〔30〕"清夜"句:杜甫《游江东》诗:"清夜置酒临前除。"前除,屋前的台阶。

〔31〕近局:邻里。

〔32〕"逢迎"句:说为瞿式耜招魂。逢迎,迎接。剪纸,旧俗用钱形剪纸为死者招魂。杜甫《彭衙行》:"剪纸招我魂。"

〔33〕烧船:祭奠死人用的纸船。韩愈《送穷文》:"烧车与船,延之上坐。"

〔34〕"黄鸟"二句:黄鸟身其百,《诗经·黄鸟》哀悼殉葬秦穆公的子车氏三子。说奄息为"百夫之特",仲行为"百夫之防",铖虎为"百夫之御"。说三子都是上百人才可匹敌的英雄才俊。此处称赞瞿式耜的才能。青龙,星名。即太岁。《后汉书·律历》下:"摄提迁次,青龙移辰,谓之岁。岁首至也,月首朔也。至朔同日,谓之章。同在日首,谓之蔀,蔀终六旬,谓之纪。岁朔又复,谓之元。"青龙岁半千,说瞿式耜是五百年才会出现的人才。

〔35〕四游:一年四季。张华《励志》诗:"天回地游。"李善注引《河图》曰:"地有四游,冬至,地上游,北而西三万里;夏至,地下游,南而东三万里。春秋二分,是其中矣。地常动不止,而人不知。譬如开舟而行,不觉舟之运也。"

〔36〕"八翼"句:说瞿式耜赍志而亡。八翼,《晋书·陶侃传》:"侃少时梦生八翼,飞而上天。见天门九重,已登其八,惟一门不得入,阍者以杖击之,因堕地,折其左翼。"腾骞,腾跃。

〔37〕"飞铁"句:说兵燹丛生,遍地杀气。飞铁,飞舞的铁屑。《汉书·五行志》:"征和二年春,涿郡铁官铸铁,铁销皆飞上天。此火为变,使之然也。"兵轮,战车战船的轮子,用以指代战争的惨烈。

〔38〕"为铜"句:形容社会大动荡,一切秩序都待重新安排。用贾谊《鹏鸟赋》中的意思:"天地为炉兮,造化为工。阴阳为碳兮,万物为铜。"

〔39〕"庚寅"句:说瞿式耜的出生。瞿式耜生于万历庚寅年(1590)。屈原《离骚》:"惟庚寅吾以降。"览揆,观察衡量。《离骚》:"皇览揆于初度兮。"此处指出生。

〔40〕"辛卯"句:说瞿式耜死讯。辛卯,顺治八年(1651)。瞿式耜死于顺治七年,但死讯传到常熟,已是顺治八年。灾躔(chán 蝉),灾星的预告。躔,日月运行的轨迹。古人常以天象解释人世。

〔41〕"剑去"句:把瞿式耜比作永历朝的利剑。说瞿式耜的死难使永历王朝受到了致命的打击。《吴越春秋》:"湛卢之剑,恶阖闾之无道,乃去而出,水行如楚也。楚昭王卧而寤,得吴王湛卢之剑于床。"梧宫,指永历的宫室或永历朝。任昉《述异记》:"梧桐园在吴宫,本吴王夫差旧园也,一名琴川。语云:梧桐秋,吴王愁。"

〔42〕"刀投"句:意同上句。《古今刀剑录》:"关羽为先主所重,不惜身命。自采都山铁为二刀,铭曰万人。及羽败,羽惜刀,投之水中。"桂水,《水经注》:"桂水出桂阳县北界山。应劭曰:桂水出桂阳东北,入湘。"

〔43〕"训狐"句:说瞿式耜死时的不祥之兆。训狐,恶鸟。又名鸱鸺、鸺鹠。韩愈《射训狐》诗:"有鸟夜飞名训狐,矜凶挟狡夸自呼。"

〔44〕"婴蜺"(ní 泥)句:仍是说不祥预兆,虹霓和弗气相互缠绕。婴蜺,屈原《天问》:"白蜺婴弗。"王逸注:"蜺,云之有色似龙者也。弗,白云透迤若蛇者也。言此有蜺弗气透迤相婴。"婴,环绕,羁绊。连蹉

(juǎn卷上声),即环绕屈曲貌。

〔45〕"斗涧"句:说虞山也有不祥之兆。朱长文《吴郡途经续记》:"破山有龙斗涧。唐贞观中,妪生白龙,与一龙斗于此而成此涧。"

〔46〕蜃吐涎:即蜃景。由于大气层对光线的折射作用,把远处的景象反映在天空或地面。古人认为是大蜃吐气。蜃,大蛤蜊。

〔47〕"拊(fǔ抚)心"句:以下四句回忆崇祯元年阁颂之中的事。拊心,抚胸,拍胸。迸裂,指朝局党争的分裂。

〔48〕"弹指"句:弹击手指。佛教语,以手作拳,屈食指,以大拇指捻弹作声,表示愤怒、许诺、赞叹或告诫等。也指时间短暂。省,明白,省悟。轰闐(tián填),轰闹。此句形容崇祯元年朝堂上温体仁一党与钱谦益一党的争斗。

〔49〕"攀附"句:说瞿式耜追随东林党。龙门,比喻有声望的人。《后汉书·李膺传》:"膺独持风裁,以声名自高,士有被容接者,名为登龙门。"此处指东林党,也自指。

〔50〕"追陪"句:说瞿式耜和自己一起被罢官回里。鹤盖,车盖。以鹤张翼而称。此处指他们一起回乡,一起优游山水的车驾。

〔51〕"以忙"二句:描写瞿式耜罢官后的生活情景。块垒,心中的不平之气。芳妍,美好。

〔52〕"丹青"句:说瞿式耜喜欢临摹收藏沈周的作品。丹青,本指可以制成丹和青两种颜料的矿石。后引申为画画的颜料。白石,沈周(1427—1509)。字启南,号石田,晚号白石翁。长洲人。以画著称,与唐寅、仇英、祝允明合称为"明四家"。

〔53〕"杖履"句:说瞿式耜以师礼待程嘉燧。杖履,即撰杖捧履的省称,亦省作"撰杖"。谓侍奉长者、师者之礼。《礼记·曲礼上》:"侍坐于君子,君子欠伸,撰杖履,视瞻莫,侍坐者请出矣。"谓长者坐久而持杖履,有厌倦起行之意。撰,持。松圆,程嘉燧号。参看《姚叔祥过明发堂,

共论近代词人,戏作绝句十六首(选八)》第一首注〔3〕。

〔54〕"齿马"句:感叹自己年岁已长。齿马,牛马幼小者,岁生一齿,因以齿计其岁数。《公羊传·僖公二年》:"吾马之齿,亦以长矣。"何休注:"以马齿长喻荀息之年老。"

〔55〕童乌:扬雄之子。扬雄《法言·问神》:"育而不苗者,吾家之童乌乎?"后用童乌作早慧或幼殇之典。此处指早慧。

〔56〕"《兔园》"句:回忆瞿式耜少年时读书的情形。《兔园》,唐代杜嗣先奉李恽(蒋王)之命,效法应试科目的策问,制成问答题,引经史解释,编成此书。因恽是太宗的儿子,因取名梁孝王的兔园为名,称为《兔园策》,也叫《兔园册》。唐代作为启蒙读本,因此受到人们的轻视。此处指瞿式耜早年所读的书。句读(dòu 逗),句和逗。文章中的休止和停顿。

〔57〕"蛾(yǐ 蚁)子"句:同上句。蛾子,即蚁子,幼蚁,比喻年幼。丹铅,丹砂和铅粉。古人用来校勘文字。

〔58〕"枕膝"句:说来求学者中,瞿式耜非常优秀,得到了自己治学的真传。枕膝,《汉书·儒林传》载孟喜"从田王孙受《易》。喜好自称誉,得《易》家候阴阳灾变书,诈言师田生且死时,枕喜膝,独传喜。诸儒以此耀之"。

〔59〕"登楼"句:语义同上句。《后汉书·郑玄传》:"玄在马融门下,三年不得见,使高业弟子传授于玄。会融集诸生考论图纬,闻玄善算,乃召见于楼上,玄因从质诸疑义。问毕辞归,融喟然叹曰:'郑生今去,吾道东矣。'"

〔60〕"青春"二句:说自己与瞿式耜从青春到白首的关系,以及对瞿式耜的赏爱和期望。青春,指他们二人年轻时。骙袅(yǎo niǎo 咬鸟),良马名。《穆天子传》:"飞兔骙袅飞驰三万里。"夔蚿(xián 弦),《庄子·秋水篇》:"夔怜蚿。"成玄英疏:"夔是一足之兽,其形如鼓,足似

人脚,而回钟向前也。蚿多足之虫也。夔以少企多,故怜蚿。"蚿,即马蚿,一名马陆,百足。此处以夔自喻,以蚿喻瞿式耜。

〔61〕"桃李"二句:概述瞿式耜的官历。西江宰,瞿式耜万历四十四年(1616)中进士,授江西吉安府永丰县令。左掖,指给事中。崇祯元年(1628),瞿式耜起为户科给事中。桃李,门生。《韩诗外传》:"夫春树桃李,夏得阳其下,秋得食其食。"后以之喻栽培的后辈和门生。梧桐,喻忠心赤胆。《诗经·大雅·卷阿》:"梧桐生矣,于彼朝阳。"

〔62〕"裂麻"句:用晚唐阳城事。阳城(736—805),字亢宗,唐北平人。进士及第后隐于中条山。德宗召为谏议大夫,曾疏留陆贽,力阻裴延龄为相,从而有直名。李肇《国史补》:"阳城为谏议大夫,德宗欲裴延龄为相,城曰:'白麻如出,吾必裂而死。'德宗闻之,以为难,竟寝之。"此处指瞿式耜的忠直。

〔63〕"恤纬"句:说因忧国而须发斑白。恤纬,"嫠不恤纬"的省称。语本《左传·昭公二十四年》。意为寡妇不忧其织事,而忧国家的危难。后来指忧国之心。宣,即宣发,斑白的头发。

〔64〕"北寺"句:回忆他们师弟二人崇祯十年(1637)被张汉儒告讦入狱之事。北寺,东汉监狱名。《后汉书·党锢传》:"帝愈怒,下膺等于黄门北寺狱。"此处指迫害东林党的党狱。偕书,说他们都带着书。

〔65〕"西曹"句:说他们在狱中互相照应。西曹,刑部的别称。橐饘(zhān沾),指衣食。橐,衣橐;饘,饭食。

〔66〕"朱游"句:此句说他们随时都有自杀和被杀的危险。《汉书·萧望之传》:"使者召望之,望之门下生朱云劝其自裁。望之谓云曰:'游趣和药来。'饮鸩自杀。"

〔67〕"黄霸"句:回忆他们在狱中研究经书。《汉书·夏侯胜传》:"胜及黄霸俱下狱。霸欲从胜授经,胜辞以死罪。霸曰:'朝闻道,夕死可矣。'胜贤其言,遂授之。"

〔68〕铜马:西汉末年的一支农民起义军,后被光武帝刘秀破降。此处指明末的农民起义军。

〔69〕"金鸡"句:说因农民起义的烽烟遍地,党狱的网罗才放松。古代颁布赦诏日,设金鸡于竿,以示吉辰。鸡以黄金饰首,故名金鸡。蠲(juān捐),除去。

〔70〕"甘陵"句:说明末党狱松动。甘陵,本地名。故址在今河北清河县。秦为厝县,东汉安帝以孝德皇后葬于此,陵名甘陵,县亦改为甘陵。《后汉书·党锢传》:"初,桓帝为蠡吾侯,受学于甘陵周福。及即帝位,擢福为尚书。时同郡河南尹房植有名当朝,乡人为之谣:'天下规矩房伯武,因师获印周仲进。'两家宾客互相讥刺,遂各树朋党,渐成尤隙。"东汉党争从此开始。录牒,指通缉犯人的名录。寝,即逐渐消沉。

〔71〕"元祐"句:意同上句。元祐,北宋年号(1086—1093)。党碑,王偁《东都事略·徽宗纪》:"崇宁三年,籍元祐奸党,以司马光为首,凡三百九人,刻石于文德殿门之东壁。"镌,消除。

〔72〕"北阙"句:说北京失守。北阙,北京。传火,《史记·匈奴传》:"胡骑入代、句注边,烽火通于甘泉、长安。"此指通报敌情的警报。

〔73〕"东郊"句:说京城的郊外聚集着清军。狎,拥挤。控弦,指入关的清兵。《汉书·匈奴传》:"控弦之士三十万。"师古曰:"控,引也。控弦,言能引弓者。"

〔74〕"帝车"句:说朝廷不能正确地履行其职责。帝车,《汉书·天文志》:"斗为帝车,运于中央,临制四海。分阴阳,建四时,均五行,移节度,定诸纪,皆系于斗。"俄,倾斜,歪貌。

〔75〕"天步"句:说国运艰难已久。天步,国运。《诗经·小雅·白华》:"天步维艰,之子不犹。"迍邅(zhūn zhān 谆沾),难行貌,也指处境困难。

〔76〕赐还:《有学集》邹镐本、金匮本"还"作"环"。古者臣有罪,

待放于境,三年不敢去,与之环则还,与之玦则绝。此处指朝廷命他们还朝。

〔77〕"鳌足"句:说明朝灭亡,只有弘光朝延续明祚。三极,古代神话说共工触不周山,天柱折,地维倾,女娲断鳌足以立地之四极。见《列子·汤问》。即四方的擎天柱。

〔78〕龙湖:即鼎湖。传说黄帝鼎成,龙垂胡髯下迎帝。黄帝乘龙髯升天。后常用来指帝王之死。八埏(yán 言):地之八际。此句说崇祯之死,天崩地解。

〔79〕北顾:镇江北固山,在丹徒县北。乐史《寰宇记》引《南徐州记》:"城西北有别岭,斗入江,三面临水,号曰北固。"刘祯《京口记》:"回岭入江,悬水峻壁,旧北顾作固字,梁高祖云:作镇作固,诚有其语。然北望海口,实为壮观,以理而推,应改为顾望之顾。"《舆地志》:"天清景明,登之,望见广陵城,如在青霄中,相去鸟道五十馀里焉。"

〔80〕"宗祏(shí 石)"句:社稷宗庙迁移到南京。宗祏,宗庙藏神主的石室。此处指朝廷。

〔81〕"江左"句:说南明偏安王朝为小朝廷。

〔82〕"交南"句:说广西过于偏远。交南,古交州。汉武帝设十三州部,交州是其一。东汉交州首府在广信,即广西苍梧县。后经演变,至唐改为安南都护府,即指今广东广西。节钺,象征地方和军事权力的符节和斧钺。明初为拜大将军仪。南明瞿式耜巡抚广西。

〔83〕天路:京城,朝廷。偪(bī 逼):同"逼",狭窄意。

〔84〕"翼戴"句:说瞿式耜拥戴桂王事。翼戴,辅佐拥戴。本支,树木的根干和枝叶。绵,绵延。此处指永历朱由榔是皇室支脉。

〔85〕"宗泽"句:以历史人物形容瞿式耜。宗泽(1059—1128),字汝霖,浙江义乌人。靖康元年知磁州,募集义勇,抗击金兵,旋任副元帅。徽宗、钦宗被俘,入援京师,任东京留守,用岳飞为将,屡败金兵,声威甚

253

著。多次上书力请高宗还都开封,收复失地,后忧愤而死。临终连呼"过河"者三。谥忠简。回銮表,古代称帝王和后妃的车驾为銮驾。瞿式耜多次力谏永历回銮桂林。

〔86〕刘琨(270—318):字越石,中山魏县(今属河北)人。晋室南渡,司马睿逃到江南,刘琨等联名劝进,司马睿登基。

〔87〕"岭边"二句:说瞿式耜拥戴的永历王朝延续明朝正朔,以别夷夏。岭边,指五岭以南的西南边地。规外,化外,边地。

〔88〕"翼轸(zhěn枕)"句:说楚地构成了明和清之间的对峙。翼轸,星宿名。其地相当于古代的楚。营壁,营垒。

〔89〕"湘漓"句:湘,湘江,湖南境内最大的河流;漓,漓江,桂江上游。祝穆《方舆胜览》:"漓水、湘水皆出海阳山而分源,南流为漓,北流为湘。"抵,相当于,抵得上。涧、瀍,即涧水和瀍河。涧水,源出于河南渑池县东北白石山,东流经新安、洛阳,入于洛河。瀍河,源出于洛阳西北谷城山,南流经洛阳城东,入于洛河。涧、瀍是华夏民族的发祥地,以涧、瀍喻华夏。

〔90〕虞渊:古代神话所说日入之处。《淮南子·天文》:"日入于虞渊之泛,曙于蒙谷之浦。"程大昌《续演繁露》:"吕温赞狄仁杰曰:'取日虞渊,洗光咸池。'盖言仁杰复辟,如取夜日尔复诸晨朝也。"此处说瞿式耜竭力拥戴永历,如从虞渊中捧出太阳。

〔91〕"插羽"句:说瞿式耜力图使楚、蜀连接起来,壮大永历的地盘和实力。插羽,即檄书。钩,连接。庸,古国名,亦名上庸,商之侯国,春秋时为楚灭,地在今湖北竹山县。蜀,蜀地。

〔92〕"分茅"句:说永历朝曾用分茅的策略引诱益、滇之地的割据首领。分茅,古代分封诸侯时授白茅裹着泥土,象征权力和土地。益,益州,四川境内。滇,云南府旧地。

〔93〕"黄、农"句:说桂林聚集着黄、农二姓。谭捡《邕管溪峒杂

记》:"邕州左右两江溪峒,旧谓之回道农家,盖波州、武勒州、思浪州、七源州、回州皆农姓也。又谓之回道黄家,盖安德州、归乐州、田州、露城州四州,皆黄姓也。"种落,部族聚居的地方。

〔94〕"邕、桂"句:说广西成了敌我厮杀的战场。邕,指广西南宁一带,古称邕州。桂,桂林一带。戈鋋(chán禅),兵器,短矛。

〔95〕"青犊"二句:说农民起义军是乌合之众。青犊,后汉赤眉农民军中的一支。红巾,元末韩山童、刘福通以红巾为号,称红巾军。此处都是指李自成的农民军。蚁并缘,古代称民众起义为蚁贼。蚁缘,即蚁贼聚集。

〔96〕魏豹:秦末人。战国时魏诸公子。魏亡,逃至楚。楚怀王使复魏地,立为魏王。从项羽入关,被封为西魏王。后叛楚附汉,复叛。汉王使韩信击之,被俘。此处指靖江王朱亨嘉。钱曾注此诗"留守限灵川"句云:"郑鸿逵奉唐王聿键至闽,王为高祖二十三子唐定王第八世也。七月即帝位,改元隆武,诏福州府为福京。八月,靖江王亨嘉拒命称制,以杨国威为大将。公(瞿式耜)在梧州,遥以大义启之,密檄思恩参将陈邦传设兵备变,又止狼兵勿应。靖藩怒,袭破梧州,执公至桂,囚之邸中。九月,陈邦传兵薄城下,焦琏时为杨国威旗鼓。公以恩义结之,授以密计,令琏夜半缒城下,入邦传军,复与邦传缒而登,守阵者皆琏兵,随擒国威等。五鼓攻靖邸,获王诸党与。"

〔97〕"别将"句:说焦琏敬佩瞿式耜的才德,成为瞿的别将。别将,与主力军配合作战的将领。梅鋗(juān捐),秦末人,原为番阳县令吴芮的部将,有功,从入武关。此处指焦琏。钱曾注云:永历往全州,诏瞿式耜以兵部尚书文渊阁大学士留守桂林,赐上方剑,便宜行事,各路悉听节制。瞿式耜尚未作好应敌的准备,清军已临境。时焦琏驻兵黄沙镇。瞿连檄召之。焦琏星夜赴援。三月初一,清军破阳朔。初九到达刘仙岩。初十,焦琏到达桂林,清军已有小股突入文昌庙,留守署在城楼下。焦琏

与清军短兵相接,殊死搏战,终于保全了桂林。

〔98〕"白象"句:大象载着永历的车毂。白象,吉祥的象征。王象之《舆地纪胜》:"象州城门画一白象,郡西山白云,状如白象,移时不灭。象州自昔不遭兵革,凡有大盗,皆相戒不宜犯象鼻。"此处指大象。丹毂,红色的车乘,指皇帝的车子。

〔99〕"乌蛮"句:描写永历的仪仗。古代对西南少数民族的称呼,也叫乌蛮、秋蛮。彩旃(zhān 沾),彩色曲柄的旗帜。指永历的仪仗。

〔100〕"庐儿"句:描写永历的侍从仆人。庐儿,奴仆、侍从。宿卫,宫中值宿,担任警卫。此句说永历的宿卫竟然是仆从。

〔101〕"厮养"句:说永历的仆从们纷纷有了侯爵之位。厮养,犹厮役。彻侯,蔡邕《独断》:"群臣异姓有功封者,称为彻侯。武帝讳,改为通侯,或曰列侯也。"此句讥讽永历朝封赐之荒谬,说明永历除了给人空头许诺外,别无其他。

〔102〕"书诏"二句:说永历处境的艰难。行营,狩猎或出征时用的营幕。因永历居无定所,常处于奔逃的状态。所到之处即为行营。除官,授官。御览光,说拜官这样的事,把持朝政的宦官不请示皇帝就先作主了。钱曾注"留宋限灵川"句:"是时中涓柄政,每用强镇之势胁天子,复假天子之权制朝士。"

〔103〕"两宫"二句:写永历宫中用度艰难,宦官控制后宫的费用。洗儿钱,旧俗婴儿出生三日或满月后洗身,后赐赠的钱为洗儿钱。说永历宫中因经济困顿,连洗儿钱也禁止使用。

〔104〕"一旅"二句:感慨瞿式耜苦心经营的复明基业尚未有所成就。一旅,庾信《哀江南赋》:"孙策以天下为三分,众才一旅。项籍用江东之子,人惟八千。遂乃分裂山河,宰割天下。岂有百万义师,一朝卷甲,芟夷斩伐,如草木焉?"基将肇,即奠定了"分裂山河,宰割天下"的基业。肇,开始。三分业,天下三分的大业。

〔105〕"连鸡"句:说永历朝各种势力互相牵制,结果是清军得利。连鸡,缚在一起的鸡。喻互相牵制,行动不能一致。蚌蛤,水生介壳类软体动物。此处用"鹬蚌相争,渔翁得利"意。

〔106〕"咥(dié叠)虎"句:说永历朝大敌当前,所玩弄小把戏。咥虎,《易·履》:"是以履虎尾,不咥人,亨。"咥,啮,咬。意思说踩了虎尾,虎还不咬人,大吉利。此处以咬人之虎喻清军。蝇蜒,两种虫子。

〔107〕"画地"句:《隋书·五行志》:"陈未亡时,有一足鸟集于殿庭,以嘴画地,文曰:'独足上高台,盛草变成灰。'独足者,叔宝独行无众之应。盛草成灰者,陈政芜秽,被隋火德所焚除也。叔宝至长安,馆于都水台,上高台之意也。"

〔108〕"婴城"句:《独异志》:"梁武太清三年,侯景围台城,远近不通。简文与大器为计,缚纸鸢飞空,告急于外。侯景谋臣王祎谓景曰:'此必厌魅术,不然以事达于外。'令左右善射者射之。及堕,皆化为禽鸟,飞入云中,不知所在。"纸鸢,风筝。以上两句以陈、梁两朝写永历朝。

〔109〕"执冰"句:说永历朝遇敌无心战斗。执冰,《左传·昭公二十五年》:"公徒释甲执冰而踞。"杜预曰:"言无战心也。"冰,椟丸盖。或说椟丸是箭筒。狒狒,段柯古《酉阳杂俎》:"狒狒力负千斤,笑辄上吻掩额,状如猕猴。作人言如鸟声,能知生死。"此处说连狒狒都在嘲笑。

〔110〕"投缳"句:此句说婴城自守。投缳,用绳索缚人上下。指永历军队据城自守。蠕(rú如)蠕,我国古代北方少数民族,即柔然。《魏书》有《蠕蠕传》。此指清军。

〔111〕"履善"句:此句以文天祥比瞿式耜。文天祥(1236—1283),字宋瑞,一字履善。南宋末年募兵抗战,力图恢复。兵败被俘,不屈死。江表,长江以南地区。从中原看,地在长江之外,故称江表。

〔112〕"庭芝"句:此句以李庭芝比瞿式耜。李庭芝(1219—1276),字祥甫。南宋末年,固守扬州,后转战泰州,拟突围入海,为元军所俘,被

257

杀。海壖（ruǎn 软），海边。

〔113〕"誓言"二句：描写瞿式耜决心与桂林城共存亡。钱曾注："留守限灵川"句："公危坐署中，胡一青劝公去，公不从。一青遁。司马张同敞来。同敞，江陵诸孙也。公嘉曰：'君至，我死不孤矣。'同敞亦慷慨愿从公死，遂留，相与饮酒。致远将军戚良勋牵三马至，跪而请曰：'公为元老，系国安危，身出危城，尚可再图恢复。'公曰：'四年忍死留守，我志决矣。'"精虔，诚敬貌。

〔114〕"目光"二句：说瞿式耜死，永历失去了长城。目裂光如炬，《南史·檀道济传》："上疾动，义康矫诏付廷尉，道济见收，愤怒气盛，目光如炬，脱帻投地曰：乃坏汝万里长城。"膋（liáo 辽），脂血。《庄子·外物篇》："苌弘死于蜀，藏其血，三年而化为碧。"

〔115〕"花缦"二句：说瞿式耜死后西南的少数民族都为之悲恸。花缦、藤帽，指南方的少数民族。苏轼《谢欧阳晦夫遗接罗琴枕》诗："白头穿林要藤帽，赤脚渡水须花缦。"劙（lí 离）面，用刀划面。我国古代匈奴、回鹘等民族的风俗，凡遇大忧大丧，就用刀割脸，表示悲愁。枕尸，谓尸骸狼藉。

〔116〕"青草"二句：此二句用自然环境渲染瞿式耜的感召力。飞旐（zhào 照），出丧时为棺柩引路的旗。輲（chuán 船），车名，用来载灵柩。

〔117〕"虚祠"句：描写西南人民祭祀瞿式耜。虚祠，设祠祭祀。包箬饭，用竹笋皮裹盐，绿荷包饭。柳宗元《柳州峒氓》诗："青箬裹盐归洞客，绿荷包饭趁墟人。"

〔118〕"峒祭"句：写西南少数民族祭祀的形式。峒（dòng 洞），古时对西南少数民族聚居地的泛称。卜筵篿（tíng zhuān 廷专），结草折竹占卜。屈原《离骚》："索琼茅以筳篿兮，命灵氛为予占之。"王逸曰："琼茅，灵草也。筳，小折竹也。楚人名结草折竹以卜曰篿。"五臣曰："筳，竹

算也。"

〔119〕"张平子"句：平子，东汉文学家张衡字。其《四愁诗》乃张衡出为河间相时所作，抒发郁郁不得志之幽思。七言骚体，共四首。其中云："我所思兮在桂林，欲往从之湘水深，侧身南望涕沾巾。"

〔120〕"尽说"二句：说瞿式耜殉难，激发了人们的反清情绪。南朝李，宇文懋昭《大金国志》："李若水将死，夺骂愈切。军中相谓曰：'大辽之破，死义者十数，今南朝惟李侍郎一人而已。'"东海田，《三国志·魏志·田畴传》："刘虞为公孙瓒所害。畴至，谒虞墓，哭泣而去。瓒大怒，购求获畴。畴曰：'既灭无罪之君，又仇守义之臣，燕、赵之士，将皆蹈东海而死耳。'"

〔121〕"铸金"句：说永历对瞿式耜的怀念。《吴越春秋》："范蠡乘扁舟出三江，入五湖，人莫知其所适。于是越王乃使良工铸金象范蠡之形，置之坐侧，朝夕与之论政。"

〔122〕"刻木"句：刻木为头，以续全尸安葬。《崖山志·伍隆起传》："元张弘范入广州，隆起力战，累日不沮潜，为其下谢文子所杀，以其首降元。陆秀夫遣人收遗骸，以木刻首续之，葬于文径口山后。"

〔123〕"烈烈"二句：说瞿式耜生时的功勋和死时的壮烈，使那些祈求速死的人蒙羞，只求苟活的人受到耻笑。烈烈，威武貌。晋袁宏《三国名臣序赞》："烈烈王生，知死不挠。"祈死，祈求速死，表示对世事悲愤绝望。淹淹，渊深貌。祝延，祝人长寿。此二句自责。

〔124〕"葭灰"句：借古代占测气候隐喻政局。葭灰，即葭莩灰。葭莩，芦苇中的薄膜。古人烧苇膜成灰，置于十二律管中，放密室内，以占气候。某一节候至，某律管内的葭灰即飞出。阳，鲜明。《诗经·豳风·七月》："载玄载黄，我朱孔阳。"此处喻指朱明。解驳，离散间杂。

〔125〕火井：出产天然气的井。左思《蜀都赋》："火井沉荧于幽泉，高焰飞煽于天垂。"唐刘良注："蜀郡有火井，在临邛县西南。火井，盐井

259

也。欲出其火,先以家火投之,须臾许,隆隆如雷声,焰出通天也。"

〔126〕泥马:《夷坚续志》:"宋高宗,徽宗第九子也。宣和二年封康王。靖康之变,康王尝质金人军中。金国太子与康王同出射,连发三矢皆中。金太子惊,默计曰:宋太子生长深宫,鞍马非其所长,今善射如此,意南朝特选宋室中长于武艺者冒名为质,必非真也。留之无益,不如遣还。高宗由是得逸,易服间道奔窜,足力疲,因假寐于崔府君庙阶下,梦神报曰:'金人追将至,必速去之。已备马门首。王急行,毋为所及。'康王惊觉,则马已在侧,王踊跃上马,急驰而南,一日行七百里,渡河而马不前,下视之,则泥马也。"

〔127〕杜鹃:鸟名。古蜀帝名,化为杜鹃。后人因称杜鹃为杜宇。《太平御览》及《十三州志》云:古杜宇自立为蜀王,号曰望帝。后杜宇禅位于鳖冷,遂自亡去,化为子规。左思《蜀都赋》:"碧出苌弘之血,鸟生杜宇之魄。"

〔128〕"朔方"句:《资治通鉴》:"太子(李亨)既留,莫知所适。建宁王倓曰:'殿下昔尝为朔方节度大使,将吏岁时致启,倓略识其姓名。朔方道近,士马全盛,裴冕衣冠名族,必无二心。速往就之,徐图大举,此上策也。'"此句说朔方有很多心怀前明,有志反清的士人。

〔129〕"纶邑"句:用少康事说永历是明朝的中兴之主。《左传·哀公元年》:"伍员曰:'少康逃奔有虞,虞思妻之以二姚而邑诸纶。'"少康是夏王相的儿子,夏代中兴之主。邑诸纶,把纶作为封邑。

〔130〕"率土"二句:说普天之下的臣民不甘心被征服,不忍心放弃,等待王师恢复。率土、敷天,《孟子·万章》上引《诗经》:"普天之下,莫非王土;率土之滨,莫非王臣。"延伫,长久地等待。

〔131〕"云旗"句:云旗,以云为旗。《楚辞·九歌·东君》:"驾龙辀兮乘雷,载云旗兮委蛇。"王逸注:"以云为旌旗。"此处喻指永历军队的战旗。毕口,毕是二十八宿之一,有星八颗。《汉书·天文志》:"(孝成

建始)四年……荧惑初从毕口大星东北往,数日至,往疾去迟。占曰:'荧惑与岁星斗,有病君饥岁。'"翻毕口,推翻、翻过毕口星。此处说天象显示吉利。

〔132〕"星矢"句:星矢,星象。狼,星宿名。《史记·天官书》:"其东有大星曰狼,狼角变色,多盗贼。下有四星曰弧,直狼。"《正义》:"狼为野将,主侵掠。""弧九星,在狼东南,天之弓也。以伐叛怀远,又主备贼盗之知邪者。"直狼肩,向狼星移动逼近。此句说天象表明永历应出征讨伐。

〔133〕"壁垒"二句:说坚守壁垒,布阵行营,合力出击。雷风,即雷厉风行。合弭(mǐ米)鞭,把弓箭和鞭合起来,即加强实力意。弭,弓的两端,指弓箭。

〔134〕"白山"二句:说清军大败。白山黑水,指长白山和黑龙江,此地为清的发祥地。代指清军。

〔135〕"鹑尾"二句:说天象表明,永历会取得突破性的进展。鹑尾,星次名。南方有朱鸟七星,首位称鹑首,中部称鹑火,末位翼、轸星称鹑尾。古以翼、轸二星为楚之分野。回越,回到吴越。旄头,星名。《史记·天官书》:"昴曰旄头,胡星也。"《汉书·天文志》:"昴、毕间,天街也。街北,胡也,街南,中国也。"燕,指河北一带。暗指清军撤退到燕地以北。

〔136〕三后:古代天子或诸侯皆称后。三后指三个帝王。关于三后有不同的解释。屈原《离骚》"昔三后之纯粹兮",谓禹、汤、文王。《诗经·大雅·下武》:"三后在天,王配于京。"谓大王、王季、文王。《左传·昭公三十二年》:"三后之姓,于今为庶。"谓虞、夏、商。此处以三后之所喻指华夏大地。

〔137〕"饮御"句:饮御,《诗经·小雅·六月》:"饮御诸友。"笺云:"御,侍友也。王饮之酒,使其诸友恩旧者侍之。"五车,言博学。《庄

子·天下篇》:"惠施多方,其书五车。"此处设想胜利后自己以博学得到永历的礼遇。

〔138〕"改葬"句:预想桂王胜利后为瞿式耜行改葬礼。班剑,饰以花纹的剑。班,通"斑"。汉制朝服带剑;晋以木,谓之班剑。南朝谓之象剑,以为仪仗。南朝任昉《王文宪集序》:"给节,加羽葆鼓吹,增斑剑为六十人。"张铣注:"羽葆斑剑,并葬之仪卫。"

〔139〕"舆尸"句:用东汉马援事写瞿式耜的葬礼。《后汉书·马援传》:"援曰:'男儿要当死于边野,以马革裹尸还葬耳。'"鞯(jiàn 荐),本指马鞍下的垫子。此处指马皮。

〔140〕"羽林"句:封赏皇帝的卫队。羽林,皇帝卫军的名称。汉武帝太初元年置建章营骑掌宿卫侍从,后改羽林骑。唐设左右羽林卫,也叫羽林军。绿绶(lì shòu 立受),一种黑黄而近绿色的丝带,汉代贵人相国的印绶。绿,一种能染绿颜色的草。绶,表示不同级别的丝带。

〔141〕"麟阁"句:说功臣们都上了麟阁台,受到了加封。麟阁,汉武帝建,汉宣帝时于麒麟阁绘功臣图像。貂蝉,古代王公显官冠上的饰物。始于汉代武官。

〔142〕"画壁"二句:形容瞿家祠堂的情景。雕戈,刻有花纹之戈。兕(sì 四)甲,似兕形的盔甲。县,同"悬"。

〔143〕传芭:古代南方祭祀形式。屈原《九歌》:"传芭兮代舞。"王逸曰:"芭,巫所持香草名也。代,更也。言祠祀作乐歌,巫持芭而舞讫,以复传以他人更用之也。"

〔144〕"荐荔"句:形容祭祀的鼓声。荐荔,祭祀、超度的奉献。鼝(yuān 渊),鼓声。

〔145〕"宿列"句:说瞿式耜与其先父一同升天到星宿之中。宿列,列星。箕尾,《庄子·大宗师》:"傅说……乘东维,骑箕尾,而比于列星。"说傅说死后,其精神跨于箕尾二宿之间,为傅说星。后来常以骑箕

尾指国家重臣的死亡。瞿式耜父,名汝说,字星卿,万历二十九年(1601)进士,官至广东布政参议,以刚正闻。

〔146〕"星祠"句:说瞿式耜的夫人也是天上的星宿。女嫦(qián前),星名。也读作 zī 或 jiǎn,义同。《说文》:"《甘氏星经》:'太白上公,妻曰女嫦。'"

〔147〕"五陵"句:说明朝皇室的陵墓得到修缮。傅季友《为宋公至洛阳五陵表》:"既开剪荆棘,缮修毁垣,职司既备,蕃卫如故。"五陵,汉代五陵:长陵、安陵、阳陵、茂陵、平陵。

〔148〕"双庙"句:说与瞿式耜一同就义的张同敞被后人祭奠。双庙,合祀两位神主。《南部新书》:"张巡、许远,宋州立血食庙,谓之双庙。"此处指瞿、张的祠庙。筥,祭祀盛供品的竹制品。张同敞,张居正之孙。以上数句都是设想反清复明胜利后的情景。

〔149〕"后死"二句:由瞿式耜的壮烈从容反思自己的贪生怕死。身馀几,《左传·文公十七年》:"古人有言曰:畏首畏尾,身其馀几?"先生,自指。腹便(pián 骈),肚子肥大。钱谦益晚年发福。《后汉书·边韶传》:"韶曾昼日假寐,弟子私嘲之曰:边孝先,腹便便。懒读书,但欲眠。"

〔150〕升屋哭:《礼记·礼运》:"升屋而号。"谓之招魂。

〔151〕对床眠:兄弟情谊。白居易《雨中招张司业宿》诗:"能来同宿否?听雨对床眠。"

〔152〕鸡窗:《幽明录》:"晋兖州刺史沛国宋处宗尝买得一长鸣鸡,爱养甚至,恒笼著窗间,鸡遂作人语,与处宗谈论极有智,终日不辍。"后喻为书窗、书斋。

〔153〕蛛匣:结了蜘蛛网的琴匣。白居易《东南行》:"书床鸣蟋蟀,琴匣网蜘蛛。"此处指书匣。

〔154〕东皋:瞿式耜父辞官后筑东皋别业,其堂曰"浣溪"。

〔155〕"移山"二句:说复明不成,或可入海参加海上抗清。移山,用愚公移山故事。庾信《哀江南赋》:"岂冤禽之能塞海,非愚叟之可移山。"蹈海,《史记·鲁仲连传》:"彼秦者,弃礼义而上首之国也,权使其士,虏使其民,即肆然而为帝,过而为政于天下,则连有蹈东海而死身,吾不忍为之民也。"艑(biǎn 匾),大船。

〔156〕"守器"句:守护国家的大器。纡,曲折。奔问,天子遭难,大臣前去解难问候。

〔157〕"余皇"句:说郑成功的水军依然活跃于沿海。余皇,《左传·昭公十七年》:"吴伐楚,战于长岸,大败吴师,获其乘舟余皇。"杜预曰:"余皇,舟名。"溯沿,来回行走。

〔158〕"祝余"句:说自己非常伤心。祝余,《公羊传·哀公十四年》:"子路死,子曰:'噫!天祝予!'何休曰:'祝,断也。'"涸,干竭。

〔159〕"将伯"句:作者感伤自己孤立无援。将伯,《诗经·小雅·正月》:"载输尔载,将伯助予!"传:"将,请;伯,长也。"意谓车欲堕而请长者帮助。后用来作求助或受助的意思。痟(yuān 渊),心痛,悲伤。

〔160〕阕:歌乐终止。

〔161〕"穷尘"句:说自己的悲愤屈辱直到死才能平息。穷尘,黄泉。湔(jiǎn 简),洗涤。

〔162〕"荡阴"句:说瞿式耜是被谋杀的国士。诸葛亮《梁父吟》:"步出齐东门,遥望荡阴里。里中有三墓,累累正相似。问是谁家墓?田疆、古冶子。力能排南山,文能绝地纪。一朝被谗言,二桃杀三士。谁能为此谋?国相齐晏子。"

〔163〕八公篇:指杜甫的《八哀诗》。诗中悼念了去世的王思礼、李光弼、严武、李邕、溯源明、张九龄等八人。其序云:"伤时盗贼未息,兴起王公李公,叹旧伤贤,终于张相国。"

〔164〕温序:东汉太原祁县人,建武二年征为御史,后迁羌校尉,赴

任途中被隗嚣部将所杀。《后汉书·温序传》云,温序长子寿梦其父告曰:久客思乡里。寿即弃官,上书乞骸骨归葬。

〔165〕马汧(qiān 千):马敦,西晋为汧县县督。潘岳作《马汧督诔》,李善据《晋书》注:"汧督马敦,立功孤城,为州司马所枉,死于囹圄。"

〔166〕汗竹:古代烤竹令出汗,以便书写。引申为史书。

〔167〕扫阡:祭扫坟墓。《南史·何尚之传》:"何点居东篱,园有忠贞冢,点种花于冢侧,每饮必酹之。"

〔168〕空玄:虚空,邈远。

# 七十答人见寿[1]

七十馀生底自嗟,有何鳞爪向人夸[2]?惊闻窸窣床头蚁[3],羞见彭亨道上蛙[4]。著眼空花多似絮,撑肠大字少于瓜[5]。三生悔不投胎处,罨饭僧坊卖饼家[6]。

〔1〕顺治八年(1651),钱谦益七十岁,有人提议为其举办较有规模的寿诞,钱谦益作此诗作答,婉转拒绝了盛情。从表面上看,钱谦益是自愧无面目示人;实际上与他暗通南明,不愿意招摇有关。诗写得极真实,愧悔、空幻的人生感慨使人动容。

〔2〕"七十"二句:感慨自己一事无成,倒落得降清失节,无面目示人。鳞爪,尤袤《全唐诗话》三《刘禹锡》:"长庆中,元微之、刘梦得、韦楚老同会乐天舍,各赋《金陵怀古》诗。刘满饮一杯,饮已即成。白公览诗曰:'四人探骊龙,子先获珠,所馀鳞爪何用耶?'于是罢唱。"喻事物的片

段或点滴。

〔3〕"惊闻"句:说自己经不起惊吓。《世说新语·纰缪篇》:"殷仲堪父病虚悸,闻床下蚁动,谓是牛斗。"窸窣(xī sū 西苏),象声词,一种细碎的声音。

〔4〕彭亨:胀满的意思。形容自己大腹便便的样子。

〔5〕"撑肠"句:苏轼《虔州吕倚承事》诗:"饥来对空案,一字不堪煮。枯肠五千卷,磊落相撑拄。"此处反用其意,说自己连撑肠五千卷都没有。

〔6〕"三生"二句:说自己感到人生很空幻,表达懊悔之情。三生,佛教语。指前生、今生、未来世。罨饭,出家人常吃的水煮米饭。僧坊,即僧人居住的街坊。卖饼家,《传灯录》:"澧州龙潭崇信禅师,本渚宫卖饼家也。初悟和尚居天皇寺,师家于寺巷,常日以十饼馈之,悟受之。每食毕,常留一饼,曰:'吾惠汝,以阴子孙。'师自念曰:'饼是我持去,何反遗我?'造而问焉,悟曰:'是汝持来,复汝何咎?'师闻之,颇晓玄旨,因请出家。"

# 为友沂题杨龙友画册[1]

杨生倜傥权奇者[2],万里骁腾渥洼马[3]。双耳朝批贵筑云[4],四蹄夕刷令支野[5]。空坑师溃缟云山[6],流星飞兔不可还[7]。即看汗血归天上,肯馀翰墨污人间[8]。人间翰墨已星散,十幅流传六丁叹[9]。披图砢岫几重掩,过眼烟岚尚凌乱[10]。杨生作画师巨然[11],隐囊纱帽如列仙[12]。大儿聪明添树石,侍女窈窕皴云烟[13]。一昔龙蛇起平陆[14],奋身拼施乌鸢肉[15]。已无丹磷并黄土[16],况乃牙签与玉轴[17]。赵郎藏弆缃帙新[18],摩挲看画如写真。每于剩粉残缣里[19],想见刳肝化碧人[20]。赵郎赵郎快收取,长将石压并手抚[21]。莫令匣近亲身剑,夜半相将作风雨[22]。

〔1〕友沂,赵而汴,长沙人,官中枢舍人,寄籍扬州。此诗之前,钱谦益有《次韵赠赵友沂四首》、《次韵赠别友沂》。杨龙友,名文骢,字龙友。贵阳(今属贵州省)人,明天启元年(1621)举于乡,崇祯时官江宁知县。南明弘光朝官兵备副使。南明覆亡,隆武帝拜兵部右侍郎兼右迁都御史,提督军务,在浙江衢州抵抗清兵。隆武二年(1646)七月,兵败浦城(今属福建省),为清兵追骑所获,不屈被杀。杨龙友善画,学黄公望、倪瓒,为吴伟业"画中九友"之一。此诗作于顺治十一年(1654),诗中咏叹杨龙友精湛的画艺,并歌颂其抗清不屈的大节,抒发亡国伤痛,苍凉沉郁,动荡流贯,有很强的艺术感染力。

〔2〕"杨生"句:概括写杨文骢卓荦的才华。倜傥权奇,卓越豪迈,高超非常。倜傥,卓异,不同寻常。司马迁《报任安书》:"古者富贵而名摩灭,不可胜纪,非倜傥非常之人称焉。"权奇,《汉书·礼乐志》:"志倜傥,精权奇。"王先谦补注:"权奇者,奇诡非常之意。"多用来形容良马善行,也形容人智谋出众。刘劭《人物志·材能》:"夫人材不同,能各有异……有权奇之能,有威猛之能。"

〔3〕"万里"句:因杨文骢名中有"骢"字,因而喻杨文骢为良马。骢,骏马。骁腾,骁勇飞腾。杜甫《房兵曹胡马》:"骁腾有如此,万里可横行。"渥(wò沃)洼,水名。在今甘肃安西县。《史记·乐书》:"又尝得神马渥洼水中,复次以为太一之歌。"后常以渥洼为神马的代称。杜甫

《送李校书二十六韵》:"渥洼骐骥儿,尤异是龙脊。"

〔4〕"双耳"句:承上句铺开写神马。朝,早上。批,削,掠过。杜甫《房兵曹胡马》:"竹批双耳峻,风入四蹄轻。"贵筑,地名。今贵阳市。

〔5〕令支:春秋时山戎属国,地在今河北迁安县一带。

〔6〕"空坑"句:说杨文骢抗清失败。空坑,地名。在今广东省。文天祥于此战败。此处指杨文骢的战败之地浙江处州。缙云山,在今浙江缙云县。明清时属处州。《小腆纪传·杨文骢传》:"明年(隆武二年),衢州告急,令与诚意伯刘孔昭合兵为援。七月,大兵至,文骢不能御,退至浦城,与监纪孙临并为追骑所获,说之降,不从,同被杀。"

〔7〕"流星"句:说败局难以挽回。流星飞兔,陈琳《答东阿王笺》:"譬犹飞兔流星,超山越海,龙骥所不敢追,况于驽马,可得齐足?"

〔8〕"即看"二句:说杨文骢死后,怎忍其画留在人间!表示对清的反感。汗血,古代宝马。指杨文骢。归天上,死去。翰墨,指杨文骢的画。污人间,被人间的污浊所玷污。

〔9〕"人间"二句:说杨文骢的画作大都散落,流传的十幅令六丁神赞叹。六丁,道教神名,火神。韩愈《调张籍》:"仙宫敕六丁,雷电下取将。"

〔10〕"披图"二句:描写画幅意韵。披图,打开画幅。砊岫(jiàn xiù 建秀),山涧和石崖。烟岚,山中云气。

〔11〕巨然:宋代僧人,画家。《宣和画谱》:"僧巨然,钟陵人。善画山水,深得佳趣。"沈括《梦溪笔谈》:"江南李煜时,有北苑使董源善画,尤工秋岚远景,多写江南真山,不为奇峭之笔。其后建业僧巨然祖述源法,皆臻妙理。"

〔12〕"隐囊"句:描写画中人物神态。隐囊,犹靠枕。《颜氏家训》:"梁朝盛时,贵游子弟,坐棋子方褥,凭斑丝隐囊,列器玩于左右。"列仙,诸位神仙。

〔13〕"大儿"二句:写杨文骢家庭充满了艺术气氛。大儿句,化用杜甫《奉先刘少府新画山水障歌》:"大儿聪明到,能添老树巅崖里"句。窈窕,形容女子体态轻盈,相貌美好。皴,国画的一种画法。

〔14〕"一昔"句:说改朝换代。一昔,一夜。《左传·哀公四年》:"为一昔之期,袭梁及霍。"龙蛇起平陆,语本《阴符经》:"天发杀机,龙蛇起陆。"起陆,腾跃而上,形容大展鸿才。此指乱世开始。

〔15〕"奋身"句:说杨文骢奋身抗清。拼施,拼命把自己施与乌鸢。即冒死而抗清。乌鸢,两种鸟。《庄子·列御寇》:庄子将死,要求弟子不葬。弟子说害怕老师被乌鸢吃掉。庄子说:"在上为乌鸢食,在下为蝼蚁食,夺彼与此,何其偏也。"

〔16〕"已无"句:说杨文骢已与黄土合一。丹磷,磷火。

〔17〕牙签玉轴:图书标签和画轴。韩愈《送诸葛觉往随州读书》:"邺侯家多书,插架三万轴。一一悬牙签,新若手未触。"姚合《何座主相公西亭秋日即事》诗:"海图装玉轴,书目记牙签。"

〔18〕"赵郎"句:说赵友沂收藏得很好。藏弆(jǔ举),收藏。缃帙(xiāng zhì香至),包在书上的浅黄色书套。

〔19〕剩粉残缣(jiān间):残缺不全的画幅。缣,细绢。

〔20〕刳(kū哭)肝化碧:形容杨文骢为国死难的高尚气节。刳肝,刘向《新序·义勇篇》:"卫懿公有臣曰弘演,远使未还。狄人攻卫,追懿公于荥泽,杀之,尽食其肉,独舍其肝。弘演至,报使,自刺其腹,纳懿公之肝而死。"化碧,《庄子·外物篇》:"苌弘死于蜀,藏其血,三年化而为碧。"

〔21〕石压:用镇纸压好。张彦远《名画记》:"绢素彩色,不可捣理,纸上白画,可以砧石妥帖之。"

〔22〕"莫令"二句:渲染画幅为宝物。《晋书·张华传》云,雷焕得干将莫邪两剑,以干将与张华,张华后被杀,失剑所在。雷焕剑传至其

269

子,焕子持剑经延平津,剑忽于腰间跃出入水,但见二龙长数丈。杜甫《闻房相公灵榇归葬》诗:"剑动亲身匣,书藏故国楼。"作风雨,韩愈《应科目时与人书》:"其得水,变化风雨,上下于天不难也。"

## 武陵观棋六绝句(选二)[1]

帘阁萧闲看弈时,初桐清露又前期[2]。急须试手翻新局,莫对残灯覆旧棋。

〔1〕武陵,即武林。山名。即今浙江杭州市西灵隐山,后多代指杭州。顺治十一年(1654)秋,钱谦益往金华,为清将马进宝生子致贺,途经杭州。钱诗多赋棋之作,借弈棋喻世局,喻人生,谲言诡语,扑朔迷离。句句言棋,句句不无题外之意。

〔2〕"初桐"句:说自己在秋季又一次来到杭州。桐,即桐庐,属杭州。清露,秋季节候特征。前期,事前或过去的约定。《庄子·徐无鬼》:"射者非前期而中,谓之善射,天下皆羿也。"

满盘局面若为真,赌赛乾坤一番新[1]。有客旁观须著眼,不衫不履定何人[2]?

〔1〕赌赛乾坤:争夺天下。韩愈《过鸿沟》诗:"龙疲虎困割川原,亿万苍生性命存。谁劝君王回马首,真成一掷赌乾坤。"

〔2〕"不衫"句:说夺取天下的定是唐太宗一样的人。不衫不履,衣着不整齐。形容性情洒脱,不拘小节。唐传奇《虬髯客传》:"虬髯与李

靖偕诣刘文静,诈称善相,求见太宗。文静奇其人,致酒延太宗,不衫不履,裼裘而来,神气扬扬,貌与常异。虬髯见之心死。他日又与一道士同靖谒文静,时方弈棋,文静飞书请文皇看棋,俄而文皇来,道士一见惨然,曰:'此局全输矣。'"

## 甲午十月二十,夜宿假我堂,梦谒吴相,伍君延坐前席,享以鱼羹[1]

天荒地老梦鸱夷[2],故国精灵信在兹。青史不刊忘郢志[3],白头犹记退耕时[4]。箫吹江上商飙发[5],潮涌胥门朔气移[6]。郑重吴宫鱼脍飨[7],寒灯一穗闪朱旗[8]。

〔1〕甲午,即顺治十一年(1654)。这年冬钱谦益多次往来于苏州,其诗与苏州有关的甚多。假我堂,苏州名园绿水园内之堂室。吴相,指伍子胥。此诗在历史的鸿荒和梦境的迷离虚幻中抒发自己的复仇之志,诗意丰满,情韵深邃。

〔2〕鸱夷:鸱鸟形革囊。吴王败越,越请和,伍子胥谏不从,迫伍子胥自杀,并赐鸱夷革囊,浮尸于江上。此处指伍子胥。

〔3〕"青史"句:说史书记载着伍子胥的志向。不刊,不刊刻,不记载。忘郢志,向楚君复仇的志向。伍子胥父兄被楚王杀害,立志复仇。楚国都城在郢,以郢代楚。《史记·伍子胥传》:"太史公曰:方子胥窘于江上,道乞食,志岂尝须臾忘郢耶?"

〔4〕退耕:谓辞官务农。《史记·吴太伯世家》:"伍员知光有异志,乃求勇士专诸见之。光喜,乃客之。子胥退而耕于野,以待专诸之事。"

〔5〕"箫吹"句:伍子胥从楚国逃亡至吴,乞食吹箫于吴市。商飙,

秋风。

〔6〕"潮涌"句:《吴越春秋》:"吴王取子胥尸,盛以鸱夷之器,投之江中。子胥因随流扬波,依潮来往,荡激崩岸。"胥门,苏州城西门。《越绝书·吴地记》:"胥门外有九曲路,阖庐造以游姑胥之台。"

〔7〕吴宫鱼脍:《吴越春秋》:"吴王闻三师将至,治鱼为脍,过时不至,鱼臭。须臾,子胥至,阖闾出脍而食,不知其臭。王欲重为之,其味如故。吴人作脍者,自阖闾之造也。"飨,用酒食款待人。

〔8〕朱旗:红旗,多指战旗。

## 冬夜假我堂文宴诗(选五)〔1〕

### 分得"鱼"字二首

奇服高冠竞起余〔2〕,论文说剑漏将除〔3〕。雄风正喜鹰搏兔〔4〕,雌霓应怜獭祭鱼〔5〕。故垒三分荒泽国〔6〕,前潮半夜打姑胥〔7〕。古时北郭多才子〔8〕,结隐相将带月锄。

〔1〕顺治十一年(1654)十月,钱谦益往来于苏州,侨寓于绿水园假我堂。绿水园的主人张绥子与钱谦益有三世之交。其祖张尚友为钱谦益父钱世扬好友,其父张异度又为钱谦益挚交。绿水园地逼胥关,园多胜赏。钱谦益在与友朋的聚会中,写下了这组诗。诗共十首,各有标题,此选其五首。朱鹤龄《假我堂文燕记》描述此次胜会云:"山阴朱朗诣选二十子诗以张吴越,先生(按:指钱谦益)见而叹焉。维时孤馆风凄,严城柝静。怅云峦之非故,悲草木之变衰,乃命袁重其招邀同好,会燕斯

堂。步趾而来者,金子孝章、叶子圣野、归子玄恭、侯子研德、徐子祯起、陈子鹤客,并余为七人。……红牙按板,紫桂燃膏。淆豆荐而色飞,酒车腾而香洌。先生久断饮,是夕欢甚,举爵无算。顾命而言曰,昔吴中燕会,莫盛于祝希哲、文徵仲、唐子畏、王履吉诸公。风流文采,照耀一时。今诸君子其庶几乎?可无赋诗以纪厥盛。饮罢,重其拈韵,先生首唱云(按:即本书所选之二首)。翼日,余七人各次和一首,先生再叠前韵一首。次日,余七人又各次和一首,先生又每人赠诗一首。次日余七人又各次和一首。先生之诗,如幽燕老将,介马冲坚。吾辈乃以羸师应战,有不辙乱旗靡者哉?先生顾不厌以隋珠博燕石,每奏一章辄色喜,复制序弁其端。都人诧为美谈,好事之徒,传之剖劂。"

〔2〕"奇服"句:以屈原比自己。奇服高冠,奇伟的服饰,喻高洁之品行。屈原《九章·涉江》:"余幼好此奇服兮,年既老而不衰。带长铗之陆离兮,冠切云之崔嵬。"

〔3〕漏将除:即漏刻将尽。漏,古代计时器。除,光阴过去。

〔4〕"雄风"句:形容论文说剑各求其胜的情景。雄风,强劲之风。宋玉《风赋》:"清清泠泠,愈病析醒,发明耳目,宁体便人,此所谓大王之雄风也。"鹰搏兔,《资治通鉴·唐鉴》二十六:"侍御史杨孚,弹纠不避权贵,权贵毁之。上曰:'鹰搏狡兔,须急救之,不尔,必反为所噬。'"此处形容互相辩驳。

〔5〕"雌霓"句:形容唱和时佳句胜意迭出。雌霓,副虹。苏轼《儋耳》:"垂天雌霓云端下,快意雄风海上来。"獭祭鱼,獭捕到鱼陈列于水边,犹如祭祀,称为獭祭鱼。后称罗列典故、堆砌成文为獭祭鱼。孔毅父《谈苑》:"李商隐为文,多检阅书册,左右鳞次,号獭祭鱼。"

〔6〕"故垒"句:形容论文说剑壁垒分明,各不相让。故垒,旧堡垒。三分,天下三分。荒泽国,指苏州。

〔7〕"前潮"句:句意同上。前潮,参看前一首诗注〔6〕。姑胥,苏州

姑苏山,一称姑胥,或姑余,连横山之北,古台在其上。

〔8〕"古时"句:说明初苏州人才很多。高启《送唐肃序》:"余世居吴北郭,同里交善者惟王止仲一人。十馀年来,徐幼文自毗陵,高士敏自河南,唐处敬自会稽,余唐卿自永嘉,张来仪自浔阳,各以故来居吴,而皆与余邻,于是北郭之文物遂盛矣。"

岁晚颠毛共惜余[1],明灯促席坐前除[2]。风烟极目无金虎[3],霜露关心有玉鱼[4]。草杀绿芜悲故国,花残红烛感灵胥[5]。退耕自惜能求士,惭愧荒郊自荷锄[6]。

〔1〕颠毛:头发。此处指白发盈头。
〔2〕前除:指厅堂的前面。除,门与屏风之间。
〔3〕金虎:《吴越春秋》:"阖闾葬虎丘,十万人治葬。经三日,金精化为白虎蹲其上,因号虎丘。"
〔4〕玉鱼:玉刻之鱼。唐代三品得配饰玉鱼,宋时为亲王故事。韦述《两京记》:"含元殿成,每夜有鬼云:'我是汉楚王戊太子,葬于此。死时天子敛我玉鱼一双。'改葬,果得玉鱼。"
〔5〕灵胥:指伍子胥的神灵。
〔6〕"退耕"二句:说自己辞官务农,访求天下豪杰。退耕,参看《甲午十月二十,夜宿假我堂,梦谒吴相,伍君延坐前席,享以鱼羹》注〔4〕。

### 和朱长孺用来韵[1]

天宝论诗志岂诬[2]?虫鱼笺注笑侏儒[3]。西郊尚记麻鞋往[4],南国犹闻石马趋[5]。事去金瓯悲铸铁[6],恩深玉匣感鳞珠[7]。寒风飒拉霜林暮,愁绝延秋头白乌[8]。长孺方笺注杜诗。

〔1〕朱长孺,名鹤龄,号愚庵,长孺为其字。明末诸生,入清后绝意仕进,以著述为业,尤长于笺疏训诂。明末清初,钱谦益与朱鹤龄于笺注杜诗用力甚深,成《钱注杜诗》和《杜工部诗辑注》,都对清代的杜诗学影响颇著。为了注杜,朱鹤龄曾于顺治十二年和康熙元年两度坐馆于钱府,两人因此而交恶。其间发生的是非,可参看拙作《钱谦益与明末清初文学》第四章第三节。假我堂文宴时钱朱尚未交恶。

〔2〕"天宝"句:唐代因天宝年间的安史之乱,促成了诗歌的明显变化,杜甫诗也是如此。此处说以天宝年间的社会动乱为背景考察唐诗、杜诗的变化是正确的。诬,虚妄。

〔3〕"虫鱼"句:肯定朱鹤龄注杜。虫鱼,《尔雅》有《释虫》、《释鱼》等篇,后有人把笺注之学称为虫鱼之学,含有轻蔑之意。韩愈《书皇甫湜安园池诗后》诗:"《尔雅》注虫鱼,定非磊落人。"侏儒,身材异常矮小的人。此处指那些只能笺注杜诗字词的学者。

〔4〕"西郊"句:说杜甫在安史之乱中由长安奔行在的事。杜甫《述怀》自道:"今夏草木长,脱身得西走。麻鞋见天子,衣袖露两肘。"

〔5〕"南国"句:用安史之乱间故事。《安禄山事迹》:"潼关之战,我军既败,贼将崔乾祐领白旗引左右驰突,我军视之,状如鬼神。又见黄旗军数百队,官军潜谓是贼,不敢逼。须臾,又见与乾祐斗,黄旗军不胜,退而又战者不一,俄不知所在。后昭陵奏是日灵宫前石人马流汗。"

〔6〕"事去"句:感慨唐玄宗铸成大错,使山河残破。金瓯,本指黄金之瓯,喻国家疆土完固。《梁书·侯景传》:"(萧衍)曾夜出视事,至武德阁,独言:'我国家犹若金瓯,无一伤缺。'"铸铁,指代极大的过错。孙光宪《北梦琐言》:"罗绍威剪灭牙军,渐为梁祖凌制,谓亲吏曰:聚六州

四十三县铁,打一个错不成也。"

〔7〕"恩深"句:说杜甫感激朝廷恩义。玉匣,葛洪《西京杂记》:"汉帝送死,皆珠襦玉匣。匣形如铠甲,连以金镂。武帝匣上皆镂为蛟龙、鸾凤、龟鳞之象,世谓蛟龙玉匣。"鳞珠,《吕氏春秋》:"家弥富,葬弥厚,含珠鳞施。"高诱注:"含珠,口实也。鳞施,施玉于死者之体,如鱼鳞也。"此处以玉匣鳞珠指代皇帝。

〔8〕"愁绝"句:抒写盛衰之悲。延秋,城门名。三国魏邺都禁城端门之外,东有长春门,西有延秋门。唐长安禁苑西面二门,其南为延秋门。杜甫《哀王孙》:"长安城头头白乌,夜飞延秋门上呼。"

## 和归玄恭用来韵〔1〕

樗栎馀生倚不材,老颠风景只堪哀〔2〕。已拚身是沟中断〔3〕,未省心同劫后灰〔4〕。何处青蛾供乞食〔5〕?几多红袖解怜才〔6〕?后堂丝竹知无分〔7〕,绛帐还应为尔开〔8〕。是日有女郎欲至,戏以玄恭道学辞之。君来诗以腐儒自解,故有斯答。

〔1〕归玄恭,归庄(1613—1673),一名祚明,号恒轩,归有光曾孙。善诗文书画,明末参加复社,与顾炎武相友善,时有"归奇顾怪"之目。清军下江南,在昆山参加抗清。著有《归庄集》。钱谦益与归氏一门,渊源极深。钱谦益私淑归有光,以归有光的学术思想和文学思想为源头,建立体系完备的"虞山之学"(参看拙著《钱谦益与明末清初文学》第二章第三节《私淑归有光》);万历中期与归庄父归昌世游,并一起搜求归有光遗文,得文多于刻本十之五;顺治二年(1645)九月,归昌世去世,遗命其子归庄假馆虞山,拜钱谦益为师。归庄遵父命,于顺治六、七年间坐馆虞山陈必谦家,于钱行弟子礼。在钱谦益与归昌世、归庄两代人的努

力之下,归有光集的整理得以完成。

〔2〕"樗栎(chū lì 初力)"二句:写他和归庄的晚境。樗,臭椿树。栎即柞树。《庄子·逍遥游》:"吾有大树,人谓之樗,其大本臃肿而不中绳墨,其小枝卷曲而不中规矩,立之塗,匠者不顾。"《庄子·人间世》:"匠石之齐,至于曲辕,见栎社树……曰:'散木也,以为舟则沉,以为棺椁则速腐,以为器则速毁,以为门户则液樠,以为柱则蠹。是不材之木也。无所用。'"后因以"樗栎"喻才能低下。此处自谦,指自己和归庄。倚不材,即归庄以钱谦益为师。不材,不成材,无用。老颠,即老年。

〔3〕"已拼"句:说他和归庄晚境贫困。沟中断,即沟中瘠。指因贫穷而困厄或死于沟壑的人。《荀子·荣辱》:"是其所以不免于冻饿,操瓢囊为沟壑中脊瘠也。"文天祥《正气歌》:"一朝蒙雾露,分作沟中瘠。"

〔4〕劫后灰:劫火的馀灰。即劫后馀身。参看《读梅村宫詹艳诗有感,书后四首》第二首注〔8〕。

〔5〕"何处"句:与归庄调笑。青蛾,即女子。乞食,孙光宪《北梦琐言》:"裴休留心释氏,师圭峰密禅师。尝被毳衲,于歌妓院持钵乞食,自言曰:'不为俗情所染,可以说法为人。'"归庄入清后曾净发出家。

〔6〕"几多"句:僧文莹《续湘山野录》:"孙仅与魏野敦缟素之旧。京兆尹日寄野诗,野和之,其末有'见说添苏亚苏小,随轩应是佩珊珊'之句。添苏,长安名姬也。孙以野所和诗赠之。添苏喜,如获宝,求善笔札者大署其诗于堂壁。未几,野有事抵长安。好事者密召过添苏家,不言姓字。野忽举头见壁所题,乃索笔于其侧别纪一绝曰:'谁人把我狂诗句,写向添苏绣户中?闲暇若将红袖拂,还应胜得璧纱笼。'添苏始知,大加礼遇。"此处说妓女怜惜归庄。

〔7〕"后堂"句:《汉书·张禹传》:"禹内奢淫,后堂理丝竹管弦。弟子彭宣、戴崇二人异行,禹亲爱崇,敬宣而疏之。崇每候,禹将崇入后堂饮食,妇女相对,极乐乃罢。宣之来也,禹见之于便坐,讲论经义,赐食不

过一肉卮酒,未尝得至后堂,人皆闻知,各自得也。"此句说自己非张禹,归庄自无戴崇之分。

〔8〕绛帐:红色帐幔。后汉马融常坐高堂,施绛纱帐,前授生徒,后列女乐。后用绛帐作为师长或讲座的代称。

## 简侯研德并示记原用来字韵〔1〕

当飨休听暇豫歌〔2〕,破巢完卵为铜驼〔3〕。国殇何意存三户〔4〕?家祭无忘告两河〔5〕。击筑泪从天北至〔6〕,吹箫声向日南多〔7〕。知君耻读《王裒传》,但使生徒废《蓼莪》〔8〕。

〔1〕侯研德,初名泓,又名涵,字研德,一字掌亭,嘉定人。明末诸生,精诗、古文,康熙十三年(1674)卒,五十五岁。学者称贞宪先生。记原,侯涵兄,名汸,字记原,一字柜原。崇祯十五年(1642)顺天副榜,入清不仕,博极群书,究心性命之学,卒于康熙十六年(1677),六十四岁。学者称潜确先生。钱谦益与侯氏一门两代人交好。易代之际,侯氏一门死难甚惨烈。侯函父侯峒曾抗清失败后自沉,叔父侯岐曾枝梧家难,艰苦备尝,顺治四年(1647)又为藏匿逃亡中的陈子龙而与其婿一起赴难。

〔2〕"当飨"句:聚会宴乐时不忘国耻家难。飨,宴会。暇豫歌,《国语·晋》二:"优施饮里克酒,中饮,优施起舞,谓里克妻曰:'主孟啖我,我教子暇豫事君。'乃歌曰:'暇豫之吾吾,不如鸟乌。皆集于菀,己独集于枯。'"暇豫,悠闲逸乐。

〔3〕"破巢"句:说侯氏一门因抗清而毁家。破巢完卵,即覆巢无完卵。喻灭门之祸。《世说新语·言语》:"孔融被收……谓使者曰:'冀罪止于身,二儿可得全不?'儿徐进曰:'大人,岂见覆巢之下复有完卵乎?'寻亦收至。"铜驼,宫门前的铜铸驼马,指代朝廷。《晋书·索靖传》:"靖

知天下将乱,指洛阳宫门铜驼叹曰:'会见汝在荆棘中耳。'"

〔4〕"国殇"句:说侯氏一门为国死难,存者仍将义不帝秦。国殇,死于国事者。三户,《史记·项羽本纪》:"楚南公曰:'楚虽三户,亡秦必楚。'"《索引》曰:"楚人怨秦,虽三户,犹足以亡秦也。"韦昭以为三户是指楚昭、屈、景三大姓。

〔5〕"家祭"句:说反清复明胜利,一定要告知先人。陆游《示儿》诗:"死去元知万事空,但悲不见九州同。王师北定中原日,家祭无忘告乃翁。"两河,宋代河北、河东地区为两河。

〔6〕击筑:敲击筑。筑,古乐器。《战国策·燕》载,燕太子丹遣荆轲入秦刺秦王,高渐离送至易水,击筑高歌,为变徵之声。

〔7〕"吹箫"句:说侯氏心向南明永历。吹箫,即伍子胥乞食吹箫于吴市故事。日南,郡名。秦象郡,汉更名,以其地在日之南而称。属交州(即广西苍梧县)。

〔8〕"知君"二句:以侯涵兄弟和西晋王裒作类比。王裒(póu剖阳平),字伟元,西晋人,博学。痛父为司马昭所杀,誓不仕晋。《晋书·王裒传》:"裒隐居教授,庐于墓侧。读《诗》至'哀哀父母,生我劬劳',未尝不三复流涕。门人受业者,并废《蓼莪》之篇。"《蓼莪》,《诗经·小雅》中篇目,写战乱兵役使子女不能终养父母的哀怨。


# 路易公安卿置酒包山官舍,即席有作二首(选一)〔1〕

绿酒红灯簇纸屏,临觞三叹话晨星〔2〕。刊章一老馀头白〔3〕,抗疏千秋托汗青〔4〕。龙起苍梧怀羽翼〔5〕,鹤归华表贮仪型〔6〕。撑肠块垒须申写〔7〕,放箸扪胸拉汝听。

〔1〕顺治十二年(1655)秋,钱谦益游震泽、洞庭,重九与故交新知登莫釐峰。后路安卿置酒款待。路易公安卿,陈寅恪《柳如是别传》云"易"疑为"长"。路安卿,讳泽溥,路振飞长子。路振飞,字见白,河北曲周人。天启间进士,崇祯八年(1635)巡按苏松。崇祯十年(1637)常熟奸民张汉儒告讦钱谦益、瞿式耜居乡不法诸事,温体仁坐路振飞失纠,拟旨令自陈。路振飞抗疏申理,白钱、瞿无罪,且语刺温体仁。坐罪降三级,谪官河南按察使检校。申、酉(1644—1645)之间,支撑两淮,为马士英所忌,以田仰代抚,两淮遂沦没。南京陷,入隆武朝,官兼礼部、兵部尚书,文渊阁大学士。顺治三年(1646)卒,葬于东洞庭,钱谦益撰《神道碑》。顾炎武《赠路舍人泽溥》诗:"东山峙太湖,昔日军所次。奉母居其中,以待天下事。"可知路振飞兄弟居于太湖东山,除"奉母"之外,不无政治活动。包山,地名,即太湖中的西洞庭山。

〔2〕话晨星:此处说叙旧通宵达旦。

〔3〕"刊章"句:说自己是明末党祸的幸存者。刊章,即匿名的收捕文件。

〔4〕"抗疏"句:说路振飞抗疏救护钱、瞿的事。钱曾注:"路文贞公按吴,公罢枚卜里居,为奸民告讦,次及给事瞿公。乌程票严旨逮系,文贞为公抗疏申辩,且曰:'怨家自有对头,是非岂无公议?'两言刺中乌程阴事。乌程亦为惭恚夺气。"

〔5〕"龙起"句:说路振飞入隆武朝事。据钱谦益《路公神道碑》云:崇祯十六年(1643),路振飞任都察院右佥都御史,总督漕运。莅任,谒凤阳祖陵。是时唐王朱聿键因违禁越奏,禁锢高墙。路振飞恻然泣下,赐以银米。抗疏言天潢子孙,请推恩珍惜。顺治二年(1645)八月,唐王即位于福州,改元隆武,召路振飞为都察院左都御史。下诏曰:"振飞于朕有旧恩,今携家保苏州洞庭山,有能为朕致之者,官五品,赏二千金。"

路振飞偕次子泽浓,间行入闽,途中拜太子太保、礼部尚书兼兵部尚书、文渊阁大学士。泽浓赐名太平,官职方司员外郎。顺治三年(1646)卒于广东顺德。诏赠左柱国,特进光禄大夫太傅。谥文贞。荫一子中书舍人。苍梧,地名,在广西东南。此处指隆武。

〔6〕"鹤归"句:说路振飞死后隆武的赐赠。鹤归,指路振飞的灵柩回到太湖。华表,本是表示王者纳谏或指路的木柱。路振飞死后,隆武赐祭九坛,加二坛,遣官造葬。

〔7〕"撑肠"句:说自己面对路泽溥兄弟,感念旧情,不吐不快。《世说新语·任诞篇》:"阮籍胸中块垒,故以酒浇之。"

# 长干偕介丘道人守岁[1]

明灯度岁守招提[2],去殿宫云入梦低。怖鸽有枝依佛影,惊乌无树傍禅栖[3]。塔光雪色恒河象[4],天醒霜空午夜鸡。头白黄门熏宝级[5],香炉曾捧玉皇西[6]。

〔1〕顺治十二年(1655)冬钱谦益游宝应、淮阴。据葛万里《牧斋年谱》顺治十二年乙未条云:"时三韩蔡魁吾为总漕。"《牧斋尺牍》存致蔡四首。归途留滞金陵大报恩寺与介丘度岁。介丘,字髡残,号石溪,本姓刘,明代画家。《小腆纪传》五《髡残传》云:"(介丘)至白门,遇一僧言已得云栖大师为剃度,因请大师遗像,拜为师。返楚,居桃源某庵,久之,忽有所悟,心地豁然。再往白门,谒浪丈人,一见皈依。所交游皆前朝遗逸,顾炎武其一人也。"诗中以"怖鸽"、"惊乌"描述常往来于大报恩寺的前朝遗逸。

〔2〕招提:梵语拓斗提奢,义为四方。后省作拓提,误传为招提。四

方之僧称招提僧,四方僧之住处称招提僧房。

〔3〕"怖鸽"二句:写自己因无所因依,以佛门为归止。怖鸽,被袭击逃飞的鸽子。《传灯录》:"鹞子趁鸽子,飞向佛殿阑干上颤。有人问僧:一切众生,在佛影中,常安常乐。鸽子见佛,为什么颤?"惊乌,无归止的乌。曹操《短歌行》:"月明星稀,乌鹊南飞;绕树三匝,何枝可依?"

〔4〕恒河象:取恒河水给人福祉的象。《水经注》:"恒水又东,径蓝莫塔。塔中有池,池中有龙守护之。阿育王欲破塔作八万四千塔,悟龙王所供,知非世有,遂止。此中空荒无人,群象取水洒地,若苍梧、会稽象耕鸟耘矣。"恒河,南亚大河。发源于喜马拉雅山南坡,流经印度、孟加拉国入海。印度人视为圣河、福水。

〔5〕黄门:宦者,太监。因东汉黄门令、中黄门诸官,皆为宦者充任。杜佑《通典》:"凡禁门黄闼,故号黄门。其官给事于黄闼之内,故曰黄门。"据《有学集》卷八《丁酉仲冬十有七日长至礼佛大报恩寺》诗中"科头老衲惊呼急,秃袖中官指顾详",疑弘光曾有亲临大报恩寺降香之事。熏宝级:庙宇中烧香。宝级,庙宇中的台阶。

〔6〕玉皇:道教称天帝曰玉皇大帝,简称玉皇。此处暗指皇帝。

# 左宁南画像歌为柳敬亭作[1]

何人踞坐戎帐中[2]?宁南彻侯昆山公[3]。手指抨弹出师象[4],鼻息呼吸成虎龙[5]。帐前接席柳麻子[6],海内说书妙无比。长揖能令汉祖惊[7],摇头不道楚相死[8]。是时宁南大出师,江湘千里连军麾[9]。每当按甲休兵日[10],更值椎牛飨士时[11]。夜营不喧角声止,高座张灯拂筵几。吹唇芒角生烛花,掉舌波澜沸江水[12]。宁南闻之须猬张[13],饮飞枥马俱腾骧[14]。誓剸心肝奉天子,拼洒毫毛布战场。秦灰烧残汉帜靡[15],呜呼宁南长已矣!时来将帅长头角,运去英雄丧首尾[16]。倚天剑老亲身匣,垂敝犹兴晋阳甲[17]。数升赤血喷余皇[18],万斛青蝇掩墙翣[19]。白衣残客哭江天[20],画像提携诉九泉[21]。舌端有锷肠堪断[22],泣下无珠血可怜。柳生柳生吾语尔,欲报恩门仗牙齿。凭将玉帐三年事[23],编作《金陀》一家史[24]。此时笑噱比传奇[25],他日应同汗竹垂[26]。从来百战青磷血,不博三条红烛词[27]。千载沉埋国史传,院本弹词万人羡[28]。盲翁负鼓赵家庄[29],宁南重为开生面[30]。

[1] 左宁南(1559—1645),名良玉,字昆山,山东临清人。少从军,以功至辽东都司。坐法当死,后得侯恂赏拔,与张献忠、李自成农民军作战,多建奇功,拥兵至八十万。崇祯十七年(1644)封宁南伯,弘光朝封宁南侯。兴兵讨马士英、阮大铖,军至九江病死。柳敬亭(1587—1670?),本姓曹,泰州人。因犯法逃捕,毁容改姓字。后成著名说书艺人。明末清初有关柳敬亭的记述颇多,钱谦益、黄宗羲、吴伟业、周容、张岱,或记其履历,或描述其技艺。孔尚任的《桃花扇》传奇流传最广。钱谦益除此诗外,还有《为柳敬亭募葬地疏》一文,发表"卿大夫之不足恃赖,而优人之不当鄙夷也"的高论。此诗以柳敬亭入左良玉幕的史事,既写柳敬亭之艺术,也含褒贬左良玉的微意,沧桑之感,兴亡之叹,流露于不经意之间。

[2] 踞坐:坐时两脚底和臀部着地,两膝上耸。此坐姿为待人傲慢的姿态。

〔3〕彻侯:秦汉时爵位名。秦废古五等爵,立爵自一级公士起,至二十级彻侯止。彻,通也,言爵位上通于皇帝,位最尊。汉因之,后避武帝讳,改通侯。

〔4〕"手指"句:形容左良玉军强势壮,能左右形势。抨弹,弹劾。指纠举他人过恶。师象,即狮象,狮象搏兔,皆用全力的省称。比喻对小事情也拿出全力认真对付。此处即指狮象搏兔的情景。

〔5〕"鼻息"句:说左良玉有异象。孙光宪《北梦琐言》:"王庭凑使河阳,酒困,寝于路隅。骆山人过,熟视之曰:'贵当裂土,非常人也。'庭凑寤而驰问之,云:'向见君鼻中之气,左如龙而右如虎,龙虎气交,王在于今秋。'是年,果为三军扶立为留后。"

〔6〕柳麻子:柳敬亭的绰号。

〔7〕长揖:相见时,拱手自上行礼至极下。《史记·郦生传》:"沛公方倨床,使两女子洗足,而见郦生。郦生入,则长揖不拜。"

〔8〕"摇头"句:用优孟故事形容柳敬亭的说书艺术。相传楚相孙叔敖死后,其子贫困无依,优孟就穿孙叔敖的衣冠,在楚庄王面前装扮孙叔敖的样子,抵掌谈语。庄王受到感动,叔敖子得封。《史记·滑稽传》:"优孟摇头而歌,负薪者以封。"

〔9〕"是时"二句:叙述顺治二年(1645)四月初,左良玉从武昌挥师东下,声讨马、阮。军麾,军队的旗帜。

〔10〕按甲:即按兵不动。

〔11〕椎牛飨士:杀牛犒劳军士。

〔12〕"吹唇"二句:描写柳敬亭说书的感染力。吹唇、掉舌,即摇唇鼓舌。芒角,光芒、棱角。指说书的感染力。

〔13〕须猬张:胡须像刺猬一样张开。侧面描写柳敬亭的说书艺术。

〔14〕"伙(cì次)飞"句:描写军士们受到感染。伙飞,春秋时楚国的勇士,轻捷若飞,故称伙飞。枥马,马槽中的马。腾骧,奔驰跳跃。

〔15〕秦灰:本指秦始皇焚书后灰烬。此处指清军。汉帜,指代明军。靡,倒下。

〔16〕"时来"二句:说时势造英雄。头角,头顶左右突出处,喻才华气概。首尾,即有始有终。表达左良玉有始无终的微意。

〔17〕"倚天"二句:说左良玉晚年江郎才尽,令人抱憾。倚天剑,语出宋玉《大言赋》:"长剑耿耿倚天外。"亲身匣,即剑不离身意。杜甫《闻房相公灵榇归葬》诗:"剑动亲身匣,书归故国楼。"老,失去锋锐。垂敝,即临死前。晋阳甲,即地方长官向朝廷兴兵。《公羊传·定公十三年》:"晋赵鞅取晋阳之甲,讨君侧之恶。"左良玉率兵东下,其口号是清君侧。

〔18〕"数升"句:说左良王吐血而死。顺治二年(1645)左良玉传檄讨马士英,至九江,城中火起,左良玉知城破,吐血数升而死。余皇,即舻艎,船只。

〔19〕"万斛"句:说左良玉死后,诬陷他的话很多。青蝇,苍蝇,喻谗言。墙翣(shà厦),棺饰,其形如扇。《礼记·檀弓》:"棺饰,墙置翣。"

〔20〕白衣残客:指左良玉幕中无官位的幕客。特指柳敬亭。

〔21〕九泉:地下,阴间。

〔22〕锷:刀剑之刃。指柳敬亭舌锋。

〔23〕玉帐:军帐,主将所居。指左良玉的军帐。

〔24〕《金陀》:即《鄂国金陀粹编》三十八卷,续编三十卷,宋岳飞后裔岳珂撰,为其祖父辩冤。岳珂别业在嘉兴金陀坊,故名。诗中指柳敬亭的一家之言。

〔25〕"此时"句:说时人对柳敬亭说书艺术的认识。笑噱(jué绝),笑谑。传奇,小说。

〔26〕汉竹:指史书。古代纸张发明之前,用竹书写。竹需烤至出汗,以防虫蚀变形。因以汉竹指代史书。

285

〔27〕"从来"二句:说出生入死,身经百战,不及书籍对人功过的记载。青磷,人和动物尸体腐烂时,会分解出磷化氢,在夜间田野中自燃,发出青绿色的光,故称。三条烛,唐代科举考试,应考者可在夜间继续进行,但以三根蜡烛为限。见程大昌《演繁露》。

〔28〕院本弹词:院本原指金时的戏曲底本,此处泛指戏剧。弹词,一种说唱相间,配以弦索乐器的叙事艺术。

〔29〕"盲翁"句:化用陆游《小舟游近村,舍舟步归》诗:"斜阳古柳赵家庄,负鼓盲翁正作场。死后是非谁管得?满村听说蔡中郎。"陆游感慨蔡邕被民间艺人随意编排,编成了赵贞女、蔡二郎的故事,蔡邕竟成了一个负心人。

〔30〕开生面:开创新局面。暗示柳敬亭为左良玉曲词辩护。


# 丙申春就医秦淮,寓丁家水阁浃两月,临行作绝句三十首留别(选五)〔1〕

秦淮城下寄淮阴,流水悠悠知我心〔2〕。可似王孙轻一饭,他时报母只千金〔3〕。

〔1〕丙申,顺治十三年(1656)。丁家水阁,丁继之位于清溪、笛步间的河房。丁继之,名胤,南京人,明末著名艺人。浃(jiā家),满。陈寅恪《柳如是别传》认为钱谦益"此次留滞金陵,与复明诸人相往还,当为接应郑延平攻取南都之预备。""其言就医秦淮,不过掩饰之辞。"诗以七绝组诗写人叙事,旨意深曲,情韵隽永。此选其第二、第四、第十三、第十六、第十七首。

〔2〕"秦淮"二句:说自己至淮甸访蔡魁吾,后久留金陵,与复明大有关系。

〔3〕"可似"二句:糅合古典与今事,表达对丁继之地主之谊的感谢。《史记·淮阴侯列传》:"信钓于城下,诸母漂,有一母见信饥,饭信,竟漂数十日。信喜,谓漂母曰:'吾必有以重报母。'母怒曰:'大丈夫不能自食,吾哀王孙而进食,岂望报乎!'"《汉书·韩信传》:"信至国,召所从食漂母,赐千金。"意谓他时报答,当远胜于千金。

苑外杨花待暮潮,隔溪桃叶限红桥〔1〕。夕阳凝望春如水,丁字帘前是六朝〔2〕。

〔1〕"苑外"二句:说柳如是正在常熟家中等待信息。暮潮,即潮信。李益《江南词》:"嫁得瞿塘贾,朝朝误妾期。早知潮有信,嫁与弄潮儿。"杨花、桃叶,均指柳如是。柳如是原姓杨。桃叶,晋王献之爱妾名。《隋书·五行志》:"陈时江南盛王献之《桃叶》诗云:'桃叶复桃叶,渡江不用楫。但渡无所苦,我自迎接汝。'"红桥,红色的桥。白居易《新春江次》诗:"绿渚传歌榜,红桥渡舞旂。"

〔2〕"夕阳"二句:遥想柳如是闺中思绪。王昌龄《青楼曲》:"驰道杨花满御沟,红妆缦绾上青楼。金章紫绶千馀骑,夫婿朝回新拜侯。"《闺怨》诗:"闺中少妇不知愁,春日凝妆上翠楼。忽见陌头杨柳色,悔教夫婿觅封侯。"此处用其拜侯之旨,反其"悔教"之意。丁字帘,丁字形的卷帘。

欹斜席帽五陵稀,六代江山一布衣〔1〕。望断玉衣无哭所〔2〕,巾箱自摺蹇驴归〔3〕。重读纪伯紫《憨叟诗》。

〔1〕"欹(qī欺)斜"二句:说纪伯紫是金陵的遗民。欹斜,歪斜不正。席帽,古帽名。以藤席为骨架,形似毡笠,四缘垂下,可蔽日遮阳。五陵,汉陵长陵、安陵、阳陵、茂陵、平陵。汉朝皇帝每立陵墓,都把四方豪族和外戚迁至陵墓附近居住。此处指明孝陵所在地金陵。六代江山,指南京。南京是三国吴,东晋,南朝的宋、齐、梁、陈的首都。

〔2〕玉衣:陵寝便殿中所藏御衣。杜甫《行次昭陵》:"玉衣晨自举,铁马汗常趋。"

〔3〕"巾箱"句:说纪伯紫抗清复明绝望而归金陵。巾箱,装衣帽的箱子。《明皇杂录》:"张果常乘一白驴,日行数万里。休则重叠之,其厚如纸,置于巾箱中。乘则以水噀之,还成驴矣。"

麦秀渐渐哭早春〔1〕,五言丽句琢清新。诗家轩翥今谁是?至竟《离骚》属楚人。杜于皇近诗多五言今体〔2〕。

〔1〕麦秀:箕子朝周,过殷墟,感宫室毁坏,生禾黍,心伤之,因作《麦秀》之诗歌之,曰:"麦秀渐渐兮,禾黍油油,彼狡童兮,不与我好兮。"后以麦秀指亡国之痛。

〔2〕"诗家"二句:盛赞杜濬五言近体诗。轩翥(zhù注),飞举。刘勰《文心雕龙·辨骚篇》:"自《风》《雅》寝声,莫或抽绪。奇文郁起,其《离骚》哉!固已轩翥诗人之后,奋飞辞家之前,岂去圣之未远,而楚人之多才乎?"于皇,杜濬,字于皇,号茶村,湖北黄冈人。有《变雅堂文集》。

著论峥嵘准《过秦》〔1〕,龙川之后有斯人〔2〕。滁、和自昔兴龙地〔3〕,何处巢车望战尘〔4〕?于皇弟苍略挟所著史论游滁、和间。

〔1〕《过秦》:即贾谊《过秦论》。左思《咏史诗》:"著论准《过秦》,作赋拟《子虚》。"此处盛赞杜苍略之史论。杜苍略,杜濬弟。

〔2〕龙川:宋代陈亮(1143—1194),字同父。孝宗隆兴中,上《中兴五论》;淳熙立,又四次上疏,均力主恢复中原。主张"义利双行,王霸并用",好言兵,才气超迈,议论风生。著《龙川文集》。

〔3〕"滁和"句:说滁、和地区向来就是龙兴之地,杜苍略于滁、和之地进行反清活动。兴龙,即龙兴,喻新王朝的兴起。孔安国《尚书·序》:"汉室龙兴,开设学校,旁求儒雅,以阐大猷。"疏:"言龙兴者,以《易》龙能变化,故必之圣人九五飞龙在天,犹圣人在天子之位,故谓之龙兴也。"

〔4〕巢车:春秋时的攻城战车。车上有用辘轳升降的活动瞭望台,人在台中,如鸟在巢,故名。


# 赠侯商丘若孩四首(选二)[1]

残灯顾影见蹉跎[2],十五年来小劫过[3]。曾捧赤符回日月[4],遂刑白马誓山河[5]。闲门菜圃英雄少[6],朝日瓜畴宾客多[7]。挂壁龙渊惭锈涩[8],为君斫地一哀歌[9]。

〔1〕侯性,字若孩,商丘(今属河南)人。在广西有"翼戴功,封祥符侯。两粤既破,遁迹吴之洞庭山。"(《华笑庼杂笔·黄梨洲先生批钱诗残本》)陈寅恪《柳如是别传》据第四首第一句咏柳毅传书故事,疑侯若孩之卜居太湖洞庭山,殆有传达永历使命,接纳徒众,恢复明室之企图。此选第一、第三首。

〔2〕蹉跎：失时，虚度光阴。《世说新语·自新篇》："（周处）正见清河（陆云），具以情告，并云欲自修改，而年已蹉跎，终无所成。"

〔3〕"十五"句：说明清易代已经十五年。十五年，从崇祯十七年到顺治十三年虚数为十五年。小劫，佛教语，指时间单位。《法华经》："六十小劫，身心不动。"

〔4〕"曾捧"句：说侯性翼戴永历之功。《后汉书·光武纪》："光武先在长安时同舍生彊华自关中奉《赤伏符》曰：'刘秀发兵捕不道，四夷云集龙斗野。四七之际火为主。'群臣因复奏符瑞之应。于是即皇帝位。"

〔5〕刑白马：即杀马盟誓。丘希范《与陈伯之书》："并刑马作誓，传之子孙。"李善曰："汉帝即皇帝之位，论功而封之，申以丹书之信，重以白马之盟。"

〔6〕"闲门"句：感慨反清英雄尚少。闲，应为"闭"。闭门种菜，英雄韬晦故事。《三国志·蜀先主传》裴松之注引《吴历》："备时闭门，将人种芜菁，曹公使人窥门。既去，备谓张飞、关羽曰：'吾岂种菜者乎？'开后栅，与飞等轻骑俱出。"

〔7〕"朝日"句：说前明故旧沦落到社会下层者很多。瓜畴，即瓜田。秦时东陵侯召平，秦亡后贫，长安城东种瓜，瓜美，俗称东陵瓜。

〔8〕龙渊：宝剑名。相传春秋时楚王使风胡子因吴王请欧冶子、干将二人作铁剑，二人凿茨山，泄其溪，取铁英，作铁剑三枚，一曰龙渊，二曰泰阿，三曰工布。谓龙渊剑，观其状，如登高山临深渊，故名。

〔9〕斫地：用剑砍地，表示悲愤之情。

苍梧云气尚萧森[1]，八桂风霜散羽林[2]。射石草中犹虎伏[3]，戛金壁外有龙吟[4]。梦回芒角生河鼓[5]，醉后旌旗拂井参[6]。莫向夷门寻旧隐[7]，要离千载亦同心[8]。

〔1〕"苍梧"句:说永历在广西延续明朝正朔。苍梧,地名。西汉置郡,治所在今广西梧州。隋唐又设苍梧郡。此处指永历朝所在地广西。萧森,草木茂盛貌。

〔2〕"八桂"句:说永历朝正经历艰难。八桂,八株桂树。《山海经·海内南经》:"桂林八树,在番禺东。"郭璞注:"八树而成林,言其大也。"晋孙绰《游天台赋》:"八桂森挺以凌霜,五芝含秀而晨敷。"桂是广西的代称。永历父朱常瀛封为桂王。羽林,本为星名。《史记·天官书》:"其南有众星,曰羽林天军。"《正义》:"羽林四十五星……天军也。"《汉书·宣帝纪》:"及应募佽飞射士羽林孤儿。"应劭曰:"天有羽林大将军之星,林喻若林木之盛。羽,羽翼,鸷鸟之意,故名武官焉。"唐初沿袭汉制,禁军属羽林。

〔3〕"射石"句:形容侯若孩的英勇。《汉书·李广传》:"广出猎,见草中石,以为虎而射之,中石没矢,视之石也。"

〔4〕"戛金"句:说自己常能听到来自永历朝的音讯。戛金,敲击金属。唐皎然《戛铜碗为龙吟歌序》:"故太尉房公,早岁常隐终南山峻壁之下,往往闻龙吟声,清而静,涤人邪想。时有好事僧潜戛之,以三金写之,唯铜声酷似。他日房公偶至山寺,闻林岭间有此声,乃曰:'龙吟复迁于此矣。'"

〔5〕"梦回"句:说自己对永历朝的思念期盼。芒角,星辰的光芒。河鼓,星名,牵牛星的异名。

〔6〕"醉后"句:说自己盼望永历朝能收复益州、雍州。井参:两个星宿名。井宿,二十八宿中的第一宿,也称东井、鹑首。参星,二十八宿之一。《史记·天官书》:"参,益州;东井舆鬼,雍州。"

〔7〕"莫向"句:以侯嬴喻自己。夷门旧隐,《史记·信陵君传》:"侯嬴年七十,家贫,为大梁夷门监者。"

〔8〕"要离"句:说自己与侯若孩同心复明反清。《后汉书·梁鸿传》:"鸿至吴,依皋伯通。及卒,伯通等为求葬地于要离冢旁,咸曰:'要离烈士,伯鸾清高,可令相近。'"

## 云间诸君子肆筵合乐,飨余于武静之高会堂。饮罢苍茫,欣感交集,辄赋长句二首[1]

授几宾筵大飨同,秋堂文燕转光风[2]。岂应江左龙门客,偏记开元鹤发翁[3]。酒面尚依袍草绿[4],烛心长傍剑花红[5]。他年屈指衣裳会[6],牛耳居然属海东[7]。

〔1〕顺治十三年(1656),清将马进宝由金华总兵升任苏、松、常、镇提督,驻兵松江。钱谦益配合郑成功从长江入海口进入东南的行动,前往松江游说马进宝,争取其反正或观望,为水军进入长江疏通屏障。此行历时月馀,假馆于松江名宅徐陟(嘉靖年间名相徐阶之兄)曾孙徐致远武静之高会堂。其间相与往还者,多前朝故旧或反清人士,共成诗四十五首。其中还有《徐武静生日置酒高会堂赠八百字》和《茸城惜别,思昔悼今,呈云间诸游好,兼定霞老看梅之约,共一千字》这样的长篇。此行既是钱谦益反清复明的一次重要活动,也是清初东南一次颇具规模的文学盛会。此题为第一题。钱谦益初到云间,松江诸人接风洗尘,相聚于高会堂。

〔2〕"授几"二句:形容文酒宴会之盛。授几,《诗经·大雅·行苇》:"或授之几。"笺曰:"老者加之以几。"几,照顾老者的矮桌。大飨,盛宴。文燕,即文宴,诗文聚会。光风,雨止日出的和风。

〔3〕"岂应"二句:说松江诸人对钱谦益的推崇。龙门客,高门上客。《世说新语·德行篇》:"李元礼高自标榜,后进之士,有升其堂者,皆以为登龙门。"开元鹤发翁,钱谦益自指。用李洞《绣岭宫》诗句:"绣岭宫前鹤发翁,犹唱开元太平曲。"

〔4〕袍草绿:形容酒的颜色。罗邺《芳草》诗:"似袍颜色正蒙茸。"

〔5〕剑花:剑华,即剑的光芒。卫象《古词》:"鹊血雕弓湿未干,鹧鸪新染剑花寒。"

〔6〕衣裳会:指国与国之间以礼交好的会合,与兵车之会相对而言。

〔7〕"牛耳"句:说此次盛会的盟主是徐武静。牛耳,古代诸侯会盟,割牛耳取血,盛在盘子里,主盟的人让所有盟会的人分尝为誓。海东,即东海。

重来华表似前生[1],梦里华胥又玉京[2]。鹤唳秋风新谷水[3],雉媒春草昔茸城[4]。尊开南斗参旗动[5],席俯东溟海气更[6]。当筵可应三叹息[7],歌钟二八想升平[8]。

〔1〕华表:房屋外部的装饰。此指徐宅的装饰。

〔2〕"梦里"句:说易代之后重游高会堂如同梦寐一般。华胥,梦想之境。《列子·黄帝》:"(黄帝)昼寝而梦,游于华胥氏之国……其国无帅长,自然而已;其民无嗜欲,自然而已;不知乐生,不知恶死,故无夭殇;不知亲己,不知疏物,故无爱憎;不知背逆,不知向顺,故无利害。"玉京,天阙。道家称为三十二帝之都,在无为之天。李白《庐山谣寄卢侍御虚舟》:"遥见仙人彩云里,手把芙蓉朝玉京。"

〔3〕"鹤唳"句:形容松江的气氛。鹤唳秋风,即风声鹤唳。《晋书·谢玄传》:"苻坚众奔溃,自相蹈藉,投水死者不可胜计……馀众弃

甲宵遁,闻风声鹤唳,皆以为王师者。"谷水,松江别名。王象之《舆地纪胜》:"华亭谷水,行三百里入松江。"

〔4〕"雉媒"句:猎者驯养雏雉,使之招引野雉而猎取之,故曰雉媒。元稹有《雉媒》诗。陆龟蒙《和吴中书事寄汉南裴尚书》诗:"五茸春草雉媒娇。"注曰:"五茸,吴王猎所,草各有名。"茸城,松江别名。

〔5〕尊:同樽。南斗参旗:指西南的永历王朝和郑成功水军。南斗,即南斗六星。参旗,参将之旗。

〔6〕东溟:东海。

〔7〕三叹息:《左传·昭公二十八年》:"吾子置食之间,三叹。"指多次叹息。

〔8〕"歌钟"句:说眼前的歌乐盛宴让人想到太平年代。歌钟,即编钟,古代打击乐器名。《左传·襄公十一年》:"郑人赂晋侯,凡兵车百乘,歌钟二肆,及其镈磬、女乐二八。晋侯以乐之半赐魏绛,曰:'子教寡人和诸戎狄,请与子乐之。'"

## 丙申重九海上作四首(选二)〔1〕

秋声海气互喧豗〔2〕,倦睫蒙蒙溟涨开〔3〕。乍见天吴离浪立〔4〕,却看地轴拔潮回〔5〕。蹄涔突兀驱狼石〔6〕,蚁垤盘旋戏马台〔7〕。剩欲登临更无那〔8〕,天高陵谷易悲哀。

〔1〕顺治十三年(1656)重九,钱谦益登高望海,是应节登临,还是考察松江海上的地理形势?盖二者兼有之。描写恢浑壮阔之景色,抒发故国今昔之感慨是钱谦益之所长。写作此一组诗时,正值其奔走国事,运筹斡旋之际,其沉郁悲凉之情怀溢于言。此选第一、第三首。

〔2〕喧豗(huī灰):轰响声。

〔3〕"倦睫"句:描写望海的感受以及海洋的壮阔。倦睫,望海时眼眶疲倦。溟涨,大海。东方朔《十洲记》:"蓬莱岛别有圆海,水色正黑,谓之溟海。"谢灵运《游赤石进帆海》诗:"溟涨无端倪。"

〔4〕天吴:水神。《山海经·海外东经》:"朝阳之谷,神曰天吴,是为水伯。……其为兽也,八首人面,八足八尾,皆青黄。"

〔5〕地轴:古代传说大地有轴。木玄虚《海赋》:"地轴挺拔而争回。"李善曰:"地下有四柱,广十万里,有三千六百轴。"

〔6〕"蹄涔"句:描写海涛变化之迅即。蹄涔,即牛蹄迹中的积水。《淮南子·泛论训》下篇:"夫牛蹄之涔,不能生鳣鲔。"许慎曰:"涔,雨水也。满牛蹄迹中者,言其小也。"狼石,石柱。相传秦始皇造桥,欲渡海观日出处,海神为之驱石竖柱。

〔7〕"蚁垤(dié叠)"句:描写海涛盘旋状。蚁垤,蚁穴外隆起的小土丘。《法苑珠林》李俨序:"亦犹蚁垤之小,比峻于嵩、华,蹄涔之微,争长于江汉。"戏马台,即观看马戏的台子。形容海涛形状。

〔8〕无那:无奈,奈何。

去岁登高莫釐顶,杖藜落落览吴洲〔1〕。洞庭雁过犹前旅,橘社龙归又一秋〔2〕。飓母风欺天四角〔3〕,鲛人泪尽海东头〔4〕。年年风雨怀重九,晴昊翻令日暮愁〔5〕。

〔1〕"去岁"二句:回忆顺治十二年(1655)太湖莫釐峰之游。参看前选《路易公安卿置酒包山官舍,即席有作二首》注〔1〕。杖藜,拄着手杖行走。藜,一种草本植物,茎坚韧,可为杖。

〔2〕橘社:《异闻集》:"柳毅于泾阳见妇人泣曰:'妾洞庭龙君小女也。嫁泾阳次子,而夫妇日以厌薄。闻君将还吴,以尺书托寄。洞庭之

阴,有大橘树,乡人谓之社橘。君解带举树三发,当有应者。'毅还家,访于洞庭,取书进之。龙君览毕,宫中皆恸哭。有赤龙长万馀尺,飞去,俄而泾水之囚至矣。明日,宴毅于凝碧宫,张广乐,乐舞万夫于其右。中有一夫前曰:'此《钱塘破阵乐》。'复舞千女子于其左,中有一女进曰:'此《贵主还宫乐》。'龙君大悦。明日毅归,赠遗珍宝,怪不可述。"

〔3〕"飓母"句:描写海风。飓母,飓风到来之前的虹霓。李肇《国史补》:"南海人言海风四面而至,名曰飓风。飓风将至,则多虹蜺,名曰飓母。"

〔4〕鲛人:神话传说中居于海底的怪人。晋张华《博物志》:"南海水有鲛人,水居如鱼,不废织绩,其眼能泣珠。"又:"鲛人从水中出,寓人家积日,卖绢将去,从主人索一器,泣而成珠满盘,以与主人。"

〔5〕晴昊:晴朗的天空。杜甫《简薛华醉歌》:"乱插繁华向晴昊。"


# 赠云间顾观生秀才[1]

东南建置画封疆[2],幕府推君借箸长[3]。铃索空教传铁锁[4],泥丸谁与奠金汤[5]?旌麾寂寞盈头雪,书记萧闲寸管霜[6]。此夕明灯抚空局,朔风残漏两茫茫。

〔1〕顾观生,名在观,字观生,晚号东篱子。明末秀才。曾于明末入马士英幕,马曾上疏经画东南,请身任大江以北援剿军务。南参赞史史可法专理陪京,兼制上游,特命钱谦益开府江、浙,控扼海道,三分鼎立,连络策应。然而疏上而国亡。马士英此疏正出于顾观生之手。钱谦益此次云间之行,始知之,遂与顾相见。为自己也"曾阑入局中,备残棋之一着"感慨唏嘘。

〔2〕"东南"句:说明末策划东南形势。封疆,明清称总督或巡抚为封疆大臣。此处指荐举钱谦益为江、浙督抚。

〔3〕"幕府"句:说顾观生在马幕中为其出谋划策。借箸,秦末楚汉相争,郦食其劝刘邦立六国后代,共同攻楚。邦方食,张良入见,以为计不可行,说:"臣请借前箸为大王筹之。"意为借刘邦吃饭用的筷子,以指画当时形势。事见《史记·留侯世家》,后来以指代人策划。

〔4〕"铃索"句:说长江天险不能保护南明,最终灭亡,金陵陷落。铃索,系铃的绳索。唐制翰林院禁署严密,内外不得随意出入,须挈索打铃以传呼或通报。后引申指警报、边警。铁锁,《晋书·王濬传》:"吴人于江险碛要害之处,并以铁锁横截之,又作铁锥长丈馀,被甲持杖,令善水者以筏先行,筏遇铁锥,锥则著筏去。又作火炬,长十馀丈,大数围,灌以麻油,再船前,遇锁,燃炬烧之,须臾,溶液断绝,于是船无所碍。"唐代诗人刘禹锡《西塞怀古》咏叹其事:"千寻铁锁沉江底,一片降幡出石头。"

〔5〕"泥丸"句:感叹谁是南明王朝的守关将帅。泥丸,即一丸泥。《后汉书·隗嚣传》:"嚣将王元说嚣曰:'请以一丸泥为大王东封函谷关。'"比喻地势险要,用泥丸封塞,即可阻敌。金汤,金城汤池之省。金喻坚,汤喻沸热不可近。《后汉书·光武纪赞》:"金汤失险,车书共道。"

〔6〕"旌麾"二句:感慨马士英筹划东南的计划落空,自己在国亡之际无所作为,而顾观生的奏疏也成了空文。旌麾,亦作旍麾,帅旗。

# 茸城惜别,思昔悼今,呈云间诸游好,兼订霞老看梅之约,共一千字[1]

十六年来事,茸城旧话传[2]。千金征窈窕[3],百两艳神仙。

谷水为珠浦,昆山是玉田[4]。仙桃方照灼[5],人柳正翩跹[6]。月姊行媒妁[7],天孙下聘钱[8]。珠衣身绰约[9],钿盒语缠绵[10]。命许迦陵共[11],星占柳宿专[12]。香分忉利市[13],花合夜摩天[14]。陌上催归曲[15],云间赠妇篇[16]。银河青琐外,朱鸟绿窗前[17]。秀水香车度,横塘锦缆牵[18]。画楼丹嶂堮,书阁绛云编[19]。小院优昙秘,闲庭玉蕊鲜[20]。优昙室以云林画得名,玉蕊轩余有记。新妆花四照,昔梦柳三眠[21]。笋进茶山屋,鱼跳蟹舍椽。馀霞三泖塔[22],落月九峰烟[23]。忽忽星移纪,芒芒度失躔[24]。三江分汉塞,一水限秦川[25]。吴苑乌栖急,华亭鹤唳偏[26]。音书沉拨剌,怀袖裹潺湲[27]。命促凭抽矢,身危寄绝弦[28]。幕乌偷暇豫[29],舫雀信涸沿[30]。摇落萧辰候,苍茫华表颠[31]。莼鲈风飒尔,稻蟹种依然[32]。悬薄荒鱼罶[33],重门叠马鞯[34]。兔丝迷旧陌,虎落记新阡[35]。兰锜羝羊触,罘罳冻雀穿[36]。左言童竖惯,右袒道途便[37]。芦管声啁哳,穹庐帐接连[38]。铜驼身有棘[39],金狄泪如铅[40]。元老周家重,恩波汉叶联。长衢罗甲第,广宅堮平泉[41]。护敕黄麻拱,天书碧落镌[42]。百年更荣戚,千骑列戈鋋[43]。沙道堤翻覆,云台像播迁[44]。西园营外宅[45],东阁拥中权[46]。伐岂牵羊后[47],班应诈马先[48]。只孙侔豽虎[49],怯薛领貂蝉[50]。湩酒天厨给,驼羹御席骈[51]。百丸追弹发,单骑挟俘还。横海期盘马[52],长征哂趾鸢[53]。河鲂嘉丙穴[54],宋子丽丁年[55]。玉帐夸韬略,金章颂圣贤[56]。鹔鹴前队戏,莺燕后车怜[57]。鼓吹浮阛阓,笙歌沸市廛[58]。横陈皆二八[59],下走亦三千[60]。茵席常霑吐[61],歌钟不解悬[62]。萦窗文练没,衔璧夜光圆[63]。改席妆频换,移灯剧屡悛[64]。帖腰连锁裤,堕髻倒弓缠[65]。顾曲三杯阕[66],留宾百戏阗[67]。星球抛蹴鞠,花絮飐秋千[68]。橦末僮相值,竿头马欲蹎[69]。刀锋馀鬓髿,剑器乱花钿[70]。交刃重重雪,跳丸步步莲[71]。满堂头掉运,四座笑便嬛[72]。雁鹜排行列,鱼龙角曼延[73]。老夫叨上客,大飨重加笾[74]。暴兀身如睡[75],喧跜坐益坚[76]。酒兵围粉黛[77],拇阵斗婵娟[78]。一发摧渠帅,三呼诧老拳[79]。宫人听教鼓[80],歌伎仗加鞭[81]。蹴踏风流阵[82],倾歌玳瑁筵[83]。睇流俄失面,餍笑已承颧[84]。吐手拈红袖[85],科头散白颠[86]。帘帷看啧啧,屋壁指悁悁[87]。谬误诚多矣,醒狂或有焉[88]。可应眉见睫[89],常用耳为瑱[90]。明月愁难掇[91],晨风发未镌[92]。忧天良自哂[93],失日复何愆[94]？狼角横弧矢[95],参旗曳帛旃[96]。风霜双白鬓[97],天地一青毡[98]。设版临河叹[99],诛茅卜涧瀍[100]。楚醪徒尔尔[101],鲁酒自戋戋[102]。羁旅存王粲[103],书生礼服虔[104]。铁龙新侣集[105],金马昔游捐[106]。岸谷非聊尔,耕桑各勉旃[107]。招邀倾绿醑[108],投赠劈红笺[109]。不分弹《鹡雀》[110],相将拜杜鹃[111]。忧心风撼撼,壮节鼓鼞鼞[112]。老大银铮畔,华年锦瑟边[113]。班荆殊慷慨,赠药重留连[114]。许掾

299

来何暮[115]？徐娘发未宣[116]。华颠犹踯躅,粉面亦迍邅[117]。月引归帆去,风将别袂牵。无言循白发,有泪托鹍弦[118]。身世缁尘化,心期皓首悬[119]。魂由天筮与[120],命荷鬼生全。此日忧痛首[121],何时笑拍肩[122]？临行心痒痒,苦语泪渐渐。去矣思虾菜,归欤老粥馕[123]。可知沦往劫,还许问初禅[124]。燕寝清斋并,明灯绣佛燃[125]。早梅千树发,索笑一枝嫣。有美其人玉,相携女手卷[126]。冲寒罗袖薄,照夜缟衣妍。领鹤巡荒圃,寻花上钓船。白头香冉冉,素手月娟娟。搔首频支策[127],长歌欲扣舷[128]。莫令渔父棹,芦雪独贪缘[129]。

〔1〕顺治十三年(1656)秋冬之交,钱谦益往松江联络反清复明人士,游说马进宝,策应郑成功提师北上,进窥直、浙的军事行动,历时月馀,离别之时,作此诗。其诗"历叙家国今昔之变迁,排比铺张,哀感顽艳,乃牧斋集中佳作之一"(陈寅恪《柳如是别传》第四章)。此诗也是钱谦益竭力经营之作,渊通博雅,叙事有致,文心贯通,辞旨印证,非浅才俭学、思拘理促者所可想见。

〔2〕"十六"二句:崇祯十四年(1641)六月,钱谦益于松江舟中以匹嫡之礼迎娶柳如是,大违当时社会风习及礼仪制度,招致"云间缙绅,哗然攻讨"(沈虬《河东君传》),到顺治十三年(1656)整十六年。旧话,即钱柳姻缘的风流佳话。《高会堂诗集序》:"不到云间,十有六载矣。水天闲话,久落人间;花月新闻,已成故事。"

〔3〕"千金"句:谓千金娶得美人归,他们成了神仙美眷。王子年《拾遗记》:"薛灵芸年十五,容颜绝世。谷习出守常山郡,以千金宝赂聘之,以献文帝。"窈窕,形容女子文静而美好。

300

〔4〕"谷水"二句：说松江因有柳如是这样的美女，几乎成了美玉产地，神仙境界。谷水，松江别名。《初学集》卷二十《合欢诗四首》其一云："谷水香车浣别愁。"珠浦，即合浦。《后汉书·孟尝》载，合浦郡出珠宝。昆山，江苏县名，与松江毗邻。玉田，干宝《搜神记》载：杨伯雍汲水作义浆，有人就饮，饮毕，以石一斗遗赠。伯雍种石于田中，遂生白璧，其处地可一顷，名为玉田。

〔5〕"仙桃"句：用神仙故事。《洛阳伽蓝记》："景阳山南百果园，有仙人桃，其色赤，表里照彻，得霜则熟。出昆仑山，亦曰王母桃。"照灼，明亮鲜艳。

〔6〕"人柳"句：用人柳切柳如是。《唐诗纪事》："李商隐赋云：'岂如河畔牛星，隔年只闻一过；不及苑中人柳，终朝剩得三眠。'"注曰："汉苑中有人形柳，一日三起三倒。"翩跹，风度潇洒貌。

〔7〕"月姊"句：即月老牵红线意。月姊，月中姐妹。本李商隐《槿花》诗："月里宁无姊。"媒妁，婚姻介绍人。《孟子·滕文公》下："不待父母之命，媒妁之言，钻穴隙相窥，逾墙相从，则父母国人皆贱之。"

〔8〕天孙：星名，即织女星。《史记·天官书》："河鼓大星……其北织女。织女，天女孙也。"索引："织女，天孙也。"此处指与柳如是订聘礼。《初学集》卷二十《合欢诗四首》之一："此时七夕移弦望，他日双星笑女牛。"《催妆词四首》之一："养鹤坡前乌鹊过，云间天上不争多。较他织女还侥幸，月荚生时早渡河。"之二："从今不用看牛女，朱鸟窗前候柳星。"

〔9〕"珠衣"句：形容柳如是之美丽。珠衣，即铢衣，佛经里说的极轻盈的衣服。《长阿含经》："忉利天衣重六铢，炎摩天衣重三铢，兜率天衣重一铢半，化乐天衣重一铢，他化自在天衣重半铢。"绰约，柔美貌。

〔10〕钿(diàn 电)盒：装钿的盒子。钿，金花，多指妇女首饰，如花钿、金钿。陈鸿《长恨歌传》："玄宗得杨玄琰女，定情之夕，授金钗钿盒

301

以固之。"《初学集》卷二十《合欢诗四首》之四："人间若问章台事,钿盒分明抵万金。"

〔11〕"命许"句:说自己和柳如是从结缡起,就决定同命共运。迦陵,鸟名,其声清澈和雅。《楞严经》一："迦陵仙音,遍十方界。"注:"迦陵,仙禽。在卵壳中,鸣音已压众鸟,佛法音似之。"

〔12〕"星占"句:说柳如是为天上的柳星。柳宿,二十八宿之一,也称鹑火。南方朱鸟的第三宿,有星八颗。白居易有妓樊素善歌,小蛮善舞,尝为诗曰:"樱桃樊素口,杨柳小蛮腰。"年既高迈,而小蛮方丰艳,因为《杨柳词》以托意:"一树春风万万枝,嫩于金色软于丝。永丰坊里东南角,尽日无人属阿谁?"及宣宗朝,国乐唱是词,命取永丰柳两株,植于禁中。白感上知其名,又为诗一章,末云:"定知此后天文里,柳宿光中添两星。"

〔13〕"香分"句:描写他们婚姻的幸福。《法苑珠林·三界篇》:"忉利天有七市,第一谷米市,第二衣服市,第三众香市,第四饮食市,第五华鬘市,第六工巧市,第七媱女市。"忉利市,即忉利天。梵语,即三十三天,或云天堂。

〔14〕夜摩天:佛教曰欲界有六重之天,一曰四王天,二曰忉利天,三曰夜摩天,四曰兜率天,五曰五乐变化天,六曰他化自在天。《大集经》:"此天用莲花开合,以明昼夜。"又云:"赤莲花开为昼,白莲花开为夜。"

〔15〕"陌上"句:回忆崇祯十三年(1640)柳如是初访半野堂,后钱谦益送柳如是至嘉兴,在余杭道中赋《陌上花乐府,东坡记吴越王妃事也。临安道中感而和之,和其词而反其意,以有寄焉》三首,柳如是作《奉和陌上花三首》事。

〔16〕赠妇篇:指迎娶柳如是期间所写《合欢诗四首》、《催妆词四首》以及其他和柳如是的赠答之作。陆机《为顾彦先赠妇诗》注:"李善曰:'上篇赠妇,下篇答也。'"

〔17〕"银河"二句:描写他们的新婚幸福。青琐,指豪华的建筑。朱鸟,星宿名。徐陵《玉台新咏序》:"青牛帐里,馀曲既终;朱鸟窗前,新妆已竟。"

〔18〕"秀水"二句:回忆当年迎娶柳如是。秀水、横塘,地名。《大明一统志》:"学秀水在嘉兴府城西九里,旧名学绣,后讹今名。横塘在城东南五里,刘长卿诗'家在横塘曲'是也。"香车、锦缆,均指迎娶的婚车婚船。

〔19〕"画楼"二句:写钱柳婚后,钱谦益以十日之功建成绛云楼,参看《绛云楼上梁,以诗代文》注〔1〕。丹嶂,红色的山峰。埒(liè 列),相同。书阁,即绛云楼。

〔20〕"小院"二句:描写居所的幽静闲雅。优昙,梵语,无花果树的一种。也作优昙钵罗、优昙跋罗。意译为瑞应,或祥瑞花。半野堂有优昙室。玉蕊,崇祯十五年(1642)钱谦益开辟玉蕊轩。因柳如是最爱此花,作《玉蕊轩记》,见《初学集》卷四十五。

〔21〕"新妆"二句:形容柳如是新妆之艳丽和自己的快意。四照,即光彩夺目。《山海经》:"鹊山有木焉,其状如穀而黑理,其花四照,其名曰迷穀,佩之不迷。"柳三眠,汉代宫苑中柽柳,也叫三眠柳或人柳。此处代指柳如是。

〔22〕三泖(mǎo 卯)塔:常熟的塔名。

〔23〕九峰:松江的山名。

〔24〕"忽忽"二句:写朝代更易,天下大乱。星移纪,行星移挪运行的轨道。纪,岁、日、月、星辰、历数,皆称纪。度失躔,日月星辰运行乱了轨迹。躔,日月运行的轨迹。《方言》:"日运为躔,月运为逡。"

〔25〕"三江"二句:说天下成了割据局面。

〔26〕"吴苑"二句:说明清易代,东南地区形势错综复杂。吴苑,指三吴地区。乌栖,乌鸟重新选择栖身之木。华亭,松江别名。鹤唳,即风

303

声鹤唳。

〔27〕"音书"二句：说他们正在等待永历朝的音信。《古诗》："呼儿烹鲤鱼，中有尺素书。"拨剌，象声词，鱼跳的声音。杜甫《漫成绝句》："船尾跳鱼拨剌鸣。"怀袖裹潺湲，用袖子擦眼泪。潺湲，泪流貌。屈原《九歌·湘君》："横流涕兮潺湲，隐思君兮悱恻。"

〔28〕"命促"二句：形容反清面临生命危险。

〔29〕"幕乌"句：形容自己的处境。幕乌，栖止在幕帐上的乌鸟，比喻处境危险。《左传·昭公二十八年》："楚师夜遁。郑人将奔桐丘，谍告曰：楚幕有乌。乃止。"暇豫，悠闲逸乐。

〔30〕"舫雀"句：船只在江中回旋。舫雀，船只。张协《七命》："乘凫舟兮为水嬉。"李善曰："《穆天子传》：'天子乘凫舟。'郭璞曰：'舟为凫形制，今吴之青雀舫，此其遗像。'"沿，顺流而下。洄，逆流而上。

〔31〕"摇落"二句：写当时秋季特征。摇落，凋谢、零落。宋玉《九辨》："悲哉秋之为气也，萧瑟兮草木摇落而变衰。"萧辰，秋风萧瑟之时。华表，古代设在桥梁、宫殿、城垣或陵墓等建筑前的巨大石柱，柱身雕有文饰。

〔32〕"荁鲈(tuán lú 团卢)"二句：描写水乡秋季风物。荁鲈，荁羹鲈脍之省。《晋书·张翰传》："齐王冏辟为大司马东曹掾……因见秋风起，乃思吴中菰菜、荁羹、鲈鱼脍，曰：'人生贵得适志，何能羁宦数千里以要名爵乎！'遂命驾而归。"后人常用为辞官归乡的典故。但此处特指江南风物。稻蟹，食稻之蟹。《国语·越》下："又一年，王召范蠡而问焉，曰：'吾与子谋吴，子曰未可也，今其稻蟹不遗种，其可乎？'"注曰："蟹食稻。"谓吴田地荒芜，国无馀粮。

〔33〕"悬薄"句：说渔家停止营生。悬薄，悬挂起渔具。薄，竹篾等编成的器具。罶(liǔ 柳)，捕鱼的工具，用竹编成，其形如篓，编绳为底，鱼入而不能出。《诗经·小雅·苕之华》："三星在罶。"毛苌传曰："罶，

曲梁也。"

〔34〕"重门"句:描写松江戒备森严的气氛。重门,即重门击柝的简省。设置重门,击柝巡夜。《易·系辞下》:"重门击柝,以待暴客。"马鞯,衬托马鞍的坐垫。《白氏六帖》:"苏秦先贵,张仪来谒,坐于马鞯而食之。"

〔35〕"兔丝"二句:说松江街景改观。兔丝,草名,一名女萝。《古诗》:"兔丝生有时。"李善注:"兔丝草蔓联草上,黄赤如金。"说入清后松江街市荒草迷蔓,使人不识旧路。虎落,即篱笆。《汉书·晁错传》:"师古曰:'虎落者,以竹篾相连,遮落之也。'"

〔36〕"兰锜(yǐ蚁)"二句:描写清军驻扎于松江的情形。兰锜,兵器架。羝羊,公羊。罘罳(fú sī服思),门外的屏障。《释名·释宫室》:"罘罳在门外。罘,复也;罳,思也,臣将入请事,于此复重思之也。"

〔37〕"左言"二句:描写清军驻扎在松江,风俗发生了变化。左言,外国语,此处指满语。右袒,指满族人穿衣袒露右臂。

〔38〕"芦管"二句:描写清军毡帐相连,到处都能听到其吹芦管的音乐。啁哳(zhāo zhā昭扎),杂乱而细碎的声音。白居易《琵琶行》:"岂无山歌与村笛,呕哑啁哳难为听。"穹庐帐,毡帐。

〔39〕铜驼:宫门前铜铸的骆驼。《晋书·索靖传》:"靖知天下将乱,指洛阳宫门铜驼叹曰:'会见汝在荆棘中耳。'"

〔40〕金狄:即金人。秦始皇二十一年收天下兵器,铸金人十二,汉武帝列于甘泉宫。李贺《金铜仙人辞汉歌序》:"魏明帝青龙元年八月,诏宫官牵车西取汉武帝捧露盘仙人,欲立置前殿。宫官既拆盘,仙人临载,乃潸然泪下。"歌曰:"空将汉月出宫门,忆君清泪如铅水。"

〔41〕"元老"四句:写松江勋贵世家宅第相望。周、汉,指代明朝。叶,世代。埒(liè列)平泉,与平泉庄相邻。埒,等同。平泉,平泉庄,唐代李德裕别墅,在洛阳。此处代指徐氏宅第。

〔42〕"护敕"二句：描写松江名宅当年的兴旺。护敕、天书，皇帝恩赐的文书。黄麻，用黄麻纸誊写的诏书。拱，拱卫。碧落，天空。说皇帝的诏书镌刻在高高的建筑物上。

〔43〕"百年"二句：说松江的名门望族发生了天翻地覆的盛衰之变。棨戟，有缯衣或油漆的木戟，用为官吏出行时前导的仪仗。唐制，官吏三品以上，得门列棨戟。戈鋋（chán 禅），两种兵器。此处指名宅被清军驻扎毁坏。

〔44〕"沙道"二句：句意同上。沙道，唐宰相出行，载沙填路，称为沙道，亦称沙堤。唐天宝三年京兆尹萧炅请于要路筑甬道以通车骑，覆沙道上，称为沙堤。凡拜相、府县令民载沙铺路，从宰相私邸铺到子城东街，成为故事。云台，汉宫中高台名。洛阳南宫有云台广德殿，汉明帝图画中兴功臣三十二人于云台。

〔45〕"西园"句：具体描写松江徐武静宅第被清军践踏的情形，说生生庵别墅成了清兵的兵营。西园，据王沄《第宅记》："河南（徐）陟曾孙文学致远宅，有师俭堂。申文定时行书。西有生生庵别墅，陟子太守琳放生处。"崇祯八年（1635）春，陈子龙、柳如是同居于此。此处的西园应是指生生庵别墅。外宅，指勇士驻扎之所。本于唐袁郊《甘泽谣》："田承嗣募军中武勇十倍者，得三千人，号外宅男。"

〔46〕中权：指中军。或指主将，中枢。《左传·宣公十二年》："前茅虑无，中权后劲。"注："中军制谋，后以精兵为殿。"

〔47〕"伐岂"句：说征服讨伐何止牵羊称臣。牵羊，《左传·宣公十二年》："楚子围郑，三月克之。郑伯肉袒牵羊以逆。"杜预曰："肉袒牵羊，示服为臣。"

〔48〕"班应"句：形容清朝朝班异于汉族的风貌。班，朝班。诈马，蒙古族习俗，于赛马后举行的盛宴，称诈马筵。元杨允孚《滦京杂咏》："锦衣行处狻猊集，诈马筵前虎豹良。特敕云和罢弦管，君王有意听尧

纲。"注曰:"诈马筵开,盛陈奇兽。宴享既具,必一二大臣称'吉思皇帝',礼撤,于是则礼有文,饮有节矣。云和署录仪凤司乐,掌天下乐工。"叶奇《草木子》:"北方有诈马筵,其筵之盛也,诸王公贵戚子弟,竞以衣马华侈相尚。"

〔49〕"只孙"句:形容清人的服饰。陶宗仪《辍耕录》卷三十:"只孙宴服者,贵臣见飨于天子则服之,今所赐绛衣是也。贯大珠以饰其肩背间,膺首服亦如之。"周伯琦《诈马行》序:"只孙,华言一色衣也。"侔(móu谋),相等。貙(chū出)虎,貙的别名。貙,《尔雅·释兽》:"貙似狸。"注:"今貙虎也,大如狗,文如狸。"

〔50〕"怯薛"句:说清军中的长官携带美女。怯薛,蒙古成吉思汗时设置的宿卫军。蒙古语称番值宿卫为"怯薛"。分四番,每番三昼夜,轮流值班。成吉思汗的功臣博尔忽、博尔术、木华黎、赤老温,当时号称"四杰"。成吉思汗命其世领怯薛之长。

〔51〕"潼酒"二句:描写清军筵席。潼酒,酒名。驼羹,用驼峰做成的肉羹。

〔52〕"横海"句:说清军希望海战也如骑马一样娴熟。盘马,跨马盘旋。

〔53〕跕(tiē贴)鸢:言山岚瘴气之盛,虽鸢鸟亦将堕落,难以飞越。《后汉书·马援传》:"援封新息侯,谓官属曰:'吾在浪泊、西里间,虏未没之时,下潦上雾,毒气熏蒸,仰视飞鸢跕跕堕水中。今纡佩金紫,且喜且惭。'"

〔54〕"河鲂"句:形容宴会上的美味。河鲂,内陆河产鲂鱼,也叫鳊鱼。《诗经·陈风·衡门》:"岂其食鱼,必河之鲂?"陆机《毛诗草木鸟鱼疏》下《潍鲂及鳏》:"鲂,今伊、洛、济、颍鲂鱼也。广而薄,肥恬而少力,细鳞,鱼之美者。"丙穴,地名。今陕西略阳县东南,与勉县接境。左思《蜀都赋》:"嘉鱼出丙穴。"

〔55〕"宋子"句:形容宴会上侍宴的女子。宋子,宋国的贵族女子。《诗经·陈风·衡门》:"岂其娶妻,必宋之子。"丁年,成丁的年龄,即成年。

〔56〕"玉帐"二句:形容清军将帅的得意之色。此处应是钱谦益前往拜访马进宝,马进宝的神情。玉帐,征战时主将所居的军帐。金章,高级官员的官服。

〔57〕"鹳(guàn 贯)鹅"二句:形容马进宝演习军阵的情形。鹳鹅,军阵名。《左传·昭公二十一年》:"与华氏战于赭丘,郑翩愿为鹳,其御愿为鹅。"注:"鹳、鹅皆阵名。"莺燕,指女子。此特指被清兵掳掠的女子。

〔58〕"鼓吹"二句:描写宴饮时的歌乐震天。鼓吹,即北方民族的鼓钲筱笳之乐。阛阓(huán huì 环汇),市肆。阛,市门外。阓,市垣。古代市道即在垣与门之间,故称市肆为阛阓。市廛,即市肆。

〔59〕"横陈"句:说马进宝的侍妾们皆妙龄女子。横陈,横卧。宋玉《讽赋》:"内怵惕兮徂玉床,横自陈兮君之傍。"二八,即十六岁。

〔60〕"下走"句:从仆很多。下走,仆从。《汉书·萧望之传》:"若管、晏而休,则下走将归延陵之皋。"应劭曰:"下走,仆也。"师古曰:"下走者,自谦也,趋走之数也。"

〔61〕"茵席"句:说马进宝对门下客甚宽厚。茵席,坐席。《汉书·丙吉传》:"驭吏嗜酒,尝从吉出,醉呕丞相车上。西曹主吏欲白斥之。吉曰:'以醉饱之失去士,使此人将何所容?此不过污丞相车茵耳。'"

〔62〕"歌钟"句:指编钟等敲击乐器常常悬挂摆设在那里,意即欢宴无时。歌钟,见《云间诸君子肆筵合乐,飨余于武静之高会堂。饮罢苍茫,欣感交集,辄赋长句二首》第二首注〔8〕。

〔63〕"萦窗"二句:形容马进宝帐中装饰华丽。萦窗,图案盘曲的

窗户。文练,有花纹的熟丝织品。衔璧,古者国君死,口含玉。故战败出降者衔璧以示国亡当死。此处指征服过程中缴获之物。

〔64〕"改席"二句:描写马进宝花样翻新的款待。悛(quān 全阴平),悔改。此处指改变。

〔65〕"帖腰"二句:描写一种弯腰倒立的杂技。帖腰,倒弯腰至地。《南史·羊侃传》:"姬妾列侍,穷极奢靡。有孙荆玉,能反腰帖地,衔得席上玉簪。"锁裤,杂技艺人穿的一种裤子,装饰着铁环之类的东西。堕髻,即倒立头朝下。引缠,古时妇女缠足后足似弓形。

〔66〕"顾曲"句:说宾客中有懂音乐者。《三国志·周瑜传》:"瑜少精意于音乐,虽三爵之后,其有阙误,瑜必知之,知之必顾。故时人谣曰:曲有误,周郎顾。"

〔67〕百戏:古代散乐杂技总称百戏。阗(tián 填):盛,满。

〔68〕"星球"二句:描写蹴鞠和秋千的游戏。蹴鞠,古代的足球游戏。飐(zhǎn 展),颤动。

〔69〕"橦末"二句:描写一种以人的各个部位顶着木杆,木杆上又有站立之物的杂技。僮相值,木杆上站立着一个小童。蹎(diān 颠),跌倒,颠仆。

〔70〕"刀锋"二句:一种以刀劈人的杂技。髲鬄(bì tì 必惕),取他人之发编为己发。说杂技艺人的刀锋在毫发之间就伤人性命。花钿,妇女头上戴的首饰。

〔71〕"交刃"二句:描写舞剑的场面。重重雪,形容剑光盘旋。跳丸,抛弄弹丸,古代一种杂技。也叫丸剑。张衡《西京赋》:"跳丸剑之挥霍,走索上而相逢。"唐张铣注:"跳,弄也。丸,铃也。挥霍,铃剑上下貌。"

〔72〕"满堂"二句:描写看客们被吸引的情形。掉运,指头随着杂技者的动作而变动。便嬛(pián xuán 骈旋),轻丽。司马相如《上林赋》:

"靓妆刻饬,便嬛绰约。"

〔73〕"雁鹜"二句:总结筵席上演出的各种节目。雁鹜,即鹅和鸭。和后面的"鱼龙"对举,指百戏。鱼龙角曼延,指百戏。

〔74〕"老夫"二句:由百戏写到自己。叨(tāo 掏),忝。谦辞,犹言叨蒙。大飨,大张筵席。张衡《东京赋》:"命膳夫以大飨,瓮饩浃乎家倍。"加笾,即招待之礼逾于常。《左传·哀公六年》:"季孙宿如晋,晋侯享之,有加笾。"杜预曰:"笾豆之数,多于常礼。"

〔75〕獒(ào 傲)兀:性情孤僻。此处说自己不能欣赏以上杂戏。意即心不在此。

〔76〕喧豗(huī 挥):喧闹,哄闹。

〔77〕酒兵:以酒能消愁,犹兵能克敌,故称酒兵。《南史·陈諠传》:"江咨议有言:酒犹兵也。兵可千日不用,不可一日不备。酒可千日不饮,不可一饮不醉。"粉黛:傅面的白粉和画眉的黛墨,代指美女。

〔78〕拇阵:即猜拳。明王徵福《拇阵谱》,专记猜拳令辞。婵娟,姿态美好貌,指美女。

〔79〕"一发"二句:描写喝酒猜拳互争上下。渠帅,魁首。《汉书·吴王濞传》:"胶西王、胶东王为渠率。"师古曰:"渠,大也。"老拳,结实的拳头。《晋书·石勒载记》下:"初,勒与李阳邻居,岁常争麻地,迭相殴击。……石勒引李阳臂笑曰:'孤往日厌卿老拳,卿亦饱孤毒手。'"

〔80〕"宫人"句:写筵席上驱使掳掠来的宫女表演带有满族风味的节目。教鼓,进退的鼓点。《吴越春秋》:"孙子试兵法,以王之宠姬二人为军队长,告以军法,随鼓进退。宫女皆掩口而笑。孙子乃三令五申,其笑如故。孙子大怒,执法曰:'斩。'乃令斩队长二人,即王之宠姬也。"

〔81〕"歌伎"句:鞭打歌伎。《唐语林》:"裴宽尚书罢郡西归汴中。日晚维舟,见一人坐树下,衣服故敝,召与语,大奇之。谓君才识自当富贵,何贫也?举舡中钱帛奴婢与之,客亦不让。语讫上船,奴婢偃蹇者鞭

扑之。裴公益以为奇,其人乃张建封也。"

〔82〕"蹴踏"句:描写坐客尽情娱乐。蹴踏,即踩、踏。风流阵,即男女一起玩笑互斗的游戏。《开元天宝遗事》:"明皇与贵妃,每至酒酣,使妃子统宫妓百馀人,帝统小中贵百馀人,排两阵于掖庭中,目为风流阵。以霞帔锦被张之为旗帜,攻击互斗,败者罚之巨觥以戏笑。"

〔83〕玳瑁筵:以玳瑁装饰坐具的筵席,指盛宴。玳瑁,动物名。似龟,背面呈褐色和淡黄色相间的花纹,四肢具鳍足状。甲片可作装饰品,也可入药。

〔84〕"睇流"二句:描写歌伎们强颜逢迎。睇流,斜视,流盼。屈原《九歌·山鬼》:"既含睇兮又宜笑,子慕予兮善窈窕。"靥(yè 业)笑,面颊上的微笑。颧(quán 权),面颊。

〔85〕"吐手"句:说坐客们调戏歌伎。吐手,即唾掌。《芥隐笔记》:"《隐太子建成传》:'吐手可决。'用《九州春秋》吐掌语。"红袖,女子的红色衣袖,代指美女。

〔86〕"科头"句:说自己也癫狂起来。科头,结发而不戴冠。白颠,即白头。

〔87〕"帘帷"二句:说在这种热闹的场面中,自己难以把握马进宝的态度。啧啧,象声词。指称奇。悁(juān 捐)悁,忧闷貌。《诗经·陈风·泽陂》:"寤寐无为,中心悁悁。"传:"悁悁,犹悒悒也。"帘帷看、屋壁指,即帘视壁听。意为隔帘所见,隔壁所听。谓所得情况没有确切根据。

〔88〕"谬误"二句:说自己喝醉了,不免狂态。谬误,不得体,或不准确。陶渊明《饮酒》诗:"但恨多谬误,君当恕醉人。"醒狂,酒醒依然狂。《汉书·盖宽饶传》:"盖宽饶曰:'无多酌我,我乃酒狂。'丞相魏侯笑曰:'次公醒而狂,何必酒也。'"

〔89〕"可应"句:语本《庄子·庚桑楚篇》:"(老子)曰:'向吾见若眉睫之间,吾因以得汝矣。'"意谓从你的表情了解了你。此处指把握马

进宝的态度。

〔90〕"常用"句:语本《国语》:"其又以规为瑱也。"韦昭曰:"规,谏也。瑱所以塞耳,而又以规谏为之。"瑱(tiàn 天去声),以玉塞耳。《诗经·鄘风·君子偕老》:"玉之瑱也。"传:"瑱,塞耳也。"此处说自己耳聋。

〔91〕掇(duō 多):拾取。

〔92〕遄(chuán 船):急。

〔93〕哂(shěn 审):微笑。

〔94〕失日:明朝颠覆。愆(qiān 千):错过,耽误。

〔95〕"狼角"句:说从星象上看正处于兵乱之世。狼角弧矢,指天狼星和弧矢星。《史记·天官书》:"秦之疆也,候在太白,占于狼、弧。"正义:"太白、狼、弧,皆西方之星,故秦占候也。"后来诗文中以天狼星和弧矢星喻战乱。此处以秦指代清。

〔96〕"参(shēn 申)旗"句:说天上的参旗星落在飘扬的军旗上。参旗,星名。旃(zhān 沾),旗帜。

〔97〕双白鬓:指松江的许誉卿与自己。许誉卿,字霞城,又字公实。万历进士,官至工科给事中。明亡曾削发为僧。钱谦益此行,曾有《霞城置酒,彩生先别,口占十绝句记其事,兼订西山看梅之约》诗。

〔98〕青毡:《晋书·王羲之传附王献之》:"夜卧斋中,而有偷人入其室,盗物都尽。献之徐曰:'偷儿,青毡我家旧物,可特置之。'群偷惊走。"后以青毡为士人故家旧物之代词。

〔99〕"设版"句:说自己与许誉卿同为反清奔走。设版,建筑工事。版,版筑的土墙,泛指工事。《左传·僖公三十年》:"许君焦、瑕,朝济而夕设版焉。"杜预注:"朝济河而夕设版筑以距秦。"

〔100〕"诛茅"句:说在水边上剪茅为屋。诛茅,即剪茅为屋。卜涧瀍,《尚书·洛诰》:"我乃卜涧水东,瀍水西。"涧水、瀍水,都是入于河南洛河的水系。

〔101〕"楚醪(láo 劳)"句：说楚地的酒不过如此。楚醪,楚地的酒。

〔102〕戋(jiān 坚)戋：小,少。《庄子·胠箧》："鲁酒薄而邯郸围。"

〔103〕"羁旅"句：以王粲自比。《三国志·王粲传》："献帝西迁,粲从至长安,以西京扰乱,乃之荆州依刘表。"

〔104〕服虔：《后汉书·儒林传》："服虔少以清苦建志,入太学受业,善著文。"

〔105〕"铁龙"句：用杨维桢典故。杨维桢《琴操序》："永嘉李季和曰：'杨廉夫,铁龙精也。'"杨维桢曾聚集文人于汾湖,携妓狂饮纵乐。以此比喻松江聚会。

〔106〕金马：即金马门之省。汉代学士待诏之处。也指翰林院。

〔107〕"岸谷"二句：与许誉卿共勉。岸谷,即岸谷之变。比喻政治上的重大变化。《诗经·小雅·十月之变》："高岸为谷,深谷为陵。"毛传："言易位也。"聊非,姑且非人所愿。勉旃,即勉力、努力。旃,助词,相当于"之焉"。

〔108〕"招邀"句：邀请许誉卿到常熟。招邀,邀请。绿醑(xǔ 许),美酒。

〔109〕红笺：一种精美的小幅红纸,多作名片、请柬、或题诗词用。

〔110〕翎雀：歌名。陶宗仪《辍耕录》："会稽张思廉作《白翎雀歌》：'摩诃不作兜勒声,听奏筵前《白翎雀》。'"

〔111〕拜杜鹃：杜甫《杜鹃》诗："杜鹃暮春至,哀哀叫其间。我见常再拜,重是古帝魂。"

〔112〕摋(shè 设)摋：摇落貌。嚣(yuán 原)嚣：鼓声。

〔113〕"老大"二句：感慨自己年华虚度。银铮畔、锦瑟边,均指年华。李商隐《锦瑟》诗："锦瑟无端五十弦,一弦一柱思华年。"

〔114〕"班荆"二句：说与松江的故友共同商讨复国之事,松江故友有赠药之事。班荆,铺荆于地而坐。《左传·襄公二十六年》："伍举奔

郑,将遂奔晋;声子将如晋,遇之于郑郊。班荆相与食,而言复故。"《宋书·陶潜传·戒子书》:"鲍叔敬仲,分财无猜;归生伍举,班荆道旧;遂能以败为成,因丧立功。"

〔115〕"许掾"句:以许掾比松江许誉卿。许掾,东晋许询,善言理。曾拜访简文帝,辞寄清婉,简文帝与之不觉造膝,共叉手语,达于将旦。见《世说新语·赏誉篇》。

〔116〕"徐娘"句:以徐娘比柳如是。徐娘,梁元帝萧绎妃徐昭佩。《南史·后妃传》下:"徐娘虽老,犹尚多情。"后称年老而尚有风韵的妇女为徐娘。宣,头发黑白相杂为宣。

〔117〕"华颠"二句:说自己和柳如是。华颠,指白头。自指。踯躅(zhí zhú 直竹),徘徊不前。粉面,指柳如是。迍邅(zhūn zhān 谆毡),不得志,迟迟不前。

〔118〕鹍弦(kūn xián 昆贤):《乐府杂录》:"开元中,贺怀智琵琶,其乐器以石为槽,鹍鸡筋作弦,以铁拨弹之。"

〔119〕"身世"二句:感慨自己的身世荣辱,期望晚年能有所建树。缁尘,黑色灰尘,即风尘。皓首,白头,指年老。

〔120〕天筮:即上天赐送。筮,占卜。

〔121〕痟(xiāo 宵)首:头痛。痟,头痛病。

〔122〕拍肩:郭璞《游仙诗》:"左把浮丘袖,右拍洪崖肩。"

〔123〕粥饘(zhān 毡):厚粥。

〔124〕"可知"二句:说家国沦入劫难,人生只有向佛问禅。往劫,往日的劫难。初禅,佛家称含有烦恼的事物为有漏。漏即烦恼的别名。有漏法分四类,证得第一类的叫初禅。《楞严经》九:"清静心中,诸漏不动,名为初禅。"

〔125〕"燕寝"句:说自己清心寡欲,一心向佛。燕寝,周制王有六寝,一是正寝,馀五寝在后,同名燕寝。此处指吃饭睡觉。清斋,清心素

食。世俗以素食为斋。佛教以辰时饮水一杯,终日不食,称为清斋。绣佛,用彩色丝线绣成的佛像。

〔126〕"有美"二句:描写拂水山庄及西山梅花盛开的景象。有美,《初学集》卷十九《有美一百韵》中"有美一人",指柳如是。女,与上句的"其"对举,虚词。手卷,能卷舒而不能悬挂的书画长卷。

〔127〕支策:用拄杖打拍子。《庄子·齐物论》:"师旷之支策也。"

〔128〕扣舷:击打船舷。郭璞《江赋》:"咏《采菱》以扣舷。"李善曰:《楚辞·渔父》"鼓枻而去。"王逸曰:"扣船舷也。"

〔129〕夤缘:攀附。

# 丙申至日为人题《华堂新燕图》[1]

主人堂前海燕乳,差池上下衔泥语[2]。依约呢喃唤主人[3],主人开颜笑相许。主人一去秋复春,燕子去作他家宾。新巢非复旧庭院,旧燕喧呼新主人。新燕频更主人面,主人新旧不相见。多谢华堂新主人,珍重雕梁旧时燕。

〔1〕顺治十三年(1656)冬至日,钱谦益作此题画诗,也是松江之行的最后一首诗。此诗与《高会堂酒阑杂咏序》中的"衰晚重游,人民非昔;朱门赐第,旧燕不飞。白屋人家,新乌谁止",如常山之蛇,遥相呼应。诗中旧燕指明室旧人,新乌指清廷新贵。诗中以刘禹锡《乌衣巷》"旧时王谢堂前燕,飞入寻常百姓家"为典故,循环往复,抒发沧海桑田、世事变迁的感慨。

〔2〕差(cī 疵)池:不齐貌。《诗经·邶风·燕燕》:"燕燕于飞,差池

其羽。"

〔3〕 呢喃:燕子鸣声。

## 燕子矶舟中作[1]

轻寒小病一孤舟,送客江干问昔游[2]。老有心情依佛火,穷无涕泪洒神州。舞风矶燕如赪尾[3],吹浪江豚也白头[4]。水阔天高愁骋望[5],寻思但是莫登楼。

〔1〕 顺治十四年(1657)秋冬间,钱谦益复往南京。陈寅恪《柳如是别传》说此行"盖欲阴结有志复明之人,以为应接郑延平攻取南都之预备。其流连文酒,咏怀风月,不过一种烟幕弹耳"。燕子矶,地名。在南京市东北郊,矶头屹立长江边,三面悬绝,形如飞燕,故名。病、老、穷固是作者当时境况,而"愁骋望"则是其深忧。其"愁骋望",即伤故国山河,又忧复明大业。此诗情味浓郁,耐人遥思。

〔2〕 江干:江边。干,岸。

〔3〕 赪(chēng 称)尾:赤色鱼尾。《诗经·周南·汝坟》:"鲂鱼赪尾,王室如毁。"

〔4〕 江豚:长江豚。有时溯江而上。许浑《金陵怀古》:"石燕拂云晴亦雨,江豚吹浪夜还风。"

〔5〕 骋望:极目远望。此处指望海上郑成功水军。

## 金陵寓舍赠梁溪邹流绮[1]

第二泉流乳水腴[2],跳珠漱石润凋枯。读书昔已过袁豹[3],绌史今当继董狐[4]。金匮旧草周六典[5],玉衣原庙汉三都[6]。冶城载笔霜风候[7],还与幽人拜鼎湖[8]。

〔1〕梁溪,水名。源出无锡的惠山,流入太湖。因此也用梁溪指代无锡。邹流绮,名漪,无锡人。黄道周门人,也是钱谦益弟子,著《启祯野乘》,钱谦益作序。后《有学集》编成,流绮父邹镃为之作序。

〔2〕"第二"句:写惠山泉。第二泉,即无锡惠山泉。张又新《水记》:"陆鸿渐言无锡惠山寺石泉水第二。"乳水,本指钟乳洞所流的泉水。苏轼《次完夫再赠》诗:"乳水君应饷惠山。"

〔3〕袁豹:东晋人,字士蔚。博学强记,喜议论。《世说新语·文学篇》:"殷仲文天才宏赡,而读书不甚广博。亮叹曰:'若使殷仲文读书半袁豹,才不减班固。'"此处以袁豹比邹流绮。

〔4〕"绌(chóu 愁)史"句:称赞邹漪撰写的史书为实录。邹漪撰《启祯野乘》。绌史,撰写史书。董狐,春秋时晋国史官,直书不隐,孔子称为良史。后以董狐为直书不讳的良史代称。

〔5〕"金匮"句:称赞邹漪撰写史书博览群书。金匮(kuì 愧),以金属做成的藏书匮,以示封缄之密,保存之慎。周六典,张衡《东京赋》:"建象魏之两观,旌六典之旧章。"李善曰:"《周礼》:'太宰掌建邦之六典,一曰治典,二曰教典,三曰礼典,四曰政典,五曰刑典,六曰事典。'"此处指前朝的典章制度。

〔6〕"玉衣"句:说邹漪为撰写《启祯野乘》走访了明代故都陵庙。玉衣,陵寝便殿中所藏御衣。此处代指南京明孝陵。原庙,正庙之外别立之庙。此处指北京的明陵。汉三都,东汉称洛阳为东都,长安为西都,宛(今河南南阳)为南都。

〔7〕冶城:城名。故址在南京朝天宫附近。相传三国吴冶铁于此,故南京又称冶城。

317

〔8〕"还与"句:说他与邹漪一起悼念崇祯皇帝。幽人,幽隐之人,隐士。鼎湖,传说为黄帝乘龙飞升之处,后用来作帝王之死的代称。杜甫《行次昭陵》诗:"壮士悲陵邑,幽人拜鼎湖。"

## 棹歌十首为豫章刘远公题扁舟江上图(选三)〔1〕

家世休论旧相韩〔2〕,烟波千里一渔竿。扁舟莫放过徐泗〔3〕,恐有人从圯上看〔4〕。远公,故相文端公之孙,尚宝西佩之子。

〔1〕棹歌,行船时唱的歌。刘远公,启祯时著名东林党人刘一燝之孙,江西南昌人。刘远公至南京,不知何为,但从钱谦益诗旨看,应是一复明人士。此题诗虽为题画,但语语切合画主刘远公。此选其第一、三、第四首。

〔2〕"家世"句:说刘远公祖父为明朝重臣。相韩,《史记·留侯世家》:"(张良)悉以家财求客刺秦王,为韩报仇,以大父父五世相韩故。"《明史·刘一燝传》:刘一燝,天启朝擢礼部尚书兼东阁大学士,魏忠贤专权,被罢。崇祯改元,诏复官。福王时,追谥文端。

〔3〕徐泗:相当于现在的徐州、淮北地区,因泗水流经此地,故称。

〔4〕圯(yí以):古方言,桥。张良故事。张良逃亡至下邳,尝步游下邳桥上,遇一老父,授以《太公兵法》。

吴江烟艇楚江潮,濑上芦中恨未消〔1〕。重过子胥行乞地,秋风无伴自吹箫[2]。

〔1〕"濑上"句:用伍子胥故事。《吴越春秋》:"伍员晚至江,渔父渡之。子胥曰:'请丈人姓氏。'渔父曰:'何用姓氏为?子为芦中人,吾为渔丈人。'至吴乞食溧阳,适会女子击绵于濑水之上,筥中有饭,谓曰:'可得一餐乎?'女子许之,子胥因餐而去。"
〔2〕"重过"二句:仍用伍子胥故事。伍子胥由楚奔吴,吹箫乞食于吴市。

楚尾吴头每刺船,藏舟夜半事依然[1]。《阴符》三卷篝灯读[2],不及《南华》有内篇[3]。

〔1〕"楚尾"二句:说刘远公在吴楚之间奔走复明。楚尾吴头,当吴楚之间。古江西一带,位于春秋时吴之上游,楚之下游,如首尾相接,故称。刺船,撑船。藏舟,藏船于苇间。《庄子·渔父》:"乃刺船而去,延缘苇间。"另《吴越春秋》云伍员脱至江,渔父渡之,伍员藏身苇间。有顷,渔父来,呼曰:"芦中人!"
〔2〕阴符:即《阴符经》,兵书。旧题黄帝撰,有太公、范蠡、鬼谷子、张良、诸葛亮、李筌六家注。篝(gōu 勾)灯:把灯放在灯笼内。
〔3〕南华:即《庄子》。历代学者认为《庄子》内篇是庄子所作。

## 顾与治书房留余小像,自题四绝句[1]

崚嶒瘦颊隐灯看[2],况复撑衣骨相寒[3]。指示旁人浑不

319

识,为他还着汉衣冠[4]。

〔1〕顾与治,字梦游,金陵人。顾与治与钱谦益在明崇祯时即已相识。《初学集》卷六十六《宋比玉墓表》中说此文即为应顾与治之请所作,卷八十六有《题顾与治偶存稿》。顺治四年(1647)钱谦益因黄毓祺案囚系金陵,其间曾作《顾与治五十初度》诗。此组诗完全是夫子自道,多重身份,多种角色,多层心理得到了一次较为显豁的描述。
〔2〕崚嶒(líng céng 陵层):高峻重叠貌。此处指瘦骨嶙峋的样子。
〔3〕骨相寒:即不是福贵相。骨相,面相。
〔4〕汉衣冠:指明代人装束。说自己虽降清,而在弘光以前,则为党社清流领袖。

苍颜白发是何人?试问陶家形影神[1]。揽镜端详聊自喜,莫应此老会分身。

〔1〕"试问"句:说自己形影神分离。陶渊明有《形赠影》、《影答形》、《神释》等诗。

数卷函书倚净瓶[1],匡床兀坐白衣僧[2]。骊山老母休相问[3],此是西天贝叶经[4]。

〔1〕净瓶:佛教徒盥手用的澡瓶,也叫军持。
〔2〕匡床:方正安适的床。
〔3〕"骊山"句:说神仙不要误以为"数卷函书"是《阴符经》。骊山老母,神话中女仙名。传说殷周之际有骊山女,为天子。唐宋后遂以为

女仙,尊为姥或老母。《集仙录》:"李筌至骊山下逢一老母,敝衣扶杖,神状甚异,为说《阴符》之义。"

〔4〕贝叶经:即百叶书,泛指佛经。

褪粉蛛丝网角巾[1],每烦椶拂拭煤尘[2]。凌烟褒鄂知无分[3],留与书帷伴古人。

〔1〕网角巾:系头发的网巾。网巾为明制,前此未有。周晖《续金陵琐事》:"太祖一夕微行至神乐观,见一道士结网巾。问曰:'此何物?'对曰:'此网巾也,用以裹之头上,万发皆齐矣。'次日,有旨召神乐观结网巾道士,命为道官,仍取其网巾,遂为定式。"与瞿式耜一同死难的张同敞临死之前出网巾于怀,曰:"服此以见先帝。"见《小腆纪年·附考》顺治十七年庚寅十二月丙申。

〔2〕椶(zōng宗)拂:椶树皮做成的拂尘。杜甫《椶拂子》诗:"椶拂且薄陋,岂知身效能。"椶,即棕。

〔3〕"凌烟"句:说自己无命建功立业。凌烟,古代王朝为表彰功臣而建筑的高阁,绘有功臣图像。褒鄂,唐初功臣段志玄封号为褒国公,尉迟恭封号为鄂国公,当时并称褒鄂。杜甫《丹青引》:"褒公鄂公毛发动,英姿飒爽来酣战。"

## 题画[1]

橹背指青山[2],浪打船头上。曼声时一啸[3],聊答江涛响。

〔1〕钱谦益作小诗较少,然而非不能,实乃不为。这一首题画诗景

象宛然,情韵悠长。

〔2〕橹:划船的工具,长大而纵者曰橹。

〔3〕曼声:发声而引之延长。即舒缓的长声。

# 再读许友诗[1]

数篇重咀嚼[2],不愧老夫知。本自倾苏涣[3],何嫌说项斯[4]。解嘲应有作[5],欲杀岂无词[6]。周处台前月[7],常悬卞令祠[8]。时寓青溪水亭,介周台、卞祠之间,故有落句。

〔1〕许友:字有介,一名眉,字介寿,福建侯官人,工书善画。钱谦益在顺治十四年于金陵读许友诗,霍然目开,遂有《题许有介诗集》和本题诗。许友是钱谦益入清后极力奖掖的一个无名诗人,其编选的《吾炙集》选许友诗一百零七首,为入选之冠。选后评论曰:"此人诗开口便妙,落笔便妙。有率易处,有粗浅处,有入俗处,病痛不少,然不妨其为妙也。"

〔2〕"数篇"句:用孟郊《懊恼》诗:"好诗更相嫉,剑戟生牙关。前贤死已久,犹在咀嚼间。"

〔3〕倾苏涣:杜甫《苏大侍御访江浦诗序》:"苏大侍御涣,静者也。肩舆江浦,忽访老夫,请诵近诗,肯吟数首,明日赋八韵记异,亦见老夫倾倒于苏涣至矣。"此处说许友使自己倾倒。

〔4〕说项斯:用杨敬之称项故事。《南部新书》:"项斯以卷谒江西杨敬之,杨苦爱之,逢人说项。"此处说自己称赞许友。

〔5〕解嘲:因被人嘲笑而自作解释。《汉书·扬雄传》:"时雄方草《太玄》……或嘲雄以玄尚白,而雄解之,号曰《解嘲》。"此处说有人不理

解作者如此奖掖许友,有嘲笑之词,此诗解嘲而已。

〔6〕"欲杀"句:说自己与世人不同,非常怜才。杜甫《李生》诗:"不见李生久,佯狂真可哀。世人皆欲杀,吾意独怜才。"

〔7〕周处台:金陵名胜。《六朝事迹》:"府雉东南,有故台基,曰周处台,今鹿苑寺之后。"

〔8〕卞令祠:金陵名胜。《六朝事迹》:"晋尚书令卞忠贞葬吴冶城,今天庆观,乃其地也。"

## 一年[1]

一年天子小朝廷[2],遗恨虚传覆典刑[3]。岂有庭花歌后阁[4],也无杯酒劝长星[5]。吹唇沸地狐群力[6],劙面呼风羯鬼灵[7]。奸佞不随京洛尽[8],尚流馀毒螫丹青[9]。

〔1〕这是一首反思南明覆亡的作品。南明弘光王朝只有一年的时间,而将历史上亡国之朝与亡国之君的荒唐昏聩集于一身。作者以大节隳颓为代价逃生其中,对这个王朝覆亡的原因体会得可谓入木三分。一首小诗,凝聚了作者的诗家与史家之本领,被黄宗羲称为弘光朝之"诗史"。

〔2〕"一年"句:写以朱由崧为天子的弘光王朝,只维持了一年(1644年5月—1645年5月)。

〔3〕"遗恨"句:说现在有很多关于弘光朝颠覆旧有规则的传说。虚传,不实的传说。典刑,常刑,旧法。《诗经·大雅·荡》:"虽无老成人,尚有典刑。"也作典型。

〔4〕"岂有"句:说弘光朝覆亡无"玉树后庭花"这样的谶语。庭花

歌后阁,即玉树后庭花。《隋书·五行志》:"祯明初,后主作新歌,辞甚哀怨,令后宫美人习而歌之。其辞曰:'玉树后庭花,花开不复久。'时人以为此歌谶也。"

〔5〕"也无"句:说弘光朝覆亡也无长星出现的天象。长星,属彗星。古代以为彗星出现是国家败亡的天象。《世说新语·雅量篇》:"太元末,长星现,孝武心甚恶之。夜华林园中饮酒,举杯属曰:'长星劝尔一杯酒,自古何曾为万岁天子耶?'"以上两句,作者认为南明灭亡绝非天数,而是人祸。

〔6〕吹唇沸地:肆口喧闹。吹唇,吹口唇发出声音。《南史·侯景传》:"景将登太极殿,丑徒数万,同共吹唇唱吼而上。"此处指马士英等拥戴朱由崧。

〔7〕"剺面"句:说皇太极死后,鬼魂在助其节节胜利。剺面,用刀划脸。古代匈奴、回鹘等北方少数民族遇大忧大悲,用刀割脸,以示悲痛。呼风,神仙或道士等用法术呼风唤雨。羯,羯族,指代满族。羯鬼,指皇太极鬼魂。

〔8〕"奸佞"句:说南明朝奸佞之徒的危害。奸佞,大奸巨猾。佞,善于逢迎谄谀之徒。指马士英、阮大铖。京洛,洛阳。东周、东汉以洛阳为都。此处指南京。

〔9〕螫(shí时)丹青:犹如毒虫螫人,使历史蒙羞。丹青,古代以丹册纪勋,青史纪事,丹青犹言史籍。

# 蕉园[1]

蕉园焚稿总凋零,况复中州野史亭[2]。温室话言移汉树[3],长编月朔改唐冀[4]。谀闻人自伪三豕[5],曲笔天应下六丁[6]。东观西清何处所[7],不知汗简为谁青[8]?

〔1〕蕉园在南京太液池东。明故事,《历朝实录》成,焚稿于太液池之蕉园。钱谦益出身于治史之家,年长后入朝任史官。天启时参与编撰《神宗实录》,撰写史书《开国群雄事略》、《太祖实录辨证》。此后一直以修撰一代明史为己责,曾编撰成明史百卷,明文六十卷,然而,尽被绛云楼之火化为灰烬。清初修史之风甚重,必然是鱼目混珠,泥沙俱下,钱谦益于多篇文章中作过批评,得出清初为"易言史,天下无史",其史多伪的结论。此诗由蕉园联想而起,表达的正是对一代史书的忧虑。

〔2〕"蕉园"二句:感叹明代蕉园焚稿已成故事,私家修史成就不高。野史亭,金元好问欲修金一代之史,乃构亭于家,著述其中,因名曰野史。后史书未成,编撰成金诗总集《中州集》,以诗存人,以人存史。

〔3〕"温室"句:说朝廷之事多秘而难明,修史需阅读宫中密档。温室,殿名。汉长乐宫、未央宫皆有温室殿。《汉书·孔光传》:"光沐日归休,兄弟妻子燕语,终不及朝省政事。或问:'温室省中树皆何木也?'光嘿然不应,更答以他语。其不泄如是。"

〔4〕"长编"句:以《资治通鉴》为例说修史应以长编为基础。李焘《长编序》:"臣窃闻司马光作《资治通鉴》也,先使其僚采摭异闻,以年月日为《丛目》。《丛目》既成,乃修《长编》。唐三百年,范祖禹实掌之,光谓祖禹:长编宁失于繁,无失于略。当时祖禹所修《长编》,盖六百馀卷。光细删之,止八十卷,今《资治通鉴·唐纪》自一百八十五卷至二百六十五卷是也。"唐蓂(mì 觅),唐代的月朔。蓂,即蓂荚。一名历荚。相传尧时有草夹阶而生,随月生死。每月朔日生一荚,至月半则生十五荚。至十六日后,日落一荚,至月晦而尽。若月小则馀一荚。厌而不落,以是占日月之数。

〔5〕"謏(xiǎo 小)闻"句:批评清初的史书多不实之词。謏闻,孤陋

寡闻。三豕,即三豕涉河。《吕氏春秋·察传》:"子夏之晋,过卫,有读史记者曰:'晋师三豕过河。'子夏曰:'非也,是己亥也。夫己与三相近,,豕与亥相似。'至于晋而问之,则曰:'晋师己亥涉河'也。"后用以指文字讹误或传闻失实。

〔6〕"曲笔"句:说史书失实上天也不会饶恕。曲笔,史官或史家编史、纪事有所顾忌或徇情避讳,而不直书其事者谓之曲笔。六丁,道教神名,火神。韩愈《调张籍》诗:"仙官敕六丁,雷电下取将。"

〔7〕"东观"二句:忧虑一代正史将成于何处。东观,东汉洛阳南宫内观名。东汉明帝时命班固等人在此修史,书成为《东观汉记》,后为藏书之处。后因以称国史修撰之处。西清,西堂清静之处。多指帝王宫内游宴之处。

〔8〕汗简:汉代书简。此处指有明一代史书。青,古代书写于竹简,为了免于虫蚀,炙简出汗,称为汗青,由此引申为史书。

# 鸡人〔1〕

鸡人唱晓未曾停,仓卒衣冠散聚萤〔2〕。执热汉臣方借箸,畏炎胡骑已扬舲〔3〕。乙酉五月初一日召对,讲官奏胡马畏热,必不渡江。余面叱之而退。刺闱痛惜飞章罢〔4〕,余力请援扬,上深然之。已而抗疏请自出督兵,蒙温旨慰留而罢。讲殿空烦倒坐听〔5〕。肠断覆杯池畔水〔6〕,年年流恨绕新亭〔7〕。

〔1〕这是一首反思南明覆亡的诗作。诗中写了乙酉岁(1645)五月一日发生在弘光朝的事,以及这件事所产生的后果。当时弘光如按作者

所请,历史也许不会改写,但作者的荣辱却可能是另一番景观。这是作者深以为恨者,也是我们阅读此诗应了解的诗外之旨。鸡人,古代报晓的官。《陈书·世祖纪》:"每鸡人伺漏,传更签于殿中。"

〔2〕"鸡人"二句:说五月一日鸡人报晓,百官聚朝。聚萤,聚集萤火虫。比喻百官在天未亮时纷纷聚集到朝堂上。

〔3〕"执热"二句:说南明的大臣们正设法避热时,清军却大举南下。执热,酷热,热得难以解脱。借箸,即想方设法。即借用筷子筹划形势。参看《赠云间顾观生秀才》注〔3〕。扬舲(líng灵),扬帆。舲,船只。

〔4〕"刺闱"句:说自己出京援扬的奏疏没有被采纳。刺闱,夜有急事,投刺于闱门以告急。南朝梁戴暠《从军行》:"长安夜刺闱,胡骑白铜鞮。"飞章,急报的奏章。即"援扬"的奏章。

〔5〕"讲殿"句:说自己为皇帝讲官,国家存亡之际无所作为。讲殿,皇帝经筵讲授之处。倒坐,相对而坐。

〔6〕覆杯池:金陵名胜。《六朝事迹》:"覆杯池在今城北三里,西池是也。晋元帝中兴,颇以酒废政,丞相王导奏谏,帝因覆杯于池中以为戒。"

〔7〕新亭:亭名,在江宁县南。即劳劳亭。三国时建。东晋诸名士游赏新亭,周顗叹曰:"风景不殊,举目有山河之异。"因相视流涕。王导愀然变色曰:"当共勠力王室,克服神州,何至作楚囚对泣耶?"见《世说新语·言语篇》。

# 金陵杂题绝句二十五首,继乙未春留题之作(选四)〔1〕

抖擞征衫趁马蹄,临行渍酒雨花西〔2〕。于今墓草南枝句,长

327

伴昭陵石马嘶[3]。已酉岁,计偕北上[4],吊方希直先生墓诗云[5]:"孤臣一样南枝恨,墓草千年对孝陵。"

〔1〕此题为顺治十四年(1657)秋冬间金陵之行结束后的补作,题曰"继乙未","乙未"(顺治十二年)当为"丙申"(顺治十三年春有《留题水阁三十绝句》)。诗中歌咏风怀,叙旧交新,兼及当时文史。所选四首侧重于文史之论与作者形迹。此选其第六、第十四、第十五、第十八首。

〔2〕雨花:雨花台。王象之《舆地纪胜》:"雨花台,在江宁县城南三里。梁云光法师讲经于此,感天雨赐花,故云。"

〔3〕昭陵:唐太宗李世民墓称昭陵,此指明孝陵。石马,帝王陵墓前立的石雕马。

〔4〕计偕:举人会试称为计偕。钱谦益万历三十四年(1606)中举,万历三十七年十月偕计吏北上,行至金陵有《吊方希直先生墓》诗,是万历四十二年前存诗除《初学集》卷八《过临清追昔游》附录《长干行》外的残篇。

〔5〕方希直:明初死于靖难之役的方孝孺。


闽山桂海饱炎霜,诗史酸辛钱幼光[1]。束笋一编光怪甚[2],夜来山鬼守奚囊[3]。

〔1〕"闽山"二句:称赞钱澄之的诗为诗史。闽山桂海,指福建与两广,概指钱澄之反清的踪迹。钱澄之(1612—1693),初名秉镫,字饮光,又字幼光,自号田间老人。安徽桐城人。明亡,参加抗清,失败后逃至福建。清兵进入福建,逃到广东,永历授礼部仪制司主事。永历三年(1649)参加乡试,试后授翰林院庶吉士,知制诰。顺治八年(1651)弃官,由赣闽回到家乡。他的诗多方面反映明清易代之际情事,故钱谦益

称其为"诗史"。

〔2〕束笋:成束的竹笋。此处指诗卷。韩愈《赠崔立之评事》诗:"深藏箧笥时一发,戢戢已多如束笋。"

〔3〕奚囊:诗囊。唐代诗人李贺每出游,从一小奚奴,背一古锦囊,遇有所得,即书投囊中。后称诗囊为奚囊。

杜陵矜重数篇诗<sup>〔1〕</sup>,《吾炙》新编不汝欺<sup>〔2〕</sup>。但恐旁人轻着眼,针师门有卖针儿<sup>〔3〕</sup>。

〔1〕杜陵:杜甫。

〔2〕"吾炙"句:说自己新编选的《吾炙集》确是好诗。顺治十三年钱谦益仿唐人《箧中集》之例,编选时人作品二十家的二百又五首诗为《吾炙集》。

〔3〕"针师"句:意为通过选集教给人作诗的秘诀,指示正确的道路。针师,以针药灸救人病的医师。元好问《论诗三十首》:"鸳鸯绣了从教看,莫把金针度与人。"卖针儿,即所选作家。

帝车南指岂人谋<sup>〔1〕</sup>,《河岳英灵》气未休<sup>〔2〕</sup>。昭代可应无大树<sup>〔3〕</sup>,汝曹何苦作蚍蜉<sup>〔4〕</sup>?

〔1〕帝车:北斗星。《史记·天官书》:"斗为帝车,运于中央,临制四方。"王勃《益州夫子庙碑》:"帝车南指,遁七曜于中阶。"

〔2〕《河岳英灵》:即《河岳英灵集》,唐代诗选集,殷璠编,三卷。录唐二十四人的诗二百三十四首。每人姓名之下各有评语。总集而录评语者,以此书为最早。此处指《列朝诗集》。

〔3〕昭代:清明的朝代。古代多用以称颂本朝。此处指明朝。

329

〔4〕蚍蜉：大蚂蚁。韩愈《调张籍》诗："蚍蜉撼大树，可笑不自量。"此处指贬低钱谦益诗文者。

# 六安黄夫人邓氏〔1〕

铙歌鼓吹竞芳辰〔2〕，娘子军前喜气新〔3〕。绣幰昔闻梁刺史〔4〕，锦车今见汉夫人〔5〕。须眉男子原无几，粉黛英雄自有真。还待麻姑擘麟脯〔6〕，共临东海看扬尘〔7〕。

〔1〕六安黄夫人，即明崇祯时名臣梅之焕之女，嫁黄鼎。弘光时黄任湖北六安州总兵。入清，黄鼎降洪承畴，梅氏拥众山中，与清军对抗，后许众出山，己独不降。诗题称"邓氏"，据陈寅恪《柳如是别传》猜测，恐累及家人，故作狡狯。之所以称"邓氏"，乃因邓尉以梅花著称。

〔2〕铙歌：军乐。行军时马上奏之，谓之鼓吹。芳辰：美好的时光。

〔3〕娘子军：唐高祖三女平阳公主嫁柴绍，高祖起事，平阳公主响应，举兵于司竹园，号娘子军。

〔4〕"绣幰(xiǎn 显)"句：以北朝时冼氏比梅氏。绣幰，绣有彩色帐幔的车子。梁刺史，北朝冼氏出行以刺史仪。《北史·列女传》：冼氏，高凉人。世为南越首领，部落十馀万。侯景之反，岭表大乱，冼氏召集部众，百越宴然。朝廷诏册冼氏为高凉郡太夫人，赍绣幰油络、驷车安马，鼓吹髦幢旄节，如刺史之仪。其子卒，百越号夫人为圣母。

〔5〕"锦车"句：以汉朝的冯夫人比梅氏。《汉书·西域传》："初，楚主侍者冯嫽，能史书习事。尝持汉节为公主使，行赏赐于城郭。诸国敬信之，号曰冯夫人。为乌孙右大将妻，大将与乌就屠相爱，都护冯吉使冯夫人说乌就屠，以汉兵方出，必见灭，不如降，乌就屠恐，曰：'愿得小

号.'宣帝征冯夫人自问状。冯夫人锦车持节,诏乌就屠诣长罗侯赤谷城,立元贵靡为大昆弥,乌就屠为小昆弥,皆赐印绶。破羌将军不出塞还。"

〔6〕"还待"句:表示对梅氏的期待。麻姑,女仙,得道于江西南城县西南。以切合梅氏江西人。擘(bāi掰)麟脯,葛洪《神仙传》:"麻姑至蔡经家,擘脯而行酒,如松柏炙,云是麟脯。"

〔7〕扬尘:喻时势变易之速。葛洪《神仙传》:麻姑对王方平说:"已见东海三为桑田,蓬莱水亦浅于往时。"方平笑曰:"圣人皆言海中复扬尘也。"

## 次韵酬觉浪大和尚[1]

谁云花果自然成[2]?五百年来堕鬼坑[3]。师子野干同说法[4],土枭水母共齐盟[5]。灯于半夜传时密[6],月向千江落处明[7]。自古昆岗能辨玉,莫将燕石误题评[8]。

〔1〕觉浪,名道盛,闽人,住金陵天界寺。顺治十五年(1658)钱谦益往杭州昭庆寺,访黄宗羲兄弟,认识了佛教曹洞宗支撑门户的和尚觉浪。两人一见倾心,成为佛教领域的知音。此诗即是初识时的作品,诗中表达了扬教抑禅的观点。

〔2〕"谁云"句:驳斥禅宗的观点。《传灯录》:"达磨偈曰:'一花开五叶,结果自然成。'"所谓一花开五叶,指禅宗的五个门派:沩仰、云门、法眼、临济、曹洞。

〔3〕"五百"句:说禅宗从宋元以来,逐渐衰落,明代仅存的临济宗和曹洞宗两门也走向末路。

〔4〕"师子"句:说禅宗已不分有悟无悟,都在说法引徒。师子,即狮子吼。佛教比喻佛祖讲经,声震世界。野干,兽名,同射干。《涅槃经》:"有所得,野干鸣;无得,狮子吼。"《宗镜录》第三十六:"不修顿悟,犹如野干随逐师子,经百千劫修,不得成师子。"

〔5〕"土枭"句:形容禅宗的空洞无物,内部争斗纷纷。《首楞严经》:"如土枭等,附块为儿;诸水母等,以虾为目。"齐盟,同盟。《左传·昭公元年》:"狎主齐盟,其又可一乎?"

〔6〕"灯于"句:说临济宗付拂授法之荒谬。《传灯录》:"忍大师迨夜潜令人自碓坊唤慧能入室,跪受衣法。"灯,灯能指明破暗,佛教用以指佛法。

〔7〕"月向"句:本永明寿禅师《心赋》:"用就体施,如玉兔摄千江之月。"

〔8〕"自古"二句:说觉浪自然可以辨别玉和石。昆岗,即昆仑山。《尚书·胤征》:"火炎昆岗,玉石俱焚。"燕石,燕山之石。《山海经·北山经》:"北百二十里曰燕山,多婴石。"郭璞注:"言石似玉,有符彩婴带,所谓燕石者。"

## 题归玄恭僧衣画像四首(选二)〔1〕

莫是佯狂老万回〔2〕?坏衣掩胫发齐腮〔3〕。六时问汝何功课〔4〕?一卷《离骚》酒百杯〔5〕。

〔1〕归玄恭,归庄,参看《冬夜假我堂文宴诗·和归玄恭》注〔1〕。归庄入清反抗清廷薙发令而落发为僧。诗描写画中归庄形象,揭示归庄入清后的精神世界,形神兼具,不知归庄者不能为。此选第一、第四首。

〔2〕"莫是"句：写归庄的外貌。佯狂，装疯卖傻。老万回，宋代杭州腊日祀万回哥哥。其像蓬头垢面，身穿绿衣，左手擎鼓，右手执棒，云是合和之神，祀之可使人在万里以外亦能回家。苏轼《次元长老》诗："锦袍错落真何称，乞与佯狂老万回。"

〔3〕"坏衣"句：具体描写归庄画像。坏衣，梵语"袈裟"意。即僧尼避青黄红白黑五色，而以其他不正色将衣染坏，故名坏衣，或叫坏色衣。

〔4〕六时：佛教分一昼夜为六时：晨朝、日中、日没、初夜、中夜、后夜。

〔5〕"一卷"句：说归庄善饮酒，喜读《离骚》。《世说新语·任诞篇》："王孝伯言：'名士不必须奇才，但使常得无事，痛饮酒，读《离骚》，便可称名士。'"

骂鬼文章载一车[1]，吓蛮书檄走龙蛇[2]。颠书醉墨三千牍[3]，圣少狂多言《法华》[4]。

〔1〕"骂鬼"句：说归庄许多文章嬉笑怒骂。骂鬼，王延寿《梦赋》："臣弱冠尝夜寝，见鬼物与臣战，遂得东方朔与臣作骂鬼之书。"载一车，《周易·睽》："上九，载鬼一车。"

〔2〕"吓蛮"句：称赞归庄的书法。吓蛮书，传说李白曾为唐玄宗起草答渤海国可毒书，称为吓蛮书。后泛指恐吓异族的书檄。走龙蛇，形容草书的笔势。

〔3〕颠书醉墨：本是形容唐代张旭草书的话。僧释之《金壶记》："张旭谒崔邈、颜真卿曰：'吾观公孙氏舞剑，得其神。'饮醉挥笔大叫，以头揾水墨中，天下呼为张颠。"王德森《昆山明贤画像传赞》说归庄"善擘窠大字及狂草墨竹，醉后挥洒，旁若无人。"牍：古代写字用的木板，后借指纸张。

〔4〕"圣少"句:说归庄的诗文狂放恣肆。圣少,符合孔孟之道的少。《法华》,即《妙法莲华经》。

# 戏题付衣小师[1]

宗门强盛教门微[2],讲席荒凉听众希。冷淡衙门图热闹,他家付拂我传衣[3]。

〔1〕这也是一首批评临济宗虚假热闹,背后空洞的诗。诗描写两个场面,一是讲席荒凉,一是付拂传衣,形象地展现了当时所谓悦佛的情景。
〔2〕"宗门"句:对比禅宗与其他门派的盛衰。宗门,指临济宗。教门,指临济宗之外派别。
〔3〕付拂传衣:佛教禅宗自初祖到五祖皆以衣钵相传,作为传法的信证。六祖以后不再传。付拂,把衣拂传授给弟子,以示师承关系。

# 桂殇四十五首(选七)[1]

银轮丹桂翦枝枝[2],璧月新圆汝命亏。世上无如为祖好,人间只有哭孙悲。踏翻大地谁相报?叫断高天竟不知。身似束柴怜病叟[3],拾巢空复羡雅儿[4]。

〔1〕此诗序云:"桂殇,哭长孙也。孙名曰佛日,字重光,小名桂哥。

生辛卯孟陬月(顺治八年正月),殇于戊戌(顺治十五年)中秋日。聪明勤敏,望其早成。拟作志传,毒痛凭塞,啜泣忍泪,以诗代之,效东野《杏殇》之作,凡七言长句十二首,断句三十三首。"顺治七年(1650)柳如是和钱谦益《人日示内》之二有"佛日初晖人日沉"句,陈寅恪《柳如是别传》解释"佛日"指永历。次年钱谦益喜得长孙,以"佛日"命名,字"重光",取"日重光行"之典故,寄寓复明的希望。小名桂哥,暗喻桂王之"桂"。佛日之殇,何止骨肉之痛,还包含着家国之痛、身世之痛。诗中所用的"月"、"桂"、"兔"、"嫦娥"等意象代表了钱诗中一个比拟象征系列。此选其第一、第三、第八、第十一、第十三、第十四、第十五首。

〔2〕"银轮"句:说月宫中桂树受到戕伤。银轮,指月亮。丹桂,月中传说有桂树。翦,同"剪"。

〔3〕"身似"句:用孟郊《杏殇》诗"病叟无子孙,独立犹束柴"的句子。

〔4〕"拾巢"句:用孟郊《杏殇》诗:"哀哀孤老人,戚戚无子家。岂若没水凫,不如拾巢鸦。浪縠破便飞,风雏袅相夸。"雅,鸦。《说文》:"雅,楚乌也。一名鹮,一名卑居。秦谓之雅。"

杏殇那比桂殇悲,八桂摧残最好枝[1]。总是中原无独角[2],不应东国有长离[3]。驱乌画地标秦塞[4],骑竹朝天习汉仪[5]。临穴正如哀奄息[6],伤心岂独为家儿。

〔1〕八桂:《山海经·海内南经》:"桂林八树,在番隅东。"注:"番隅今番禺县。"八树成林,形容其大。八桂也作为广西的代称。

〔2〕独角:指麒麟。《说苑·辨物篇》:"麒麟圆顶一角,含仁怀义。"

〔3〕长离:灵鸟名。司马相如《大人赋》:"左玄冥而右黔雷兮,前长离而后矞皇。"注:"长离,灵鸟也。"沈括《梦溪笔谈·象数》说长离为凤。

〔4〕"驱乌"句:回忆佛日七岁的小孩即能画出清军占领区的地图。驱乌,佛教有驱乌沙弥,指男孩修行者。摩诃《僧祇律》:"阿难有亲里二小儿孤露,阿难养蓄之。佛问:'是二小儿,能作此驱乌未?'答:'能。'佛言:'听作驱乌沙弥。'最下七岁,至年十三者,皆名驱乌沙弥。"秦塞,秦国疆域。此处清朝占领区。

〔5〕骑竹:儿童骑竹为马的游戏。

〔6〕奄息:人名。秦穆公以人殉葬,子车奄息为三良之一。《诗经·秦风·黄鸟》:"谁从穆公,子车奄息。"

月中田地久荒芜[1],顾兔重生信有无[2]?圆景即看今夕满[3],桂轮先报一枝枯[4]。红墙银汉倾愁雨[5],碧落金波写泪珠[6]。岂但中秋荒燕赏,何曾见月不嗟吁。

〔1〕"月中"句:白居易《桂华曲》:"月中若有闲田地,何不中央种两株?"

〔2〕"顾兔"句:问天之意。屈原《天问》:"夜光何德,死则又育?厥利惟何,而顾兔在腹。"注:"言月中有兔,何所贪利,居月之腹而顾望乎?"

〔3〕圆景:指月亮。曹植《赠徐淦》诗:"圆景光未满。"李善曰:"圆景,月也。"

〔4〕桂轮:月。中宗《三藏圣教》:"慧炬扬辉,澄桂轮而含影。"注曰:"桂轮,月也。月中有丹桂,故称为桂轮。"

〔5〕红墙银汉:语本李商隐《代应》诗:"本来银汉是红墙,隔得卢家白玉堂。"银汉,银河。

〔6〕"碧落"句:语本杜甫《一百五日对月》诗:"无家对寒食,有泪如金波。"形容自己伤心痛哭的样子。

佛日为名本佛奴[1],临行大士数提呼[2]。业山夙昔从兹倒[3],泪海今生为汝枯[4]。香像衔悲频顶礼[5],金经扪泣重笺疏[6]。笔端舍利含桃许[7],凭仗光明度冥途。

〔1〕佛奴:陈后主自卖身于佛寺为奴。说佛日已许愿佛门。

〔2〕"临行"句:说佛日临葬时的超度。大士,菩萨的统称。

〔3〕"业山"句:说殇孙是自己的果报。业山,形容自己作孽很多。业,佛教语。佛教谓业由身、口、意三处发动,分别称身业、口业、意业。业本分善与不善、非善三种,一般偏指恶业,孽。

〔4〕泪海:殇孙之泪。《玄怪录》:"王敻遇太清真人指生死海波曰:'四大海水,半是吾宿世父母别泣之泪。'"

〔5〕"香像"句:说自己更加虔诚信奉佛教。香像,菩萨名。

〔6〕金经:佛日殇时,钱谦益笺疏的《楞严经》已完成,但从此发愿,再作修改,第二年又覆视旧稿,历五月辍简。

〔7〕"笔端"句:赞宁《宋高僧传》云尉迟窥基得《弥勒上生经》,"造疏通,畅厥理,援毫次,笔锋有舍利二七粒而陨,如吴含桃许大,红色可爱。次零然而下者,状如黄粱粟粒。"舍利,佛骨。

桂阙荒凉月辇欹[1],银轮天子眼迷离。不知谁弄吴刚斧[2]?砍断中央桂一枝[3]。

〔1〕辇:人拉的车,后专称天子乘坐的车为辇。此处指月车。《法苑珠林·日月篇》引《起世经》:"彼月天子身份光明,照彼青辇,其辇光明,照月宫殿,殿光照四大洲。"欹:倾斜。

〔2〕吴刚:段柯古《酉阳杂俎》:"月中有桂,一人常斫之,树创随合。人姓吴,名刚,西河人,学仙有过,谪令伐树。"

〔3〕桂一枝:指殇孙佛日。

老大嫦娥掩素帷[1],虾蟆金背任飞腾[2]。桂枝零落无人管,天上分明少月妃。

〔1〕"老大"句:写自己。罗隐《咏月诗》:"嫦娥老大无归处,倚泣苍苍桂一轮。"

〔2〕"虾蟆"句:句意同上。《酉阳杂俎》:"有人夜见月光属于林中,如匹布。寻视之,见一金背虾蟆,疑是月中者。"

兔泣蟾愁天老悲[1],月宫树倒更攀谁?秋风从此无才思,不为人间生桂枝。

〔1〕兔泣蟾愁:传说月中有蟾蜍、玉兔。李贺《将进酒歌》:"老兔寒蟾泣天色。"天老:黄帝臣。相传黄帝时有天老五圣辅佐理化。

己亥夏五十有九日,灵岩夫山和尚偕鱼山相国、静涵司农,枉访村居,双白居士、确庵上座诸清众俱集,即事奉呈四首(选一)[1]

四众诸天拥道场[2],迢然飞锡指江乡[3]。茅堂忽漫移莲座[4],老衲何曾下石床[5]。心月有光都映澈[6],身云无地不清凉[7]。新炊自罨田家饭[8],应供居然发众香[9]。

〔1〕顺治十六年(1659)四月郑成功水军有北伐之举,四月抵宁波,五月十八日至崇明,十九日在长江口岸巨镇白茆钱谦益之芙蓉庄遂有一特殊的聚会。灵岩夫山和尚,即继起弘储,汉月弟子。鱼山相国,熊开元,隆武授东阁大学士。静涵,张有誉,弘光朝时为兵部尚书。双白居士,王廷璧,入清皈依佛门。居士,在家奉佛的人。确庵上座,陈确,清初著名学者。上座,寺院最高职位,在寺主、维那之上。一般取年德较高而有办事能力的人充当。后也作为对僧人的敬称。清众,出俗之人。此选其第一首。

〔2〕"四众"句:说众佛徒们聚集到一起做道场。四众,佛教指比丘、比丘尼、优婆塞、优婆夷。诸天,佛家语。李白《答族侄僧中孚赠玉泉仙人掌茶诗》:"朝坐有馀兴,长吟播诸天。"注:"佛书言,三界共有三十二天,自四天王至非有想非无想天,总谓之诸天。"

〔3〕飞锡:佛家语。僧侣外行好持锡杖,故谓僧徒游方为飞锡。

〔4〕"茅堂"句:说自己家里忽然成了说佛场所。忽漫,忽而,偶然。莲座,佛像的座位。佛座作莲花形,故名。

〔5〕"老衲"句:写自己。老衲,自称。石床,石制之床。贾岛《赠无怀禅师》诗:"禅定石床暖,月移山树秋。"

〔6〕"心月"句:化用寒山诗"吾心似秋月,碧潭清皎洁。无物堪比伦,教我如何说"句意。

〔7〕"身云"句:《华严经·如来出现品》:"欲以正法,教化终生,先布身云,弥覆法界。随其乐欲,为现不同。"清凉,清爽凉快。

〔8〕罨(yǎn演):覆盖。苏轼《猪肉颂》:"净洗铛,少着水,柴头罨烟焰不起。"

〔9〕众香:《维摩诘·香积佛品》十:"有国名众香,佛号香积。"后来诗文中也用来比喻百花烂漫的景象。

## 戏咏雪月故事短歌十四首有序(选四)〔1〕

康乐言〔2〕:天下良辰美景,赏心乐事,四者难并。中秋脚病,伏枕间思,良辰美景,无如雪月,此中乐事可快心极意者,古今亦罕。寻绎各得七事〔3〕,系短歌以调笑。若山阴、蓝关之雪〔4〕,牛渚、赤壁之月〔5〕,不免寒饿,虽可清神濯骨,今无取焉。庚子中秋十三夜书。

### 周武王〔6〕

赤乌横飞王屋爇〔7〕,流光化作十丈雪。祝融河伯来会朝〔8〕,共踏同云奉玉节〔9〕。把旄仗钺谁最强〔10〕?师臣百岁方鹰扬〔11〕。应怜风雪垂钓夜,独守丹书渭水旁〔12〕。

〔1〕顺治十六年(1659),郑成功、张煌言水军直逼金陵,月馀之后退出长江口,但仍然不失为一次成功的袭击。永历朝的反清似乎也进入了从未有过的好形势。流离颠沛的永历皇帝竟然得到了缅王的供奉,五月,郑成功击败清军水师,继之又成功地粉碎了一次内部的反叛。中秋期间,钱谦益病足卧床,遐思遥想,在雪月的优美故事里寄托自己的人生期待。

〔2〕康乐:即南朝著名诗人谢灵运,袭封康乐公。

〔3〕绎:寻求,推究。

〔4〕山阴、蓝关之雪:《世说新语·任诞篇》:"王子猷居山阴,夜大雪,忽忆戴安道。时戴在剡,即便夜乘小舟即之,经宿方至,造门不前而返。人问其故,王曰:'乘兴而来,兴尽而返,何必见戴?'"《五色线集》:"韩愈侄在外生,元和中忽归。愈舍于书院,问其所长,曰:'能染花。'遂于后堂前染白牡丹一丛,自斫其根,买药涂之,潜去。明年,花开,每一萼花中书云:'云横秦岭家何在?雪拥蓝关马不前。'是岁,上迎佛骨,愈直谏忤旨,贬为潮州刺史。至商山,泥滑雪深,忽见生至,拜劳曰:'师在此山,不得远去。'挥泪而别。"

〔5〕牛渚、赤壁之月:《世说新语·文学篇》引《续晋阳秋》:"袁虎少孤而贫,以运租为业。谢尚时镇牛渚,乘秋佳风月,与左右微服泛江。会虎在运租船中讽咏,尚遣问讯。答曰:是袁临汝郎诵诗,即其咏史之作也。尚佳其率有胜致,即遣要迎,谈话申旦。自此名誉日茂。"《东坡纪年录》:"元丰五年壬戌,公在黄州。七月望,泛舟赤壁之下,作《前赤壁赋》。十月望复游,作《后赤壁赋》。十二月十九,东坡生日也,置酒赤壁矶下,呼李委吹笛作新曲,坐客皆引满醉倒。"

〔6〕周武王:周文王子,名发。起兵伐纣,联合许多部族,与纣战于牧野,灭殷,建立周王朝。

〔7〕"赤乌"句:《竹书纪年》沈约注曰:"武王伐纣,渡孟津。中流,白鱼跃入王舟,王俯取鱼,长三尺,目下有赤文成字,言纣可伐。燔鱼以告天,有火自天止于王屋,流为赤乌。"爇(ruò若),点燃,焚烧。

〔8〕"祝融"句:徐坚《初学记》引《太公伏阴符谋》曰:"武王伐纣,都洛邑,天大阴寒,雨雪十馀日。甲子朝,五车骑止王门之外,欲谒武王。师尚父使人出北门而道之,曰:'天子未有出时。'武王曰:'诸神各有名乎?'师尚父曰:'南海神名祝融,北海神名玄冥,东海神名勾芒,西海神

名蓐收,何伯名冯修。'使谒者各以名召之。神皆惊警而见武王。王曰:'何以教之?'神曰:'天伐殷立周,谨受来命,各奉其使。'武王曰:'予岁时亦无废礼焉。'"

〔9〕"共踏"句:说诸神奉使踏云而去。玉节,玉制的符节。节,信物。《周礼·地官·掌节》:"守邦国者用玉节。"同云,《诗经·小雅·信南山》:"上天同云,雨雪雰雰。"朱熹集传:"同云,云一色也。将雪之候如此。"因以为降雪之典。

〔10〕"把旄"句:《史记·太公世家》:"武王东伐,以观诸侯集否。师行,师尚父左仗黄钺,右把白旄以誓。"《论衡·指瑞篇》:"师尚父为周司马,将师伐纣,到孟津之上,仗钺把旄,号其众曰:仓兕。"

〔11〕"师臣"句:说姜太公此时大展雄才。师臣,指姜尚,为周武王师。鹰扬,鹰之奋扬,喻威武或大展雄才。《诗经·大雅·大明》:"维师尚父,时维鹰扬。"

〔12〕"应怜"二句:感慨姜尚当年垂钓于渭水岸。丹书,即捏造天命的天书。因用丹笔书,故称丹书。《大戴礼·武王践阼》:"(武王)然后召师尚父而问焉,曰:'黄帝颛顼之道存乎?'……师尚父曰:'在丹书。'"

## 蔡州夜捷[1]

蔡州夜雪严城闭[2],马牛毛缩贼徒醉[3]。天兵半夜缚元凶,悬瓠城中但愕眙[4]。军声鹅鸭总如雷[5],昭陵汗马蹴雪回[6]。相公振旅堂堂去[7],日照潼关四面开[8]。

〔1〕蔡州,今河南汝南县。春秋蔡沈二国地,隋唐改为蔡州。唐元和年间,藩镇割据,淮西节度使吴元济反,朝廷遣裴度宣慰淮西行营,以李愬为邓

州节度使,率兵讨伐。十二年,愬率师雪夜袭蔡州,生擒吴元济,淮西平。

〔2〕城闭(bì 必):城门紧闭。闭,关闭,止息。

〔3〕毛缩:葛洪《西京杂记》:"元封二年,大寒,雪深五尺,野中鸟兽皆死,牛马卷缩如猬。"

〔4〕"悬瓠"句:说李愬袭破悬瓠城(即蔡州城,因其形如悬瓠,故名)。愕眙,吃惊,惊讶。

〔5〕"军声"句:《资治通鉴》:"夜半雪愈甚,行七十里,至州城。近城有鹅鸭池,愬令击之,以混军声。"

〔6〕"昭陵"句:说此战昭陵的石马出战助威。昭陵,唐太宗陵墓。汗马,昭陵前的石马因出战而出汗。杜甫《行次昭陵》诗:"玉衣晨自举,石马汗常趋。"《唐会要》:"高宗欲阐扬先帝徽烈,乃刻石为常所乘破敌马六匹于昭陵阙下。"《安禄山事迹》载,潼关之战,有黄旗军与敌军斗,战后不知其军所在。后昭陵奏,说灵宫前石人马汗流。

〔7〕"相公"句:写裴度。韩愈《平淮西碑》:"十月壬申,李愬……取元济以献。尽得其属人卒。辛巳,丞相度入蔡。"

〔8〕"日照"句:用韩愈《次潼关寄张使君》诗:"荆山已去华山来,日照潼关四面开。刺史莫辞迎候远,相公亲破蔡州回。"

## 谢家咏雪〔1〕

谢家庭除香雪洒〔2〕,玉树芝兰斗佳冶〔3〕。柳絮因风绝妙辞〔4〕,何烦丝竹供陶写〔5〕。风流宰相中年时〔6〕,哀乐应防儿女知〔7〕。拥炉闲话淮淝事〔8〕,还想东山一局棋〔9〕。

〔1〕谢家,东晋谢安家。咏雪,《世说新语·言语篇》记载,一日寒雪内集,谢安与侄儿侄女围炉话雪。

〔2〕庭除:庭前阶下,院内。除,阶。

〔3〕"玉树"句:说谢安子侄很优秀。玉树芝兰,《世说新语·言语篇》:"谢太傅(安)问诸子侄:'子弟亦何预人事,而正欲使其佳?'诸人莫有言者。车骑(谢玄)答曰:'譬如芝兰玉树,欲使其生于阶庭耳。'"后用以比喻优秀子弟。佳冶,美人。屈原《惜往日》:"妒佳冶之芬芳兮,嫫母姣而自好。"

〔4〕"柳絮"句:《世说新语·言语篇》:"谢太傅寒雪日内集,俄而雪下,公欣然曰:'白雪纷纷何所比?'兄子胡儿曰:'撒盐空中差可拟。'兄女曰:'未若柳絮因风起。'公大笑乐。"

〔5〕"何烦"句:《世说新语·言语篇》:"太傅语右军曰:'中年伤于哀乐,与亲别,辄作数日恶。'右军曰:'年在桑榆,自然如此,正赖丝竹陶写。恒恐儿辈觉,损欣乐之趣。'"

〔6〕风流宰相:指谢安。《南史·王昙首传》:"王俭尝谓人曰:'江左风流宰相,惟有谢安。盖自况也。'"

〔7〕"哀乐"句:参看本诗注〔5〕。

〔8〕淮淝事:指谢安指挥的淝水之战。

〔9〕东山:谢安喜游赏,早年隐居于浙江上虞县西南的东山(临安、金陵均有东山,也是谢安的游赏之地)。

## 宋子京修史[1]

玉堂夜雪清如水[2],丽竖远山夹棐几。貂冠翠被宫锦袍,摩挲银管修唐史[3]。烛花舒光墨涌波,暖寒双进金叵箩[4]。回看青简还自笑,兰台蚕室当如何[5]?

〔1〕宋子京,名祁(998—1061),宋安陆人,后迁雍丘。与欧阳修修

《唐书》,宋祁撰写列传,历时十七年,成《新唐书》。

〔2〕玉堂:本是宫殿的美称,唐宋以后,称翰林院为玉堂。

〔3〕"丽竖"三句:形容宋祁修史的情形。丽竖,指侍姬。远山,指远山眉,形容女子的秀丽之眉。椠几,用椠木做的几。银管,指笔。朱弁《曲洧旧闻》:"宋子京修《唐史》,尝一日逢大雪,添油幕,燃椽烛二,左右炽炭两巨炉,诸妓环侍。方磨墨濡毫,以澄心堂纸草某人传,顾诸姬笑语,随阁笔掩卷,起索酒饮之,几达晨明。"顾文荐《负暄杂录》:"宋子京晚年知成都,带《唐书》于本任刊修。每宴罢,闭寝门,垂帘,燃二椽烛,媵婢夹侍,和墨伸纸,观者皆知尚书修《唐史》,望之如神仙。吴元中居翰苑,每草制诰,则使婢远山磨墨,运笔措辞,宛若图画。二公具有标致者也。"

〔4〕筶箩:古代酒器。《北齐书·祖珽传》:"神武宴僚属,于坐失金筶箩,窦泰令饮酒者皆脱帽,于珽髻上得之。"

〔5〕兰台蚕室:指班固和司马迁。兰台本为汉代宫廷藏书处,设御史中丞掌管,后置兰台令史,掌书奏。班固曾任兰台令史,奉敕撰《光武本纪》及诸传记,故后世也称史官为兰台。蚕室,狱名,宫刑者所居之室。司马迁曾入蚕室受宫刑。

# 古诗赠新城王贻上[1]

风轮持大地[2],击扬为风谣[3]。吹万肇邃古,赓歌畅唐尧[4]。朱弦泛汉魏[5],丽藻沿六朝。有唐盛词赋,贞符汇元包[6]。百灵听驱使,万象穷镂雕[7]。千灯咸一光,异曲皆同调。彼哉诐诐者[8],穿穴纷科条[9]。初唐别中晚,画地成狴牢。妙悟掠影响,指注窥蠡毫[10]。瓮天醯鸡覆[11],井穴痴猿号[12]。化为劣诗魔,飞精入府焦[13]。穷老蔽蔀屋,不得瞻汔寥[14]。正始日以远[15],词苑杂莠苗。献吉才雄骜,学杜铺醨糟[16]。仲默俊逸人[17],放言訾谢陶[18]。考辞竞嘈囋[19],怀响归浮漂[20]。江河久壅决[21],屠澌亦腾嚣[22]。么弦取偏张[23],苦调搜啁噍[24]。鸟空而鼠即[25],厥咎为诗妖[26]。丧乱亦云肮[27],诗病不可瘳[28]。譬比膏肓疾[29],传染非一朝。呜呼杜与韩,万古垂斗柄。《北征》《南山》诗[30],泰华争苕峣[31]。流传到于今,不得免憿嘲[32]。况乃唐后人,嗤点谁能跳?穷子抵尺璧[33],冻人裂复陶[34]。熠耀点须弥[35],可为渠略标[36]。昌黎笑群儿[37],少陵诃汝曹[38]。嗟我老无力,掩耳任叫呶[39]。王君起东海[40],七叶光汉貂[41]。骐骥奋蹴踏[42],万马喑不骄[43]。识字函雅故,审乐辨箫韶[44]。落纸为歌诗,绛云卷青霄[45]。自顾骨骼马,创残卧东郊[46]。敢云老识路[47],昏忘惭招邀[48]。河源出星海[49],东流日滔滔。谁蹠巨灵掌[50]?一手堙崩涛[51]。古学丧根干,流俗沸蟏蛸[52]。伪体不别裁,何以亲风骚[53]?珠林既深深,玉河复迢迢[54]。方当剪榛楛[55],未可荣兰苕。瓦釜正雷鸣[56],君其信所操。勿以独角麟,媲比万牛毛[57]。伊余久归佛,繙经守僧寮。枨触为此诗[58],狂言放调刁[59]。无乃禅病发[60],放笔自抑搔[61]。起挑常明灯,忏除坐寒宵[62]。

〔1〕顺治十七年(1660),王士禛出任扬州推官,遍结江南遗逸诗老。明年正月,南下苏州,其间以书函投贽钱谦益;三月至金陵,得丁继之之助,得钱谦益《王贻上诗集序》一篇及此诗。序文以"代兴"期许,诗中又苦口婆心对王士禛的诗学渊源暗下针砭,希望其"勿以独角麟,媲彼万牛毛"。此诗是清初诗坛两代领袖交接的重要环节,值得一读。

〔2〕风轮:佛家语。佛家认为世界之成立,虚空之上生风轮,风轮之上生水轮,水轮之上生金轮,上渐生须弥四洲。《首楞严经》:"觉明空昧,相待成摇。故有风轮,执持世界。"

〔3〕"击扬"句:说诗歌的产生。击扬,碰撞飞扬。风谣,歌谣。

〔4〕"吹万"二句:回溯诗歌起始。吹万,风吹所至,及于万物。《庄子·齐物论》:"夫吹万不同而使其自已也,咸其自取。"肇,开始。邃古,远古。赓歌,作歌唱和。唐尧,上古帝王名。

〔5〕朱弦:乐器上的红色丝弦,比喻文学藻采。喻优秀的文学传统。

〔6〕"有唐"二句:说唐代为诗歌盛世。贞符,祯祥的符瑞。柳宗元《贞符序》:"臣为尚书郎时,尝著《贞符》,言唐家正德,累积厚久,宜享年无极之义。"元包,即元气浑沦之体。

〔7〕锼(sōu 搜)雕:描画刻写。

〔8〕 伣(jiàn 渐)伣:巧言善辩貌。

〔9〕"穿穴"句:说穿凿附会,割裂唐代诗歌。科条,分科析条。

〔10〕"初唐"四句:批评宋代严羽划分唐诗为初盛中晚及其妙悟说。狴(bì 蔽)牢,监狱。妙悟,严羽的诗论核心。《沧浪诗话·诗辨》云:"大抵禅道惟在妙悟,诗道亦在妙悟。惟悟乃为当行,乃为本色。"影响,指严羽强调从体制、格力(即影)、声调(即响)上学习古人。指注,指点。

〔11〕"瓮天"句:说严羽的诗学见识狭小。醯(xī 西)鸡,瓮中蠛蠓。覆,发覆,揭除蔽障。《庄子·田子方篇》:"孔子告颜回曰:'丘之道也,

其犹醯鸡欤？微夫子之发覆也。吾不知天地之大同也。'"郭象注曰："醯鸡者，瓮中之蠛蠓。"

〔12〕"井穴"句：说群猴捞月亮而树枝折断掉入井中。比喻捕风捉影，不得事物的实质。痴，呆。

〔13〕"化为"二句：说下劣诗魔进入人的肺腑。飞精，道家的一种丹药。府焦，人体内的腑脏。

〔14〕"穷老"二句：抨击严羽诗说不能指引康庄大道。穷老，到老。蔀（pǒu 哀）屋，草席盖顶之屋。汍（xuè 穴去声）寥，空旷貌。宋玉《九辩》："汍寥兮天高而气清。"注："汍寥，旷荡而虚静也。"此指诗学的宽阔境界。

〔15〕正始：魏齐王曹芳年号（240—249）。魏晋之际，尚玄学清谈，后人称当时的风尚为正始之音。《世说新语·赏誉篇》："王敦为大将军，镇豫章，卫玠避乱，从洛投敦，相见欣然，谈话弥日。于时谢鲲为长史，敦谓鲲曰：'不意永嘉之中，复闻正始之音。'"

〔16〕"献吉"二句：评论李梦阳。李梦阳，字献吉，明代嘉靖时前七子的领袖。雄鸷，雄壮桀鸷。铺醨（bǔ lí 捕离）糟，吃的是酒渣。指未得其精华。

〔17〕仲默：何景明字，前七子领袖，与李梦阳并称为"李何"。俊逸，才华清俊超逸。

〔18〕訾谢陶：批评谢灵运和陶渊明。訾，指责，批评。何景明《与李空同论诗书》："诗弱于陶，谢力振之，然古诗之法亦亡于谢。"

〔19〕"考辞"句：批评复古派的语言问题。陆机《文赋》："然后选义按部，考辞就班。""或奔放以谐合，务嘈囋而妖冶。"嘈囋（cáo zá 曹杂），嘈杂。

〔20〕"怀响"句：批评复古派在格调上模拟古人。怀响，陆机《文赋》："怀响者必弹。"五臣吕延济注："物有怀音响者必以思弹击之以发

348

文意。"浮漂,即虚漂,做作。陆机《文赋》:"辞浮漂而不归。"唐李周翰注:"辞浮飘荡,不归于事实。"

〔21〕壅决:即决壅。壅,堵塞。此处指泛滥。

〔22〕"溵潏(guǐ yù 鬼蜮)"句:说枯竭的水流还要兴风作浪。溵,水干涸。《尔雅·释水》:"水醮为溵。"郭璞曰:"谓水醮尽也。"潏,人为小渚。郭璞注潏:"人力所作也。"腾嚣,奔腾喧嚣。

〔23〕"幺(yāo 幺)弦"句:形容竟陵派的诗。幺弦,琵琶第四弦。其音最细,故称。偏张,偏爱张扬。

〔24〕"苦调"句:形容竟陵派诗的风格。苦调,萧索枯寂的诗境。啁噍(zhōu jiāo 周焦),鸟叫声。

〔25〕"鸟空"句:批评竟陵派诗没有根柢。《华严经·贤首品》:"我今于中说少分,譬如鸟迹所履空。"《宗镜录》:"既亡其指,错乱颠倒,莫辨方隅。犹鸟言空,如鼠云即,形似音响,岂合正宗。"即,靠近。

〔26〕"厥咎"句:说竟陵派的诗为亡国之音。厥,其。咎,过失。诗妖,指预示祸福征兆的歌谣。《汉书·五行志》:"君亢阳而暴虐,臣畏刑而钳口,则怨谤之气,发于歌谣,故有诗妖。"

〔27〕肦:盛。引申为多。

〔28〕瘳(chōu 抽):痊愈。

〔29〕膏肓:中医称心脏下部为膏,膈膜为肓。膏肓疾,即得了极其严重的病。

〔30〕《北征》《南山》:分别为杜甫和韩愈的代表作。竟陵派《诗归》不选。

〔31〕"泰华"句:说杜甫和韩愈可以与泰山和华山争高。苕峣(tiáo yáo 条谣),高峻貌。

〔32〕慠(ào 奥)嘲:轻慢嘲弄。慠,同傲。韩愈《荐士》诗:"流俗知者谁?指注竞嘲慠。"

349

〔33〕"穷子"句:讽刺复古派和竟陵派学问浅陋贫薄。穷子,《荆楚岁时记》:"《金谷园记》云:高阳氏子瘦约,好衣敝食糜。人作新衣与之,即裂破,以火烧穿着之,宫中号曰穷子。"抵,抗衡。尺璧,径尺璧玉。

〔34〕"冻人"句:句意同上。冻人,挨冻的人。复陶,用毛羽织成御雨雪的外衣。

〔35〕须弥:佛教传说山名。意译为妙高、妙光。《大论》:"四宝所成曰妙,出过众山曰高。或名妙高山,以四色宝光明各异照世,故名妙光也。"

〔36〕"可为"句:说给你指出大概。渠,人称代词。略标,大致大概。

〔37〕"昌黎"句:韩愈《调张籍》诗批评当时抑杜扬李或扬杜抑李,任意嗤点前人的人。其中有"李杜文章在,光焰万丈长。不知群儿愚,那用故谤伤? 蚍蜉撼大树,可笑不自量。"

〔38〕"少陵"句:杜甫针对当时全盘否定六朝和"四杰"文学的观点,作《戏为六绝句》,其中云:"尔曹身与名俱裂,不废江河万古流。"诃,斥责。汝曹,即"尔曹",你辈。

〔39〕叫呶(náo 挠):喧哗叫闹。

〔40〕东海:相当于今之黄海。王士禛山东新城人,故称。

〔41〕"七叶"句:说王士禛家世代读书仕宦。七叶,七代。汉貂,汉代侍中、中常侍等官帽上插戴貂尾。左思《咏史》诗:"金张藉旧业,七叶珥汉貂。"

〔42〕"骐骥"句:说王士禛才华出众,有如千里马,正应奔腾无阻。骐骥,千里马。蹴(cù 促)踏,践踏,奔跑。

〔43〕"万马"句:形容清初的诗坛。喑(yīn 音),哑。不骄,不昂扬,低迷。

〔44〕"识字"二句:夸赞王士禛学识雅正。雅故,规范的训释。《汉

书·叙传》:"函雅故,通古今。"注:"张晏曰:'包括雅训之故及古今之语。'"箫韶,相传舜之乐名。《尚书·益稷》:"箫韶九成,凤凰来仪。"

〔45〕"绛云"句:夸奖王士禛诗。绛云,红云。青霄,天空。

〔46〕"自顾"二句:写自己。杜甫《瘦马行》诗:"东郊瘦马使我伤,骨骼硉兀如堵墙。"创残,受伤残废。韩愈《张中丞传后序》:"将其创残饿羸之馀,虽欲去,必不达。"

〔47〕老识路:即老马识途意。《韩非子·说林上篇》:"桓公伐孤竹,春往东返,迷失道路。管仲曰:'老马之智可用也。'乃放老马而随之,遂得道。"

〔48〕招邀:邀约。王士禛邀请钱谦益和柳如是和其《秋柳四首》。

〔49〕"河源"句:说诗歌的发展犹如江河有源。《元史·地理志·河源附录》:"河源在土番朵甘思西鄙,有泉泓,履高山下瞰,若列星,以故名火敦脑儿。火敦,译言星宿也。"

〔50〕"谁蹠(zhì 志)"句:希望有人能开创诗歌新局面。蹠,踩踏。巨灵,神话中劈开华山的河神。掌,脚掌。张衡《西京赋》:"缀以二华,巨灵赑屃,高掌远蹠,以流河曲,厥迹犹存。"

〔51〕堙(yīn 因):堵塞。

〔52〕螗蜩(táng tiáo 唐条):蝉类虫。《诗经·大雅·荡》:"如螗如蜩,如沸如羹。"

〔53〕伪体:即模拟剽窃之作。风骚:《诗经》中的国风和《离骚》。代表了古代诗歌的优良传统。

〔54〕珠林、玉河:对林木和河流的美称。此处代指文坛。

〔55〕榛楛(kǔ 苦):丛生杂木。

〔56〕"瓦釜"句:批评当前诗歌。瓦釜雷鸣,屈原《卜居》:"黄钟毁弃,瓦缶雷鸣。"瓦釜,比喻庸下之人。雷鸣,惊众也。

〔57〕"勿以"二句:勉励王士禛超越平庸。《北史·文苑传序》:"学

者如牛毛,成者如麟角。"宋濂《送门生方孝孺还乡诗》:"岂知万毛牛,难媲一角麟。"

〔58〕枨(chéng 成)触:感触,感慨。

〔59〕调刁:动摇貌。《庄子·齐物论》:"冷风则小和,飘风则大和,厉风济,则众窍为虚,而独不见之调调刁刁乎?"郭象注:"调调刁刁,动摇貌。"此处指怀疑批评。

〔60〕禅病:此指文笔雕琢,过分工巧。

〔61〕抑搔:抓挠意。

〔62〕忏除:忏悔。《华严经》:"以忏除一切诸世重障。"

# 茸城吊许霞城[1]

半生心事一衷中,淡月疏灯照殡宫[2]。握手丁宁馀我在[3],轩眉谈笑与谁同[4]?看花无伴垂双白,压酒何人殢小红[5]。若忆放翁家祭语[6],暗弹老泪向春风。

〔1〕茸城,松江的别称。许霞城,许誉卿,字霞城,又字公实。万历进士,官至工科给事中。明亡曾削发为僧,投身反清。钱谦益顺治十三年(1656)松江之行,曾有《霞城置酒,彩生先别,口占十绝句记其事,兼订西山看梅之约》诗。

〔2〕殡宫:停柩之所。

〔3〕丁宁:同叮咛。

〔4〕轩眉:扬眉,高兴貌。

〔5〕"压酒"句:米酒酿制成熟时压榨取酒。殢(tì 替),滞留意。所谓殢雨尤云,形容男女恋昵不舍。

〔6〕放翁家祭语：陆游《示儿》诗："王师北定中原日，家祭无忘告乃翁。"

# 秋日杂诗二十首(选四)〔1〕

唐天憎杜陵，流落穷白头〔2〕。又令笺注徒，千载生瘢疣〔3〕。至今馂腐儒〔4〕，钻穴死不休。太白自长啸，槌碎黄鹤楼〔5〕。文章亦世业〔6〕，抚卷心悠悠。

〔1〕顺治十八年(1661)郑成功占据台湾为根据地，钱谦益认为复明已无希望，遂于岁末由白茆之芙蓉庄迁回常熟城中故第。康熙元年(1662)三月获知永历帝被执且被杀的消息，明祚一线不复存在，人生至此，绝望而已。所选诗正是作于此年秋季。近年每到这一季节，作者都奔走于复明人士之间，而今的秋季，闲暇给与人的是无着落的空虚、无奈以及不得已的彻悟。此选其第五、第七、第十四、第二十首。

〔2〕"唐天"二句：感慨唐代的杜甫，一生穷愁潦倒。唐天，唐代。

〔3〕"又令"二句：说注释杜甫的诗历朝历代不绝如缕。瘢疣(bān yóu 般由)，疤痕和赘馀。

〔4〕馂(jùn 俊)：食其馀。

〔5〕"太白"二句：李白《江夏赠韦南陵冰》诗："我且为君槌碎黄鹤楼，君亦为我倒却鹦鹉洲。赤壁争雄如梦里，且须歌舞宽离忧。"

〔6〕世业：世代相传的事业。

汉东涌楼阁，庄严永明师〔1〕。挥手弃山河，大梁一布衣〔2〕。

传家五百载,百卷《宗镜》书。莫欺粟散王,寄报良亦殊[3]。

〔1〕"汉东"二句:说永明及《宗镜录》。惠洪《禅林僧宝传》:"智觉禅师,讳延寿,余杭王氏子。初说法于雪窦山,建隆元年,忠懿王移之于灵隐新寺。明年,又移之于永明寺。集《宗镜录》,天下学者传诵焉。"汉东,地名。《新唐书·职方考》三:"随州唐城,梁改曰汉东,后唐复旧,晋又改汉东。"永明得到了吴越王钱俶(钱俶是钱谦益二十二世祖)的护法,安居于杭州,完成百卷巨著《宗镜录》。明末清初,钱谦益提倡的佛学著作之一即此书。

〔2〕"挥手"二句:说钱俶归土于宋的大智慧。王偁《东都事略·钱俶传》:"王师讨江南,李煜贻书于俶,其略曰:'今日无我,明日岂有君。一旦明天子易地酬勋,王亦大梁一布衣尔。'"

〔3〕"莫欺"二句:说托永明之福,吴越王钱俶归宋之后,家族仍然贵显。粟散王,《法苑珠林·人道部》:"以四方言之,则北郁单越无贵贱,彼无仆使之殊,故无贵贱。馀之三方,皆有贵贱。以有君臣民庶之别,大家仆使之殊,故有贵贱别类也。总束贵贱,合有六品。一、贵中之贵,谓轮王等;二、贵中之次,谓粟散王;三、贵中之下,谓如百僚等;四、贱中之贱,谓台奴竖子等;五、贱中之次,谓仆隶等;六、贱中之下,谓姬妾等。粗束如是,细分难尽。"钱俶归宋后,累受宋封为邓王。

圣神必前知,卓哉我高皇。天文清分野,两戒分针芒[1]。躔度起斗牛[2],天街肃垣墙[3]。篇终载箕尾,尾闾甚堤坊[4]。眇然龟鱼呈[5],海底沉微茫。卓荦《世史》书,浚臣提正纲[6]。戎夏区黑白,亘古界阴阳。石室闷光怪[7],化为鱼鸟章[8]。高秋风雨多,夜起视袭藏[9]。

〔1〕"圣神"四句:说朱元璋区分华夷的功绩。钱曾注云:"高皇诏修《天文分野书》,经进于洪武十七年闰十月二十有七日。传闻此书属稿青田(即刘基),其始于斗牛吴越分者,首绍开天之神功也;而终于尾箕幽、燕之分者,暗著左带沸唇之谶。圣神前知,即一书而国运之始终系焉。"分野,古天文学说,把十二星辰的位置与地上州、国的位置对应,如以鹑对应周,鹑尾对应楚等。就天文说,称分星;就地上说,称分野。两戒,唐释提出的我国地理现象特点。北戒相当于今青海、陕北、山西、河北、辽宁一线;南戒相当于四川、陕南、河南、湖北、湖南、江西、福建一线。《新唐书·天文志》:"北戒为胡门,南戒为越门。"

〔2〕躔(chán禅)度:用以标志日月星辰在天空运行的度数。古人把周天分为三百六十度,划为若干区域,辨别日月星辰的方位。

〔3〕天街:星名。《史记·天官书》:"昂、毕间为天街。"《正义》:"天街二星,在毕、昂间,主国界也。"《索引》:"街北,胡也,街南,中国也。"垣墙,围墙。

〔4〕"篇终"二句:说《天文分野书》篇终的内容。箕尾,《庄子·大宗师》:"傅说……乘东维,骑箕尾,而比于列星。"说傅说死后,其精神跨于箕尾二宿之间,为傅说星。后来诗文中常以箕尾指国家重臣之死。尾闾,古代传说海水归宿之处。见《庄子·秋水》。堤坊,即堤防。

〔5〕龟鱼:语本《周礼》。《周礼注疏》:"(龟人)春献鳖蜃,秋献龟鱼。"注:"此其出在浅处可得之时,鱼亦谓自狸藏。"疏:"郑云:鱼亦谓自狸藏者。若不自狸藏,则在上渔人取之矣。故知此鱼与龟鳖是自狸藏者也。"狸藏,埋藏。

〔6〕"卓荦"二句:丘浚《世史正纲序》:"其宏纲大旨,果何在哉?曰:在严华夷之防,在立君臣之义,在原父子之心。夫华夷之分,其界限在疆域;君臣之义,其体统在朝廷;父子之心,其传序在世及,不可以不正也。"

〔7〕石室:藏图书档案之室。闷:关闭。

〔8〕鱼鸟章:《书断·列传》:"齐末王融图古今杂体,有六十四书,而风鱼虫鸟,是七国时书。"此当指异族文字。

〔9〕袭藏:珍藏。宋濂《佛日普照慧辨禅师塔铭》:"得师片言,装潢袭藏,不翅拱璧。"

旁行侧理纸[1],堆积《秋兴》编[2]。发兴己亥秋,未卜断手年[3]。元和只一颂,唐雅才二篇[4]。买菜良自哂[5],终任鱼蠹穿[6]。夕阳听渔笛,呜咽悲远天。相将捞鱼虾,高歌同扣舷。

〔1〕"旁行"句:形容诗稿堆积。旁行,文字横写。《史记·大宛列传》:"画革旁行,以为书记。"韦昭云:"外夷书皆旁行,今南方林邑之徒,书皆旁行,不直下也。"侧理纸,纸名。王子年《拾遗记》说张华作《博物志》,奏于皇帝,帝赐南越侧理纸万篇。

〔2〕《秋兴》编:钱谦益的一个诗集,次杜甫《秋兴》诗韵,名《投笔集》。

〔3〕"发兴"二句:说此集开始于己亥(顺治十六年)。断手,结束,完毕。

〔4〕"元和"二句:说唐代元和年间平定藩镇之乱,唐文兴盛。元和,唐代宪宗李纯年号(806—820)。一颂,指韩愈的《元和圣德诗》。唐雅,柳宗元集卷一为"唐雅",开篇即为《平淮夷雅》二首。《有学集》卷十九《彭达生晦农草序》:"昔者有唐之文,莫盛于韩、柳,而皆出元和之世,《圣德》之颂,《淮西》之雅,铿锵其音,灏汗其气,晔然与三代同风。"

〔5〕"买菜"句:自嘲《秋兴》诗数量多。买菜,典出晋皇甫谧《高士传·严光》:"严光,字子陵,会稽余姚人也,少有高名。……司徒霸与光

素旧,欲屈光到霸所,使西曹属侯子道奉书,光不起。子道求报,光曰:'我手不能书。'乃口授之。使者嫌少,可更足。光曰:'买菜乎?求益也!'"哂,笑。

〔6〕鱼蠹:即蠹鱼。

# 病榻消寒杂咏四十六首(选七)〔1〕

直木风摇自古忧〔2〕,不材何意纵寻矛〔3〕。群蚍枉撼盆池树〔4〕,积羽空沉芥子舟〔5〕。说《易》累伸箕子难〔6〕,编书频访大航头〔7〕。白颠炳烛浑无暇〔8〕,鲁酒吴羹一笑休〔9〕。

〔1〕此题诗写于康熙二年(1663)冬,诗前序云:"癸卯(康熙二年)冬,苦上气疾,卧榻无聊,时时蘸药汁写诗,都无伦次。"诗中追思往事,回味平生,涉及自己一生多个侧面,时间上从五、六岁写到八十三岁元旦,可谓作者的小传或一生总结。此选其第八、第九、第十三、第十八、第二十三、第三十、第三十四首。

〔2〕"直木"句:说良材贤能容易遭受挫折。直木,好的木材。《庄子·山木篇》:"直木先伐,甘泉先竭。"

〔3〕"不材"句:说自己一生屡屡受挫。不材,自称。《庄子·养生篇》:"匠石之齐,至于曲辕,见栎社树,不顾曰:'是不材之木也。'"纵寻矛,矛头直指过来。《左传·文公七年》:"谚所谓庇焉而纵寻斧焉者也。"

〔4〕"群蚍"句:认为当时抨击自己的人不过是蚍蜉撼树。群蚍,韩愈《调张籍》诗:"李杜文章在,光焰万丈长。不知群儿愚,那用故谤伤。蚍蜉撼大树,可笑不自量。"盆池树,韩愈《盆池绝句》:"老翁真个似童

儿,汲水埋盆作小池。"

〔5〕"积羽"句:说妄加批评者不自量力。积羽,《史记·张仪传》:"积羽沉舟。"芥子舟,《庄子·逍遥游》:"覆杯水于坳堂之上,则芥为之舟。置杯焉则胶,水浅而舟大也。"

〔6〕"说《易》"句:说治学屡出新意。《汉书·儒林传》:"蜀人赵宾好小数书,后为《易》,饰《易》文。以为箕子明夷,箕子者,万物方荄兹也。宾持论巧伪,《易》家不能难,皆曰非古法也。"

〔7〕大航头:地名。《尚书·尧典》正义:"昔东晋之初,豫章内史梅颐上孔氏传,犹阙《舜典》自'此乃命以位'以上二十八字。世所不传,多用王、范之注补之。而皆以'慎微五典'以下为《舜典》之初。至齐萧鸾建武四年,吴兴姚方兴于大航头得孔氏传古文《舜典》,亦类太康中书,乃表上之。事未实行,方兴以罪致戮。至隋开皇初,购求遗典,始得之。"此处指藏书之地。

〔8〕"白颠"句:说自己老而好学。白颠,白头发。炳烛,《说苑·建本篇》:"晋文公问师旷曰:'吾年七十,欲学,恐已暮矣。'师旷曰:'臣闻之,少而好学,如日出之阳;壮而好学,如日出之光;老而好学,如炳烛之明。炳烛之明,孰与昧乎?'"

〔9〕鲁酒吴羹:《庄子·胠箧篇》:"鲁酒薄而邯郸围。"宋玉《招魂》:"和酸若苦,陈吴羹些。"


词场稂莠递相仍[1],嗤点前贤莽自矜[2]。北斗文章谁比并[3]?《南山》诗句敢凭陵[4]。昔年蛟鳄犹知避[5],今日虮蜉恐未胜。梦里孟郊还捌手,千秋丹篆尚飞腾[6]。

〔1〕稂(láng狼)莠:狼尾草与狗尾草。此喻才能不济的人。
〔2〕"嗤点"句:说指责词场上的前辈很自以为是。嗤点,讥笑批

评。莽自矜,鲁莽地自以为是。

〔3〕北斗:星宿名,比喻文章泰斗。《新唐书·韩愈传》:"自愈没,其言大行,学者仰之如泰山北斗云。"

〔4〕"《南山》"句:说轻薄妄人竟然批评韩愈的《南山》诗。作者《跋石田翁手抄吟窗小会》:"今之妄人,中风狂走,屏梅圣俞不知比兴,薄韩退之《南山》诗不佳。又云张承吉《金山》诗是学究对联,公然批评,不复知世上复有两眼。虽其愚而可悯,亦良可为世道惧也。"凭陵,侵犯,逾越。

〔5〕"昔年"句:说当年就连鳄鱼都知道避让韩愈。《新唐书·韩愈传》:"愈至潮,问民间疾苦,皆曰恶溪有鳄鱼。愈令其属秦济以一羊一豚投溪水而祝之。祝之夕,暴风震电起溪中,数日,水尽涸,西徙六十里。自是潮无鳄鱼患。"

〔6〕"梦里"二句:羡慕韩愈与孟郊的互相赏识与追随。《龙城录》:"退之常说少时梦人与丹篆一卷,令强吞之,旁一人抚掌而笑。觉后亦似胸中如物噎,数日方无恙。尚能记其上一两字,非人间书也。后识孟郊,似与之目熟,思之,乃梦中旁笑者。信乎相契如此。"孟郊,中唐韩孟诗派诗人。拊(fǔ 抚)手,拍手。丹篆,用朱笔篆体写成的书。

纱縠襌衣召见新[1],至尊自贺得贤臣[2]。都将柱地擎天事[3],付与搔头拭舌人[4]。内苑御舟思匦匦[5],上尊法酒赐逡巡[6]。按图休问卢龙塞[7],万里山河博易频。壬午五日,鹅笼公有龙舟御席之宠[8]。

〔1〕纱縠(hú 胡)襌(dān 单)衣:《汉书·江充传》:"初,充召见,自请愿以所常被服冠见上,上许之。充衣纱縠襌衣,曲裾后垂。"师古曰:"纱縠,纺丝而织之也。轻者为纱,绉者为縠。襌衣,制若今之朝服中襌

也。"禅衣,即无里子的单层衣服。此句写作者官场上的宿敌周延儒被崇祯皇帝召见时的装饰。周延儒善修饰,美丽自喜。

〔2〕"至尊"句:说崇祯竟然以貌取人,把周延儒当作贤臣。贤臣,贤明的臣子。《汉书·佞幸传》:"董贤年二十二,虽为三公,常给侍中领尚书。百官因贤奏事。明年,匈奴单于来朝贺,怪贤年少,以问译。上令译报曰:'大司马年少,以大贤居位。'单于乃起拜,贺汉得贤臣。"

〔3〕柱地擎天:形容国家栋梁承担的顶天立地的事业。陆倕《新刻漏铭》:"业类补天,功均柱地。"《姚崇神道碑》:"八柱擎天,高明之位定;四时成岁,亭毒之功存。"

〔4〕"付与"句:说崇祯把关乎国家存亡的大事交给了周延儒。搔头,即搔头弄姿。拭舌,即巧言如簧。《后汉书·宦者吕强传》:"寻邪项领,膏唇拭舌。"

〔5〕"内苑"句:说周延儒曾有龙舟御席之宠。匼匝(kē zā 科杂阴平),周绕。

〔6〕"上尊"句:说崇祯赐给周延儒上等的醇酒。上尊,好酒。《汉书·平当传》:"赐上尊酒十石。"如淳曰:"律稻米一斗,得酒一斗为上尊。稷米一斗,得酒一斗为中酒。粟米一斗,得酒一斗为下酒。"法酒,朝廷举行大礼时所饮的酒。《史记·叔孙通传》:"复置法酒,诸侍坐殿上,以尊卑次起上寿。"师古曰:"法酒者,犹言礼酌,谓不饮之至醉。"

〔7〕卢龙塞:国家边塞。《三国志·魏志·田畴传》:"畴曰:'岂可卖卢龙之塞以易爵禄哉?'"

〔8〕博易:交易,贸易。鹅笼公:指周延儒。周延儒,阳羡(今江苏无锡)人。吴均《续齐谐记》讲"阳羡许彦于绥安山行,遇一书生求寄鹅笼中,都不觉重"的故事。钱谦益诗文中凡鹅笼公均指周延儒。

忠驱义感国恩赊[1],板荡凭将赤手遮[2]。星散诸侯屯渤海[3],飚回子弟走长沙[4]。神愁玉玺归新室[5],天哭铜人别汉家[6]。一云:"共和六载仍周室[7],章武三年亦汉家[8]。"迟暮自怜长塌翼[9],垂杨古道数昏鸦。记癸未岁与群公谋王事。

〔1〕"忠驱"句:说在国亡之际,以忠义报国恩。赊,欠。

〔2〕"板荡"句:说明亡之际希望以己力支撑时局。板荡,《诗经·大雅》有《板》《荡》二篇,讥刺周厉王无道,败坏国家。后因以板荡指政局变乱或社会动荡不安。崇祯十六年(1643)春,李邦华北上扬州,与东南群公共商国事,把东南作为根本之地,并对钱谦益寄予重望。见《有学集》卷三十四《李公神道碑》。

〔3〕"星散"句:《后汉书·袁绍传》:"绍遂以渤海起兵,以从弟后将军术、冀州牧韩馥、豫州刺史孔伷、兖州刺史刘岱、陈留太守张邈、广陵太守张超、河内太守王匡、山阳太守袁遗、东郡太守乔瑁、济北相鲍信等同时俱起,众各数万,以讨董卓为名。"此处说南明四镇驻扎于江北。

〔4〕"飚回"句:说左良玉或何腾蛟。飚回,喻动乱。《后汉书·光武纪赞》:"九县飚回,三精雾塞。"长沙子弟,吕温《题阳人城诗》:"忠驱义感即风雷,谁道南方乏武才?天下起兵诛董卓,长沙子弟最先来。"

〔5〕"神愁"句:说改朝换代。玉玺,皇帝的玉印。新室,王莽篡汉的王朝号新。此处指清朝。

〔6〕"天哭"句:写亡国之悲。铜人,矗立于宫庙间铜铸的人。李贺《金铜仙人辞汉歌序》:"魏明帝青龙元年八月,诏宫官牵车西取汉武帝捧露盘仙人,欲立置前殿。宫官既拆盘,仙人临载,乃潸然泪下。"

〔7〕"共和"句:《史记·周本纪》:"厉王出奔于彘,召公、周公二相行政,号曰共和。"

〔8〕"章武"句:《三国志·蜀志·后主传》:"章武五年夏四月,先主殂于永安宫。五月,后主袭位于成都,大赦改元,是岁魏黄初四年也。"章

武,三国蜀刘备登基后年号。刘备称帝共三年。

〔9〕塌翼:垂下双翅,喻失意困顿。陈琳《豫州檄》:"方畿之内,简练之臣,皆垂头塌翼,莫所凭恃。"

中年招隐共丹黄[1],栝柏犹馀翰墨香[2]。画里夜山秋水阁[3],镜中春瀑耦耕堂[4]。客来荡桨闻朝咏,僧到支筇话夕阳[5]。留却《中州》青简恨,尧年鹤语正悲凉[6]。孟阳议仿《中州集》体例,编次本朝人诗。

〔1〕"中年"句:说与程孟阳于崇祯三年(1630)到崇祯十三年(1640)间结隐,其间他们仿元好问《中州集》之例,编选有明一代诗歌,完成三十家而搁置。丹黄,红色和黄色。校点书籍用两种颜色书写或点勘。

〔2〕栝(kuò 括)柏:桧树和柏树。此指隐居之所的树木。

〔3〕秋水阁:建筑名。位于钱谦益拂水山庄,是山庄八景之一。

〔4〕耦耕堂:堂室名。位于拂水山庄,取《论语》"长沮、桀溺耦而耕"之意为名。

〔5〕支筇(qióng 琼):拄手杖。筇,一种竹子。

〔6〕"留却"二句:程孟阳没有看到《列朝诗集》的流通问世。尧年鹤语,徐坚《初学记》:"刘敬仲《艺苑》云:'太康二年冬,大寒,南州人见一白鹤于桥下曰:今兹寒,不减尧崩年。于是飞去。'"

衰残未省似今年,穷鬼揶揄病鬼缠[1]。典库替支赊药券,债家折算卖书钱[2]。陆机去国三间屋[3],伍员躬耕二顷田[4]。叹息古人曾似我,破窗风雨拥书眠[5]。

〔1〕穷鬼揶揄:被穷鬼嘲笑。《宋书·刘损传》:"损同郡宗人有刘伯龙者,少而贫薄,及长,历尚书左丞、少府、武陵太府,贫窭尤甚。常在家慨然,召左右,将营什一之方。忽见一鬼在旁,抚掌大笑。伯龙叹曰:'贫穷固有命,乃复为鬼所笑也。'乃止。"

〔2〕"典库"二句:说靠典当借贷和卖书度日。典库,典当库存。替支,用货物顶账。折算,折合,换算。

〔3〕"陆机"句:形容贫困。《世说新语·赏誉篇》:"蔡司徒在洛,见陆机兄弟住参佐廨中,三间瓦屋,士龙住东头,士衡住西头。"

〔4〕"伍员"句:说自己隐居田野,访求反清的豪杰志士。《史记·吴太伯世家》:"伍员知光有他志,乃求勇士专诸,见之光。光喜,乃客伍子胥。子胥退而耕于野,以待专诸之事。"二耜(sì四)田,两犁的田。《周礼·冬官·考工记》:"匠人为沟洫,耜广二寸,二耜为耦。"耜,古代农具,装在犁上用来犁土。

〔5〕拥书眠:形容枯寂。王安石《莫愁》诗:"一灯岑寂拥书眠。"


老大聊为秉烛游[1],青春浑似在红楼。买回世上千金笑[2],送尽生年百岁忧。留客笙歌围酒尾[3],看场神鬼坐人头[4]。蒲团历历前尘事,好梦何曾逐水流[5]。追忆庚辰冬半野堂文燕旧事。


〔1〕"老大"句:回忆与柳如是结褵。聊,姑且,勉强。秉烛游,及时行乐。《古诗十九首》:"生年不满百,常怀千岁忧。昼短苦夜长,何不秉烛游?"

〔2〕千金笑:即千金买笑。鲍照《白纻曲》:"千金顾笑买芳年。"

〔3〕"留客"句:指崇祯十三年(1640)半野堂文宴。参看《庚辰仲冬河东君至止半野堂有长句之赠次韵奉答》。酒尾,饮酒末了。

363

〔4〕"看场"句:钱曾注:"公云:'文燕时,有老妪见红袍乌帽三神坐绛云楼下。'"此即钱谦益夫人陈氏及其党造谣惑众,以动摇钱谦益娶柳如是之主张。

〔5〕"蒲团"二句:说自己皈依佛教,过去的事情犹如前生,但只有和柳如是的姻缘难以忘怀。蒲团,用蒲编成的坐垫,佛教信徒用来坐禅或祈祷。前尘,佛语,即前生。佛教称人间为尘。好梦逐水流,陆友仁《吴中记事》:"姑苏雍熙寺,每月夜向半,常有妇人往来廊庑间,歌小词,闻者就之,辄不见。其词云:'满目江山忆旧游,汀花汀草弄春柔。长亭舣住木兰舟。好梦易随流水去,芳心空逐晓云愁。行人莫上望京楼。'"

# 金陵秋兴八首次草堂韵己亥七月初一日作(选二)〔1〕

龙虎新军旧羽林〔2〕,八公草木气森森〔3〕。楼船荡日三江涌〔4〕,石马嘶风九域阴〔5〕。扫穴金陵还地肺〔6〕,埋胡紫塞慰天心〔7〕。太白乐府诗云:"悬胡青天上,埋胡紫塞旁。"长干女唱平辽曲〔8〕,万户秋声息捣砧〔9〕。

〔1〕顺治十六年(1659),清军三路攻云南,郑成功约张煌言大举北上,以图牵制,遂有震动东南半壁的北伐之役。水师五月抵崇明,七月破瓜州、镇江,势如破竹,连下四府三州二十二县,进逼南京。早在顺治十三年,钱谦益已移居长江口岸之巨镇白茆,与诸遗民往还,刺探海上消息。七月一日,钱谦益写下这组次杜甫《秋兴》八首的诗。次韵,和诗依原诗韵的次序。草堂,杜甫在成都的居处名为浣花草堂。此处指杜甫。钱谦益认为中兴在即,一无鲠避。然而,郑成功水军不足一月即撤军,钱

谦益仍联络内地,等待时机,直到康熙二年(1663),永历被吴三桂所杀、郑成功暴卒,复明终成泡影,钱谦益的人生也走到了尽头。这五年间,他次杜甫《秋兴》八首之韵,一次再次,以至于十三,构成了古代律诗的绝大组诗。作者取班超"投笔从戎"之意,将其与诗后自题四首共一百一十二首诗合编成《投笔集》。陈寅恪《柳如是别传》评价道:"《投笔集》诸诗摩拟少陵,入其堂奥,自不待言。且此集牧斋诸诗中颇多军国之关键,为其所身预者,与少陵之诗仅为得诸远道传闻及追忆故国平居者有异。故就此点而论,《投笔》一集实为明清之诗史,较之杜陵尤胜一筹。"《投笔集》大型组诗的艺术特点,参看拙作《钱谦益与明末清初文学》。此选其第一、第二首。

〔2〕"龙虎"句:写郑成功水军。龙虎,程大昌《杂录》:"左右龙武军,睿宗时置,即太宗时飞骑。武者,虎也。唐祖讳虎,故曰龙武。龙武者,龙虎也。言其人材质服饰,有似龙虎。其军皆中官主之。"羽林,本为星名。《史记·天官书》:"其南有众星,曰羽林天军。"《正义》:"羽林四十五星……天军也。"《汉书·宣帝纪》:"及应募佽飞射士羽林孤儿。"应劭曰:"天有羽林大将军之星,林喻若林木之盛。羽,羽翼,鸷鸟之意,故名武官焉。"唐初沿袭汉制,禁军属羽林,分左右营。杜甫《曲江对酒》:"龙武新军深驻辇,芙蓉别殿漫焚香。"另黄宗羲《赐姓本末》:"隆武帝即位,(成功)年才二十一,入朝,上奇之,赐今姓名,俾统禁旅,以驸马体统行事。封忠武伯。"

〔3〕"八公"句:形容水军阵容整肃,令清军丧胆。八公,山名。在安徽凤台县西北,淝水之北,淮水之南。《晋书·苻坚传》:"坚入寇,会稽王道子以威仪鼓吹,求助于钟山之神,奉以相国之号。及坚北,望八公山上草木,皆类人形,神若有力焉。"森森,繁密威武貌。

〔4〕"楼船"句:描写水军气势。楼船,设有层楼的大战船。《汉书·武帝纪》:"元丰二年,遣楼船将军杨仆,左将军荀彘,将应募罪人击

365

朝鲜。"应劭曰:"楼船者,作大船,上施楼也。"荡,清除。《礼·昏义》:"是故日食则天子素服而修六官之职,荡天下之阳事。"三江,《水经注》:"江水奇分,谓之三江口。"三江所指甚多,钱曾以为指娄江、南江、松江。此处泛指长江。

〔5〕"石马"句:说此战震动了明孝陵及整个国家。石马,唐太宗昭陵前立有六匹石马,仿太宗生前战马。《安禄山事迹》载,唐军与安禄山战,不战而胜。后昭陵奏曰:是日灵宫前石人马汗流。嘶风,战马迎风长鸣。九域,即九州,指中国。

〔6〕地肺:即句曲山。在江苏句容县东南。南朝陶弘景隐居于此。道家称为七十二福地之第一福地。陶弘景《真诰·稽神枢》:"句曲山,其间有金陵之地,地方三十七八顷,是金陵之地肺也。"

〔7〕埋胡紫塞:即乘胜追击,直到在北塞消灭清军。胡,对北方少数民族的称呼。作者自注此句本于李白诗句,即李白《胡无人》。紫塞,北方边塞。崔豹《古今注·都邑》:"秦筑长城,土色皆紫,汉塞亦然,故称紫塞焉。"

〔8〕长干:地名。在今南京市。其地当今秦淮河之南(见《景定建康志》),为山冈间平地,吏民杂居,号长干里。平辽:即扫平清军。

〔9〕"万户"句:说战事已结束,人们无须赶制寒衣。捣砧,捣衣石。古代妇女把布帛置捣衣石上,用杵捶击,便于制衣。秋天正是赶制寒衣的季节,寄给出征的行人。杜甫《秋兴》八首之一:"寒衣处处催刀尺,白帝城高急捣砧。"

杂虏横戈倒载斜[1],依然南斗是中华[2]。金银旧识秦淮气[3],云汉新通博望槎[4]。黑水游魂啼草地,白山战鬼哭胡笳[5]。十年老眼重磨洗[6],坐看江豚蹴浪花[7]。

〔1〕"杂虏"句:形容清军战败后的景象。杂虏,清兵南下,除了满洲兵外,还有北方其他少数民族的士兵。横戈倒载斜,形容战败后战场狼藉。杜甫《收京》诗:"杂虏横戈数。"

〔2〕南斗:星宿名。指我国南方。

〔3〕"金银"句:说金陵自古就是帝王之都。金银气,黄金之气,代指帝王气。《地镜图》:"黄金之气,千万斤以上,光大如镜盘也。"杜甫《题张氏隐居》诗:"不贪夜识金银气。"秦淮气,即天子气。许嵩《建康实录》:"秦始皇三十七年冬巡,自江乘渡,望气者云:'五百年后,金陵有天子气。'因凿钟阜,断金陵长陇以流,至今呼为秦淮。"

〔4〕"云汉"句:说张煌言率部溯江而上,取徽州、宁国诸路。云汉,天河。博望槎,汉封张骞为博望侯。《荆楚岁时记》载汉武帝遣张骞出使大夏,寻河源,乘槎经月而至一处,见有丈夫饮牛河渚,并有女子授以支机之石,遂以为到了天河。此处以张骞指张煌言。槎,竹木筏。此处指战船。

〔5〕"黑水"二句:想象清军的惨败。黑水、白山,黑龙江和长白山,均为清朝先祖的发祥地。胡笳,传说汉代由张骞传入的一种西北少数民族乐器,其音悲凉。

〔6〕"十年"句:说自己秘密反清已经十年。十年,顺治六年(1649),钱谦益受永历之命,配合郑成功进取南京联络东南,到顺治十六年(1659)正是十年。第二叠的"十载倾心一旅功",第六叠的"十年戎马暗青山"中的十年均是此意。磨洗,杜牧《赤壁》诗:"折戟沉沙铁未销,自将磨洗认前朝。"

〔7〕江豚蹴浪花:许浑《金陵怀古》诗:"江豚吹浪夜还风。"江豚,河豚。此处指水军。蹴,踏。

# 后秋兴八首之二 八月初二日闻警而作(选二)[1]

王师横海阵如林[2],士马奔驰甲仗森[3]。戎备偶然疏壁下,偏师何意溃城阴[4]。凭将按剑申军令,更插桦刀儆士心[5]。野老更阑愁不寐,误听刁斗作秋砧[6]。

〔1〕《投笔集》从第二叠起题目为"后秋兴"。八月初二日闻警,即听到郑成功水军败北而撤军入海的消息。由于多种原因,郑成功水军于七月二十三日战败。《海上见闻录》:"(七月)二十四日,赐姓至镇江……二十八日诸将领俱下船,驾入长江。八月初一日,回师至狼山上沙。"陈寅恪《柳如是别传》说此题诗之主旨:"谓延平(郑成功)舟师虽败于金陵,仍应固守京口,不当便扬帆出海也。其意与《张苍水(煌言)集》第四编《北征录》所云:'初意石头师即偶挫,未必遽登舟。即登舟,亦未必遽扬帆。即扬帆,必退守镇江。'又云:'余遣一僧赍帛书,由间道访延平行营。书云:兵家胜负何常,今日所恃者民心耳。况上游诸郡邑俱为我所守,若能益百艘相助,天下事尚可图也。倘遽舍之而去,如百万生灵何!讵意延平不但舍石头去,且舍铁瓮城行矣。'等语冥合。"此选其第一、第四首。

〔2〕王师:帝王之师。

〔3〕甲仗:兵器。仗,通"杖"。

〔4〕"戎备"二句:说即使偶有疏忽,何至于溃不成军。戎备,军备。疏壁下,指郑成功水军兵败神策门。疏,粗心疏忽。《小腆纪年》卷十九:"成功以累捷自骄,但命八十三营牵连困守以待其锋,释戈开宴,纵酒捕鱼为乐……二十三日为成功诞辰,诸将卸甲饮酒。""梁化凤自崇明绕

道赴援……夜穴神策门,引五百骑突犯余新营。海师出不意惊溃。余新败入萧拱辰营,化凤乘之,拱亦败遁,新被擒。"偏师,指全军中的一部分,以别于主力。

〔5〕"凭将"二句:说将领应重申军令,惩处失事者。凭将,凭借将领。䤪(wěi伟)刀,短刀。《旧唐书·李光弼传》:"将战,谓左右曰:'战危事,胜负系之。光弼位为三公,不可死于贼手。苟事之不捷,继之以死。'及是,击贼,常纳短刀于靴中,示有决死之志。"儆,戒。

〔6〕"野老"二句:写自己。野老,在野的老人。杜甫《哀江头》:"少陵野老吞声哭。"更阑,夜深。刁斗,古代行军用具,白天做饭,夜里敲击报更。方干《元日》诗:"晨鸡两遍报更阑,刁斗无声晓露干。"

由来国手算全棋[1],数子抛残未足悲。小挫我当严警候[2],骤骄彼是灭亡时[3]。中心莫为斜飞动[4],坚壁休论后起迟[5]。换步移形须着眼[6],棋于误后转堪思。

〔1〕"由来"二句:以弈棋喻战争,说高明的主帅应统观全局。国手,国中艺能出众的人。算,考虑。

〔2〕严警候:加强警戒。

〔3〕骤骄:因屡次胜利而骄傲轻敌。《左传·宣公十二年》:"郑皇戌使如晋,曰:'楚师骤胜而骄,其师老矣,而不设备。子击之,郑师为承,楚师必败。'"

〔4〕斜飞:弈棋术语。即出人意外地斜下一子。此指清军出奇兵突袭。

〔5〕坚壁:加强防守。

〔6〕换步移形:指权奇变化的战略战术。《三国志·蜀志·谯周传》:"智者不为小利移目,不为意似改步,时可而后动,意合而后居,故

汤、武之师,不再战而克。"

## 后秋兴之三 八月初十日,小舟夜渡,惜别而作[1]

负戴相携守故林[2],繙经问织意萧森[3]。疏疏竹叶晴窗雨,落落梧桐小院阴。白露园林中夜泪[4],青灯梵呗六时心[5]。怜君应是齐梁女[6],乐府偏能赋藁砧[7]。

〔1〕金鹤冲《牧斋先生年谱》云:"(八月)初四日,国姓遣蔡政往见马进宝,而先生亦于初十日往松晤蔡、马。""小舟夜渡"即指此事。惜别,与柳如是告别。钱谦益初十夜间离家,十九日即返回,二十年夫妇何至于视此小别如同生离死别?固然当时烽烟遍地,但有某将军伏舰百馀在常熟之白茆港,安全自不成问题。显然此别本有长别的打算,即随郑成功入海。但是由于郑成功正与清廷谈判"抚局",钱谦益则继续留在东南以图策应。这一组诗不仅涉及钱、柳二十年反清复明的志节,而且典型地表现了大型组诗相旋为宫又相对独立的结构特点。
〔2〕"负戴"句:概括他们生死相依的风雨人生。负戴,背负首戴。《庄子·让王篇》:"夫负妻戴,携子以入于海。"疏曰:"古人荷物,多用头戴,如今高丽犹有此风。……故携其子,不践其土。"故林,故园。
〔3〕"繙经"句:说他们在家园的事务。繙经,即翻阅佛经。繙,同翻。问织,妇女的纺织活计。《宋书·沈庆之传》:"庆曰:'耕当问奴,织当问婢。今论争战,问白面书生,事何由济?'"萧森,萧条衰飒。
〔4〕"白露"句:说他们夫妇内心之悲。白露,秋天的露水。杜甫《洞房》诗:"万里黄山北,园林白露中。"《钱注杜诗》:"汉武茂陵,在黄山宫北,盖借茂陵以喻玄宗泰陵。"诗中暗含亡明之悲。

〔5〕"青灯"句:说他和柳如是皈依佛门。青灯,油灯,其光青荧。梵呗(bèi贝),佛教作法或礼拜时的赞叹歌咏之声。六时,佛教分一昼夜为六时:晨朝、日中、日没、初夜、中夜、后夜。

〔6〕"怜君"句:说柳如是本应如齐梁民歌中的女子。齐梁女,南朝民歌多咏叹缠绵悱恻的柔弱女子。

〔7〕藁砧:古代处死刑,罪人藁伏于砧上,以铁斩之。砧,砧板。铁与夫同音,故隐语藁砧为夫(丈夫)。后相承以藁砧为丈夫的代称。《玉台新咏·古绝句》之一:"藁砧今何在? 山上复有山,何当大刀头,破镜飞上天。"吴兢《乐府古题要解》:"'藁砧今何在?'藁砧,鈇也,问夫何在也。'山上复有山',重山为出也,言夫不在也;'何当大刀头'。刀头有环,问夫何时当还也。'破镜飞上天',言月半当还也。"

丹黄狼藉鬓丝斜[1],廿载间关历岁华[2]。取次铁围同穴道[3],几曾银浦共仙槎[4]。吹残别鹤三声角[5],迸散栖乌半夜笳[5]。错记穷秋是春尽[6],漫天离恨搅杨花[7]。

〔1〕丹黄狼藉:形容读书写作生涯。丹黄,朱丹和雌黄,旧时校点书籍用的两种颜料。狼藉,散乱不整貌。顾苓《河东君传》:"考异辨伪,间以调谑,略如李易安、赵德甫家故事。"

〔2〕间关:道路崎岖难行。崇祯十三年(1641)柳如是初访半野堂,到顺治十六年(1659)约二十年间,钱柳风雨人生,同甘苦共患难。

〔3〕"取次"句:形容人生艰难如同在铁围山穴道上行走。取次,次第。铁围,即铁围山。佛经称四洲中心为须弥山,山外别有八山。须弥山下有大海,其边八山,其外有咸海,围绕此海者,即是铁围山。

〔4〕"几曾"句:说柳如是从未过上安逸荣华的生活。几曾,何曾。银浦,银河。仙槎,张华《博物志》:"天河与海通。近世有人居海渚者,

年年八月由浮槎去来,不失期。"

〔5〕"吹残"二句:作者将眼前的离别与顺治二年(1645)自己降清随例北上的离别交错在一起。别鹤,乐府曲名《别鹤操》。《古今注》:"《别鹤操》,商陵牧子所作也。娶妻五年而无子,父兄将为之改娶,妻闻之,中夜起,倚户悲啸;牧子闻之,怆然而悲,乃援琴而歌。后人因以为乐章。其词曰:'将乖比翼隔天端,山川悠远路漫漫,揽衣不寝食忘餐。'"栖乌,即乐府西曲歌名《乌栖曲》。《乌栖曲》主要表现男女情爱和离别之情。角,西北地区游牧民族的一种角质乐器。笳,西北少数民族乐器。《晋书·乐志》下:"胡角者本应以胡笳之声,后渐用之横吹,即胡乐也。"此两种乐器暗示清军入关。

〔6〕"错记"句:说总是把眼前的情景与顺治二年春尽夏初的情景混在一起。

〔7〕杨花:指柳如是。柳如是本姓杨。且顺治春尽夏初,正是杨花飘絮之时节。


**北斗垣墙暗赤晖**[1],**谁占朱鸟一星微**[2]?**破除服珥装罗汉**[3],自注:姚神武有先装五百罗汉之议[4],内子尽囊以资之,始成一军。**减损齑盐饷饮飞**[5]。**娘子绣旗营垒倒**,自注:张定西谓阮姑娘[6]:"吾当派汝捉刀侍柳夫人。"阮喜而受命。舟山之役,中流矢而殒,惜哉。**将军铁稍鼓音违**[7]。自注:乙未八月,神武血战[8],死崇明城下。**须眉男子皆臣子,秦越何人视瘠肥**[9]?自注:夷陵文相国来书云云[10]。

〔1〕垣墙:星宿。王氏《星经》:"长垣四星,在少微西,南北列。主界城域邑墙,防口之入,即今长城是也。"

〔2〕朱鸟:二十八宿中南方七宿(井、鬼、柳、星、张、翼、轸)的总称。七宿联起来象鸟形;朱,赤色,象火,南方属火,所以叫朱鸟。

〔3〕"破除"句:说柳如是以首饰资助反清大业。服珥,耳饰。代指首饰。罗汉,梵文音译,指佛像。释迦牟尼的弟子可称罗汉的达五百之数。

〔4〕姚神武:姚志卓,钱塘人。顺治二年(1645)闰六月与参将方元章誓举义兵于闽中,授平原将军,浙东封仁武伯。顺治九年(1652)到钱谦益家,定入黔请命之举;顺治十年(1653),永历遣姚东还,招集义兵于海上(见《小腆纪传》卷四十七、《明季史料题跋》)。柳如是资助姚志卓成一军应在顺治十年、十一年之间。

〔5〕"减损"句:说柳如是为了资助复明水军,不惜省吃俭用。齑(jī机)盐,素食。指清贫的生活。饷,馈赠,犒劳。飲飞,勇士。春秋时楚国的勇士名飲飞。《汉书·宣帝纪》:"应募飲飞射士。"师古曰:"取古勇力人以名官,熊渠之类是也。亦因取其便利轻疾若飞,故名飲飞。"《孤忠后录》:"(黄)毓祺纠合师徒,自舟山进,常熟钱谦益命其艳妓柳如是至海上犒师。"

〔6〕"娘子"句:说柳如是至海上,娘子军中阮姑娘护卫左右。张定西,反清将领张名振,隆武授定西侯。

〔7〕"将军"句:写姚志卓战死。铁矟(shuò硕),铁槊。鼓音违,战败。

〔8〕神武:即姚志卓。仁武与神武音似。

〔9〕"秦越"句:春秋秦越二国,一在西北,一在东南,相去极远,故言疏远者常以秦越做比喻。韩愈《争臣论》:"今阳子(城)在位不为不久矣,而未尝一言及于政,视政之得失,若越人视秦人之肥瘠,忽焉不加喜戚于其心。"瘠,瘦弱。

〔10〕文相国:文温,字安之,湖北宜昌人,永历四年(1650)到梧州

373

陛见永历,任东阁大学士。

闺阁心悬海宇棋[1],每于方罫系欢悲[2]。乍传南国长驰日,正是西窗对局时[3]。漏点稀忧兵势老[4],灯花落笑子声迟。还期共覆金山谱,桴鼓亲提慰我思[5]。

〔1〕海宇棋:即海上战事。
〔2〕方罫(guǎi 拐):棋盘上的方格。此处比喻天下局势。
〔3〕西窗:李商隐《夜雨寄北》:"何当共剪西窗烛。"对局:对弈。
〔4〕"漏点"句:说柳如是对目前战局的担忧。漏点,漏壶的滴水声。老,士气不振。《左传·僖公二十八年》:"师直为壮,曲为老。"
〔5〕"还期"二句:说自己对柳如是的期望。金山谱,棋谱。此处指作战方略。《宋史·韩世忠传》:"及金兵至,世忠军已先屯焦山寺,约日大战,梁夫人亲执桴鼓,金人终不得渡。"梁夫人,韩世忠妻梁红玉。建炎四年,韩世忠在黄天荡阻击金兵,梁红玉击鼓助战。金山谱即此。桴鼓,鼓槌,击鼓。

水击风抟山外山[1],前期语尽一杯间[2]。五更噩梦飞金镜[3],千叠愁心锁玉关[4]。人以苍蝇污白璧,天将市虎试朱颜[5]。衣朱曳绮留都女,羞杀当年翟茀班[6]。

〔1〕"水击"句:说自己即将出行。水击风抟,水涌风卷。《庄子·逍遥游》:"鹏之徙于南冥也,水击三千里,抟扶摇而上者九万里。"山外山,即出行。
〔2〕前期:重逢之前的约定。沈约《别范安成》诗:"平生少年日,分

手易前期。及尔同衰暮,非复别离时。勿言一樽酒,明日难重逢。梦中不识路,何以慰相思。"

〔3〕金镜:铜镜。南朝陈太子舍人徐德言娶后主妹乐昌公主,乱时与妻各执破镜一半,冀得乱后相见。陈亡,公主没入杨素家;德言进京以破镜与妻团圆。见孟棨《本事诗·情感》。见本组诗第一首注〔7〕。

〔4〕"千叠"句:形容柳如是之别愁。千叠愁心,忧心很重。苏轼《书王定国所藏烟江叠嶂图王晋卿画》诗:"江上愁心千叠山,浮空积翠如云烟。"玉关,玉门关,在敦煌西界。李白《子夜吴歌》:"秋风吹不尽,总是玉关情。何日平胡虏,良人罢远征。"

〔5〕"人以"二句:说顺治二年(1645)钱谦益北行后,有人以奸事告发柳如是(见李清《三垣笔记》)。苍蝇污白璧,陈子昂《宴胡楚真禁所》诗:"青蝇一相点,白璧遂成冤。"市虎,形容流言蜚语因说的人多被信以为真。《韩非子·内储说上篇》:"庞恭与太子质于邯郸,谓魏王曰:'今一人言市有虎,王信之乎?'曰:'不信。''二人言市有虎,王信之乎?'曰:'不信。''三人言市有虎,王信之乎?'曰:'信之。'恭曰:'夫市之无虎也明矣,然而三人言而成虎。今邯郸之去魏也远于市,议臣者过于三人,愿王察之。'庞恭从邯郸反,竟不得见。"

〔6〕"衣朱"二句:把柳如是与弘光朝的命妇们对比。衣朱曳绮,描写柳如是在弘光朝时穿着华贵。留都女,指顺治二年钱谦益和其他降官随例北上,夫人们也随夫北行,惟柳如是留在南京。留都,古代迁都后,在旧都常置官留守,称留都。明代的留都是南京。翟茀(dí fú 笛福)班,南明弘光朝的贵夫人们。翟茀,古代贵妇乘坐的车,饰雉羽以作障蔽,故称。

归心共折大刀头[1],别泪阑干誓九秋[2]。皮骨久判犹贳死,丁亥岁有《和东坡西台韵诗》。容貌减尽但馀愁[3]。摩天肯悔双黄鹄〔4〕,贴水翻输两白鸥〔5〕。更有闲情搅肠肚,为余轮指算神州。

〔1〕"归心"句:见本组诗第一首注〔7〕:"何当大刀头?刀头有环,问夫何时还也。"

〔2〕阑干:杜甫《彭衙行》:"相视泪阑干。"赵次公曰:"阑干,泪连续不断之貌。"九秋:指秋天。杜甫《月》诗:"斟酌姮娥寡,天寒奈九秋。"

〔3〕"皮骨"二句:说顺治四年自己陷入反清大案,因得柳如是多方斡旋,自己死里逃生。贳(shì是)死,向死借贷来的生命。贳,借贷,赊欠。

〔4〕"摩天"句:说局势不明,居无定所,但确信明朝当复。双黄鹄,杜甫《寄题江外草堂》诗:"干戈未偃息,安得酣歌眠。蛟龙无定窟,黄鹄摩苍天。"另《汉书·翟方进传》:"鸿源陂谣曰:'反乎覆,陂当复。谁言者,两黄鹄。'"另《乐府诗集》卷三十九《相和歌辞·飞来双白鹄》:"可怜双白鹄,双双绝尘氛。……逢罗复逢缴,雌雄一旦分。"

〔5〕"贴水"句:说自己和柳如是在此龙拏虎掷之际不能如鸥鸟之安稳。惠洪《冷斋夜话》:"山谷寄傲山林,而意趣不忘江湖。其作诗曰:'梦作白鸥去,江湖水满天。'又作《演雅》曰:'江南野水碧于天,中有白鸥闲似我。'"

此行期奏济河功〔1〕,架海梯山抵掌中〔2〕。自许挥戈回晚日〔3〕,相将把酒贺春风〔4〕。墙头梅蕊疏窗白,瓮面葡萄玉盏红〔5〕。一割忍忘归隐约〔6〕,少阳原是钓鱼翁〔7〕。

〔1〕济河功:决胜之功。《左传·文公三年》:"秦伯伐晋,济河焚

舟。"注曰:"犹如项羽巨鹿之战,沉舟破釜,亦必死之决心。"

〔2〕"架海"句:说自己将为郑成功水军出谋划策。架海梯山,越海攀山。抵掌,击掌。言其轻易可办。《战国策·秦》:"(苏秦)见说赵王于华屋之下,抵掌而谈,赵王大悦。"此处暗示自己将游说马进宝和郑成功。

〔3〕挥戈回晚日:《淮南子·览冥训篇》:"鲁阳公与韩构难,战酣。日暮,援戈而挥之,日为之返三舍。"意即挽回残局。

〔4〕"相将"句:用李靖、红拂的典故。唐传奇《虬髯客传》:"此虬髯谓李靖曰:'此后十馀年,东南数千里外有异事,是吾得事之秋也。妹与李郎可沥酒相贺。'"

〔5〕"墙头"二句:想象在梅蕊绽放之时,与柳如是把酒相贺。瓮面葡萄,初酿的葡萄酒。

〔6〕一割:本指切割一次。后用为行使一次或负责一次之词。《后汉书·班超传》:"超上疏请兵曰:'昔魏绛列国大夫,尚能和辑诸戎。况臣奉大国之威,而无铅刀一割之用乎?'"铅刀是难以割东西的钝刀,一割之后也难于再用。此处以铅刀之钝比自己之才能,虽钝也想一试,正贵一割。左思《咏史》诗:"铅刀贵一割,梦想驰良图。左眄澄江湘,右盼定羌胡。"

〔7〕"少阳"句:说自己本是姜太公式的人物。少阳,李白《赠潘侍御论钱少阳》诗:"虽无二十五老者,且有一翁钱少阳。"《赠钱徵君少阳》并注:"秉烛惟须饮,投竿也未迟。如逢渭水猎,犹可帝王师。"(原注:"齐贤曰:少阳年八十,故方之太公。")钓鱼翁,指辅佐周武王灭商有功的吕尚。传说太公钓于渭滨,钓竿不设饵。后遇武王,为武王师。

临分执手语逶迤,白水旌心视此陂〔1〕。一别正思红豆子〔2〕,双栖终向碧梧枝〔3〕。盘周四角言难罄〔4〕,局定中心誓不移[5]。趣觐两宫应慰劳[6],纱灯影里泪先垂。

〔1〕"白水"句:钱、柳以陂为证,互表衷肠。白水,《左传·僖公二十四年》:"及河,子犯以璧授公子曰:'臣负羁绁从君巡行于天下,臣之罪多矣,臣犹知之而况君乎,请由此亡。'公子曰:'所不与舅氏同心者,有如白水!'"后以白水表示信守不移之词。陂,水塘。

〔2〕红豆子:相思树所结子。王维《相思》诗:"红豆生南国,春来发几枝?愿君多采撷,此物最相思。"

〔3〕"双栖"句:说自己和柳如是最终将栖身永历之朝。碧梧枝,杜甫《秋兴》八首之八:"碧梧栖老凤凰枝。"《说苑》:"黄帝即位,凤集东囿,栖帝梧树,终身不去。"另:顺治三年瞿式耜、丁魁楚迎永历于梧州。见《小腆纪传·永历帝纪上》。

〔4〕"盘周"句:形容柳如是对自己无尽的担忧。《玉台新咏》卷九苏伯玉妻《盘中诗》:"今时人,智不足。与其书,不能读。当从中央周四角。"苏伯玉妻思念远行的丈夫,以诗代书,以盘代函。这几句说如何读盘中诗。

〔5〕局定中心:弹棋术语。陆游《笔记》:"吕进伯《考古图》云:'古弹棋局状如香炉,盖谓其中隆起也。'李义山诗:'玉作弹棋局,中心自不平。'今人多不能解,以进伯之所说,则粗可见,然恨其艺之不传也。"

〔6〕趣觐两宫:设想将来柳如是前去陛见两宫皇后。两宫,即桂王生母马太后和后王氏。

# 后秋兴之四 中秋夜,江村无月而作(选三)[1]

穴纸江风吹面斜[2],槿篱门内尚中华[3]。苍凉伍员芦中客〔4〕,浩荡张骞海上槎〔5〕。弦急撞胸悬杵臼〔6〕,火炎冲耳簇箫笳〔7〕。刀尖剑映憷腾度〔8〕,瞠目犹飞满眼花。

〔1〕金鹤冲《钱牧斋先生年谱》解释此题诗:"先生自初十夜惜别之后,至十九日始回芙蓉庄……十一日后国姓攻崇明城,而马遣中军官同蔡政至崇明,劝其退师,以待奏请,再议抚事。此时先生或偕蔡政往崇明,亦未可知。"从诗中涉及的人事,钱谦益确往松江马进宝处。是否前往崇明会见郑成功?陈寅恪《柳如是别传》存疑,笔者曾在《钱谦益与明末清初文学》中作过考论,主要从诗中寻找蛛丝马迹,钱谦益似亦往崇明见过郑氏。此叠诗善于描写景物,烘托气氛,无月的中秋夜增加了作者行止的神秘色彩,渲染的战争氛围栩栩在目。此选其第二、第四、第七首。

〔2〕穴纸:穿破窗纸。江风穴纸,形容风大。苏轼《次定慧钦长老见寄诗》:"钩帘归乳燕,穴纸出痴蝇。"

〔3〕槿篱:槿树编制的篱墙。

〔4〕"苍凉"句:此句写自己和蔡政。《吴越春秋》:"伍员脱至江,渔父渡之,视有饥色,曰:'为子取饷。'渔父去后,子胥潜身深苇之中。有顷,渔父来不见,因歌而呼之曰:'芦中人!芦中人!'子胥乃出。食毕欲去,子胥曰:'请丈人姓字。'渔父曰:'何用姓字为?子为芦中人,吾为渔丈人,富贵莫相忘也。'"

〔5〕张骞海上槎:指张煌言。张煌言水军败绩于铜陵,更姓名,从建德祁门山中出天台以入海,当时莫知其下落。

〔6〕杵臼(chǔ jiù 楚就):古代舂米捣面的用具。杵为棒槌,臼为用石器制成的圆形容器。此处形容心中七上八下,忐忑不安。

〔7〕冲耳:撞击耳鼓。

〔8〕"刀尖"句:说自己在刀光剑影中不知所措。剑映(xuè 谑),挥

剑时发出的风声。《庄子·则阳篇》:"吹剑首者,吷而已矣。"懵腾,朦胧,迷糊。

身世浑如未了棋[1],桑榆策足莫伤悲[2]。孤灯削柹丸书夜[3],间道吹箫乞食时[4]。雨暗庐中双桨急,月明江上片帆迟。荒鸡唤得谁人舞[5]?只为衰翁搅梦思。

〔1〕"身世"句:说自己的人生就如没有完结的一盘棋。浑如,几乎如,简直如。

〔2〕桑榆策足:晚年参与某事。桑榆,本是两种木名,古代以桑榆喻日暮,引申为人的晚年。《后汉书·冯异传》:"始虽垂翅回溪,终能奋翼黾池。可谓失之东隅,收之桑榆。"策足,骑牲口代步赶路。

〔3〕"孤灯"句:描写传递消息。削柹(fèi 肺),削下的木片,引申为书牍。古代以木代纸,修书时有误即削去。柹,也作柿。丸书,蜡丸裹着的书信。《资治通鉴》:"颜真卿以蜡丸达表于灵武,以真卿为工部尚书兼御史大夫,依前河北招讨采访处置使,并致敕书,亦以蜡丸达之。"

〔4〕"间道"句:说自己走的是小道。间道,小道。吹箫乞食,《史记·范雎传》:"伍子胥……鼓腹吹篪,乞食于吴市。"《集解》:"篪,一作箫。"

〔5〕"荒鸡"句:说自己去游说马进宝不知能否成功。《晋书·祖逖传》:"逖与刘琨同寝,中夜,闻荒鸡鸣,蹴琨觉曰:'此非恶声也。'因起舞。"

幡沉竿折好论功[1],自注:宋祖讨卢循,将战,麾竿折幡,沉于水。笑曰:"覆舟之役亦如此,吾胜必矣。"愿借前筹玉帐中[2]。夜度放萤然堠火[3],霄征依鹊啸樯风[4]。鬓稀尚要千茎白,心折惟馀一寸红[5]。莫忘指麾淮蔡语,天津桥畔倚阑翁[6]。

〔1〕幡:旗帜。
〔2〕"愿借"句:说自己要去郑成功军帐出谋划策。前筹,上前筹划。筹,筷子。用筷子比划其谋略。《说苑·善谋篇》:"张良曰:'且请借前筹而谋之。'"玉帐,主将军帐。张淏《云谷杂记》:"玉帐乃兵家厌胜之方位,谓主将于其方置军帐,则坚不可犯,犹玉帐然。其法出于《黄帝遁甲》。以月建前三位取之,如正月建寅,则巳为玉帐,主将宜居。"
〔3〕"夜度"句:描写军营烽火。放萤,隋炀帝征求萤火虫数斛,夜出放之,光遍崖谷。然,同"燃"。堠(hòu 后)火,即烽火。
〔4〕"霄征"句:描写夜里船只行动,惊动了栖息在桅杆上的鹊鸟。霄,同宵。
〔5〕"鬓稀"二句:杜甫《过郑广文》诗:"白发千茎雪,丹心一寸红。"
〔6〕"莫忘"二句:作者对自己此行和郑成功水军寄予厚望。康骈《剧谈录》:"裴晋公度,微时羁寓洛中,尝乘蹇驴上天津桥。有老人傍桥而立,语云:'蔡州用兵日久,未知何日可得平定。'忽睹裴公,惊愕而退。有仆者后行,闻是人云:'适忧蔡州未平,须持此人为将。'后公平淮西,入朝居廊庙。洎留守洛师,每话天津桥老人之事。"

## 后秋兴之五 中秋十九日,暂回村庄而作(选二)[1]

乱流深惜济川功[2],静啸悲吟土室中[3]。策杖却追夸父日〔4〕,扁舟还载庶人风〔5〕。戎戎山雨蒙头白〔6〕,飐飐渔灯过影红〔7〕。秋老夜深龙睡熟,河边无恙纬萧翁〔8〕。

〔1〕十八日郑成功水军回师至浙江,等待"抚局",钱谦益十九日回到芙蓉山庄。这一叠诗的感情基调有点沮丧,也有点感伤,然而并没有绝望。因其时永历还在西南支撑明朝天祚,郑成功撤军海上,似有明年之约;张煌言尚无确切消息。此选其第七、第八首。

〔2〕"乱流"句:叹惜自己小舟夜渡无所建树。乱流,横渡。《尔雅·释水》:"正截流曰乱。"郭璞曰:"直横渡也。"济川,渡河。《尚书·说命》:"若济巨川,用汝作舟楫。"

〔3〕土室:匈奴人居住的土房子。此处指自己的居室。

〔4〕夸父日:即夸父逐日。典见《博物志》。此处指作者追随郑成功,而郑却扬帆入海。

〔5〕庶人风:宋玉《风赋》把风分为大王之风和庶人之风,大王之风为雄风,庶人之风为雌风,并说"庶人之风,塕然起于穷巷之间……故其风中人,状直憞溷郁邑,殴温致湿。中心惨怛,生病造热。中唇为胗,得目为蔑。啗醋嗽获,死生不卒。此所谓庶人之雌风也。"庶人,平民。

〔6〕戎戎:繁密貌。杜甫《放船》诗:"江市戎戎暗,山云淰淰寒。"

〔7〕飐(zhǎn 展)飐:因风吹而颤动。

〔8〕"秋老"二句:说自己居于江岸,等待时机。《庄子·列御寇篇》:"河上有家贫恃纬萧而食者。其子没于渊,得千金之珠。其父谓其子曰:'取石来锻之。夫千金之珠,必在九重之渊,而骊龙颔下。子能得珠者,必遭其睡也。使骊龙而寤,子尚奚微之有哉?'"成玄英疏曰:"纬,芦也。萧,蒿也。家织纬蒿为蒲,卖以供食。"《水经注》:"鱼龙以秋日为夜。"

孤蓬信宿且逶迤[1],白水柴门返故陂。丹桂月舒新结子,苍梧云护旧封枝[2]。歌阑长夜秋方盛[3],语到胥间日每移[4]。小饮折花重剪烛[5],参旗长并酒旗垂[6]。

〔1〕"孤蓬"句:叙述自己的出行经历。孤蓬,孤单的飞蓬,喻只身飘零,行止无定的人。李白《送友人》诗:"此地一为别,孤蓬万里征。"信宿,连过两夜。

〔2〕"丹桂"二句:写永历。丹桂,桂树的一种。诗词中也以丹桂代月,故紧接着言"月舒"。以"桂""月"代永历。新结子、旧封枝,指永历入缅,缅人朝贡。苍梧,代指永历。陈寅恪《柳如是别传》说这两句"暗指永历帝父常瀛,崇祯十六年衡州陷,走广西梧州,及顺治二年薨于苍梧,并顺治三年丁魁楚、瞿式耜等迎永历帝于梧等事。"

〔3〕"歌阑"句:说自己深秋之夜难寐,长夜悲吟。长夜,《史记·邹阳传》集解引宁戚歌:"长夜漫漫何时旦?"秋方盛,曹丕《秋夜长》:"漫漫秋夜长,烈烈北风凉。"

〔4〕胥间:门名。《穀梁传·成公元年》冬十月:"季孙行父秃,晋郤克眇,卫孙良夫跛,曹公子手偻,同时而聘于齐。齐使秃者御秃者,使眇者御眇者,使跛者御跛者,使偻者御偻者。萧同叔子处台上而笑之,闻于客。客不说而去,相与立胥间而语,移日不解。齐人有知之者,曰:'齐之患,必自此始矣。'"范宁集解曰:"胥间,门名。"此处指兴亡之事。

〔5〕折花:酒名。折花,折烛夜花。烛夜花,《纂异记》:"田璆、邓绍遇二书生曰:'某有瑞露酒,酿于百花之中。命小童折烛夜一花,倾与二君子尝。其花四出而深红,圆如小瓶。径三寸许。'小童折花至,倾于竹叶中,凡飞数巡,其甘香不可比状。"顺治十五年(1658),作者有《采花酿酒歌示河东君》,其序云是年从金陵盛生处得一酒谱,柳如是按谱注笺,推陈出新,采花酿酒,中秋日其酒告成。其诗描写道:"君不闻仙家烛夜

花,花叶如瓶园且注。花中酿酒泫瑞露,折花倾盏飞流霞。"此处所饮折花酒应是此酒。

〔6〕"参旗"句:指夜里饮酒。参旗,即参宿,西方二十八宿之一。酒旗,酒旗星,酒官之旗也,主宴飨饮食。见《晋书·天文志》。此有双关意,指饮酒事。


# 后秋兴之六 九月初二日,泛舟吴门而作(选二)〔1〕

十年戎马暗青山,自窜江村水岛间。错置渔湾排信地〔2〕,横栽虎落抵重关〔3〕。兵残蜗角频搔首〔4〕,乐阕龙宫一破颜〔5〕。倚杖步檐还失笑〔6〕,天街毕昴若为班〔7〕?

〔1〕九月初二日,钱谦益又有苏州之行。此行恐怕是钱谦益没有随军入海,留在内地办的第一件事。这次吴门之行与郑成功回兵似有关系。郑氏八月十九日从崇明撤军至浙江,九月三日才开船入海,时间上极巧合。从诗中所用柳毅传书的故事看,他可能有传书递简的使命。此选第五、第七首。

〔2〕排信地:排信,即排信牌。宋仁宗康定元年始用于军中,以牌传递号令及文件。此处指信息联络转递之所。

〔3〕虎落:遮护城堡或营寨的篱笆。《汉书·晁错传》:"置蔺石,布渠答,为中州虎落。"师古注曰:"虎落者,以竹篾相连,遮落之也。"

〔4〕"兵残"句:说自己处于蛮触相争之处。蜗角,《庄子·则阳篇》:"有国于蜗之左角者,曰触氏。有国于蜗之右角者,曰蛮氏。时相与争地而战,伏尸数万,逐北,旬有五日而后反。"搔首,抓头,有所思貌。

〔5〕乐阕龙宫:《异闻集·柳毅传》:"洞庭龙君宴柳毅于凝碧宫,张

广乐舞,万夫于其右,中有一夫前曰:'此钱塘破阵乐。'复舞千女于其左,中有一女进曰:'此贵主还宫乐。'龙君大悦。"

〔6〕"倚杖"句:杜甫《夜》诗:"步檐倚杖看斗牛,银汉遥应接凤城。"倚杖,拄杖。步檐,走廊。

〔7〕"天街"句:说胡汉南北分治。天街毕昴(mǎo 卯),天街,星名。《史记·天官书》:"昴、毕间为天街。"正义:"天街二星,在毕昴间,主国界也。"《汉书·天文志》:"毕、昴间,天街也。街北胡也,街南中国也。"班,朝班。

全躯丧乱有何功[1]?雇赁馀生大造中[2]。心似吴牛犹喘月[3],身如鲁鸟每禁风[4]。惊弓旅雁先霜白[5],染血林枫背日红[6]。闲向侏儒论世事,欲凭长狄扣天翁[7]。是岁,有长人起辽海,大掠而去。

〔1〕"全躯"句:责备自己保全性命有何用处。全躯,司马迁《报任少卿书》:"今举事一不当,全躯保妻子之臣,随而媒孽其短。"

〔2〕"雇赁"句:说自己的馀生只为了复明有所成就。雇赁,意说自己本应早死,活着只是从死神那里雇赁来的。大造,大成功。《左传·成公十三年》:"秦师克还无害,则是我有大造于西也。"杜预曰:"造,成也。"

〔3〕吴牛喘月:《太平御览》引《风俗通》:"吴牛望见月则喘,彼之苦于日,见月怖喘矣。"后把遇见类似事物而胆怯喻为吴牛喘月。《世说新语·言语篇》:"满奋畏风,在晋武帝坐,北窗作琉璃屏,实密似疏。奋有难色。帝笑之。奋曰:'臣犹吴牛,见月而喘。'"此处说自己生活在惊怖之中。

〔4〕鲁鸟禁风:语本《庄子·至乐》:"昔有海鸟止于鲁郊,鲁侯御而

觞之于庙，奏《九韶》以为乐，具太牢以为膳，鸟乃眩视忧悲，不敢食一脔，不敢饮一杯，三日而死。此以己养养鸟，非以鸟养养鸟也。"成玄英疏："昔有海鸟，名曰爰居，形容极大，头高八尺，避风而至，止鲁京郊。"鲁鸟，指海鸟鹢鸰。

〔5〕惊弓旅雁：《战国策·楚》四："雁从东方来，更羸以虚发而下之。魏王曰：'然则射可至此乎？'……对曰：'其飞徐而鸣悲。飞徐者，故疮痛也；鸣悲者，久失群也。故疮未息而惊心未至也，闻弦音引而高飞，故疮陨也。'"后来就以之比喻受过惊吓，略有动静就害怕的人。

〔6〕"染血"句：描写江村枫林在夕照之下如同染血一样。杜甫《涪城县香积寺官阁》诗："背日丹枫万木稠。"

〔7〕"闲向"二句：说自己想知道天意究竟如何。《淮南子·说山训》："侏儒问径天高于修人。修人曰：'不知。'曰：'子虽不知，犹近之于我。'"长狄，春秋时狄族之一支。或传为防风氏之后。形体高大。春秋时侵鲁、卫诸国，以致灭种。

## 后秋兴之七庚子中秋(选二)〔1〕

八桂盘根珠树林〔2〕，蜑烟蛮雨助萧森〔3〕。天高星纪连环卫〔4〕，日入神光起烛阴〔5〕。交胫百夷齐举踵〔6〕，贯胸万国总倾心〔7〕。辛勤争似三桑女，欧尽机丝应捣砧〔8〕。

〔1〕庚子，即顺治十七年（1660）。此年中秋，钱谦益仍居于与海上交通便利的白茆，期待郑成功卷土重来。中秋前后除此叠诗外，还作有《戏咏雪月故事短歌十四首》，诗中以周武王、穆天子、宋太祖比永历，以姜子牙、陈抟、谢安、裴度自比。此外还写了《〈史记·齐太公世家〉后》，

云:"太公勤身苦志,八十而遇文王。"显然,这一年钱谦益对永历、郑成功水军仍寄予了很大的希望。此选第一、第六首。

〔2〕"八桂"句:以比拟的手法写永历。八桂,八桂成林,形容桂树之大。《山海经·海内南经》:"桂林八树,在番禺东。"注:"番禺今番禺县。"

〔3〕"蜑(dàn但)烟"句:形容永历的住地。蜑、蛮,均指我国古代南方的少数民族。

〔4〕"天高"句:说西南拱卫着永历。星纪,十二星次之一,在十二支中为丑,在二十八宿中为斗宿和牛宿。《尔雅·释天》:"星纪,斗牵牛也。"注:"牵牛斗者,日月五星之所终始,故谓之星纪。"环卫,《史记·天官书》:"环之匡卫十二星,藩臣。皆曰紫宫。"后代有以环卫为官职的。《文献通考·职官》十二:"宋朝承前代之制,有左右金吾卫,左右卫上将军……并为环卫官,无定员,皆命宋室为之,亦为武臣之赠典。"

〔5〕"日入"句:说永历的光辉将会照亮神州。《后汉书·西南夷传》:"远夷慕德歌诗曰:'蛮夷所处,日入之部,慕义向化,归日出主。'"诗中的"日"喻永历。神光,《汉书·武帝纪》:"朕礼首山,昆田出珍物,化或为黄金。祭后土,神光三烛。"烛阴,神名。《山海经·海外南经》:"钟山之神,名曰烛阴,视为昼,瞑为夜,吹为冬,呼为夏。"注:"烛龙也。是烛九阴,因明烛阴。"

〔6〕"交胫"句:说西南各少数民族都拥戴永历。交胫,古代神话中的一种怪人。《山海经·海外南经》:"交胫国,其为人交胫。"郭璞注:"言脚胫曲戾相交,所谓雕题、交趾者也。"夷,古代对异族的泛称。诗中指西南少数民族。举踵,跷起脚后跟,形容殷切企望。《汉书·司马相如传》下:"南夷之君,西僰之长,常效贡职,不敢怠惰。延颈举踵,喁喁然皆向风慕义,欲为臣妾。"

〔7〕贯胸国:《山海经·海外南经》:"贯胸国,其为人胸有窍。"此处

与上句的交胫国都是代指西南少数民族。《永历纪年》:"(己亥)五月四日,缅王具龙舟鼓乐,遣人迎上(永历)。……八月十三日,缅王请黔国公沐天波往,缅人以八月十五日诸蛮来贡,使遣国以臣礼见,夸耀诸蛮。九月十九日,缅人贡新谷,十月戊子朔,颁历于缅。永历十四年庚子正月丁巳朔,上在缅甸。"

〔8〕"辛勤"二句:说西南蛮夷朝贡永历,辛勤如蚕。《山海经·海外北经》:"欧丝之野在大踵东,一女子跪据树欧丝。三桑无枝,在欧丝东。其木长百仞,无枝。"欧,即呕。《说文》:"呕,吐也。"欧丝,吐丝。机丝,吐丝织布。

星星断发不遮头[1],霜鬓何须怨凛秋[2]。揽镜频过五岭路,挽眉常绾九疑愁[3]。山家寨栅凭麋鹿[4],海户封提画鹭鸥[5]。莫指职方论徼塞[6],炎州今日是神州[7]。

〔1〕"星星"句:说自己降清改变发型。断发,《史记·吴泰伯世家》:"文身断发,示不可用。"

〔2〕凛秋:寒秋。宋玉《九辩》:"皇天平分四时兮,窃独悲此凛秋。"

〔3〕"揽镜"二句:说自己对永历朝魂牵梦绕。五岭路,通往西南的道路。五岭,说法不一,总指广东广西地区。挽眉,皱眉。九疑,山名。在今湖南宁远县南。

〔4〕"山家"句:说山里人凭借麋鹿等猎物生存。寨栅,防卫用的栅栏。

〔5〕"海户"句:说清廷清海,使反清水军失去给养。海户,即靠海为生的海民。封提,即提封,犹版图,疆域。顺治十七年五月,清廷攻打厦门、金门。失败而归,但命沿海五省四十里以内居民迁移内地,坚壁清野。鹭鸥,两种海鸟。北齐刘昼《刘子·黄帝》:"海上之人有好沤鸟者,

每旦之海上,从沤鸟游。沤鸟之至者,百住而不止。其父曰:'吾闻沤鸟从汝游,汝取来,吾玩之。'明日之海上,沤鸟舞而不下也。"后以鸥鹭忘机指隐居自乐,不以世事为怀。此处说清海后连鸥鹭也离开了海边。

〔6〕"莫指"句:反驳地理家之说。职方,官名。《周礼·夏官》有职方氏,掌天下地图,主四方职贡。历代沿革,明清在兵部下设职方清吏司,执掌舆图、军制、城隍、镇戍、简练、征讨之事。徼塞,指南方边疆。崔豹《古今注》:"丹徼,南方赤色,故称外徼,谓南之极也。塞者,塞也,所以拥塞戎狄也。徼者绕也,所以绕遮蛮夷,使之不得侵中国也。"

〔7〕"炎州"句:说西南永历延续着明祚。屈原《远游》:"嘉南州之炎德兮,丽桂树之冬荣。"后泛指南海之州为炎州。

# 后秋兴之八 庚子阳月初一,拂水拜墓作(选三)〔1〕

水国冥蒙秋日晖,渚宫行殿远霏微〔2〕。巡回每叹林乌宿,促数频看社燕飞〔3〕。战决蚁封多胜负〔4〕,卜占鸡骨少从违〔5〕。频年射猎无朋侣,赢得高原雉兔肥。

〔1〕庚子阳月,即顺治十七年农历十月。这一年钱谦益仍居于白茆,等待海上消息。郑成功没有践约如期而来,钱谦益颇为落寞失望,十月回到常熟拂水山庄拜先祖之墓,墓地的沉重肃穆无形中又增加了一种悲凉的意绪。此叠诗表现的就是这种情感。此选第三、第四、第五首。

〔2〕"渚宫"句:说永历行踪不定。渚宫,春秋楚国的宫名,故址在湖北江陵县。《左传·文公十年》:"(子西)沿汉溯江,将入郢。王在渚宫,下见之。"霏微,朦胧。

〔3〕社燕:燕子,春社来,秋社去,故谓社燕。

〔4〕战决蚁封:蚂蚁的征战。蚁封,蚁穴外隆起的小土堆。《北齐书·神武纪》:"自东西魏构兵,邺下每先有黄黑蚁阵斗。占者以为黄者东魏戎衣色,黑者西魏戎衣色。人间以此候胜负。"

〔5〕卜占鸡骨:段公路《北户录》:"南方杀鸡择骨为卜,传古法也。《龟图》曰:'每取雄鸡一只,以香米祝之,后即生折其腿,削去皮肉,或烹取之,卜男左,卜女右,看之,其骨有二窍或七八窍,左为人,右为鬼,取阴阳之理也。乃以竹簪刺于窍中,而究其兆。如人在上,鬼在下,为吉。人在下,鬼在上,为凶。如人鬼头相背,事迟缓。相就,事速疾。'"从:顺遂。违:不顺遂。

撼户秋声剥啄棋[1],惊心局外转伤悲[2]。每于典籍论终古,只道乾坤似昔时[3]。已破关河惆怅在,未招魂魄却回迟。长明灯上诸天近,时有空音答仰思[4]。

〔1〕剥啄:敲击。此处指在棋盘上布子时敲击棋盘。
〔2〕"惊心"句:说从局外看,自己的暮年苦志令人哀。
〔3〕"每于"二句:说自己从历史推测现实,以为南北分治的局面会再度出现。
〔4〕"长明"二句:说只有佛门给自己慰藉。长明灯,佛灯,长明不灭。诸天,佛家语。说三界共有三十二天,自四天王天至非有想非无想天,总谓之诸天。空音,空中之音。佛教指超乎色相现实的境界为空。

沧江茅屋旧家山,身与秋容共数间。三卷《阴符》留麦饭[1],一丸函谷掩柴关[2]。黄沙马革羞垂涕[3],白首鹰扬笑驻颜[4]。梦到红云深殿里,玉皇新点侍宸班[5]。

〔1〕"三卷"句:谓自己知兵。《阴符》,即《阴符经》。旧题黄帝撰。有太公、范蠡、鬼谷子、张良、诸葛亮、李筌六家注。经文三百八十四字。唐李筌自谓受之骊山老母,疑为李伪作。历代史志以《周书·阴符经》为兵书。留麦饭,《集仙录》:"李筌得《阴符》,至骊山下,逢一老母,说《阴符》玄义。语毕,日已晡矣,曰:'吾有麦饭,相与为食。'因袖中出一瓠,令筌取水。筌往谷中盛水,其瓠忽重,可百馀斤,力不能制,更沉于泉,随觅不得。久而却来,已失母所在,唯留麦饭一升。筌食而归,渐觉不饥,气力自倍于常。"

〔2〕一丸函谷:《后汉书·隗嚣传》:嚣将王元说嚣曰:"元请以一丸泥为大王东封函谷关。"比喻地势险要,用丸泥封塞,即可阻敌。此处指自己的住所处于反清前沿。

〔3〕"黄沙"句:以东汉马援写自己。《后汉书·马援传》载马援说:"男儿要当死于边野,以马革裹尸还葬耳,何能卧床上在儿女子手中邪?"

〔4〕"白首"句:说自己希望在晚年展现雄才,建功立业。鹰扬,《诗经·大雅·大明》:"维师尚父,时维鹰扬。"毛苌传:"鹰扬,如鹰之飞扬也。"

〔5〕"梦到"二句:以道家故事写自己的愿望。侍宸,即侍晨。道家所说的天帝的侍从,仙人。侍宸班,此处是想象中的永历王朝朝班。

# 后秋兴之九 庚子十月望日(选二)〔1〕

桂树参差覆羽林,天容玉册自森森〔2〕。甘渊自有长生日〔3〕,冥谷终无不散阴〔4〕。命将出车《小雅》颂〔5〕,磨崖刻石老臣心〔6〕。元和盛事看图画〔7〕,卤簿前头夹斧砧〔8〕。

〔1〕顺治十七年秋季,钱谦益在消闲落寞中对永历朝生发了许多想象,以这些想象弥补现实中的空虚。此选第一、第三首。

〔2〕天容玉册:形容皇家事物。天容,帝王的容颜,也称天颜。玉册,玉制的简册。古代帝王以玉册用于祭告、封禅,也用于册命皇太子及后妃。《晋书·元帝纪》:"于时有玉册见于临安,自玉麒麟神灵出于江宁,其文曰'长寿万年',日有重晕,皆以为中兴之象焉。"

〔3〕"甘渊"句:说南荒之外有永历政权支撑明祚。《山海经·大荒南经》:"东南海之外,甘水之间,有羲和之国。有女子名曰羲和,方日浴于甘渊。羲和者,帝俊之妻,生十日。"郭璞:"羲和盖天地始生,主日月者也。"

〔4〕"冥谷"句:说永历的龙光照到化外之地。屈原《天问》:"日安不到?烛龙何照?"王逸曰:"言天之西北,有幽冥无日之国,有龙衔烛而照之也。"

〔5〕"命将"句:希望永历能命令将领出征,建立明朝中兴的局面。出车,《诗经·小雅·出车》,记载周宣王时,命大将南仲讨伐玁狁,平定了西北一带的戎狄部落,形成了中兴的局面。《出车》一诗就是一篇出征将士凯旋的颂歌。

〔6〕磨崖刻石:即磨崖碑。碑文名《大唐中兴颂》,元结撰,颜真卿书。碑文在祁阳浯溪石崖上。

〔7〕元和:唐宪宗年号(806—820)。宪宗元和二年平定了藩镇割据势力吴元济,号称唐代中兴。

〔8〕"卤簿"句:说中兴事业成功,自己愿意接受永历的惩罚。卤簿,帝王驾出时扈从的仪仗队。出行之目的不同,仪式亦各别。唐封演《封氏闻见记》五:"舆驾行幸,羽仪导从谓之卤簿。……按字书,卤,大楯也。卤以甲为之,所以捍敌。……甲楯有先后部伍之次,皆著之簿籍,

故谓之卤簿耳。"夹斧砧,施刑。斧砧,刑具。韩愈《元和圣德诗》:"解脱挛索,夹以斧砧。"

开元三叶正流晖[1],桂社梧封应紫微[2]。追急稻畦鸠杖指[3],寝甘榕殿鸟工飞[4]。五铢当复神咸许[5],十世将兴帝不违[6]。日角共传如烈祖[7],遐方遥喜御容肥[8]。

〔1〕"开元"句:用唐朝比明朝。三叶,三世。

〔2〕紫微:星座名,三垣之一。说永历中兴应了天象。

〔3〕"追急"句:说永历遭到追击,紧急情况下藏身稻田之中,鸟儿都会保护其安全。鸠杖,杖头刻有鸠形的杖。《水经注》引《风俗通》:"俗说(汉)高祖与项羽战于京索,遁于蒲中,羽追求之。时鸠止鸣其上。追之者以为必无人,遂得脱。及即位,异此鸠,故作鸠杖以扶老。"

〔4〕"寝甘"句:说永历奔逃中总能化险为夷。寝甘,即寝安。榕殿,指永历的宫室。榕树因其高大茂密,望之若宫室。鸟工飞,《竹书纪年》注:"沈约曰:'舜父母憎舜,使其涂廪,自下焚之。舜服鸟工衣飞去。又使浚井,自上填之以石。舜服龙工衣自旁而出。'"以上二句都是说永历也有圣人的异兆。

〔5〕五铢当复:说明朝当复。《后汉书·公孙述传》:"蜀中童谣言曰:'黄牛白腹,五铢当复。'好事者窃言,王莽称黄,述自号白。五铢钱,汉货也,言天下当并还刘氏。"

〔6〕"十世"句:说永历当中兴。十世将兴,《国语·郑语》:"臣闻之,天之将启,十世不替。夫其子孙,必光启土不可逼也。"罗大经《鹤林玉露》:"宋靖康之乱,元祐皇后手诏曰:'汉家之厄十世,宜光武之中兴;献公之子九人,唯重耳之尚在。'读之感动,盖中兴之一助也。"

〔7〕"日角"句:说永历相貌不凡。日角,额骨中央隆起。旧时认为

是帝王之相。刘孝标《辨命论》："龙犀日角,帝王之表。"李善曰："朱建平《相书》:'额有龙犀入发,左角日,右角月,王天下也。'"烈祖,对先祖的敬称。烈,功业显赫。

〔8〕御容:皇帝的画像。

## 后秋兴之十 辛丑二月初四日,夜宴述古堂,酒罢而作(选二)〔1〕

毳帐喧呼夜赌棋〔2〕,朝来劙面枕尸悲〔3〕。那知雾塞飚回候〔4〕,乍见天开地裂时〔5〕。草外流人欢服匿〔6〕,御前和尚泣军迟〔7〕。衔须引颈多元老〔8〕,哭到穹庐辍论思〔9〕。

〔1〕顺治十八年(1661)正月,爱新觉罗福临亡,二月初一日哀诏到达苏州,钱谦益初三日通知钱曾,于明日张灯宴饮,以表达其欢乐之情。钱谦益认为清朝新皇帝年幼,正是反清复明的有为之时。诗中设想永历北伐,成就中兴事业。作者在想象中充溢着孩童般的满足和欢乐,其志可哀,其情令人悲。此选第四、第五首。

〔2〕"毳(cuì 翠)帐"句:说清军士兵们恐慌的情形。毳帐,毡帐,北方少数民族居所。赌棋,通过赌棋占卜吉凶。

〔3〕"朝来"句:说清军死了皇帝后悲痛的局面。劙面,用刀割面。我国古代匈奴、回鹘等少数民族凡遇大丧,就用刀割脸,表示悲愁。枕尸,《左传·襄公二十五年》:"晏子立于崔氏之门外,门启而入,枕尸股而哭。"

〔4〕雾塞飚回:描写社会动乱。《后汉书·光武纪》:"九县飚回,三精雾塞。"

〔5〕天开地裂:天崩地坼,比喻非常事变。《战国策·赵》三:"周烈王崩……赴于齐曰:'天崩地坼,天子下席。'"杜甫《刘颢宅饮散醉歌》:"天开地裂长安陌,寒尽春生洛阳殿。"

〔6〕"草外"句:描写流放地流人们的兴奋。草外,指黑龙江宁古塔,清朝的流放地。服匿,古时盛酒酪的器具。《汉书·苏建传附苏武》:"三岁馀,王病,赐武马畜、服匿、穹庐。"注引孟康语:"服匿如甖,小口大腹方底,用受酒酪。"

〔7〕"御前"句:说永历御前有功之臣不少是出家人。军迟,也作军持。梵语,意为净瓶或澡罐。僧人游方时随时携带以贮水。瓷者净用,铜铁者浊用。

〔8〕衔须引颈:意慷慨赴死。衔须,东汉温序为隗嚣别将苟宇所拘劫,不屈。赐以剑,序受剑,衔须于口。顾左右曰:"既为贼所迫杀,无令须污土。"遂伏剑而死。见《后汉书·独行传》。引颈,即引颈受戮。

〔9〕"哭到"句:说御前功们说到被清廷杀害的朝臣们沉痛不已。穹庐,毡帐。《敕勒歌》:"敕勒川,阴山下,天似穹庐,笼盖四野。"此处以穹庐代指满清。论思,议论思考。班固《两都赋序》:"故言语侍从之臣,若司马相如……之属,朝夕论思,日月献纳。"后来多用来喻谋画国事。

云台高筑点苍山〔1〕,异姓勋名李、郭间〔2〕。整束交南新象马〔3〕,恢张辽左旧河关。蓬蒿茇舍趋行在〔4〕,布帛衣冠仰帝颜〔5〕。郑璧许田须努力〔6〕,莫令他日后周班〔7〕。

〔1〕"云台"句:说永历朝的云台建在点苍山。云台,汉宫中的高台名。在洛阳南宫。汉明帝图画三十二功臣于云台。点苍山,山名。窦滂《云南别录》:"阁罗凤徙都苴咩,城倚点苍山,临西洱河。山甚高峻,水极深阔。"这里是作者想象中的场景。

〔2〕"异姓"句:说建功立业的是异姓英雄。李、郭,唐代的中兴名将李光弼、郭子仪,平定安史之乱,世称李郭。后李光弼封临淮王。郭子仪以一身系时局安危二十年,封汾阳王。此处指永历名将李定国。李定国(?—1662),陕西延安人。少时参加张献忠部。张献忠死后,与孙可望等转移云贵,联明抗清。永历六年(1652)攻克桂林,清将孔有德自杀。又入湖南,设伏击杀清帅尼堪于衡州。因遭孙可望猜忌,被迫退往广西。永历封为晋王,以孤军支持残局,直至永历被杀。永历死后第二年李定国卒于军中。见《永历实录》。

〔3〕交南:五岭以南一带地区。

〔4〕"蓬蒿"句:说居于草莽荒僻之地的人都想去朝见永历。茇(bá拔)舍,除平草地,以为宿所。《周礼·夏官·大司马》:"中夏教茇舍,如振旅之陈。"注:"茇舍,草止之也。军有草止之法。"行在,帝王所在的地方。

〔5〕"布帛"句:说明朝的遗民们都去参见永历。布帛衣冠,《左传·闵公二年》:"卫文公大布之衣,大帛之冠。"杜预曰:"大布,粗布。大帛,原缯。"

〔6〕郑璧许田:说拥戴永历的各路英雄应齐心努力。《左传·桓公元年》:齐郑交好,郑人为了重新祭祀周公,以璧借鲁之"许田",最后用"祊(bēng崩)田"换了"许田"。

〔7〕后周班:次序排在后面。《左传·桓公十年》:在诸侯援齐抗北戎之战中,郑国公子忽有功。齐人馈送诸侯食物,让鲁国确定次序,鲁国按周室封爵的次序,把郑国排在后面。郑人怒,引发了一场战争。

## 后秋兴之十一 辛丑岁逼除作。时自红豆江村徙居半野堂绛云馀烬处(选三)〔1〕

当风一叶战层林,抚己孤怀抱郁森〔2〕。屋老空亭笼壁响[3],窗疏鄠纸划灯阴[4]。鸡豚麦饭荒江泪[5],粔籹椒盘故旧心[6]。噩梦惊回成独语,谁于寒夜捣孤砧?

[1] 辛丑,即顺治十八年(1661)。逼除,岁末。红豆江村,即白茆芙蓉山庄。钱谦益在岁梢由红豆山庄移居到常熟城内之旧宅,表明其对复明的完全失望。因此,此叠诗写得伤感、悲观而且孤独,对自己悲剧的一生进行反思和总结。此选第一、第四首。

[2] "抚己"句:说自己孤独而郁闷。抚己,省察自己,自问。陶潜《岁暮和张常侍》:"抚己有深怀,履运增慨然。"

[3] 笼壁:竹壁。笼,竹名,即笼竹。

[4] 鄠(cháo潮)纸:一种糊窗户纸。

[5] 鸡豚麦饭:本指乡村里的食物。韩愈《南溪始泛》诗:"愿为同社人,鸡豚燕春秋。"麦饭,即麦屑饭。此指祭祀用的食物。

[6] 粔籹(jù nǔ 具女):食品。搓面成细条,组之成束,扭做环形,以油炸之。古称寒具、膏环,今曰馓子。宋玉《招魂》:"粔籹蜜饵,有饫餭些。"以上两句追悼二十年间已经亡去的故交。

甘载光阴四度棋[1],流传断句和人悲。冰凋木介侵分候[2],霜戛风筝决战时[3]。觚竹悬车多次舍[4],皋兰轻骑尚透迟[5]。灯前历历残棋在,全局悠然正可思。一作"一年四度永观棋,断句流传和者悲。姑妇未残侵角势,樵人已告烂柯时。千秋豪杰推枰早,一局乾坤划纸迟。莫向老僧论四句,长明灯下搅残思。"

[1] "甘载"句:回忆自己在明清易代之际近二十年间的作为。四

397

度棋,应是弘光元年(1645)企图登莱开府,力挽残局;顺治三、四年间为复明义军筹集资金而东窗事发,下金陵狱;顺治六年(1649)通过瞿式耜给永历上楸枰三局之疏,接受永历授命,秘密联络东南;顺治十六年接应郑成功、张煌言水军进取南都。

〔2〕冰凋木介:雨雪沾附于树枝,凝结成冰,如披介胄,故称木介。也称木冰、木稼、树稼。《汉书·五行志》上:"今之长老名木冰为木介。介者,甲。甲,兵象也。"侵分:侵占分裂别人的国土。

〔3〕"霜戛"句:形容天寒地冻之时也是敌我双方决战之时。戛,敲击。

〔4〕"觚竹"句:说以西南边地为反清根据地。觚竹,故国名。亦作孤竹。《尔雅·释地》:"觚竹、北户、西王母、日下,谓之四荒。"悬车,挂车,停车。次舍,止息之处。

〔5〕"皋兰"句:言以轻骑迂回曲折地与敌战斗。皋兰,山名。《汉书·武帝纪》:"遣骠骑将军霍去病出陇西,至皋兰,斩首八千馀级。"师古曰:"皋兰,山名。《霍去病传》:'三过焉支山,千有馀里,合短兵鏖皋兰下。'即此山也。"逶迤,迂回曲折。

少日囊书坐北山,轻狂自—作"便"喜试兵—作"践行"间[1]。残棋楼橹思横海[2],卧—作"竹"马城闉说—作"忆"散关[3]。汗竹纡—作"横槛岭"馀淹素发[4]—作"新黛色",寒松孤直伴—作"推窗人改旧"苍颜[5]。白颠未了—作"遗经犹抱"书生债[6],昔梦长随漆管班[7]。

〔1〕"少日"二句:说自己年轻时喜欢阅读兵书,好谈兵说剑。囊书,用书囊包着书。

〔2〕"残棋"句：说自己一生最后的志向是入海抗清。残棋，指晚年大节已亏后的人生设计。楼橹，古时军中用以瞭望敌军的无顶高台。多建在地面或车船上。此指水军战船。

〔3〕"卧马"句：说自己喜欢和老兵退卒谈兵说剑。城闉（yīn 阴），城曲重门。散关，即大散关，又称崤谷。在陕西宝鸡西南的大散岭上，为秦蜀往来要道。汉末曹操攻张鲁，自陈仓出散关至河池；蜀汉诸葛亮出散关围陈仓，即此地。陆游《观长安城图》："三秦父老应惆怅，不见王师出散关。"

〔4〕"汗竹"句：说自己志在楼橹横海，但一生不过是一书生。纡（yū 迂）馀，即纡徐，从容宽缓貌。素发，白发。

〔5〕"寒松"句：形容自己一生孤直。孤直，孤高耿直。李白《古风》："松柏本孤直，难为桃李颜。"

〔6〕白颠：白发。指老年。书生债：此指复明的责任。

〔7〕漆管班：指皇帝的文学侍从。漆管，漆过的笔管。苏易简《文房四谱》："王羲之《笔经》：'有人以绿沈漆竹管及镂管见遗，录之多年，亦可爱玩。'"


# 后秋兴之十二 壬寅三月十三日以后，大临无时，啜泣而作（选三）〔1〕

凌晨野哭抵斜晖，雨怨云愁老泪微。有地只因闻浪吼，无天那得见霜飞〔2〕。廿年薪胆心犹在〔3〕，三局楸枰算已违〔4〕。完卵破巢何限恨〔5〕，衔泥梁燕正争肥〔6〕。

〔1〕壬寅，康熙元年（1662）。此年三月十三日永历被吴三桂所执，

四月十五日被杀。大临,吊唁,告哀。这年三月以后,钱谦益不断得到永历被执与被杀的消息,悲痛绝望,哭天抢地,二十年苦心经营化为泡沫,人生至此,夫复何求?可贵的是作者仍然希望郑成功能亲提水军,与清军决一死战,自己还要做内应。此选第三、第四、第七首。

〔2〕"有地"二句:说中华大地完全陷入满清的统治。

〔3〕薪胆:即卧薪尝胆。《史记·越王勾践世家》:"越王勾践返国,乃苦身焦思,置胆于坐,坐卧即仰胆,饮食亦尝胆也。"后指刻苦自励,立志报仇雪耻。

〔4〕三局楸枰:顺治六年(1649)钱谦益通过瞿式耜给永历上疏,其中云:"楸枰小技,可以喻大,有全着,有要着,有急着。今之急着即要着也,今之要着即全着也。"(见《瞿式耜集》卷一《报中兴机会疏》)瞿式耜以告永历,永历遂命钱谦益联络东南。

〔5〕完卵破巢:即覆巢完卵。《世说新语·言语篇》:"孔融被收,中外惶怖,时融儿大者九岁,小者八岁。二儿故琢钉戏,了无遽容。融谓使者曰:'冀罪止于身,二儿可得全否?'儿徐进曰:'大人岂见覆巢之下,复有完卵乎?'"此处恨自己不能与永历共存亡。

〔6〕"衔泥"句:描写那些投靠清廷的人正在设法争取高官厚禄。衔泥燕,衔泥筑巢的燕子。此指降清的人。

百神犹护帝台棋〔1〕,败局真成万古悲。身许沙场横草日〔2〕,梦趋行殿执鞭时〔3〕。忍看末运三辰促〔4〕,苦恨孤臣一死迟〔5〕。惆怅杜鹃非越鸟,南枝无复旧君思〔6〕。

〔1〕"百神"句:感慨复明大业的失败。帝台棋,《山海经·中山经》:"苦山之首,曰休与之山,其上有石焉,名曰帝台之棋,五色而文。其状如鹑卵。帝台之石,所以祷百神者也。"

〔2〕横草:践踏野草,使之横倒。《汉书·终军传》:"军无横草之功。"师古曰:"言行草中,使草偃卧,故云横草也。"

〔3〕"梦趋"句:说自己做梦都在永历左右。行殿,皇帝行幸时的宫殿。执鞭,持鞭驾车。表示对某人的敬仰之情。

〔4〕"忍看"句:说不忍看到明朝处于末运。末运,运气非常不好。三辰,日、月、星。促,逼促,有灾。《左传·昭公十七年》:"三辰有灾。"杜预曰:"三辰,日、月、星也。"

〔5〕"苦恨"句:说自己欠明朝一死,今死已迟。王偁《东都事略·范质传》:"太宗尝言:'近世辅弼,循规矩、惜名器、恃廉节,无与质比者,但欠世宗一死为可惜耳。'"

〔6〕"惆怅"二句:感伤自己无所归止。杜鹃,传说杜鹃是古蜀国国君望帝所变化。杜甫《杜鹃行》:"古时杜宇称望帝,魂作杜鹃何微细。"越鸟,《古诗》:"胡马依北风,越鸟巢南枝。"《文选》李善注:"韩诗外传曰,诗云:'代马依北风,飞鸟栖故巢。'皆不忘本之谓也。翰曰:'胡马出于北,越鸟来于南,依望北风,巢宿南枝,皆思旧国。'"

枕戈坐甲荷元功[1],一柱孤擎溟渤中[2]。整旅鱼龙森束伍[3],誓师鹅鹳肃呼风[4]。三军缟素天容白[5],万骑朱殷海气红[6]。莫笑长江空半壁,苇间还有刺船翁[7]。

〔1〕"枕戈"句:希望郑成功能愤而发军。枕戈,头枕戈而卧,形容随时准备出战。《晋书·刘琨传》:"琨与亲故曰:'吾枕戈待旦,志枭逆虏。'"坐甲,披甲不卧,坐以待敌。《左传·文公十二年》:"秦军掩晋上军,赵穿追之不及,反怒曰:'裹粮坐甲,固敌是求。敌至不击,将何俟焉?'"荷元功,肩负着建立功勋的重任。

〔2〕"一柱"句:说郑成功犹如反清的柱石屹立于海岛之中。孤擎,

孤立支撑。溟渤,大海。

〔3〕"整旅"句:整顿军队,英勇出战。整旅,整治军队。《诗经·大雅·皇矣》:"王赫斯怒,爰整其旅。"鱼龙,指军队。束伍,束伍令。古代的一种阵法。《宋史·吴璘传》:"凡阵,以拒马为限,铁钩相连,俟其伤则更代之。遇更代则以鼓为节,骑两翼以蔽于前,阵成而骑退,谓之'叠阵'。……璘曰:'此古束伍令也。军法有此,诸君不识尔!得车战余意,无出于此。'"此处指好的战略战术。

〔4〕"誓师"句:想象其所向披靡。鹅、鹳,古代战阵名。《左传·昭公二十一年》:"郑翩愿为鹳,其御愿为鹅。"杜预注:"鹅、鹳,皆阵名。"呼风,喻威力巨大。

〔5〕"三军"句:说军队都穿着丧服。三军,周制天子六军,诸侯大国三军。郑成功封延平王,其军可称三军。缟素,丧服。此指为永历服丧报仇。《汉书·高帝纪》:"寡人亲为发丧,兵皆缟素。"师古曰:"缟,白素也。"陆机《汉高祖功臣颂》:"三军缟素,天下归心。"

〔6〕朱殷:赤黑色。《左传·成公二年》:"左轮朱殷,岂敢言病?吾子忍之。"注:"朱,血色;血色久则殷。"

〔7〕刺船:划船。《庄子·渔父篇》:"延缘苇间,刺船而去。"

# 吟罢自题长句拨闷二首 壬寅三月二十九日[1]

孤臣泽畔自行歌[2],烂漫篇章费折磨。似谵似俳还似谶[3],非狂非醉又非魔。呕心自笑才华尽[4],扪腹其如倔强何[5]?二祖历宗恩养士[6],几人吟呾泪痕多[7]?

〔1〕作者写完《后秋兴之十二》后,已是三月二十九日,心情非常不

好,为了排解,写下此韵外两首,发抒胸臆。因是《秋兴》韵外诗,所受拘牵较少,更能淋漓尽致地表现作者当时的感情,因此读来更加回肠荡气。

〔2〕"孤臣"句:写自己的孤独和忠诚。屈原《渔父》:"屈原既放,游于江潭,行吟泽畔。颜色憔悴,形容枯槁。"孤臣,孤立无援的忠臣。

〔3〕"似讔"句:形容《投笔集》的语言风格。讔,即隐语。刘勰《文心雕龙·谐隐》:"讔者,隐也。遁辞以隐意,谲譬以指事也。"俳,俳偶。谶,谶语。

〔4〕"呕心"句:说自己写《投笔集》之甘苦。呕心,李商隐《李贺小传》:"是儿要当呕出心始已耳。"才华尽,《南史·江淹传》:"梦一丈夫,自称郭璞,谓淹曰:'吾有笔在卿处多年,可以见还。'淹乃探怀中,得五色笔一以授之。尔后为诗,绝无美句。时人谓之才尽。"

〔5〕"扪腹"句:说自己很倔强。扪腹,摸着肚子。倔强,强硬直傲,不屈于人。桓宽《盐铁论·论功》:"(尉佗)倔强倨傲,自称老夫。"

〔6〕二祖历宗:指太祖朱元璋、成祖朱棣和以后的仁宗、宣宗、英宗等明朝皇帝。

〔7〕吟咀:歌咏回味。

不成悲泣不成歌,破砚还如墨盾磨[1]。拚以馀生供漫兴,欲将秃笔扫群魔。途穷日暮聊为尔[2],发短心长可奈何[3]?赋罢《无衣》方卒哭[4],百篇号踊未云多[5]。

〔1〕墨盾:以盾为砚。《北史·文苑传》:"会盾上磨墨作檄文。"

〔2〕途穷日暮:《吴越春秋》:"申包胥亡在山中,使人谓子胥曰:'子之报仇,其已甚乎?'子胥曰:'为我谢申包胥曰:日暮途穷,倒行而逆施之于道也。'"

〔3〕发短心长:说自己虽剃发而心属明朝。《左传·昭公三年》:"齐

侯田于莒,卢蒲嫳见,泣且请曰:'余发如此种种,余奚能为?'公曰:'诺!吾告二子。'归而告之子尾,欲复之。子雅不可,曰:'彼其发短而心甚长,其或寝处我矣。'"

〔4〕"赋罢"句:说永历死后,作者先赋《后秋兴》诗,然后再哭。《无衣》,《诗经·秦风》里一篇表现抗敌爱国主题的诗。《左传·定公四年》:"申包胥如秦乞师,秦哀公为之赋《无衣》。"卒哭,古代丧礼,百日祭后,止无时之哭为朝夕一哭,名为卒哭。

〔5〕"百篇"句:说《投笔集》十二叠加此四首正好为百篇。号踊,跺足哀号。《礼记·檀弓》:"辟踊,哀之至也。"正义曰:"抚心为辟,跳跃为踊。"

## 后秋兴之十三 自壬寅七月至癸卯五月,讹言繁兴,鼠忧泣血,感恸而作,犹冀其言之或诬也〔1〕

地坼天崩桂树林〔2〕,金枝玉叶痛萧森〔3〕。衣冠雨绝支祈锁〔4〕,闾阎风凄纣绝阴〔5〕。丑虏贯盈知有日〔6〕,鬼神助虐果何心〔7〕?贼臣万古无伦匹〔8〕,缕切挥刀候斧砧〔9〕。

〔1〕从上选《吟罢自题长句拨闷二首》中"赋罢《无衣》方卒哭,百篇号踊未云多"看,作者原想就此结束《投笔集》,但是康熙元年夏到二年夏,清廷清理通海案,逮治严酷,民间骚然,各种谣传此起彼伏。更坏的消息莫过于郑成功的病逝。郑成功经营台湾,本不符合当时许多反清人士的愿望,而郑成功的死,则意味着即使台湾一隅也难以为继,《后秋兴之十三》就是在这一背景下写作的。悲伤、绝望是作者生命乐章中最后也是最难堪的音符,这组诗几乎是为自己的悲剧人生作一小结。

〔2〕"地坼"句:说永历已亡,标志着明祚不复存在。地坼天崩,即天崩地解。《史记·鲁仲连传》:"天崩地坼,天子下席。"桂树,指永历。参看《后秋兴之五》第二首注〔2〕。

〔3〕金枝玉叶:皇族子孙的贵称。《乐府诗集》卷十一萧仿《懿宗舞》:"金枝繁茂,玉叶延长。"清初清廷对朱明王室成员杀戮甚酷,因此有"痛萧森"之语。

〔4〕"衣冠"句:指清廷对前明士大夫的严酷镇压。衣冠,犹言文明礼教、斯文。也指士大夫。雨绝,即两相隔绝。江淹《杂体诗》:"雨绝无还云,花落景留英。"李善注引祢衡《鹦鹉赋》:"何今日之雨绝。"支祈,传说中的水兽。李肇《国史补》:"楚州有渔人,忽于淮中钓得古铁锁,挽之不绝。以告官。刺史李阳冰大集人力引之,锁穷,有青狝猴跃水出,复没而逝。后有验《山海经》云:'水兽好为害,禹锁之军山之下,其名曰支祈。'"

〔5〕"阊阖"句:谓满清统治下的中国如同人间地狱。阊阖风,西风。《淮南子·天文》:"凉风至四十五日,阊阖风至。"《史记·律历》:"阊阖风居西方。阊者,倡也;阖者,藏也。言阳气道万物,阖黄泉也。"此处以阊阖风暗指满清统治。纣绝阴,即道家所说的洞天六宫之一,纣绝阴天宫。《真诰·阐幽微》:"罗酆山有六宫,第一宫名为纣绝天阴宫。人初死,皆先诣纣绝天阴宫中受事。"

〔6〕"丑虏"句:说清廷恶贯满盈。丑虏,指满清。贯盈,以绳贯钱,一一重之,至满一贯,谓之贯盈。《尚书·泰誓》上:"商罪贯盈,天命诛之。"犹言罪恶累累,恶贯满盈。

〔7〕助虐:帮助坏人作恶。桀、纣,夏殷末期的暴君,后来比暴君,或坏人。

〔8〕贼臣:指吴三桂。

〔9〕"缕切"句:说吴三桂应该受到极刑。缕切,一条一条用刀切。

405

潘岳《西征赋》:"饔人缕切,鸾刀若飞。"挥刀,韩愈《元和盛德》诗:"挥刀纷纭,争刳脍脯。"

海角崖山一线斜[1],从今也不属中华。更无鱼腹捐躯地[2],况有龙涎泛海槎[3]。望断关河非汉帜,吹残日月是胡笳。嫦娥老大无归处,独倚银轮哭桂花[4]。

〔1〕"海角"句:说延续明祚的台湾岌岌可危。崖山,山名,也称崖门山。在广东新会县南大海中。宋绍兴中置崖山寨,是扼守南海的门户。宋末为抗元的最后据点。宋祥兴二年宋军战败,陆秀夫负帝昺于此沉海。龚开《陆君实传》:"祥兴继立,两君相见于崖山。前锋失利,波涛掀舞,部伍混乱。君实出,仓卒仗剑,驱妻子先入海。号哭抱幼君,以匹练束如一体,君臣赴水而死。己卯岁二月六日癸未也。"

〔2〕"更无"句:说中华大地的前明臣子现在连陆秀夫这样的捐躯殉君的地方也失去了。龚圣予辑方回《挽陆君实》诗:"曾微一坏土,鱼腹葬君臣。"

〔3〕"况有"句:说台湾的生存更加艰难。龙涎,元汪焕章《岛夷志》:"龙涎屿,值天气晴和,群龙游戏,时吐涎沫于其上,故以得名。涎惟有腥气,用之合诸香,味尤清远。此地前代无人居之。间有他番之人,用完木凿舟驾驶以拾之,转鬻于他国。"

〔4〕"嫦娥"二句:说自己犹如嫦娥一样老大无归处。罗浮《咏月》诗:"嫦娥老大应惆怅,倚泣苍苍桂一轮。"

庸蜀经营付落晖[1],宫车消息转依微[2]。空留赤血从三后[3],无复遗言诏六飞[4]。马角乌头期已误[5],龙姿虎步谶俱违〔6〕。逆臣送喜猖狂甚,趣与燃脂照腹肥〔7〕。

〔1〕"庸蜀"句:说永历经营西南已成败局。庸、蜀均是古国名。庸,其地约在今湖北竹山县西南。蜀,在今四川西部、成都平原及岷江上游。

〔2〕"宫车"句:说永历死亡的消息辗转流传。宫车,即宫车晚出。江淹《恨赋》:"一旦魂断,宫车晚出。"帝王死亡的隐晦说法。

〔3〕"空留"句:说永历死去。赤血,指永历之死。三后,古代天子或诸侯皆称后。《诗经·大雅·下武》:"三后在天,王配于京。"注:"三后大王、王季、文王。"

〔4〕"无复"句:说永历死后无遗诏嘱托后事。六飞,古代帝王用六匹马驾车。飞,形容奔驰迅速。《汉书·袁盎传》:"今陛下骋六飞。"如淳曰:"六马之疾若飞也。"后用以指帝王的车驾。

〔5〕"马角"句:说复明的大好机会没有抓住。马角乌头,《博物志》:"燕太子丹质于秦,秦王遇之无礼,思欲归,请于秦王。王曰:'令乌头白,马生角,乃可。'丹仰而叹,乌即头白。俯而嗟,马生角。秦王不得已而遣之。"

〔6〕"龙姿"句:说有关永历有贵相的谶语也成了空话。《宋史·太祖纪》:"帝每对近臣言,太宗龙行虎步,生时有异,他日必为太平天子。"另《广阳杂记》:"帝(永历)面如满月,须长过膝,日角龙颜,顾盼伟如也。"

〔7〕"逆臣"二句:说吴三桂过分猖狂,应受到董卓那样的惩罚。燃脂照腹,《后汉书·董卓传》:"乃尸卓于市。天时始热,卓素充肥,脂流于地。守尸吏燃火置卓脐中,光明达曙。如是积日。"

自古英雄耻败棋,靴刀引决更何悲〔1〕?君臣鳌背仍同国,生死龙胡肯后时[2]？事去终嗟浮海误,身亡犹叹渡河迟[3]。关、张无命今犹昔,筹笔空烦异代思[4]。

〔1〕靴刀引决:即用短刀自决。《旧唐书·李光弼传》:"将战,谓左右曰:'战危事,胜负系之。光弼位为三公,不可死于贼手。苟事之不捷,继之以死。'及是,击贼,常纳短刀于靴中,示有决死之志。"

〔2〕"君臣"二句:说永历朝君臣都被害,最后关头臣子们仍然追随永历。君臣鳌背,语出陶九成《草莽私乘》引方凤《挽陆君实》诗:"作微方拥幼,势极尚扶颠。鳌背舟中国,龙胡水底天。鞏存周已晚,蜀尽汉无年。独有丹心皎,长依海日悬。"谓陆秀夫负赵昺蹈海。龙胡,蛟龙的胡须。《史记·封禅书》:"黄帝采首山铜,铸鼎于荆山下。鼎既成,有龙垂胡髯下迎黄帝。黄帝上骑,君臣后宫从上者七十馀人,龙乃上去。"

〔3〕"事去"二句:说郑成功最终也后悔远去台湾,失去了进取内陆的机遇。渡河,《宋史·宗泽传》:"时泽忧愤,疽发于背,无一语及家事,但呼过河者三而卒。"另《广阳杂记》:"(康熙二年)五月初八日,延平王招讨大将军朱成功殂于东宁,年三十九。临终面目皆抓破,曰:'我无面目见先帝及思文帝也。'"

〔4〕"关张"二句:说郑成功与蜀汉时的关羽、张飞一样有功无命。李商隐《筹笔驿》诗:"管乐有才终不忝,关张无命欲何如!"筹笔,筹笔驿,古驿名。在四川广元县北。亦称朝天驿。相传三国诸葛亮出师运筹于此。唐宋皆有名。

梦回犹傍五溪山,历井扪参吐雾间[1]。却指帝星临楚分,如闻王气满吴关[2]。地翻黑水才伸足[3],天转青城始破颜[4]。辛苦苍梧旧留守,忠魂常领百僚班[5]。

〔1〕"梦回"二句:说自己梦寐都在西南永历朝。五溪,指五陵五溪:雄溪、樠溪、无溪、酉溪、辰溪。此处代指永历所在的西南。历井扪参,语出李白《蜀道难》:"历井扪参仰胁息,以手抚膺坐长叹。"参与井为二星宿,参为蜀之分野,井为秦之分野。蜀道上的青泥岭为自秦入蜀的要道,过此仰视天星,去人不远,若可以手扪及之。极言其险峻。吐雾,形容西南云雾缭绕。语出《庄子·秋水篇》:"子不见夫吐者乎?喷则大者如珠,小者如雾,杂而下者,不可胜数。"

〔2〕"却指"二句:说永历驻跸于西南,使东南对复明有了希望。帝星临楚分,说永历驻跸于楚。《耆旧续闻》:"南渡后,辛巳岁,洪容斋草亲征诏曰:'岁星临于吴分,定成淝水之勋;斗士倍于晋师,可决韩原之战。'是时岁星在楚。"

〔3〕黑水:黑龙江。白山黑水之间是满清发祥地。

〔4〕青城:宋朝祭天斋宫名。在河南开封。有南青城和北青城。宋钦宗靖康二年,金人围汴,粘没喝屯兵青城,受徽、钦二帝降;又金末蒙古速不台攻汴至青城,金叛将崔立尽送后妃诸王以降,皆南青城。元好问《癸巳四月二十九日出京诗》:"兴亡谁识天公意?留着青城阅古今。"注曰:"国初取宋,于青城受降。"

〔5〕"辛苦"二句:谓瞿式耜是追随永历死难大臣的首领。留守,参看《哭稼轩留守相公一百十韵》。

麻衣如雪白盈头〔1〕,六月霜飞哭九秋〔2〕。两耳也随风雨劫,半人偏抱古今愁〔3〕。地闲沮洳教鱼鸟〔4〕,天阔烟波养鹭鸥。谁上高台张口笑?为他指点旧皇州〔5〕。

〔1〕麻衣:麻质衣服。指丧服。
〔2〕六月霜飞:相传战国时,邹衍事燕惠王,被人陷害下狱。邹衍在

狱中仰天而哭,时正炎夏,忽然降霜。见《初学记》二。

〔3〕"两耳"二句:说自己的双耳见证了明亡清兴。钱谦益晚年耳聋。半人,嘲弄人的戏言,谓不够一个人。晋苻坚称习凿齿为半人,因习有脚疾。见《襄阳耆旧传》。

〔4〕沮洳(jǔ rù 举入):指地低湿。鱼鸟、鸥鹭:均是隐逸之景物。

〔5〕皇州:帝都。鲍照《代结客少年场行》:"升高临四关,表里望皇州。"此处指南京。

逾沙轶漠百王功[1],二祖威棱浩劫中[2]。高庙石龟晴吐雨[3],长陵铁马夜呼风[4]。南临日驾千重紫[5],北伐霓旌万队红[6]。葛藟绵绵周祚远[7],明神岂诳白头翁[8]。

〔1〕"逾沙"句:说明朝开国之君的卓越功勋。逾沙轶漠,穿过沙海越过大漠。指明朝征服蒙古族。百王,历代帝王。

〔2〕"二祖"句:说明太祖、成祖开辟的疆域遭受了浩劫。二祖,明太祖朱元璋、明成祖朱棣。威棱,声威。《梁书·武帝纪》上移檄京邑:"旌麾所指,威棱无外,龙骧虎步,直指建业。"

〔3〕"高庙"句:说明孝陵在修建时发现了奇异的石龟。高庙,沈周《客座新闻》:"高庙造陵钟山,志公和尚旧穴也。发凿时,见一石肖龟而左顾,令藏之寝庙,以黄袱覆之。"晴吐雨,《异谱》:"皇祖陵寝,掘土见一石龟,令藏太庙。久晴而腹下有水则雨,久雨而腹下干则晴。"

〔4〕"长陵"句:说明孝陵的石马也长夜呼啸。长陵,汉高祖墓地,在渭水北,陕西富平县东南。此处指明太祖陵孝陵。

〔5〕"南临"句:说永历立朝于西南。日驾,古代神话中为太阳驾车的神,名羲和。此处指永历的车驾。

〔6〕霓旌:指军队的旗帜。司马相如《上林赋》:"拖霓旌,靡云旗。"

〔7〕"葛藟(lěi 蕾)"句:说原以为明祚很久远。葛藟,两种蔓生植物。《诗经·大雅·旱麓》:"莫莫葛藟,施于条枚。岂弟君子,求福不回。"《左传·文公七年》:"公族,王室之枝叶也,若去之,则本根无所庇荫矣。葛藟犹能庇其本根,故君子以为比。"周祚,周朝的皇位。此处以周比明。

〔8〕"明神"句:说神灵怎么会说诳语呢?明神,明鉴的神灵。诳,谎言。欺骗。

蛟宫螭窟势逶迤[1],蹙浪排波似越陂[2]。荷鼓虚危新气象[3],白茅青社旧孙枝[4]。磨刀雨过看兵洗[5],舶䑴风来想檄移[6]。昨夜江天聊举首,寒芒二八已昭垂[7]。

〔1〕蛟宫螭窟:蛟和螭都是传说中的龙。
〔2〕陂:堤岸。
〔3〕"荷鼓"句:说清廷在庆祝胜利。虚危,虚假做作。
〔4〕白茅青社:《汉书·武五子传》:"皇帝使御史大夫汤庙立子闳为齐王,曰:'呜呼!小子闳,受兹青社。'"张晏曰:"王者以五色土为之社,封四方诸侯,各以其方色土与之。苴以立社。"司马贞索隐引蔡邕《独断》云:"皇子封为王,受天子太社之土,若封东方请侯,则割青土,藉以白茅,授之以立社,谓之茅土。"孙枝,子孙,枝叶。此处说分茅立社的竟然是前明的臣子。
〔5〕磨刀雨:《重续义勇武安王集》:"今吴俗相传五月十三日为侯生日,是日必有快雨,呼为磨刀雨。"此处指战争。
〔6〕舶䑴(zhào 棹)风:即舶趠风。梅雨后的东南季风。苏轼《舶趠风》引:"吴中梅雨既过,飒然清风弥旬,岁岁如此,湖人谓之舶趠风。是时海舶初回,云此风自海上与舶俱至云耳。"

411

〔7〕寒芒二八:二十八星宿发出的清冷光芒。二八,二十八星宿。

# 癸卯中夏六日重题长句二首[1]

漫漫长夜独悲歌,孤愤填胸肯自磨。敌对灾星凭酒伯,破除愁垒仗诗魔[2]。逢人每道君休矣[3],顾影还呼汝谓何。欲共老渔开口笑,商量何处水天多。

〔1〕《投笔集》写完第十三叠后,真的该结束了。于是作者又作二首对全诗作一总结,也对自己的末路作一总结。第一首写自己的悲愤绝望。第二首总结《投笔集》。

〔2〕"敌对"二句:说自己借酒和诗对付灾难和忧愁。灾星,带来灾祸的星宿。一般指灾祸。酒伯,即酒。

〔3〕"逢人"句:说人们见了他都劝他不要再难过了。休矣,相当于说"算了吧"。

百篇学杜拟商歌[1],墨渖频将渍泪磨[2]。世难相寻如鬼疰[3],国恩未报是心魔[4]。射潮霸主吾衰矣[5],观井仙人奈老何[6]?取次长谣向空阔[7],江天云物为谁多?

〔1〕"百篇"句:说《投笔集》百馀首诗是学习杜甫的。商歌,悲凉的歌。

〔2〕墨渖(shěn 审):墨汁。

〔3〕鬼疰(zhù 住):鬼病,怪病。疰,传染病。《释名》:"住病,一人

死,一人复得,气相灌注也。"

〔4〕心魔:佛教语,即心魔贼,烦恼魔。烦恼恶魔能贼害世出世间之善法。也就是难以释怀的心病。

〔5〕射潮霸主:钱谦益先祖吴越王钱镠射潮捍海故事。相传吴越王钱镠筑捍海塘,怒潮汹涌,版筑不成。镠于是造竹箭三千,在叠雪楼命水犀军驾强弩五百以射潮,迫使潮头趋向西陵,遂奠基而成塘。又建候潮、通江等城门,置龙山、浙江两闸,以阻江潮入河。

〔6〕观井仙人:彭祖观井故事。彭祖,钱氏远古的受封之祖籛(jiān兼)铿。籛铿,相传古之长寿者,享年八百岁。刘向《列仙传》、葛洪《神仙传》、干宝《搜神记》均记载其传说。苏轼《代滕甫论西夏书》:"俗言彭祖观井,自系大木之上,以车轮覆井,而后敢观。"

〔7〕取次长谣:陆续写出的长篇歌谣。取次,次第。长谣,指《投笔集》。